Der Fotograf

JOHN

Katzenbach

DER FOTOGRAF

Psychothriller

Aus dem Amerikanischen
von Anke Kreutzer

Weltbild

Die amerikanische Originalausgabe erschien 1987 unter dem Titel
The Traveler bei Ballantine Books, New York.

Besuchen Sie uns im Internet:
www.weltbild.de

Genehmigte Lizenzausgabe für Verlagsgruppe Weltbild GmbH,
Steinerne Furt, 86167 Augsburg

Ein Unternehmen der Droemerschen Verlagsanstalt
Th. Knaur Nachf. GmbH & Co. KG, München
Übersetzung: Anke Kreutzer
Umschlaggestaltung: Jarzina Kommunikations-Design, Holzkirchen
Umschlagmotiv: Corbis, Düsseldorf (© Joson/zefa)
Gesamtherstellung: Clausen & Bosse GmbH, Leck
Printed in the EU
ISBN 978-3-8289-9177-4

2011 2010 2009 2008
Die letzte Jahreszahl gibt die aktuelle Lizenzausgabe an.

Für Maddy

»Na, ich habe noch nie gehört, dass der Teu – dass Sie die amerikanische Staatsbürgerschaft beantragt haben«, sagte Daniel Webster überrascht.

»Wirklich nicht?«, fragte der Fremde mit seinem abscheulichen Lächeln. »Nun, wer hätte wohl ein besseres Recht darauf als ich? Als dem ersten Indianer das erste Unrecht geschah, war ich dabei. Als das erste Sklavenschiff nach dem Kongo aussegelte, stand ich an Deck. Bin ich nicht in euren Büchern und Geschichten und Überlieferungen, seit die erste Siedlung steht? Wird nicht in jeder Kirche Neu-Englands ständig von mir gesprochen? Zugegeben, der Norden behauptet, ich sei Südstaatler, aber ich bin weder das eine noch das andere. Ich bin recht und schlecht Amerikaner, wie Sie selbst, Herr Webster, und ich bin von bester Herkunft – denn, um die Wahrheit zu sagen, Herr Webster, obwohl ich nicht gerne damit prahle, mein Name ist in diesem Lande erheblich älter als der Ihre!«

Stephen Vincent Benét,
Daniel Webster und die Seeschlange

1. Kapitel

Die Gründe für Detective Barrens Obsession

I.

Sie träumte schlecht.

Sie sah ein treibendes Boot, zuerst von fern, dann plötzlich aus der Nähe, bis sie merkte, dass sie selbst in diesem Boot saß und ringsum von Wasser eingeschlossen war. Zuerst empfand sie Panik; sie wollte nach jemandem suchen und ihm klarmachen, dass sie nicht schwimmen konnte, doch jedes Mal, wenn sie sich umsah, verlor sie fast den Halt, die Jolle hob sich auf dem bewegten Wasser und verharrte einen Moment lang auf einem Wellenkamm, bevor sie beängstigend tief hinuntertauchte. Als sie sich mit aller Macht am Mast festklammerte, schrillte plötzlich eine Sirene, und sie wusste, dass dies ein Leck im Rumpf signalisierte und dass ihr jeden Moment das Wasser bis zu den Knöcheln stehen würde. Die Sirene dröhnte weiter, und sie machte den Mund auf, um verzweifelt um Hilfe zu rufen, während sie sich auf dem schwankenden Boden mühsam aufrecht hielt.

Im Traum legte sich die Jolle plötzlich schräg, und sie herrschte ihr schlafendes Selbst an, Wach auf! Wach auf! Bring dich in Sicherheit!

Genau das tat sie auch.
Sie schnappte nach Luft, riss sich aus dem Halbschlaf und saß im nächsten Moment senkrecht, während sie mit der rechten Hand das Bettgestell packte – ein fester Halt inmitten der diffusen Ängste aus ihrem Traum. Erst jetzt merkte sie, dass das Telefon klingelte.
Sie fluchte, rieb sich die Augen und fand den Apparat ein Stück weit entfernt auf dem Boden. Mit einem Räuspern meldete sie sich: »Detective Barren. Was gibt's?«
Ihr blieb keine Zeit, sich zu fragen, was passiert sein könnte. Sie lebte allein – kein Ehemann, keine Kinder, die Eltern längst tot, und so konnte sie ein Anruf mitten in der Nacht nicht so leicht wie die meisten Menschen, die beim ersten Klingeln im Dunkeln eine schlimme Nachricht befürchtet hätten, in Angst und Schrecken versetzen. Da sich Verbrechen nicht an die Bürozeiten hielten, musste eine Kripobeamtin damit rechnen, nachts aus dem Bett geholt zu werden. Deshalb vermutete sie, dass im Zuge einer Ermittlung ihr fachliches Können als Kriminaltechnikerin gefragt war.
»Merce? Haben Sie schon geschlafen?«
»Ja, aber macht nichts. Wer ist da bitte?«
»Merce, Robert Wills vom Morddezernat, ich ...« Er brach mitten im Satz ab. Detective Barren wartete.
»Wie kann ich helfen?«, fragte sie.
»Merce, es tut mir sehr leid, dass ich es Ihnen sagen muss ...«
Wie in einer Momentaufnahme sah sie Bob Wills an seinem Schreibtisch im Morddezernat sitzen. Es war ein karges, nüchternes Großraumbüro im grellen Neonlicht, mit Aktenschränken aus Metall und orange leuchtenden Schreibtischen, deren Signalfarbe auf ihre Weise die entsetzlichen Geschichten spiegelte, die sie in den Gesprächen der Kollegen untereinander oder auch bei Zeugenbefragungen anhören mussten.

»Was?«

Für einen Moment war sie seltsam erregt – im Gegensatz zu der hilflosen Panik in ihrem Alptraum spürte sie jetzt so etwas wie einen Nervenkitzel, eine gespannte Erwartung. Als ihr Anrufer weiterhin schwieg, breitete sich ein Vakuum in ihrem Magen aus, dann ein flaues Gefühl. »Worum geht es?«, fragte sie und merkte, wie sich die neue Empfindung in ihrer Stimme niederschlug.

»Merce, Sie haben eine Nichte …«

»Ja, verdammt. Susan Lewis. Sie studiert an der Uni. Was ist mit ihr? Hatte sie einen Unfall?«

In diesem Moment traf sie die Erkenntnis mit aller Wucht: Bob Wills vom Morddezernat. Mord. Mord. Mord. Und sie wusste, worum es bei dem Anruf ging.

»Es tut mir leid«, wiederholte Wills, doch seine Stimme kam wie aus der Ferne, und einen Moment lang wünschte sie sich in ihren Traum zurück.

Detective Mercedes Barren zog sich rasch an und machte sich durch die spätsommerliche Nacht zu der Adresse auf den Weg, die eine fremde Hand notiert zu haben schien; obwohl ihr Herz raste, hatte diese Hand sorgfältig auf dem Block Zahlen und Buchstaben aneinandergereiht. Auch das Gespräch mit dem Kollegen vom Morddezernat hatte jemand anders beendet. Währenddessen hatte Merce miterlebt, wie jemand mit ihrer eigenen, ausdruckslos gepressten Stimme nach den näheren Umständen, nach dem Ermittlungsstand, den Namen der mit dem Fall befassten Beamten, nach dem vermutlichen Tathergang und ersten Theorien fragte, die man verfolgen wollte. Nach Zeugenaussagen. Beweismaterial. Hartnäckig widersetzte sich dieser Jemand Detective Wills Ausweichmanövern und begriff sehr schnell, dass der zwar nicht zuständig war, ihr aber sagen konnte, was sie wissen wollte. Dabei schrie alles in ihr auf, und es kostete sie die größte Kraft, ihre Qual zu unterdrücken, die sich in einem lauten Schluchzen Luft machen wollte.

Sie gestattete sich nicht einen einzigen Gedanken an ihre Nichte.

Einmal wurde sie auf ihrem Weg durchs Stadtzentrum eine Sekunde lang von den Scheinwerfern eines Sattelschleppers geblendet, der mit wildem Hupkonzert gefährlich nah aufgefahren war, und sie ertappte sich dabei, wie sie die Angst vor einer Kollision durch die Erinnerung an ihre letzte Begegnung mit Susan vor zwei Wochen verdrängte. Sie hatten sich am Pool des kleinen Apartmenthauses gesonnt, in dem Detective Barren wohnte, und Susan hatte ihren Dienstrevolver entdeckt, der sich etwas unpassend zwischen Handtüchern, Sonnenmilch, einer Frisbee-Scheibe und einem Taschenbuchroman im Strandbeutel befand. Detective Barren musste an die Reaktion des Teenagers denken: Sie hatte die Waffe als abstoßend bezeichnet, was es in den Augen ihrer Besitzerin präzise traf.

»Wieso musst du sie überhaupt mitschleppen?«

»Weil wir genau genommen nie außer Dienst sind. Falls mir ein Verbrechen unter die Augen kommt, muss ich wie eine Polizistin reagieren.«

»Aber ich dachte, das brauchst du jetzt nicht mehr, ich meine, seit …«

»Stimmt. Seit der Schießerei nicht mehr. Nein, ich bin jetzt eine ziemlich gezähmte Polizistin. Bis ich zu einem Verbrechen gerufen werde, ist alles schon gelaufen.«

»Igitt. Leichen, oder?«

»Richtig. Igitt ist ebenfalls richtig.«

Sie hatten gelacht.

»Wär schon komisch«, hatte Susan gemeint.

»Was wäre komisch?«
»Von einer Polizistin im Bikini verhaftet zu werden.«
Sie hatten wieder gelacht. Ihre Nichte war aufgestanden und kopfüber in das blaue Wasser des Pools gesprungen. Detective Barren hatte Susan dabei beobachtet, wie sie mühelos unter Wasser bis zum gegenüberliegenden Beckenrand glitt, dann, ohne einmal aufzutauchen, wendete und wieder zum Ausgangspunkt zurückschwamm. Der Anflug von Eifersucht auf ihre Jugend war ebenso schnell verflogen, wie er gekommen war; schließlich war sie selbst auch ganz gut in Form.
Susan hatte die Arme auf dem Beckenrand verschränkt und ihre Tante gefragt: »Merce, wie kommt es eigentlich, dass du direkt am Meer wohnst und nicht schwimmen kannst?«
»Das bleibt mein süßes Geheimnis«, hatte sie erwidert.
»Kann ich nicht nachvollziehen«, hatte Susan erklärt, während sie aus dem Pool stieg und das Wasser von ihrem schlanken Körper floss. »Habe ich dir übrigens erzählt, dass ich diesen Herbst Meereskunde als Hauptfach wähle? Mit Sicherheit glitschige Fische.« Sie hatte gelacht. »Stachelige Krustentiere. Riesige Säuger. Jacques Cousteau, jetzt komm ich.«
»Das ist großartig«, hatte die Polizistin geantwortet. »Bei deiner Liebe zum Wasser.«
»Allerdings. Oh for a life of the sun, the sand, the deep blue sea and fish guts for me«, hatte Susan geträllert.
Wieder hatten sie gelacht.
Susan hatte immer gelacht, dachte die Polizistin und gab Gas. Sie tauchte in das Lichtermeer des Stadtzentrums ein und bahnte sich ihren Weg zwischen den Hochhäusern, die in den südlichen Himmel ragten. Obwohl ihr ein heißer Stich mitten durchs Herz ging, so dass ihr die Luft wegblieb, zwang sich Detective Barren, konzentriert zu fahren und sämtliche Erinnerungen aus dem Kopf zu verbannen, um klar denken zu

können: Sieh dir alles genau an, mach dich gleich auf die Suche. Sie musste nur darauf achten, den Anblick, der sie erwartete, streng von ihren Erinnerungen zu trennen.

Detective Barren bog von der Route I ab und gelangte in eine Wohngegend. Es war spät, schon weit nach Mitternacht, und bis zum Morgengrauen blieben nur wenige Stunden. Es herrschte wenig Verkehr, und sie war schnell gefahren – getrieben von dem Gefühl der außerordentlichen Dringlichkeit, das einen gewaltsamen Tod stets begleitet. Wenige Kilometer vor dem Ziel drosselte sie jedoch unvermittelt das Tempo, bis ihr unscheinbarer Mittelklassewagen nur noch im Schneckentempo kroch. Sie suchte die Reihen der gepflegten, gutbürgerlichen Häuser nach Lebenszeichen ab. Die Straßen waren leer, die Häuser dunkel. Hier und da brannte in einem Zimmer noch Licht, und Merce fragte sich, welches Buch oder Fernsehprogramm, welcher Streit oder welche Sorgen den Bewohner vom Schlaf abhielten. Am liebsten hätte sie vor einem dieser Häuser angehalten, geklingelt und gefragt: »Haben Sie Kummer? Quält Sie eine Erinnerung, sind Sie deshalb noch wach? Möchten Sie vielleicht darüber reden?«
Sie bog in die Old Cutler Road ein und wusste, dass der Eingang zum Park nach wenigen hundert Metern kommen musste. Das Dunkel schien im Laub zu nisten; große Teebäume und Weiden versteckten zwischen ihren Blättern und Zweigen etwas von der Nacht. Wie Arme streckten sie ihre Äste über die Straße. Detective Barren hatte plötzlich das unheimliche Gefühl, vollkommen allein auf der Welt zu sein – die einzige Überlebende, die ziellos durch die Finsternis irrte. Die verblassten Buchstaben auf dem kleinen Eingangsschild waren kaum zu erkennen. Als ein Opossum vor die Räder ihres Wagens lief, schrak sie zusammen, trat heftig auf die

Bremse und atmete erleichtert aus, als sie merkte, dass die Kreatur noch einmal davongekommen war. Sie kurbelte die Scheibe herunter und roch Salz in der Luft. Die Bäume in ihrer Umgebung waren geschrumpft: Die riesigen Palmen, welche die Autobahn gesäumt hatten, waren dem knorrigen, verknäulten Geäst der Mangroven gewichen. Die Straße beschrieb eine scharfe Kurve, und Merce wusste, dass dahinter die weitläufige Biscayne Bay auftauchen würde.

Zuerst dachte sie, das Wasser in der Bucht glitzere unter dem Mond.

Doch sie irrte sich.

Sie hielt abrupt an und starrte hinüber. Zuerst drang das Dröhnen mächtiger Generatoren in ihr Bewusstsein. Deren rhythmisches Stampfen speiste drei Reihen Scheinwerferlampen. Das grelle Flutlicht schnitt aus der Dunkelheit am Parkplatzrand eine Bühne, auf der sich Dutzende uniformierte Polizisten und Kripobeamte vorsichtig bewegten. Außerhalb des Lichtkegels waren einige Streifen-, ein Krankenwagen und die weißgrünen Fahrzeuge der Spurensuche abgestellt, deren blaurote Lichtblitze die arbeitenden Gestalten für Sekundenbruchteile bannten.

Detective Barren holte tief Luft und fuhr zu dem erleuchteten Abschnitt der Bucht hinunter.

Sie parkte am Rande des Geschehens und machte sich zu Fuß auf den Weg zur Mitte der Bühne, wo eine Gruppe Männer zusammenstand und etwas betrachtete, auf das ihr die Sicht versperrt war. Sie wusste, worum es sich handelte, doch das war eine sachliche Feststellung, ein Erfahrungswert ohne emotionale Anteile. Die Stelle war weitläufig mit gelbem Flatterband abgesperrt. Alle drei, vier Meter hing ein Schild daran: POLIZEILICHE ABSPERRUNG – ZUTRITT VERBOTEN. Sie hob das Band hoch und schlüpfte darunter hindurch. Die Bewegung zog die Aufmerksamkeit eines Beamten in Uniform auf sich, der rasch auf sie zukam und sie mit ausgestreckten Händen aufzuhalten versuchte.

»Hören Sie«, sagte er. »Sie können da nicht rein.«

Sie starrte ihn an und blieb stehen.

Er ließ die Hände sinken.

Betont langsam öffnete sie ihre Handtasche und zog ihre Polizeimarke heraus.

Er warf einen kurzen Blick darauf und murmelte eine Entschuldigung. Inzwischen hatten auch die Männer in der Mitte des abgesperrten Bereichs ihre Ankunft bemerkt. Einer von ihnen löste sich aus der Gruppe und kam auf sie zu.

»Merce, um Gottes willen. Hat Wills Ihnen nicht gesagt, dass Sie nicht herkommen sollen?«

»Doch«, erwiderte sie.

»Hier gibt es nichts für Sie zu tun.«

»Woher zum Teufel wollen Sie das wissen?«

»Merce, tut mir leid. Das muss …«

Wütend fiel sie ihm ins Wort.

»Muss was sein? Schwer? Traurig? Schwierig? Tragisch? Was glauben Sie?«

»Beruhigen Sie sich erst mal. Hören Sie, Sie wissen, was wir jetzt tun. Können Sie einfach ein paar Minuten warten? Ich hole Ihnen eine Tasse Kaffe.« Er versuchte, sie am Ellbogen zu fassen und wegzuführen, doch sie schüttelte seinen Griff ab.

»Versuchen Sie nicht, mich aus dem Verkehr zu ziehen, verflucht noch mal!«

»Nur ein paar Minuten, dann erhalten Sie von mir einen umfassenden Bericht …«

»Ich will keinen Bericht, ich will sie selbst sehen.«

»Merce …« Der Detective breitete die Arme aus und versuchte immer noch, ihr den Blick zu verstellen. »Lassen Sie es sein.«

Sie holte tief Luft und schloss die Augen. Dann sagte sie, indem sie jedes Wort einzeln betonte: »Peter. Lieutenant Burns. Zwei Dinge. Punkt eins, das da drüben ist meine Nichte. Punkt zwei, ich bin Polizistin von Beruf. Ich will es selbst sehen, mit eigenen Augen!«

Der Lieutenant hielt inne. Er blickte sie an.

»Na schön. In ein paar Minuten ist der Gerichtsmediziner mit seiner vorläufigen Untersuchung fertig. Wenn sie Ihre Nichte auf eine Trage legen, können Sie rüberkommen. Wenn Sie wollen, können Sie sie dann auch offiziell identifizieren.«

»Nicht erst in ein paar Minuten und nicht auf einer Trage. Ich will sehen, was mit ihr passiert ist.«

»Merce, verdammt ...«

»Ich will es sehen.«

»Wozu? Das macht es nur schwerer für Sie.«

»Woher zum Teufel wollen Sie das wissen? Wie sollte das irgendetwas schwerer machen?«

Hinter dem Lieutenant blitzte ein Licht auf. Er drehte sich um, und Detective Barren sah, wie ein Polizeifotograf aus unterschiedlichen Positionen Aufnahmen machte. »Jetzt«, erklärte sie. »Ich will sie jetzt sehen.«

»Okay«, gab der Lieutenant nach und trat beiseite. »Es ist Ihr Alptraum.«

Sie marschierte energisch an ihm vorbei.

Dann blieb sie stehen.

Sie holte tief Luft.

Sie schloss die Augen und stellte sich das Lächeln ihrer Nichte vor.

Noch einmal atmete sie tief durch, dann trat sie zum Leichnam. Präg dir alles ein, befahl sie sich. Brenn es dir ins Gedächtnis ein! Sie zwang sich, rund um die Gestalt, die sie immer noch nicht in den Blick zu nehmen wagte, den Boden abzusuchen. Sandboden und Blätter. Nichts, was einen klaren Schuhabdruck hergab. Mit geübtem Blick schätzte sie die Entfernung zwischen dem Parkplatz und der Gestalt ab – das Wort Leiche konnte sie nicht einmal denken. Zwanzig Meter. Eine gute Stelle, um eine Tote loszuwerden. Sie versuchte, analytisch vorzugehen: Es gab ein Problem. Es war für die Ermittler immer leichter, wenn – wieder stolperte sie über den Begriff – das Opfer an der Stelle gefunden wurde, an der es getötet worden war. Unweigerlich würde man Indizien finden.

Während sie weiter den Boden absuchte, hörte sie hinter sich die Stimme des Lieutenant: »Merce, wir haben alles genau abgesucht, Sie brauchen wirklich nicht …« Doch sie ignorierte ihn, kniete sich hin und spürte die feste Konsistenz des Bodens. Falls etwas davon an den Schuhen haften blieb, dachte sie, konnten sie einen Abgleich machen. Ohne sich umzudrehen und zu vergewissern, ob Lieutenant Burns noch da war, sagte sie laut: »Nehmt von der ganzen Umgebung Bodenproben.« Nach kurzem Schweigen hörte sie ein zustimmendes Murmeln. Sie machte weiter und beschwor sich stark zu sein, bis sie die Gestalt mit den Augen erreichte. Also gut, sagte sie sich. Jetzt sieh dir Susan an. Präge dir ein, was ihr heute Nacht zugestoßen ist. Sieh sie dir an. Von oben bis unten. Dir darf nichts entgehen.

Und sie hob den Blick.

»Susan«, sagte sie, wenn auch leise.

Nur ganz vage war sie sich der Gegenwart der anderen Polizisten bewusst. Sie hatten Gesichter, es waren Menschen, die sie kannte, Kollegen, Freunde, das war ihr bewusst, wenn auch allenfalls unterschwellig. Später sollte sie versuchen, sich

ins Gedächtnis zu rufen, wer alles am Leichenfundort gewesen war, doch vergeblich.
»Susan«, flüsterte sie erneut.
»Ist das Ihre Nichte, Susan Lewis?« Es war die Stimme des Lieutenant.
»Ja.«
Sie zögerte.
»Das war Susan.«
Plötzlich durchflutete sie eine sengende Hitze, als ob sich einer der Scheinwerfer mit seinem gleißenden Lichtstrahl gezielt auf sie richtete. Sie schnappte nach Luft, dann noch einmal. Sie kämpfte gegen das Schwindelgefühl an. Sie musste an den Moment vor Jahren denken, als sie gemerkt hatte, dass sie von einem Schuss getroffen worden war und dass das Warme, das sie fühlte, ihr eigenes Blut war, das aus ihrem Körper sickerte. Genauso wie damals musste sie jetzt ihre ganze Kraft aufbieten, damit sich nicht ihre Augen verdrehten – als ob es heute genauso tödlich wäre, dem schwarzen Nichts der Ohnmacht nachzugeben wie vor Jahren.
»Merce?«
Sie hörte eine Stimme.
»Geht's?«
Sie rührte sich nicht.
»Holt den Rettungsdienst!«
In diesem Moment schaffte sie es, den Kopf zu schütteln.
»Nein«, sagte sie. »Geht schon wieder.«
Was Dümmeres hätte sie nicht sagen können, dachte sie.
»Bestimmt? Wollen Sie sich setzen?«
Sie wusste nicht, mit wem sie sprach, als sie noch einmal den Kopf schüttelte und erklärte: »Mir fehlt nichts.«
Jemand hielt sie am Arm. Sie riss sich los.
»Überprüft ihre Fingernägel«, ordnete sie an. »Sie muss sich

heftig gewehrt haben. Vielleicht müssen wir nach einem Verdächtigen mit Kratzspuren suchen.«
Sie sah, wie sich der Gerichtsmediziner über die Leiche beugte, behutsam jede Hand hochhob, um mit einem kleinen Skalpell ihre Fingernägel auszuschaben und die Partikel in Beweismitteltütchen zu füllen. »Nicht gerade üppig«, meinte er.
»Sie muss sich wie ein Tiger gewehrt haben«, beharrte Detective Barren.
»Vielleicht hatte sie keine Chance. Sie hat am Hinterkopf ein schweres Trauma. Von einem stumpfen Gegenstand. Wahrscheinlich war sie schon bewusstlos, als er das hier gemacht hat.« Der Doktor wies auf die Strumpfhose, die um Susans Kehle zugezogen war. Für Sekunden starrte Detective Barren auf die bläuliche Verfärbung der Haut.
»Überprüfen Sie den Knoten«, sagte sie.
»Hab ich schon«, entgegnete der Arzt. »Ganz normaler Knoten. Seite eins in der Pfadfinderfibel.«
Detective Barren betrachtete wie gebannt die Strumpfhose. Sie hätte alles dafür gegeben, sie lockern zu dürfen, damit ihre Nichte Luft bekam, als könne sie so den Tod in Schlaf verwandeln. Merce erinnerte sich an ein Erlebnis aus ihrer Kindheit. Sie war noch sehr klein gewesen, vielleicht fünf, sechs Jahre alt, als der Hund der Familie von einem Auto überfahren wurde und starb. »Wieso ist Lady tot?«, hatte sie ihren Vater gefragt. »Weil ihre Knochen gebrochen waren«, hatte er geantwortet. »Aber als ich mir das Handgelenk gebrochen habe, hat der Arzt mir einen Gips drumgemacht, und jetzt ist es schon besser«, hatte sie erwidert. »Legen wir Lady einen Gips an.« – »Aber sie hat auch ihr ganzes Blut verloren«, hatte ihr Vater entgegnet. »Dann müssen wir eben das Blut wieder in sie reinbekommen«, hatte sie in wachsender Verzweiflung

beharrt. »Ach, mein Kleines, wenn das doch nur ginge.« Und ihr Vater hatte seine Arme um sie gelegt, als sie eine der längsten Nächte ihrer Kindheit durchschluchzte.

Als sie jetzt Susans Leichnam anstarrte, sehnte sie sich nach diesen starken Armen.

»Was ist mit den Handgelenken?«, fragte sie. »Irgendwelche Zeichen von Gewaltanwendung?«

»Nein«, erklärte der Arzt, »und das ist aufschlussreich.«

»Allerdings«, meldete sich eine Stimme von der Seite. Detective Barren drehte sich nicht zu dem Sprecher um. »Das heißt, der Mistkerl hat ihr erst eins übergezogen und dann seinen Spaß mit ihr gehabt. Wahrscheinlich hat sie nicht einmal mitbekommen, was sie traf.«

Detective Barren ließ den Blick den Hals des Opfers hinunterwandern.

»Ist das da an der Schulter eine Bisswunde?«

»Sieht so aus«, bestätigte der Gerichtsmediziner. »Müssen wir mikroskopisch untersuchen.«

Einen Moment betrachtete sie die zerrissene Bluse ihrer Nichte. Susans Brüste waren entblößt, und sie hätte sie am liebsten zugedeckt. »Machen Sie Abstriche am Hals nach Speichelspuren«, bat sie.

»Schon erledigt«, erwiderte der Arzt. »Auch an den Genitalien. Im Leichenschauhaus nehme ich noch einmal welche.«

Detective Barren ließ den Blick weiter Zentimeter für Zentimeter den Körper hinunterwandern. Ein Bein war keusch über das andere geschlagen, als zeigte Susan selbst im Tod noch ihr zurückhaltendes Wesen.

»Gibt es irgendwelche Verletzungen im Genitalbereich?«

»Nichts, was wir hier draußen erkennen könnten.«

Detective Barren schwieg, während sie die gewonnenen Erkenntnisse auf sich wirken ließ.

»Merce«, sagte der Doktor freundlich, »das sieht den anderen vier verdammt ähnlich. Todesart. Körperstellung der Leiche. Fundort.«

Detective Barren sah ruckartig auf.

»Anderen? Anderen vier?«

»Hat Lieutenant Burns Ihnen das nicht erzählt? Sie glauben, es ist der Kerl, den sie in der Zeitung den Campus-Killer nennen. Ich dachte, das hätten sie Ihnen gesagt ...«

»Nein ...«, erwiderte sie. »Das hat mir keiner gesagt.«

Sie holte tief Luft.

»Aber das passt perfekt ins Bild. Es passt ...« Sie stockte mitten im Satz.

Der Lieutenant meldete sich zu Wort. »Wahrscheinlich sein erster dieses Semester. Ich meine, mit Sicherheit lässt sich das nicht sagen, aber das Grundmuster stimmt. Wir werden den Mord ihm zuschreiben, damit das Sonderdezernat übernehmen kann – ich denke, das wird das Beste sein, oder, Merce?«

»Ja.«

»Genug gesehen? Kommen Sie mit dort hinüber, damit ich Ihnen sagen kann, was wir haben und was nicht?«

Sie nickte. Sie machte die Augen zu und wandte sich von dem Leichnam ab. Sie hoffte, dass man Susan bald wegbringen würde, als könnte es ihr ein bisschen menschliche Würde wiedergeben und die Schändung, das Unwiderrufliche ihres Todes mildern, wenn man sie aus dem Dreck und dem Unterholz holte.

Sie wartete geduldig bei den Autos der Spurensicherung und der Kriminaltechnik. Sie gehörten zur Nachtschicht ihrer eigenen Dienststelle, und sie kannte alle Kollegen gut. Jeder von ihnen unterbrach seine Arbeit und kroch unter dem Flatterband hervor, um ein paar Worte zu ihr zu sagen, ihr auf die Schulter zu klopfen oder ihr die Hand zu schütteln, bevor sie den Fundort weiter untersuchten. Kurz darauf kehrte Lieutenant Burns mit zwei Bechern Kaffee zurück. Trotz der drückenden, nächtlichen Tropenhitze fröstelte sie plötzlich und legte die Hände um den Becher aus Styropor. Ihr Kollege sah zum Himmel, an dessen Rändern gerade das erste zarte Grau des Morgens die Dunkelheit ablöste.

»Wollen Sie es wirklich wissen?«, fragte er. »Bei Licht betrachtet ist es vielleicht besser …«

»Ich will es wissen. Und zwar alles«, unterbrach sie ihn.

»Na schön«, setzte er vorsichtig an. Sie wusste, dass er abzuwägen versuchte, ob es vielleicht die Ermittlungen behinderte, wenn er Informationen an sie weitergab. Natürlich fragte er sich, ob er es mit einer Kollegin oder einer völlig fassungslosen Angehörigen zu tun hatte. Dummerweise, dachte sie, hatte er es mit beidem zu tun.

»Lieutenant«, erklärte sie ihm, »ich will nur helfen. Wie Sie wissen, habe ich eine Menge Erfahrung. Ich möchte mich nützlich machen. Aber wenn Sie meinen, ich bin nur im Weg, dann halte ich mich raus …«

»Nein, nein, nein«, erwiderte er prompt.

Wie einfach, dachte sie. Sie wusste, dass ihr Anerbieten, keine Fragen zu stellen, ihr das Recht gab, jede Frage zu stellen.

»Im Augenblick«, begann der Lieutenant, »sind unsere Kenntnisse noch sehr lückenhaft. Offenbar ist sie mit ein paar Freunden auf dem Campus in eine Bar gegangen. Es war voll, es hingen eine Menge Kerle herum. Sie hat mit ein paar von ihnen getanzt. Ungefähr um zehn ist sie allein raus an die frische Luft. Ist nicht wieder reingekommen. Erst einige Stunden später, so um Mitternacht, haben sich ihre Freunde allmählich Sorgen gemacht und die Campus-Cops geholt. Etwa um dieselbe Zeit stolpern ein paar warme Brüder, die es gerade im Gebüsch miteinander treiben wollten, hier draußen über die Leiche ...« Er hob eine Hand. »Nein, die haben nichts gesehen und nichts gehört. Und stolpern ist wörtlich gemeint. Einer der Jungs ist drübergefallen ...«

Drüber, dachte sie, über einen toten Gegenstand. Sie biss sich auf die Lippe.

»Mädchen verschwindet vom Campus. Leiche wird in einem Park ein paar Kilometer weiter entdeckt, da brauchten wir nur zwei und zwei zusammenzuzählen. Seitdem sind wir hier. In ihrer Handtasche haben wir Ihren Namen gefunden, deshalb haben wir Sie angerufen. Die Tochter Ihrer Schwester, ja?«

Detective Barren nickte.

»Wollen Sie diesen Anruf übernehmen?«

O mein Gott, dachte sie.

»Ja. Wenn wir hier fertig sind.«

»Da drüben ist ein Münztelefon. Ich würde sie nicht warten lassen. Und wir brauchen hier wohl noch eine Weile ...«

Ihr wurde bewusst, dass es allmählich immer heller wurde. Die nächtliche Dunkelheit zog sich immer weiter zurück, und die Gestalten nahmen immer klarere Konturen an.

»In Ordnung«, sagte sie.

Unwillkürlich musste sie denken, was für ein hoffnungslos banaler Akt es war, ihre Schwester und ihren Schwager anzurufen. Eine Sekunde lang hoffte sie, keine passenden Münzen zu haben, dann hoffte sie, das Telefon würde nicht funktionieren. Doch es war intakt. Die Vermittlung meldete sich in routinierter Heiterkeit, als sei sie gegen die nachtschlafende Zeit immun. Detective Barren ließ die Kosten auf ihre Dienststelle schreiben. Die Vermittlung fragte, wann jemand da sein würde, um die Kostenübernahme zu bestätigen. Detective

Barren erklärte, dies sei stets der Fall. Dann hörte sie das elektronische Klicken der Nummernanwahl, und plötzlich klingelte es im Haus ihrer Schwester, bevor sie sich die passenden Worte zurechtgelegt hatte. Denk nach! Finde die richtigen Worte! Am anderen Ende der Leitung hörte sie die schlaftrunkene Stimme ihrer Schwester:

»Ja, hallo …«

»Annie, ich bin's, Merce …« Sie biss sich auf die Lippe.

»Merce! Wie geht's? Was …«

»Annie, hör zu: Es geht um Susan. Es hat einen …« Sie wusste nicht weiter. Unfall? Vorfall? Sie redete einfach, ohne nachzudenken, weiter, immer krampfhaft bemüht, einen ruhigen, ja ausdruckslosen, professionellen Ton zu wahren. »Bitte setz dich und hol Ben an den Apparat …«

Sie hörte, wie ihre Schwester nach Luft schnappte und dann ihren Mann ans Telefon rief.

Er meldete sich sofort. »Merce, was ist los?« Seine Stimme war gefasst. Ben war Wirtschaftsprüfer. Sie hoffte, er würde so klar denken wie im Umgang mit Zahlen. Sie holte tief Luft.

»Ich weiß nicht, wie ich es euch schonend erklären kann, also sag ich es geradeheraus. Susan ist tot. Sie wurde letzte Nacht getötet. Ermordet. Es tut mir leid.«

Detective Barren sah ihre Schwester vor Augen, wie sie sich vor etwa achtzehn Jahren, eine Woche vor der Niederkunft, mit einem riesigen Bauch durch die Julihitze quälte, die unerbittlich über dem trockenen Delaware Valley hing. Detective Barren hatte sich neben ihr an der Flagge festgehalten, die ihr der Captain der Ehrengarde gegeben hatte, während in ihrem Kopf ein großes schwarzes Loch gähnte, in dem die Worte des Geistlichen hohl widerhallten und sich mit dem kurzen Salut über dem Grab vermengten. Sie hatte keine Antworten für die Angehörigen und Freunde, die verlegen herangeschlichen kamen und keine Worte fanden für das Sterben eines so jungen, vitalen Mannes wie John Barren, und sei es auch im Krieg.

Annie hatte sich neben Detective Barren auf dem Sofa niedergelassen; als sie sich unbeobachtet fühlte, hatte sie die Hand ihrer Schwester genommen und auf ihren gewölbten Bauch gelegt, während sie mit entwaffnender Schlichtheit sagte: »Es ist nicht fair, dass Gott ihn dir genommen hat, aber hier ist ein neues Leben, und deine Liebe sollte nicht mit ihm begraben werden – schenke sie stattdessen diesem Kind.«

Das Kind war Susan.

Für einen Moment musste Detective Barren bei der Erinnerung lächeln: Das Baby hat mir das Leben gerettet.

Dann riss sie das erste qualvolle Schluchzen einer gebrochenen Mutter in die Realität zurück.

Ben hatte den nächsten Flieger nach Miami nehmen wollen, doch das hatte sie ihm ausreden können. Es wäre einfacher, erklärte Merce, wenn sie die Überführung des Leichnams mit einem Bestattungsunternehmen regelte, sobald der Gerichtsmediziner mit der Autopsie fertig war. Sie selbst würde den Sarg begleiten. Ben hatte gesagt, er werde das Weitere mit einem lokalen Beerdigungsinstitut abstimmen. Detective Barren bereitete die Eltern darauf vor, dass sich wahrscheinlich Zeitungen, vielleicht sogar das Fernsehen bei ihnen melden würden. Sie empfahl ihnen, zu kooperieren; die Reporter würden sich erkenntlich zeigen und weniger lästig fallen. Sie erklärte, dass Susan nach dem gegenwärtigen Ermittlungsstand das Opfer eines Serienkillers war, der im vergangenen Jahr an einigen Colleges von Miami sein Unwesen getrieben hatte, und dass die Polizei zur Klärung dieser Fälle eine Sonderkommission eingerichtet hatte. Diese Kollegen, sagte sie, würden sich mit ihnen in Verbindung setzen. Ben hatte gefragt, ob sie sicher sei, dass es sich um denselben Mörder handele, und sie hatte zu erklären versucht, dass nichts sicher sei, jedoch einiges für die These spreche. Ben hatte einen Moment lang seinem Zorn freien Lauf gelassen, war jedoch nach ein paar wütenden Bemerkungen fassungslos verstummt. Annie sagte nichts. Detective Barren vermutete, dass sie sich in einem anderen Zimmer aufhielt und dass die Verzweiflung sie mit ganzer Wucht treffen würde, sobald sie sich in die Augen sähen.

»Im Moment ist das alles, was ich euch sagen kann«, schloss Detective Barren. »Ich ruf wieder an, sobald ich mehr weiß.«

»Merce?« Es war ihre Schwester.

»Ja, Annie.«

»Bist du sicher?«

»Ach, Annie ...«

»Ich meine, du hast es nachgeprüft, ja? Du bist dir ganz sicher?«

»Annie. Ich habe sie mit eigenen Augen gesehen. Es ist Susan.«

»Danke. Ich musste es nur absolut sicher wissen.«

»Es tut mir so leid.«

»Ja, natürlich. Du meldest dich.«

»Ben?«

»Ja, Merce. Ich bin noch dran. Wir hören von dir.«

»Ja.«

»O mein Gott, Merce ...«

»Annie?«

»Gott!«

»Annie, du musst stark sein. Du musst!«

»Merce, steh mir bei. Ich hab das Gefühl, wenn ich jetzt auflege, bringe ich sie dadurch um. O mein Gott. Was ist nur passiert? Ich versteh das alles nicht.«

»Ich versteh es auch nicht, Annie.«

»Merce, Merce, Merce …«

Detective Barren hörte, wie ihr Name verhallte. Sie wusste, dass ihre Schwester den Hörer auf das Bett hatte fallen lassen. Schluchzen drang durch die Leitung, und es war, als könne Detective Barren ein Herz brechen hören. Sie erinnerte sich, wie sie an der Highschool von der Seitenlinie aus einem Football-Training zugesehen hatte, als einer der Spieler unglücklich getroffen wurde. Das knackende Geräusch eines splitternden Knochens war lauter gewesen als der Zusammenprall der Körper. Sie hatte gesehen, wie sich einer der anderen Spieler übergeben musste, während die Trainer dem verletzten Jungen zu Hilfe eilten. Eine Sekunde lang rechnete sie mit demselben Knacken, dann legte sie so behutsam, als ginge es darum, ein schlafendes Kind nicht zu wecken, den Hörer auf die Gabel. Sie blieb reglos stehen und lauschte ihrem eigenen Herzschlag. Sie schluckte schwer, dann spannte sie die Armmuskeln an, ein Mal, zwei Mal. Anschließend die Beine. Sie spürte das Zusammenziehen und Lösen der Sehnen und Muskeln. Ich bin stark, dachte sie. *Du musst noch viel stärker sein.*

2.

Der Vormittag war bereits fortgeschritten, als Susans Leichnam endlich abtransportiert wurde. Detective Barren hatte am Rande des Fundorts ausgeharrt und dem systematischen Sammeln von Beweismaterial zugesehen. Polizisten in Uniform hielten die stetig wachsende Schar Neugieriger auf Distanz, wofür sie dankbar war. Die Nachrichtenmedien von Miami waren früh angerückt und versuchten, sich irgendwie Zugang zum Fundort zu verschaffen. Kameraleute filmten die Aktivitäten, während die Reporter Lieutenant Burns und andere Ermittler mit Fragen löcherten. Es war unvermeidlich, dass früher oder später einer der Journalisten von ihrer persönlichen Verbindung zu der Toten erfuhr und dies in den Berichten hervorhob. Sie beschloss, einfach zu warten, bis die Fragen kamen.

Als zwei Mitarbeiter von der Gerichtsmedizin Susan behutsam in einen schwarzen Leichensack schoben, hatte sie sich abgewandt. Sie ging zu Lieutenant Burns hinüber, der mit zwei geschniegelten Ermittlern in Anzug und Weste sprach, denen die zunehmende Schwüle nichts auszumachen schien. Als Burns sie kommen sah, öffnete er den Kreis und machte sie mit den beiden Männern bekannt.

»Merce. Detective Barren, ich weiß nicht, ob Sie Detective Moore und Detective Perry vom Morddezernat des Bezirks kennen. Sie leiten die Ermittlungen zu diesem Campus-Killer.«

»Ich habe von Ihnen gehört.«

»Ebenso andersherum«, erklärte Detective Perry.

Sie schüttelten einander die Hände und blieben verlegen stehen.

»Es tut mir leid, Sie unter solch traurigen Umständen kennenzulernen«, meinte Detective Perry. »Ich verfolge Ihre Arbeit mit größter Bewunderung. Besonders bei dieser Vergewaltigungsserie.«

»Danke«, erwiderte Detective Barren. Für eine Sekunde erschien vor ihrem geistigen Auge ein pockennarbiges Gesicht mit unförmiger Nase. Sie erinnerte sich, wie sie über rund zwei Dutzend Fallakten gebrütet hatte, bis sie irgendwann das Glied in der Kette fand, das zur Verhaftung führte. Der muskulöse Vergewaltiger hatte stets eine Strumpfmaske getragen. Fast sämtliche Opfer hatten ausgesagt, er litte unter schwerer Akne auf dem Rücken. Von einem Dermatologen hatte sie erfahren, dass Menschen mit Akne auf dem Rücken meist auch im Gesicht von Narben gezeichnet seien. Sie hatte allerdings vermutet, dass die Maske etwas anderes verbergen sollte.

Sie begann, den örtlichen Sport- und Fitnessclubs verstärkt Besuche abzustatten – eher eine Ahnung als ein konkreter Verdacht. In der Sporthalle in der Fifth Street von Miami Beach, in der angehende Boxer ihre Träume an Sandsäcken austobten, war ihr ein kleiner, sehr kräftiger Bursche der Federgewichtsklasse ins Auge gefallen, der nicht nur an Rücken und Gesicht schwere Akne aufwies, sondern auch eine deutlich gebrochene Nase sowie eine auffällig gezackte, rote Narbe an der Wange.

»Man sollte die Intuition nie unterschätzen«, sagte Detective Perry.

»Nur leider beeindruckt sie selten einen Richter, von dem man einen Durchsuchungsbefehl braucht.«

Sie lächelten zaghaft.

»Wie können wir Ihnen also helfen?«, fragte Detective Perry. »Hat man irgendetwas unter der Leiche gefunden?«

»Nichts von Wert. Nur ein Stück Papier.«

»Was für ein Papier?«

»Genauer gesagt, einen Fetzen. Sieht aus wie die obere Hälfte von diesen Dingern, die beim Einchecken am Flughafen an den Koffergriff geklebt werden, nur um einiges größer. Jedenfalls irgendeine Art von Etikett.« Er hob die Hände. »Nein, nichts dran, was uns weiterhelfen könnte, lediglich das obere Viertel, das Übrige war abgerissen. Außerdem ist es schwer zu sagen, wie lange das schon da gelegen hatte. Vielleicht hat er sie zufällig darauf abgelegt, ein Stück Abfall, weiter nichts.«

Sie dachte an ihre Nichte inmitten von Müll. Sie schüttelte den Kopf, um einen klaren Gedanken zu fassen.

»Was haben Sie jetzt vor?«, erkundigte sich Detective Barren.

»Wir werden uns erst einmal in dem Nachtclub umsehen und schauen, ob wir jemanden finden, der mitbekommen hat, wie sie jemand angesprochen hat oder ihr gefolgt ist ...« Der Lieutenant sah Detective Barren an. »Das kann dauern.«

»Zeit spielt keine Rolle.«

»Verstehe.«

Er schwieg.

»Hören Sie, Detective, das hier muss unerträglich für Sie sein. Wenn es um eine meiner Schwestern ginge, würde ich den Verstand verlieren. Ich würde den Kerl mit eigenen Händen töten wollen. Also, was mich betrifft, erhalten Sie jede Information über den Ermittlungsstand, die Sie wünschen, solange Sie nicht versuchen, unsere Arbeit zu machen. Ist das fair?«

Detective Barren nickte.

»Noch etwas«, fügte Detective Perry hinzu, »falls Ihnen irgendetwas einfällt, sagen Sie es mir persönlich.«

»Kein Problem«, erklärte Detective Barren und fragte sich

im selben Moment, ob es gelogen war. »Nur eines möchte ich noch wissen. Das ist der fünfte, richtig? Wie weit sind Sie bei den anderen? Haben Sie schon einen konkreten Verdacht?«

Die beiden Ermittler zögerten und warfen einander Blicke zu.

»Gute Frage. Wir haben eine Reihe von Hinweisen, und es sind ein paar brauchbare dabei. Kommen Sie in ein paar Tagen, dann reden wir, okay? Wenn Sie sich ein bisschen gefangen haben, ja?«

Herablassendes Arschloch, dachte sie.

»In Ordnung«, stimmte sie zu.

Sie überließ die Männer ihrer Unterhaltung und kehrte zu den Wagen der Spurensicherung zurück. Ein dünner Mann von asketischem Aussehen glich gerade die Nummern, die mit schwarzem Filzstift auf die Plastiktüten geschrieben waren, mit einer Liste auf einem Klemmbrett ab. Er hatte große, knochige Hände, die durch die Luft zu flattern schienen.

»Ach, Merce, ich dachte, Sie wären schon weg. Sie brauchen nicht dazubleiben, wissen Sie.«

»Ich weiß. Wieso sagt mir das jeder?«

»Tut mir leid. Es ist nur – wir wissen alle nicht so recht, wie wir reagieren sollen. Wahrscheinlich machen Sie uns nervös. Wir sind es nicht gewöhnt, uns von einem Toten irritieren zu lassen, und solange Sie da sind, fällt es schwer, es als reinen Job zu betrachten, es geht einem unter die Haut. Können Sie das verstehen?«

»Ja«, antwortete sie mit einem zaghaften Lächeln.

»Merce, ich kann Ihnen nicht sagen, wie sehr wir alle mit Ihnen fühlen. Alle haben sich hier am Fundort mächtig ins Zeug gelegt. Ich kann nur hoffen, dass wir was gefunden haben, das uns zu dem Mistkerl führt.«

»Danke, Teddy. Was haben Sie zusammenbekommen?«
»Viel zu viel. Hier ist die Liste.«
Er reichte ihr das Klemmbrett, und sie überflog das Blatt:

1. Blutprobe Kopf des Opfers
2. Blutprobe Unterleibsregion des Opfers
3. Speichelprobe Schulter des Opfers
4. Abstriche Genitalien des Opfers
5. Abstriche Schulter des Opfers (Bisswunde, s. Diagramm)
6. Bodenprobe A (s. Diagramm)
7. Bodenprobe B (s. Diagramm)
8. Bodenprobe C (s. Diagramm)
9. Probe Fingernägel, rechte Hand des Opfers (s. Diagramm)
10. dasselbe, linke Hand (s. Diagramm)
11. unbekannte Substanz/Blatt
12. mögliche Kleiderfaserprobe
13. Blutspur auf Blatt
14. Zigarettenstummel (s. Diagramm)
15. Zigarettenstummel (s. Diagramm)
16. benutztes Kondom
17. benutztes Kondom
18. unbenutztes Kondom in Folie (Marke Ramses)
19. Bierdose (Budweiser)
20. Cola-Dose
21. Perrier-Halbliterflasche
22. unbekannte Substanz in Alufolienverpackung
23. unbekannte Substanz in Plastikbeutel
24. Filmdöschen Kodacolor Instamatic
25. Filmdöschen Kodacolor Instamatic
26. Deckel von Filmdöschen Kodak 400 schwarzweiß für Negative

27. benutzte Flasche Cutter-Insektenschutz, 160 ml
28. Sea-and-Ski-Sonnenmilch, 350 ml
29. zerdrückte leere Schachtel Marlboro-Zigaretten
30. Damenhandtasche (Inhalt separat aufgelistet)
31. Damenbrieftasche (des Opfers)
32. Damenohrring
33. Etikettende, Farbe gelb, Herkunft unbekannt (unter Leiche)

»Was ist mit den Kondomen?«, fragte sie.
Er schüttelte den Kopf. »Merce, sehen Sie sich das Zeug an. Das findet sich auf jedem Picknickplatz. Die unbekannte Substanz ist möglicherweise Thunfisch, nur so eine Vermutung. Und sehen Sie sich die Diagramme an. Außer den Blut- und Hautproben haben wir alles in einem Umkreis von einigen Metern gesammelt. Alles Sachen, die man vielleicht zu einem kurzen Sonnenbad dabei hat – nicht bei einem Mord mitten in der Nacht.«
Sie nickte.
»Das tut weh, nicht wahr? Wollen Sie ...«
»Ja.«
»Dachte ich mir. Jedenfalls wissen wir nichts, bevor wir das Zeug nicht im Labor haben, aber mir – und wohl auch so ziemlich allen anderen hier – kommt es so vor, als hätte er sie hierhergeschafft. Wahrscheinlich ist der Mistkerl mit dem Wagen bis zu dieser Stelle gefahren, um sie loszuwerden. Wenn wir den Wagen von dem Burschen ermittelt haben, haben wir ihn am Haken. Es muss Blut und Haut und alles Mögliche da drin zu finden sein. Das bekommt er nicht weg. Aber brauchbare Indizien hier am Leichenfundort? Können wir nur hoffen, aber ich würde nicht darauf zählen.«
Sie nickte wieder.

»Ich sag Ihnen mit alldem nichts Neues.«
»Nein.«
Sie gab ihm die Liste zurück und starrte auf die Reihen Plastiktüten, die im Laderaum des Vans fein säuberlich aufgereiht waren. Sie wusste nicht einmal, wonach sie suchen sollte.
»Was ist das?«, fragte sie und zeigte auf eine davon.
»Der letzte Punkt auf der Liste. Irgendein gelbes Etikett. Hat man unter der Leiche gefunden.«
Er reichte es ihr. Sie starrte auf das zerfetzte, gelbe Stück Papier in der durchsichtigen Plastikfolie und drehte den Beutel hin und her. Was bist du?, fragte sie stumm. Was hast du zu bedeuten? Was willst du mir sagen? Wie kommst du hierher? Sie hatte plötzlich das starke Verlangen, das kleine Stück Papier zu schütteln, um es zum Reden zu bringen. Ich werde dich nicht vergessen, sagte sie zu dem Papier. Dann ging sie die Reihe Tüten durch. Ich werde keine von euch vergessen. Mit Schrecken wurde ihr bewusst, wie verrückt sie sich benahm. Sie legte das Tütchen in den Wagen zurück.
Sie musste ziemlich albern wirken. Sie wusste, dass es einige Zeit dauern würde, den Leichenfundort auszuwerten, und die Chancen, brauchbare Indizien zu finden, waren äußerst gering. Sie wurde rot und drehte sich weg. Sie sah, wie die Ermittler in ein Zivilfahrzeug stiegen. In der Ferne machte ein Polizeifotograf Aufnahmen von der Totalen. Der Wagen der Gerichtsmedizin verließ den Parkplatz, und am Ausgang warteten schon die Kameraleute, um die Abfahrt festzuhalten. Ein Gefühl der Hilflosigkeit überwältigte sie, und sie merkte, wie die dünne Fassade professioneller Sachlichkeit, die sie den ganzen Vormittag hatte aufrechterhalten können, jetzt, da die Kollegen von der Spurensicherung, der Gerichtsmedizin und vom Morddezernat die Szene verließen, zu bröckeln begann. Sie fühlte sich vollkommen ausgeliefert und mit

ihren Gefühlen alleingelassen. Sie merkte, wie es ihr Brust und Kehle zuschnürte. Sie rang nach Luft und machte sich auf den Weg zu ihrem Wagen. Als sie die Tür öffnete, kam ihr ein Schwall der darin gestauten Hitze entgegen. Sie setzte sich in den Backofen und dachte an Susan. Sie dachte an ihren Traum. Wie in den letzten Minuten ihres Schlafs wollte sie schreien: Wach auf! Bring dich in Sicherheit!
Doch sie konnte es nicht.

Die Dame im Blumengeschäft hatte Detective Barren beäugt und schließlich gefragt: »Suchen Sie etwas für einen besonderen Anlass?« Detective Barren hatte mit ihrer Antwort einen Moment gezögert, und die Dame hatte unbekümmert weitergeplappert: »Ich meine, wenn Sie etwas für eine Kollegin oder Sekretärin suchen, kann ich Ihnen eins von diesen Blumenarrangements empfehlen. Oder sind sie für einen Kranken? Dann wäre so ein Bouquet das Richtige. Ein Krankenhausbesuch? Wir stellen immer fest, dass Krankenhauspatienten kleine Topfpflanzen lieben – wahrscheinlich macht es ihnen Freude zu sehen, wie die Pflanzen wachsen …«
»Sie sind für meinen Geliebten«, antwortete Detective Barren.
»Oh«, entfuhr es der Frau ein wenig verblüfft.
»Stimmt etwas nicht?«
»Nein, das ist nur ungewöhnlich. Wissen Sie, normalerweise kommen die Männer, um für ihre, ähm, Lebensgefährtinnen Blumen zu kaufen. Das hier ist mal was anderes.« Sie lachte. »Manche Dinge ändern sich nie, egal, wie modern wir sind. Männer kaufen ihren Freundinnen und Ehefrauen Blumen. Nicht umgekehrt. Sie kommen in den Laden und stehen ein bisschen verlegen vor der gekühlten Ware und starren die Blumen an, als hofften sie auf ein Zeichen, irgendetwas, das

ihnen sagt: Kauf mich für deine Frau. Oder deine Freundin. Und durchaus nicht junge Männer. Die jungen Männer von heute scheinen den Wert schöner Blumen nicht mehr zu schätzen. Manchmal habe ich das Gefühl, wir sind viel zu – ich weiß nicht – zu nüchtern geworden. Ich meine, es dauert bestimmt nicht mehr lang, und man verschickt Valentinskarten mit dem Computer. Aber es sind immer noch die Männer, nicht die Frauen. Nein, ich glaube, ich hatte noch nie eine Frau, die hier reingekommen ist …«

Detective Barren blickte die Frau an, und die Verkäuferin verstummte mitten im Satz, bevor sie sich nach einer Weile räusperte. »Oje, ich benehme mich ziemlich albern, oder?«

»Ein bisschen«, erwiderte Detective Barren.

»Oje«, wiederholte die Frau. Die Polizistin sah, wie die ältere Dame sich eine graue Strähne aus der Stirn strich und Haltung annahm. »Ich fange noch einmal an«, erklärte sie. »Wie kann ich Ihnen helfen?«

»Ich hätte gerne Blumen«, sagte Detective Barren.

»Für jemand Besonderen?«

»Natürlich.«

»Gut, dann würde ich Ihnen Rosen empfehlen. Vielleicht nicht die originellste, aber die sicherste Wahl. Sie machen immer Freude, und dafür kaufen wir schließlich Blumen.«

»Ich denke, das wäre nett«, stimmte Detective Barren zu.

»Ein Dutzend?«

»Ausgezeichnet.«

»Ich hätte sie in Rot, Weiß und Rosa da?« Das war eine Frage.

Die Polizistin überlegte einen Moment. »Rot und Weiß, denke ich.«

»Ausgezeichnet. Ein bisschen Schleierkraut dazu – das bringt sie besonders hübsch zur Geltung.«

»Sie sehen sehr hübsch aus.«
»Danke.«
Detective Barren bezahlte, und die Frau reichte ihr die Schachtel. »Ich werde allmählich meschugge.«
»Wie bitte?«
»Wissen Sie, ich rede fast den ganzen Tag nur noch mit den Blumen. Manchmal vergesse ich, wie man mit Menschen spricht. Ich bin sicher, Ihr, äh, Freund wird sich über den Strauß freuen.«
»Mein Geliebter«, verbesserte die Polizistin.
Sie klemmte sich die Schachtel unter den Arm und überlegte, wie viele Jahre vergangen waren, seit sie das letzte Mal am Grab von John Barren gestanden hatte.

Anfang September lag noch kein bisschen Herbst in der Luft; vielmehr hielt sich hartnäckig die sommerliche Schwüle und ein trügerisch blauer Himmel mit ein paar großen weißen Wolken; ein Tag zum Faulenzen und Schwelgen in Erinnerungen an einen strahlenden August, statt an die klirrende Januarkälte zu denken, die in Delaware Valley mit unumstößlicher Gesetzmäßigkeit Schnee und beißend kalten Wind vom Fluss sowie Eis- und Graupelstürme brachte – eine unglückselige Mischung aus Böen, Schneeregen und Glatteis. Eins dieser ganz gewöhnlichen Unwetter, dachte Detective Barren mit einem leisen Lächeln. Es hatte sie unterwegs erwischt, mit einer leeren Autobatterie und durchnässten Stiefeln. Als sie schließlich – allein – in ihre leere, kalte, verwaiste Wohnung zurückgekehrt war, hatte sie sich geschworen, in einer warmen Gegend ganz von vorne anzufangen. Miami.
Sie legte die Blumen auf den Beifahrersitz des Leihwagens und nahm von Lambertville aus den Weg über die Brücke nach New Hope auf der anderen Seite des Flusses. Die für das

Ausgefallene, Kostbare und Exklusive bekannte Kleinstadt dehnte sich entlang beider Ufer aus. Sie brauchte nicht lange, bis sie die Ortschaft hinter sich gelassen hatte und eine schattige Straße Richtung Friedhof fuhr. Sie fragte sich, wieso die Familie näher nach Philadelphia gezogen war, wo es auf dem Lande doch so schön war. Sie sah ihren Vater vor sich, wie er die Nachricht bekommen hatte, dass er an die University of Pennsylvania berufen worden war, und vor Freude wie ein Cowboy ihre Mutter zu einem Squaredance durchs Wohnzimmer wirbelte. Er hatte theoretische Mathematik und Quantenmechanik gelehrt; seine Intelligenz war beängstigend, seine praktische Lebenstüchtigkeit gleich null gewesen. Sie lächelte. Er hätte keine Sekunde lang begriffen, wie sie zur Polizei gehen konnte. Für die Methoden der deduktiven Beweisführung, für einige der investigativen Vorgehensweisen und die offensichtliche Präzision der Ermittlertätigkeit hätte er einen gewissen Respekt aufgebracht, doch die Realität, der ständige Kampf gegen das Böse, hätte ihn entsetzt. Nie hätte er begriffen, weshalb seine Tochter diese Arbeit so liebte, auch wenn er den schlichten Grund für ihre berufliche Hingabe bewundert hätte: Für sie war es die einfachste Möglichkeit, in einer Welt etwas Gutes zu bewirken, in der Mistkerle – an dieser Stelle stockte sie wie schon so oft in den letzten Tagen – liebenswürdige achtzehnjährige Mädchen voller Lebensdrang und vielversprechenden Neigungen und Talenten töten konnten. Detective Barren fuhr weiter, und die liebevolle Erinnerung an ihren Vater versank im Schatten, während in ihrem Kopf ein Skizzenblock Gestalt annahm, auf dem sie die Gesichtszüge des Killers zu zeichnen begann. Um ein Haar hätte sie das Friedhofstor übersehen.

Jemand hatte eine amerikanische Flagge auf John Barrens Grab platziert, und für einen Moment war sie nicht sicher, ob ihr das recht war. Doch dann sagte sie sich: Wenn das irgendeinem hiesigen Mitglied der *Veterans of Foreign Wars* eine Befriedigung verschafft, habe ich nicht das Recht, mich dagegen zu verwahren. Dafür waren Gräber und Gedenkstätten schließlich da – für die Lebenden, nicht für die Toten. Sie ertrug es nicht, den Grabstein und das verdorrte Gras anzublicken und sich vorzustellen, dass John darunter in seinem Sarg lag. Eine Erinnerung bahnte sich ihren Weg, bei der sie unwillkürlich den Atem anhielt:

Sterbliche Überreste können nicht aufgebahrt werden.

An einem der Sarggriffe hatte sich ein Etikett mit diesem Wortlaut befunden. Vermutlich hatte es entfernt werden sollen, bevor sie es zu sehen bekam, doch sie hatte es nun einmal entdeckt.

In ihrem abgrundtiefen Kummer hatte sie über dieses Anhängsel gerätselt.

Sterbliche Überreste können nicht aufgebahrt werden.

Zuerst war ihr der absurde Gedanke gekommen, John liege nackt darin, und die Army versuchte in einem idiotischen Männlichkeitswahn, sittlichen Anstand zu bewahren. Am liebsten hätte sie zu den Männern, die um den Sarg standen, gesagt, seid nicht albern, natürlich haben wir uns nackt gesehen, und es hat uns Freude gemacht. Wir waren schon an der Highschool ein Liebespaar und dann am College; in der Nacht, als er eingezogen wurde, und in den Stunden, bevor er mit dem Bus zur Kaserne fuhr, an der er seine Grundausbildung absolvierte; und dann in den zwei kurzen Wochen Urlaub, bevor er nach Übersee ging. Unten an der Küste von Jersey haben wir uns heimlich weggeschlichen, sobald unsere Eltern schliefen, und uns bei Mondschein nackt in den Sanddünen gewälzt.

Sterbliche Überreste können nicht aufgebahrt werden.

Sie hatte über diese seltsamen Worte nachgedacht. Sterbliche Überreste – nun ja, das war John. »Nicht aufgebahrt« bedeutete, dass sie ihn nicht anschauen konnte. Sie fragte sich wieso. Was hatten sie mit ihm gemacht? Sie versuchte, es herauszufinden, musste jedoch feststellen, dass man der Frau eines jungen Toten keine klaren Antworten gab. Stattdessen hatten alle sie in die Arme genommen und ihr gesagt, es sei das Beste so und Gottes Wille sei nun einmal unergründlich, und der Krieg sei die Hölle und alles Mögliche andere, was ihre Frage nicht beantwortete. Sie wurde ungeduldig und zunehmend verstört, woraufhin die Männer von der Army wie auch ihre männlichen Angehörigen nur umso beharrlicher schwiegen. Als sie ihre Forderungen schließlich lauter und schriller vorbrachte, fühlte sie sich fest am Arm gepackt. Es war der Leiter des Bestattungsinstituts, ein Mann, den sie noch nie im Leben gesehen hatte. Er hatte sie eindringlich angesehen und sie dann zum Staunen ihrer Familie in ein Nebenzimmer geführt. Dort hatte er sie nüchtern, geschäftsmäßig aufgefordert, in einem Sessel auf der anderen Seite des Schreibtischs Platz zu nehmen.

Während sie sich setzte, hatte er verschiedene Papiere durchsucht und gewartet. Schließlich hatte er entdeckt, was er brauchte. »Man hat es Ihnen nicht gesagt, nicht wahr?«

»Nein«, erwiderte sie und hatte keine Ahnung, was er meinte.

»Man hat Ihnen nur gesagt, er sei tot, ja?«

Das entsprach der Wahrheit. Sie nickte.

»Nun denn«, sagte er knapp, um vorsichtig hinzuzufügen: »Sind Sie sicher, dass Sie es wissen wollen?«

Was wissen wollen, hatte sie sich gefragt, jedoch wieder genickt.

»In Ordnung«, seufzte er. Seine Stimme klang traurig. »Corporal Barren starb bei einer routinemäßigen Patrouille in der Provinz Quang Tri. Der Mann neben ihm trat auf eine Landmine. Eine große. Sie tötete Ihren Mann und die beiden anderen Männer.«

»Aber wieso kann ich ihn nicht ...«

»Weil nicht genug von ihm übriggeblieben ist, was Sie sehen könnten.«

»Oh.«

Im Raum herrschte Schweigen. Sie wusste nicht, was sie sagen sollte.

»Kennedy hätte uns da rausgeholt«, erklärte der Leiter des Bestattungsinstituts. »Aber wir mussten ihn ja umbringen. Ich denke, er war unsere einzige Chance. Jetzt ist mein Junge da drüben. Gott, ich habe solche Angst. Es scheint, als würde ich jede Woche einen dieser Jungen unter die Erde bringen. Es tut mir so leid für Sie.«

»Sie müssen Ihren Sohn lieben.«

»Ja. Sehr.«

»Er war nicht ungeschickt, wissen Sie.«

»Wie bitte?«

»John. Er war trainiert. Er war sehr sportlich. Beim Football schaffte er die Touchdowns, beim Basketball warf er Körbe, und beim Baseball punktete er mit Homeruns. Er wäre nie auf eine Mine getreten.«

Sie dachte an den alten Kinderreim: Trittst du auf 'ne Ritze, mach ich meine Witze. Trittst du auf 'ne Mine irgendwo, werde ich des Lebens nicht mehr froh.

Sterbliche Überreste können nicht aufgebahrt werden.

»Hallo, Liebster«, sagte sie und nahm die Blumen aus der Schachtel.

Detective Barren saß auf dem Grab und verdeckte mit dem Rücken die eingemeißelten Lebensdaten ihres Mannes. Sie hob das Gesicht und beobachtete, wie die Wolkenschwaden in einer wundervollen Zwecklosigkeit über den endlosen blauen Himmel zogen. Wie ein Kind versuchte sie zu raten, was ihre einzelnen Formen darstellten, und erkannte Elefanten, Wale und Rhinozerosse. Sie dachte daran, dass Susan nur Fische und Wassersäugetiere gesehen hätte. Sie überließ sich der tröstlichen Phantasievorstellung, dass jenseits der Wolken ein Himmel war und John dort auf Susan gewartet hatte. Der Gedanke war tröstlich, auch wenn ihr die Tränen in die Augen traten. Sie wischte sie ärgerlich weg.

Sie war allein auf dem Friedhof, was ihr nur recht sein konnte, da ihr Betragen der Würde des Ortes nicht ganz entsprach. Ein leichter Wind linderte die Hitze und raschelte in den Bäumen. Sie lachte, ohne dass sie irgendetwas komisch fand, und sagte leise: »Ach, Johnny, ich werde bald vierzig, du bist seit achtzehn Jahren tot, und es ist immer noch die Hölle ohne dich.

Wahrscheinlich habe ich wegen Susan überlebt. Du warst tot, und sie kam zur Welt, und sie war so winzig, hilflos und krank. O Mann, Koliken, dann die Atemwegsbeschwerden und Gott weiß, was noch alles. Annie war völlig überfordert. Und Ben, na ja, der war gerade dabei, beruflich Fuß zu fassen, und hat die ganze Zeit gearbeitet. Also war ich plötzlich mittendrin – bin nächtelang aufgeblieben, damit Annie ein paar Stunden Ruhe bekam. Habe die Kleine gewiegt, habe sie durchs Zimmer getragen, immer hin und her, hin und her. All diese Babytränen, weißt du, die Schmerzen und das Unwohlsein, also, es war, als täte mir selbst der Bauch weh, als könnten wir beide uns ein bisschen besser fühlen, wenn wir zusammen weinten, und ich glaube, wenn sie nicht gewesen wäre, hätte ich es nicht geschafft. Du alter Mistkerl! Du hattest kein Recht, dich in die Luft jagen zu lassen!«

Sie schwieg.

Sie musste an eine Nacht denken, als sie sich in seinem schmalen Bett im Studentenheim aneinanderdrängten und er ihr gestand, er hätte den Antrag auf Freistellung vom Wehrdienst während des Studiums nicht eingereicht. Das ist einfach nicht fair, hatte er erklärt. Die Farmerjungs und die Ghettokids würden abgeschlachtet, während sich die Söhne von Rechtsanwälten in den Eliteuniversitäten in Sicherheit wiegen dürften. Das System sei ungerecht und zynisch, da mache er nicht mit. Falls sie ihn einzögen, nur zu. Falls er die Musterung bestehe, sei's drum. Keine Sorge, hatte er gesagt. Die Army will mich nicht. Unruhestifter. Anarchist. Aufwiegler. Ich gäbe einen lausigen Soldaten ab. Sie schreien *Attacke!*, und ich frage erst einmal nach, wo und weshalb und wie's denn dazu käme, und überhaupt, wieso nicht besser da drüben und wie wär's, wenn wir abstimmen würden? Bei der Vorstellung, wie John Barren eine Gruppendiskussion darüber anzettelte, ob sie den Feind angreifen sollten oder nicht, mit allem Für und Wider, hatten sie gelacht. Dabei hatte sie eine diffuse Angst überspielt, und als der Brief eintraf, der mit den Grüßen des Präsidenten begann, hatte sie darauf bestanden, vorher zu heiraten, weil es ihr wichtig erschien, seinen Namen zu tragen.

»Susan ging es irgendwann besser«, erzählte Detective Barren. »Es schien zwar ewig zu dauern, aber irgendwann ging es ihr besser. Und plötzlich war sie ein kleines Mädchen, und Annie war ein bisschen älter und ängstigte sich nicht mehr so sehr, und Ben musste nicht mehr ganz so hart arbeiten, und ich denke, es war ganz okay, dass ich nur noch Tante Merce war, denn sie würde am Leben bleiben, und ich wusste, ich auch.«

Detective Barren schluckte schwer.
»Gott, Johnny, und jetzt hat jemand sie umgebracht! Mein Baby! Sie hatte so viel Ähnlichkeit mit dir! Du hättest sie auch gerngehabt. Sie war wie das Baby, das wir beide bekommen hätten. Klingt das nicht abgedroschen? Lach bitte nicht, wenn ich sentimental werde. Ich kenne dich! Du warst schlimmer als ich. Wer von uns hat denn bitte schön im Kino geflennt? Erinnerst du dich an *Tunes of Glory*? Beim Alec-Guinness-Festival? Zuerst haben wir *The Ladykillers* gesehen, und du hast darauf bestanden, dass wir uns auch noch den nächsten Film anschauen. Weißt du noch? Nachdem sich John Mills erschossen hat und Guinness ein bisschen durchdreht und vor den anderen Männern in der Offiziersmesse einen langsamen Trauermarsch spielt? Der Dudelsack war sehr leise, und du hast im Kinosaal gesessen, und die Tränen sind dir nur so die Wangen herabgelaufen, also sag ja nicht, ich wäre die Rührselige von uns beiden. Und an der Highschool, weißt du noch, wie Tommy O'Connor gegen St. Brendan nicht durchkam und er dir den Ball abgegeben hat und du einfach losmarschiert bist und der ganze Platz gebrüllt oder den Atem angehalten hat, weil zehn Meter vor dem Korb die Meisterschaft auf dem Spiel stand? Ist doch nur ein Stück Netz, hast du gesagt, aber jedes Mal, wenn ich das Thema anschnitt, hast du zu weinen angefangen, du alter Blödmann. Ihr habt gewonnen, und du musstest heulen. Ich denke, Susan wäre es nicht anders ergangen. Sie hat über gestrandete Wale geweint und über Seehunde, die nicht den gesunden Instinkt hatten, vor den Jägern zu fliehen, oder wegen ölverschmierter Möwen. Das hätte dich auch berührt.«
Detective Barren holte tief Luft.
Ich bin verrückt, dachte sie.
Mit einem toten Ehemann über eine tote Nichte zu reden.

Aber man hat die, die ich liebe, umgebracht.
Alle.

Detective Barren zeigte ihre Dienstmarke einem Beamten in Uniform, der in der Dienststelle des Bezirkssheriffs am Wachtisch saß und sämtliche Besucher überprüfte. Sie nahm den Fahrstuhl zum zweiten Stock und fand das Morddezernat wieder. Eine Sekretärin ließ sie auf einem unbequemen Plastiksofa warten. Sie sah sich um und registrierte die allgegenwärtige Mischung aus altem und neuem Büromobiliar. Die Arbeit bei der Polizei bewirkt irgendwie, überlegte sie, dass selbst neue Dinge sehr schnell ihren Glanz verlieren. Sie fragte sich, ob zwischen dem Dreck, mit dem man sich befasste, und der schmuddeligen Atmosphäre der Büros irgendein Zusammenhang bestand. Ihr Blick wanderte über die drei Bilder an der Wand: der Präsident, der Sheriff und ein dritter Mann, den sie nicht kannte. Sie stand auf und trat an das Bild des Unbekannten heran. Unter dem Porträt eines lächelnden, ein wenig übergewichtigen Mannes mit der amerikanischen Flagge im Revers befand sich eine kleine, bronzemattierte Plakette. Darauf stand der Name des Abgebildeten und die Inschrift IM DIENST GETÖTET, darunter ein zwei Jahre zurückliegendes Datum.
Sie erinnerte sich an den Vorfall; es war eine ganz normale Festnahme nach einem Fall von häuslichen Streitigkeiten gewesen, der in Totschlag geendet hatte. Ein betrunkener Vater und sein Sohn in Little Havana. Ein Mord wie aus dem Lehrbuch: Als die Polizei eintraf, stand der Vater schluchzend über der Leiche. Er war so verstört, dass die Uniformierten ihn einfach ohne Handschellen in einen Sessel setzten. Niemand hatte damit gerechnet, dass er explodieren würde, sobald sie versuchten, ihn mitzunehmen – dass er einem Poli-

zisten die Pistole aus dem Halfter ziehen und auf sie richten würde. Detective Barren erinnerte sich nur zu gut an die Beerdigung mit den Ausgehuniformen, der gefalteten Flagge und dem Ehrensalut, die sie zu einer anderen Trauerfeier zurückversetzte. Wie albern, so zu sterben, dachte sie. Doch im nächsten Moment fragte sie sich, wie ein nützlicher Tod wohl aussah. Als Detective Perry den Raum betrat, drehte sie sich hastig um.

»Entschuldigen Sie, dass ich Sie habe warten lassen«, begrüßte er sie. »Gehen wir in mein Büro.«

Sie folgte ihm den Flur entlang.

»Bürokabine, genauer gesagt. Großraumaufteilung. Richtige Büros mit einer ordentlichen Tür sind nicht mehr zu haben. Das nennt sich nun Fortschritt.«

Sie lächelte, und er bot ihr einen Stuhl gegenüber seinem Schreibtisch an.

»Also?«, meinte er.

»Das frage ich Sie«, erwiderte sie.

»In Ordnung«, sagte er. »Wir haben da etwas.« Er schob ihr ein Blatt Papier hin. Sie nahm es und starrte auf ein Phantombild eines Mannes mit lockigen Haaren und dunkler Haut, der gar nicht schlecht ausgesehen hätte, wenn ihm nicht die tiefliegenden Augen etwas Gespenstisches verliehen hätten. Allerdings nicht genug, um abstoßend zu wirken.

»Ist das ...«

»Wir haben unser Bestes getan«, unterbrach er sie. »Wir haben es quer durch die Stadt und auf jedem Campus verteilt. Während Sie zur Beerdigung waren, haben wir es auf sämtlichen Fernsehsendern ausgestrahlt.«

»Und die Reaktionen?«

»Das Übliche. Jeder denkt, der sieht haargenau wie sein Vermieter oder der Nachbar aus, der ihm zufällig noch Geld schuldet, oder der Typ, mit dem seine Tochter sich trifft. Aber wir überprüfen alle einen nach dem anderen. Vielleicht werden wir ja fündig.«

»Und sonst?«

»Nun ja, die Morde sind nicht völlig deckungsgleich, aber unterm Strich tragen sie doch deutlich dieselbe Handschrift. Die Mädchen wurden alle an irgendeinem Treff oder in einer Bar angesprochen beziehungsweise bei irgendeinem Studententreffen oder einem studentischen Filmklub. ›Angesprochen‹ trifft es nicht ganz. ›Verfolgt‹ kommt der Sache näher. Niemand hat tatsächlich gesehen, wie der Typ sich seine Opfer geschnappt hat …«

»Aber …«

»Na ja, kein Aber. Wir führen Zeugenbefragungen durch. Wir überprüfen eine ganze Reihe Leute – Gärtner, Studenten, Bummler –, um einen Typen zu finden, der mehr oder weniger auf jedem Campus zu Hause ist, der jung ist und sich in die Szene einfügt.«

»Das kann eine Weile dauern.«

»Wir haben ein Dutzend Jungs drauf angesetzt.«

Detective Barren überlegte. Zwar wurde sie nicht offen hingehalten, aber auch nicht wirklich ins Bild gesetzt. Außerdem strahlte Detective Perry eine Art von Selbstbewusstsein aus, zu dem allzu viel Rennerei, Überstunden und frustrierende Knochenarbeit nicht recht passten. Sie hatte das Gefühl, dass sie mehr oder weniger geduldet wurde. Außerdem wusste sie, dass sie die richtige Frage stellen musste, um das richtige Türchen zu öffnen. Sie dachte einen Moment nach, dann hatte sie eine Idee.

»Was ist mit Fällen von tätlichem Angriff?«

»Ich verstehe nicht ganz«, erwiderte Detective Perry.

»Ich meine, was Sie sagen, läuft doch auf ein bisschen von

diesem und ein bisschen von jenem hinaus, aber nichts, was uns bei den Tötungsdelikten entscheidend weiterhilft. Wie sieht es dagegen mit tätlichem Angriff aus? Falls der Kerl schon seit – wie lange, einem Jahr oder mehr? – sein Unwesen treibt, dann ist er vielleicht nicht immer ans Ziel gekommen. Hat einen Fehler begangen. Wurde von anderen Studenten überrascht, als er versucht hat, sich sein Opfer zu schnappen. So was in der Art, ja? Sagen Sie es mir.«

»Na ja«, entgegnete Perry bedächtig, »das ist eine interessante Idee …«

»Die nicht erst mir gekommen ist.«

»Nun …« Er kämpfte mit sich.

»Verarschen Sie mich nicht.«

»Hab ich nicht vor.«

»Dann antworten Sie.«

Ihm war offensichtlich nicht wohl in seiner Haut, während er in seinen Papieren kramte; er sah sich hilfesuchend um. »Eigentlich darf ich nicht so offen sein«, vertraute er ihr an.

»Hatte ich auch nicht erwartet.«

»Könnten Sie es sich noch anders überlegen?«

»Vergessen Sie's«, erwiderte Detective Barren. »Ich will es wissen.«

»Na schön, aber ich werde keine Einzelheiten nennen.«

Sie nickte.

»Zweimal.«

Sie nickte wieder.

»Zweimal hat es der Mistkerl vermasselt. Das letzte Mal eine Nacht, bevor es Ihre Nichte erwischt hat. Wir haben ein halbes Kennzeichen, Marke und Modell.«

»Haben Sie einen Namen?«

»Darf ich Ihnen nicht sagen.«

Detective Barren stand auf.

»Ich geh zu Ihrem Chef. Ich geh zu meinem. Ich geh zur Presse ...«

Er machte ihr Zeichen, sich wieder zu setzen.

»Wir haben einen Namen. Und er wird beschattet. Wenn wir genug für einen Haftbefehl haben, geben wir Ihnen Bescheid.«

»Sind Sie sicher?«

»Nichts ist sicher. Sehen Sie, die Presse hat sich darauf gestürzt und eine Menge Details preisgegeben. Wir gehen folglich behutsam vor, um sicherzustellen, dass wir dem Kerl vorsätzlichen Mord nachweisen können und nicht nur einen Vergewaltigungsversuch. Verflucht, wir wollen ihn mit allen fünf Fällen drankriegen. Das braucht eben seine Zeit.«

»Vermasseln Sie es nicht.«

Detective Perry grinste erleichtert. »Dachte mir, dass Sie das sagen würden.«

Sie sah ihn an.

»Na ja«, fügte er hinzu, »ich hatte es zumindest gehofft.« Er stand auf. »Ich möchte diesem Arschloch, wenn Sie meine Ausdrucksweise gestatten, klarmachen, dass es immer enger für ihn wird. Zunächst einmal muss er begreifen, dass er, egal, wo er sich verkriecht, mit mir zu rechnen hat. Danach kriegt er drei mal vier Meter im Raiford Riviera ...«

Im Todestrakt, dachte Detective Barren. Sie nickte.

»Und die letzte Kiste wird dann noch ein bisschen enger.«

Die Vorstellung erfüllte sie einen Moment lang mit Befriedigung.

Detective Barren stand auf. »Danke«, sagte sie.

»Sollen wir Ihnen Bescheid geben, wenn es so weit ist?«

»Das würde ich mir nie entgehen lassen.«

»Gut. Ich ruf an.«

»Ich warte.«

Sie schüttelten sich die Hände, und als sie das Büro verließ, hatte sie zum ersten Mal seit Tagen Hunger.

Zwei Tage später erst kehrte sie in ihr Büro zurück, nachdem sie den ganzen heißen Tag lang in einer dreckigen Werkstatt im Lagerhausviertel, die gestohlene Pkws ausschlachtete, ein Inventar mit Autoteilen zusammengestellt hatte. Auf ihrem Schreibtisch warteten zwei Notizen – die erste von ihrem eigenen Vorgesetzten mit einer Aufstellung des Beweismaterials von der Stelle, an der man Susans Leiche geborgen hatte. Die zweite kam aus dem Büro des Gerichtsmediziners und betraf die Autopsie. Sie las beide sorgfältig durch.

AN: Det. Mercedes Barren
VON: Lt. Ted March
MERCE: Das war eine Bisswunde, aber sie war zu zerfetzt, als dass es für einen klaren Abdruck gereicht hätte, gibt folglich als Beweismittel nicht viel her. Die Speichelanalyse vom Abstrich an der Stelle weist normale Enzymwerte auf, die Alkoholrückstände erschweren allerdings die Blutgruppenbestimmung oder machen sie sogar unmöglich. Der Kerl muss ein, zwei Drinks intus gehabt haben. Alkohol versaut uns immer die Ergebnisse. Trotzdem hab ich die ganze Probe ins Labor zurückgeschickt und ihnen gesagt, sie sollen's noch mal versuchen. Die beiden am Fundort sichergestellten Kondome enthielten unterschiedliches Sperma. Beide schon beträchtlich zersetzt. Trotzdem, eine war A-positiv, die andere 0-positiv. Weitere Analysen sind in Arbeit. Bis jetzt noch keine brauchbaren Fingerabdrücke oder dergleichen, aber sie wollen bei den Getränkedosen diesen Laser-Evaluator ausprobieren.
Ich halte Sie auf dem Laufenden. Bis jetzt ein ziemlicher

Reinfall auf der ganzen Linie. Tut mir leid. Aber wir strengen uns weiter an.

AN: Detective Mercedes Barren
VON: Arthur Vaughn, Gerichtsmedizinischer Assistent
DETECTIVE: Todesursache bei einer weißen Frau, Alter achtzehn, zweifelsfrei als Susan Lewis aus Bryn Mawr, Pennsylvania, identifiziert, ist ein massives Trauma am Hinterhauptbein, verbunden mit Erstickung durch Strangulierung mit Nylon-Ligatur um den Hals (zu genauer Ursache vgl. Autopsieprotokoll). Abstriche an Genitalien negativ. Test auf Sperma negativ .
DETECTIVE: Sie war von dem Schlag auf den Kopf bewusstlos. Wahrscheinlich ist sie nicht einmal zu sich gekommen, als er sie stranguliert hat. Der Sexualakt war allerdings prämortal. Doch keine Zeichen für eine Ejakulation, möglicherweise aufgrund von Verhütungsmittel.
Das tut mir alles schrecklich leid. Das Autopsieprotokoll sollte mögliche Fragen beantworten, andernfalls rufen Sie bitte jederzeit an.

Detective Barren steckte die beiden Mitteilungen in ihre Tasche. Sie warf einen Blick auf das Autopsieprotokoll mit dem schematischen Diagramm und der seitenlangen Beschreibung ihrer toten Nichte, eine Niederschrift dessen, was der Gerichtsmediziner ins Diktiergerät gesprochen hatte. Größe, Gewicht, Hirn: 1220 Gramm. Herz: 230 Gramm. Gutentwickelte, postadoleszente Amerikanerin. Keine Anomalien festgestellt. Ein Leben auf eine Reihe von Fakten und schematischen Darstellungen reduziert. Jugend, Enthusiasmus und Zukunft ließen sich auf diese Weise nicht messen. Detective Barren überkam ein seltsames Gefühl, und sie war dem

Gerichtsmediziner dankbar, dass er ihr in seiner zwanghaften Gründlichkeit nicht auch noch Dias von der Autopsie mitgeschickt hatte.

Auf ihrem Heimweg machte Detective Barren an diesem Abend in einem kleinen Buchladen halt. Der Verkäufer war ein kleiner runder Mann mit glänzenden Augen, der sich oft die Hände rieb und seine Worte durch eine lebhafte Körpersprache unterstrich. Für Detective Barren war er eine perfekte Verkörperung des Dickens'schen Uriah Heep.

»Etwas, in das man sich flüchten kann? Einen Roman, nehme ich an, ein Abenteuer oder eine Horrorgeschichte. Eine Romanze oder ein Krimi. Was darf's denn sein?«

»Eine richtige Flucht ist es, wenn eine Realität durch eine andere ersetzt wird.«

Der Verkäufer überlegte einen Moment.

»Sie sind nicht unbedingt der Romantyp, oder?«

»Schon, vielleicht. Ich hege nur keine romantischen Gefühle. Aber ich suche etwas, das mich ablenkt.«

Also verließ sie den Laden mit zwei Büchern unter dem Arm. Einer Geschichte des Falklandkriegs und einer neuen Übersetzung von Aischylos' *Orestie*. Ein Stück die Straße hinauf gab es einen Delikatessenladen, sie gönnte sich einen Nudelsalat und dazu eine Flasche Wein, den der Mann hinter der Theke als einen ausgezeichneten kalifornischen Chardonnay bezeichnete. Sie würde gut essen, ein bisschen lesen. Am späteren Abend lief im Fernsehen ein Football-Spiel, das sie sich bis zum Einschlafen ansehen konnte. Das war eine heimliche Passion. Sie schmunzelte; sie verbarg ihre Football-Leidenschaft vor ihren Arbeitskollegen. Sie fühlten sich durch ihre weibliche Kompetenz wahrscheinlich schon genug bedroht. Wenn sie dann auch noch ihr Spiel für sich in Anspruch nahm … Da genoss sie lieber heimlich. Zum Beispiel indem sie nur *eine* Eintrittskarte kaufte, im Orange Bowl in der unteren Preisklasse saß oder zu Hause blieb und sich allein vor ihrem Fernseher in einen Sessel plumpsen ließ, wobei das einzige Zugeständnis an ihr Geschlecht vielleicht darin bestand, dass sie aus einem langstieligen Kristallglas Weißwein trank statt helles Bier aus der Dose. Immerhin trug sie die für den Anlass passende Kleidung. Spielten die Dolphins, zog sie ihr grün-orangefarbenes T-Shirt hervor und schwitzte nicht weniger vor Spannung als ein Mann. Ihr war durchaus bewusst, dass ihr Benehmen ein bisschen albern war, womit sie aber leben konnte, da sie niemandem schadete und ihren Spaß dabei hatte. Sie musste daran denken, wie Susan etwa vor einem Jahr einmal sonntags bei ihr vorbeigeschaut hatte und mit offenem Mund Zeuge geworden war, wie Detective Barren unter häufigen Flüchen in ihrem Wohnzimmer auf und ab wanderte, bis ein fast fünfzig Meter weiter Sprungtritt vom Kicker der Dolphins sie in den letzten Spielsekunden von ihren Qualen erlöste. Bei der Erinnerung musste Detective Barren grinsen.

»Wenn die wüssten …«, hatte Susan gesagt.

»Sch, das bleibt unser süßes Geheimnis«, hatte ihre Tante sie unterbrochen. »Dass du das keinem weitererzählst.«

»Ach, Tante Merce«, hatte Susan schließlich gesagt, »wieso wird man aus dir eigentlich nie schlau?« Und dann hatten sie sich umarmt. »Aber wieso Football? Wieso Sport?«, hatte ihre Nichte gebohrt.

»Weil wir alle im Leben unsere Siege brauchen«, hatte Detective Barren erklärt.

3.

In den folgenden Tagen kämpfte Detective Barren gegen den Drang an, im Morddezernat des Bezirks anzurufen. Während sie ihre eigenen Fälle bearbeitete und Beweismaterial auswertete, stellte sie sich vor, was bei den Kollegen passierte. Sie sah Beamte vor sich, die dem Killer wie ein Schatten folgten, während andere seine Wohnung ausfindig machten, einer Vielzahl an Zeugen sein Foto zeigten und all die kleinen Puzzleteile eines Kriminalfalls zusammensetzten.

Etwa zehn Tage nach Susans Ermordung saß Detective Barren im Zeugenstand, um in einem Mordfall auszusagen. Ausgehend von den Fundorten der Patronenhülsen in dem Haus, in dem ein Drogendealer und seine Freundin ermordet worden waren, hatte Detective Barren den Tathergang rekonstruiert. Ihre Aussage war wichtig, aber nicht entscheidend; folglich ritt der hochdotierte Anwalt des Auftragskillers im Kreuzverhör keine aggressive Attacke, sondern versuchte es mit hartnäckigem Bohren.

Sie wusste, dass ihre Fakten keine Angriffsfläche boten; doch sie musste dafür sorgen, dass der Mann die Geschworenen nicht allzu sehr verwirrte und die Wirkung ihrer Darlegung verpuffen ließ.

Sie hörte, wie der gegnerische Rechtsbeistand seine nächste Frage stellte:

»Was haben Sie aus der Lage der Patronen für den Standort des Mörders geschlossen?«

»Wenn Sie sich bitte die als Beweisstück zwölf geführte Skizze ansehen wollen, Herr Verteidiger, dann sehen Sie, dass sie fünfzig Zentimeter von der Schlafzimmertür entfernt gefunden wurden. Eine Neun-Millimeter-Browning wirft in einem regelmäßigen Abstand Hülsen aus. Folglich ist es mit geradezu wissenschaftlicher Präzision möglich zu bestimmen, wo genau der Schütze stand.«

»Könnten sie nicht weitergerollt sein?«

»In dem Teil des Raums liegt ein fünf Zentimeter dicker Veloursteppich, Herr Verteidiger.«

»Haben Sie das nachgemessen?«

»Ja.«

Der Anwalt wandte sich seinen Notizen zu. Detective Barren musterte den Angeklagten, einen kleinen, drahtigen, kolumbianischen Einwanderer, der nur über wenige Kenntnisse verfügte, abgesehen von den verschiedenen Methoden, Menschen zu töten. Ebenso sicher, wie er mit seiner Verurteilung zu rechnen hatte, würde sein Nachfolger aus der nächsten Avianca-Maschine steigen, sobald die Sitzung geschlossen war. Killer waren so etwas wie Papiertaschentücher im Drogengeschäft: Sie wurden ein paarmal in Gebrauch genommen und dann entsorgt.

Ihr Blick wanderte an dem Killer vorbei zur Rückseite des Gerichtssaals, wo eben Lieutenant Burns eintrat. Einen Moment lang brachte sie ihn mit dem laufenden Mordprozess in Verbindung, doch dann sah sie, wie er ihr heimlich den Siegesdaumen zeigte.

Ihre Phantasie machte Bocksprünge.

Sie sah, wie der Lieutenant den Mittelgang des Gerichtssaals entlang nach vorne kam, sich über die Schranke lehnte und einem gelangweilt dreinschauenden Staatsanwalt ein paar Worte zuflüsterte. Der saß augenblicklich senkrecht, drehte sich auf seinem Sessel herum und stand auf.

Detective Barren sah den Lieutenant gespannt an und erhielt ein verhaltenes Lächeln zurück – ein Zucken um die Mundwinkel, nicht mehr.

»Euer Ehren«, meldete sich der junge Staatsanwalt, »können wir kurz zur Beratung vortreten?«
»Ist es wichtig?«, fragte der Richter zurück.
»Ich glaube ja«, erklärte der Staatsanwalt.
Der Verteidiger, der Gerichtsstenograph und der Staatsanwalt begaben sich auf die andere Seite der Richterschranke, wo die Geschworenen sie nicht hören konnten.
Sie besprachen sich einen Moment, dann kehrten die drei zu ihren Plätzen zurück. Der Richter wandte sich an die Geschworenen.
»Die Verhandlung wird kurz unterbrochen; danach wird die Staatsanwaltschaft den nächsten Zeugen vorladen.« Er sah Detective Barren an. »Detective, offenbar werden Ihre Dienste anderweitig benötigt. Sie sind auf Abruf, vergessen Sie also bitte nicht, dass Sie weiterhin unter Eid stehen.«
Detective Barren nickte. Sie schluckte.
Der Richter runzelte die Stirn. »Detective, der Stenograph kann ein Kopfnicken nicht ins Protokoll aufnehmen.«
»Ja, Euer Ehren, unter Eid, ich verstehe.«
Detective Barren und der Lieutenant verließen zügig den Saal. Auf dem Weg durch die Eingangshalle und einen Metalldetektor sagte der Lieutenant: »Sie haben den Kerl vor ungefähr anderthalb Stunden kassiert. Sie verhören ihn derzeit im Morddezernat. Sie stellen sein Haus auf den Kopf und filzen sein Auto. Durchsuchungsbefehl haben wir heute Morgen bekommen. Da waren Sie wahrscheinlich gerade auf dem Weg ins Gericht. Wir haben versucht, Sie zu erreichen, aber Sie saßen schon im Zeugenstand. Deshalb bin ich selbst hergekommen, um Sie zu holen.«
Detective Barren nickte.
Die beiden eilten aus dem Gebäude. Es herrschte der Herbst von Florida, das heißt, die drückende Sommerhitze hatte ein

wenig nachgelassen. Die Flaggen vor dem Gerichtsgebäude flatterten in der milden Brise.
»Wieso haben sie zugeschlagen?«
»Sie beschatten den Typen seit einer Weile. Ein Beamter hat gestern Nacht beobachtet, wie der Mistkerl in einem rund um die Uhr geöffneten Kaufhaus zwei Damenstrumpfhosen gekauft hat. Die hat er an der University of Miami zusammen mit einem Schlosserhammer in ein Schließfach gepackt.«
»Was ist er für einer?«
»Ausländer und ziemlich irre. Araber oder so. Eine Art ewiger Student, hab ich mir sagen lassen. Hat sich außerdem unter verschiedenen Namen eingeschrieben. Sicher wissen wir bald mehr.« An der Tür eines Zivilfahrzeugs blieb der Lieutenant stehen. »Wollen Sie lieber bei der Vernehmung des Knaben oder bei der Durchsuchung seiner Wohnung dabei sein?«
Sie überlegte einen Moment.
»Machen wir erst mal einen Abstecher zu ihm nach Hause und fahren dann zum Dezernat hinüber.«
»Geht klar.«
Auf dem Weg zum Haus des Tatverdächtigen rauschte die Stadt an der Windschutzscheibe vorbei. Der Lieutenant fuhr schnell und schweigend. Detective Barren versuchte, sich den Festgenommenen vorzustellen, doch es wollte ihr nicht gelingen.
Sie schimpfte mit sich; gute Polizeiarbeit setzte voraus, dass Verdacht und Schlussfolgerungen sich auf Fakten stützten. Sie wusste nichts über diesen Mann. Warte. Lass dir nichts entgehen. Sammle Informationen. Auf diese Weise würde sie ihn kennenlernen. Der Lieutenant drosselte das Tempo und nahm die Ausfahrt zum Flughafen, um jedoch ein paar Häuserblocks davor in eine unscheinbare Straße abzubiegen.

Kleine Schlackensteinhäuser beherrschten das Viertel, in dem vornehmlich lateinamerikanische und schwarze Familien wohnten. Es gab viele Maschendrahtzäune und große Hunde, die dahinter patrouillierten. Das gehörte zur urbanen Normalität: Die größten Hunde wurden in den Randbezirken gehalten, in den Arbeitergegenden, in denen beide Eltern berufstätig waren und ihr Heim gegen Diebstahl zu schützen versuchten. Die Häuser waren ein Stück von der Straße zurückgesetzt, doch Bäume oder Sträucher, zum Beispiel die sonst allgegenwärtigen Palmen, suchte man vergeblich. Detective Barren fand die Gegend wenig einladend; im Sommer erstickte die Straße wahrscheinlich in Staub und Hitze, in denen sich Spannungen und Ärger so schnell wie Bakterien ausbreiteten.

Am Ende der Straße sah sie vor dem letzten kleinen Haus eine Reihe Streifenwagen. Der Lieutenant zeigte nach vorne. »Wie's aussieht, hatte der Kerl einen ihm treu ergebenen Dobermann. Ein Kollege vom SWAT musste ihn wegpusten.« Am Himmel dröhnte ein Flugzeug mit ausgefahrenen Rädern und Landeklappen beängstigend tief über die Dächer hinweg, so dass alles, was der Lieutenant ihr noch mitzuteilen hatte, im Lärm unterging. Wäre sie diesem Geräusch mit einiger Regelmäßigkeit ausgesetzt, musste Detective Barren unwillkürlich denken, dann wäre auch sie bald zu allem fähig.

Sie parkten und bahnten sich einen Weg durch die Traube Schaulustiger, die schweigend die Vorgänge beobachteten. Detective Barren sah, dass zwei Beamte vom Morddezernat die Nachbarn befragten, um brauchbare Hinweise zu bekommen, bevor die Presse über sie herfiel. Sie nickte dem Leiter der Spurensicherung zu – ähnlich wie sie ein ehemaliger Streifenpolizist, der allerdings ein paarmal zu oft als verdeckter Ermittler gearbeitet hatte. Bei einer seiner letzten Razzien hatte eine beschlagnahmte Summe Drogengeld Fragen offengelassen. In der Asservatenkammer waren hunderttausend Dollar in Zwanzigerscheinen zusammen mit einem Kilo Kokain gelandet. Bei den Tatverdächtigen handelte es sich um zwei Collegestudenten aus dem Nordosten, die vor dem Polizeiausschuss für innere Angelegenheiten ausgesagt hatten, zum Zeitpunkt der Razzia über eine Viertelmillion Bares gehortet zu haben, so dass der Verbleib von hundertfünfzigtausend ungeklärt blieb – eine heikle Situation, die zur Versetzung des Polizisten und zu erheblicher Strafminderung bei den Studenten führte. Das Geld tauchte nie wieder auf. Wie viele andere Kollegen auch hatte Detective Barren sich standhaft geweigert, den offensichtlichen Schluss zu ziehen, und sich lieber an die Version gehalten, dass jemand gelogen hatte, und zwar hoffentlich nicht der Polizist. Wie auch immer, er war ein überaus kompetenter Ermittler, und sie freute sich, ihn hier zu sehen.

»Wie geht's, Fred?«

»Gut, Merce. Und Ihnen?«

»Muss irgendwie.«

»Tut mir aufrichtig leid, das hier.«

»Danke, Fred, das weiß ich zu schätzen.«

»Das ist ein Mistkerl, Merce. Absolut eiskalt. Merken Sie sofort, wenn Sie da reingehen.«

»Ich hoffe.«

Er hielt ihr die Tür auf. In dem kleinen Haus war es kühl. Sie hörte das Dröhnen der Klimaanlage. Wahrscheinlich hatten die Kollegen sie eingeschaltet. Dennoch fragte sie sich, als sie beim Eintreten fröstelte, ob es an der Aircondition lag.

Auf den ersten Blick hatte sie eine typische Studentenbude vor sich. In den aus grauen Schlackensteinen und Kiefernbrettern zusammengeschusterten Regalen drängten sich Taschenbücher; das bescheidene Mobiliar wirkte ramponiert, ein verblichener indischer Baumwollüberwurf verbarg einen Riss im Sofabezug, zwei Sessel waren in Plastik gehüllt, ein abgetragener brauner Holztisch war mit Brandflecken von Zigaretten überzogen. An den Wänden hingen Poster aus dem Reisebüro von der Schweiz, von Irland und Kanada mit üppig grüner ländlicher Idylle. Detective Barren speicherte alles in ihrem Kopf, auch wenn es zunächst keine Erkenntnisse hergab.

»Ziemlich normal, wie?«

Sie drehte sich um.

»Fred, zeigen Sie mir etwas Interessantes.«

»Müssen nur ein bisschen genauer hinsehen. Gucken Sie sich mal die Schreibmaschine an.«

Auf dem Schreibtisch stand eine Schreibmaschine mit einem eingezogenen Blatt Papier. Sie beugte sich darüber und las:

unrein unrein unrein unrein unrein unrein unrein
unrein unrein unrein unrein unrein unrein unrein
Gott Gott Gott Gott Gott Gott Gott Gott Gott Gott Gott
Gott Gott Gott
Töten
Ich muss die Erde reinwaschen

»Außerdem hab ich seine Trophäenschachtel gefunden.«

»Seine was?«

»Trophäenschachtel.«

»Ich …«

»Entschuldigen Sie, Merce, hab vergessen, dass Sie Angehörige sind.« Der Kollege schwieg einen Moment. »Offenbar hat er von seinen Opfern Andenken aufbewahrt, von einigen jedenfalls. Im Schrank war ein Schuhkarton mit ein paar Zeitungsausschnitten über die Morde, einschließlich dem an Ihrer Nichte. Außerdem ein Paar Ohrringe und ein, zwei Ringe. Warten Sie, ein Damenschuh und eine Strumpfhose mit einem Blutfleck.«

Er zögerte.

»Bei einem Fall wie diesem ist ein solcher Karton ein absoluter Glückstreffer. Ich weiß zwar nicht, ob genug da drin ist, um ihn mit jedem einzelnen dieser Morde in Verbindung zu bringen, aber es reicht wenigstens für einige von ihnen. Und das heißt, wir haben den Scheißkerl am Haken.«

Sie sah ihn an.

»Hoffentlich.«

»Glauben Sie mir. Da besteht kein Zweifel. Blöderweise müssen wir davon ausgehen, dass der Bursche noch mehr Dreck am Stecken hat, von dem wir nicht mal wissen.«

Er legte den Arm um ihre Schultern, um sie aus dem Zimmer zu führen.

»Keine Sorge. Die Hausdurchsuchung ist legal. Die Beweise sind da. Der Kerl fängt wahrscheinlich in diesem Moment an zu singen. Das Einzige, was uns Sorgen macht, ist dieser seltsame Wisch. Wahrscheinlich hat er eine weiche Birne. Wollen Sie nicht rüberfahren und sich selbst ein Bild machen?«

»Danke, Fred.«

»Ist doch selbstverständlich. Rufen Sie einfach an, jederzeit, wenn Sie was wissen wollen.«

»Weiß ich zu schätzen. Ich fühl mich jetzt schon etwas besser.«

»Gut.«

Auch wenn es nicht der Fall war.

Sie wandte sich an Lieutenant Burns, der draußen auf sie wartete. »Ich will den Kerl sehen – leibhaftig.«

Als sie losfuhren, sah sie sich nicht noch einmal um.

Im Morddezernat des Bezirkspräsidiums wurde sie zusammen mit Lieutenant Burns in einen abgedunkelten Raum mit einem halbdurchlässigen Spiegel als Trennwand zum angrenzenden Zimmer geführt. Sie begrüßte die Handvoll Kollegen, die sich ebenfalls hier versammelt hatten, um die Einvernahme auf der anderen Seite der Trennwand zu verfolgen. In einer Ecke bediente jemand ein Tonbandgerät. Alle schwiegen. Einen Moment lang fühlte sie sich an Hunderte von Kino- und Fernsehfilmen erinnert. Jemand bot ihr einen Stuhl an und flüsterte: »Er leugnet immer noch alles, und er scheint stark zu sein. Sie bearbeiten ihn schon seit zwei Stunden. Ich geb ihm noch fünf Minuten oder auch fünf Stunden, schwer zu sagen.«
»Hat er einen Anwalt verlangt?«, wollte sie wissen.
»Nein. Bis jetzt jedenfalls noch nicht.«
Sie dachte an die Zeilen in der Schreibmaschine.
»Ist er nüchtern?«, fragte sie den Kollegen, während ihr Blick zum ersten Mal auf den Verdächtigen fiel.
Der Mann war klein, drahtig und muskulös, gebaut wie ein Federgewichtsboxer, mit gewelltem schwarzen Haar und leuchtend blauen Augen, eine Kombination, die Detective Barren seltsam irritierte. Er trug Jeans und ein orangefarbenes T-Shirt, das an die Nationalmeisterschaft erinnerte, die das Football-Team der University of Miami gewonnen hatte. Ihr erster Eindruck war, dass er sich wand; sie sah, wie sich die Armmuskeln spannten. Sie musste unwillkürlich abschätzen, wie viel Kraft wohl in diesem Arm steckte, und als ihr plötzlich das Bild von einem kurzen, dumpfen Schlag vor Augen trat, zuckte Schmerz wie ein weißer Blitz durch das dunkle Nichts.
»Seltsamer Bursche. Hat eben aus dem Koran zitiert. Hören Sie mal.«

Sie konzentrierte sich auf die drei Männer im Vernehmungszimmer. Detective Moore stellte die Fragen, während Detective Perry still dabeisaß und sich mitunter Notizen machte, die meiste Zeit jedoch den Verdächtigen unverwandt, mit bohrendem Blick beobachtete. Seinen scharfen Augen entging keine einzige Regung; sie verengten sich böse und bedrohlich, wenn sein Gegenüber arrogante, zweideutige oder ausweichende Antworten gab, so als weckte mangelnde Wahrhaftigkeit einen Zorn, der jeden Moment in Gewalt umschlagen konnte. Jedes Mal, wenn der Detective die Stellung wechselte, rutschte auch der Verdächtige unbehaglich auf seinem Stuhl herum. Detective Barren fand die Vorstellung meisterhaft gelungen.

»Ich will wissen, wozu du die Strumpfhose gekauft hast.«

»Sie war ein Geschenk.«

»Für wen?«

»Für jemanden in meiner Heimat.«

»Wo ist das?«

»Im Libanon.«

»Und der Hammer?«

»Damit wollte ich meinen Wagen reparieren.«

»Wo warst du in der Nacht vom 8. September?«

»Zu Hause.«

»Hat dich jemand gesehen?«

»Ich lebe allein.«

»Wieso hast du alle diese Mädchen getötet?«

»Ich habe niemanden getötet.«

»Und wie kommt es dann, dass wir bei dir zu Hause einen Ohrring gefunden haben, der einem Mädchen namens Lisa Williams gehörte? Und was ist mit der blutbefleckten rosa Strumpfhose, wie Andrea Thomas sie trug, als sie ein Mistkerl vom Campus der Miami-Dade entführt hat? Die war wohl auch ein Geschenk? Und du hast fleißig diese Zeitungsausschnitte gesammelt, wie? Ist wohl ein Hobby von dir, Artikel auszuschneiden?«

»Das sind meine Sachen! Meine ganz persönlichen Sachen! Sie haben kein Recht, sie zu durchwühlen. Ich verlange sie zurück!«

»Mal halblang, Scheißkerl. Du verlangst hier gar nichts!«

»Sie sind ein Teufel.«

»Ja, kann schon sein, dann hab ich das Vergnügen, deinen Arsch in der Hölle schmoren zu sehen.«

»Niemals! Ich bin ein wahrer Gläubiger.«

»Wie? Du glaubst wohl an Mord?«

»Es gibt unreine Menschen auf der Welt.«

»Junge Frauen?«

»Besonders junge Frauen.«

»Wieso sind junge Frauen unrein?«

»Hah! Ist doch wohl klar.«

»Sag es mir trotzdem.«

»Nein. Sie sind auch unrein. Ein Ungläubiger!«

»Nur ich oder alle Cops?«

»Polizisten. Alle Polizisten.«

»Am liebsten würdest du mich erschießen, wie?«

»Sie sind ein Ungläubiger. Im Koran steht, dass es heilig ist, einen Ungläubigen zu töten. Der Prophet sagt, damit verschaffen wir uns Zugang zum Himmel.«

»Na klar doch. Wo du hinkommst, Jungchen, wirst du nicht viel vom Himmel merken.«

»Das hat nichts zu bedeuten. Das ist nur das Fleisch.«

»Erzähl mir was über das Fleisch.«

»Das Fleisch ist verderbt. Reinheit kommt vom Denken.«

»Was musst du mit verderbtem Fleisch machen?«

»Es vernichten.«

»Und wie oft hast du das schon getan?«
»Im Geist schon oft.«
»Und mit den Händen?«
»Das geht nur mich und meinen Meister was an.«
»Und wer ist das?«
»Wir haben nur einen Meister, der im Garten weilt.«
»Woher willst du das wissen?«
»Er spricht mit mir.«
»Oft?«
»Wenn er mir befiehlt, dann höre ich auf ihn.«
»Was sagt er denn?«
»Lerne die Wege der Ungläubigen kennen. Ihre Sitten. Sei bereit für den Heiligen Krieg.«
»Wann fängt der Heilige Krieg an?«
Der Tatverdächtige lachte laut auf, warf sich in seinem Stuhl zurück, machte den Mund weit auf und prustete so laut, dass es in dem kleinen Raum widerhallte. Ihm liefen Tränen die Wangen herunter. So lachte er mehrere Minuten lang, ohne dass ihn einer der Polizisten unterbrach. Detective Barren hörte es sich an und glaubte, dass es ihr das Herz zerreißen müsse. Endlich beruhigte sich der Mann so weit, dass ihm nur noch ein gelegentliches Kichern über die Lippen drang. Er blickte Detective Perry direkt in die Augen und sagte dann in einem schrecklich gleichmütigen Ton:
»Er hat schon begonnen.«
Perry schnellte hoch und schlug mit beiden Fäusten auf den Tisch, der ihn von dem Verdächtigen trennte. Das Geräusch hallte wie ein Schuss, und Detective Barren sah, wie die anderen in dem kleinen Raum erstarrten.
»Krieg gegen kleine Mädchen, wie? Gehörte es zum Schlachtplan, sie zu vögeln?«
Der Verdächtige erwiderte den Blick des Ermittlers eiskalt.

Es herrschte Stille.
Als er sich wieder zu Wort meldete, sprach er mit wohlüberlegter Betonung: »Ich weiß nichts von Ihren unreinen Frauen.«
Er zeigte mit dem Finger auf den Detective.
»Ab jetzt rede ich nicht mehr mit Ihnen.«
Der Finger stieß auf ein Blatt Papier, das vor ihm auf dem Tisch lag. Detective Barren wusste, dass darauf seine bürgerlichen Rechte aufgelistet waren.
»Ich muss auch nicht mit Ihnen reden …«
Der trommelnde Finger klang wie das Feuer aus einer kleinkalibrigen Pistole.
»Ich hätte jetzt gerne einen Anwalt …«
Das Klopfgeräusch nahm zu.
»Rufen Sie mir einen …«
Die Finger ballten sich zur Faust und schlugen auf den Tisch.
»Ich kenne meine Rechte. Ich kenne meine Rechte. Ich kenne meine Rechte. Ich kenne meine Rechte.«
Die beiden Beamten standen auf und sahen den Verhafteten feindselig an.
»Sie machen mir keine Angst«, sagte er. »Gott ist mit mir, und ich fürchte euer Ungläubigenrecht nicht. Schaffen Sie mir einen Anwalt her, damit ich von meinen Rechten Gebrauch machen kann! Damit ich mich an meinen Rechten erfreuen kann! Hören Sie? Sadegh Rhotzbadegh verlangt Rechtsbeistand, ha!«
Die beiden Beamten verließen den Raum.
»Ich bin ein wahrer Gläubiger!«, brüllte er. »Ein wahrer Gläubiger!«
Der Verdächtige sah ihnen hinterher. Dann drehte er sich zu dem Spiegel um und hob den Mittelfinger. Das Tonband nahm

einen weiteren langen, heiseren Lachanfall auf, bis es von einem Polizisten unter leisem Fluchen abgestellt wurde. Detective Barren stand auf und seufzte. Wenigstens, stellte sie fest, fiel es nicht schwer, den Mann zu hassen, der Susan umgebracht hatte.
Und dieser Gedanke hatte etwas Tröstliches.

Die Zeit ging über Detective Barrens Gefühle hinweg.
Sie war in ihre berufliche Routine eingebunden, welche die Verhaftung des libanesischen Studenten in den Hintergrund drängte. Der Tag, an dem sie in Susans Zimmer im Studentenheim deren sämtliche Bücher, Kleider und Papiere zusammenpackte, um sie an ihre Schwester zu schicken, war noch einmal schwierig. Sie war auf einen unvollendeten Liebesbrief an einen Jungen namens Jimmy gestoßen, dem sie selbst nie begegnet war – das schwärmerische Sprudeln einer jungen Frau, die beginnt, die Kindheit abzustreifen. Während sie die Worte gelesen hatte, war ihr ein großer, schlaksiger Junge in den Sinn gekommen, der beim Trauergottesdienst schüchtern am hinteren Ende der Kirche gestanden und am Grab Abstand gehalten hatte, weil er wohl nicht wusste, welche Stellung ihm in all dem Leid zukam. Vielleicht machte ihn der Gedanke, selbst am Leben zu sein, verlegen, so wie es auch ihr einmal ergangen war, und das Gefühl der Erleichterung, das die Jugend angesichts des Todes empfindet – die Dankbarkeit, wenigstens selbst noch eine Zukunft vor sich zu haben –, erfüllte ihn womöglich mit Entsetzen. Detective Barren las: »… Ich kann es dieses Jahr kaum erwarten. Nach der Hälfte des Semesters machen wir eine einwöchige Exkursion auf die Bahamas. Wir nehmen das Forschungsboot mit und verbringen eine Woche unter Wasser. Ich wünschte, du könntest dabei sein. Ich denke an die letzten Nächte und das, was wir

miteinander haben ...« Merce lächelte. Was hatten sie miteinander? Einen seltsamen Moment lang hoffte sie, dass ihre Nichte wahre Leidenschaft und Hingabe kennengelernt, dass sie sich ganz der Lust hingegeben hatte. Das hätte ihr gewaltsames Ende gemildert.

An dieser Stelle hatte sie den Brief weggelegt. Es schien ihr unfair, ihn zu lesen. Doch einen Augenblick hatte sie so etwas wie Freude empfunden, als sei Susan – wenn schon nicht zum Leben erweckt – so doch ihr irgendwie zurückgegeben worden. Sie hatte sich schuldig gefühlt und mit dem Packen weitergemacht, nachdem sie diesen und einige ähnliche Briefe beiseitegelegt hatte, um sie dem schlaksigen Jungen zu schicken.

Du musst dich beschäftigen, schärfte sie sich ein.

Zehn Tage nach der Verhaftung von Sadegh Rhotzbadegh rief sie Detective Perry beim Morddezernat an. Dienstags tagte gewöhnlich die Grand Jury, das für die Anklageerhebung zuständige Gremium, und es war schon später Nachmittag. Perry meldete sich prompt und entschuldigte sich sofort.

»Du liebe Güte, Merce, tut mir leid, dass ich nicht angerufen habe, es war hier so furchtbar hektisch ...«

»Geht schon in Ordnung«, erwiderte sie. »Waren Sie heute vor der Grand Jury?«

»Also, ja und nein.«

»Das müssen Sie mir erklären.«

»Na ja, wir waren da, und ja, wir rechnen noch heute mit der Anklageerhebung wegen mehrfachen vorsätzlichen Mordes. Aber nicht im Fall von Susan und in einem weiteren Fall.«

»Ich kann Ihnen nicht folgen.«

»Sehen Sie, der Modus operandi war in allen fünf Mordfällen in Dade und einem im Regierungsbezirk Broward am dortigen Community College der gleiche. Rhotzbadegh hat da ein Seminar in Elektrotechnik belegt. Jedenfalls hatte er von allen sechs Morden Zeitungsausschnitte bei sich zu Hause. Seine Blutgruppe passt zu einer der Spermaproben, die wir in der Nähe von Susans Leiche gefunden haben – aber nicht zu der anderen. Und bei der passenden Probe ist da noch die Frage des Alters. Er hat eine ganz gewöhnliche Blutgruppe, und es war nicht möglich, sie weiter einzugrenzen. Das Labor hat ihn lediglich in die Fünfundzwanzig-Prozent-Kategorie einordnen können.«

»Keine weiteren Ausschlussmöglichkeiten?«

»Nein. Genauso wie bei dem Fall in Broward.«

»Ergo?«

»Zu einem der anderen Fälle in Dade haben wir nichts, lediglich die Zeitungsausschnitte.«

»Das heißt?«

»Na ja, wir bringen ihn durch den Schmuck und die Wäsche, die wir bei ihm zu Hause gefunden haben, und durch den Schuh, den er aus irgendeinem finsteren Grund behalten hat, mit drei der sechs Morde in Verbindung. Verbindung trifft es vielleicht nicht ganz. Wir nageln ihn fest. Es läuft auf Folgendes hinaus: Wir klären alle Fälle ab, aber wir kriegen vorerst nur drei Anklagen. Wenn der Prozess so weit ist, dass es um die Todesstrafe geht, können wir immer noch Beweise aus den anderen Fällen einbringen. Aber bis dahin dauert es noch ein Weilchen.«

Detective Barren saß schweigend da und dachte nach.

»Merce, tut mir leid. Das Entscheidende ist erst einmal, dass der Kerl hinter Gitter kommt. Vielleicht kriegt er die Todesstrafe. Geht es nicht letztlich darum?«

»Geben Sie nicht auf«, bat sie.

»Was?«

»Was ist mit seinem Wagen?«

»Der war sauber, bis auf einen Ohrring.«

Detective Barren wollte etwas sagen, wurde jedoch unterbrochen.

»Nein – ich weiß, was Sie denken. Der gehörte einem der anderen Mädchen. Den Ohrring, den wir bei Susans Leiche gefunden haben, konnten wir noch nicht zuordnen. Sobald uns das möglich ist, na ja, Volltreffer.«

»Geben Sie nicht auf.«

»Ganz bestimmt nicht, Merce. Wir bleiben dran. Aber Sie wissen ja, wie der Laden läuft. Ich muss den Einsatz an Personal und Zeit gegenüber meinen Vorgesetzten rechtfertigen. Für die ist der Fall abgeschlossen. Wir bekommen eine Verurteilung. Die haben den Kerl schon zu den Akten gelegt. Ich schlage mich mit derselben idiotischen Bürokratie herum wie Sie.«

»Verdammt«, rutschte es ihr heraus.

»Ich kann's Ihnen nicht verübeln.«

»Ich fühle mich verarscht.«

»So dürfen Sie das nicht sehen. Denken Sie an die Mistkerle, die Morde begehen und weiterleben, als wäre nichts gewesen. Merce, hören Sie, ich meine, Sie wissen selbst, wie selten wir einen Killer schnappen, der wie dieser Scheißkerl wahllos Frauen umbringt. Sie müssen schon froh sein, dass er für die Fälle, die wir in trockenen Tüchern haben, in den Knast wandert.«

»Und er hat nicht gestanden?«

»Nee. Dafür ist er viel zu helle. Wissen Sie, dass er unter anderem ein Seminar über Verfassungsrecht belegt hat?«

»Er ist doch nicht ...«

»Keine Chance. Ich meine, natürlich werden sie's mit der alten Masche versuchen, von wegen Unzurechnungsfähigkeit und so. Ich muss zugeben, dass der Kerl tatsächlich irgendwie 'ne Macke hat, mindestens eine, wenn Sie mich fragen. Eindeutig wirr im Kopf. Aber selbst wenn Allah ihm eingeflüstert hätte, diese Mädchen zu töten, hat er unserem Jungen ganz bestimmt nicht befohlen, sie zu vergewaltigen. So läuft das nicht bei Allah, nicht einmal wenn der einen schlechten Tag hat. Und ganz sicher agiert Rhotzbadegh nicht wie ein paranoider Schizophrener.«

Sie schwiegen einen Moment.

Detective Barren fühlte sich unbehaglich, so als sei das Zimmer plötzlich überhitzt. Sie hörte Detective Perry in der Leitung.

»Hören Sie, Merce, zögern Sie nicht, mich anzurufen. Sobald wir mehr erfahren, melde ich mich.«

Sie bedankte sich und legte auf.

Das Rechtssystem, dachte sie, war ganz und gar unfair. Sie hasste sich dafür, dass sie es in- und auswendig kannte, mit all seinen faulen Kompromissen. Die Tatsache, dass sie aus polizeilicher Sicht ganz und gar nachvollziehen konnte, was hier ablief, machte sie noch wütender. Sie hätte sich dafür ohrfeigen können, wie sehr sie das Ganze verinnerlicht hatte.

In dieser Nacht schlief sie nicht. Sie sah sich sämtliche Late-Night-Talkshows an und las am Ende bis zum Morgengrauen Aischylos. Als sie beim ersten zarten Morgenlicht, das in ihre Wohnung drang, zu den Eingangsversen der *Odyssee* wechselte, musste sie einräumen, dass auch die alten Griechen sie nicht besänftigen konnten.

Sie ging an diesem Morgen früh zur Arbeit, wühlte sich fieberhaft durch allen möglichen Papierkram, revidierte Berichte, Analysen und Tatortauswertungen. Sie perfektionierte ihre Ergebnisse so lange, bis sie schließlich am späten Abend, als es erneut dunkel war, nach Hause ging. Nachdem sie sich bis auf Unterwäsche und T-Shirt ausgezogen hatte, legte sie

Kissen und Decke auf den Boden und schlief auf dem harten Holz, um sich keinen Komfort zu gönnen.

Die Zeit schien in der Schwebe zu verharren. Sie hatte das Gefühl, als wären alle ihre Emotionen auf Eis gelegt, während sie hoffte, dass Susans Tod irgendwie aufgeklärt würde. Kaum wurde die Anklage wegen dreifachen vorsätzlichen Mordes erhoben, ließ sich Detective Barren in der Staatsanwaltschaft beim Leiter der Abteilung für Tötungsdelikte blicken, um ihn durch ihre schiere Präsenz daran zu erinnern, dass der libanesische Student auch für Susans Tod verantwortlich war, selbst wenn er nicht angeklagt werden konnte. Sie verpasste keine Gerichtsverhandlung, keine Sitzung, die von den beiden jungen, mit dem Fall betrauten Staatsanwälten anberaumt wurde. Sie ging noch einmal sämtliche Indizien durch, dachte darüber nach, fing von vorne an. Sie versuchte, vorauszusehen, in welchen Schwachstellen die Pflichtverteidiger stochern würden, die für Sadegh Rhotzbadegh bestellt worden waren. Sie schickte den Staatsanwälten Memos mit jedem noch so kleinen Gesichtspunkt, über den sie gegrübelt hatte, um einen persönlichen Besuch oder zumindest einen Anruf folgen zu lassen, bis sie davon überzeugt war, dass die von ihr entdeckte Lücke in der Beweiskette geschlossen war. Sie wusste, dass sie ihnen mit ihrer Pedanterie höchst lästig fiel, doch sie hatte schon zu oft gesehen, wie die Staatsanwaltschaft aus Mangel an Umsicht und Nachdruck Prozesse verloren hatte, und sie war entschlossen, das zu verhindern.
Als sie die Beweislage so oft gedreht und gewendet hatte, dass ihr nichts Neues mehr dazu einfiel, machte sie sich regelmäßige Besuche im Bezirksgefängnis zur Gewohnheit, wo der libanesische Student im Hochsicherheitstrakt in einer Einzelzelle untergebracht war. Sie bahnte sich ihren Weg durch

elektronische Schließvorrichtungen, durch Korridore, deren düsteres Grau von den Verbrechen der einsitzenden Männer zu zeugen schien, durch Metalldetektoren und an einem Schild vorbei, auf dem in großen Lettern stand: UNBEFUGTER ZUTRITT ZUM WESTFLÜGEL VERBOTEN. ZUWIDERHANDLUNGEN WERDEN STRAFRECHTLICH VERFOLGT. Im Flur vor der Zelle des Libanesen zog sie sich einen Stuhl heran, um ihn einfach nur zu beobachten. Als sie das zum ersten Mal tat, hatte er gelacht und ihr Obszönitäten an den Kopf geworfen. Als er sie damit nicht beeindrucken konnte, hatte er sich entblößt. Einmal hatte er die Gitterstangen der Zelle gepackt, hatte gespuckt und getobt und versucht, hindurchzugreifen, um sie zu packen. Irgendwann hatte er sich an eine Stelle hinter der Toilette verkrochen und nur gelegentlich in den Flur gespäht, um zu sehen, ob die Polizistin noch da war. Sie achtete peinlichst darauf, weder mit ihm zu sprechen, noch auf irgendetwas zu reagieren, das er sagte. Sie hoffte, ihm mit der Wucht ihres Schweigens Angst zu machen.

Sie erzählte niemandem von diesen heimlichen Besuchen, und das Gefängnispersonal, das wusste, was sie hertrieb, vermerkte ihre Besuche nie auf einem offiziellen Formular. Das sei, ließ sie der Chef des Sicherheitstrakts wissen, das Mindeste, was sie tun konnten.

Sie kam zu den Anhörungen zur Beweisaufnahme, in denen die Verteidigung versuchte, die im Haus des Studenten sichergestellten Beweisstücke aus dem Verfahren auszuschließen. Sie saß in der ersten Reihe und starrte dem Angeklagten mit einem bohrenden Blick auf den Rücken. Sie wusste, dass er es spürte, und es erfüllte sie mit großer Genugtuung, wenn sie sah, wie er unruhig wurde und sich ab und zu nach ihr umdrehte, so dass sich ihre Blicke trafen. Die Beweisstücke

wurden zugelassen. »Saubere Arbeit«, flüsterte sie ihrem Freund Fred, dem Detective vom Bezirkspräsidium, nach seiner Aussage zu. »Peanuts«, wisperte er zurück und verließ den Saal.
Sie war auch zur Verhandlung über Sadegh Rhotzbadeghs Schuldfähigkeit zur Stelle. Sie hörte die Argumentation der Verteidiger, wonach ihr Mandant unter stressbedingten Kompensationsstörungen litt, worauf zu ihrer Erleichterung der Richter erwiderte, das sei normal, wenn einem die Todesstrafe drohe.

Monate vergingen, es wurde Winter in Miami. Sobald die drückende tropische Hitze gewichen war, schien die Luft bei Tage klarer.
Abends saß Detective Barren auf ihrer Veranda und genoss die kühle Brise. Sie dachte fast ausschließlich an den bevorstehenden Prozess; das Einzige, was sie sich als kleine Abwechslung gönnte, war eine Eintrittskarte für einen der hinteren Ränge im alten Orange Bowl, wo sie mit den Füßen stampfte, den Dolphins laut zujubelte und mit einem weißen Taschentuch wedelte, während ihre Mannschaft das Spiel genau nach Plan absolvierte. Als sie jedoch an einem tristen Tag mit einem Wetter wie in New England – steter Nieselregen und kalter Wind – die Verbandsmeisterschaft verloren, erfasste Detective Barren auf ihrem nicht überdachten Platz inmitten der sonnenverwöhnten, hemdsärmeligen Zuschauermenge eine schreckliche innere Kälte. Als Fan stirbt man einen kleinen Tod, dachte sie. Niederlagen und Verluste sind unvermeidlich, aber dennoch schrecklich. Bei jedem Spiel, das sie sich ansah, ging es letztlich darum, das Elend des Besiegten zu spüren. An diesem Abend trank sie vor dem Schlafengehen fast eine ganze Flasche Wein. Sie erwachte mit einem Kater

und der festen Überzeugung, die Mannschaft aus Los Angeles bestünde aus lauter Libanesen.

Eine Woche vor Prozessbeginn bekam sie abends einen Anruf von Detective Perry. Er klang aufgeregt.

»Merce«, sagte er, »morgen fällt die Entscheidung.«

»Was?«

»Morgen muss er sich schuldig oder nicht schuldig bekennen.«

»Kein Prozess?«

»Nein. Er wird die drei Fälle gestehen.«

»Und was springt dabei für ihn heraus?«

»Er bleibt am Leben, weiter nichts.«

»Wie viel kriegt er?«

»Dreimal lebenslänglich. Er sitzt die Mindestzeit von fünfundzwanzig für jeden Fall ab – fünfundzwanzig Jahre, dreifach am Stück, knallhart, keine Begnadigung, keine Vergünstigungen – fünfundsiebzig schlimme Jahre. Außerdem wird er sich zu ein paar tätlichen Angriffen bekennen, also kommt noch etwas obendrauf. Der erhält locker hundert Jahre. Wir können jetzt schon mal zum Gefängnis rausfahren und sein Grab schaufeln, denn da wird er mit Sicherheit sterben. Der kommt nie mehr raus.«

»Er hat die Todesstrafe verdient.«

»Merce, Merce, er steht morgen vor dem Richter. Der Mann hat schon ein Dutzend Mordfälle entschieden, einschließlich diesem Foltermord an dem Radfahrer, und bis jetzt hat er noch keinen von denen auf den elektrischen Stuhl gebracht. Sie erinnern sich doch an den Fall, Merce?«

»Ja.«

»Mit elektrischen Viehtreibstäben, Merce. Mit Feuerzeugen.«

»Ja, verdammt, ich entsinne mich.«

»Die Jungs sitzen nur fünfundzwanzig Jahre ab.«

»Trotzdem …«
Er fiel ihr ins Wort.
»Natürlich finden Sie das zum Kotzen. Das finden auch die Familien der anderen Opfer, aber sie haben sich einverstanden erklärt. Außerdem machen sich alle ein bisschen Sorge wegen der Schuldunfähigkeitssache.«
»So ein ausgemachter Blödsinn! Auch wenn der Kerl 'ne Schraube locker hat …«
Er unterbrach sie ein zweites Mal.
»Ich weiß, ich weiß. Aber die Burschen, die ihn verteidigen, haben sogar den Scheißkerl in die geschlossene Anstalt gebracht, der letztes Jahr seine Freundin mit der Bügelsäge zerkleinert hat.«
»Schon, aber …«
»Kein Aber. Wollen Sie das Risiko eingehen?«
Sie überlegte einen Moment. Bevor sie etwas sagen konnte, sprach Detective Perry bereits weiter.
»Und dass Sie nicht auf den Gedanken verfallen, sich den Knaben selbst vorzuknöpfen. Ich weiß von all diesen Besuchen im Gefängnis, Merce. Daran dürfen Sie nicht einmal denken.«
»Er hat den Tod verdient.«
»Merce«, sagte Detective Perry. Sein Ton war sanfter als davor. »Merce, lassen Sie's gut sein. Der Mistkerl ist aus dem Verkehr gezogen. Für immer. Es ist vorbei, verstehen Sie? Zwingen Sie mich nicht, Ihnen diese Gardinenpredigt zu halten, verdammt, wahrscheinlich können Sie sie vorwärts und rückwärts herunterbeten. Es ist vorbei. Vorbei. Geht das in Ihren Schädel?«
»Vorbei.«
»Ja.«
»Vorbei.«

»Und zwar genau morgen um neun Uhr.«
»Bis dann«, sagte sie und legte auf.

Sadegh Rhotzbadegh schien geschrumpft, verängstigt, zu frösteln, obwohl es im vollbesetzten Gerichtssaal heiß und stickig war. Als er Detective Barren auf ihrem üblichen Platz in der ersten Reihe entdeckte, rückte er dicht an einen seiner Pflichtverteidiger heran, der sich umdrehte und ihr einen finsteren Blick zuwarf. Als der Richter hereinrauschte, legte sich knisternde Spannung über den Saal.
Der ältere Mann mit verwegen wallendem weißen Haar ließ seinen wachen Blick über die Menschenmenge schweifen, über die zahlreich erschienenen Angehörigen der Opfer bis hin zu den Fernseh- und Zeitungsreportern, die sich hinter den Sitzreihen an die dunklen Wände drückten. Es war ein alter Saal, auf den ringsum die Porträts ehrwürdiger Richter blickten, die längst in Vergessenheit geraten waren.
»Wir hören zuerst Mr. Rhotzbadegh«, bestimmte er. »Es gibt, soweit ich weiß, ein Schuldbekenntnis des Angeklagten.«
»Ja, Euer Ehren.« Einer der jungen Staatsanwälte hatte sich erhoben. »Schlicht gesagt, wenn die Staatsanwaltschaft nicht auf Todesstrafe plädiert, wird sich der Angeklagte in allen Punkten schuldig bekennen. Somit erwartet Mr. Rhotzbadegh in allen Punkten die Höchststrafe, das heißt insgesamt einhundertelf Jahre.«
Er setzte sich. Der Richter blickte zum Tisch der Verteidigung.
»Das ist korrekt«, bestätigte einer der Verteidiger.
Der Richter sah den Angeklagten an. Der libanesische Student erhob sich.
»Mr. Rhotzbadegh, haben Ihre Anwälte Ihnen erklärt, worum es hier geht?«

»Ja, Euer Ehren.«
»Und sind Sie mit den Bedingungen Ihres Bekenntnisses einverstanden?«
»Ja, Euer Ehren.«
»Sie wurden nicht genötigt oder gezwungen, dieses Bekenntnis abzulegen?«
»Nein, Euer Ehren.«
»Sie handeln demnach aus freien Stücken?«
»Ja, Euer Ehren.«
»Sie wissen, dass Ihre Anwälte eine Verteidigungsschrift vorbereitet haben und dass Sie auf dem Recht bestehen können, sich Ihren Anklägern vor zwölf Geschworenen Ihresgleichen zu stellen und von der Staatsanwaltschaft eindeutige Beweise für diese Anschuldigungen gegen Sie zu verlangen?«
»Das habe ich verstanden, Euer Ehren. Sie waren bereit, auf Unzurechnungsfähigkeit zu plädieren, aber das bin ich nicht.«
»Möchten Sie noch etwas hinzufügen?«
»Ich habe nur getan, was mir aufgetragen war. Dessen habe ich mich schuldig gemacht. In den Augen des Propheten bin ich unschuldig. Ich heiße den Tag willkommen, an dem er mich zu sich nimmt und wir gemeinsam im Garten wandeln.«
Detective Barren hörte, wie die Reporter mitschrieben, um ja kein Wort des Angeklagten zu verpassen.
»Das ist schön«, erwiderte der Richter, »ich freue mich, dass Ihre religiösen Überzeugungen Ihnen Trost spenden …«
»Ja, das tun sie, Euer Ehren.«
»Gut. Danke.«
Der Richter machte eine knappe Handbewegung, und der libanesische Student setzte sich hin. Der Richter blickte in den Saal.

»Sind die Angehörigen der Opfer zugegen?«
Es herrschte Stille. Schließlich stand ein älteres Paar direkt neben Detective Barren auf. Ein weiteres Paar erhob sich, gefolgt von einer ganzen Familie. Auch sie stand auf. Die prekäre Stille im Saal hielt an, und sie beobachtete, wie Sadegh Rhotzbadeghs Schultern zuckten. Angst, dachte sie. Er sah beharrlich nach vorn.
»Möchte jemand von Ihnen etwas zu Protokoll geben?«
Einen Moment lang herrschte Verlegenheit. Detective Barren schwirrten tausend Worte durch den Kopf – über Susan, darüber, was sie ihrer Familie bedeutete, was einmal aus ihr hätte werden können. Es drückte ihr die Kehle zu, und sie musste sich setzen. Doch einer der anderen, die aufgestanden waren, ein großer, dünner, distinguiert aussehender Mann in gut geschnittenem Nadelstreifenanzug, schritt nach vorn. Seine Augen waren gerötet. Eine Sekunde starrte er zum Tisch der Verteidigung, und sein Blick schien alle Wärme aus dem Raum zu saugen. Dann wandte er sich an den Richter.
»Euer Ehren. Morton Davies, Vater von Angela Davies, Opfer …«
Er stockte.
»Wir haben diesem Bekenntnis zugestimmt, weil uns klar ist, dass das Rechtssystem eher uns betrügen würde, die einen solchen Verlust erlitten haben, als diesen …« Er wusste nicht weiter, suchte nach dem richtigen Wort. »… diesen Abschaum.« Er schwieg. »Unser Verlust, Euer Ehren, unser Verlust …«
Er sprach nicht weiter.
Sein letztes Wort hing über dem Gerichtssaal und hallte in der Stille nach.
Detective Barren wusste sofort, weshalb er nicht weitergesprochen hatte. Alle wussten es wohl. Wie konnte man einen

solchen Verlust benennen? Sie merkte, wie sich ihr Hals noch weiter zuschnürte, und sie geriet einen Moment in Panik, weil sie glaubte, keine Luft mehr zu bekommen, jedenfalls nicht, wenn Davies versuchte, weiterzureden.
Er tat es nicht. Er machte auf dem Absatz kehrt und schritt durch den Saal, durch die rückseitige Tür in die Eingangshalle. Kunstlicht leuchtete auf, als die dort draußen postierten Kameraleute der Fernsehteams seine Trauer einfingen. Detective Barren wandte sich wieder nach vorne. Sadegh Rhotzbadegh hatte sich zwischen seinen beiden Verteidigern erhoben. Von ihm wurden die Fingerabdrücke genommen, und der Richter verkündete, nachdem er die Anklagepunkte verlesen hatte, das Urteil – die Höchststrafe in allen Fällen. Die Jahre reihten sich schnell aneinander, und die beiden Anwälte traten beiseite, um zwei riesigen Gefängniswärtern Platz zu machen, die Sadegh Rhotzbadegh mit festem, entschlossenem Griff aus dem Gerichtssaal führten. Der Richter erklärte, »Die Sitzung ist geschlossen«, und rauschte in seiner schwarzen Robe durch eine Seitentür hinaus. Im Nu sprangen die Reporter auf, im selben Moment schwirrten Fragen und Antworten durch den Raum. Eine Familie bahnte sich kopfschüttelnd ihren Weg. Eine andere blieb stehen, um sich über das Rechtssystem zu empören. Detective Barren sah, wie die Staatsanwälte einem grinsenden Detective Perry die Hand schüttelten. Sie trat nach vorn und beobachtete den libanesischen Studenten. Er hatte schon fast den für Gefangene vorgesehenen Ausgang erreicht, als er stehen blieb, sich umdrehte und den Saal absuchte. Schließlich trafen sich ihre Blicke, und zum ersten Mal schienen seine Augen nicht verängstigt, sondern traurig. Er schüttelte heftig den Kopf, als wolle er etwas energisch verneinen. Sie sah, wie er mit den Lippen ein, zwei Worte formte, konnte jedoch nichts verstehen.

Und dann war er verschwunden. Sie hörte nur noch, wie die Tür ins Schloss fiel.
In diesem Moment empfand sie vollkommene Leere.

Zuerst übertrieb sie es mit allem. An einen leichten morgendlichen Dauerlauf von zwei Meilen am Strand war sie gewöhnt, doch jetzt erhöhte sie das Pensum auf fünf Meilen in fünfundvierzig Minuten, so dass ihr die Luft wegblieb. Bei der Arbeit ging sie jeden Aspekt eines jeden ihrer Fälle zwei-, dreimal durch und schöpfte Genugtuung aus der pingeligen Präzision. Da sie schlechter schlief als früher, trank sie mehr. Eine Freundin bot ihr Valium an, doch sie hielt sich an das bisschen gesunden Menschenverstand, den sie sich noch zutraute, und lehnte das Medikament ab. Ihr war bewusst, dass ihr Verhalten seltsam und verzweifelt war, und ihr war ebenso klar, dass sie ernste Schwierigkeiten hatte. Wenn sie tatsächlich einmal schlafen konnte, hatte sie lebhafte Träume, die sich um den libanesischen Studenten, Susan und ihren eigenen toten Ehemann drehten. Manchmal sah sie das Gesicht des Mannes, der sie angeschossen hatte, manchmal ihren Vater, dem die Tränen in den Augen standen, während er sie ansah, als machte sie ihn über den Tod hinaus traurig.
Sie hasste den Gedanken, dass es vorbei war.
Sie wusste, was als Nächstes kam. Sadegh Rhotzbadegh würde erst einmal an die Verteilungsstelle im mittleren Florida überstellt, wo man ihn auf seinen physischen und mentalen Zustand hin untersuchen würde. Zu gegebener Zeit würden sie ihn in den Hochsicherheitstrakt in Railford verbringen, wo er seine Haft antreten musste – bis ans Ende seiner Tage.
Die Tatsache, dass er weiterlebte, erfüllte sie mit Entsetzen.
Immer wieder hatte sie dieses Kopfschütteln vor Augen, das ihr gegolten hatte, und versuchte, in all der Verwirrung, der

Angst und dem Wahn zu entschlüsseln, was er ihr mit dieser letzten Geste hatte sagen wollen.

Sie lag nachts wach und grübelte.

Wie bei einer raffinierten Kamerafahrt versuchte sie, jeden Bruchteil seiner Bewegung einzeln einzufangen und zu einem Ganzen zusammenzufügen. Sein Kopf hatte sich zuerst nach rechts, dann nach links gedreht, er hatte den Mund geöffnet und Worte geformt, die jedoch in all dem Lärm und Gedränge untergegangen waren.

Sie gewöhnte sich an, jedes Wochenende einige Zeit am Schießstand der Polizei zu verbringen. Es hatte etwas Befriedigendes, ihr Geschick mit der Police Special, Kaliber achtunddreißig zu vervollkommnen. Die Wucht des Rückstoßes in ihrer Hand war eine angenehme sinnliche Erfahrung. Sie kaufte sich eine halbautomatische Browning, Kaliber neun Millimeter, eine große, schlagkräftige Pistole, und meisterte bald auch diese Waffe. Sie ging zu Lieutenant Burns und bat darum, sie aus der Tatortanalyse zurück in den Streifendienst zu versetzen.

»Ich würde gerne wieder Streife fahren.«

»Was?«

»Regelmäßigen Schichtdienst versehen. Vielleicht ein Revier übernehmen.«

»Keine Chance.«

»Das ist ein offizielles Ersuchen.«

»Und wenn schon. Ich soll Sie da rausschicken, damit Sie den nächstbesten Handtaschendieb wegpusten? Halten Sie mich für verrückt? Ersuchen abgelehnt. Wenn Sie weiter oben vorstellig werden wollen, nur zu. Wenn Sie es bei der Gewerkschaft versuchen wollen, auch gut, aber es läuft auf das Gleiche hinaus.«

»Ich muss raus. Ich brauche das.«

»Nein, brauchen Sie nicht. Sie brauchen Ihren Seelenfrieden zurück. Den kann ich Ihnen nicht geben. Das kann nur die Zeit.«
Sie wusste nicht einmal mehr, was das war.
Sie rief Detective Perry an.
»Wissen Sie, Merce, wir waren kurz davor, ihn auch für den Mord an Susan dranzukriegen. Wir hatten den Zeitungsausschnitt, den wir bei ihm zu Hause gefunden haben, und nachdem das Bild von dem Kerl in der Zeitung veröffentlicht wurde, haben ihn ein paar Studenten wiedererkannt, die an dem Abend mit Susan in der Bar waren. Sie hätten vor Gericht bezeugt, ihn an dem Abend dort gesehen zu haben. Das Dumme war nur, dass sie ihn nicht mit ihr zusammen gesehen hatten, oder wie er ihr nach draußen gefolgt war, und einer der Studenten kann sich genau erinnern, dass er noch drinnen war, als Susan schon verschwunden sein musste. Wir waren also nah dran, aber …«
»Kann ich ihre Namen bekommen?«
»Sicher.«
Sie machte sich eine Notiz, um die Studenten später aufzusuchen.
Unablässig dachte sie an das Kopfschütteln des libanesischen Studenten. Was?, fragte sie sich immer wieder. Was wolltest du mir sagen?

Sie lag im Bett und empfand nur tiefe Dunkelheit. Der Urteilsspruch war Wochen her; der tropische Frühling hatte die Stadt in kürzester Zeit in üppig sprießendes, sattes Grün gehüllt. Selbst die Nächte schienen voller wiedererwachtem Leben. Wenn er nun sagen wollte, nein, ich hab Susan nicht umgebracht. Mach dich nicht lächerlich. Er hat dich gehasst. Er hat nicht alle Tassen im Schrank. Allah dies und Allah das,

er hat sich irgendeine Form von Vergebung erhofft. Von ihr? Dafür trug er zu viel Angst und Arroganz in sich, eine unmögliche Kombination.
Was dann? Er hat den Kopf geschüttelt, weiter nichts. Vergiss es. Aber wie?
Doch dann schlich sich eine seltsame, nagende Sorge ein, als gäbe es etwas, das sie übersehen hatte, obwohl es ins Auge sprang. Einen Moment drehte sich ihr alles im Kopf, und sie knipste die Lampe an. Sie warf einen Lichtkegel in die Nacht.
Merce tappte durchs Schlafzimmer zu einem kleinen Schreibtisch, in dem sie sämtliche Polizeiberichte sowie Notizen über Susans Ermordung aufbewahrte. Langsam breitete sie die Papiere vor sich aus. Verhalte dich endlich wie eine gottverdammte Polizistin und nicht wie eine verzweifelte Angehörige, hämmerte sie sich ein. Dann nahm sie sich die Unterlagen vor. Finde es, was immer es ist. Irgendetwas hast du übersehen.
Und da war es, ein winziges Detail, und zwar im forensischen Zwischenbericht ihres Chefs.
Alkoholrückstände.
Sie las: »Der Kerl muss ein, zwei Drinks intus gehabt haben. Alkohol versaut uns immer die Ergebnisse.«
»Mein Gott«, entfuhr es ihr laut.
Sie hastete zu einem Bücherregal im Wohnzimmer, zog ein Wörterbuch heraus und schlug »schiitischer Moslem« nach, doch das half nicht weiter. Sie entdeckte ein Vorlesungsverzeichnis, das Susan einmal bei ihr zurückgelassen hatte. Sie nahm es und blätterte es ungeduldig durch. Orientalistik fand sie auf Seite hundertvierundfünfzig. Sie unterstrich den Namen des Institutsdirektors und schnappte sich ein Telefonbuch. Er stand drin.
Sie sah auf die Uhr. Drei Uhr morgens.

Drei Stunden saß sie reglos da und versuchte, ihre Angst zu überwinden. Tut mir leid, dachte sie, als der Zeiger auf sechs stand. Sie wählte die Nummer.
»Kann ich bitte Harley Trench sprechen?«
»Gott«, sagte eine schlaftrunkene Stimme. »Am Apparat. Keine Terminverschiebungen, hab ich ausdrücklich im Seminar gesagt.«
»Professor Trench, hier spricht Detective Mercedes Barren von der städtischen Polizei Miami. Es geht um eine Ermittlung.«
»Du liebes Bisschen, tut mir leid. Normalerweise sind es Studenten. Sie wissen, dass ich Frühaufsteher bin, und das nutzen sie aus …«
Sie hörte ein Räuspern.
»Wie kann ich Ihnen helfen?«, fragte er.
»Wir haben bei einem wichtigen Fall einen Tatverdächtigen, der aus dem Nahen Osten stammt. Er gibt an, schiitischer Moslem zu sein.«
»Ah, so wie dieser grässliche Kerl, der die jungen Mädchen ermordet hat.«
»Ja.«
»Nun ja, fahren Sie fort.«
»Wir müssen wissen, also, wir können diesen Kerl laufen lassen, falls wir nachweisen können, dass er was getrunken hatte.«
»Sie meinen, etwas Alkoholisches.«
»Richtig.«
»Ein Bier oder ein Glas Wein oder einen Gin Tonic.«
»Richtig.«
»Also, das ist leicht zu beantworten, Detective. Wenn er ein gläubiger Schiite ist, so wie dieser arme Irre es von sich behauptet hat, nie im Leben.«

»Wie bitte?«
»Eine Todsünde, Detective. Kein Tropfen Alkohol. Nicht über ihre Lippen. Nie und nimmer. Das gilt gleichermaßen für die fanatischen Moslems wie die Erneuerer. Ein wahrer, konservativer Moslem würde keinen Tropfen anrühren. Würde wahrscheinlich fürchten, der Ayatollah wäre dann höchstpersönlich hinter ihm her. Wir reden hier wohl nicht von einem Saudi oder nordafrikanischen Moslem, sondern von einem augenrollenden, geiselnehmenden Schiiten? Nie im Leben. Beantwortet das Ihre Frage, Detective?«
Detective Barren schwieg.
»Detective?«
»Ja, tut mir leid. War nur in Gedanken. Danke, ja, in der Tat.«
Alkoholrückstände, dachte sie.
Wieder wurde ihr schwindelig.
Sie legte auf und starrte auf die Worte auf dem Tisch. *Alkoholrückstände.*
Mein Gott, dachte sie.
In Zeitlupe sah sie dieses Kopfschütteln vor sich, hartnäckig, insistierend.
Sie rannte ins Schlafzimmer und wühlte die Papiere durch, bis sie zu der Aufstellung der Gegenstände kam, die in Sadegh Rhotzbadeghs Haus gefunden worden waren. Kein Alkohol.
Aber er war in der Bar, dachte sie. Man hatte ihn dort gesehen.
Aber war auch beobachtet worden, ob er etwas getrunken hatte?
Mein Gott, dachte sie erneut.
Sie sprang auf und lief ins Bad. Ein paar Sekunden starrte sie ihr Spiegelbild an und sah Angst und Schrecken in ihren Augen. Dann drehte es ihr den Magen um. Sie beugte sich über die Toilette und erbrach sich heftig. Sie wischte sich ab und sah wieder in den Spiegel.

»Mein Gott«, sagte sie sich ins Gesicht. »Der läuft noch frei da draußen rum. Das heißt, vielleicht, vielleicht, vielleicht, o mein Gott. Ach, Susan, es tut mir so leid, aber der läuft vielleicht immer noch da draußen rum. Susan, Kleines, es tut mir so leid.«
Ihre Kehle war wie zugeschnürt, doch dann brach es endlich aus ihr heraus.
»Ach, Susan, Susan, Susan«, schluchzte sie.
Und zum ersten Mal seit dem Anruf vor so vielen Monaten überließ sie sich dem Kummer, und was sie so lange so erfolgreich unterdrückt hatte, stürzte in einer Tränenflut aus ihr heraus.

2. Kapitel

Eine Literaturstudentin

4.

Das gleißende Licht über dem Highway fiel erbarmungslos durch die Windschutzscheibe und blendete ihn eine Sekunde lang, und er stellte sich vor, wie er über den Tisch hinweg seinen Bruder anstarrte und ihn sagen hörte: »Weißt du, ich wünschte, wir hätten uns früher nähergestanden ...«
Er erinnerte sich, wie er ihm ohne zu überlegen, aber wahrheitsgemäß geantwortet hatte: »Oh, wir stehen uns näher, als du denkst. Viel näher.«
Douglas Jeffers fuhr Richtung Süden und dachte an das fahle Licht der Krankenhaus-Cafeteria, in dem das Gesicht seines Bruders seine Konturen verlor. Das Licht, dachte er, ich erinnere mich immer an das Licht. Er trat aufs Gas und sah, wie die Zwergkiefern und Büsche an den Seiten des Highways noch schneller auf ihn zuzurasen schienen.
Amerika verschwimmt, dachte er.
»Mit hundertsechzig Sachen über den Highway«, sagte er laut und trat das Pedal weiter durch. Er fühlte, wie der Wagen anzog, und freute sich, wie die Landschaft an den Scheiben vorbeiflog. Er hatte das seltsame Gefühl, stillzustehen, während die Welt an ihm vorbeiraste. Als der Wagen beim Überholen eines Sattelschleppers mit Anhänger im Sog der unterschied-

lichen Geschwindigkeiten ein wenig schlingerte, packte er das Lenkrad fester. Er spürte, wie es unter seinen Fingern zuckte, als wollte es sich beschweren oder ihn warnen. Der Motor dagegen dröhnte vergnügt, basso profundo. Er sah auf den Tacho, und als die Nadel hundertsechzig erreichte, nahm er abrupt den Fuß vom Gas, bis er auf bescheidene hundertzehn herunter war. Er fummelte einen Moment an der Skala des Radios herum, bis er den Sender in Florence, Georgia, mit näselnder Countrymusik ohne Störungen bekam. Der Moderator kündete in gedehntem Südstaatenakzent einen Hörerwunsch an: »Für all die bemerkenswerten Schulbusfahrer in Florence, die jetzt auf Streikposten zuhören …« Dann ließ er Johnny Paycheck singen: »… now you can take this job and shove it, I ain't working here no more …«
Jeffers fiel in den Refrain ein und dachte an das Treffen mit seinem Bruder vor zwei Tagen.

Er wartete geduldig an einem kleinen Tisch in einer Ecke der Krankenhaus-Cafeteria, bis Marty seine Morgenvisite beendet hatte und den Raum betrat. »Tut mir leid, dass ich dich habe warten lassen«, fing der Jüngere an, doch Douglas winkte ab. Ein paar Minuten redeten sie über belanglose Dinge und ignorierten das Klappern und Stimmengewirr um sie herum. Der Raum erstrahlte in kaltem Neon, in dem beide Brüder bleich und kränklich wirkten.
»In dem Licht hier sehen alle wie kurz vor der Psychose aus«, meinte Douglas Jeffers.
Martin Jeffers lachte.
»Wie lange ist das jetzt her?«, fragte er.
»Ein paar Jahre. Drei vielleicht«, erwiderte Douglas Jeffers.
»Kommt einem gar nicht so lang vor.«
»Nein, eigentlich nicht.«

»Viel zu tun?«
»Ja. Wir beide, nehme ich an.«
»Kann man sagen.«
Douglas Jeffers dachte über das Lachen seines jüngeren Bruders nach und daran, wie selten er es gehört hatte. Martin war von Natur aus ernst. Aber was wollte man von einem Psychiater erwarten, erst recht von einem, der seine Tage in dem Lärm und inmitten der zusammenhangslosen Schreie einer großen Nervenheilanstalt zubrachte?
»Wieso bleibst du hier?«, wollte er wissen.
Martin Jeffers zuckte die Achseln. »Weiß nicht. Ich fühl mich hier wohl, ich werde gut bezahlt, und dann das Gefühl, ein nützliches Glied der Gesellschaft zu sein ... eine Reihe von Faktoren.«
Buße, dachte Douglas Jeffers.
Doch er sprach es nicht aus.
Mein Bruder, dachte er, sieht zu viel. Und erkennt folglich wenig.
Als sein Bruder Kaffee trank, spreizte er wie eine gezierte Tante beim Fünf-Uhr-Tee den kleinen Finger von der Tasse ab. Sein Bruder hatte rastlose Hände. Unentwegt zupfte er an dem Namensschildchen herum, das er an seinem weißen Kittel trug, oder zog einen Kugelschreiber aus der Tasche, kaute an einem Ende herum und steckte ihn zurück. Dachte er über eine Frage nach, so fuhr er sich mit der Hand an den Hinterkopf und zwirbelte sich eine Strähne um den Finger. War die Strähne straff genug gespannt, kam die Antwort.
»Wie läuft's denn so im Seelenklempnergeschäft? Sichere Zukunftsaussichten?«
»Eine Wachstumsindustrie«, erwiderte Martin Jeffers. »Zahlenmäßig jedenfalls. Es geht immer um die gleichen Geschichten, ein ums andere Mal, mit unterschiedlichen Ak-

zenten, aber auch wenn jede ihre individuellen Züge hat, ist es im Grunde doch immer das Gleiche. Das macht es interessant. Manchmal beneide ich dich allerdings um die Abwechslung in deinem Job ...«

Der ältere Bruder runzelte die Stirn.

»So viel anders ist das gar nicht«, sagte er. »In gewisser Weise geht es auch bei mir immer wieder um die gleichen Geschichten. Macht es wirklich einen solchen Unterschied, ob es um Jonestown oder Salvador oder um die Unruhen in Miami geht oder auch um das Barrio von Ost-Los Angeles? Das Leid ist überall dasselbe – beim Absturz einer 727 in New Orleans oder den Boatpeople auf den Philippinen. Schlag auf Schlag. Eine Tragödie pro Woche. Ein Desaster pro Tag. Letztlich dreht sich meine Arbeit immer wieder darum. Ich bin dem Unheil auf der Spur und versuche, einen Blick darauf zu werfen, bevor es weiterzieht.«

Er lächelte. Er fand die Beschreibung gut.

Natürlich schüttelte sein Bruder den Kopf.

»Wenn du es so beschreibst, klingt es wenig ... reizvoll. Vor allem klingt es ermüdend.«

»Nein, eigentlich nicht.«

»Hast du es nicht manchmal satt? Ich meine, ich bin auch schon mal sauer auf meine Patienten ...«

»Nein, ich liebe die Jagd.«

Sein Bruder antwortete nicht.

Douglas Jeffers blickte geradeaus auf die Straße und sah, wie die Teerdecke unter der Hitze flirrte. Die Sonne wurde erbarmungslos von seiner Motorhaube reflektiert, so dass ihm das Licht in die Augen stach. Die Straße vor ihm war leer, und er ließ die Blicke schweifen, nahm die Farben und Formen des ländlichen Georgia in sich auf. Hundert Meter vom Haltestreifen entfernt ragten hohe Nadelbäume auf und warfen ihre kühlen Schatten auf die Erde. Er fühlte sich versucht, anzuhalten und sich unter einen Baum zu setzen. Es wäre angenehm, dachte er, etwas Einfaches und Kindliches zu tun. Dann schüttelte er den Kopf und starrte wieder geradeaus, während er versuchte, die Entfernung zwischen seinem Wagen und der kleinen dunklen Erhebung auf dem Highway vor ihm abzuschätzen. Eine Minute verging. Noch eine, und er fuhr hinter einem Kombi. Es war ein großes amerikanisches Fabrikat, randvoll mit Kindern, Koffern, Hund und Eltern. Auf dem Dach flatterte eine über dem Gepäck festgezurrte Plane im Wind. Douglas Jeffers' Blick traf den eines kleinen Jungen, der mit dem Gesicht zu ihm auf dem hintersten Sitz angeschnallt saß, als sei er von der übrigen Familie geächtet. Der Junge hob zaghaft die Hand in seine Richtung, und Jeffers winkte lächelnd zurück. Dann scherte er auf die linke Fahrspur aus und überholte.

»Weißt du noch«, fragte ihn sein Bruder, »welche Bücher wir als Kinder gelesen haben?«

»Klar«, antwortete Douglas Jeffers. *»Der Zauberer von Oz. Robinson Crusoe. Die mutigen Kapitäne. Ivanhoe. Der kleine Hobbit und Der Herr der Ringe …«*

»Der Wind in den Weiden. The Wonder Clock. Die Schatzinsel …«

»*Peter Pan.* Denke einfach nur glückliche Gedanken …«

»… und schon kannst du fliegen.«

Sie lachten.

»Danach habe ich sie getauft«, sagte Martin Jeffers.

»Wen?«

»Die Männer in meinem Programm. Es ist ein Insider-Joke

hier in der Anstalt. Die Männer in dem Sexualtäterprogramm. Wir nennen sie die Lost Boys.«

»Wissen sie davon?«

Martin Jeffers zuckte die Achseln. »Sie sind jedenfalls eine Sorte für sich.«

»Sicher«, vermutete Douglas Jeffers. »Keine Allerweltstypen.«

»Nein, ganz bestimmt nicht.«

Sie schwiegen einen Moment.

»Eines wüsste ich gern«, setzte sein Bruder an. »Was magst du an der Fotografie am liebsten?«

Douglas Jeffers dachte sorgfältig über die Frage nach, bevor er antwortete: »Mir gefällt die Vorstellung, dass ein Bild unauslöschlich ist; es hat etwas Makelloses, beinahe Heiliges. Es lügt nicht, es kann nicht lügen. Es fängt die Zeit und die Ereignisse vollkommen ein. Wenn du dir in deinem Beruf etwas ins Gedächtnis rufen musst, dann musst du in die Vergangenheit hinabsteigen, mit all ihren verworrenen Emotionen, ihren Ängsten und Knäueln anderer Erinnerungen. Ich nicht. Wenn ich einen Blick in die Vergangenheit werfen will, kann ich einen Band aufschlagen und mir ein Foto raussuchen. Völlig unbelastet. Die reine Wahrheit.«

»So einfach wird es wohl doch nicht sein.«

Ist es aber, dachte Douglas Jeffers.

»Aber ich will dir auch sagen, was ich daran nicht mag«, fuhr er fort. »Meist landet deine beste Arbeit im Papierkorb. Die Fotoredakteure suchen immer nach der besten Illustration für ein Ereignis. Selten ist es auch das beste Foto. Jeder Fotograf hat seine persönliche Galerie, seinen heimlichen Schatz an Bildern. Seine eigene Erinnerung an die Wahrheit.«

Wieder herrschte Schweigen. Douglas Jeffers wusste genau, was sein Bruder ihn als Nächstes fragen würde. Es wunderte ihn nur, dass er damit so lange gewartet hatte.

»Wieso kommst du jetzt?«, fragte Martin Jeffers. »Wieso dieser Besuch?«
»Ich unternehme eine kleine Reise. Ich würde gerne meinen Wohnungsschlüssel bei dir lassen. Geht das in Ordnung?«
»Ja, aber – wo willst du hin?«
»Mal hier, mal dort. Auf den Spuren der Vergangenheit. Alte Erinnerungen auffrischen.«
»Kannst du eine Weile bleiben? Wir könnten über die alten Zeiten reden.«
»Dir ist sicher nicht entfallen, dass unsere alten Zeiten nicht gar so rosig waren.«
Sein Bruder nickte.
»Sicher. Wo genau soll's hingehen?«
Douglas Jeffers schwieg.
»Du willst oder kannst es nicht verraten?«
»Ich will es mal so sagen«, antwortete er nach einer Weile. »Es ist eine ›empfindsame Reise‹.« Er hauchte die Worte ironisch. »Wenn ich dir die Route verrate, verliert es ein bisschen an Abenteuer.«
Martin Jeffers schien beunruhigt.
»Das ist mir zu hoch.«
»Wird dir schon noch klarer werden.« Douglas lachte schroff. Bei dem Laut flogen Köpfe herum. »Hör zu, ich wollte mich nur verabschieden. Ist das so mysteriös?«
»Nein, aber ...«
Der Ältere unterbrach ihn. »Sieh's mir einfach nach.«
»Selbstverständlich«, erwiderte der Jüngere prompt. Schweigend gingen die beiden Männer einen Anstaltsflur entlang. Das Licht, das durch eine Fensterreihe fiel, wurde von den weißen Wänden reflektiert und brachte ihrer beider Gestalten zum Leuchten. Sie erreichten den Haupteingang und blieben stehen. »Wann sehe ich dich wieder?«, fragte Martin.

»Wenn es so weit ist.«
»Du meldest dich ab und zu?«
»Auf meine Art.«
Douglas Jeffers sah, dass sein Bruder noch weitere Fragen stellen wollte, es sich aber anders überlegte und auf die Lippen biss.
»Vielleicht hörst du von mir«, sagte Douglas Jeffers.
Der Jüngere nickte.
»Vielleicht hörst du auch über mich.«
»Ist mir wieder zu hoch.«
Doch der Ältere schüttelte den Kopf und versetzte seinem Bruder einen gespielten Kinnhaken. Dann drehte er sich zum Ausgang um. Bevor er durch die Tür ging, wandte er sich noch einmal zurück, packte geübt seine Kamera aus der Schultertasche und hob sie in einer einzigen flüssigen Bewegung ans Auge. Er ging ein wenig in die Hocke, brachte seinen Bruder ins Bild und machte eine Reihe von Schnappschüssen. Douglas Jeffers ließ die Kamera sinken und winkte unbeschwert. Martin Jeffers versuchte zu lächeln und hob zaghaft die Hand zu einem angedeuteten Gruß.

So hatte er ihn verlassen. Bei der Erinnerung an den Ausdruck im Gesicht seines Bruders musste Douglas Jeffers lachen. »Mein Bruder«, sagte er laut, »sieht und sieht doch nicht, hört und hört doch nicht.«
Einen Moment lang wurde er traurig. Lebe wohl, Marty. Für immer lebe wohl. Wenn es so weit ist, nimm die Wohnungsschlüssel und begreife, wenn du kannst. Lebe wohl.
Er wurde plötzlich von einem Streifenwagen abgelenkt, der neben einer Baumgruppe parkte. Er warf einen raschen Blick auf den Tacho. Er fuhr etwa hundertzehn, aber was machte das schon für einen Unterschied?

Hinter Tallahassee, nahm er sich vor, würde er besser darauf achtgeben. Bei der Vorstellung, dass seine Reise durch eine zufällige Verkehrskontrolle ein jähes Ende finden könnte, drosselte er das Tempo. Andererseits würde ein langsamer Wagen ebenso sehr auffallen wie ein Raser. Halte dich an eine mittlere Geschwindigkeit. Er griff unter den Sitz und tastete nach dem Lederköfferchen, das er in den Hohlraum geklemmt hatte. Es war noch da. Er hatte die Pistole mit kurzem Lauf vor Augen. Nicht so zielgenau wie die Neun Millimeter, die er im Koffer aufbewahrte, und auch nicht so gut bearbeitet, wie das halbautomatische Ruger-Gewehr, Kaliber dreißig, in einem Kasten im Kofferraum. Doch aus kurzer Entfernung war sie sehr effizient. Und sie passte gut in seine Jackentasche; das war wichtig. Es wäre kaum ratsam, über den Campus zu schlendern, wenn sich unter seinem Jackett eine Waffe abzeichnete.

Er kam an einem Wegweiser vorbei. Die Grenze zu Florida war noch sechzehn Kilometer entfernt.

Wir kommen der Sache näher, dachte er.

Er spürte eine freudige Erregung, wie beim Erwachen am ersten Tag im Sommerurlaub. Er kurbelte die Scheibe herunter und ließ die gnadenlos heiße Luft des Südens durch den Wagen wehen. Die Hitze wirbelte um ihn herum, und er fühlte sich ein wenig schlapp. Er merkte, wie ihm der Schweiß unter die Achseln trat, und schloss das Fenster wieder, damit die Klimaanlage ihre Arbeit tat.

Er setzte seine Reise fort und ließ die Erinnerung an seinen Bruder zurück, um sich ganz auf den Highway zu konzentrieren. Er verließ die Interstate und fuhr durch den Florida Panhandle immer Richtung Miami. Die Bäume, registrierte er, waren hier unten weniger stattlich, als ob die Hitze sie entkräftete und die Sonne sie schrumpfte.

Etwa sechzehn Kilometer außerhalb der Stadt fand er ein Motel. Es war ein schäbiges, unscheinbares Etablissement namens *Happy Nites Inn.* Er wollte schon gegenüber der müden Frau mit dem strähnigen grauen Haar hinter der Theke des Bürogebäudes eine Bemerkung darüber fallenlassen, ließ es dann aber sein. Er trug sich unter einem falschen Namen ein, für den er einen Ausweis hatte, doch sie bat nicht darum. Er zahlte für fünf Nächte im Voraus und nahm den Schlüssel zu dem entlegensten Bungalow an der Rückseite des Motels. Er vermutete, dass er dort ungestört war, danach musste er nicht einmal fragen. Das Zimmer kostete achtzehn Dollar die Nacht, und er bekam, wofür er bezahlt hatte. Das Bett war wackelig, mit grauer Wäsche und einer fadenscheinigen Decke bezogen, und es hing durch. Doch alles in allem wirkte das Zimmer sauber und lag, wie er feststellte, vollkommen abgeschieden. Er schob die Waffen unter die Matratze, duschte und machte den Fernseher an, doch er war nicht interessiert und beschloss nach wenigen Minuten zu schlafen.

Als er im Bett lag, plagte ihn allerdings Unentschlossenheit. Er ging sämtliche Argumente durch, die seine Phantasie seit Wochen beschäftigten. Wieder zog er eine Studentin mit Hauptfach Geschichte in Betracht. Sie hätte Sinn für Zusammenhänge, für Kontinuität, wäre in der Lage, das, was geschah, in ein größeres Gesamtgefüge einzuordnen. Aber konnte sie auch schreiben? Besäße sie die rasche, wache Auffassungsgabe, um genau das zu dokumentieren, was ihm vorschwebte? Er war sich nicht sicher. Vielleicht doch lieber Soziologie. Wer Soziologie studierte, hatte eine klarere Vorstellung von Zeitströmungen und war in der Lage, eine Feststellung gesellschaftlich richtig zu bewerten. Doch wieder schwankte er, als ihm klar wurde, dass ihm individuelle Flexibilität eigentlich mehr am Herzen lag. Eine Psychologiestudentin war außer Reichweite; er wäre gezwungen, mit einer klinischen Präzision vorzugehen, die ihm nicht lag. Naturwissenschaften und Politologie konnte er von vornherein ausklammern. Zu dogmatisch und wahrscheinlich nicht sonderlich informiert. Und ihm war ganz gewiss nicht danach, in seiner Freizeit über Politik zu diskutieren. Ebenso wusste er, dass er keine Mathematikerin haben wollte oder eine Musikerin oder Linguistin. Sie wären zu sehr in ihr eigenes Spezialgebiet versponnen, um das Geschehen zu würdigen.

Wahrscheinlich hatte er mit seinem ersten spontanen Gefühl richtig gelegen: Er sollte entweder nach einer Studentin der Literaturwissenschaft oder der Publizistik suchen. Jemand mit einem Interesse an Journalismus wäre hilfreich; dann könnte er über die vielen Artikel diskutieren, für die er schon Fotos geliefert hatte, und auf diese Weise einen Teil der natürlichen Angst kanalisieren. Andererseits war zu befürchten, dass eine angehende Journalistin nicht alles verstehen, sondern eine ungeschickte Nacherzählung abliefern würde, so dass ihr die subtilen Nuancen entgingen, die er ins Auge fasste. Was ich vorhabe, dachte er, reicht für ein ganzes Buch, also muss ich mich nach einem Bücherwurm umsehen. Es gab ihm Genugtuung, dass er zu einer Entscheidung gelangt war, die obendrein nach reiflicher Abwägung und Analyse seinen ersten Instinkt als richtig bestätigte. Doch wieder zögerte er und mahnte sich, nichts zu überstürzen: Ein einsamer, zurückgezogener Typ wäre ein Desaster, während ein allzu beliebtes Mädchen viel zu schnell vermisst würde. Keine Bücherwürmer und keine Cheerleader. Triff eine sorgfältige Wahl, trug er sich noch einmal auf.

Er spürte, wie eine angenehme Ruhe ihn erfüllte. Draußen hörte er die nächtlichen Geräusche von Insekten, die gegen die Fliegengitter stießen, untermalt von den aufheulenden

Motoren großer Lkw in rasanter Fahrt auf der fernen Autobahn.
Halte dich an den Plan. Der Plan ist gut.
Er war zufrieden und fiel nach kurzer Zeit in tiefen Schlaf.

Durch die Fenster der McDonald's-Filiale am Campusrand der Florida State University in Tallahassee flutete helles Licht. Er legte die Hand an die Scheibe und fühlte die Wärme. Er hörte das Geräusch der Klimaanlage, die nicht nur mit den hohen Temperaturen draußen kämpfte, sondern auch mit der Hitze, die aus den Frittiermaschinen und der Phalanx brutzelnder Hamburger auf der großen Herdplatte aufstieg. Selbst so früh am Morgen wimmelte es im Restaurant bereits von Studenten. Er nippte an seinem Kaffee, studierte den Lageplan des Campus und glich ihn mit dem Vorlesungsverzeichnis ab, das er sich vor dem Frühstück mühelos in der Universitätsbibliothek besorgt hatte.
Bei der dritten Tasse Kaffee hatte er mehrere vielversprechende Seminare in geeigneten Lokalitäten ausfindig gemacht. Er steckte den Plan und das Vorlesungsverzeichnis in seine Aktentasche. Bevor er ging, überprüfte er seine Erscheinung in der Herrentoilette. Er rückte sich die Krawatte zurecht und strich sich das Haar aus der Stirn. Er trug ein blaues Seersucker-Sportjackett zur khakifarbenen Hose. Niemand würde sich bei der dunklen Sonnenbrille etwas denken. Auf einem Campus in Florida trägt jeder eine Sonnenbrille. Er rückte die Kugelschreiber in seiner Hemdtasche zurecht und verkrumpelte ein wenig sein Jackett, zog eine Taschenbuchausgabe von John Fowles' *Der Sammler* hervor und steckte es sich so in die Außentasche seiner Jacke, dass der Titel zu erkennen war. Er hatte das Buch am Morgen gekauft, dic Seiten sorgsam mit Eselsohren versehen und den Rücken verbogen,

damit es zerlesen wirkte. Er hätte daran denken sollen, seine eigene Ausgabe mitzubringen. In die andere Tasche steckte er ein kleines Bündel Papiere. Er starrte sich an und war zufrieden. Der klassische wissenschaftliche Mitarbeiter. Vielleicht auch ein wissenschaftlicher Assistent, ein wenig akademisch angestaubt, auf der verzweifelten Suche nach einer Professur mit Festanstellung, aber dennoch freundlich und umgänglich, mit passablem Aussehen und vor allem harmlos.

Er machte sich auf den Weg zum Campus. Zuversichtlich. Freudig erregt. Mit seinem Aussehen ebenso zufrieden wie mit seinem Plan.

Zunächst war jedoch eine spirituelle Zwischenstation notwendig.

Er ging eine ruhige Allee entlang, kam an der einen oder anderen Traube Studenten vorbei, denen er im Vorübergehen freundlich zunickte, und suchte nach der Adresse. Er hätte mit einem Schild oder Emblem an der Hausfront gerechnet, so wie bei anderen Verbindungshäusern. Es war ein außergewöhnlicher Tag; warm, aber nicht zu heiß, eine Atempause in Floridas normalem Sommer. Auf seine Weise, kam ihm in den Sinn, war ein typischer Sommertag in Florida nicht viel anders als ein klassischer Wintertag im Nordosten: Die Hitze setzte einem genauso zu und zwang einen ins Haus wie die bittere Kälte im Norden. An den schlimmsten Tagen ist es gleichermaßen beschwerlich, sich im Freien aufzuhalten. In Florida verkriecht man sich in klimatisierte Räume. Er legte die Hand über die Augen und blickte in den wolkenlosen Himmel. Er dachte an Jack London und zitierte frei: »Nein, ein Mann kann in Florida nicht alleine wandeln, wenn die Temperaturen steigen ...«

Douglas Jeffers schmunzelte und blieb unter den dunklen Zweigen einer Eiche stehen. Er starrte auf ein zweistöckiges

Holzhaus hinter einer grünen Rasenfläche, das etwa zwanzig Meter vom Bürgersteig zurückgesetzt war. Als zwei junge Mädchen aus der breiten Eingangstür traten, wandte er den Blick ab und sah über die Straße, bis sie vorbeigegangen waren. Sie lachten miteinander und hatten ihn offensichtlich nicht bemerkt. Er sah wieder zu dem weißen Haus hinüber und betrachtete die Fassade. Das Gebäude hatte viele Fenster sowie eine Seitentür. Den Rasen schmückte ein Zeichen mit zwei griechischen Buchstaben. Er las die Lettern zweimal und grinste innerlich.

Chi Omega.

Da wären wir also. Hier ist es passiert.

Im Geist hatte er das gewünschte Bild mit der Mühelosigkeit des Profis vor Augen.

Frontal, dachte er. Fang das Licht ein, wie es auf den linken vorderen Teil der Fassade trifft. Ein Schnappschuss fürs Sammelalbum, komm schon. Lass dich nur nicht erwischen. Gerne hätte er gewartet, bis jemand den Gehweg entlanggelaufen oder aus der Tür getreten wäre, so dass die Größenverhältnisse deutlich werden würden. Doch die Person hätte vielleicht etwas gemerkt, und das hätte Probleme nach sich ziehen können. Er richtete seine Position so aus, dass eine große Eiche am Rand der kurzgeschorenen Wiese einen vertikalen Maßstab lieferte. Er bewegte sich ein paar Schritte nach links, um einen leichten Schrägwinkel zu erzielen. Nachdem er sich rasch davon überzeugt hatte, dass der Bürgersteig in beide Richtungen menschenleer war, ging er auf ein Knie, als ob er sich den Schuh zubinden wollte, öffnete die Aktentasche und schnappte sich die Kamera. Belichtungszeit und Blende stellte er ein, bevor er den Apparat herausholte. Dann hob er ihn in einer einzigen flüssigen Bewegung ans Auge, richtete die Linse auf das Wohnheim und stellte gleichzeitig die Schärfe ein.

Dann drückte er ab. Der Motordrive sirrte, und er betätigte noch einmal den Auslöser. Und noch mal. Zufrieden steckte er die Kamera zurück in die Tasche, band sich den Schuh zu und stand auf. Er spähte in beide Richtungen, um sich zu vergewissern, dass ihn niemand beobachtet hatte, und lief zügig die Straße weiter.

Zielstrebig schritt er ein Dutzend Häuserblocks ab und blieb erst stehen, als er unter einem Baum eine leere Bank entdeckte. Er setzte sich hin und merkte erst jetzt, dass er außer Atem war; das kam von der Aufregung, nicht von der körperlichen Anstrengung.

»Hast du das Bild im Kasten?«, fragte er sich. In seiner Phantasie hörte er die verzweifelte Stimme eines gehetzten Redakteurs.

»Hab ich doch immer«, antwortete er.

»Aber hast du dieses bestimmte Foto?«

»Hab ich dich je enttäuscht?«

»Bitte, sag mir klipp und klar, ob du das Foto hast.«

»Kinderspiel.«

Er lachte laut.

Was für ein seltsamer Tourist, dachte er. Während alle anderen nicht schnell genug nach Disney World oder zum Epcot Center kommen können oder weiter zu den Keys ziehen, besuchst du den Ort, an dem … an dem was? Er überlegte. Die meisten würden beim Anblick eines Fotos vom Chi-Omega-Haus auf dem Gelände der Florida State University daran denken, dass an diesem Ort zwei junge Frauen, die friedlich in ihren Betten geschlafen hatten, brutal ermordet worden waren, während eine dritte schwerverletzt überlebte. Einen Moment lang dachte Jeffers über die Phrase nach: brutal ermordet. Das war Journalistenjargon, eine Diktion, die nur entfernt etwas mit normaler Sprache zu tun hatte. Morde waren immer brutal. Ebenso Prügeleien – und nicht nur, wenn man sie als »bestialisch« bezeichnete. Die Klischees der Zeitungswelt bildeten eine Art abstrakter Stenographie – die Leser konnten die Worte »brutal ermordet« auf sich wirken lassen, ohne erfahren zu müssen, dass der Mörder in seiner Rage einem der Mädchen die Brustwarze abgebissen und ein anderes wie ein prähistorischer Berserker mit dem Ast einer Eiche verprügelt hatte. Douglas Jeffers dachte an die jungen Frauen, die eben lachend aus dem Haus gekommen waren. Er fragte sich für einen Moment, ob sie und ihre Schlafgenossinnen nachts den Zimmerschlüssel zweimal umdrehten, ob sie ihre Erinnerungen in einem der hintersten Winkel ihres Bewusstseins verschlossen? Jeffers betrachtete die Fassade und dachte: Für diese Mädchen ist es ein Zuhause, ein Ort der Kameradschaft für vier Collegejahre, doch in Wahrheit ist es viel mehr, es ist ein Monument für etwas viel Bedeutsameres: Dies ist der Ort, an dem ein Serienmörder zum ersten Mal richtig die Kontrolle verloren hat – der Anfang von seinem Ende.

Jeffers erinnerte sich an den kleinen Mann mit dem gewellten braunen Haar, den er bei seinem Fototermin in einem Gerichtssaal in Miami gesehen hatte – viele Monate nach der schrecklichen Nacht in dem Wohnheim der Studentinnen.

Idiot!, dachte er.

Seine Erinnerung segmentierte die Erfahrung in einzelne Bilder. Klick! Der Mörder drehte sich um. Klick! Der Mörder sah ihn direkt an. Klick! Sie starrten sich gegenseitig in die Augen. Jeffers fragte sich, ob der Mann wohl über den Tellerrand seiner kleinen Show hinausblickte. Klick! Der Mörder öffnete den Mund und wollte etwas sagen, brachte es aber nur zu einem grimassenhaften, schiefen Lächeln. Klick! Der Mörder wandte sich wieder ab und gab mit süffisantem Grinsen ein paar unüberlegte Kommentare zu dem bevorstehenden

Verfahren ab, mit denen er den Richter und die Geschworenen düpierte und den Ausgang unvermeidlich machte. Klick! Jeffers fing diesen hochnäsigen Ausdruck am Rande des rasenden Wahnsinns ein, bevor er wieder unter der blasierten Maske verschwand. Das war das Bild, das er für seine eigene Sammlung behielt.

Was für ein Idiot!, dachte er erneut.

Jeffers drehte es den Magen um, wenn er nur daran dachte – die Zeitungen hatten den Kerl wahrhaftig als intelligent bezeichnet!

Jeffers schüttelte heftig den Kopf. Was hat es mit Intelligenz zu tun, wenn man seine eigenen Emotionen nicht beherrschen kann? Wo bleibt die Selbstdisziplin? Wo bleibt die sorgfältige Planung, der Einfallsreichtum, wenn man mitten in der Nacht in ein vollbelegtes Wohnheim einbricht, um die Bewohnerinnen abzuschlachten? Außer Kontrolle. Im festen Griff der Gier. Schwäche, dachte Jeffers. Die primitive Zügellosigkeit eines Schuljungen, der sich auch noch etwas darauf einbildete.

Er entsann sich, wie wütend er selbst innerlich wurde, als seine Kollegen von der Presse und vom Fernsehen fassungslos darüber rätselten, dass ein artikuliert sprechender, gebildeter Mann zugleich ein Serienmörder sein konnte. Er sah aus wie einer von uns. Er redete wie einer von uns. Er agierte wie einer von uns. Wie konnte er in das Profil passen, das die Polizei beschrieb?

Jeffers spuckte wütend.

In Wahrheit, resümierte Jeffers, passte es vorne und hinten nicht.

Wie einfältig. Wie dämlich. Na schön, vielleicht war er intelligent, vielleicht wirkte er liebenswürdig.

Ob er auch den Todestrakt liebt?

Verdient hätte er ihn jedenfalls, fand Jeffers.
Vorsätzliche Dummheit.

Er stand auf und merkte erst jetzt, wie heiß es geworden war. Er beschloss, zur Mensa hinüber zu gehen und etwas zu Mittag zu essen, bevor er sich auf seinen entscheidenden Erkundungsgang begab und seine Pläne in die Tat umsetzte.
In der Mensa war es voll, laut und anonym. Jeffers trug sein Tablett zu einem Tisch in der Ecke und aß langsam, während er auf den vor ihm ausgebreiteten Plan und das Vorlesungsverzeichnis starrte und nur ab und zu einen verstohlenen Blick auf die bunte Schar Studenten warf. Er dachte darüber nach, wie sehr er sich treu geblieben war; er erinnerte sich noch gut an die wenigen Monate, die er am College verbracht hatte, bevor er das Studium hinwarf, um seine Laufbahn als Fotograf anzutreten. Er hatte seine Zeit mehr oder weniger genauso verbracht wie jetzt. Allein. Schweigend. Der stille Beobachter am Rande. Einer, der zuhört, statt zu reden. Er wusste noch, wie unbehaglich er sich in seinem Zimmer im Wohnheim gefühlt hatte, fernab der unbeschwerten Geselligkeit der Kommilitonen. Dort im Norden war es Winter gewesen, ein frostiger, trüber, grauverhangener Tag, der Schnee androhte. Er hatte seine Sachen in eine Reisetasche geworfen, seine Kameras geschultert, war bis ans Ende des Campus gelaufen und hatte als Zeichen seiner wiedergewonnenen Freiheit den Daumen gehoben, um quer durch die Nation Richtung Westen zu trampen. Bei der Erinnerung an diese Reise musste er schmunzeln: Bereits eine Woche, nachdem er losgezogen war, hatte er sein erstes Foto verkauft. Er wusste noch genau, wie er im Stadtzentrum von Cleveland in einer Suppenküche gesessen hatte. Er war wie immer allein gewesen; ein alter Penner hatte sich neben ihn gesetzt und versucht,

unter dem Tisch sein Knie an dem seinen zu reiben und ihn anzumachen, während er fetttriefenden Eintopf schlürfte. Jeffers hatte blitzschnell sein Bein um das spröde Knie des Obdachlosen gehakt und es ihm mit einem Ruck verdreht. Es knirschte im Gelenk, während der Mann sich an den Tisch klammerte; er wollte gerade vor Schmerz aufschreien, als Jeffers' leise Warnung ihn davon abhielt: »Ein Wort, ein Schrei, ein Hilferuf, und ich brech dir die Knochen, so dass du diesen Winter da draußen krepierst, verstanden?«

Als Jeffers losließ, verzog sich der Mann hastig, und wenig später, gerade als er den Rest der Suppe mit einem Stück klebrigem Weißbrot auswischte, hörte Jeffers draußen Sirenen, eine ganze Menge davon, die näher kamen und einen Häuserblock weiter verstummten. Er hatte seine Kameratasche geschnappt und war zu dem schäbigen Mietshaus gelaufen, in dem es brannte. Familien reichten den Feuerwehrmännern vor Panik schreiende Kinder durch die Fenster, und Jeffers hatte im Nu alles auf Zelluloid gebannt. Verkauft hatte er ein Bild von einem Rettungsmann, dem Eiszapfen von Helm und Jacke hingen und der ein verängstigtes, sechsjähriges Kind in eine Decke gehüllt aus der Gefahrenzone schaffte. Der Bildredakteur des *Plain Dealer* war zuerst misstrauisch gewesen, hatte Jeffers aber schließlich erlaubt, die Dunkelkammer zu benutzen. Die Ausbeute an Nachrichten war an diesem Tag bescheiden gewesen, und er war auf ein kleines Kunstwerk für die erste Seite des Lokalteils erpicht.

Jeffers wusste noch genau, wie behutsam er in der Dunkelkammer vorgegangen war, wie unendlich vorsichtig er die Chemikalien gemischt und den Abzug in der Entwicklerflüssigkeit geschwenkt hatte, bis das Bild Gestalt annahm. Den Augen verdankte er es, dass er das Bild verkaufte – die gütige Mischung aus Erschöpfung und Jubel im Gesicht des Retters im Gegensatz zum aufgestauten Entsetzen im Blick des Kindes. Es war eine starke Fotografie, und der Redakteur plazierte sie auf der Titelseite.

»Verdammt guter Schnappschuss«, sagte der Mann. »Fünfzig Dollar. Wohin sollen wir den Scheck schicken?«

»Ich bin auf der Durchreise.«

»Keine Adresse?«

»Das YMCA.«

»Und wo soll's hingehen?«

»Kalifornien.«

»Alle wollen ins Lotusland.« Er seufzte. »Freie Rede, freie Liebe, Orgien und Drogen, Haight-Ashbury und Acid Rock.« Er lachte. »Verdammt, klingt gar nicht mal so schlecht.«

Dann zückte der Redakteur seine eigene Brieftasche und reichte ihm zwei Zwanziger und zwei Fünfer. »Hätten Sie nicht Lust, ein bisschen zu bleiben und noch ein paar Fotos für uns zu machen? Ich bezahle Sie.«

»Wie viel?«

»Neunzig die Woche.«

Er dachte: Cleveland ist kalt. Also sagte er es auch.

»Cleveland ist kalt.«

»Detroit und Chicago genauso. New York ist lausig, und Boston können Sie gleich vergessen. Junge, wenn Sie's warm haben wollen, gehen Sie nach Miami oder L. A. Wenn Sie Arbeit brauchen, versuchen Sie's hier. Verdammt, ja, es ist Winter. Wissen Sie was? Sie kriegen fünfundneunzig, und ich kauf Ihnen einen Parka und lange Unterhosen.«

»Und was soll ich fotografieren?«

»Keine Blumenausstellungen. Keine Sitzungen der Industrie- und Handelskammer. Nur was in der Art, wie Sie es gerade abgeliefert haben.«

»Warum nicht?«, hatte Jeffers gesagt.

»Großartig, mein Junge. Nur eins noch.«
»Das wäre?«
»Ich riskier was. Dieses Foto heute – falls sich das als 'n Zufallstreffer entpuppt, ich meine, falls ich nicht mehr von der Sorte zu sehen bekomme, na ja, dann sind Sie ruckzuck wieder auf dem Weg nach Kalifornien. Sie verstehen, was ich meine?«
»Mit anderen Worten, ich soll Ihnen zeigen, was ich drauf hab.«
»Genau. Sie versuchen's trotzdem?«
»Klar. Wieso nicht?«
»Junge, mit der Einstellung werden Sie's in dem Geschäft weit bringen. Und noch was. Cleveland ist eine Arbeiterstadt. Schneiden Sie sich die Haare.«
Und so verbrachte er elf kurzgeschorene Monate in Cleveland.
Er erinnerte sich: Ein Antikriegsdemonstrant, dem ein Arbeiter mit einem dicken Holzknüppel auf den Rücken schlug. Vom nächsten Häuserblock aus fotografiert, Belichtungszeit 1/250, Blende 16, mit Teleobjektiv. Die Körnigkeit hatte die Gewalt unterstrichen. Die Beerdigung eines Gangsters, bei der ein Bodyguard angesichts der Fotografen und Kameraleute explodierte. Jeffers hatte in rascher Abfolge geknipst und sich erst in letzter Sekunde weggeduckt, so dass er den Muskelprotz im schwarzen Anzug mit gebleckten Zähnen in Aktion einfangen konnte – mit hochempfindlichem Film, Belichtungszeit 1/1000 und Blende 2,4. Noch eine Beerdigung, diesmal mit Flagge: ein Pilot, der mit seiner F-16 über Haiphong zu stark unter Beschuss geraten war und es trotzdem noch bis zum Flugzeugträger Oriskany im Golf von Tonkin geschafft hatte, beim Landeanflug aber nicht mehr über genug Sprit verfügt hatte und im aufgewühlten, warmen Wasser ge-

storben war, bevor die Rettungskräfte ihn erreichen konnten. Die Familie hatte einen gefassten Eindruck gemacht, dachte Jeffers; es hatte wenig Tränen gegeben. Er hatte sie mit einer 1/15 Sekunde und Blende 22 in dem Moment festgehalten, als sie wie Soldaten in einer Reihe aufgestellt ins Grab hinabstarrten, und dann den Abzug eine Weile im Entwicklerbad liegen gelassen, um die graue Tönung des Himmels zu verstärken. Ihm kam der leichenstarre Junkie in den Sinn, der in einer eisigen Februarnacht die einzige Wärme in einer Nadel gefunden hatte und einfach erfroren war. Man hatte ihn im Hafengebiet gefunden; sein Schnappschuss hatte mit einer fünfhundertstel Sekunde und Blende 5,6 das Licht des Cuyahoga River eingefangen, das sich in der eisüberzogenen Welt spiegelte. Doch immer, wenn er an Cleveland dachte, erinnerte er sich vor allem an das Mädchen.
Er hatte in der Dunkelkammer gearbeitet. In der Ecke plärrte ein kleines Transistorradio, das er sich von seinem ersten Lohnscheck gekauft hatte, und erfüllte den Raum mit den herben Texten von The Doors. Jedes Mal, wenn er das Radio einschaltete, drang »Light My Fire« heraus. An zwei mörderisch heißen Sommertagen hatte er einen der letzten Streifenpolizisten der Stadt, der seinen Dienst zu Fuß versah, auf seinem frühmorgendlichen Rundgang begleitet. Dabei waren Fotos herausgekommen, die er zu routinemäßig, zu glatt fand. Der Polizist war umgänglich und beliebt. Überall, wo er auftauchte, wurde er begrüßt, gelobt und willkommen geheißen. Jeffers hatte über die Bilder die Nase gerümpft. Wo war der besondere Pfiff? Die Spannung? Er wünschte, dass jemand auf den Polizisten schoss. Er betete darum und beschloss, einen weiteren Tag auf der Straße zu verbringen. In die Musik, die Dunkelheit und seine Pläne vertieft, hatte er zunächst überhört, wie der Bildredakteur nach ihm brüllte.

»Jeffers, du fauler Hund, schaff deinen Hintern da raus!«
Er hatte seine Utensilien behutsam und betont langsam beiseite gelegt. Jim Morrison sang gerade: »I know that it would be untrue ...« Der Bildredakteur kannte, wie er rasch begriffen hatte, nur zwei Gemütszustände – Langeweile und Panik.
»Was ist?«, hatte er gefragt, während er aus seiner Kammer trat.
»Eine Leiche, Jeffers, vollkommen kalt, mitten in den Heights. Ein hübsches weißes Mädchen in einem reichen Wohnviertel verdammt tot. Na, mach schon, hau ab. Melde dich am Fundort bei Buchanan. Also, was ist, willst du Wurzeln schlagen?«
Er war, seltsam nervös, um die polizeilich abgesperrte Zone geschlichen, abseits von der Traube der übrigen Zeitungs- und Fernsehreporter sowie Kameraleute, die witzelnd auf jemanden warteten, von dem sie mehr erfahren würden. Sie gaben sich damit zufrieden, von einem Polizeisprecher *en gros* abgefertigt zu werden. Wie komme ich an das entscheidende Foto, hatte er sich gefragt. So war er unter der Nachmittagssonne hin und her geirrt und schließlich in der Hoffnung auf freie Sicht unbemerkt auf einen großen Baum geklettert. Wie ein Scharfschütze hatte er sich auf einen Ast gelegt und ein Teleobjektiv aufgeschraubt, durch das er zu den Polizisten hinunterblickte, die mit penibler Sorgfalt rund um die Leiche des Mädchens ihrer Arbeit nachgingen. Beim ersten Anblick eines nackten Beins, das der Mörder achtlos zur Seite geworfen hatte, schluckte er schwer. Jeffers hatte angestrengt hinuntergestarrt, um sich nichts entgehen zu lassen, hatte sich das Opfer mit Tele so nah wie möglich herangeholt und seinen Film verschossen. Er wollte unbedingt ihre Brüste sehen, ihr Haar, ihre Scham; er justierte Winkel und Fokus und feuerte wie

mit einer Waffe drauflos, wobei er die Kamera drehte und wendete, ihr schmeichelte, bis sie ihn der Leiche ganz nahe brachte. Er wischte sich den Schweiß von der Stirn, drückte unablässig auf den Auslöser und fluchte, wenn ihm ein Polizist den Blick verstellte. Kaum hatte er wieder freie Sicht, spulte der Film leise sirrend weiter.

Diese Fotos hatte er für sich behalten.

Die Zeitung hatte drei andere gebracht: eins, das zeigte, wie die Feuerwehrleute das Opfer im Leichensack auf einer Trage wegschafften; dann eine Aufnahme mit Teleobjektiv aus Bodennähe, auf der die Männer von der Kripo über der Leiche knien und sie verdecken – außer einem auffällig dünnen, jungen Arm, der vom Rumpf heruntergerutscht war und behutsam von einem der Polizisten gehalten wurde. Das dritte fing eine Gruppe kichernder Teenager ein, die es in einer Mischung aus Angst und Neugier an den Rand des Fundorts gezogen hatte; sie brachen in Tränen aus, als das tote Mädchen aus dem Unterholz geborgen wurde. Das letzte Bild hatte ihm am besten gefallen. Er hatte sich den Mädchen vorsichtig genähert und ihnen mit Süßholzraspelei mühelos die Namen entlockt. Das Foto fing die Wirkung eines Verbrechens ein. Ein Mädchen riss unter dem Schock die Augen weit auf, während das neben ihm die Hände vors Gesicht schlug und über die furchterstarrten Finger hinweg auf die Leiche blickte. Ein drittes hatte den Mund weit geöffnet, während ein viertes Mädchen sich von dem Anblick abwendete. Der Bildredakteur fand diese Aufnahme am besten. Er brachte sie auf der Titelseite. »Dafür könnte eine Prämie rausspringen«, sagte er, doch Jeffers, immer noch erfüllt von Erregung, fand, dass seine wahre Prämie in der Dunkelkammer im Entwickler lag. Kaum hatte er den Ertrag dieses Tages vor Augen, schloss er sich ein, um ihn zu genießen.

Er lächelte.
Fast zwanzig Jahre danach bewahrte er diese Bilder immer noch auf.
Er würde sich nie davon trennen.
Er hörte Gelächter und drehte sich zu einer Gruppe Studenten um, die in seiner Nähe saß. Sie foppten einen von ihnen, der es sich gutmütig gefallen ließ. Jeffers konnte nur ein paar Gesprächsfetzen aufschnappen, doch es ging offenbar um ein Referat, das der Student eingereicht hatte, ein unbedeutendes Ereignis aus dem Semesteralltag. Jeffers sah auf Plan und Vorlesungsverzeichnis und entschied, dass es Zeit war zu beginnen.

Er eilte über den Campus; es war beinahe ein Uhr mittags, und er wollte noch rechtzeitig einen Platz in »Soziales Bewusstsein in der Literatur des 19. Jahrhunderts« ergattern. Er nahm die wenigen Stufen zum Vorlesungsgebäude mit zwei Schritten, schob die Sonnenbrille ins Haar hinauf, als er die abgedunkelte Eingangshalle betrat, und schritt zielstrebig zum Vorlesungssaal 101, getragen von einem unablässigen Strom von Studenten, die allein oder in Grüppchen in den Saal hineingingen. Der Raum füllte sich rasch. Er fand einen Platz am Mittelgang, recht weit hinten. Er lächelte die junge Frau auf dem Nachbarstuhl an. Sie lächelte zurück, ohne ihr Gespräch mit einem Jungen neben sich zu unterbrechen. Er ließ den Blick schweifen; es gab Dutzende von Unterhaltungen wie diejenige direkt neben ihm, gerade genug Lärm, um die Stille des Saales aufzulockern. Zu seiner Rechten entdeckte er einen Studenten, der Zeitung las, ein anderer blätterte durch ein Taschenbuch. Wieder andere legten Notizblöcke vor sich bereit. Er folgte ihrem Beispiel und versuchte gleichzeitig, aus dem Verhalten der Studenten etwas herauszulesen, eine unauf-

fällige Bewegung, die ihm verriet, ob es sich bei dieser Person um einen geeigneten Kandidaten für ihn handelte.
Er machte ein Mädchen aus, das allein auf der anderen Seite des Ganges saß, mehrere Sitzreihen vor ihm. Sie las Ambrose Bierce, den Kopf gebeugt über die Kurzgeschichtensammlung *In the Midst of Life*. Jeffers merkte, wie seine Augenbrauen sich hoben. Was für eine außergewöhnliche Kombination, dachte er: Der Autor, der womöglich seine Seele verkauft hat, und ein neunzehnjähriges Mädchen. Das ist interessant. Er nahm sich vor, es während des Seminars zu beobachten.
Wenige Stühle entfernt saß eine weitere junge Frau. Sie skizzierte gelangweilt etwas auf einem Block. Jeffers konnte die geschickt gezeichneten Formen ausmachen, die sich ihrem Bleistift entwanden.
Für einen Moment dachte er erregt darüber nach, welche faszinierenden Möglichkeiten eine Zeichnerin bieten würde. Er fragte sich, ob sie auch mit Worten skizzieren konnte. Er dachte: Jemand, der die Realität mit Kunst wiedererschafft – vielleicht eine gute Wahl. Er beschloss, sie ebenfalls im Auge zu behalten.
Eine Minute nach eins betrat der Professor den Raum.
Jeffers Blick verfinsterte sich. Der Mann war Mitte dreißig, genau wie er, und wortgewandt. Er begann den Unterricht mit einem Witz über David Copperfields Erzählung von seiner eigenen Geburt, als ob das eine Schrulle von Dickens gewesen wäre, eine Art altertümlicher Dummheit. Jeffers spürte den Drang aufzuspringen und zu schreien. Stattdessen verharrte er auf seinem Platz und suchte das Auditorium ab nach jemandem, der auch nicht über das Bonmot des Dozenten lachen konnte.
Eine Studentin erregte seine Aufmerksamkeit.

Sie saß nicht weit von ihm zu seiner Linken. Sie hob ihre Hand.
»Ja, Miss ... äh ...«
»Hampton«, sagte die junge Frau.
»Miss Hampton. Sie haben eine Frage?«
»Wollten Sie damit sagen, dass Dickens, weil er Fortsetzungsromane schrieb, seine Ideen und seinen Stil an die Veröffentlichungsform der Zeitung anpasste? Denken Sie nicht, dass Dickens es intuitiv verstand, die Themen so zu gestalten, wie er es wollte, und dass er seine beachtlichen Fähigkeiten nutzte, um sie in handhabbare Abschnitte einzupassen?«
Jeffers fühlte, dass sein Herz bedächtig schlug, sein Verstand war hochkonzentriert.
»Nun, Miss Hampton, wir wissen, dass die Form für Dickens wichtig war ...«
»Die Form wichtiger als der Inhalt, Sir?«
Jeffers notierte in Großbuchstaben: FORM ÜBER INHALT und unterstrich die Worte.
»Miss Hampton, Sie missverstehen ...«
Blödsinn, dachte Jeffers.
»... Dickens ging es natürlich um den politischen und sozialen Einfluss seines Werks. Aber wir sehen heute auch, dass die Zwänge der Form ihn einschränkten. Haben Sie sich nie gefragt, wie seine Geschichten und Charaktere hätten sein können, wenn er nicht in die Rolle eines Zeitungsschreibers gedrängt gewesen wäre?«
»Nein, Sir, das kann ich nicht von mir behaupten.«
»Darum ging es mir, Miss, äh, Hampton.«
Und um nicht mehr, dachte Jeffers.
Er sah, wie die junge Frau sich wieder über ihren Schreibblock beugte und rasch etwas notierte. Sie hatte dunkelblondes Haar, das ohne rechten Schnitt in ihr Gesicht fiel und

etwas verbarg, worin Jeffers eine bemerkenswerte natürliche Schönheit erkannte. Er bemerkte, dass sie allein saß, je ein freier Stuhl zu ihrer Rechten und Linken.

Er spürte, wie sein Körper unkontrollierbar zuckte.

Er holte tief Luft und atmete langsam aus.

Noch einmal zog er eine große Menge Luft ein und ließ sie vorsichtig seinen Lungen entweichen, als wäre sie zerbrechlich. Verstohlen legte er die Hand auf seine Brust und sprach lautlos mit sich selbst: Bleib ruhig. Du hast nicht erwartet, deine Biographin gleich im ersten Seminar zu entdecken. Vorsicht, Vorsicht. Immer vorsichtig. Sie hat Potenzial. Warte. Beobachte sie. Er zwang sich selbst, den Blick auf die beiden anderen Frauen zu lenken, die ihm zuvor aufgefallen waren. In einem plötzlichen inneren Bild sah er sich selbst als kleine, dunkle, gewundene Kreatur, wartend, erwartend, aufgerollt in der Dunkelheit neben einem vereinzelten Felsen an einem vielgenutzten Weg. Er lächelte und dachte mit Behagen: Fortschritt.

3. Kapitel

Boswell

5.

Sonnenschein drang durch die Fenster der Bibliothek. Er fiel auf das Notizbuch, das Anne Hampton auf ihrem Tisch aufgeschlagen hatte, so dass die blaue Linierung im blendenden Licht schmolz. Sie starrte so lange auf die Worte, die sie zu Papier gebracht hatte, dass die Buchstaben verschwammen und schließlich die ganze Seite nur noch ein helles Viereck war. Es erinnerte sie an Schneefelder im Winter daheim in Colorado. Sie sah sich im Geiste am oberen Ende einer langen Piste, die, von Skispuren noch unberührt, in der Sonne glitzerte. Es war früh am Morgen, die Sonne versprach keinerlei Wärme – nur ein kaltes Licht, das die weiße Fläche überflutete. Sie dachte daran, wie die schillernde Widerspiegelung in die Höhe zu wachsen schien und sich spürbar mit der eisigen Luft vereinte – eine Welt ohne Konturen, Tiefe oder Höhe, ein einsames, gähnendes weißes Loch. Es wartete nur darauf, dass sie ihr kurzes Zögern am Rande der Angst überwand und vorwärtsstürzte, dass sie eine Fontäne Pulverschnee aufpflügte, die wie spitze Nadeln auf ihr niederging.
Sie lachte auf. Als ihr schlagartig bewusst wurde, wo sie war, schlug sie in gespielter Verlegenheit die Hände vor den Mund, reckte sich auf ihrem Stuhl und blickte durchs Fenster über

die quadratische Rasenfläche bis zu den Palmen hinunter, die unter ihren Augen leicht wogten. Die Palmen, dachte sie, finden selbst dort ein zartes Lüftchen, wo keines ist. Vom kleinsten Windhauch rascheln sie genüsslich mit ihren Wedeln, während sie selbst von der gnadenlosen Sommerhitze nicht die geringste Abkühlung fand.

Sie wandte sich wieder den Büchern zu, die sie auf dem Tisch ausgebreitet hatte. Die Literaturstudenten erkennt man schon von weitem, dachte sie. Sie ordnete ihre Bücher in zwei Stapel: Conrad, Camus, Dostojewski und Melville auf der einen und ihr Notizbuch, Dickens nebst Twain auf der anderen Seite. Dunkelheit und Licht, dachte sie. Sie schüttelte den Kopf. Sie las nicht einmal die Hälfte dieser Bücher und verstand letztlich auch nicht, weshalb es so wichtig sein sollte, sie in ihrem Rucksack mitzuschleppen. Dennoch packte sie jeden Tag alle zusammen mit ihren Referaten ein, als könne das schiere Gewicht großer Worte auf ihrem Rücken sie zu neuen Einsichten beflügeln. Sie fragte sich, ob ihr wohl ihr Unterbewusstsein für die Bücher, die sie gelesen hatte, eine Art Bewertungssystem für Literatur diktierte: Bücher, die sie etwa einen Monat nach der Lektüre immer noch mit sich herumtrug, mussten wahre Klassiker sein. Drei Wochen sprachen für nachhaltige Bedeutung. Die zweiwöchigen überdauerten wohl nur wegen ihrer Thematik und nicht wegen ihrer künstlerischen Qualität. Eine Woche sagte etwas über eine große Figur in einem eher schwachen Buch. Unter einer Woche? Anwärter bestenfalls.

Manchmal fragte sie sich, ob Bücher lebendig waren, ob die Charaktere, Schauplätze und Handlungsstränge sich nicht neu arrangierten, sobald man den Deckel zuklappte, und nach einigem Hin und Her und Für und Wider ihre alte Stellung bezogen, sobald man sie das nächste Mal aufschlug. Das wäre nur angemessen. Sie betrachtete Camus, der zuoberst auf ihrem dunklen Stapel lag. Vielleicht ruht sich Sisyphus im geschlossenen Zustand aus. Er setzt sich hin und atmet einmal durch, lehnt sich erschöpft an den Felsen und fragt sich, ob der Stein das nächste Mal auf dem Gipfel kurz ruckelt und dann liegen bleibt. Doch sobald er merkt, dass die Seiten aufgeschlagen werden, rappelt er sich auf, legt die Schulter unter den Brocken, spannt unter der kühlen Berührung die Muskeln, nimmt alle Kraft zusammen und schiebt, so fest er kann.

Es juckte ihr in den Fingern, das Buch zu packen und ganz schnell aufzuschlagen, um zu sehen, ob sie Sisyphus beim Entspannen erwischte.

Sie schmunzelte.

Sie sah auf, und für einen Moment traf sich ihr Blick mit dem eines Mannes auf der anderen Seite des Saals. Er hatte gelesen; sie konnte den Titel nicht erkennen. Er lächelte. Sie lächelte zurück. Ein junger Dozent, vermutete sie. Eine Weile schaute sie aus dem Fenster, dann wanderte ihr Blick zurück zu dem Mann. Er hatte sich in seine Lektüre vertieft.

Sie sah auf ihre Bücher. Sie betrachtete ihre Notizen. Sie schaute noch einmal aus dem Fenster. Sie linste zu dem Mann hinüber, doch der war verschwunden. Sie musste an die Klage ihrer Mutter denken: »Aber in Florida kennst du keine Menschenseele!«

Und ihre Antwort: »Brauche ich auch nicht.«

»Aber du wirst uns fehlen … und Florida ist so weit weg.«

»Ihr werdet mir genauso fehlen. Aber ich brauche ein bisschen Abstand.«

»Aber da ist es immer heiß.«

»Mutter.«

»Schon gut, wenn du es unbedingt willst.«

»Ja, es ist genau das, was ich will.«
Es war gar nicht immer heiß, musste sie denken. In diesem Punkt hatte sich ihre Mutter geirrt. Im Winter gab es unweigerlich Kälteeinbrüche, irgendeine eigensinnige Luftmasse aus Kanada, die Massachusetts aus den Augen verloren hatte, über der Landesmitte ins Trudeln geraten war und am südlichen Zipfel eine Bauchlandung machte. Dann war es unangenehm kalt, ohne die atemberaubende Schönheit und Stille der Berge von Colorado. Es war einfach nur kalt – man ballte die Finger zur Faust, und die eisigen Temperaturen nisteten sich in den kaum isolierten Häusern ein. Man zog Pullover und Mantel an und blickte in einen Himmel, der normalerweise nur von Strand und Sonne kündete. Schon komisch, dass sie an einem Januartag in Tallahassee schon weitaus mehr gefroren hatte als jemals zu Hause.
Sie sah in den Lichtstrahl, der auf ihren Tisch fiel. Zum Glück herrscht Sommerhitze, dachte sie. In diesem Moment kam ihr der seltsame Gedanke, dass sie in den letzten dreieinhalb Jahren trotz der Wärme, die schnelle Kontakte begünstigte, keine engen Freundschaften geschlossen hatte.
Pizza-Freunde, dachte sie. Strandfreunde. Was-hast-du-für-eine-Note-Freunde. Hast-du-die-zusätzliche-Hausaufgabe-gemacht-Freunde. Gehst-du-mit-mir-ins-Bett-Freunde.
Aber auch von dieser Sorte nicht allzu viele, gestand sie sich lachend ein.
Allerdings nicht aus Mangel an Bewerbern.
Sie zog ihren Block heran und kritzelte auf den Rand: »Mach dir nichts vor, du bist ein kalter Fisch.« Das gefiel ihr. Kalter Fisch und Camus passten gut zusammen.
Sie machte es sich wieder auf dem Stuhl bequem und las.

Der Abend dämmerte, als Anne Hampton die Bibliothek verließ und sich langsam auf den Heimweg quer über den Campus machte. Im Westen hatte die untergehende Sonne den Himmel in ein unglaubliches Purpurrot getaucht, in dem auch die majestätischen Wolkenformationen über dem Golf von Mexiko glühten. Sie liebte es, um diese Zeit unterwegs zu sein. Das restliche Tageslicht hielt sich zäh und verlieh den Formen und Gestalten ein letztes Mal Kontur, bevor es sich in die Übermacht der Dunkelheit fügte.

Sterbenszeit, dachte sie.

Sie erinnerte sich daran, wie sich die letzten Splitter Sonnenlicht im Atemregler des Tauchers gespiegelt hatten, als er wieder im Loch in dem vereisten Teich ihres Großvaters erschien, die Gestalt ihres Bruders in den Armen. Von der leuchtenden Aluminiumvorrichtung dieser seltsamen Wasserkreatur war das Licht schimmernd auf die Züge des kleinen Jungen gefallen. Dann hatte sie ihn nicht mehr sehen können; Tommy war augenblicklich von Feuerwehrleuten und Rettungshelfern umringt gewesen, und das Einzige, was sie noch zu sehen bekam, war eine dunkle Masse, die hastig den Hang hinauf zu einem pulsierenden Rotlicht gefahren wurde. Sie entdeckte seine Schlittschuhe mit den zerschnittenen Schnürsenkeln, löste sich aus der verzweifelten Umarmung ihres Großvaters und holte sie.

Natürlich, dachte sie, während sie weiterging, ist er nicht da gestorben; erst zwei Stunden später war er innerhalb des Piepens und Summens moderner medizinischer Geräte im klinischen Sinne tot. Die Intensivstation des Krankenhauses war ein Wunder an Licht; wohin ihr Blick auch fiel, fand sie immer neue Lampen, die in jeden Winkel leuchteten. Es war, als könnte man den Tod abwehren, indem man keine Dunkelheit zuließ.

Sie hatte das Krankenblatt eines Arztes entdeckt. Darauf war ein Feld für den Zeitpunkt des Todeseintritts, und die Schwester hatte 18:42 geschrieben. Ihrer Meinung nach war das nicht korrekt. Wann starb Tommy tatsächlich? Er war schon tot, als ich hörte, wie sich unter meinen Füßen im Eis diese kleinen Spinnweben ausbreiteten. Er starb, als ich ihn rief und er mir in der Verwirrung und dem allzu großen Vertrauen eines kleinen Jungen entgegenwinkte. Er starb, als er ins Wasser tauchte. Sie wusste noch, wie undramatisch es ausgesehen hatte: Eben noch glitt er mit ausholenden Armbewegungen voran, und im nächsten Moment gähnte unter ihm dieses schwarze Loch, das ihn verschluckte. Sein Kopf tauchte nicht noch einmal auf. Sie erinnerte sich an das Brennen und die Taubheit in den Füßen, als sie die eigenen Schlittschuhe ausgezogen hatte und zum Haus ihres Großvaters rannte. Jeder Schritt im tiefen, tückischen Schnee war ihr kälter und mühsamer vorgekommen. Ein halbes Dutzend Mal war sie schluchzend hingefallen. Ich war noch ein kleines Mädchen, dachte sie, und da war er schon tot.

Eine warme Brise erfasste ihre Bluse, und sie strich sich mit der Hand durchs Haar. Die Sonne war schon fast untergegangen; mit dem Licht wich auch die Zielstrebigkeit und Energie, und sie fühlte sich von der abendlichen Hitze abgeschlagen. Kein dünnes Eis in Florida, dachte sie.

Niemals.

Quer über den Campus kam sie an Trauben von Studenten vorbei, die zum Essen, zu Partys oder zum Lernen verabredet waren, und bog in die Raymond Street in Richtung ihrer Wohnung ein. Sie dachte an so profane Dinge wie ihren Vorrat an Joghurt, Cottagecheese sowie Obst in ihrem Kühlschrank und überlegte, ob sie sich einen Cheeseburger gönnen sollte, verwarf den Gedanken aber. Iss Nüsse und Beeren, mahnte sie sich im Spaß. Sie dachte an ihre Eltern, die beide zur Leibesfülle neigten. Sie hasste die Berge an Kartoffelbrei und Steaks, die sie bei ihren seltenen Besuchen auffuhren. Die müssen mich für appetitlos halten. Bin ich aber nicht. Ich bin nur wählerisch.

Als sie unter den Quecksilberdampflampen Ecke Raymond und Bond Street weiterlief, staunte sie wie jedes Mal über das fluoreszierende Violett, in das ihre Haut und Kleider getaucht wurden. Für einen Augenblick sah sie sich als den Star in einem Horrorstreifen der fünfziger Jahre; nachdem sie zufällig einer Überdosis Strahlung ausgesetzt war, würde sie sich jetzt in ... ja, was? ... verwandeln. Das unglaubliche Mauerblümchen? Die phantastische Streberin? Die phänomenale Superstudentin? Plötzlich drang kreischendes Gelächter aus einem offenen Fenster, in das sich die rhythmischen Akkorde einer voll aufgedrehten Stereoanlage mischten. Das Sommersemester, dachte sie, wird am wenigsten ernst genommen. Ihr war es das liebste Semester, vielleicht weil sie dann die anderen Studenten, die sich die eine oder andere nicht bestandene Prüfung leisteten, deutlich überragte.

Sie lief weiter und summte eine Melodie, die sie aus der dröhnenden Musik aufgeschnappt hatte, vor sich hin, bis sie in die Francis Street einbog. Sie war nur zwei Häuserblocks von ihrer Wohnung entfernt und sah den Mann erst, als sie buchstäblich über ihn stolperte.

»Entschuldigen Sie«, sagte er. »Können Sie mir helfen? Ich glaube, ich habe mich verfahren.«

Sie zuckte zusammen. Der Mann stand im Schatten neben der geöffneten Autotür.

»Hab ich Sie erschreckt?«, fragte er.

»Nein, nein, überhaupt nicht ...«

»Falls doch, tut es mir leid ...«

»Nein, keine Sorge. Ich war nur in Gedanken.«

»Sie waren in Gedanken?«

»Ja.«

»Das kenne ich«, seufzte er und kam auf sie zu. »Sie müssen an irgendetwas denken, und das erinnert Sie wieder an etwas anderes, und bevor Sie sich versehen, sind Sie vollkommen abwesend. Ich wollte Sie nicht stören.«

»Die Realität«, meinte sie, »stört immer.«

Er lachte.

Im schwachen Licht, das eine Lampe ein paar Häuser weiter spendete, schaute sie ihn sich genauer an. »Hab ich Sie heute nicht schon einmal gesehen? In der Bibliothek?«, fragte sie ihn. Er lächelte.

»Ja, ich war da, überfällige Lektüre ...«

Sie sah, wie er ihr Gesicht eingehend musterte.

»Und Sie sind das Mädchen – Entschuldigung – die Frau mit den vielen Büchern? Ich dachte, wenn Sie die alle lesen müssen, kommen Sie nie da raus.«

Sie lächelte. »Ein paar. Nicht alle. Einige habe ich schon gelesen.«

»Sie müssen Anglistik im Hauptfach studieren.«

»Getroffen.«

»Eigentlich nicht schwer zu raten.«

»Nein, wahrscheinlich nicht«, pflichtete sie bei. »Komisch, der Gedanke ist mir auch schon gekommen.«

»Sehen Sie«, frotzelte er, »guter Riecher.«

Sie lächelte ihn an, und er grinste.

Einen Augenblick herrschte Schweigen. Der Mann sah gut aus. Er war groß, gut gebaut, ein bisschen ungepflegt vielleicht. Liegt wohl nur an dem Baumwolljackett, dachte sie, damit wirkt jeder ein wenig angeknittert.

»Sind Sie Professor?«

»So etwas in der Art«, antwortete der Mann.
»Aber nicht von hier?«
»Nein, bin zum ersten Mal hier. Und wie's aussieht, kann ich die Garden Street nicht finden. Ich habe überall gesucht …«
Der Mann drehte sich um, zeigte zuerst in die eine Richtung und schaute dann in die andere. Einen Moment hatte sie das Gefühl, er suchte die Straße nach etwas ab, bevor er sich wieder zu ihr umwandte.
»Die Garden Street ist wirklich nicht schwer zu finden«, sagte sie. »Zwei Straßen weiter. An der Ecke links, dann die zweite rechts. Die kreuzt ein paar Straßen weiter die Garden Street. Ich weiß nicht mehr, wie sie heißt, aber es ist nicht mehr weit.«
»Ich hab eine kleine Karte, keine besonders gute. Würden Sie mir vielleicht zeigen, wo genau ich stehe?« Er lächelte. »An sich ist das eine philosophische Frage, aber diesmal reicht mir eine topographische Auskunft.«
Sie lachte. »Sicher«, antwortete sie.
Sie trat neben ihn, während er die Karte auf dem Autodach ausbreitete. Er griff in die Tasche, vermutlich um einen Stift herauszuholen, und sagte, mehr zu sich selbst: »Also, ich schätze, ich bin hier …« Und dann: »Verdammt! Nicht bewegen!«
»Was ist?«
»Mir ist mein Zimmerschlüssel runtergefallen.«
Er bückte sich. »Muss hier irgendwo sein …« Sie wollte ebenfalls in die Hocke gehen, um ihm suchen zu helfen, doch er winkte ab. »Sie zeigen mir am besten, wo ich bin.« Sie trat ans Auto und warf einen Blick auf die Karte. Einen Moment war sie verwirrt: Das war nicht Tallahassee, sondern Trenton in New Jersey.
»Das ist die falsche Karte …«
Weiter kam sie nicht.

Eine Sekunde lang blickte sie nach unten und erkannte, dass der Mann einen kleinen, rechtwinkligen Gegenstand in der Hand hielt.
»Gute Nacht, Miss Hampton«, sagte er.
Bevor sie flüchten konnte, packte er ihr Bein und stieß ihr das Ding in den Oberschenkel. Sie hörte ein Knacken. Ein unglaublicher Schmerz durchfuhr ihren ganzen Körper. Es fühlte sich an, als hätte jemand in sie hineingegriffen, ihr Herz gepackt und brutal verdreht. Woher weiß er, wie ich heiße?, fragte sie sich. Dann merkte sie, wie sich ihre Augen verdrehten und es dunkel um sie wurde. Das Knacken verstummte, und sie dachte: Das Eis ist eingebrochen.
Dann tauchte sie in das Dunkel ein.

6.

Als sie erwachte, war ihr erster Gedanke, dass sie sich den Tod anders vorgestellt hatte. Während sie langsam zu sich kam, wurde ihr klar, dass sie lebte. Dann spürte sie die Schmerzen; es fühlte sich an, als hätte man jeden Knochen und jeden Muskel in ihrem Körper bis zum Anschlag gestreckt und dann geschlagen oder verrenkt. Ihr Schädel pochte, und an der Stelle, an der sie der Schlag getroffen hatte, brannte ihr Schenkel. Sie stöhnte vorsichtig und versuchte, trotz der Schmerzen die Augen zu öffnen.
Sie hörte seine Stimme aus der Nähe, doch irgendwie körperlos.

»Versuch nicht, dich zu bewegen. Dich freizuwinden. Versuch einfach, dich zu entspannen.«

Sie stöhnte wieder.

Blinzelnd öffnete sie die Augen und ermahnte sich, nicht in Panik zu geraten, obwohl die Angst schnell die Oberhand über die Schmerzen gewann und vollkommen Besitz von ihr ergriff. Sie schnappte nach Luft und hyperventilierte. Wieder hörte sie die Stimme.

»Versuch, ruhig zu bleiben. Ich weiß, das klingt schwer. Aber versuch es. Es ist wichtig. Sieh die Sache mal so: Wenn du ruhig bleibst, verlängerst du dein Leben. Wenn du dagegen in Panik gerätst … ich weiß, du bist kurz vor der Hysterie … also, das würde die Sache für uns beide nur erschweren. Hol tief Luft und verlier nicht die Fassung.«

Sie tat, was er sagte.

Sie schlug die Augen auf und versuchte, ihre Situation einzuschätzen.

Das Zimmer war größtenteils dunkel, es brannte nur eine schwache Lampe in einer Ecke. Sie konnte den Mann nicht sehen, doch sie hörte seinen Atem. Langsam wurde ihr bewusst, dass sie sich nicht rühren konnte; sie lag auf einem Bett auf dem Rücken, die Hände mit Stricken zusammengebunden und am Kopfende verknotet, die Füße am anderen Ende festgezurrt. Die Fesseln boten ein wenig Bewegungsspielraum; sie veränderte ihre Lage, so gut es ging, und versuchte zu sehen, wo sie war.

»Ah, Neugier. Gut. Das zeigt, dass du deinen Kopf gebrauchst.«

Sie wurde schlagartig von zwei Emotionen überwältigt, die unmittelbar aufeinanderfolgten. Zuerst empfand sie den Sog einer tiefen Verzweiflung über ihr Ausgeliefertsein, und sie schluchzte einmal auf. Es war, als fiele sie aus großer Höhe und stürzte immer rasanter ins Bodenlose. So schnell, wie das Gefühl gekommen war, wich es der Wut. Ich werde leben, dachte sie, ich werde nicht sterben.

Als sie von diesem Gedanken ganz durchdrungen war, meldete sich die kalte, teilnahmslose Stimme des Mannes.

»Es gibt viele Arten von Schmerzen auf der Welt. Ich bin mit den meisten vertraut. Fordere mich nicht heraus, mein Wissen anzuwenden.«

Sie konnte das Schluchzen nicht unterdrücken. Sie merkte, wie ihr die Tränen in die Augen stiegen, während sie sich fragte, was als Nächstes passieren würde. Doch es gelang ihr, den Gedanken nicht weiter zu verfolgen. Nichts Gutes, sagte sie sich, doch das klang in ihren Ohren wie die Worte eines anderen – eines hilflosen Kindes.

»Bitte. Bitte lassen Sie mich gehen. Ich tue, was Sie wollen. Lassen Sie mich einfach nur gehen.«

Es herrschte Schweigen. Sie wusste, dass er ihre Bitte nicht in Erwägung zog.

»Bitte«, versuchte sie es noch einmal. Sie hörte ihre eigene Stimme und wusste, wie nutzlos es war.

»Sagen Sie mir, was Sie von mir wollen«, flehte sie. Im Kopf ging sie die Möglichkeiten durch, doch sie weigerte sich, ihre Befürchtungen in Worte zu fassen. Sie hörte, wie der Mann langsam ausatmete. Es war ein schreckliches Geräusch.

»Du bist Studentin«, sagte er. »Du wirst lernen müssen.«

Für einen Moment hatte sie das Gefühl, ihr Herz bliebe stehen.

Zum ersten Mal konnte sie am Rand ihres Gesichtsfeldes einen Blick auf den Mann erhaschen. Sie reckte den Hals, um ihn zu sehen. Er hatte sich umgezogen und trug statt des Baumwolljacketts und der Khakihose jetzt dunkle Jeans und ein schwarzes Sporthemd. Das irritierte sie, und sie musste zweimal hinschauen, um sicher zu sein, dass es sich um denselben Mann handelte. Auch sein Gesicht schien verändert: Das lässige, offene Grinsen war verschwunden, seine Züge wirkten hart und kantig. Als sein ungerührter Blick sie traf, hatte sie das Gefühl, ohnmächtig in die Höhe gerissen zu werden. Sie schluckte schwer.

»Wehr dich nicht dagegen«, empfahl er.

Sie schwieg.

»Wenn du dich wehrst, ziehst du die Dinge nur in die Länge. Es ist klüger, wenn du dich meinen Plänen fügst.«

»Bitte«, wiederholte sie. »Tun Sie mir nicht weh.« Sie hörte sich selbst reden. Die Worte brachen ungebeten, flehentlich und hilflos aus ihr heraus. »Ich mach alles, was Sie wollen.«

»Selbstverständlich tust du das.«

Er ließ die Augen nicht von ihr. Die absolute Gewissheit in seinem Ton traf sie wie ein Schlag.

»Was immer ich will.«

Wieder verstummte er.

»Aber das ist eine angelernte Reaktion. Konditioniert. Und die Lektion hat gerade erst begonnen.«

Er hielt die kleine, rechtwinklige Vorrichtung so hoch, dass sie sie sehen konnte. Sie zuckte unwillkürlich und versuchte zurückzuweichen. Er drückte auf einen Knopf an der Seite des Geräts, und sie sah, wie ein elektrischer Strom von einem Pol zum anderen sprang. »Damit hast du schon Bekanntschaft gemacht«, erklärte er. Plötzlich drangen ihr die Schmerzen im ganzen Körper ins Bewusstsein. Ihr entwich ein halb stöhnender, halb seufzender Laut. »Wusstest du, dass man so eine Betäubungspistole in Georgia, Alabama, Missouri, Montana und New Mexico und einem halben Dutzend anderen Bundesstaaten ohne Waffenschein kaufen kann? Man bekommt sie auch über den Versand, aber das ist leichter zurückzuverfolgen. Also, welche Verwendung hat man wohl für so ein Ding?«

Er fügte hinzu: »Außer Schmerzen zuzufügen?«

Sie merkte, wie ihre Unterlippe zitterte, und das Beben in ihrer Stimme war neu. »Bitte, ich tu alles, bitte.«

Er legte das Gerät weg.

»Es wäre kaum fair«, meinte er, »es noch einmal einzusetzen, nachdem du es schon zu spüren bekommen hast.«

Sie war ihm fast dankbar und schluchzte auf.

Als er plötzlich sein Gesicht ganz nah an ihres heranhielt, schnappte sie nach Luft.

»Aber stell dir eines vor«, zischte er. »Als ich dich vorhin damit außer Gefecht gesetzt habe, war es auf die niedrigste Stufe eingestellt. Wie würde es sich wohl anfühlen, wenn ich es hochdrehe? Stell dir die Schmerzen vor. Hat es sich so angefühlt, als ob jemand nach deiner Seele greifen und aus deinem Leib ziehen würde? Denk mal drüber nach.«

Die Vision schwarzer Höllenqualen erfasste sie in einer einzigen Woge. Sie hörte die Antwort des kleinen Mädchens.

»Ja, ja, ja«, rief sie. »Bitte, Gott!«

»Nicht beten«, wies er sie schroff zurecht.

»Nein, nein, tue ich nicht. Was immer Sie sagen. Bitte.«

»Nicht betteln.«

»Ja, ja, natürlich. Ja.«

»Denk einfach nur drüber nach.«

»Ja, ja, ja.« Sie nickte beflissen.

»Gut. Aber denk dran. Es ist nie weit weg.«

»Ich denk dran, ganz bestimmt.«

Plötzlich wechselte sein Ton. Er klang tröstlich.

»Hast du Durst?«

Ihr wurde bewusst, dass ihre Kehle ausgetrocknet war. Sie nickte. Er verschwand aus ihrem Blickfeld. Sie hörte, wie ein

Wasserhahn lief, dann kehrte er mit einem feuchten Handtuch zurück. Er begann, ihr damit über die Lippen zu streicheln. Sie sog daran.

»Ist es nicht faszinierend, dass uns etwas so Schlichtes wie ein in Wasser getränktes Handtuch so viel Erleichterung verschaffen kann …«

Sie nickte.

»Aber … derselbe Gegenstand, der uns Erleichterung verschafft, kann zugleich die größte Angst einflößen.«

Während er das sagte, drückte er ihr das Handtuch plötzlich auf Mund und Nase. Sie würgte, versuchte nach Luft zu schnappen und zu schreien, blieb aber unter dem nassen Handtuch stumm. O mein Gott!, dachte sie. Ich sterbe! Ich kann nicht atmen! Sie merkte, dass sie langsam erstickte, und plötzlich sah sie ihren Bruder vor sich, wie er sie über das Eis hinweg zu sich winkte. Es fühlte sich an, als würde ihr die Lunge aus der Brust gerissen. Sie verdrehte die Augen und zuckte unter den Fesseln, während sich in ihrem Kopf die Panik wie ein riesiges schwarzes Tuch ausbreitete.

Dann ließ er los.

Sie rang nach Luft und pumpte verzweifelt die Lungen voll.

»Und jetzt wieder Erleichterung.« Er benutzte das Handtuch, um ihr die Stirn zu befeuchten. Sie schluchzte.

»Was haben Sie mit mir vor?«

»Wenn ich dir das verraten würde, wäre nichts Geheimnisvolles mehr daran.«

Ihr ganzer Körper wurde geschüttelt, und sie schluchzte hemmungslos.

»Wieso?«

Er ignorierte sie und ließ sie eine Weile weinen.

Die Tränen versiegten, und sie sah ihn an.

»Noch mehr Fragen?«

»Ja. Nein. Ich kann nicht …«
»Schon gut«, beruhigte er sie sanft. »Ich hab damit gerechnet, dass du neugierig bist.«
Er dachte einen Moment nach. Die Zeit schien unterdessen stillzustehen.
»Hast du je in der Zeitung einen Artikel über ein Verbrechen gelesen, aus dem nicht richtig klar wurde, was nun wem zugestoßen ist? Es bleibt deiner Phantasie überlassen, die Euphemismen und Analogien zu sondieren, um zu begreifen, was tatsächlich vorgefallen ist? Kennst du das?«
»Ja. Nein. Ich glaube schon. Bitte, was immer Sie wollen.«
Er sah sie verärgert an.
»Also, genau das ist dir passiert. Du bist in einen von diesen Zeitungsartikeln hineingeraten. Du bist eine Nachricht …« Er lachte. »Nur dass sie noch nicht ganz vollständig ist. Und wir müssen auch noch eine passende Schlagzeile finden. Verstehst du das? Verstehst du, was ich sage?«
Sie schüttelte den Kopf.
»Es bedeutet, dass du eine Chance hast, am Leben zu bleiben.«
Sie schluchzte. Sie wusste nicht, ob sie dankbar sein sollte.
In dem Moment schlug er sie fest auf den Mund, und das Zimmer drehte sich um sie. Sie kämpfte gegen die Bewusstlosigkeit an. Sie schmeckte Blut am Gaumen, und ein Zahn schien zu wackeln.
»Aber es bedeutet auch, dass es genauso gut anders kommen kann. Merk dir das.«
Er wartete einen Moment und forschte in ihrem Gesicht nach der Wirkung seiner Worte.
Sie wusste, dass sie die Angst nicht verbergen konnte. Ihre Lippe zitterte.
»Ich mag das nicht«, stellte er in sachlichem Ton fest.

Dann schlug er sie erneut. Seine Hand fuhr wie in Zeitlupe auf ihr Gesicht zu. Sie war erstaunt, dass sie den Schmerz spürte. Sie entspannte sich und fragte sich zugleich, wie sie dazu fähig war, und diesmal überließ sie sich der Qual und fiel in Ohnmacht.

Als sie aus der Bewusstlosigkeit erwachte, war sie auf der Hut und biss die Zähne zusammen, um keinen Laut von sich zu geben. Sie fühlte, wie geschwollen ihre Lippe war, und schmeckte getrocknetes Blut. Sie war immer noch gefesselt, und die Schmerzen in ihren Gelenken und Muskeln kehrten zurück – zwar weniger heftig, doch mit einer pochenden Nachhaltigkeit, die sie fürchtete.

Sie konnte den Mann nicht hören, doch sie wusste, dass er nicht weit war.

Sie atmete langsam ein und kämpfte gegen die Schmerzen an, während sie sich zwang, ihre Umgebung abzuschätzen. Ohne den Kopf zu bewegen, ließ sie den Blick über die Decke schweifen. Dort hing eine einzige nackte Birne, doch die war aus. Sie ahnte, dass sie in einem kleinen Zimmer lag, und sie tippte auf ein kleines Apartment oder Zimmer in einem Motel. Wenn sie den Kopf ein wenig nach links und rechts bewegte, konnte sie ein paar billige Möbel und ein Fenster mit heruntergezogener Jalousie erkennen. Etwas außerhalb ihres Gesichtskreises schien ein kleiner Flur zu sein, und sie vermutete, dass dort der Eingang lag. Sie konnte nicht sehen, woher das schwache Licht im Zimmer kam, ging jedoch davon aus, dass nebenan ein Badezimmer war, in dem er die Lampe angelassen hatte. Sie wusste nicht, wie spät es war oder wie lange ihre Ohnmacht gedauert hatte.

Mit Entsetzen stellte sie fest, dass sie sich weder an das Datum noch an den Wochentag erinnerte, und sie versuchte, es sich ins Gedächtnis zu rufen. Ich habe an einem Dienstag in der Bibliothek gesessen. Es ist Juli. Es ist Ende Juli. Die letzte Woche. Das Semester dauert nur noch drei Wochen.

Oder vier? Sie biss sich auf die Lippe und merkte, wie ihr die Tränen in die Augen stiegen. Erinnere dich!, schrie sie sich innerlich an. Sie spürte, wie ihre Gedanken verzweifelt rasten, weil sie nicht sagen konnte, welcher Tag es war.

Wie lange bin ich schon hier?, fragte sie sich weinend.

Und als ob er ihren Gedanken gehört hätte, antwortete der Mann: »Von jetzt ab bestimme ich über die Zeit.«

In seiner Stimme lag eine dunkle Endgültigkeit, und sie konnte die Tränen nicht zurückhalten. Zuerst kam ihr ein Schluchzer über die Lippen, dann ein zweiter, bis sich ihr ganzer Körper vor Verzweiflung schüttelte.

Er ließ sie gewähren. Sie wusste nicht, wie lange sie geweint hatte, ob Minuten oder Stunden. Als sie ruhiger wurde, hörte sie einen Seufzer, und er sagte: »Gut. Jetzt können wir weitermachen.«

Reflexartig straffte sie den Körper.

Sie hörte, wie es in einer Tasche, in der er wühlte, klirrte.

»Was haben Sie vor?«, fragte sie.

Augenblicklich war er neben ihr und flüsterte ihr böse zu: »Keine Fragen.«

Er schlug sie.

»Keine Fragen!«

Er schlug sie wieder.

»Keine Fragen!«

Er schlug sie ein drittes Mal.

Es ging so schnell, dass sie Schmerz und Verblüffung nicht unterscheiden konnte. »Nein, nein, nein, tut mir leid …«, stammelte sie.

Er sah sie an.

»Irgendwelche Fragen?«, fragte er.
Sie schüttelte hastig den Kopf.
Er lachte auf. »Dachte ich mir.«
Wieder stürzte ihr Herz im freien Fall in die Tiefe. Sie kämpfte gegen einen hysterischen Anfall an.
Sie hörte ein Klicken und verdrehte den Kopf, um zu sehen, was es war.
»Zeit, dich für einen Fototermin zurechtzumachen«, meinte er.
Er hielt eine OP-Schere hoch.
Das stumpfe Metall fühlte sich kalt an. Sie zitterte bei dem Geräusch und stöhnte bei dem Gedanken, dass es nicht anders hatte kommen können. Gott, ich hab's gewusst. Er schnitt behutsam, doch unbeirrbar durch den Stoff ihrer Jeans.
Zuerst trennte er ein Hosenbein vom Knöchel bis zur Taille auf, dann das andere. Sorgfältig faltete er die Kleidungsreste zusammen und legte ihre Beine frei. Sie zitterte, als sie merkte, wie er ihr unter das Kreuz fasste, um ihr Gesäß vom Bett zu heben. Nachdem er die zerschnittene Jeans entfernt und in eine Ecke geworfen hatte, ließ er sie wieder auf die Matratze herunter. Sie schloss die Augen und spürte, wie die Schere mit der gleichen schrecklichen Präzision ihre Bluse entlangglitt. Sie merkte, wie ihr BH entfernt wurde, und fühlte den kalten Stahl an ihren Hüften, als er sich daranmachte, den Slip aufzuschneiden.
Wieder schluchzte sie.
Eine Woge der Qual und der Scham und der Hilflosigkeit schlug über ihr zusammen. Was jetzt geschehen würde, schien ihr so dumpf, so offensichtlich und so unvermeidbar, dass es ihr kaum noch Angst bereitete. Tu's einfach, bitte, damit ich es hinter mir habe.

Sie wartete darauf, sein Gewicht auf ihrem Körper zu fühlen. Die Sekunden dehnten sich zu Minuten, und sie merkte, dass sie fror. Die Augen immer noch fest geschlossen, fing sie an zu zittern.
Sie hörte nichts weiter als seinen Atem in unmittelbarer Nähe.
Ihr wurde bewusst, wie die Zeit verstrich.
Ihr kam ein schrecklicher Gedanke: Mein Gott, wenn er nun nicht kann? Wenn seine Frustration ... Sie befahl sich, den Gedanken fallenzulassen, und öffnete langsam die Augen. Er saß einfach nur neben ihr. Als er sah, dass sie die Augen offen hatte, musterte er ihren Körper von oben bis unten.
»Du weißt natürlich, dass ich tun könnte, was ich will?«
Sie nickte.
»Spreiz die Beine.«
Sie gehorchte, soweit es die Fesseln erlaubten.
Sie hörte das Sirren einer Kamera, und hinter ihren zugekniffenen Augen leuchtete es rot, als ein Blitz explodierte. Es gab noch eine Explosion und eine dritte.
Langsam schlug sie die Augen auf.
»Gut«, sagte er und steckte die Kamera wieder in eine Tasche.
Nervös versuchte sie, die Beine wieder zu schließen.
»Werden Sie mich ...«, fing sie an, doch ihre Worte gingen in einem weiteren Schlag ins Gesicht unter.
»Ich dachte, die Lektion hätten wir gelernt?«, herrschte er sie an.
Er schlug sie wieder.
Sie konnte die Tränen nicht zurückhalten.
»Tut mir leid, tut mir leid, tut mir leid«, rief sie. »Bitte nicht schlagen.«
Er sah sie nur an.

»Okay. Du kannst deine Frage stellen.«
Sie schluchzte.
»Raus damit!«
»Werden Sie, werden Sie mich vergewaltigen?«
Er schwieg.
»Muss ich das?«, erwiderte er schließlich. Er legte die Hand auf ihr Geschlecht. Sie fühlte, wie sich ihre Haut unter seinen Fingern zusammenzog.
Dann schlug er sie erneut. Sie schnappte nach Luft.
»Ich hab dich was gefragt. Lass mich nicht warten.«
»Gott, nein, ja, ich weiß nicht, was immer Sie wollen, bitte.«
»Gut.«
Er stand auf und ging ans Fußende des Bettes. Sie hob den Kopf, um ihn zu sehen. Er hielt etwas Kleines, Blitzendes hoch.
»Erkennst du, was das ist?«
Sie stöhnte. In ihrem Kopf wurde es dunkel.
»Ich war schon immer von der einfachen Rasierklinge fasziniert. Sie könnte deine Kehle so sauber durchtrennen, dass du es erst merken würdest, wenn dir das Blut in die Gurgel fließt.«
Voller Entsetzen riss sie die Augen auf.
Er sah sie scharf an. Dann senkte er die Klinge langsam und glitt damit die dicke Haut an ihrem großen Zeh entlang.
»Bitte«, setzte sie an, verstummte aber, als er sie wütend anfunkelte. Er trat an ihre Seite und berührte mit der Klinge ihre Hüfte. Sie spürte zwar nichts, sah jedoch, wie auf ihrer Haut eine dünne, wenige Zentimeter lange Blutlinie erschien.
»Betrachte mich als eine Rasierklinge«, sagte er.
Er trat neben ihren Oberkörper und glitt mit der Klinge ihren Oberarm entlang. Er war fast außerhalb ihres Gesichtsfeldes, und sie konnte nur vage einen weiteren Blutstriemen erken-

nen. Sie merkte, wie ihr schwindelig wurde, wie sich alles um sie drehte, und sie versuchte mit aller Macht bei Sinnen zu bleiben, zu schreien, irgendetwas zu tun. Plötzlich erschien er neben ihrem Gesicht, und sie sah die Klinge in seinen Fingern. Er rammte ihr die Hand über Mund und Nase, während er zischte:

»Soll ich dein Gesicht neu gestalten?«

Sie verlor das Bewusstsein.

Anne Hampton wachte langsam auf und dachte darüber nach, in Ruhe zu frühstücken, und zwar richtig üppig, mit Eiern, Toast und Schinken zu einer Tasse Kaffee, vielleicht noch etwas Süßes hinterher und dazu die gemächliche Lektüre der Zeitung. Etwas zu essen und schlechte Nachrichten, vermutete sie, würden ihr helfen, den grässlichen Traum abzuschütteln, der sie gequält hatte, eine Horrorvision aus Rasierklingen und Wahnsinn. Im Halbschlaf versuchte sie, sich vom Bett zu rollen, als sie die Fesseln an Händen und Füßen spürte. Einen Moment lang war sie verwirrt und glaubte, sich diesen aufdringlichen Alptraum aus den Augen reiben zu können, um den vertrauten Alltag zu begrüßen. Dann wurde die Spannung an ihren Handgelenken und Knöcheln real, und sie merkte, dass in Wahrheit die Gedanken an einen normalen Morgen das Traumgespinst waren. Als ihr das bewusst wurde, schluchzte sie auf.

Dann dachte sie an ihr Gesicht.

Unwillkürlich wollte sie sich mit der Hand an die Augen fassen, doch die Fesseln hielten sie zurück. Sie versuchte, ihre Hände zu sehen: Ich muss es fühlen!, schrie sie innerlich. Was hat er getan?

Eine unkontrollierbare Angst überflutete sie. Bin ich noch der Mensch, der ich war?, hallte es ihr durch den Kopf. Sie reckte sich, um die Linie zu sehen, die er ihr mit der Klinge in den Oberarm geritzt hatte. Zu ihrem panischen Entsetzen konnte sich nichts fühlen, auch wenn sie sah, wo das Blut bräunlich verkrustet war. Keine Schmerzen, überhaupt kein Gefühl. Mein Gesicht! Was hat er mit meinem Gesicht gemacht? Sie versuchte, ihre Züge in Abschnitte einzuteilen: Sie verzog die Nase, und sie schien normal zu reagieren. Sie runzelte die Stirn und versuchte herauszufinden, ob ihre Muskeln irgendwo nicht reagierten, weil sie dort zerschnitten waren. Sie schob den Unterkiefer vor, so dass sich die Haut am Kinn und an der Unterlippe straffte. Sie war sich nicht sicher, denn ihre Unterlippe war noch geschwollen. Sie zwang ihren Mund zu einem Lächeln und dann zu einem breiten Grinsen, so dass sich das Fleisch an ihren Wangen spannte und zusammenzog. Sie hielt die groteske Maske, während sie von innen heraus nach Veränderungen suchte, wie ein Blinder, der einen vertrauten Raum betritt und feststellt, dass jemand die Möbel verrückt hat, deren Position er sich so sorgsam eingeprägt hatte.

Sie konnte nichts mit Sicherheit feststellen, und das machte ihr am meisten Angst. Sie schloss die Augen und betete stumm, dass sie nur dieses eine Mal, wenn sie sie wieder öffnete, ihr eigenes Zimmer mit ihren eigenen Sachen vorfand. Sie kniff die Lider zusammen und versuchte, sich ihr Schlafzimmer vorzustellen. Sie dachte an die Fotos, die auf ihrer Kommode standen: ihre Eltern, ihre Großeltern, ihr ertrunkener Bruder, der alte Hirtenhund ihrer Familie. Sie besaß ein antikes, handgeschnitztes Schmuckkästchen, das in der Mitte zwischen den Bildern stand und in dem sie ihre Ohrstecker, Ringe und Halsketten aufbewahrte – allesamt deutlich weniger wert als das Kästchen selbst. Sie versuchte, den Weihnachtsmorgen heraufzubeschwören, an dem sie es ausgepackt

und ihre Eltern an sich gedrückt und geküsst hatte. Sie bemühte sich, die zarten verschnörkelten Schnitzereien auf dem Deckel vor sich zu sehen und strich im Geist mit den Fingerspitzen darüber.
Doch das alles schien so weit weg wie in einem Wunschtraum, und zum ersten Mal fragte sie sich, ob irgendetwas von dem, was vor wenigen Stunden noch real zu sein schien, tatsächlich existierte.
Sie zitterte, doch nicht von der Kälte.
Wo ist er?, fragte sie sich.
Sie konnte seinen Atem nicht hören, doch das hatte nicht viel zu besagen; sie wusste, dass er in der Nähe war. Sie hob den Kopf, um in dem fahlen Licht ihre Umgebung auszumachen. Sie sah den Mann nicht, doch was sie erblickte, versetzte ihr einen Schock und stürzte sie in abgründige Verzweiflung.
Sie rammte den Kopf ins Kissen zurück und brach in so heftiges Schluchzen aus, dass ihr ganzer Körper bebte. In diesem Moment fühlte sie sich zum ersten Mal zutiefst geschändet.
Er hatte sie angezogen.
Sie trug einen Slip, Hose, einen neuen BH und ein T-Shirt. Sie dachte: Ich bin wie ein Kind.
Und sie weinte hemmungslos.

Erst nach mehreren Minuten wurde ihr bewusst, dass der Mann auf einem Stuhl unmittelbar hinter ihrem Kopf saß. Als die Tränen langsam versiegten, betupfte er ihre Lippen mit einem feuchten Waschlappen. Dann fing er an, behutsam ihr Gesicht zu waschen. Währenddessen bekam sie ihre Ängste allmählich unter Kontrolle; sie konzentrierte sich auf die Empfindung des nassen Frottees auf der Haut und versuchte dabei festzustellen, ob sich irgendetwas taub anfühlte oder brannte und ihr zeigte, was er mit seiner Rasierklinge angerichtet hatte. Doch sie spürte nichts und atmete innerlich auf. Sie merkte, wie sich ihre Muskeln entspannten, und kämpfte dagegen an, da sie jederzeit mit allem rechnen musste. Ihr wurde klar, dass ihr Körper nicht mehr ihrem Willen gehorchte, dass sie ihren Gliedern nicht mehr gebieten konnte, dass sie in der Angst und Anspannung der letzten Stunden einen Teil ihrer Selbstkontrolle aufgegeben hatte. In diesem Moment sprach er sie in sanftem Ton an. Sie hasste den Klang seiner Stimme, konnte sich der Wirkung aber dennoch nicht entziehen.

»Gut«, sagte er. »Entspann dich. Atme langsam ein und aus.«

Er verstummte.

»Schließ die Augen und finde deine innere Kraft.«

Das meint er nicht wirklich, dachte sie. In Wahrheit will er, dass ich sie verliere.

»Hör auf deinen eigenen Herzschlag«, empfahl er ihr. »Du bist noch am Leben. Bis hierhin hast du es geschafft. Du machst Fortschritte.«

Ihr gingen hundert Fragen auf einmal durch den Kopf, doch sie biss sich auf die Lippen und schwieg.

»Sei einfach still.«

Sie merkte, dass ihr Atem ruhiger, ihr Herzschlag langsamer geworden war.

Sie versteckte sich hinter den geschlossenen Augen, als sie spürte, dass er nicht mehr neben ihr war. Stattdessen hörte sie ihn ein paar Meter weiter irgendetwas tun. Ebenso schnell war er wieder bei ihr.

»So ist's gut. Lass die Augen zu«, meinte er fast säuselnd.

Er streichelte ihr sanft über die Stirn.

»Glaubst du, dass ich dir wehtun würde?«, fragte er leise.

»Nein«, erwiderte sie zögerlich. Ihre Augen blieben geschlossen.

»Aber du irrst dich«, widersprach er im selben milden Ton.
Als er zuschlug, schien hinter ihren geschlossenen Lidern Licht zu explodieren. Das Geräusch, mit dem seine Hand ihre Wange traf, war hart und entsetzlich, und sie schnappte in einer Mischung aus Schmerz und Verblüffung nach Luft. Sie riss die Augen auf und sah, wie er mit der erhobenen flachen Hand zu einem weiteren Schlag ausholte – der einzige Fixpunkt in einem Raum, in dem sich alles drehte.
Sie kniff die Lider zu und versuchte, sich im Kissen unsichtbar zu machen.
»Nein, nein, nein, nein, bitte nicht noch einmal«, flehte sie.
Und es war still.
In der Dunkelheit hinter den geschlossenen Lidern herrschte heller Aufruhr. Zum ersten Mal konnte sie nur noch an die Schmerzen denken, die sie hasste, die sie fürchtete, von denen sie erlöst werden wollte.
Nach einer Weile sagte er: »Ich schulde dir noch einen Schlag. Denk dran.«
Sie hörte, wie er vom Bett zurücktrat und sich irgendwo im undurchdringlichen Dunkel des kleinen Zimmers zu schaffen machte. Sie verharrte hinter ihren Lidern und fühlte sich vollkommen alleingelassen, den fortwährenden Verletzungen vollständig ausgeliefert.

Sie konnte nicht mehr mit Bestimmtheit sagen, ob sie wachte oder schlief. Die Grenzen zwischen Einbildung und Realität, zwischen Traum und angespannter Aufmerksamkeit waren verwischt. Einen Moment lang fragte sie sich, ob die Trennlinie zwischen Leben und Tod ebenso verschwamm.
Der Gedanke machte ihr Angst, und sie versuchte, sich selbst Mut zuzusprechen: Ich bin immer noch am Leben. Wäre es ihm darum gegangen, mich zu töten, hätte er es längst getan.

Schon gleich zu Beginn. Er würde mich nicht am Leben lassen, mir weiter Schmerzen zufügen, nur um mich am Ende zu töten. Nein, er braucht mich, und das bedeutet Leben.
Doch ebenso schnell kehrte die Hoffnungslosigkeit zurück, und sie gestand sich ein, dass sie sich vielleicht irrte. Vielleicht brauchte er sie nur als das, was sie ihm bereits war – ein gefesseltes Opfer. Vielleicht lief alles nur auf eine langsame Steigerung hinaus und am Höhepunkt war sie – ja was? Entbehrlich? Sie versuchte, den Gedanken wegzuschieben und in einen der hintersten Winkel ihres Bewusstseins zu verbannen, doch nachdem er sich erst einmal eingeschlichen hatte, drängte er sich immer weiter in den Vordergrund, bis er sie völlig gefangen nahm. Sie sah Szenen wie aus den Abendnachrichten vor sich: eine Horde Kameraleute, ein Trupp Kripobeamte, eine Traube Schaulustiger, die sich alle um ihre nackte Leiche drängten. In ihrer Vision versuchte sie, der Menge zuzuschreien, dass sie am Leben sei, dass sie noch atmen, weinen, denken konnte, doch niemand schenkte ihr Beachtung. Für diese Leute war sie, so lautstark sie auch das Gegenteil beteuern mochte, tot. In diesem Zustand sah sie, wie man sie – starr vor Angst – auf eine Bahre legte, um sie ins Leichenschauhaus zu schaffen. Es war, als blieben ihre Rufe stumm.
Der Mann trat in ihren Tagtraum, und sie sah, dass er einen Revolver in der Hand hielt.
»Ich habe noch andere Waffen«, erklärte er in gleichgültigem Ton.
Sie brauchte einen Moment, bis sie wusste, ob dies ein Trugbild oder Wirklichkeit war. Dann wurde ihr nach und nach das dämmrige Licht bewusst, die beigefarbenen Wände, die Fesseln, die sie hielten, und sie kehrte aus dem Zwischenreich in das Motelzimmer zurück.
»Heb die Hüften«, wies er sie an.

Sie tat, was er verlangte.
Er legte die Waffe weg und zog ihr Hose und Slip herunter.
»Eine Schusswaffe ist etwas äußerst Kaltes«, sagte er.
Damit legte er ihr den Revolver auf den nackten Bauch. Sie fühlte das Gewicht des kühlen Metalls. Er ließ ihn einen Moment dort liegen.
Dann nahm er die Pistole wieder in die Hand. Sie beobachtete ihn, wie er abwechselnd von ihr zu der Waffe blickte.
»Wenn du deine Identität zerstören wolltest«, überlegte er, »würdest du dir da nicht am ehesten in den Unterleib schießen?«
Er deutete mit die Waffe zwischen ihre Beine.
»O Gott, nein!«, wimmerte sie.
Sie hörte, wie er den Hahn mit einem Klicken spannte. Sie sah, wie er den Lauf nach unten richtete. Sie warf sich wild auf dem Bett hin und her und bäumte sich gegen die Fesseln auf, während der Mann langsam zielte. Sie winselte wie ein Tier, ohne den Blick für eine Sekunde von dem schwarzen runden Loch des Revolvers abzuwenden. Es schien riesenhaft zu sein, groß genug, um sie ganz zu verschlingen. Ein letztes Mal zerrte sie an den Stricken, dann sackte sie auf das Bett zurück und gab sich geschlagen. Sie schloss die Augen nicht, sondern fixierte den Lauf der Waffe. Einen Moment lang glaubte sie zu sehen, wie die Kugel sich löste.
Der Mann betrachtete sie von oben, zögerte eine Sekunde und drückte ab.
Der Hahn schnellte mit einem Klicken herunter.
»Leer«, sagte der Mann. Wieder drückte er ab. Es klickte auf einem weiteren leeren Zylinder.
Als hätte ihr jemand auf den Rücken geschlagen, bekam sie plötzlich keine Luft mehr. Sie versuchte zu atmen.
Er beobachtete sie aufmerksam. Dann zog er eine Handvoll

Patronen aus der Tasche und schob bedächtig eine nach der anderen in die Trommel.

Sie merkte, wie in ihr eine Woge der Übelkeit hochstieg.

»Bitte«, flehte sie, »ich muss mich übergeben ...«

Er war sofort neben ihrem Kopf. Die Waffe flog zur Seite, und sie fühlte seine stützende Hand im Genick. Er hielt ihr einen kleinen Abfalleimer aus Plastik hin. Sie würgte, doch es kam nichts. Langsam ließ er ihren Kopf herunter und zügig fing er an, ihre Lippen mit dem nassen Waschlappen zu reiben. Sie leckte an der Feuchtigkeit und schluchzte wieder los.

»Heb die Hüften.«

Auch diesmal tat sie, was er wollte.

Rasch und geübt zog er ihr Slip und Hose wieder an. Er nahm die Waffe und zeigte sie ihr. »Darin bin ich ebenfalls Experte«, erklärte er. »Aber das wusstest du schon, nicht wahr?«

Sie nickte.

»Überhaupt«, fuhr er fort, »bin ich in den unterschiedlichsten Arten zu töten äußerst versiert. Erfahren. Aber auch das muss ich dir eigentlich nicht erst erzählen, nicht wahr?«

Sie schüttelte den Kopf.

Er sah zu ihr herab, schwieg einen Moment und sprach dann weiter.

»Du hast deinen Dostojewski gelesen, nicht wahr?«

Sie nickte. »Ein paar ...«

»Schuld und Sühne? Die Brüder Karamasow? Aufzeichnungen aus dem Kellerloch?«

»Ja. Und *Der Idiot*.«

»Wann?«

»Letztes Jahr, im Proseminar.«

»Gut. Dann weißt du sicher auch, was mit dem gefeierten Autor passierte, bevor man ihn nach Sibirien ins Arbeitslager schickte?«

Sie schüttelte den Kopf.
»Er und weitere Verurteilte wurden vor dem Exekutionskommando des Zaren an die Wand gestellt. Achtung, brüllte der Kommandant, während die Männer zitternd vor ihm standen. Anlegen, wies er an, während die Männer hastig ihre letzten Gebete murmelten und auf ihre Henker starrten. Der Degen des Kommandeurs erhob sich, doch bevor er heruntersauste und der Feuerbefehl ertönte, kam ein Reiter herangeprescht und schwenkte wie wild ein Papier. Es war die Begnadigung des Zaren. Einige Männer fielen vor Dankbarkeit auf die Knie. Andere stammelten wirre Worte in geistiger Umnachtung, weil ihnen der kurze Moment im Angesicht des Todes den Verstand geraubt hatte. Einige starben auf der Stelle, da ihr Herz zu schwach war. Alle anderen landeten in den Lagern. Wie überlebte man wohl im Lager?«
Sie brauchte eine Sekunde, um zu begreifen, dass ihr eine Frage gestellt worden war. Im Geist saß sie wieder in dem kleinen Raum, in dem sie und neun andere Studenten zusammengekommen waren, um über die Romane des Russen zu diskutieren. In der Erinnerung sah sie, wie sich die Sonne in der glatten grünen Tafel spiegelte.
»Durch Gehorsam«, antwortete sie.
»Gut. Glaubst du, dasselbe gilt hier?«
Sie nickte.
Er überlegte und sah sie eindringlich an.
»Sag mir, was von allem, das dir passiert ist, am schlimmsten ist. Was macht dir am meisten Angst? Was tut am meisten weh?«
Er saß am Bettrand und wartete auf ihre Antwort.
In ihr braute sich eine Woge aus Gefühlen und Erinnerungen zusammen, und sie hätte an der Frage verzweifeln können. Sie dachte an den Revolver, mit dem er auf ihren Unterleib gezielt

hatte, und kämpfte gegen den bitteren Geschmack der Galle auf der Zunge an; sie erinnerte sich an die Brutalität des Elektroschockers; an die Rasierklinge an ihrem Gesicht; an das Gefühl zu ertrinken, als er ihr das Handtuch auf Mund und Nase gedrückt hatte; an die willkürlichen, unberechenbaren Schläge. Alles tat weh, schrie es in ihr. Alles machte entsetzliche Angst. Und dann fragte sie sich: Wieso fragt er? Aus Anteilnahme? Was soll das für eine Anteilnahme sein? Sie konnte sich nicht dazu bringen, gründlich und logisch zu denken; die Vorstellung, dass sie irgendwie Macht haben könnte, dass sie in der Lage sein sollte, einen gewissen Einfluss auf die Situation auszuüben, bestürzte sie. Und dann erfasste sie ein neuer unerträglicher Gedanke: Vielleicht will er es wissen, damit er die anderen Methoden ausschließen kann, damit nur noch die schlimmste bleibt. Mein Gott, dachte sie, was soll ich ihm sagen?

»Nun komm schon«, hakte er nach, und es lag eine gewisse Ungeduld in seiner Stimme. »Was ist das Schlimmste?«

Sie schwieg. Bitte, flehte sie sich an.

»Ich höre?«

»Die Rasierklinge.« Sie weinte los. Die Tränen liefen ihr ungehemmt die Wangen hinunter.

»Die Rasierklinge?«, wiederholte er. Während sie weiterschluchzte, stand er auf. Für einen Moment konnte sie ihn nicht mehr sehen, dann kehrte er zurück und hielt die Klinge in der Hand. »Diese Rasierklinge?«, fragte er.

»Ja, ja, ja, bitte, Gott, bitte.«

Er hielt sie dichter an ihr Gesicht.

»Das setzt dir am meisten zu?«

»Bitte, bitte, bitte …«

Er fuhr mit der Klinge dicht über ihre Nase.

»Das ist zu viel, wie?«

Sie schluchzte nur noch und konnte vor Angst nicht mehr denken.
»In Ordnung«, meinte er einfach.
Sie sah ihn durch den Tränenfilm an.
»In Ordnung. Ich benutze die Rasierklinge nicht mehr.« Er schwieg. »Außer, um mich zu rasieren.« Er lachte. Er sah sie an und sagte: »Du kannst lächeln, das war ein Witz.«
Sie weinte weiter. Er sagte nichts, während sie Minute um Minute schluchzte. Nachdem sie sich schließlich ein wenig beruhigt hatte, blickte er sie freundlich an und fragte: »Möchtest du ins Bad?«
Das schlichte Angebot verblüffte sie.
Sie nickte.
»In Ordnung.« Rasch löste er ihre Fesseln. Bevor er jedoch ihre Handgelenke losband, sah er sie durchdringend an. »Muss ich die Regeln noch einmal erklären, oder denkst du, dass du sie verstanden hast?«
Wieder war sie verwirrt. Sie hatte keine Ahnung, was er meinte.
»Nein«, überlegte er laut. »Ich glaube, du weißt dich zu benehmen. Das Bad ist gleich hier um die Ecke. Natürlich gibt es auch ein kleines Fenster, das dich vor die Wahl stellt. Für den einen oder anderen bedeutet ein geöffnetes Fenster die Freiheit. Aber verlass dich darauf, das Gegenteil ist der Fall. Es gibt nur *eine* Möglichkeit, von mir freizukommen, und zwar, wenn ich sage, du bist frei. Das solltest du mittlerweile begriffen haben. Trotzdem, das Fenster ist da. Die Wahl liegt also bei dir.«
Er band ihre Handgelenke los; sie schob die Beine über den Bettrand und versuchte aufzustehen, doch im selben Moment wich ihr das Blut aus dem Kopf, und ihr wurde schwindelig. Sie hielt sich am Bettgestell fest.

»Lass dir Zeit. Fall nicht hin.«

Er war sitzengeblieben und rührte sich nicht.

Sie stand langsam auf und spürte, wie sich die Muskeln in ihrem ganzen Körper schmerzhaft zusammenzogen. Sie machte einen kleinen Schritt, dann den nächsten.

»Babyschritte«, meinte er. »Gut.«

Sie stützte sich mit einer Hand an der Wand ab, nahm dann die andere hinzu. An der Wand entlang tastete sie sich in den engen Flur, von dort aus ins Bad. Das Licht brannte in ihren Augen, und sie legte die Hand darüber. Ihr erster Gedanke galt dem Spiegel, und sie zwang sich, die Augen zu öffnen; ihr tat alles weh, da kam es auf ein bisschen zusätzlichen Schmerz nicht mehr an. Sie brachte das Gesicht nah an den Spiegel und untersuchte es auf Verletzungen. Die Lippe ist geschwollen, stellte sie fest, aber damit habe ich gerechnet. Auf der Stirn hatte sie einen Bluterguss, von dem sie nicht wusste, wie er da hingekommen war. Auch ihr Kinn war von seinen Schlägen rot gezeichnet. Doch ansonsten fehlte ihr nichts. Vor Dankbarkeit schluchzte sie auf. Als sie Wasser ins Becken laufen ließ und es sich ins Gesicht spritzte, um ein wenig von den Qualen abzuwaschen, zitterten ihre Hände. Sie hatte plötzlich großen Durst und fing an, sich das Wasser in den Mund zu schöpfen, bis ihr davon übel wurde. Bei der nächsten Woge beugte sie sich über die Toilette und erbrach sich heftig. Als sie fertig war, griff sie nach dem Waschbeckenrand und stützte sich ab.

Dann blickte sie auf und sah das Fenster.

So wie er gesagt hatte, stand es offen.

Sie gestattete sich einen kurzen Traum von Flucht, doch dann wurde ihr klar, dass er auf der anderen Seite warten würde. Sie wusste das mit absoluter Sicherheit. Dennoch trat sie ans Fenster und legte die Hand auf den Rahmen, als erhoffte sie sich von der angenehm kühlen Luft der Sommernacht ein wenig Linderung. Sie blickte in das Dunkel hinaus. Er ist da irgendwo, dachte sie. Am äußersten Rand ihres Blickfeldes konnte sie seine Gestalt ausmachen. Sie sah, wie sich die Zweige der Bäume im Wind bewegten, doch sie wusste, dass er sie dort erwarten würde. Er würde mich umbringen, dachte sie, auch wenn sie das Wort »umbringen« vermied und stattdessen nur ein diffuses Dunkel aus Schmerz und Qual vor Augen hatte.

Plötzlich kam ihr der Gedanke: Ich brauche zu lange! Er wird böse auf mich sein! Hastig beugte sie sich noch einmal über das Becken und spritzte sich, so schnell sie konnte, noch eine Handvoll Wasser ins Gesicht und eine weitere in den Mund. Beeil dich! Tu einfach, was er will!

Sie hielt sich erneut an der Wand fest und stolperte in das Motelzimmer zurück.

»Ich warte«, sagte er.

Sie taumelte durch den Raum zum Bett. Ohne Zögern ließ sie sich wieder darauf nieder und streckte ihre Hände hoch, so dass er sie leicht festbinden konnte. Dasselbe tat sie mit den Beinen; im nächsten Moment spürte sie, wie die Stricke an den Knöcheln festgezurrt wurden.

»Besser?«, erkundigte er sich.

Sie nickte.

»Willst du schlafen, oder soll ich Fragen beantworten?«

Sie erfasste eine Erschöpfung, als sei sie nicht nur kurz ins Bad gegangen, sondern käme von einer unglaublich beschwerlichen Gipfelbesteigung zurück.

»Also schlafen«, hörte sie ihn noch feststellen.

Sie merkte, wie sich ihre Augen verdrehten.

Als sie erwachte, saß er am Fußende des Bettes.
»Wie lange hab ich …«, fing sie an, doch er unterbrach sie.
»Fünf Minuten. Fünf Stunden. Fünf Tage. Was macht das für einen Unterschied?«
Sie nickte. Da hatte er recht.
»Kann ich jetzt Fragen stellen?«
»Ja. Dies wäre ein guter Zeitpunkt.«
»Werden Sie mich töten?«, wollte sie wissen. Kaum waren ihr die Worte über die Lippen gekommen, bereute sie es.
»Nur, wenn du mich dazu zwingst«, erwiderte er. »Siehst du, daran hat sich nichts geändert. Du bestimmst immer noch über dein Schicksal.«
Sie glaubte ihm nicht.
»Wieso tun Sie mir das alles an? Ich verstehe das nicht.«
»Ich habe eine Aufgabe für dich, und ich muss mir ganz sicher sein, dass du sie übernimmst. Ich muss dir vertrauen können. Mir sicher sein.«
»Ich tue alles, was Sie wollen. Sie müssen es nur sagen …«
»Nein«, antwortete er. »Danke für das großzügige Angebot, aber mir genügen keine verbalen Beteuerungen. Ich muss es ohne jeden Zweifel wissen. Dazu musst du begreifen, wie viel Macht ich über dich habe. Du musst wissen, wie nahe du dem Tode bist.«
Er stand auf und löste ihre Hände vom Bettgestell, um sie vor ihrem Körper zusammenzubinden.
»Ich muss kurz weg. Ich bin gleich wieder da. Ich muss dich wohl nicht daran erinnern, was ich von dir erwarte.«
Er ging Richtung Tür.
»Bitte«, flehte sie. »Lassen Sie mich nicht allein.« Sie traute ihren Ohren nicht. War das wirklich sie, die sprach?
»Ich brauche nicht lang«, beruhigte er sie. »Dir passiert nichts.«

Sie rief noch einmal hinter ihm her, als er durch die Tür verschwand. Einen Moment lang sah sie draußen Dunkelheit und dachte: Es muss noch Nacht sein.

Als sie allein im Zimmer war, sah sie sich um. Alles war wie zuvor, doch in Abwesenheit des Mannes machte es ihr plötzlich Angst. Sie zitterte. Das ist verrückt, dachte sie. *Er* tut dir diese Dinge an. Dann wurde ihr bewusst, dass er die Tür nicht abgeschlossen hatte, und sie bekam noch mehr Angst. Jeder kann hier einbrechen und mich finden. Sie fürchtete auf einmal, jemand könnte hereinkommen und sie vergewaltigen; das würde nichts ändern, es würde den Mann lediglich wütend machen; sie wäre für ihn wie verdorbene Ware, und er würde sie wegwerfen wie ein Stück Müll. Sie kämpfte mit widerstreitenden Gefühlen. Die eine Stimme in ihr schrie, wie verdreht diese Befürchtungen waren. *Er* ist derjenige! Schnapp dir die Pistole! Töte ihn! Das ist deine Chance!

Doch sie rührte sich nicht vom Fleck.

Befreie dich aus den Fesseln! Lauf weg!

Und wohin?

Wo bin ich? Wo könnte ich hin?

Er wird mich töten, dachte sie. Er wartet direkt hinter der Tür. Ich komm keine drei Meter weit.

Doch, lauf weg! Nein, tu's nicht!

Sie weinte still und versuchte, ans College zu denken, an ihre Familie, ihre Freunde, ihr Leben. Doch das alles schien flüchtig und erschreckend weit weg. Das einzig Reale, dachte sie, ist dieses Zimmer.

Sie versuchte, sich zu trösten, und merkte, wie sie leise ein Liedchen aus ihrer Kindheit sang: »Lavendel ist blau, tirili, tirili, Lavendel ist grün; wenn ich König bin, tirili, tirili, dann bist du Königin …« Sie erinnerte sich, wie sie das ihrem kleinen Bruder vorgesungen hatte und er darüber eingeschlafen

war. Sie merkte, wie weitere Tränen in ihr aufstiegen. Aber er ist tot, dachte sie. O Gott, er ist gestorben.
Sie legte den Kopf ins Kissen und wartete auf die Rückkehr des Mannes. Sie versuchte, die Gedanken zur Ruhe zu bringen, doch ihre Ängste waren nicht im Zaum zu halten. Sie merkte, dass sie das Gefühl für die Zeit verlor, als hätte der Mann ihr die Fähigkeit genommen, abzuschätzen, wie die Minuten und Stunden verstrichen. War er seit einer Stunde weg? Oder seit fünf Minuten? Die Stille erfasste alles um sie herum, die Dunkelheit war böse und bedrohlich. Sie zwang sich, auf das Geräusch seiner Schritte zu horchen, doch die pechschwarze Nacht, in die sich das Zimmer hüllte, gab keinerlei Laute preis. Sie hob die Hände und legte sie auf die zusammengekniffenen Augen, um sich wenigstens in ihre eigene Dunkelheit zurückzuziehen und dort irgendetwas zu finden, an das sie sich klammern konnte. Wieder versuchte sie, an etwas Geringfügiges, Gewöhnliches und Vertrautes zu denken, irgendeinen Gegenstand, den sie besaß und der bewies, dass sie existierte, eine Erinnerung, die ihre Vergangenheit aufleben ließ, etwas Handgreifliches, das ihr die Kraft gab, um ihre Zukunft zu kämpfen. Sie dachte an ihre Eltern zu Hause in Colorado, doch sie erschienen ihr plötzlich wie Gespenster. Sie konzentrierte sich mit aller Macht auf das Gesicht ihrer Mutter; im Geist setzte sie wie ein Künstler ihr Porträt zusammen. Sie malte die Augen, den Mund, das Lächeln, das ihr so vertraut sein sollte. Dann fragte sie sich, ob die Erinnerung vielleicht nichts weiter als ein Traum war, und sie schlug vorsichtig die Augen auf.
Sie zuckte heftig zusammen.
Der Mann beugte sich über sie.
»Ich habe Sie nicht reinkommen hören«, entfuhr es ihr.
Sein Gesicht wirkte hart. Eine Weile starrte er sie einfach nur

an. »Das hier ist jetzt die Realität«, erklärte er. Dann schlug er fest mit der flachen Hand zu. »Glaubst du es jetzt?«

»Ja, bitte«, flehte sie.

Er schlug wieder zu. Der Schmerz hüllte ihren ganzen Körper wie in eine düstere Wolke.

»Willst du am Leben bleiben?«

Er schlug sie wieder. Sie nickte vehement.

»Ich glaube dir nicht«, herrschte er.

Er schlug ein drittes Mal zu.

»Doch, bestimmt«, wimmerte sie.

Ein vierter Schlag traf ihr Gesicht.

Dann in rascher Folge ein fünfter, sechster und siebter, bis der Mann die Schläge mit beiden Händen auf sie niederprasseln ließ, wie um das Feuer ihrer Hysterie zu schüren. In den Sekundenbruchteilen zwischen den Schlägen versuchte sie, das Wort »bitte« herauszuschluchzen, doch irgendwann gab sie auf unter dem Fausthagel, der aus dem Dunkel auf sie niederging, sie hob nur noch flehentlich die gefesselten Hände und ließ ihre Tränen für sie sprechen. Er hörte erst auf, als er vor Anstrengung keuchte.

Er setzte sich auf den Bettrand und holte Luft, während sie still wimmerte.

Nach einigen Sekunden hörte sie durch die Schmerzen und die Tränen hindurch wie aus weiter Ferne: »Du enttäuschst mich.«

Sie fühlte seine Hände an ihrer Hose. Plötzlich zog er sie herunter und entblößte sie wie zuvor.

»Hörst du mir zu?«, fragte er.

»Ja, ja«, beteuerte sie, schlug die Augen auf und sah ihn an. Sie registrierte, dass er den Revolver in der Hand hielt.

»Du bist ein zu großes Problem«, stellte er in festem, nüchternem Ton klar. »Ich hatte Hoffnungen in dich gesetzt. Aber

ich sehe, dass du nicht lernst. Also werde ich dich einfach nur vögeln und töten. Das hätte ich von Anfang an tun sollen!«
Die Worte durchbrachen mit solcher Wucht ihre Todesangst, dass sie den inneren Rückzug aufgab und sich der Gegenwart stellte. »Bitte, nein, nein, nein, nein, nein, ich mach alles, geben Sie mir eine Chance, sagen Sie mir nur, was Sie wollen, was Sie brauchen, ich tu's, alles, bitte, bitte, egal was, alles, bitte, nein, nein, nein, bitte, bitte, geben Sie mir noch eine Chance, ich werde Sie nicht enttäuschen, ich tu's, was auch immer, Sie müssen es nur sagen, bitte, mir war nicht klar, bitte, alles, alles, alles ...«
Er stand neben dem Bett und zielte mit der Pistole auf sie.
»O Gott, bitte, bitte«, schluchzte sie.
Sie wollte an etwas anderes denken, den letzten Moment ihres Lebens woanders verbringen, doch sie sah nur den fürchterlichen Lauf des Revolvers. Sie stöhnte, während die Sekunden vergingen.
»Alles?«, fragte er schließlich.
»O ja, ja, ja, bitte, alles ...«
»Na schön. Wir werden sehen.«
Für Sekunden verschwand er. Dann kehrte er wieder zurück. Er hatte den Elektroschocker in der Hand.
»Tu dir selbst weh«, befahl er. Er zeigte auf ihr Geschlecht. »Genau da.«
In diesem Moment schienen ihr plötzlich all die anderen Schmerzen, die sie schon erlitten hatte, unbedeutend. Die Panik nahm völlig von ihr Besitz. Sie merkte, wie sich ihre Kehle zuschnürte, als bräche all das, was er ihr angetan hatte, auf einmal über sie herein. Doch mitten in diesem Chaos der Gefühle fand sie einen einzigen klaren Gedanken: Zögere nicht, schärfte sie sich ein.
Sie drückte den Elektroschocker in sich hinein und versuchte

im selben Moment, sich gegen den Schmerz zu panzern, der in ihr losbrechen würde.

Doch er blieb aus.

Sie sah verwirrt auf.

»Ausgeschaltet«, meinte der Mann.

Er nahm ihr den Elektroschocker aus der Hand.

»Eine Begnadigung«, sagte er und lachte. »Vom Zaren.«

Sie brach – wie ihr schien, zum hundertsten Mal in den letzten Minuten – in Tränen aus.

»Es gibt Hoffnung für dich.«

Er wartete einen Moment.

»Das meine ich wörtlich.«

Er trat in den Schatten zurück und ließ sie ungestört weinen.

Anne Hamptons erster Gedanke, als ihre Tränen versiegten, war, dass sich etwas geändert hatte. Sie war sich nicht sicher, was genau, doch sie fühlte sich wie ein Bergsteiger, der auf dem Gletschereis ausgerutscht und im freien Fall in eine Felsspalte gestürzt war, bis er plötzlich den Ruck des Sicherheitsseils spürte. Sie kam sich vor wie ein Jojo, kurz vor dem Punkt, an dem es zur Ruhe kommt – immer noch in Gefahr, doch für den Moment in Sicherheit. Zum ersten Mal gab sie der Hoffnung nach, dass sie durch Gehorsam eine Überlebenschance hatte. Sie versuchte, sich in Gedanken ihr Bild vor Augen zu führen, konnte es aber nicht. Sie entsann sich, dass sie einmal Träume und Ambitionen gehegt hatte, doch sie wusste nicht mehr, welche. Immerhin konnte sie sich mit dem Gedanken trösten, dass es ihr später vielleicht wieder einfallen würde, und beschloss zugleich, alles zu tun, was von ihr verlangt wurde, um am Leben zu bleiben. Sie blickte auf und sah, dass der Mann ihr ins Gesicht starrte. Er nickte, als wollte er ihr signalisieren, dass sie richtig lag.

»Die werden wir für eine Weile nicht brauchen, oder?«, meinte er. Er knüpfte die Stricke auf, die sie ans Bett gefesselt hatten. »Zieh dich aus«, befahl er.

Sie gehorchte. Sie empfand nichts, als er ihren Körper von oben bis unten absuchte.

»Wie wär's, wenn du eine Dusche nehmen würdest? Du wirst dich besser fühlen«, schlug er vor.

Sie nickte und ging zögernd Richtung Badezimmer. Als sie die Tür erreichte, wandte sie sich noch einmal zu dem Mann um, doch er saß da und studierte in dem schwachen Licht eine Landkarte.

Heißes Wasser überspülte sie, und sie dachte an nichts anderes als das Gefühl von Seifenschaum und Wärme. Sie hatte nicht gemerkt, wie kalt ihr gewesen war. Zum ersten Mal schien sie innerlich erfrischt, leer und unbeschwert. Sie blickte zum offenen Fenster, doch alles was sie sah, war graues Licht, das langsam die Dunkelheit durchdrang.

Es machte sie seltsam traurig, das Wasser abzudrehen, als hätte sie etwas Altes, Vertrautes weggewaschen. Sie trocknete sich schnell ab und wickelte sich ein Handtuch als Turban um den Kopf, ein anderes um die Körpermitte. Sie versuchte, sich zu beeilen, doch ihr wurde schwindelig, und sie musste sich am Türrahmen festhalten, um das Gleichgewicht zu halten. Sie sah, wie der Mann hochsah. »Pass auf«, sagte er. »Rutsch nicht aus. Es wird einige Zeit dauern, bis du wieder ganz bei Kräften bist.«

Sie setzte sich aufs Bett.

»Es ist schon fast Morgen«, stellte sie fest. »Wie lange bin ich schon hier?«

»Eine Ewigkeit«, antwortete der Mann. Er stand auf und kam auf sie zu. »Nimm das«, wies er sie an. Er hielt ihr eine Pille und einen Becher Wasser hin.

Sie wollte fragen, was es war, überlegte es sich aber anders. Sie schluckte die Pille herunter. Er erriet ihre Gedanken.
»Nur ein Schmerzmittel. Kodein, genauer gesagt. Damit du schlafen kannst.«
»Danke«, erwiderte sie. Sie blickte zu der Karte hinüber. »Wann fahren wir?«
Er lächelte. »Heute Abend. Es ist wichtig, dass ich auch ein bisschen Ruhe bekomme.«
»Natürlich«, meinte sie und legte sich aufs Bett.
Er wühlte einen Moment in dem Matchbeutel, der seine Waffen enthielt, und zog ein Paar Handschellen heraus. »Die werden bequemer sein als die Stricke«, sagte er. »Setz dich auf.« Sie gehorchte. Er legte eins ihrer Handgelenke in eine Schelle und die andere um das eigene. »Leg dich hin.« Sie ließ den Kopf auf das Kissen sinken. Er streckte sich neben ihr aus.
»Träum was Schönes«, sagte er.
Wie ein Paar nach der Liebe suchten beide Schlaf.

Anne Hampton erwachte vom Rauschen der Dusche. Sie merkte sofort, dass sie wieder an das Bettgestell gefesselt war. Sie rollte sich, so gut es ging, wie ein Embryo ein und wartete. Das Handtuch, das sie sich um den Körper geschlungen hatte, war verschwunden, und sie war nackt. Einen Moment fragte sie sich, ob der Mann sie vergewaltigen würde, sobald er herauskam, doch der Gedanke verblasste ebenso schnell, wie er gekommen war, und wich einer dumpfen Gefügigkeit.
Sie hörte, wie die Dusche abgestellt wurde, und nach wenigen Minuten erschien der Mann und trocknete sich ab. Er war nackt.
»Tut mir leid«, entschuldigte er sich. »Ich musste dein Handtuch nehmen. Das hier ist ein billiges Etablissement; die geizen mit der Wäsche.«

Sie wartete.
»Nein«, sagte er nach einer Weile. »Zeit, dass wir weiterkommen.«
Sie nickte.
»Gut«, meinte er.
Sie sah zu, wie er sich Unterwäsche, Jeans und ein Sweatshirt anzog. Eher beiläufig bemerkte sie, dass er äußerst fit war. Er kämmte sich kurz das Haar, setzte sich dann auf die Bettkante und schlüpfte in Sportsocken und Laufschuhe. Sie wartete auf einen Befehl, während der Mann seine Sachen zusammensuchte. Sie sah, wie er die Betäubungspistole und den Revolver in eine kleine Reisetasche warf. Er zog einen kleinen Koffer unter dem Bett hervor, und sie erhaschte einen Blick auf das Seersucker-Jackett, das gefaltet darin lag.
»Bin gleich wieder da.«
Sie sah ihm hinterher. Es war Nacht. Er kehrte augenblicklich zurück, eine mittelgroße rote Reisetasche in der Hand, die mit verschiedenen Reißverschlussfächern versehen war. »Tut mir leid«, erklärte er beschwingt, »aber ich musste bei den Farben und Größen schätzen. Normalerweise bin ich in solchen Dingen allerdings ziemlich gut.« Er nahm ihr die Handschellen vollständig ab und trat zurück, um ihr zuzusehen.
Die Tasche war voller Kleider. Es waren eine Khakihose, eine Jeans, Shorts, eine Windjacke, ein Pullover und ein Sweatshirt dabei; außerdem zwei Seidenblusen, eine davon in einem leuchtenden Blumenmuster, und ein passender Rock; schließlich ein Seidenkleid mit einem Designer-Label. In einem Fach befand sich ein Knäuel Wäsche, in einem weiteren Strümpfe und Socken.
»Zieh die Jeans an«, schlug der Mann vor. »Oder die Khakihose, wenn dir das lieber ist.« Er drehte sich um und reichte ihr zwei Schuhkartons. Sie wusste nicht, wo er sie aufbewahrt

hatte. Sie enthielten ein Paar elegante Sandaletten und ein Paar Laufschuhe. »Pack die Sandaletten ein«, wies er sie an.
Er sah zu, wie sie sich ankleidete.
»Du bist hübsch«, stellte er fest, als sie vor ihm stand.
»Danke.« Sie hatte das Gefühl, die Stimme einer anderen zu hören. Einen winzigen Moment lang fragte sie sich, wer plötzlich hereingekommen sein könnte, bis sie merkte, dass sie selbst gesprochen hatte.
Er reichte ihr eine Papiertüte mit dem Namen einer Drogerie. Sie machte sie auf und entdeckte Zahnbürste und -pasta, etwas Make-up, eine Sonnenbrille und eine Schachtel Tampax. Sie nahm die blaue Verpackung und starrte sie mit einem seltsamen Gefühl an. Ein beunruhigender Gedanke machte sich bei ihr breit, je länger sie darauf starrte.
»Ich habe aber meine …« Sie verstummte.
»Könntest du aber, bevor wir fertig sind«, antwortete er.
Sie hätte weinen können, erkannte aber, dass sie sich besser zusammenreißen sollte. So biss sie sich auf die Lippe und nickte.
»Mach dich frisch, dann gehen wir.«
Zögernd ging sie ins Bad. Zuerst putzte sie sich die Zähne. Dann tupfte sie vorsichtig ein wenig Make-up auf ihr Gesicht, um die Blutergüsse zu verdecken. Er stand im Türrahmen und sah zu.
»Die sind in ein, zwei Tagen verblasst.«
Sie erwiderte nichts.
»Fertig?«, fragte er.
Sie nickte.
»Geh zuerst noch mal aufs Klo. Wir sind eine ganze Weile unterwegs.«
Sie fragte sich, wo ihre Scham geblieben war. Wieder hatte sie das Gefühl, dass nicht sie selbst, sondern jemand anders sich

auf die Toilette setzte, während der Mann ihr zusah. Ein Kind vielleicht.
»Trag deine Tasche selbst«, befahl er.
Sie steckte die Zahnbürste und die anderen Toilettenartikel in eins der Fächer. Dann hob sie die Tasche hoch. Die hatte einen Schulterriemen, den sie sich über den Arm legte. »Ich kann noch was nehmen«, bot sie an.
»Hier, aber sei vorsichtig.«
Er reichte ihr eine zerbeulte Fotografentasche und hielt ihr die Tür auf.
Anne Hampton trat in die Nacht hinaus und spürte, wie ihr die abendliche Wärme von Florida in Muskeln und Knochen kroch. Sie fühlte sich schwindelig und zögerte. Der Mann legte ihr eine Hand auf die Schulter und deutete auf einen dunkelblauen Chevrolet Camaro, der vor der kleinen Moteleinheit stand. Sie sah einen Moment in den sternenübersäten Himmel; sie suchte den Großen und den Kleinen Bären und dann den Orion. Ein plötzliches Gefühl der Wärme durchrieselte sie, als mischte sie sich mitten unter die Himmelskörper und ginge in ihrer Masse auf. Sie fixierte einen Stern, einen unter unzähligen, der im dunklen All zu schweben schien. Ich bin dieser Stern, und er ist ich, dachte sie. Allein, isoliert hing sie in der Nacht.
»Komm schon«, drängte der Mann. Er war seitlich an den Wagen getreten und hielt ihr die Tür auf.
Sie ging zu ihm hinüber.
»Es ist eine schöne Nacht«, meinte sie.
»Es ist eine schöne Nacht, Doug«, korrigierte er sie.
Sie sah ihn mit fragendem Blick an.
»Sag es.«
»Es ist eine schöne Nacht, Doug«, wiederholte sie.
»Gut. Nenn mich Doug.«

»In Ordnung.«
»Ich heiße so. Douglas Jeffers.«
»In Ordnung. In Ordnung, Doug. Douglas. Douglas.«
Er lächelte. »Das gefällt mir. Eigentlich mag ich Douglas lieber als Doug, aber du kannst mich nennen, wie du willst.«
Sie musste irritiert geguckt haben, denn er lächelte und erklärte: »Das ist mein richtiger Name. Du musst wissen, dass ich dich nicht belüge. Ich werde immer die Wahrheit sagen, oder was man eben dafür hält.«
Sie nickte. Sie zweifelte nicht einen Augenblick daran. Einen Moment lang fragte sie sich, wieso, doch dann schüttelte sie den Gedanken ab.
»Es gibt allerdings ein Problem«, überlegte Douglas Jeffers. Seine Stimme hatte plötzlich einen düsteren Unterton, der ihr Angst machte.
»Nein, nein, nein, keine Probleme«, entgegnete sie hastig.
Er sah in den Himmel. Sie vermutete, dass er angestrengt nachdachte.
»Ich finde, du brauchst einen neuen Namen«, erklärte er. »Ich mag deinen alten nicht. Er stammt aus deiner Vergangenheit, und du brauchst etwas für die Gegenwart und die Zukunft.«
Sie nickte. Sie war selbst überrascht, dass sie das für eine vernünftige Überlegung hielt.
Er deutete auf den Wagen, und sie setzte sich auf ihren Platz.
»Anschnallen«, wies er sie an.
Sie gehorchte.
»Du wirst Biographin«, sagte er.
»Biographin?«
»Ja. Im Handschuhfach findest du Stenoblöcke und Stifte. Die sind für dich. Sorge dafür, dass du immer genug zur Hand hast, um aufzuschreiben, was ich sage.«
»Ich verstehe nicht ganz«, zögerte sie.

»Ich erklär es dir unterwegs.«
Er sah zu ihr hinunter. Dann lächelte er.
»Von jetzt an bist du Boswell«, meinte er.
»Boswell?«
»Richtig.« Er lächelte. »Ein kleiner literarischer Scherz, wenn du so willst.«
Er schloss ihre Tür, ging um den Wagen herum und setzte sich auf den Fahrersitz. Sie schaute zu, wie er seinen eigenen Gurt umlegte und den Anlasser betätigte. »Versuch mal deinen Türgriff«, bat er. Sie legte die Hand darauf und zog. Der Griff bewegte sich, die Tür dagegen nicht. »Das gehört zu den Vorzügen des Chevrolet Camaro: Die Schnappvorrichtungen sind leicht auszuhebeln. Du wirst also jedes Mal, wenn wir halten, warten, bis ich zu dir herumkomme und dich rauslasse, klar?«
Sie nickte.
»Das hab ich in Cleveland gelernt, als ich Fotos von dem Prozess gegen einen Footballspieler machte – ein Kerl, der gerne Stricherinnen ins Auto holte, um sich vor ihnen zu entblößen. Wenn sie versuchten, auszusteigen, Fehlanzeige. Das gab ihm den eigentlichen Kick.«
Douglas Jeffers blickte sie an.
»Siehst du, so etwas musst du aufschreiben.«
Er wies mit dem Kopf auf das Handschuhfach.
Eine Sekunde lang hatte sie Panik und griff hastig nach vorn. Er hinderte sie daran. »Schon gut. Das war nur ein Beispiel.«
Er sah sie an.
»Weißt du, Boswell schreibt alles auf.«
Sie nickte.
»Gut«, sagte er. »Boswell.«
Dann legte er den Gang ein, gab Gas und fuhr langsam in die Dunkelheit über dem nächtlichen Highway.

Sie drehte sich um und blickte noch einmal zu den Sternen. Unvermutet erinnerte sie sich an einen Kinderreim und sprach ihn stumm vor sich hin: Sternchen, Sternchen, hell und klar, ich wünsch mir was, ich wünsch es mir sehr, bitte mach es wahr.
Am Leben bleiben, dachte sie.

4. Kapitel

Eine ganz normale Sitzung der Lost Boys

7.

Obszönitäten flogen durch die Luft, doch sie prallten an ihm ab. Immer noch hatte er das Bild seines Bruders vor Augen, wie er ihm in der Anstaltskantine gegenübersaß und ein unbekümmertes Grinsen auflegte, das einem Teenager angestanden hätte, im Gesicht eines erwachsenen Mannes hingegen etwas Beunruhigendes hatte. Er versuchte, sich seine Gedanken in jener Situation ins Gedächtnis zu rufen, blieb jedoch bei dem Moment hängen, als er in einer albernen Gefühlsaufwallung gesagt hatte: »Weißt du, ich wünschte, wir hätten uns früher nähergestanden …«

Und die unbarmherzige, kryptische Antwort: »Oh, wir stehen uns näher, als du denkst. Viel näher.«

Was glaube ich denn, wie nahe wir uns stehen oder wie ähnlich wir uns sind?, fragte sich Martin Jeffers.

Zu seiner Rechten hatten zwei der Männer die Stimme erhoben und waren inhaltlich wie auch im Ton kurz davor zu explodieren. Jeffers drehte sich um und behielt die Männer im Auge, während er mit aller gebotenen Vorsicht versuchte, herauszufinden, worum es bei der Auseinandersetzung ging.

Er wusste zwar, dass Konfrontation ein unverzichtbarer Therapiebestandteil war; andererseits vergaß er nicht, dass er es hier mit gewalttätigen Menschen zu tun hatte und dass es zu seinen Aufgaben gehörte, zu verhindern, dass sie mit der Brutalität aufeinander losgingen, zu der sie fähig waren. Ihm kam die seltsame Idee, dass sie sich wie eine keifende Schar alter Frauen verhielten, die sich weniger über einen Gedanken oder einen realen Konflikt in die Haare gerieten, als vielmehr aus der schieren Lust am Streit. Er beschloss einzugreifen.

»Ich glaube, Sie sagen nicht, was Sie wirklich meinen.«

Diese Bemerkung gehörte zu seinem Standardrepertoire. Er wusste, dass seine ausweichenden Stellungnahmen die Männer frustrierten; die meisten von ihnen waren Menschen mit sehr konkreten Vorstellungen und Gefühlen. Es ging ihm darum, dass sie lernten, abstrakter zu denken und sich von ihren Impulsen zu distanzieren. Verstanden sie erst mal, sich in andere einzufühlen, konnte man sie behandeln.

Er erinnerte sich an einen Professor an der medizinischen Fakultät, der vor seinem Seminar stand und sagte: »Denken Sie an die Erfahrung einer Krankheit. Führen Sie sich vor Augen, wie sie unsere Sinne, Gefühle und Emotionen beherrscht. Und dann denken Sie daran: Auch wenn Sie Ihrer Meinung nach ein noch so guter Arzt sind, sind Sie nur so gut wie Ihre letzte richtige Diagnose.« Zehn Jahre später hätte Martin Jeffers dem hinzugefügt: Und Therapie.

Jeffers betrachtete die streitenden Männer.

»Leck mich, Jeffers«, knurrte der erste und machte eine wegwerfende Handbewegung.

»Leck dich doch selbst«, warf der zweite ein. »Und genieß es besser, denn was anderes kriegst du für lange Zeit nicht vor die Zunge …«

»Musst du gerade sagen.«

»Genau, guck mal, wer das sagt, du Knirps.«

»Donnerwetter, da schlottere ich aber vor Angst. Schau mal, meine Hände. Wie Zittergras.«

Jeffers beobachtete die beiden Kampfhähne genau. Er versuchte einzuschätzen, ob sie jeden Moment von ihren Stühlen aufspringen könnten. Dieser konkrete Streit machte ihm wenig Sorgen: Bryan und Senderling gerieten oft aneinander. Solange sie sich Beleidigungen an den Kopf warfen, würden sie es beim verbalen Schlagabtausch belassen. Unter anderen Umständen, vermutete Jeffers, würden die beiden wohl als Freunde durchgehen. Was ihn tatsächlich alarmierte, war Schweigen. Manchmal verstummten sie. Dabei waren sie nicht um Worte verlegen oder gelangweilt oder warteten darauf, dass jemand anders etwas sagte. Es war vielmehr eine Stille der geballten Wut. Dann verengten sich ihre Augen und fixierten den Gegner oder die Muskeln spannten sich kaum merklich. Jeffers musste daran denken, dass er einen Großteil seiner Zeit im Aufenthaltsraum damit verbrachte, auf weiße Knöchel zu achten, wenn sich Finger um Stuhllehnen krampften. Einmal hatten sie einen Mann in der Gruppe gehabt, erinnerte sich Jeffers, der immer auf der Stuhlkante saß, die Beine unter sich verschränkt. Als der Mann eines Morgens die Stellung seiner Beine wechselte, war Jeffers bereits aufgesprungen, um die Explosion abzufangen, zu der es Sekunden später kam. Jeffers wurde sich bewusst, dass er im Lauf der Monate jeden Mann in der Gruppe nicht nur als eine Ansammlung von Erinnerungen und Erfahrungen kennenlernte, sondern auch die Körperhaltung studierte. Dass drüben in seinem Büro zwölf Bände voller Notizen aus diesen Sitzungen standen, war nicht weiter verwunderlich – so leicht qualifizierte man sich nicht für die Lost Boys. Dazu bedurfte es zweierlei: Verdorbenheit und das Pech, erwischt zu werden.

»Fick dich!«
»Fick dich selbst!«
Obszönitäten waren die Währung, die in der Gruppe getauscht wurde wie Kupfergeld. Er überlegte, wie oft er wohl am Tag »Leck mich« oder »Fick dich« hörte. Hundertmal? Das reichte bestimmt nicht. Dann vielleicht tausendmal. Für ihn hatten die Worte jeden konkreten körperlichen Bezug verloren. Sie dienten den Männern eher als eine Art Interpunktion. Manche Menschen benutzten »Leck mich« oder »Fick dich« wie andere Kommas. Er dachte an die berühmte Lenny-Bruce-Nummer, die damit begann, dass der Comedian ins Publikum starrte und fragte: »Ich wüsste gerne, wie viele Nigger heute Abend unter uns sind«, bevor er gegen Itaker, Kanaken, Polacken, Schlitzaugen, Krauts und weiß der Himmel was noch die Beleidigungen so breit streute, dass sie harmlos und bedeutungslos wurden. Jeffers vermutete, dass sich im Aufenthaltsraum etwas Vergleichbares vollzog. So wie die Männer mit diesen Schimpfwörtern um sich warfen, waren sie neutralisiert. Ganz gewiss hatte das wenig mit den Verbrechen zu tun, derer sie sich schuldig bekannt hatten, auch wenn jeder von ihnen ein Sexualstraftäter war.
»Ach, geh doch zur Hölle«, rief einer der Männer. Es war Bryan. Er wandte sich an Jeffers. »He, Doc, können Sie diesem Hurensohn nicht mal klarmachen, wo's langgeht? Der hat immer noch nicht kapiert, wieso er hier ist.«
»Hör zu, Arschloch«, antwortete Senderling, »ich weiß, wieso wir hier sind. Ich weiß genauso gut, dass wir so schnell nirgendwo anders hinkommen. Und wenn doch, dann nur in den Knast, um verdammt viel Zeit abzusitzen.«
Ein weiterer Mann mischte sich ein, indem er zuerst einen Kussmund machte und dann einen so lauten Schmatzlaut von sich gab, dass er die ungeteilte Aufmerksamkeit der anderen

erregte. Jeffers drehte den Kopf in seine Richtung und sah, dass es Steele war, der auf der anderen Seite des Kreises saß und es besonders genoss, Bryan und Senderling aufs Korn zu nehmen. »Und ihr wisst ja, meine Süßen, wie sie Jungs von eurer Sorte da lieben …«

Die drei Männer funkelten sich gegenseitig an und wandten sich dann an Jeffers. Er erkannte, dass eine Reaktion von ihm erwartet wurde. Er wünschte, er hätte besser zugehört.

»Sie kennen alle unsere Regeln.«

Mürrisches Schweigen schlug ihm entgegen.

Die erste Lektion der psychiatrischen Assistenzzeit: Im Falle eines Zweifels sag nichts.

Und so verfiel die Runde in nachsichtige Stille. Jeffers versuchte, mit jedem Mann Blickkontakt aufzunehmen. Einige schauten zurück, andere wandten sich ab. Einige schienen gelangweilt und abgelenkt, mit den Gedanken woanders, andere lagen auf der Lauer, waren auf dem Sprung. Eine Weile dachte Jeffers über das Mysterium der Gruppendynamik nach: Diese Gruppe bestand aus zwölf Lost Boys, von denen jeder einerseits ein eigenes, unverwechselbares Profil mitbrachte, andererseits aber auch die typischen Klischees erfüllte. Ihm kam plötzlich der verblüffende Gedanke, dass diese Männer alle an derselben Krankheit litten: Irgendwann einmal war jeder von ihnen in seiner Kindheit ein »Lost Boy« gewesen – im Stich gelassen, traf die Sache wohl am besten. Die steinigen Untiefen der Kindheit, dachte er. Die Dunkelheit und Grausamkeit der Jugend. Die meisten Menschen wachsen heran und lassen sie hinter sich, sie lernen, sich anzupassen und ihre Narben innerlich zu tragen. Die Lost Boys nicht.

Und wie sie sich an der Erwachsenenwelt gerächt hatten, war wirklich erbärmlich.

Zwölf Männer, die es zusammen auf beinahe hundert gemeldete Straftaten brachten, während die Dunkelziffer leicht das Doppelte betragen mochte: ungelöste, nicht gemeldete oder niemandem nachzuweisende Fälle von Vandalismus und Kleindiebstahl bis hin zu ein oder zwei Vergewaltigungen oder auch einem halben Dutzend, wenn nicht sogar zehn, zwanzig oder mehr. Außerdem befanden sich unter den Lost Boys drei Mörder, Männer, die Menschenleben zerstört hatten, die offenbar in dem eigentümlichen Abwägungssystem des Strafrechts als weniger wertvoll galten und somit ein niedrigeres Strafmaß nach sich zogen, auch wenn Jeffers sich oft damit schwertat, zwischen Totschlag und vorsätzlichem Mord zu unterscheiden, besonders aus Sicht der Leiche.

Das Schweigen im Aufenthaltsraum hielt an, und Jeffers dachte erneut an seinen Bruder. Das hatte Doug ähnlich gesehen. Kurz anrufen und im nächsten Moment auf der Matte stehen. Es konnten drei Jahre zwischen zwei Besuchen vergehen, und Monate, bis er sich auch nur telefonisch meldete und dann so tat, als wäre nichts. Seine Wohnungsschlüssel mit den charakteristisch unklaren Instruktionen hinterlassen. Typisch.

Was trieb er eigentlich derzeit?, fragte sich Jeffers. Er kehrte im Geist noch einmal zu ihrem Treffen zurück. Sein erster Gedanke war allerdings: Was war bei Doug schon typisch? Mit leichtem Unbehagen registrierte er, dass er keine Antwort hatte.

Er sah seinen Bruder vor seinem geistigen Auge, die Sonne in seinem hellbraunen Haar. Doug, dachte er, war dieser attraktive, lässige Mensch, dessen gutes Aussehen weniger mit besonderen physischen Vorzügen zu tun hatte als vielmehr mit seiner unbekümmerten Einstellung zum Leben. Einen Augenblick lang beneidete er seinen Bruder um diese entspannte Lebenssicht, die er sich in seinem Beruf als Fotograf leisten konnte, während ihm, Martin, die unausgesprochene Förmlichkeit seiner eigenen Zunft zuwider war. Ich bin steif, dachte er. Er beneidete seinen Bruder um sein Leben im Freien, das ihn mit Dingen konfrontierte, die tatsächlich passierten, statt mit Dingen, über die nur geredet wurde. Manchmal kann ich die Beständigkeit kleiner Räume und verschlossener Türen, suggestiver Bemerkungen und Kommentare sowie stummer, beredter Blicke, die meinen Beruf ausmachen, nicht leiden, dachte er.

Dann schüttelte er innerlich den Kopf und sagte sich: Natürlich kannst du sie leiden, du liebst sie geradezu.

Dennoch spielte er einen Moment mit dem Gedanken, wie das Leben wohl durch eine Linse aussah.

»Wir stehen uns näher, als du denkst.«

Ist es denn so viel anders?, fragte er sich plötzlich. Sicher, er sieht ein Ereignis in der Unmittelbarkeit des Augenblicks. Ich höre die Erzählung im Nachhinein.

Mit Betroffenheit wurde ihm bewusst, dass er sich nicht an die erste Kamera seines Bruders erinnern konnte. Es kam ihm so vor, als hätte Doug von der Grundschule an schon immer eine besessen. Er überlegte, wo und wie Doug wohl den ersten Fotoapparat bekommen hatte; gewiss nicht von ihren Eltern.

Das Einzige, was sie großzügig ausgeteilt hatten, war Elend, dachte Martin Jeffers.

Darin waren sich die beiden Brüder stets einig gewesen.

Er musste plötzlich an die Nacht denken, in der sie zu ihren Pflegeeltern gebracht wurden, und augenblicklich wunderte er sich, wie lange er nicht mehr daran gedacht hatte. Er hörte den heftigen Regen, der gegen die Fenster der Polizeistation prasselte, und das Klappern der Fenster im Sturm. Das Gebäude hatte im Dunkeln gelegen, doch die harte Holzbank, auf der er saß und sich an die Hand seines Bruders klammerte, erstrahlte im grellen, künstlichen Licht. Es war spätnachts gewesen, und sie waren noch sehr klein. Dass sie lange aufblieben, hatte nichts mit der Vorfreude auf Heiligabend zu tun. Sie waren vielmehr vor Angst wie von Sinnen und sich vollkommen im Klaren darüber, dass sie in ein Mysterium der Erwachsenenwelt hineingetappt waren, als sie längst hätten schlafen sollen. Sie hatten etwas gesehen, das für ihre Augen nicht bestimmt war, und das zu fortgeschrittener Stunde, als sie nicht hätten auf sein sollen. Sein Magen krampfte sich zusammen, als er daran dachte, wie er den Kopf gehoben und in dem grellen Licht seinen Cousin mit undurchdringlicher, abweisender Miene gesehen hatte. Und dann seine ersten Worte: »Eure Mutter ist gegangen, damit hatten wir schon seit einiger Zeit gerechnet. Ihr sollt jetzt zu uns. Kommt mit.« Und dann der Anblick dieses schmalen, gebeugten Rückens, der sie in das Unwetter hinausführte. Ich war vier, und Doug war sechs.

Er versuchte, die Erinnerung abzuschütteln, obwohl er sich fragte, weshalb sie nie über ihre richtige Mutter gesprochen hatten. Er starrte aus dem Fenster des Aufenthaltsraums und versuchte vergeblich, sich ihr Gesicht ins Gedächtnis zu rufen. Er erinnerte sich nur, dass ihr jede Zärtlichkeit abging und dass sie ständig wütend war. Sie unterschied sich nicht allzu sehr von der Cousine, die ihre Rolle übernommen hatte. *Ihr* Bild hatte er sofort vor Augen: das dünne braune Haar zu einem strengen Dutt zurückgekämmt, der zu ihrem leuchtend rot geschminkten vollen Mund, der sich nie zu einem Lächeln verzog, nicht passte. Später, im Wagen zum Trauermarschtakt der Scheibenwischer, hatte sich diese neue Mutter zu ihnen umgedreht und gesagt: »Wir sind jetzt eure Eltern. Ich bin Mom. Er ist Dad. Über andere Eltern wird nicht gesprochen.«

Er erinnerte sich noch, wie seine eigene Therapeutin ihn einmal gefragt hatte: »Aber was ist denn mit Ihrer leiblichen Mutter passiert?«

Und seine Antwort: »Das hab ich doch selbst nie richtig erfahren.«

Die Therapeutin hatte geschwiegen. Ein klassisches Schweigen des Zweifels; er hatte es selbst schon tausendmal angewendet.

Was war passiert?, fragte er sich.

Ganz einfach: Sie war weg. Tot. Davongelaufen, was machte das schon für einen Unterschied? Sie mussten beide im Drugstore ihrer neuen Eltern arbeiten. Er musste die Arzneifläschchen reinigen und die Reihen verschreibungspflichtiger Medikamente fein säuberlich auf den Regalen ordnen, und so war er Arzt geworden. Doug musste die Dunkelkammer reinigen, später auch die Entwicklerflüssigkeit mischen und schließlich, als er älter wurde, selbst entwickeln, also wurde er Fotograf. So einfach war das.

Es ist was aus uns geworden, sagte er sich.

Aber was ist tatsächlich aus uns geworden?

Nichts ist einfach.

Das wusste er sehr wohl. Es war das Erste, was er als Assistenzarzt gelernt hatte. Mentale Befindlichkeiten mochten zunächst klar und eindeutig erscheinen, doch selten blieb es dabei. Wenn die Erkenntnisse der Psychiatrie einen Sinn ergaben – die Theorien, Diagnosen, Behandlungspläne –, schien ihm das Spektrum realen Verhaltens seltsam rätselhaft. Er begriff zwar, weshalb die Lost Boys im klinischen Sinne Sexualstraftäter waren, doch auf einer höheren, grundsätzlicheren Ebene entging ihm das Wieso und Warum. Er konnte sich die physische Kraft vorstellen, die nötig war, um ein Opfer am Arm zu packen und ihm Gewalt anzutun, doch für die Wil-

lenskraft, die dabei ausschlaggebend war, fehlte ihm die Phantasie.
Er schüttelte den Kopf.
Doug versteht reale Dinge, dachte er. Ich verstehe Theorien.
Ich habe überlebt, dachte er. Verflucht, wir haben beide überlebt. Wir haben es zu etwas gebracht. Es geht uns verdammt gut. Dann kam ihm der Gedanke, wie seltsam es doch war, dass jemand Experte in menschlichen Schwächen und Leiden werden konnte und es dennoch nicht schaffte, sein Wissen auf sich selbst anzuwenden.
Er lachte sich aus. Du bist ein Lügner, dachte er.
Und kein besonders guter.
Er fragte sich, wieso der Besuch seines Bruders so viele Erinnerungen wachrief, doch dann räumte er ein, wie dumm die Frage war; natürlich löste der Besuch seines Bruders eine Welle der Selbstbeobachtung bei ihm aus.
Ihm war heiß, und er merkte, dass die Sonne durch das Fenster direkt auf seine Brust schien. Er rutschte auf seinem Stuhl zur Seite, ohne dass es half, und verrückte ihn dann ein wenig.
»Wisst ihr, was ich am meisten hasse?«, fragte einer der Lost Boys. »Wie irgendwelche Freaks in einer Sondershow behandelt zu werden, genau das.«
Jeffers hob den Kopf, um zu sehen, wer gesprochen hatte. Er warf einen Blick auf Simon, den Anstaltspfleger, der bei den Lost Boys für Ordnung sorgte. Der Mann schien in der Sonne zu dösen und sich um die Unterhaltung nicht zu scheren. Simon war ein schwarzer Hüne, dessen Körper unter dem lose sitzenden Kittel der Pfleger gut versteckt war. Jeffers wusste auch, dass er einen schwarzen Gürtel in Karate besaß und professioneller Kickboxer gewesen war. Simons Gegenwart war die ultimative Abschreckung für Gewaltausbrüche.

»Freaks, Freaks, Freaks, genau das sind wir«, meldete sich Meriwether zu Wort. Meriwether war ein schmächtiger, blasser Mann im mittleren Alter, der sein karges Einkommen einmal als Buchhalter verdient und sich schuldig bekannt hatte, die Tochter eines Nachbarn vergewaltigt zu haben. Erst nachdem er zu den Lost Boys gestoßen war, hatte Jeffers bei dem Mann eine zwanghafte Zuneigung zu Jugendlichen festgestellt. Meriwether stand auf der Liste der Zweifelhaften: Jeffers glaubte kaum, dass es bei dem einen Verbrechen, zu dem er sich bekannt hatte, geblieben war, und er bezweifelte auch, dass dieses Programm bei ihm etwas ausrichten konnte. Er vermutete, dass Meriwether eines Tages an einen Jungen geraten würde, der stärker war als er und der ihm für das Kleingeld in der Jackentasche die Kehle aufschlitzte. Jeffers dachte nicht daran, sich für seine unwissenschaftliche Spekulation zu schämen.

»Ich kann es einfach nicht ab, wie sie uns anglotzen«, sagte Meriwether.

»Dich«, warf Miller ein, der ihm im Kreis gegenübersaß. Miller war nicht nur Vergewaltiger, sondern auch ein verurteilter Krimineller. Zweimal hatte er Männer bei Kneipenschlägereien getötet und dreimal wegen tätlichen Angriffs, Raubs und Erpressung gesessen. Jeffers mochte ihn besonders wegen seiner offenen, gradlinigen Einstellung zu den Therapiesitzungen. Miller hasste sie. Dennoch stand er nicht auf der Liste der Zweifelhaften; Jeffers hielt es für möglich, dass der Mann lernte, nicht wieder zu vergewaltigen. Doch auch dann würde er ein Vollzeit-Krimineller bleiben.

»Siehst du, Kleiner, die spüren was bei dir. Etwas Schleimiges direkt unter der Oberfläche. Das tun wir alle, Kleiner. Gibt dir zu denken, was?«

Meriwether zögerte nicht: »Meinetwegen spüren sie etwas bei

mir, aber die müssen nur einen Blick in deine Visage werfen, und dann *wissen* sie's. Du verstehst, was ich meine? Sie wissen es einfach.«

Miller knurrte etwas, dann lachte er. Jeffers schätzte an ihm, dass er sich nicht so schnell provozieren ließ, auch wenn er sich fragte, wie viel Selbstbeherrschung der Kerl noch besaß, wenn er etwas getrunken hatte.

Die anderen Männer, die in dem losen Kreis im Aufenthaltsraum zusammensaßen, lachten ebenfalls oder lächelten zumindest. Wright, Weingarten, Bloom, der offenbar eine Vorliebe für Jungen hatte; Wasserman, der mit neunzehn das Küken war und eine Highschool-Ballkönigin vergewaltigt hatte, weil sie nicht mit ihm hatte tanzen wollen. Pope mit zweiundvierzig der Älteste, ein behandlungsresistenter, bösartiger Mann mit grauen Haaren, Lastwagenfahrermuskeln und Tattoos. Jeffers schätzte, dass er weit mehr Verbrechen begangen hatte, als die Polizei ahnte. Meistens blieb er stumm, und er führte die Liste der Zweifelhaften an. Parker und Knight vervollständigten die Lost Boys. Sie passten zueinander – Akne im Gesicht, Wut im Bauch, Mitte zwanzig, beide Collegeabbrecher. Der eine war Programmierer, der andere Teilzeit-Sozialarbeiter gewesen. Sie verspotteten zwar vieles, würden jedoch irgendwann, hoffte Jeffers, begreifen, dass sie eine Chance im Leben hatten.

Das Gelächter verebbte, und Meriwether platzte in die Stille hinein: »Mir passt das immer noch nicht.«

»Passt was nicht, Kleiner?«

»Wir sind nicht verrückt. Was haben wir hier zu suchen?«

Mehrere Stimmen meldeten sich gleichzeitig.

»Wir sind hier zur Reparatur …«

»Wir sind wegen dieses Programms hier …«

»Wir sind hier, du Dumpfbacke, weil wir alle rechtskräftig als

Sexualverbrecher verurteilt worden sind. Geht das in deinen Schädel, Schleimer?«

»Mann, kann ja sein, dass *du* nicht weißt, was du hier zu suchen hast, ich schon ...«

Der letzte Beitrag erntete Gelächter. Es verebbte im selben Moment, und Jeffers beobachtete, wie Meriwether wartete, bis Schweigen herrschte.

»Ihr seid dümmer, als ich dachte ...«, fing er an. Höhnisches Zischen und ein paar Buhrufe. Wieder wartete Meriwether. Jeffers registrierte das gequälte Grinsen im Gesicht des kleinen Mannes, der es eindeutig genoss, im Zentrum der Aufmerksamkeit zu stehen.

»Denkt mal einen Moment darüber nach, Freaks. Wir sind hier zwar in einer Klapse, aber ist einer von uns wirklich bekloppt? Wenn wir tatsächlich Kriminelle wären, meint ihr nicht, dass sie uns dann einfach wegsperren würden? Statt Wasser und Brot geben sie uns Zuckerbrot und Peitsche. Nehmt an dem Programm teil, sagen sie, und lernt, richtig zu lieben. Lernt zu hassen, was ihr mal gewesen seid. Dann biegen wir euch wieder hin und ab geht's zurück in die Welt ...«

Er legte eine Pause ein und sah sich erwartungsvoll um.

»Wisst ihr, was mir wirklich auf den Geist geht? Jedes Mal, wenn ich durch eine der Irrenstationen laufe, weichen mir alle aus. Mir! Ist schon zum Lachen, was, Miller, du taffer Bursche? Sie wissen es.«

Er lachte.

»Wir alle denken doch ganz tief drinnen, da, wo wir den Seelenklempner nicht reingucken lassen, dass wir das hier hinter uns bringen. Wir hängen einfach nur lange genug rum und sagen das Richtige ... na ja, irgendwann kommen wir raus. Die werden mich nicht ändern!«

Er wandte sich an Jeffers.
»Stecken Sie sich Ihre Aversionstherapie sonst wohin. Stecken Sie sich Ihren *peer group pressure* sonst wohin. Ich hab für so was ein bisschen zu viel drauf.«
»Glauben Sie?«, fragte Jeffers.
Meriwether lachte.
»Was für eine Wischiwaschi-Frage. Sehen Sie nicht, dass wir alle im Grunde so denken?«
Er überlegte. »Ganz tief drinnen, ganz tief drinnen. Wo Sie nicht rankommen.«
Miller brummte. »Meinst aber auch nur du, Arschloch.«
»Und ob ich das meine«, bekräftigte Meriwether.
Die beiden Männer starrten einander an, und Jeffers dachte wieder an seinen Bruder. Er erinnerte sich, wie überrascht er gewesen war, als er erfuhr, dass Doug routinemäßig Taschengeld aus der Ladenkasse stahl. Er hatte das nicht deshalb für falsch gehalten, wurde ihm bewusst, weil es nicht richtig war zu stehlen, sondern weil es, falls er aufflog, schlimme Konsequenzen nach sich ziehen würde. Er konnte sich noch an das unbekümmerte Lachen seines Bruders erinnern und daran, wie er betonte, dass er es nur zum Teil wegen des Geldes machte.
»Verstehst du nicht, Marty? Jedes Mal, wenn ich mir was nehme, gibt es mir das Gefühl, ihm eins auszuwischen. Ich bin dann nicht mehr nur das Opfer.«
Doug war dreizehn gewesen. Und er hatte sich geirrt. Wir waren seine Opfer.
Er schlug Doug, dachte Jeffers. Wieso eigentlich nicht mich? Wahrscheinlich lag es an der hartnäckigen, offensichtlichen Rebellion seines Bruders. Dann schüttelte er den Kopf und räumte ein, dass dies wohl nur die halbe Wahrheit war. Natürlich hatte Doug sich nicht unterkriegen lassen, doch da war

noch etwas anderes, Tieferes, das ihr Vater gesehen hatte und das ihn in weißglühende, brutale Wut versetzte.
»Kleiner«, knurrte Miller, »du kotzt mich an.«
»Die Wahrheit«, konterte Meriwether, »tut weh.«
»Dann sag mir doch mal, was du für die Wahrheit hältst, du mieser kleiner Schieber, erzähl mir, was du über mein Leben weißt!«
Meriwether lachte.
»Lass mich mal überlegen.« Er musterte Miller wie ein Gutachter die beschädigte Ware.
»Na ja«, fing er langsam an und genoss seine Show, »wahrscheinlich hast du deine Mutter gehasst ...«
Alle außer Miller lachten.
»Sie hat alle außer dir geliebt ...«
Meriwether setzte mit einem Lächeln fürs Publikum noch einen drauf: »Und jetzt, wo du dich nicht an ihr rächen kannst ...«
Der ganze Raum grölte über die Binsenweisheit.
»... da rächst du dich an anderen.«
Meriwether zögerte. Schließlich fügte er hinzu: »Tadaaah! Grundsätzliche Wahrheiten ans Licht gebracht!«
Miller lächelte nicht. Jeffers merkte, dass er wieder versuchte, sich das Gesicht seiner leiblichen Mutter vorzustellen, es aber nicht konnte. Wenn er an das Wort Mutter dachte, kam ihm nur die Frau des Drogeriebesitzers in den Sinn, ihrer Cousine und Mutter, die nachmittags in einer Ecke des Hauses saß und sich sommers wie winters Luft zufächelte, während sie ihren Tee trank.
»Red weiter, du Stück dampfende Kacke. Du steckst schon so tief in der Scheiße, dass du genauso gut darin ersticken könntest«, sagte Miller.
Jeffers überlegte einen Moment, ob Miller explodieren würde, bezweifelte es aber. Er besaß die Weisheit des erfahrenen

Knastbruders. Wenn er glaubt, sich rächen zu müssen, schätzte Jeffers, dann auf seine Weise. Er wird einen günstigen Zeitpunkt abwarten, und die Vorfreude auf die Rache ist genauso süß wie der Moment, in dem er ihm das selbstgebastelte Messer zwischen die Rippen rammt. Jeffers notierte sich in seiner Kladde mit den Sitzungsprotokollen, dass er den Konflikt zwischen den beiden Männern weiterhin beobachten sollte.

»Also«, fuhr Meriwether fort, »wie alt war diese letzte Braut? Diejenige, die du vertrimmt und dann auch noch ausgeraubt hast, nachdem du – tja, wie sag ich's denn möglichst taktvoll – deinen Spaß mit ihr gehabt hattest? Könnte sie vielleicht zwanzig gewesen sein? Nein, vielleicht doch ein bisschen älter. Dann eher dreißig? Nein, immer noch ein klitzekleines bisschen zu jung. Dann womöglich vierzig? Du liebe Güte, nein, weit daneben … fünfzig? Sechzig? Wie wär's mit dreiundsiebzig? Bingo!«

Meriwether schloss die Augen und lehnte sich zurück.

»Alt genug jedenfalls, um deine Mutter zu sein.«

Meriwether schwieg einen Moment, bevor er sich an Jeffers wandte.

»Wissen Sie, Doc, Sie sollten mich dafür bezahlen, dass ich hier die Arbeit für Sie mache.«

Jeffers erwiderte nichts.

»Also, du toller Hengst«, nahm Meriwether wieder Miller ins Visier, »dann erzähl mal. Wie war's denn so?«

Miller kniff die Augen zusammen. Er wartete, bis es still war.

»Weißt du was, Schwätzer? Es war perfekt. Ist es immer.«

Miller schwieg.

»Richtig, Freak?«

Meriwether nickte. »Richtig.«

Jeffers blickte in der halbherzigen Hoffnung in die Runde,

jemand könnte ins Gespräch eingreifen. Er hatte im Lauf der Zeit erkannt, dass die Gruppe bestimmte Dinge nicht in Frage stellte. Spaß zu haben, gehörte in diese Kategorie. Er notierte sich, dass er das Thema in den regelmäßigen Einzelsitzungen der Männer jeweils weiterverfolgen sollte. Die Gruppe, so seine Überlegung, dient nur dazu, das zu vertiefen, was in den täglichen Therapiesitzungen vermittelt wurde. Manchmal, dachte er und musste innerlich schmunzeln, geht die Rechnung auf. Manchmal auch nicht.

»Miller«, schaltete sich Jeffers nun ein, »wollen Sie der Gruppe etwa sagen, dass die brutale Vergewaltigung einer dreiundsiebzigjährigen Frau eine befriedigende sexuelle Erfahrung gewesen ist?«

Mit einigen der anderen hätte er nicht so unverblümt reden können. Miller schüttelte den Kopf.

»Nein, Doc. Wenn Sie es so ausdrücken, nicht«, antwortete er verächtlich. »Eine befriedigende sexuelle Erfahrung, was immer das sein soll. Was ich sagen wollte – und der Freak da weiß, was ich meine, stimmt's, Spinner? – ist nur, dass sie eben da war. Und ich war da. Es kam einfach nur eins zum anderen – keine besondere Sache.«

»Und meinen Sie nicht, dass es für sie eine besondere Sache war?«

Miller versuchte, einen Witz zu reißen.

»Na ja, vielleicht hat es ihr ja noch keiner so gut besorgt …«

Es gab ein paar Lacher, die schnell verstummten.

»Kommen Sie, Miller. Sie sind brutal über eine alte Frau hergefallen. Was für ein Mensch tut so etwas?«

Miller funkelte Jeffers an.

»Sie hören mir nicht zu, Doc. Ich sag ja, sie war zufällig da. Keine große Sache.«

»Da liegt das Problem. Das war es eben doch.«

»Na ja, jedenfalls nicht für mich.«
»Wenn es keine große Sache war, was ist dann in Ihnen vorgegangen, als Sie es taten?«
»Was in mir vorging?« Miller zögerte. »Wie soll ich das verdammt noch mal wissen? Ich hatte Angst, dass sie mich identifiziert, wissen Sie, also hab ich ihre Brille zertreten, und ich hab versucht, auf der Hut zu sein, wollte die Nachbarn nicht wecken ...«
»Ach, Miller, kommen Sie schon. Es wimmelte nur so von Ihren Fingerabdrücken, und Sie wurden dabei erwischt, wie Sie den Schmuck der alten Frau verkaufen wollten. Woran haben Sie also gedacht?«
»Was weiß ich, verdammt noch mal.«
Er verschränkte die Arme und sah geradeaus.
»Geben Sie sich ein bisschen Mühe.«
»Hören Sie, Doc, ich kann mich nur noch erinnern, dass ich stinksauer war. Hatte das Gefühl, dass alles komplett in die Hose ging. Ich war definitiv in einer ganz miesen Stimmung. Alles, woran ich mich erinnern kann, ist, dass ich alles zum Kotzen fand. So sehr, dass ich am liebsten geschrien hätte. Ich wollte jemandem wehtun, wissen Sie? Weiter nichts. Jemand anderem so richtig wehtun. Das brauchte ich dringend. Tut mir leid, dass mir das alte Mädchen da gerade in die Quere kam. Aber sie war nun mal da, und ich brauchte das in dem Moment. Kapiert? Fühlen Sie sich jetzt besser?«
Jeffers lehnte sich zurück. Für einen Neuling, dachte er, mach ich mich gar nicht so übel.
»Na schön«, meinte er. »Reden wir über Wut. Will jemand was sagen?«
Es trat kurzes Schweigen ein, bevor Wasserman, der stotterte, sagte: »M-m-manchmal hab ich das Gefühl, dass ich immer wütend bin.«

Als er die Antwort eines anderen Mannes in der Runde hörte, schlug Jeffers die Beine übereinander. »Wütend worauf?« Die Sitzung dauerte nur noch wenige Minuten, und Jeffers wusste, dass die Gruppendynamik sie ohne sein Zutun füllen würde; Wut war stets ein fruchtbares Gesprächsthema. Alle Lost Boys waren wütend. Damit kannten sie sich aus.

Er sah sich im Aufenthaltsraum um. Es war ein offenes, licht- und luftdurchflutetes Zimmer mit weißen Wänden und einer Fensterreihe, die den Blick auf die Sportplätze freigab. Das Mobiliar wirkte alt und schäbig, doch das war bei einer staatlichen Einrichtung nicht anders zu erwarten. An einer Wand lehnte eine zusammengeklappte Tischtennisplatte, die nur selten zum Einsatz kam. Irgendwann einmal hatte es auch einen Billardtisch gegeben, doch eines Tages hatte ein psychotischer Patient mit einem Queue zwei Pfleger krankenhausreif geprügelt, und so wurde der Tisch weggeschafft. Wenn ein Windstoß durch ein geöffnetes Fenster blies, flatterten Zeitschriften auf; der Fernseher schien verhext, er sendete nur Soaps und alte Filme. Es gab ein verstimmtes Klavier, an das sich immer mal wieder jemand setzte und hoffte, es würde sich durch unsichtbare Hand selbst stimmen. Das Klavier hat etwas mit den Patienten gemeinsam, dachte Jeffers. In der Hoffnung, eine Melodie zu finden, drücken wir immer wieder auf die Tasten, doch meistens endet es in einem Missklang. Jeffers mochte den Raum; er hatte etwas Stilles, Wohltuendes, und manchmal schien er Probleme regelrecht abzuwenden. Eine Prügelei passte einfach nicht hierher.

Er glaubte nicht, dass er sich je mit seinem Bruder geprügelt hatte.

Das war ungewöhnlich: Brüder kämpfen nun einmal miteinander, wieso sollte das bei ihnen anders gewesen sein? Doch sosehr er sich auch anstrengte, fiel ihm keine einzige Gelegen-

heit ein, bei der sie in mörderischem Zorn aufeinander losgegangen wären – eine hemmungslose Rage, die im nächsten Moment verpufft.
Er erinnerte sich noch an die Zeit, als Doug ihn mühelos am Boden festhalten konnte, indem er ihm die Arme auf dem Rücken verdrehte; doch das hatte er nur gemacht, damit Martin nicht ihrer Mutter nachjagte, die ihre Schulzeugnisse dem Drogisten zeigen wollte. Er hatte zum ersten Mal in einem Fach – Französisch – nicht bestanden und schämte sich dafür. Er erinnerte sich noch an den eisernen Griff seines Bruders, gegen den er machtlos gewesen war. Doug sagte nichts, sondern hielt ihn einfach nur fest. Er war sich nicht sicher gewesen, was er vorhatte – ob er ihr das Zeugnis aus der Hand reißen und vernichten wollte oder was auch immer. Er wusste nur, dass der Drogist außer sich sein würde, und da lag er richtig. Eine Woche lang jeden Abend in meinem Zimmer eingeschlossen. Aber das nächste Mal bekam ich eine Zwei und danach eine Eins.
»He, Pope!« Es war Meriwether. »Komm schon, Pope, du bist ein Mörder, Pope. Sag uns, wie wütend du werden musstest, um jemanden umzubringen.«
Jeffers wartete genau wie die anderen Männer im Raum. Das war eine gute Frage, musste er anerkennen, vielleicht nicht unbedingt vom therapeutischen Standpunkt, aber um die Neugier zu befriedigen allemal.
Pope schnaubte. Er hatte schmale schwarze Augenschlitze und im Vergleich zu seinem übrigen Körperbau zu breite Schultern. Jeffers hielt ihn für überaus kräftig. »Ich hab noch nie jemanden umgebracht, auf den ich richtig wütend war.«
Meriwether lachte. »Ach nee, Pope, ich bitte dich. Du hast diesen Kerl in der Kneipe erschlagen. Hast du uns letzte Woche erzählt. Eine Prügelei, erinnerst du dich?«

»Das hatte nichts mit Wut zu tun. Das war nur eine Prügelei.«

»Er ist draufgegangen.«

»Soll vorkommen. Glückliches Händchen.«

»Du meinst, unglückliches Händchen.«

Pope zuckte die Achseln. »Aus seiner Sicht vermutlich schon.«

»Du meinst, du hast dich mit ihm geprügelt, und er ist abgekratzt, und du warst nicht mal wütend auf ihn?«

»Du bist ein bisschen begriffsstutzig, Schlauchen, wie? Sicher hatte ich mit dem Schwachkopf eine Prügelei. Wir hatten was getrunken. Eins kam zum anderen, und er hätte mich nicht beleidigen sollen. Aber das ist nix Besonderes. So was passiert jeden Abend in jeder x-beliebigen Kneipe. Aber ich bin noch nie so stocksauer auf jemanden gewesen, dass ich mich nüchtern hingesetzt und ausgebrütet hätte, wie ich ihn umlegen soll. Könnt ihr euch eigentlich denken.«

Das leuchtete der Gruppe ein, und alle schwiegen eine Weile.

»Ich war mal so wütend«, gab Weingarten zu. Er hatte den größten Teil der Sitzung über geschwiegen, registrierte Jeffers. Er war ein Exhibitionist mit schmierigem Haar, der gefasst worden war, weil er in einer Einkaufspassage während seiner Schau eine junge Frau angefallen hatte. Sie hatte sich jedoch losreißen und ihn am nächsten Tag bei einer Gegenüberstellung wiedererkennen können, und so war er bei den Lost Boys gelandet. Jeffers bezweifelte, dass das Programm bei ihm viel bewirken würde; er hatte sein abartiges Verhalten eben erst gesteigert. Wahrscheinlich faszinierten ihn die neuen Erfahrungen zu sehr, als dass er gleich wieder damit aufhören würde. Die Lost Boys litten schließlich nicht an irgendeiner gewöhnlichen Krankheit. Plötzlich kam ihm wieder in den Sinn, wie ihnen an der Uni stets eingebleut worden war, eine Krankheit im Frühstadium zu erkennen, bevor sie weiter fortschreiten konnte. Hier musste man die Krankheit therapieren, nachdem sie bereits voll ausgebrochen war. Man versuchte, sie im Nachhinein auszumerzen. Gewöhnlich war es ein hoffnungsloses Unterfangen, räumte er wehmütig ein, auch wenn die Erfolgsraten stets geschönt wurden, um weiterhin die Finanzierung sicherzustellen.

»Ich meine, ich wollte ihn wirklich umbringen und so.«

»Und was haben Sie gemacht?«, fragte Jeffers.

»An der Highschool gab es einen Mistkerl, der mir tierisch auf die Eier ging, ihr wisst schon, so ein Typ, der sich vor allen anderen vor dir aufpflanzt und dir richtig fest auf den Arm boxt, nur damit du alt aussiehst. Weil er weiß, dass du nicht zurückschlagen kannst. Versteht ihr, was ich meine? Ein richtiger Sack. Ein richtiges Arschloch …«

»Und das aus deinem Mund«, warf Meriwether ein.

Weingarten ignorierte ihn und fuhr fort.

»Zuerst hätte ich ihn am liebsten umgebracht. Mein Dad hatte eine Jagdflinte, er ging gern auf Rotwildjagd, das fand ich richtig klasse, aber er wollte mich nie mitnehmen. Da war ein richtig gutes Zielfernrohr dran, und einmal hatte ich den Arsch direkt im Fadenkreuz. Hätte es machen sollen. Aber dann war ich ein bisschen schlauer und hab mir gedacht, ich geb's ihm einfach genauso, wie er's mir gegeben hatte, ja? So richtig nett vor allen anderen. Also hab ich gewartet und geplant, es ihm direkt vor dem entscheidenden Heimspiel zu zeigen. Ich wollte dafür sorgen, dass er einen Platzverweis kriegt, so einfach war das. Der Trainer hatte ein Ausgehverbot verhängt, und ich wusste, dass der Scheißkerl was mit einer der Cheerleader hatte. Ich bin ihnen einfach zu der Stelle gefolgt, wo es die anderen gewöhnlich im Auto trieben, und hab gewartet. Dauerte nicht lange, bis sie loslegten. Nach 'ner Weile hab ich mich rangeschlichen und zack! Mit 'nem Eispickel sauber in jeden Reifen. Ich wusste, dass sie nie im Leben pünktlich zu Hause sein konnten. Bingo! Platzverweis. Das Mädchen war nämlich zufällig die Tochter des Trainers. Wasserdichte Sache.«

»Und wie ging's weiter?«

»Sie waren erst um vier Uhr morgens zu Hause.«

»Und hat der Trainer den Scheißkerl ausgeschlossen?«

Weingarten zögerte.

»Er war immerhin der scheiß Fullback. Bezirksliga. Hatte 'n Stipendium für die Notre-Dame in Michigan. Und es war immerhin das scheißwichtige Heimspiel. Also, was glaubst du?«

Die Lost Boys brachen in Gelächter aus, und Jeffers fiel ein. Weingarten musste ebenfalls lachen. »Es war 'ne gute Idee«, meinte er. »Wenigstens hat sich der Mistkerl in der zweiten Viertelzeit das Knie aufgeschlagen und war sein Stipendium los.«

»Was ist denn aus ihm geworden?«, wollte einer der anderen wissen.

Weingarten grinste. »Mann, der war so ein Mistkerl, klar, dass der nur Cop werden konnte.«

Das Grölen der Lost Boys schallte durch den Raum.

Sein Bruder, dachte Jeffers, hätte ein großartiger Sportler werden können. Wenn er spielte, hatte man das Gefühl, als zöge er den Ball magisch an. Er war schnell und konzentriert, und er hatte eine seltsame Art von Stärke, die nicht von der Muskelkraft abhing, aber umso überlegener war. Außerdem besaß Doug diese besondere Fähigkeit, wenn nötig, den ganzen Tag zu rennen. Er verfügte über eine unglaubliche Ausdauer. Sie speiste sich aus der Wut. Je mehr ihre Eltern ihn zum Sport ermunterten, desto weniger wollte Doug damit zu schaffen haben. Das gehörte wiederum zu seinen kleinen Rebellionen. Martin entsann sich, wie er eines Nachts in ihrem Zimmer saß, nachdem sie das Licht gelöscht hatten, und seinem Bruder zuhörte, der über Hass sprach. Es hatte ihn überrascht, wie abgrundtief die Gefühle seines Bruders waren. »Ich werde keinen Finger für sie krumm machen«, hatte er erklärt. »Ich werde rein gar nichts für sie tun, nichts, was ihnen gefallen könnte. Nichts.«

Aus heutiger Sicht würde Jeffers sagen, dass sich in einer solchen Haltung ein tiefsitzender Selbsthass manifestierte. Doch seine Kindheitserinnerung war stärker. Was er immer noch spüren konnte, war die geballte Wucht dessen, was sein Bruder im dunklen Zimmer zu sagen hatte. Er hatte Dougs Gesicht nicht sehen können, stattdessen erinnerte er sich an den nächtlichen Blick aus dem Fenster über den Garten bis zur nächsten Straße, wo das Mondlicht durch die Bäume schien. Es war ein bescheidenes Haus in einem bescheidenen Vorstadtviertel, das die ganze Wut in seinen vier Wänden staute.

»Der einzige Mensch, auf den ich jemals so sauer war, dass ich ihn umbringen wollte, Mann, war meine Alte.« Jeffers blickte auf und sah, dass Steele das Wort ergriffen hatte. »Die hat immer nur gemeckert, Mann, Tag und Nacht. Morgens, mittags und abends. Verflucht, manchmal hab ich gedacht, die meckert auch noch weiter, wenn sie schläft …«

Die anderen lachten. Jeffers sah, dass einige nickten.

»Wisst ihr, der war es völlig egal, wo wir gerade waren und was wir gerade machten. Sie hat immer dafür gesorgt, dass ich mich, äh, klein gefühlt hab. Klein.«

Es herrschte einen Moment Schweigen, bevor Steele fortfuhr. Jeffers war mit der Patientenakte von Steele bestens vertraut. Er hatte sein eigenes Viertel unsicher gemacht, indem er sich in der Mittagspause von seiner Arbeit als Klempner fortstahl und Hausfrauen überfiel.

Wieder trat Stille ein.

»Wahrscheinlich«, sagte Steele nach einer Weile, »säße ich jetzt nicht hier, wenn mir was eingefallen wäre, wie ich mich an ihr hätte rächen können.«
Jeffers machte sich eine Notiz und dachte: Ist dir doch eingefallen.
Er sah auf die Uhr. Die Sitzung war fast um. Er fragte sich einen Moment, wieso sein Bruder sich geweigert hatte, mit ihm zu Abend zu essen, bei ihm zu übernachten oder wenigstens ein bisschen länger zu bleiben.
»Es ist eine ›empfindsame Reise‹ …«
Was hatte er damit gemeint? Martin merkte, wie in ihm Wut hochstieg. Doug konnte in einem Moment gnadenlos direkt sein und dann wieder unergründlich vage. Er hatte plötzlich ein leeres Gefühl im Magen. Wie gut, überlegte er, kenne ich meinen Bruder? Und automatisch kam die Frage hinterher: Wie gut kenne ich mich selbst? Er ging seinen Terminkalender für den Rest des Tages durch: Visite. Mehrere Stunden Einzeltherapie. Essen allein in seiner Wohnung. Ein Ballspiel im Fernsehen, ein Kapitel in einem Buch, ins Bett. Am nächsten Morgen das Ganze wieder von vorne. Routine ist eine Art Schutzschild, dachte er. Er fragte sich, womit sich sein Bruder schützte. Und wovor? Das ist nicht schwer zu beantworten, dachte er. Er sah sich im Zimmer um.
Wir schützen uns immer vor uns selbst.
»Ich bin dem Unheil auf der Spur …« Er schmunzelte. Das war typisch Doug. Ein Hang zur Theatralik. Für einen Augenblick fühlte er einen Anflug von Eifersucht, dann beließ er es dabei. Wir sind, wie wir sind, dachte er und wurde verlegen. Diese Weisheit ist nicht eben neu, sagte er sich, und noch einmal kam ihm die Frage: Wie ähnlich sind wir uns?
Rechts von ihm regte sich der Pfleger Simon. Er streckte die Glieder und stand auf.

Jeffers hörte, wie die Männer mit den Stühlen rückten, und fühlte sich an eine Grundschulklasse kurz vor der Pausenglocke erinnert.
»Gut«, meinte Martin Jeffers. »Das war's für heute.«

Martin Jeffers sah den Männern nach, die allein oder in Grüppchen den Tagesraum verließen. Er hörte das Lachen durch den Flur. Als er allein war, sammelte er seine Papiere ein, machte ein paar Einträge in sein Notizbuch und schlenderte noch eine Weile durchs Zimmer, um die Sonne im Rücken zu genießen. Es war still, und er kam zu dem Schluss, dass die Sitzung ein Erfolg gewesen war: Keine Handgreiflichkeiten, kein unversöhnlicher Streit, auch wenn es nicht schaden konnte, Miller und Meriwether im Auge zu behalten. Es war ein wenig Fortschritt zu verzeichnen. Vielleicht konnten sie Weingartens Geschichte weiter vertiefen. Er beschloss, in der nächsten Sitzung das Thema Eifersucht anzuschneiden, und zog die Tür hinter sich zu.
Der Anstaltsflur war menschenleer, und er lief zügig am Eingang vorbei zu einer der Stationen. Er blickte durch die Glasscheibe in der Tür und hatte dasselbe lethargische Bild wie jeden Tag vor Augen. Ein paar Leute, die schwatzend herumstanden, und andere, die Selbstgespräche führten. Einige lasen, andere spielten Schach oder Dame. In einer Anstalt dreht sich so viel darum, einfach nur Zeit totzuschlagen. Die Patienten werden wahre Meister darin, bestimmte Tätigkeiten in die Länge zu ziehen, so dass die Mahlzeiten und andere Höhepunkte ewig dauern konnten. Zeit wurde in voller Absicht vergeudet, und das war für Menschen, für die sie alle Dringlichkeit verloren hatte, gar nicht mal unvernünftig.
Als er sein Büro erreichte, entdeckte er an seiner Tür eine Notiz: UMGEHEND IN DR. HARRISONS BÜRO AN-

RUFEN! Dr. Harrison leitete die Heilanstalt. Jeffers betrachtete die Notiz und fragte sich, worum es wohl ging. Er schloss auf und legte die Papiere ab. Er drehte sich um und starrte für einen Augenblick auf das Bücherregal aus Stahl, das sich unter der Last von Papieren, Akten und Lehrbüchern bog. An der Wand hing ein Kalender mit Gemälden von Vermont. Das erinnerte ihn plötzlich an eine gute Zeit: Da haben wir viel Spaß gehabt, dachte er. Angeln und Zelten. Er dachte an die Forelle, die Doug gefangen und wieder ins Wasser geworfen hatte, nur um den Spott ihres Vaters zu ernten: »Wenn du sie erst mal berührst, wischst du etwas von dem Schleim weg, den sie am Körper haben, und dann erkälten sie sich und sterben. Du kannst eine Forelle nicht einfach wieder ins Wasser werfen.« Und dann hatte ihr Vater weitergelacht und mit dem Finger auf seinen Bruder gezeigt. Martin Jeffers überlegte, ob es wohl stimmte. Er hatte es nie überprüft. Es machte ihn richtig verlegen, wenn er daran dachte, wie er durchs Leben gegangen war und von dem Moment an geglaubt hatte, dass man eine Forelle nicht ins Wasser zurückwerfen konnte, ohne sie damit zu töten. Dr. Harrison ist Angler, dachte er, verdammt, ich werde ihn fragen.

Er nahm den Hörer ab und wählte den Anschluss des Verwaltungsdirektors. Die Sekretärin meldete sich.

»Hallo, Martha. Marty Jeffers. Ich habe Ihren Zettel gefunden. Was hat der Chef auf dem Herzen?«

»Ach, Dr. Jeffers«, sagte die Sekretärin, »Genaues weiß ich auch nicht, aber hier ist eine Kripobeamtin. Extra von Florida heraufgekommen, aus Miami, sagt sie, und sie möchte mit Ihnen sprechen …«

Die Sekretärin zögerte, und Jeffers dachte an Palmen und Strände. »Ich war noch nie in Miami«, meinte er. »Wollte immer mal hin.«

»Ach, Doktor«, fuhr die Sekretärin fort, »sie sagt, es gehe um einen Mordfall.«
Jeffers fragte sich einen Moment, ob die Forelle vielleicht, nachdem sie angefasst worden war, wusste, dass sie sterben würde; ob sie vielleicht wegschwamm, um sich einen warmen Strudel hinter ein paar Felsen zu suchen, um sich dort ihrer Umgebung zum Trotz zu Tode zu frieren.
»Bin gleich da«, erklärte er.

5. Kapitel

Eine einzigartige Jagd

8.

Das Wort hallte in ihr nach: *Alkoholrückstände*.

Zuerst fragte sie sich, ob ihre Wangen von den Tränen, die ihr heruntergelaufen waren, Narben davongetragen hatten; gleichzeitig fühlte sich ihr Herz an, als hätte es ihr jemand im Leib verdreht und verzerrt. Sie sah in den Spiegel und erwartete fast, da, wo sich ihr Kummer Bahn gebrochen hatte, bleibende rote Spuren auf ihrer Haut zu sehen. Es waren keine da. Sie rieb sich die Augen und merkte, wie eine unendliche Erschöpfung die Dämme ihrer Entschlusskraft und Ausdauer einriss und ihr Innerstes überschwemmte. Sie atmete langsam aus, um die Benommenheit und den Rest an Brechreiz abzuschütteln.

Detective Barren wollte unbedingt ihre Gedanken ordnen, kam jedoch gegen die Emotionen nicht an. Sie hielt sich am Rand des Spülbeckens fest und versuchte, alles aus dem Kopf zu bekommen, um als eine Art unbeschriebenes Blatt noch einmal zu beginnen.

Sie holte tief Luft und drehte mit übertriebener Konzentration die Wasserhähne auf. Ihr war heiß, und so ließ sie sich kaltes Wasser über die Handgelenke laufen; sie musste daran denken, dass sie diesen Trick von ihrem Mann gelernt hatte –

ein alter Trick der Athleten, um schnell einen kühlen Kopf zu bekommen. Dann spritzte sie sich einige Tropfen ins Gesicht und starrte erneut ihr Spiegelbild an.

Ich bin alt, dachte Detective Barren.

Ich bin dünn, spröde und unglücklich, und ich habe Falten auf der Stirn und in den Augenwinkeln, die vor gar nicht allzu langer Zeit noch nicht da waren. Sie betrachtete ihre Handrücken und zählte die Adern. Die Hände einer alten Frau.

Detective Barren drehte sich um und kehrte ins Wohnzimmer ihrer kleinen Wohnung zurück. Sie warf einen Blick auf die Stapel von Meldungen und Berichten, von Fotos, Vernehmungsprotokollen, psychologischen Gutachten und Listen beschlagnahmter Gegenstände – Berge von Papier als Zeugnis polizeilicher Ermittlungsarbeit. Dies alles stapelte sich ungeordnet auf ihrem kleinen Schreibtisch. Sie ging hinüber und fing wahllos an, die Dokumente zu sichten und in der Materialfülle nach einem logischen Ordnungsprinzip zu suchen. Susans Erbe, dachte sie, und wieder musste sie gegen die Tränen ankämpfen.

Wie lange hatte sie geweint?

Sie trat ans Fenster und blickte in den blassblauen Morgenhimmel.

Er war wolkenlos und drückend hell. Die Luft schien von der Widerspiegelung der Sonne über der endlosen Weite des Meeres so dicht an der Stadt zu flirren. Es war ein Tag ohne Schatten, der sich der leisesten Störung widersetzte, und das ärgerte sie.

Sie legte die Hand an die Scheibe und fühlte die tropische Hitze. Einen Moment lang hätte sie die Finger am liebsten zur Faust geballt und zugeschlagen. Sie wollte das Glas bersten hören. Sie sehnte sich nach physischem Schmerz. Sie kam zu sich, als sie sah, wie sie tatsächlich die Finger zur Faust geschlossen hatte. Sie trat vom Fenster zurück und warf einen Blick auf ihre Wohnung.

»Also«, sagte sie laut zu sich selbst, »das war's dann.«

Sie hatte das Gefühl, dass soeben etwas zu Ende gegangen war und etwas Neues begann, auch wenn sie noch nicht sagen konnte, was. Sie wischte sich eine Träne aus dem Auge und holte tief Luft, dann noch einmal. Oben auf dem Bücherregal stand ein Foto von ihrer Nichte in einem schlichten Silberrahmen, und sie ging langsam hinüber. »Also«, wiederholte sie und betrachtete dabei das Bild, »es ist wohl Zeit, noch einmal von vorn anzufangen.« Als sie das Foto herunternahm, flutete ihr wie ein kühler Wind kurz vor einem heftigen Regenschauer eine Woge der Trauer durch den ganzen Körper. »Es tut mir leid«, sagte sie. »Es tut mir so unendlich leid.« Sie konnte nicht mit Bestimmtheit sagen, bei wem sie sich entschuldigte.

Die Beamtin, die in der Dienststelle des Bezirkssheriffs hinter dem Wachtisch saß, reagierte schroff:

»Haben Sie einen Termin?«

»Nein, und ich glaube nicht, dass ich einen brauche …«, erwiderte Detective Barren.

»Tut mir leid, aber ich kann Sie nicht ins Morddezernat raufiassen, wenn niemand Sie erwartet. Zu wem wollen Sie?«

Detective Barren seufzte laut und genervt, während sie ihre Marke aus der Handtasche fischte.

»Ich möchte zu Detective Perry. Und zwar jetzt. Nehmen Sie Ihr Telefon, Officer, und rufen Sie ihn an. Und zwar jetzt.«

Die Frau streckte ihr die Hand entgegen, um die Marke in Augenschein zu nehmen. Detective Barren reichte sie ihr, und die Frau notierte sich die Nummer auf einem Formular. Sie gab den Dienstausweis zurück und wählte, ohne ihrem Gegenüber in die Augen zu blicken, die Nummer des Mord-

dezernats. Es dauerte nicht lange, bis sie sagte: »Detective Perry, bitte.«
Es herrschte einen Moment lang Schweigen.
»Detective Perry? Hier ist Detective Barren von der Kripo Miami. Sie möchte Sie sprechen.«
Wieder entstand eine Pause.
Die Beamtin legte auf.
»Dritter Stock.«
»Ich weiß«, erwiderte Detective Barren.
Der Fahrstuhl schien viel länger zu brauchen, als sie es in Erinnerung hatte.
Sie wünschte sich auf einmal, einen Spiegel zur Hand zu haben; sie hätte gerne ihr Make-up überprüft, um sicherzustellen, dass alle äußeren Anzeichen ihres Kummers gut abgedeckt waren. Sie straffte unsicher die Schultern. Sie hatte an diesem Morgen ihre Kleider mit größerer Sorgfalt ausgewählt als gewöhnlich, da sie wusste, dass bei dem, was sie zu sagen hatte, die äußere Erscheinung zählte. Ihre dunkelblauen und grauen Kostüme für die Gerichtstermine hatte sie verworfen und sich stattdessen für einen hellen Baumwollblazer und eine khakifarbene Hemdbluse entschieden. Sie wollte locker, lässig und entspannt auftreten – inoffiziell. Die Jacke war großzügig geschnitten. Früher einmal hätte man sie schlabberig gefunden, hatte sie überlegt, als sie hineinschlüpfte. Jetzt war sie »oversized« und genau richtig, um ihr Schulterhalfter mit der Neunmillimeter zu kaschieren. Die Wahl der Waffe war ungewöhnlich. Normalerweise stopfte sie einfach einen kurzläufigen Revolver, Kaliber achtunddreißig, in ihre Handtasche und vergaß ihn für den Rest des Tages. Doch nachdem sie sich angezogen hatte, flog sie ganz plötzlich das Gefühl an, in Gefahr zu sein, und bei einem Geräusch vor ihrer Wohnungstür war sie hochgeschreckt und hatte gemerkt, dass sich

ihre Nackenhaare aufstellten. Ihr war kaum bewusst gewesen, was sie tat, als sie sich die große Automatik umschnallte, doch jetzt tat die Größe und das Gewicht der Waffe an ihrer Seite gut.

Die Lifttüren öffneten sich mit einem leisen, zischenden Geräusch.

»Hi, Merce, hier rüber!«

Sie drehte sich um und sah Detective Perry im Flur stehen und ihr zuwinken. Sie ging zügig hinüber. Er streckte ihr die Hand entgegen, und sie schüttelte sie. Er hob seine Hand wie zu einem zweiten Gruß und ging zu seinem Schreibtisch.

»Kommen Sie – wollen Sie einen Kaffee? Wie läuft's denn so?«, fragte er, wartete jedoch keine Antwort ab, sondern redete sofort weiter. »Wissen Sie, ich musste neulich an Sie denken. Wir hatten einen Mord mit Vergewaltigung, die Kleine in Süd-Miami, direkt am Kanal, haben Sie sicher in der Zeitung gelesen, und da fiel mir dieser Boxer wieder ein, den Sie einkassiert haben. Mit Intuition kriegt man keinen Durchsuchungsbefehl, waren das nicht Ihre Worte? Na, jedenfalls hatte ich das Gefühl, dass der Kerl kein richtiger Mörder ist, verstehen Sie? Ich meine, es war eine klassische Vergewaltigung, aber der Schädel der Kleinen war eingeschlagen. Sie war bewusstlos, als sie starb, sagt der Coroner. Mir kam der Gedanke, dass er es vielleicht gar nicht gemerkt hat, wissen Sie? Vielleicht wusste er nicht, wie fest er zugeschlagen hat, richtig? Also hab ich mir ein paar Jungs geschnappt und eine Polizistin, die sich als Teenager verkleidet hat, und gestern Nacht haben wir die Stelle observiert – dieselbe Stelle wie beim ersten Mal, ist das zu fassen, und Bingo! Wer schlendert da auf unsere Dame zu? Ein Typ mit Kratzspuren im Gesicht, die gerade erst verheilen. ›So allein hier draußen?‹, fragt der Scheißkerl. ›Nicht so ganz‹, antwortet sie. Ein paar Stunden lang hat er alles abgestritten, aber dann hat er geplaudert. Wissen Sie was, Merce? Wir könnten alle einpacken, wenn die Bösen nicht meistens so unglaublich dämlich wären. Also, wie Sie sehen, hatte ich 'ne tolle Nacht, verflucht, eine von diesen Nächten, in der man das Gefühl hat, es ist die Sache wert ...«

Er sah Detective Barren an, bevor er fortfuhr.

»Da sitz ich also und erledige noch ein bisschen Papierkram, bevor ich zu Weib und Kind nach Hause fahre, und wer ruft mich aus der Lobby an? Das ist kein Privatbesuch, nehme ich an. Setzen Sie sich.«

Er bot ihr einen Stuhl auf der anderen Seite des Schreibtischs an, und sie nahmen beide Platz.

»Sie sind ja so still«, meinte er.

»Klingt nach einem guten Fang. Einem richtig guten Fang.«

Ihr wurde bewusst, dass sie Detective Perry mochte, und es machte sie traurig zu wissen, dass *er* sie am Ende dieses Gesprächs nicht mehr mögen würde. »Es ist hilfreich«, sagte sie.

»Was ist hilfreich?«

»Dass so viele von denen dämlich sind.«

Er lachte. »Können Sie laut sagen.«

Über den Stapel Papiere hinweg sah er Detective Barren an.

»Merce«, fragte er leise, »was bringt Sie her?«

Sie zögerte ein paar Sekunden, bevor sie ebenso leise antwortete: »Er war es nicht.«

Detective Perry starrte sie an, und beide schwiegen. Dann stand er auf und wanderte durchs Zimmer. Sie ließ ihn nicht aus den Augen.

»Merce«, antwortete Detective Perry schließlich, »lassen Sie's gut sein.«

»Er war es nicht.«

»Lassen Sie es *gut* sein, Merce.«
»Er war es nicht!«
»Na schön, nehmen wir mal an, er war's nicht. Woher wollen Sie das wissen? Wie können Sie so sicher sein?«
»Alkoholrückstände.«
»Was?«
»Alkoholrückstände. Die Bisswunde an Susans Leiche; man hat die Speichelproben untersucht. Sie wiesen Alkoholrückstände auf.«
»Richtig, ich entsinne mich. Und?«
»Er hat gesagt, er ist schiitischer Moslem.«
»Richtig.«
»Strenger schiitischer Moslem.«
»Sicher, das hat er gesagt. Und?«
»Dann rührt er keinen Tropfen Alkohol an. Kein Bier. Keinen Scotch. Nicht ein einziges Glas Wein.«
Detective Perry sank in seinen Sessel.
»Ist das alles?«
»Für den Anfang.«
»Haben Sie sonst noch was in der Hand?«
»Bis jetzt noch nicht.«
»Merce, wieso tun Sie sich das an?«
»Was?«
»Wieso bestrafen Sie sich selbst?«
»Das tue ich nicht. Ich versuche lediglich, Susans Mörder zu finden.«
»Wir *haben* ihn gefunden. Er ist für alle Ewigkeit in den Knast gewandert. Wenn er stirbt, fährt er wahrscheinlich zur Hölle. Mit *Sicherheit* fährt er zur Hölle. Merce, geben Sie auf.«
»Sie hören mir verdammt noch mal nicht zu! Alkoholrückstände!«
»Merce, bitte …« Er klang niedergeschlagen. »Ich bin müde.

Ich bin wirklich müde. Sie wissen so gut wie ich, dass der Kerl die Hälfte seiner Opfer in Bars oder Studententreffs aufgerissen hat. Sie wollen mir weismachen, der Kerl hätte nie ein Bier angerührt? Blödsinn! Der hatte einen Knall, Merce! Der war völlig verdreht! Der hätte alles, aber auch wirklich alles getan, um an seine Opfer ranzukommen. Das Übrige, dieser religiöse Quatsch, das war nur, ich weiß nicht, fadenscheinige Ausrede. Rechtfertigungsversuch. Geisteskrankheit, Gott, was weiß ich …«

Detective Perry ließ sich auf seinen Stuhl fallen.

»Ich möchte wirklich nichts mehr davon hören, Merce. Ich muss doch wohl nicht ausgerechnet Ihnen sagen, dass diese verdammte Speichelprobe sogar Alkoholrückstände aufweisen würde, wenn der Mistkerl auch nur mit Mundwasser gegurgelt hätte, bevor er das Verbrechen beging. Verflucht, das wissen Sie doch besser als ich. *Sie* sind die Expertin. Sie müssen es wissen.«

»Er war es nicht.«

»Merce, tut mir leid. Er war es. Er hat sie umgebracht. Er hat sie alle umgebracht. Sie werden lernen müssen, damit zu leben. Bitte, Merce, lernen Sie, damit zu leben.«

Detective Barren sah Detective Perry an. Für einen Augenblick brachte sein trauriger, mutloser Ton sie ins Wanken. Sie machte sich klar, wie verrückt sie klingen musste. Dann kam ihr vage und diffus das Bild ihrer Nichte in den Sinn, und sie war wieder fest und entschlossen.

»Werden Sie mir helfen?«

»Merce …«

»Werden Sie mir verdammt noch mal helfen?«

»Hören Sie auf …«

»Werden Sie mir helfen?!«

»Merce. Lassen Sie sich helfen. Gehen Sie zum Seelenklempner Ihrer Dienststelle. Reden Sie mit Ihrem gottverdammten Pfarrer. Machen Sie Urlaub. Lesen Sie ein gutes Buch. Verflucht, ich weiß auch nicht, aber bitten Sie mich nicht, Ihnen zu helfen!«

»Dann überlassen Sie mir wenigstens die Akte.«

»Gott, Merce, Sie haben bereits alles von uns bekommen. Vor dem Schuldbekenntnis habe ich Ihnen alles gegeben.«

»Und Sie halten nichts vor mir zurück?«

Detective Perry war der Ärger anzusehen.

»Nein, verflucht noch mal! Was für eine Scheißfrage!«

»Ich musste es wissen.«

»Sie wussten es bereits!«

Sie schwiegen beide und starrten sich an.

Nach einer Weile sagte Detective Perry langsam und resigniert: »Es tut mir leid, dass Sie sich so fühlen. Hören Sie, der Mord an Ihrer Nichte wurde von uns aufgeklärt. Falls Sie mit einem handfesten Beweis aufwarten können, gut, Sie können jederzeit wiederkommen, und wir sehen uns die Sache an. Aber, Merce, es ist vorbei. Sollte es jedenfalls sein. Ich wünschte, Sie würden es so sehen ...«

Er zögerte, bevor er fortfuhr.

»... denn dann wären Sie bedeutend glücklicher.«

Sie wartete, um sicherzugehen, dass er fertig war.

»Danke ...«

Er schüttelte den Kopf und wollte etwas sagen, doch sie schnitt ihm das Wort ab.

»Nein, ich mein's ernst. Ich weiß, dass Sie das, was Sie sagen, auch so meinen. Und Sie waren immer sehr aufrichtig zu mir, ich weiß das zu schätzen.«

Sie sah ihn eindringlich an.

»Ich weiß, was Sie denken, aber Sie irren sich. Ich bin nicht verrückt. Und auch wenn ich mir für ein paar Wochen eine

Auszeit nehmen würde, könnte das nichts an meiner Haltung ändern. Er läuft noch frei herum.«
»Ich halte Sie nicht für verrückt, Merce, nur …«
Ihm fiel kein passendes Wort ein.
»Schon in Ordnung«, kam sie ihm entgegen. »Ich kann Ihre Sicht nachvollziehen.« Sie stand auf. »Ich nehme es Ihnen nicht übel«, sagte sie, »aber ich werde trotzdem Susans Mörder finden.«
Sie zögerte einen Moment.
»Ich gebe Ihnen Bescheid, wenn ich ihn habe.«

Sie war sich nicht sicher, was sie ihrem Chef sagen sollte. Sie glaube, der Araber sei es nicht gewesen; der Mörder sei noch auf freiem Fuß; sie werde nicht aufgeben, bis sie ihn gefunden hatte?
Jedesmal, wenn sie versuchte, ihre Situation zu beschreiben, klang es ganz und gar aberwitzig, melodramatisch und wenig überzeugend. Sie dachte: Die Rache hat etwas Gewöhnliches, Banales. Es ist ein gewöhnlicher Drang, der unter ungewöhnlichen Umständen entsteht. Er ist immer schuldbehaftet, kompliziert und unvermeidlich. Sie wusste, dass es nicht richtig war, es sich so sehr zu wünschen, doch sie konnte wiederum nicht sagen, wieso.
Die Tür zu Lieutenant Burns' Büro war angelehnt. Sie klopfte zögerlich, dann streckte sie den Kopf hinein.
Er saß an seinem Schreibtisch. Vor ihm lagen zwei Dutzend Farbfotos im Format zwanzig mal fünfundzwanzig ausgebreitet. Er schaute auf und sah ihr lächelnd in die Augen.
»Ahh, Merce, Sie kommen wie gerufen. Kommen Sie rein, und werfen Sie mal einen Blick darauf.«
Sie betrat vorsichtig das Büro.
»Hier herum. Sehen Sie sich diese Fotos an.«

Sie blickte angestrengt auf die Abzüge.
Sie sah eine Gestalt, die in embryonaler Stellung in einem Kofferraum lag. Es war ein junger Mann, der ausgesehen hätte, als ob er schliefe, wäre da nicht dieser riesige Blutfleck auf seiner Brust gewesen. Detective Barren starrte die Bilder an und war verblüfft, wie seltsam friedlich das Gesicht des Mannes wirkte. Sie nahm Aufnahmen in die Hand, die den Kofferraum aus unterschiedlichen Winkeln zeigten, doch sie sah nur dieselbe Ruhe, dasselbe Blut und Gewebe. Was dieser junge Mann wohl getan haben mochte, um den Tod zu verdienen, fragte sie sich, auch wenn sie intuitiv die Antwort wusste: In neun von zehn Fällen hatte der Tod eines jungen Menschen, zumindest in Miami, mit Drogen zu tun.
»Wissen Sie, Peter, auffällig ist, dass er keine Angst hatte.«
Lieutenant Burns blickte abwartend zu ihr hoch.
»Ich meine, wir wissen genug über das, was zum Todeszeitpunkt physiologisch passiert, um ein bisschen zu spekulieren. Und der hier wirkt, na ja, ein bisschen zu entspannt. Wenn Sie oder ich überwältigt und in einen Kofferraum geworfen und irgendwohin rausgefahren würden – wohin?«
»Eine Felsschlucht in South Dade …«
»Okay, in eine Felsschlucht. Und dann mit einem Gewehr pulverisiert … es war doch ein Gewehr? Ich meine, dem Mann fehlt fast die ganze Brust …«
»Kaliber zwölf. *Ein* Schuss.«
»Also, ich will darauf hinaus, dass wir eigentlich sämtliche Anzeichen von Angst sehen müssten. Die Augen aufgerissen. Das Gesicht starr. Die Finger verkrampft. Sehen Sie, der Kerl trägt nicht mal Handschellen oder Fesseln. Wie viel von ihm ist liegengeblieben, als man ihn rausgezogen hat?«
»Etwas Blut. Etwas Gewebe.«
»Nicht viel?«

»Durchschnittliche Menge, würde ich sagen.«
»Und der Wagen. Sieht wie ein brandneuer BMW aus, oder?«
»Sechs Monate alt.«
»Ich wette«, überlegte Detective Barren laut, »der gehört einem Drogendealer von mittlerem Rang. Vielleicht zwanzig Kilo Hasch im Monat, kein richtiges Schwergewicht.«
»Wieder getroffen.«
»Hat er ihn vermisst gemeldet?«
»Das überprüfen wir gerade.«
»Also, was mir auf Anhieb dazu einfällt – natürlich reine Spekulation –, aber wenn Sie mich fragen, würde ich sagen, das arme Schwein wurde woanders von jemandem erschossen, von dem er so etwas Unfreundliches nicht erwartet hat, wenn Sie verstehen, was ich meine …«
Lieutenant Burns lachte trocken auf.
»Dann haben sie ihn schnell in den Kofferraum eines Wagens geworfen, den sie rechtzeitig vorher gestohlen hatten, sind zu der Schlucht rausgefahren … wo wir ihn bald finden würden, anders als in den Everglades draußen, und da haben sie ihn abgeladen. Sieht mir nach der Idee eines etwas beschränkten kolumbianischen Drogendealers aus, der einem Konkurrenten was anhängen will. Vielleicht jemand, der zwischen zwei Organisationen böses Blut machen will, und das hier ist der erste Trumpf, den sie ausspielen. Reine Spekulation, wie gesagt. Jedenfalls wüsste ich nicht, ob ich gegen den Fahrzeughalter einen Haftbefehl erlassen würde.«
»Merce, wissen Sie, weshalb ich so gern mit Ihnen arbeite?«
»Nein, Peter, wieso?«
»Weil Sie so denken wie ich.«
Detective Barren grinste.
»Jeder mag einen Jasager. Oder in meinem Fall, eine Jasagerin.«

Lieutenant Burns lachte.
»Na, jedenfalls stimme ich Ihnen in allen Punkten zu. Ich habe der Forensik die Schuhe von dem Kerl gegeben. Keinerlei Sand aus der Schlucht. Dafür ein paar frische Grasflecken. Sehen Sie in dieser Spalte irgendwo Gras? Ich denke nicht.«
Er starrte auf die Bilder.
»Merce, vermuten Sie auch manchmal, die Welt gehört den Drogendealern? Zuweilen muss ich lachen, wenn ich daran denke, dass sie die neuen Unternehmer unserer Gesellschaft sind. Ich meine, vor hundert, zweihundert Jahren sind die Leute in dieses Land gekommen, haben geschuftet, Wurzeln geschlagen und sich hochgearbeitet. Wo ist der amerikanische Traum geblieben, Merce? Eine Hundert-Kilo-Charge und ein hübscher brandneuer BMW.«
Er stand auf und sammelte sämtliche Fotos ein. »Ich entwickle mich immer mehr zum Pessimisten. Na, jedenfalls, ich denke, ich mach mal einen kleinen Abstecher zur Mordkommission und rede mit den Kollegen. Sollten wissen, womit sie's zu tun haben. Am besten auch gleich beim Drogendezernat, denke ich.« Er sah sie an und setzte sich. »Aber zuerst sagen Sie mir, was ich für Sie tun kann.«
Detective Barren dachte an den jungen Mann auf den Bildern und fragte sich einen Moment, wie ein so junger Mensch so dumm sein konnte, sich auf Drogenhandel einzulassen. Auch nicht dümmer als John Barren, der wegen einer idiotischen Prinzipienreiterei in den Krieg zog, sich umbringen ließ und ihr zumutete, alleine zurechtzukommen. Für einen Augenblick wurde sie wegen all der jungen Männer traurig, die auf die eine oder andere Weise starben, doch ebenso schnell folgte eine Aufwallung von Wut. Wie sinnlos, dachte sie. Wie ganz und gar sinnlos und egoistisch. Irgendwo gab es jemanden, der über diesem zerfetzten Leichnam bitter weinte.

»Merce?«
»Peter, ich brauche ein bisschen Zeit.«
»Wegen Ihrer Nichte?«
»Ja.«
»Vielleicht wäre es am besten, wenn Sie mit unserem Psychologen sprechen würden und weiterarbeiteten. Sie wissen schon, Beschäftigung. Wie heißt es so schön, Müßiggang ist aller Laster Anfang.«
»Mir geht es nicht um Müßiggang.«
»Ich wollte damit nur sagen, es würde mir nicht gefallen, wenn Sie Urlaub nähmen, nur um in der Wohnung zu sitzen und zu brüten. Was haben Sie vor?«
Susans Mörder finden!, schrie es in ihr auf. Sie verkniff sich die Bemerkung und zwang sich zu einer diplomatischen Erklärung.
»Wissen Sie, Peter, es ist nie gelungen, gegen Rhotzbadegh eine hieb- und stichfeste Anklage wegen des Mordes an Susan zu erheben. Ich will damit nicht sagen, dass die Jungs nicht ihre Pflicht getan hätten. Es ist nur, na ja, es macht mich wütend. Ich möchte ein bisschen herumstochern und sehen, was ich herausbekomme. Danach vielleicht eine Weile zu meiner Schwester, versuchen, ihr darüber hinwegzuhelfen. Sie nimmt es immer noch sehr schwer.«
Lieutenant Burns sah ihr eindringlich in die Augen. Sie rührte sich nicht.
»Ich weiß nicht, was ich davon halten soll, dass Sie sich in den Fall einmischen wollen. Das andere, also, selbstverständlich …«
»Wie viel Zeit können Sie mir geben?«, fragte sie.
Ist eigentlich egal, dachte sie. Ich werde eine Ewigkeit brauchen. Ich werde ihn suchen, bis ich alt und grau bin.
Lieutenant Burns öffnete eine Schreibtischschublade und blät-

terte in einer Akte. Er zog ein Blatt mit ihrem Namen heraus.
»Also, Sie haben noch drei Wochen Urlaub und mindestens zwei Wochen Überstunden … was soll's, sagen wir, noch mal drei Wochen. Außerdem gibt es Urlaub in Härtefällen. Das könnte ich für Sie beantragen, wenn auch zu gekürzten Bezügen. Wie lange, glauben Sie, werden Sie brauchen?«
Sie hatte keine Ahnung.
»Schwer zu sagen.«
»Sicher, verstehe. Denke ich jedenfalls.« Er sah sie ein wenig misstrauisch an. »Wieso tragen Sie die Waffe?«
»Was?«
Er deutete auf ihren Blazer. »Diese Großwildkanone. Was ist das, eine Fünfundvierziger oder eine Neunmillimeter?«
»Neunmillimeter.«
»Brauchen Sie die, um Fotos anzusehen?«
»Nein.«
»Wozu dann?«
Sie antwortete nicht. Es herrschte Schweigen. Lieutenant Burns warf einen Blick auf das Dokument und sah ihr wieder ins Gesicht.
»Lassen Sie es, Merce. Es ist vorbei. Der ist für immer und ewig aus dem Verkehr gezogen, und das ist gut so …« Er straffte plötzlich die Schultern und setzte einen amtlichen Ton auf. »Und das ist ein Befehl: Halten Sie sich von dem Fall fern. Er ist abgeschlossen. Sie laden sich nur noch mehr Kummer auf. Sie wollen sich beurlauben lassen, kein Problem. Aber nicht, um zu arbeiten. Zur Erholung. Verstanden?«
Sie antwortete nicht. Er sah sie an, und sein Ton wurde milder.
»Na schön, zumindest habe ich Ihnen vorschriftsmäßig die Leviten gelesen …«
Sie lächelte. »Danke, Peter.«

»Aber, Merce, mir zuliebe, sehen Sie zu, dass Sie in Ordnung kommen, und lassen Sie sich wieder bei der Arbeit blicken. Okay?«

»Ich tu mein Bestes«, sagte sie.

»Gut, nehmen Sie zuerst die Überstunden, danach, falls das nicht reicht, den Urlaub. Danach rufen Sie mich an, und wir finden eine Lösung. Ich werde dafür sorgen, dass man Ihnen die Gehaltsschecks nach Hause schickt. Unter einer Voraussetzung.«

»Die wäre?«

»Gehen Sie zuerst zu unserem Seelenklempner. Hören Sie, man wird Sie sowieso hinschicken, wenn Sie zurückkommen. Verlassen Sie sich drauf. Der wird nur sagen, nehmen Sie sich eine Auszeit, zwei Aspirin und melden Sie sich, wenn Sie wieder zum Dienst kommen.«

Sie nickte.

»Also gut, das wär's.«

Er stand auf und nahm den Stapel Fotos. »Kommen Sie mit zum Morddezernat? Bei den Idioten braucht man einiges an Überredungskraft, besonders, wenn sie tatsächlich mal alleine da raus sollen, um ein paar Zeugen und Indizien aufzutreiben.«

»Nein, danke«, sagte sie. Wenn ich das nächste Mal ins Morddezernat komme, dachte sie, bringe ich ihnen einen Fall.

Sie biss sich auf die Lippe. Oder ich stelle mich selbst.

Der Besuch beim Psychologen der Dienststelle war, wie Lieutenant Burns vorausgesagt hatte, eine reine Formsache. Sie beschrieb ihm eine gewisse Unruhe, Schlaflosigkeit und Konzentrationsstörungen sowie Anwandlungen von Depression. Sie erklärte ihm, sie fühle sich wegen Susans Tod schuldig und brauche etwas Zeit, um sich auf den Verlust einzustellen. Sie

hörte sich reden und dachte, wie leicht es war, eine Lüge mit einer Prise Wahrheit zu würzen, um eine glaubhafte Geschichte aufzutischen.
Er fragte sie, ob er ihr Schlaftabletten verschreiben sollte. Sie lehnte ab. Er erklärte ihr, dass sie der Verlust wahrscheinlich weiterverfolgen werde, es sei denn, sie entschlösse sich zu einer Therapie; eine Ruhepause könne ihr in jedem Fall guttun. Er sagte ihr zu, ein entsprechendes Formular für sie auszufüllen, um ihr eine Beurlaubung aus Gesundheitsgründen zu verschaffen, so dass sie fast keine Gehaltseinbußen hätte. Schließlich erklärte er, dass er sie nach Ablauf von vier Wochen regelmäßig sehen wolle, und notierte einen Termin. Er füllte eine Karte aus, und sie schüttelten sich die Hände. Sie bedankte sich und warf die Karte weg, kaum dass sie die Tür des Büros hinter sich geschlossen hatte.
Es war viel leichter, als sie erwartet hatte.
Sie brauchte nicht lang, um alles, was sie benötigte, aus ihrem Schreibtisch zu räumen, auch wenn sie ständig von den Kollegen der Abteilung für Indizienanalyse unterbrochen wurde, die vorbeikamen, um zu kondolieren, Einladungen auszusprechen, ihre Freundschaft anzubieten, was sie tief berührte. Doch sie war eher aufgeregt, angespannt und wollte nur das Gebäude verlassen.
Als sie aus der Tür des Polizeipräsidiums Miami trat, schlug ihr sengende Hitze entgegen. Die roten Klinker des Gebäudes schienen wie Kohlen zu glühen. Sie atmete langsam ein, als fürchte sie, sich die Lunge zu verbrennen, und sah, die Hand schützend über die Augen gelegt, zum Himmel. Für Sekunden schien es ihr, als wäre ein Scheinwerfer auf sie gerichtet, um sie zu observieren.
Doch das Gefühl verging, und was blieb, war fast so etwas wie ein Hochgefühl gespannter Erwartung. Zum ersten Mal

seit Monaten merkte sie, wie die Depressionen, die sie niedergedrückt hatten, schwanden. Ich tue was, dachte sie. Schritt für Schritt, nichts überstürzen. Ihr fielen plötzlich die Nächte im Haus ihrer Schwester wieder ein, wenn das Baby sie mit den ersten Wimmerlauten geweckt hatte, um sich über Bauchschmerzen und Hunger zu beklagen. Es wurde ein Ritual daraus: Die Decke zurückschlagen, in die Pantoffeln und den am Fußende liegenden Bademantel schlüpfen. »Ich komme«, hatte sie dann stets laut genug versichert, damit es das Baby, aber auch ihre Schwester hörte und wusste, dass sie weiterschlafen durfte. »Bin gleich bei dir, und jetzt sch, sch, sch«, hatte sie dann in einem beruhigenden Rhythmus geflüstert.
»Ich komme«, sagte sie nun laut, doch es war niemand da, um sie zu hören.
Sie ging die Treppe hinunter und summte eine Melodie.

9.

Als Erstes kaufte sie drei billige Korkbretter und eine grüne Kinderschultafel. Sie nahm beides mit in ihre Wohnung und postierte alles neben ihrem Schreibtisch. Auf ein Klebeband schrieb sie SUSAN und heftete es an das erste Brett; RHOTZBADEGH kam auf das zweite und ANDERE auf das dritte. Die Tafel stellte sie in der Mitte auf. Ächzend schob sie ein Bücherregal zur Seite, um mehr Platz zu schaffen. Sie nahm Reißzwecken und befestigte damit eine Reihe Farbfotos vom Leichenfundort mitten auf Susans Brett. Dann nahm sie die Liste mit dem sichergestellten Beweismaterial sowie die Aussage der beiden schwulen Männer, welche die Leiche gefunden hatten, und hängte sie auf. Auch das Rhotzbadegh-Brett füllte sich schnell mit den Beweismitteln aus seinem Haus sowie den Zeitungsartikeln, die er gesammelt hatte. Sie schnappte sich ein Foto von ihm und heftete es ebenfalls an, so dass sie es vor Augen hatte.

Diese Aktivitäten hatten etwas seltsam Befreiendes. Sei eine Ermittlerin, forderte sie sich auf. Ich will einen sauberen Fall.

Aber zuerst durchlöchere den des Morddezernats.

Der Studententreff der Universität war höhlenartig düster. Es bereitete wenig Mühe, die Leute zu finden, mit denen Susan an dem Abend vor ihrem Tod zusammengewesen war. Es war Prüfungszeit, und sie wollten reden. Schwatzen, genauer gesagt, alles, was eine Ablenkung vom Pauken und Büffeln bot, auch wenn ihre gebräunten Gesichter eher von Sonne und Strand als von der staubigen Luft der Bibliothek kündeten.

»Wie können Sie so sicher sein?«, fragte Detective Barren eine Studentin, eine dunkelhaarige junge Frau mit der nervösen Angewohnheit, jemanden direkt anzusehen, solange sie eine Frage anhörte, den Blick jedoch unruhig schweifen zu lassen, sobald sie antwortete. Muss ihre Professoren in den Wahnsinn treiben, dachte Detective Barren. »Woher wollen Sie wissen, dass Susan an dem Abend um elf Uhr verschwand?«

»Weil wir verabredet hatten, um elf zu gehen. Es war wichtig. Wir hatten beide am nächsten Morgen schon früh Seminare, und wir hatten uns gegenseitig versprochen, uns an die Zeit zu halten, egal wie gut wir uns amüsierten. Ich musste sie daran erinnern oder sie mich. Wir haben getanzt, und ich habe sie aus den Augen verloren. Aber um halb elf fing ich an, mich richtig nach ihr umzusehen, und um viertel vor elf habe ich die Jungs gebeten, mir bei der Suche zu helfen. Teddy ist sogar zum Parkplatz raus und ums ganze Gebäude gelaufen. Wir konnten sie nicht verfehlen, selbst in der Menge nicht. Ich meine, Susan, Sie wissen ja, die war sowieso nicht so leicht zu übersehen. Die konnte sich nicht verstecken, selbst wenn es hier drinnen richtig voll wurde. So war sie eben.«

Ich weiß, dachte Detective Barren.

»Und Ihnen ist niemand aufgefallen, mit dem sie zusammen war, ich meine, jemand, den Sie nicht kannten?«

»Na ja, das Problem ist, dass wir Semesteranfang hatten. Alle waren neu. Und fremd. Es waren Erstsemester und frisch Graduierte dabei. Da kamen auch ein paar Fakultätsmitglieder, aber die sind früh gegangen. Wissen Sie, alles war neu, aufregend und freundschaftlich. Aber ich habe sie mit niemandem gesehen, der irgendwie verdächtig wirkte, falls Sie das meinen.«

Detective Barren seufzte und wandte sich an einen weiteren Studenten, einen riesengroßen, muskulösen jungen Mann in T-Shirt. Sie wunderte sich, dass er in dem tiefgekühlten Raum nicht fror.

»Erzählen Sie mir, woher Sie wissen, dass Rhotzbadegh bis Mitternacht hier war.«

»Hab ich den anderen Detectives schon gesagt, aber ich geh's gerne noch mal durch. Es ist eigentlich ganz einfach. Ich hatte um Mitternacht ein Date …«

»Mitternacht?«

»Klar. Klingt romantisch, nicht? Es war nur, na ja, sie hatte ein Seminar über Filmgeschichte belegt, und sie mussten sich so 'nen russischen Streifen ansehen. Der war lang, richtig lang. Sie sollte erst nach elf rauskommen, also haben wir uns hier verabredet. Ich hab mir 'ne Ecke an der Bar gesucht, wo ich die Tür im Auge behalten konnte. Sie sieht richtig toll aus, und ich wollte nicht – weiß auch nicht –, dass sie erst nach mir suchen muss. Waren zu viele Singles da, die allzu gerne ausgeholfen hätten, wenn Sie verstehen, was ich meine. Na, jedenfalls fang ich mit der Dumpfbacke neben mir ein Gespräch an. Ich meine, der Typ war irre, ja? Echt 'ne Schraube locker, unheimlich, aber auch 'ne Dumpfbacke, so wie der über Frauen gelabert hat, wie durchtrieben die wären und so. Aber immer wenn er so einen Quatsch redete, hab ich ihn angesehen, und er hat gelacht, und ich hab auch gelacht und hab's nicht sonderlich ernst genommen. Trotzdem war das 'ne Unterhaltung, die man nicht so schnell vergisst ...«

Detective Barren sah von ihrem Notizbuch auf. »Was haben Sie getrunken?«

»Zwei Bier. Zwei sind erlaubt und, Mann, wenn du zu viel trinkst, dann kotzt du dir beim Training die Seele aus dem Leib.«

Die anderen Studenten johlten. »Wohl eher zwei Sixpacks«, rief jemand, und Susans Freundin fügte hinzu: »Ich hab dich an dem Abend gesehen, Tony. Du hattest ganz schön einen in der Krone.«

»Na ja, vielleicht ein bisschen ...«

»Zwei Bier ist die offizielle Version für die Trainer, richtig?«, hakte Detective Barren nach.

Der junge Mann nickte.

»Und was ist am nächsten Tag beim Training passiert?«

»Mir wurde schlecht.«

»Gut. Wie viele waren es also wirklich?«

Er versuchte zu grinsen, doch nur einen Moment. »Jede Menge.«

»Und woher sind Sie so sicher, dass das an dem Abend war, an dem Susan verschwand?«

»Wegen des Films. Der wurde nur einmal gezeigt.«

»Wie lautete der Titel?«

Er überlegte, dann hellte sich sein Gesicht auf. »Es ging um dieses Kriegsschiff, auf dem sie die Revolution gemacht haben ...«

Detective Barren hatte plötzlich einen Kinderwagen vor Augen, der eine breite Treppe hinunterholpert. *»Panzerkreuzer Potemkin?«*

»Genau!«

»Aber, Tony«, unterbrach ihn das dunkelhaarige Mädchen, »ich glaube, das war der Streifen, der am nächsten Abend lief. An dem Abend, an dem Susan verschwand, lief dieser Kriegsfilm, du weißt schon, mit den Rittern und der Schlacht auf dem Eis, das einbricht.«

»Von dem weiß ich nichts«, sagte er.

»Alexander Newski«, meinte Detective Barren. Sie seufzte. »Wie auch immer, Sie sind sich aber sicher, dass sich der Tatverdächtige nicht vom Fleck gerührt hat?«

»Ziemlich sicher. Ich meine, ich hab ein bisschen getanzt. Und ich war 'ne Weile auf dem Klo. Und schließlich war es eine Party. Als ein paar Jungs aus meiner Mannschaft kamen, bin ich natürlich aufgestanden und hab sie begrüßt ...«

»Demnach haben Sie nicht die ganze Zeit neben ihm gesessen?«

»Na ja, die ganze Zeit nicht.«

Detective Barren schaute auf das Handgelenk des jungen Mannes. Toller Zeuge, dachte sie. Betrunken. Bereit, seine Trainer anzuschwindeln und wahrscheinlich auch jeden anderen. Kann sich an Einzelheiten nicht erinnern, weiß wahrscheinlich nicht einmal mehr den Tag. Sie sah ihm wieder ins Gesicht. Hoffentlich schafft er's in die Profiliga, dachte sie. Kein Wunder, dass die Kollegen vom Morddezernat seine Geschichte unbrauchbar fanden. Die Grand Jury hätte darüber nur müde gelächelt.

»Tragen Sie manchmal eine Armbanduhr?«
»Nee. Würden sie mir nur aus dem Spind klauen.«
»Demnach können Sie nicht sicher sein, wie spät es war?«
»Na ja, nicht genau.«
»Okay, was hat der Tatverdächtige getrunken?«
»Ich hab ihm was spendiert. Tonic Water. Wie gesagt, seltsamer Typ.«
»Sonst noch was?«
»Nur Tonic Water. Mit einem Schuss Limone.«
»Fahren Sie fort.«
»Na ja, sonst gibt's da eigentlich nicht viel zu erzählen. Wir beide haben bis Punkt Mitternacht die meiste Zeit da an der Bar gehockt, als Cinderella zur Tür hereinschaute. Und ich hab sie mir geschnappt, bevor sich die Wölfe auf sie stürzen konnten, verstehen Sie? Ich meine, hier geht's an manchen Abenden ganz schön hoch her. Was der Schwachkopf als Nächstes gemacht hat, weiß ich nicht. Da wurde es erst richtig gemütlich …«
Susans Freundin lächelte. »Susan wusste das. Deshalb haben wir beide diesen Pakt geschlossen, uns vorher loszueisen. Wenn wir bis Mitternacht geblieben wären – ich kann Ihnen sagen, da ist hier der Teufel los. Wir wären hier nicht mit heiler Haut rausgekommen …«
Das war ein Witz, und die anderen Studenten lachten zur Bestätigung.
»Ist Susan auch nicht«, sagte Detective Barren.

Etwa zwei Wochen nach ihrer Beurlaubung fuhr Detective Mercedes Barren an einem brütend heißen Nachmittag zu dem Park hinunter, in dem Susans Leiche gefunden worden war. Es war Sommer, und die Hitze stieg in einem flirrenden Dunstschleier vor ihr vom Highway auf. Sie kam zu dem

Schluss, dass sie bei ihrer Ermittlung an einen entscheidenden Punkt gelangt war. Die Tage, die sie auf dem Campus der University of Miami zugebracht hatte, wie auch die Durchsicht der forensischen Untersuchungsergebnisse brachten sie zu folgender Überzeugung: Vieles hatte tatsächlich dafür gesprochen, Sadegh Rhotzbadegh diesen Mord anzulasten. Er war da, als Susan verschwand, er hatte den Zeitungsartikel über ihren Fall ebenso ausgeschnitten wie die zu den anderen Morden, und die Ausführung des Verbrechens entsprach seinem Stil. Alle anderen Opfer waren geschlagen und stranguliert worden. Wäre das ihr Fall gewesen, überlegte sie, dann hätte sie nachzuweisen versucht, dass zwischen Susan und Rhotzbadegh bereits vor dem Verbrechen eine Verbindung bestanden hatte. Selbst der flüchtigste Kontakt hätte zu einer Anklage wegen vorsätzlichen Mordes gereicht, so viel war sicher. Doch Detective Barren war sich ebenso sicher, dass er die Tat nicht begangen hatte, vor allem, weil es keine beweiskräftigen Indizien für eine Verbindung zwischen ihm und dem Opfer gab.

Es ist zu einfach, dachte sie.

Sie erinnerte sich an das leichte Kopfschütteln im Gerichtssaal.

Der nicht, dachte sie. Zu offensichtlich. Alkoholrückstände.

Sie runzelte die Stirn und zermarterte sich das Hirn. Finde etwas! Sie bog in die Straße zum Park ein, der im strahlenden Sonnenschein nichts von der Heimtücke und Niedertracht besaß, die sich ihr von der Mordnacht eingebrannt hatten. Sie fuhr zum Hauptparkplatz und starrte auf die trüben Wellenkräusel der Bucht, die mit dem endlosen Kobaltblau des Himmels zu verschwimmen schienen. Es regte sich kein Lüftchen; die kleinen Wellen leckten an den knorrigen Mangroven und machten dabei ein Geräusch, das entfernt an einen tropfenden

Wasserhahn erinnerte. Detective Barren stiegen Essensdünste in die Nase; einige Familien grillten ihren Mittagsimbiss über dem offenen Feuer. Das allgegenwärtige Lachen spielender kleiner Kinder schien wie Hintergrundmusik aus weiter Ferne zu kommen.

Sie stellte den Wagen ab und zögerte, als sie über den fast leeren Parkplatz zu den Büschen und Bäumen hinüberblickte, wo die Leiche versteckt gewesen war. Seufzend stieg sie schließlich aus, schloss ab und ging zu der Stelle. Vom Rand der geteerten Fläche aus fing sie an zu zählen. Susan wog einhundertachtzehn Pfund. Merce stellte sich vor, dass sie die Leiche ihrer Nichte auf der Schulter trug. Huckepack. Ein bewusstloser oder toter Körper wiegt schwerer. Sie dachte daran, wie klein der Araber war, wusste aber auch, dass dies nichts besagte; er hatte starke Arme. Er hätte sie mit Leichtigkeit tragen können. Aber auch das war nicht von Bedeutung.

Sie zählte die Meter ab – ein, zwei, drei, bis zweiundzwanzig. Dann blieb sie stehen und betrachtete den sandigen Boden. Er hatte sie vorher getötet, dachte sie, sie hat nicht mehr mitbekommen, wie sie achtlos weggeworfen wurde.

Er, dachte sie. Wer auch immer *er* ist.

Aber wo?, überlegte sie. Das Auto des Arabers war sauber. Absolut sauber. Die Fußmatten vor dem Beifahrersitz sowie die Bezüge der vorderen und hinteren Sitze waren mikroskopisch genauen Tests unterzogen worden. Auch Proben aus dem Kofferraum hatte man unter dem Spektrographen analysiert. Kein Blut. Kein Haar. Keine Haut. Keine Spur einer Toten.

In Gedanken notierte sie diesen Umstand auf ihrer Punkteliste.

Sie hockte sich hin und rieb an der Stelle, wo Susan gelegen hatte, den Sand zwischen den Fingern.

Komm schon, dachte sie. Eine kosmische Botschaft. Eine Idee. Irgendetwas.
Aber sie empfand nichts außer der Hitze. In der Nähe lachten Kinder. Und Susans Mörder lief irgendwo frei herum.
»Nichts«, sagte sie. »Rein gar nichts.«
Sie senkte wieder den Blick und sah plötzlich im Geist Susan vor sich liegen. Mit schrecklicher Deutlichkeit grub sich die Strumpfhose in ihren Hals ein, bildete das Blut hinter ihrem Kopf eine Lache, waren ihre Beine seitlich abgewinkelt und ihr Geschlecht entblößt.
Wie grausam, dachte sie.
Dann schüttelte sie den Kopf.
Es gibt da etwas, dachte sie. Komm schon. Sie führte sich das stumpfe Trauma an Susans Hinterkopf vor Augen. Wenn ich nur eine Waffe finden könnte. Oder den eigentlichen Tatort. Solche Orte verraten fast immer etwas über die Persönlichkeit des Täters. Im Geist ging sie sämtliche forensischen Tests durch, die an Susans Leiche vorgenommen worden waren. Wenn ich nur einen Anhaltspunkt hätte, würde ich vielleicht etwas finden. Wieder dachte sie an die Strumpfhose, und ihr kam eine Idee.
Sie stand auf, machte auf dem Absatz kehrt und lief zum Wagen zurück.
Sie merkte, dass sie von einem kleinen Mädchen beobachtet wurde.
Das Kind hatte blondes Haar und einen offenen, schelmischen Blick. Sie trug einen Klein-Mädchen-Bikini, und Detective Barren musste darüber schmunzeln. Das Kind schleckte eine Tüte Vanilleeis, das schmolz und an ihren Mundwinkeln herunterlief, so dass es ihr schüchternes Grinsen umrandete. Detective Barren winkte, und das kleine Mädchen winkte scheu zurück, bevor es kehrtmachte und wegrannte. Traue

niemandem, dachte Detective Barren, als sie die Kleine im Schatten der Bäume Richtung Strand und Spielplatz verschwinden sah.
Werde erwachsen und traue niemandem.

Schon immer hatte sie die Besuche im Leichenschauhaus gehasst – nicht so sehr wegen der Leichen, die dort seziert wurden, sondern wegen des grellen Lichts, in dem die Räume gespenstisch wirkten. Das Licht schien sich auf seltsame Weise mit den Gerüchen von Formaldehyd und Desinfektionsmitteln zu vermischen, die bis in den letzten Winkel drangen. Für sie war der Tod eher etwas Dunkles und Persönliches, das Gegenteil der Atmosphäre im Leichenschauhaus, wo ein ständiges Kommen und Gehen herrschte. Sie sah aus einigem Abstand zu, wie der Gerichtsmediziner einer aufgeschnittenen Leiche verschiedene Organe entnahm, während er seinen Befund mittels des über dem OP-Tisch angebrachten Mikrophons auf Tonband diktierte. Er sprach monoton, bis er etwas fand, das ihn interessierte, seine Stimme sprang um eine Oktave in die Höhe, so dass er wie ein kleiner Junge klang. Sie sah, wie der Mann in der klaffenden Höhlung wühlte, bis er schließlich aus der blutigen Masse einen kleinen Gegenstand herausschälte und ans Licht hielt, während er in entzücktem Singsang rief: »Sehen Sie, Detective, wie winzig der Tod sein kann?«
Sie antwortete nicht, und er ließ den Gegenstand in einen Probenbehälter fallen. »In linker Kranzarterie, auf einer Höhe von zirka drei Zentimetern Geschossfragment, fast intakt, augenscheinlich Kaliber zweiundzwanzig oder fünfundzwanzig. Dies war Todesursache … Der Einschuss hat die Arterie zerfetzt, massiven Blutverlust, Schock und Herzstillstand verursacht.«

Über die Schulter hinweg warf er Detective Barren einen Blick zu.

»Mit anderen Worten, es hat ihn in der Pumpe erwischt ... die Jungs von der Presse lieben diese Schusswechsel mit Maschinenpistolen, Gewehren und all diesem spektakulären Fernsehkram. Aber ein paar Dinge haben sich in zwanzig Jahren nicht geändert. Wenn Sie jemanden wie ein cooler Profi umbringen wollen, dann feuern Sie ihm aus nächster Nähe eine kleinkalibrige Magnum-Ladung direkt ins Herz. Oder falls Sie ein bisschen Abwechslung wünschen, direkt hier, an der Schädelbasis ...« Er tippte sich mit dem Zeigefinger an den Hinterkopf. »Es macht pop, und Ihr Mann hat die längste Zeit gelebt. Oder Ihre Frau. Kein großer Aufwand, keine Schweinerei. Niemand, der sich wegducken kann. Keine unschuldigen Passanten, die in die Schusslinie geraten. Keine Explosionen. Und aus meiner Sicht ein großer Vorteil. Ein kleines Loch, genau hier ...« Er pochte sich auf die Brust, und das Geräusch schien in dem kleinen Raum nachzuhallen. »Eine Uzi oder Ingram richtet eine gewaltige Sauerei an. Das hat keine Klasse. Absolut keine Klasse.«

Er wandte sich wieder der Gestalt auf seinem Stahltisch zu.

»Das ist meine Art von Mord. Kein Zweifel. Einfach, direkt und zielführend, wenn Sie so wollen, danke, Madam.«

Er schüttelte den Kopf und sah Detective Barren an. »Hab gehört, Sie haben sich aus gesundheitlichen Gründen beurlauben lassen. Was führt Sie her?«

»Ich muss mit Ihnen über ...«

»... Ihre Nichte reden, stimmt's?«

»Ja.«

»Und, was wollen Sie mich fragen?«

Der Mediziner sah zu einem der Gehilfen hinüber, der eine verhüllte Leiche wieder in einen Kühlcontainer schob.

»He, Jesús! Hol mir mal die Akte achtundsechzig Strich eins elf vier, ja? Ein bisschen dalli, wenn ich bitten darf. Der Name ist Susan Lewis.«

Detective Barren sah dem Gehilfen hinterher.

»Der ist in zwei Minuten wieder da«, meinte der Gerichtsmediziner. »Also, was macht Ihnen zu schaffen?«

»Susan wurde …«

»Erstickt. Todesursache war die Strangulation. Das Mordwerkzeug war die Strumpfhose um ihren Hals. Sie war bewusstlos, als es passierte. Das wissen Sie alles schon. Sie waren da und haben den Bericht gelesen.«

»Durch den Schlag auf den Hinterkopf bewusstlos?«

»Ähm, ja. Wahrscheinlich.«

»Sie sind sich nicht sicher?«

»Na ja, das Trauma am Hinterkopf war heftig. Das allein hätte sie schon töten können. Aber ich hab mich immer darüber gewundert.« Der Gehilfe kehrte zurück und überreichte einen braunen Umschlag. »Also, da haben wir es …« Er las vor. »Richtig. Linke Hälfte … Gewebeaustritt … Austritt an Hirnmasse … na ja, was mir zu schaffen gemacht hat: Am Fundort war nicht viel Detritus von diesem Schlag zu sehen. Ich meine, da war allenfalls so viel Blut, wie man normalerweise angesichts einer so schweren Verwundung erwarten würde.«

»Ich glaube, ich kann Ihnen nicht folgen …«

»Also, sie bekam einen Schlag auf den Kopf, dann wurde sie stranguliert. Ihre Kollegen hatten die Theorie, dass dieser Araber sie vor dem Studententreff drüben an der Uni überwältigt hat, ihr eins über den Schädel gezogen, sie in den Wagen geworfen, in den Park mitgenommen, dort vergewaltigt, stranguliert und liegengelassen hat. Aber für mich ergibt das keinen Sinn.«

»Wieso nicht?«

»Also, der Schlag, den Susan auf den Kopf bekommen hat, wäre, wie gesagt, für sich schon tödlich gewesen. Und zwar ziemlich schnell. Sein ganzer Wagen wäre voll Blut gewesen. Den hätte er realistischerweise nicht so saubermachen können, dass er die Spektrograph-Untersuchung besteht. Und wenn sie gestorben wäre, während er zum Park fuhr, dann wären die Strangulierung und der Geschlechtsverkehr post mortem gewesen. Hätte ein völlig anderes Bild ergeben. Also für einen Gerichtsmediziner.«

»Ich denke, ich verstehe ...«

»Noch etwas. Unter dem Muster von der Strumpfhose um ihren Hals hab ich ein paar Stellen mit leichten Quetschungen gefunden.«

»Danach wollte ich Sie fragen«, warf Detective Barren ein. »Die erwähnen Sie in einem der Berichte, aber sonst nirgends. Was waren das für Quetschungen? Kann es sich dabei um Fingermale handeln?«

»Also, die Antwort auf diese Frage lautet ja. Aber wenn Sie mich im Zeugenstand unter Eid fragen würden, ob diese Blutergüsse von zwei Händen verursacht worden sind, dann könnte ich das nicht bestätigen, nicht mit ausreichender medizinischer Sicherheit. Ich meine, die Male passten zu manuellem Ersticken, aber nicht zwingend. Und sie waren kaum zu sehen.«

Er zögerte, bevor er weitersprach.

»Ich hasse das, wissen Sie. Mir ist es viel lieber, wenn die Dinge zu dem Szenario passen, das die beim Morddezernat entwerfen. Wenn da auf einmal manuelles Ersticken dazukommt, fragt sich natürlich, wo? Und wann?«

»Konnten Sie den Abstand zwischen den Blutergüssen messen?«

Der Gerichtsmediziner grinste.
»Gute Frage. Sie stellen immer gute Fragen, Detective. Ja, aber nur eine einzige mögliche Kombination ...«
Er streifte behutsam die OP-Handschuhe ab und trat zu Detective Barren. »Aus medizinischer Sicht besteht das Problem darin, die richtige Position für Finger und Hand zu finden ...« Er legte Detective Barren die Hände um die Kehle. Der Doktor war ein kleiner, schmächtiger Mann mit graumäusigen Zügen und einer Brille, die ihm stets auf der Nasenspitze saß. Dennoch zuckte Detective Barren unter der Kraft in seinen dünnen Fingern zusammen, als er sie ihr zur Demonstration um den Hals legte. »Das hier ist die klassische Strangulation, Hollywood, dreißiger Jahre. Aber sehen Sie, wenn ich ein bisschen größer wäre« – damit stellte er sich auf Zehenspitzen –, »verändert sich der Winkel. Oder wenn Sie sich wehren, auch dann ...« Während er sprach, wechselte der Mediziner laufend die Stellung seiner Hände an ihrem Hals. Sie beobachtete ihn wie ein Mann einen Barbier, dem er nicht recht über den Weg traut.
»Und was ist, wenn er von hinten zupackt? Verändert das die Sache ebenfalls?«
Er ließ die Hände sinken.
»Vierzehn Zentimeter.«
»Von wo nach wo?«
»Nach meiner Schätzung, und ich betone, es ist eine Schätzung, die ich niemals vor Gericht bezeugen würde, müssten die Hände des Mörders zwischen Zeigefinger- und Daumenkuppe mindestens vierzehn Zentimeter gespreizt gewesen sein.«
Der Mann schnaubte.
»Ich hasse so was«, erklärte er. »Wirklich. Manchmal finde ich diese Fragen furchtbar frustrierend.«

»Glauben Sie, dass Rhotzbadegh …«
Er fiel ihr ins Wort. »Selbstverständlich.« Er starrte sie an. »Wer denn sonst? Der Kerl hatte den Drang zu zerstören. Er war da. Es entspricht ziemlich genau seinem sonstigen Tatmuster. Er hat sie getötet … so viel ist gewiss, da bin ich mir sicher.«
»Aber?«
»Aber es ist nicht genau so abgelaufen, wie die glauben.«
»Haben Sie je mit den Kollegen darüber gesprochen?«
Der Gerichtsmediziner schnaubte wieder.
»Selbstverständlich!«
Er wandte sich um, zog neue Handschuhe über und kehrte zu seiner Leiche auf dem Untersuchungstisch zurück. Er spähte tief in die Körperhöhle hinein, dann sagte er: »Das Problem ist, dass nichts die Version Ihrer Kollegen eindeutig widerlegt. Und was macht es letztlich für einen Unterschied? Er war es, so sicher wie ich hier stehe und atme und dieser junge Kerl hier tot daliegt …« Er stupste die Leiche mehrmals mit dem Finger an, als wollte er testen, ob es stimmte.
»Aber?«
»Aber. Aber. Aber. Aber ich bin ein Mensch, der Ordnung schätzt. So ist das nun mal mit dem Körper: Nimm ihm was weg, und voilà! Er funktioniert nicht mehr richtig. Verstauchen Sie sich den Knöchel, hinken Sie. Kriegen Sie eine Kugel ins Herz, sterben Sie. Alles, was das Gleichgewicht und die Ordnung durcheinanderbringt, zeigt Wirkung. Ich hasse solche vertrackten Sachen, wirklich. Deshalb weiß ich einen sauberen Schuss zu schätzen. Man gräbt ein bisschen herum und Bingo! Da haben wir die Kugel. Keinerlei Zweifel. Er ist tot. Hier ist der Grund. Kann offene Fragen nicht leiden …«
Wieder zögerte er.

»Wissen Sie, es macht letztlich keinen Unterschied, und vielleicht spinne ich ja auch. Das hat mir jedenfalls der Staatsanwalt bescheinigt.« Er sah über die Schulter hinweg Detective Barren an. »Wussten Sie«, fügte er ein wenig traurig hinzu, »dass zwei Gerichtsmediziner, denen Sie dieselben Fakten vorlegen, zu verschiedenen Schlüssen gelangen? Jedes Mal. Können Sie drauf wetten. Die meisten Leute denken, bei uns gäbe es nicht dieselbe diagnostische Bandbreite, das Rätselraten, was weiß ich, nur weil wir es mit toten statt lebenden Patienten zu tun haben, aber das stimmt nicht.«

Er holte tief Luft.

»Das deprimiert mich.«

Der Mediziner schien in den geöffneten Brustkorb seiner Leiche zu schauen.

Detective Barren wartete einen Moment, bevor sie fragte: »Vierzehn Zentimeter?«

»Richtig, was immer man daraus schließen mag.«

Sie drehte sich um und wollte gehen.

»Und das beweist noch gar nichts«, rief er ihr hinterher. An der Tür blickte sie sich noch einmal um und sah, wie sich der Mann über die sterblichen Überreste des Mannes beugte und in seine Arbeit vertiefte.

In ihrer Wohnung goss sich Detective Barren an diesem Abend ein Glas Rotwein ein und dachte an die Worte des Verkäufers im Spirituosengeschäft, der ihr versichert hatte, dieser kalifornische Cabernet könne durchaus mit denen mithalten, die doppelt so teuer waren. Sie hatte ihm nicht verraten, dass sie den Unterschied kaum schmecken würde und außerdem gerne einen Eiswürfel in ihr Glas warf. Nach dem Besuch im Leichenschauhaus hatte sie sich ausgezogen und ausgiebig geduscht. Sie hatte sich – krankhaft lange, witzelte sie – geschrubbt, um den Gestank aus dem Totenzimmer abzuwaschen. Eigentlich kann man es nicht riechen, hatte sie sich gesagt, als sie aus der Dusche trat. Dann hatte sie schnuppernd die Luft eingesogen und mit lauter Stimme erklärt: »Zum Teufel, und ob man es nicht riechen kann.«

Sie stand nackt in ihrem Zimmer und nippte an ihrem Wein. Sie merkte, wie der Alkohol warm durch ihren Körper rieselte, und atmete tief aus. Einen Moment lang hatte sie Lust, nackt zu bleiben, sämtliche Lampen auszumachen und im Dunkeln eine sanfte Brise auf der Haut zu genießen.

Bei der Vorstellung musste sie kichern. Es war lange her, dass sie etwas Spontanes, Unkonventionelles getan hatte, irgendetwas, um ihr ins Gedächtnis zu rufen, dass die Welt nicht nur aus Mord und Totschlag bestand. Dann schüttelte sie den Kopf und fand eine Shorts sowie ein altes Miami-Dolphins-T-Shirt aus einem ihrer Super-Bowl-Jahre und schlüpfte hinein.

Sie tappte barfuß ins Wohnzimmer und nahm die Flasche nebst Weinglas mit. Sie trat an ihr Bücherregal und zog ein ledergebundenes Fotoalbum heraus. Dann setzte sie sich in einen Sessel und schlug, das Glas auf dem Knie, den Deckel auf. Sie suchte nach einem speziellen Bild.

Die Fotos von ihr selbst blätterte sie um, ebenso die von Susan und ihren Eltern. Nur bei einigen blieb sie einen Moment hängen – einer Geburtstagsparty hier, einer Abschlussfeier dort. Sie schwelgte in Erinnerungen und fühlte sich getröstet. Schließlich fand sie das Bild, nach dem sie gesucht hatte.

Es war ein einfacher Schnappschuss von Detective Barren im Alter von einundzwanzig, lachend zwischen John Barren und ihrem Vater. Der Sommer, bevor wir geheiratet haben, dachte sie, der Sommer, in dem Dad gestorben ist. Sie betrachtete den Hintergrund – eine endlose Weite aus blaugrünen Wellen, die stetig und gemächlich an die Küste von Jersey schlugen. Auf dem Bild trugen alle Badesachen, und Detective Barren erinnerte sich, wie die beiden Männer sie erbarmungslos damit aufgezogen hatten, dass sie nicht schwimmen konnte, aber trotzdem nicht genug vom Strand bekommen konnte. Sie dachte daran, wie sie friedlich und entspannt stundenlang in der Sonne gelegen und gelesen hatte. Wenn es ihr unerträglich heiß wurde, nahm sie einen Plastikeimer mit ans Wasser, ließ sich in den feuchten Sand fallen und wartete, bis eine etwas größere Welle bis zu ihr schwappte. Der kühle Schaum kräuselte um ihre Zehen und den Po und erfrischte sie. Wenn nötig, nahm sie den Eimer und goss ihn sich einfach über den Kopf. John lachte sie aus, er zeigte immer wieder aufs Meer und flehte sie an, doch schwimmen zu lernen, aber nicht im Ernst, denn er wusste, dass es zwecklos war, egal wie lächerlich sie sich machte.

Dass sie nicht schwamm, hatte einen einfachen Grund.

Sie war noch jung, fast noch ein Kleinkind von fünf Jahren. Sie schloss die Augen und spürte, wie bei dem Gedanken in ihr das altvertraute Angstgefühl hochstieg, wie jedes Mal, wenn sie sich an diesen Vorfall erinnerte. Ihr Herz schien einen Moment lang schneller zu schlagen, ihr Rücken fühlte sich unangenehm feucht an, und ihr Magen zog sich zusammen. Sie musste wieder einmal feststellen, welche Macht die Angst über uns haben kann, wenn selbst eine Erinnerung nach Jahrzehnten noch solche Gefühle auslöste. Sie hatte mit ihrer Mutter am Strand gesessen; ihr Vater ließ sich von den Wellen an Land tragen, um sich mit dem kindlichen Überschwang, den er im Wasser immer an den Tag legte, wieder kopfüber ins Wasser zu stürzen. Ihre Mutter hatte sie angesehen und gesagt: »Merce, Schätzchen, geh und hol deinen Vater. Sag ihm, dass es Zeit zum Essen ist.«

Es war eine so kleine, schlichte Bitte; selbst jetzt noch, hier in ihrer Wohnung, kam es ihr so einfach vor.
Detective Barren schloss die Augen und erinnerte sich sonnenklar an jeden Schritt. Sie war aufgesprungen und zum Wasser hinuntergerannt, ohne einen Moment ihren Vater aus den Augen zu lassen, der sich gerade umdrehte und einen großen Brecher erwischte, von dem er sich tragen ließ.
Als sie schon den Mund aufmachte, um ihn zu rufen, schaute sie auf und erstarrte vor unaussprechlicher Angst, als sie sah, dass sie mitten in eine große, sich überschlagende Welle hineingelaufen war. Die Woge brach über sie herein und schleuderte sie auf den Rücken. Von der Wucht des Aufpralls blieb ihrer kleinen Kinderbrust die Luft weg. Das Wasser wurde dunkelgrün, dann schwarz, und die Welt schien ausgelöscht. Sie hatte mit aller Macht gestrampelt und versucht, aufzutauchen, doch dann war plötzlich etwas Großes, Schweres auf ihr gelandet und hatte sich zwischen sie und die Sonne geschoben. Mit dem sattsam vertrauten Unbehagen spürte sie wieder, wie der Sand ihren Rücken aufschürfte. Alles hatte sich um sie gedreht, ihr wurde schwarz vor Augen, ihr Lunge brannte, und das Dunkel drückte ihr das Herz zusammen. Sie hatte keine Ahnung vom Tod, glaubte jedoch in diesem unglaublich kurzen, endlosen Moment, dass er sie verschlang.
Dann plötzlich wurde sie hochgerissen und ans Licht gezogen, während sie nach Atem rang.
Es war ihr Vater.
Sein Wellenritt hatte ihn direkt über sie getragen. Er hatte sie niedergedrückt und dann hochgezogen.
Sie erinnerte sich an ein paar Tränen, die in der Hitze des Nachmittags schnell trockneten. Sie hatte an diesem Tag in sicherem Abstand vom Wasser im Sand gespielt. Doch als sie

in der Nacht unter der Bettdecke lag und die Dunkelheit in ihr Zimmer drang, hatte sie bitterlich geweint und sich geschworen, nie wieder dem Meer zu trauen, nie wieder spüren zu müssen, wie ihr die Wogen über dem Kopf zusammenschlagen, nie wieder ins Wasser zu gehen.
Eigensinnig, dachte sie. Ein stures kleines Mädchen, das sein Versprechen hielt.
Sie lachte. In über dreißig Jahren hat sich das kleine Mädchen kein bisschen geändert.
Und wird es wohl auch nicht mehr.
Wieder betrachtete sie das Bild. Sie lächelte. John hatte einen geschmeidigen, muskulösen Körper, der, wenn er nass war, in der Sonne glänzte. Sie dachte daran, wie ihr Vater ihn mit seiner unbehaarten Brust aufzog und dann die eigene schwellte, um in der Pose eines Bodybuilders seinen krausen schwarzen Pelz zur Schau zu stellen.
Was für eine unbeschwerte Zeit.
Sie betrachtete das Gesicht ihres Vaters. Er blinzelte in der Sonne ein wenig, so dass er wie ein Kobold aussah. Sie musste laut lachen.
»Was«, fragte sie den Mann auf dem Bild, »würdest du zu diesem Fall sagen?«
Die Mathematik, belehrte sie ihr Vater dann in akademisch trockenem Ton, sieht vor, dass man mit Hilfe einer logischen Abfolge von Daten zur Lösung gelangt. Doch das sei nicht immer der Fall: Zuweilen könne man ein Theorem auch durch Ausschluss des Gegenteils beweisen.
Die Hoffnungslosigkeit traf sie wie ein Blitz, und sie zuckte zusammen.
Es gab keine Möglichkeit zu beweisen, dass Sadegh Rhotzbadegh den Mord an Susan *nicht* begangen hatte.
Eine negative Größe beweisen. Ihr Vater würde schmunzelnd

den Kopf schütteln. Also, würde er sagen, das erfordert wahrlich Grips, eine rein mathematische Argumentation.
Sie hätte schreien können.
Dann holte sie tief Luft und nahm einen Schluck Wein.
Wütend dachte sie an die Logik des Beweises. Juristische Beweise. Beweise, die auch vor Gericht standhielten. Beweise, die einen Mordfall aufklärten. Indizien plus Gelegenheit gleich Schuldvermutung; letztendlich lief in einem solchen Fall das Fehlen einer gegenteiligen Hypothese auf eine Verurteilung hinaus. Die Hypotenuse im Quadrat ist gleich die Quadratsumme der beiden übrigen Seiten. Logik, dachte sie unwillkürlich, ist eine heimtückische Angelegenheit. Alle Logik deutet auf den Araber hin. Wir leben in einer Welt, die auf logischen Entsprechungen besteht. Jede Aktion zieht eine entsprechende Reaktion nach sich.
Der Instinkt weist in eine ganz andere Richtung.
Was hatte sie in der Hand? Einen Mord, der nicht so geschehen war, wie die Ermittler es gerne hätten. Einen Tatverdächtigen, der – von ein, zwei wichtigen Details abgesehen – nahezu perfekt ins Bild passt.
Fang mit der Ursache des Dilemmas an, riet ihr Vater.
Das war nicht weiter schwer, dachte sie. Und sie wusste auch schon, wohin sie am nächsten Morgen fahren würde. Sie war freudig gespannt und leerte ihr Glas Wein. Ein letztes Mal starrte sie auf das Foto in dem Album vor ihr auf dem Schoß.
Zwei Wochen, nachdem ihre Mutter das Bild gemacht hatte, war der Sommer vorbei gewesen. Sie hatten Decken, Handtücher, Schirme und all das andere Reisezubehör in ihren alten, ramponierten Kombi verfrachtet. Der Verkehr war an diesem Labor-Day-Wochenende verheerend gewesen – Stoßstange an Stoßstange bei hundert Stundenkilometern. Sie

erinnerte sich, wie ihr Vater unter milden Flüchen das Lenkrad packte und sich beschwerte, wenn die anderen Autos abschwenkten und ständig die Fahrspur wechselten. »Die legen es auf ein Massaker an«, meinte er. Das sagte er jedes Jahr, wenn sie nach den Ferien zusammenpackten und nach Hause fuhren. »Kein Wunder, dass so viele Menschen auf dem Highway sterben«, maulte er. »Sie haben den Verstand am Strand gelassen.«

Aus einer Stunde wurden zwei, dann drei, und endlich bogen sie in ihre Straße und ihre eigene Einfahrt ein. Sie erinnerte sich, wie ihr Vater, über das Lenkrad gebeugt, im besten Charles-Laughton-Akzent rief: »Heilige Zuflucht! Heilige Zuflucht!« und die erschöpfte Familie in den Jubel einfiel. Sie betrachtete noch einmal das Bild und sah im Geist vor sich, wie sie das Gepäck ausluden und ihre Mutter ihren Vater bat: »Wir haben nichts zu Essen im Haus, fahr doch zum Laden an der Ecke und besorg uns ein paar Hamburger.« Ihr Vater hatte genickt, war wieder eingestiegen, hatte gewinkt und gemurmelt: »Bin in 'ner Viertelstunde zurück.«

Doch er kam nicht wieder.

Sie und John hatten das Gepäck vom Vorgarten ins Haus geschleppt. Als sie in der Ferne die Sirenen von Polizei und Krankenwagen hörten, hatten sie sich nichts dabei gedacht, sondern nur kurz aufgeschaut und die nächste Fuhre in Angriff genommen.

Zwei betrunkene Teenager hatten ein Stoppschild überfahren und waren ohne zu bremsen seitlich in ihn hineingerast. Er wurde aus dem Sitz geschleudert und von dem Wagen zermalmt.

Sie lächelte. Wahrscheinlich wusste er die Ironie zu schätzen, dass er als Mathematiker die Statistik der tödlichen Verkehrsunfälle an einem Labor-Day-Wochenende bereicherte. Ich vermisse ihn immer noch, dachte sie. Ich vermisse sie alle. Sie betrachtete wieder das Foto. Sie stand zwischen den beiden Männern in ihrem Leben, und jeder von ihnen hatte einen Arm um sie gelegt. Sie erinnerte sich an den Moment, bevor der Schnappschuss entstand: Es hatte einen gespielten Streit zwischen Freund und Vater gegeben, wer seinen Arm wohin legen durfte. Sie liebten einander, und ich liebte sie beide. Die Erinnerung durchströmte sie angenehm, als fühlte sie noch jetzt das Gewicht und den Druck dieser beiden Arme um ihren Rücken und die Wärme ihrer eng an sie geschmiegten Körper.

Zuflucht, musste sie denken.

Sie schlug das Album zu und ging ins Bett.

10.

Sie legte gegen die grelle Mittagssonne die Hand über die Augen und hätte beinahe das kleine, quadratische, grüne Schild am Straßenrand übersehen. Es war ein paar Meter weiter zurückgesetzt als die meisten Straßenschilder, vermutlich ein Eingeständnis an den Unwillen der Nachbarschaft. Wer wohnt schon gern in der Nähe eines Gefängnisses? Auf dem Schild stand: EINSTUFUNGS- UND BEWERTUNGSZENTRUM, STRAFVOLLZUGSBEHÖRDE DES BUNDESSTAATES FLORIDA, NÄCHSTE STRASSE RECHTS. Hundert Meter hinter dem Schild bog eine schwarze Asphaltstraße ab. Sie führte zwischen zwei Gruppen hoher Tannen hindurch, deren Nadeln unter der unbarmherzigen

Sommersonne Floridas eine bräunlich grüne Farbe angenommen hatten. Detective Barren fuhr langsam an einer riesigen Weide vorbei, die trotzig ihren Schatten warf. Die Straße führte über eine braune Wiese, auf der ein paar Rinder zufrieden dösten, dann trat eine Gruppe niedriger, grauer Gebäude ins Blickfeld, die in der Hitze zu glühen schienen.

Detective Barren hielt an, um ein großes schwarzgelbes Schild zu studieren, das die linke Seite der Straße beherrschte: ACHTUNG. WER DIESE LINIE ÜBERSCHREITET, WIRD DURCHSUCHT. DAS MITFÜHREN VERBOTENER GEGENSTÄNDE IN DAS EINSTUFUNGS- UND BEWERTUNGSZENTRUM WIRD STRAFRECHTLICH VERFOLGT. Quer über die Straße war ein breiter, gelber Streifen gemalt. Detective Barren trat leicht aufs Gas und sah vor sich einen drei bis vier Meter hohen, mit Stacheldraht bewehrten Maschendrahtzaun, der die Gebäudegruppe umschloss.

Sie stellte den Wagen auf einem Besucherparkplatz ab und lief zu einer breiten Glastür hinüber. Einem weiteren Schild entnahm sie, dass in diesem Gebäude die Gefängnisverwaltung untergebracht war, auch wenn das Wort »Gefängnis« nicht genannt wurde. Das war bezeichnend. Wir leben im Zeitalter der Aufklärung, das offenbar nicht ohne Euphemismen auskommt, dachte sie. Und so sind Gefängnisse Vollzugsanstalten, in denen Vollzugsbeamte und nicht Wärter ihren Dienst versehen und nicht Gefangene, sondern Insassen untergebracht sind. Wir brauchen nur das Etikett zu ändern, so scheinen wir zu glauben, und schon ist die Realität weniger böse und abstoßend, auch wenn sich in Wahrheit nichts ändert. Sie trat durch die Tür in das kühle Gebäude, wo sich ihre Augen erst an das Dunkel gewöhnen mussten. Sie begab sich zur Rezeption.

In wenigen Minuten hatte sie ihre Automatik von einem uniformierten Wachmann überprüfen lassen, der sie misstrauisch beäugte, als sie die schwere Pistole aus dem Halfter zog. Anschließend wurde sie in ein kleines Büro geführt, an dessen Tür der Name Arthur Gonzales mit dem Titel »Einstufungsbeauftragter« prangte. Es war ein beengter, von Aktenschränken überfüllter Raum mit einem kleinen, vollgepackten Schreibtisch und zwei Stühlen sowie einem Fenster zum Gefängnishof. Detective Barren starrte hinaus und sah einer kleinen Gruppe Männer beim Basketballspiel zu. Sie hatten die Oberkörper entblößt, so dass ihre verschwitzte Haut in der Sonne glänzte. Das Fenster war wegen der Klimaanlage geschlossen, und Detective Barren konnte die Männer nicht hören. Dennoch waren ihr die Geräusche, die sie machten, wenn sie mit Sportschuhen auf dem Zementboden sprangen und mit ihren Körpern zusammentrafen, bestens vertraut.

Sie dachte an ihren Mann, der das Spiel geliebt hatte.

»Du erreichst einen Punkt, Merce, eine Grenze, irgendwie so etwas, da kommst du auf Hochtouren. Ich kenne keinen anderen Sport, bei dem das so ist, es packt dich einfach, und du hast das Gefühl, du kannst werfen, was du willst, und es fällt in den Korb. Wie im Rausch. Wie unter Strom. Es ist schwer zu beschreiben, aber manchmal kommt es dir so vor, als könntest du ein kleines bisschen höher und schneller springen und der Korb ist plötzlich näher und der Ring weiter, und du weißt einfach, dass du triffst. Irgendwann im Verlauf des Spiels passiert das. Ich weiß auch nicht wieso. Und kaum ist das Gefühl da, verschwindet es schon wieder. Der Ball titscht umher. Dir werden die Füße schwer. Der Zauber verfliegt. Vielleicht wechselt er zu jemand anderem. Mit einem Mal wird man traurigerweise wieder zu einem gewöhnlichen Sterblichen. Aber diese kurzen Augenblicke der Unsterblichkeit,

Merce, die haben was. Es ist, als hätten dich für einen Moment die Götter gesegnet. Und dann überlegen sie es sich plötzlich anders und picken sich den nächsten Spieler heraus, und du kommst in Schwierigkeiten …«

Sie schmunzelte.

Im Sommer nahm er sie morgens mit zu den Plätzen im Freien, und sie spielten gegeneinander. Zuerst beschränkte er sich darauf, nur mit der linken Hand zu werfen. Doch eines Morgens schlug sie ihn kichernd aus dem Laufen heraus mit einem Sprungwurf.

Wieder schmunzelte sie bei dem Gedanken, wie albern sich Männer bei ihren Spielen benehmen konnten. Albern, aber auch irgendwie wundervoll. Was ihr an John so gefiel, war, dass er noch am selben Morgen das Ereignis ihrer Familie verkündete. Und ohne eine Ausrede. Natürlich wechselte er am nächsten Tag den Ball von links nach rechts und preschte elegant an ihr vorbei. Auf diese Weise machte er ihr klar, dass sich die Spielregeln geändert hatten.

»Pfuscher!«, hatte sie gebrüllt.

»Nein, nein, nein«, hatte er protestiert. »Wir stellen nur die natürliche Balance zwischen den Geschlechtern wieder her.«

In dieser Nacht war er besonders zärtlich und behutsam gewesen, als er sie berührte.

Detective Barren schüttelte den Kopf und musste bei der Erinnerung unwillkürlich grinsen.

Als sie hinter sich die Tür aufgehen hörte, drehte sie sich um. Ein rundlicher Mann in hellbrauner Double-Knit-Hose und weißem Leinenhemd betrat den Raum. Er streckte ihr die Hand entgegen und sagte: »Hallo, Detective, wie kann ich Ihnen helfen?«, wenn auch in einem Ton, der deutlich machte, dass er sich lieber eine Krankheit einfangen wollte, als einen Finger für sie zu rühren. Er vergrub sich augenblicklich in den Papierstapeln auf seinem Tisch, als wollte er deutlich machen, dass ihre Anwesenheit nur einen Bruchteil seiner Aufmerksamkeit erforderte.

Alle Kripobeamten gehen Gefängnispersonal lieber aus dem Weg, dachte sie. Weil sie sich immer so benehmen. Sie sind nur auf Logistik und Kontrolle bedacht – wer wohin kommt und welches Bett ihm zugewiesen wird. Schuld oder Unschuld interessiert sie herzlich wenig.

Sie nahm ihm gegenüber Platz.

»Sadegh Rhotzbadegh.«

»Der gehört zu meinen Klienten, ja …«

Wieder ein Euphemismus, dachte Detective Barren.

»Ich würde ihn gern zu etwas befragen, wenn ich darf.«

»Geht es um ein ähnliches Delikt, wie diejenigen, die er gestanden hat?«

»Ja.«

»Und das hier ist ein offizielles Ersuchen?«

»Nein. Eigentlich nicht.«

»Nicht? Aber selbst dann würde ich ihm vermutlich raten, sich einen Rechtsbeistand zu nehmen, bevor er mit Ihnen spricht …«

Auf welcher Seite stehst du eigentlich?, fragte sich Detective Barren wütend. Doch sie verkniff sich eine Bemerkung.

»Mr. Gonzales, es geht um ein zwangloses Gespräch, kein Verhör. Ich glaube, Mr. Rhotzbadegh wird mit einem Verbrechen in Verbindung gebracht, das er nicht begangen hat, und ich denke, er kann die Sache schnell aufklären. Natürlich hat er das Recht auf einen Anwalt. Wenn nötig, werde ich ihm seine Rechte verlesen …«

Sie sah ihr Gegenüber eindringlich an.

»… aber Sie haben ganz sicher nicht das Recht, ihm irgendwelche Auskünfte zu erteilen. Und schon gar nicht irgendwelche Ratschläge. Wenn Sie allerdings wünschen, dass ich mit Ihrem Vorgesetzten spreche …«

»Nein, selbstverständlich, das wird nicht nötig sein.«

Er wühlte hastig in seinen Papieren.

»Und?«

»Nun, Mr. Rhotzbadegh hat gerade Hofgang. Danach ist bis zum Abendessen Ruhezeit. Da können Sie mit ihm reden … falls er das möchte. Er hat natürlich das Recht, ein Gespräch zu verweigern …«

»Aber Sie werden sicher dafür sorgen, dass er von diesem Recht keinen Gebrauch macht.«

»Nun, ich kann natürlich nicht …«

»Und ob Sie das können. Ich bin nicht dreieinhalb Stunden hierhergefahren, um mir von einem rechtskräftig verurteilten Mörder sagen zu lassen: ›Nein danke, heute passt es mir gerade nicht.‹ Schnappen Sie ihn sich und bringen Sie ihn in einen Raum, in dem ich ungestört mit ihm reden kann. Falls er einfach nur dasitzen und schweigen will, nun gut, das ist eine Sache zwischen ihm und mir, und nicht Ihnen.«

»Einen Raum kann ich besorgen. Aber …«

»Aber was?«

»Nun, wir sind gerade mit unserer Einstufung durch, und er soll Ende dieser Woche überstellt werden …«

»Ja, und?«

»Nun, er kommt in die psychiatrische Anstalt in Gainesville. Wir glauben, dass er unter den gewöhnlichen Insassen nicht sicher wäre.«

»Sie glauben, dass er nicht sicher wäre!«

»Nun ja, er hat Kompensationsstörungen …«

»Und Sie meinen im Ernst, Sie müssten ihn schützen!«

»Zu diesem Schluss ist der Bewertungs- und Einstufungsausschuss gekommen.«

»Sie schicken ihn also in einen Countryklub?«
»Es ist ein Hochsicherheitstrakt.«
»Klar doch.«
»Na, jedenfalls, da soll er hin.«
»Ich fasse es nicht.«
»Detective, wenn wir ihn ins Staatsgefängnis schicken, bringt ihn jemand um. Er ist – mir fällt kein anderes Wort ein – widerwärtig und praktisch psychotisch. Die anderen Männer kommen mit seinem religiösen Gefasel nicht zurecht. Oder seinem arroganten Gehabe. Selbst ohne diese, äh, Eigentümlichkeiten haben es Vergewaltiger im Allgemeinen nicht leicht. Was soll ich sagen?«
Detective Barren ließ die Nachricht langsam wirken. Sie bekam einen trockenen Mund, und ihr drehte sich der Magen um. Sie schüttelte den Kopf.
»Sorgen Sie einfach nur für ein Vernehmungszimmer.«

Als Sadegh Rhotzbadegh das kleine Büro betrat, huschten seine Blicke wild hin und her, als wollte er sich Zuschnitt und Ausstattung des Zimmers ins Gedächtnis brennen. Als er mit seiner Einschätzung fertig war, richtete er den Blick auf Detective Barren, die geduldig an dem kleinen Tisch in der Mitte saß. Dieser Tisch sowie zwei Stühle bildeten das einzige Mobiliar.
Rhotzbadegh starrte sie an, machte plötzlich einen Schritt nach vorn, zögerte und trat wieder zurück, während ihm zuerst Wut, dann Furcht ins Gesicht geschrieben stand. Am Ende fügte er sich in die Situation. Er blieb stehen und wartete auf eine Reaktion der Polizistin. Detective Barren winkte ihn heran und deutete auf den Stuhl ihr gegenüber.
Er hat zugenommen, dachte sie, und ist nicht mehr so drahtig und kräftig. Der stärkehaltige Gefängnisfraß, vermutete sie.

Rhotzbadegh setzte sich, wand sich unruhig auf seinem Stuhl und kam schließlich auf der Kante zur Ruhe. Ein wenig vorgebeugt sah er Detective Barren misstrauisch an. Sie erwiderte seinen Blick und hielt ihm stand, bis er wegsah.

»Zunächst einmal möchte ich Ihnen Ihre Rechte verlesen«, begann sie. »Sie haben das Recht zu schweigen, das Recht, einen Anwalt …«

Er unterbrach sie.

»Die sind mir bestens vertraut. Habe ich oft genug gehört. Sagen Sie mir lieber, warum Sie gekommen sind, um mit Sadegh Rhotzbadegh zu sprechen! Wieso haben Sie ihn in seiner Ruhe gestört?«

»Sie wissen, warum.«

Er lachte.

»Nein, das müssen Sie mir schon sagen.«

»Susan Lewis. Meine Nichte.«

»Ich kann mich an den Namen entsinnen, aber nur undeutlich, wie in einem Traum. Helfen Sie mir, damit ich mich besser erinnern kann.«

»September. Der Studententreff der University of Miami.«

»Ich kann Ihnen nicht folgen.« Er lachte wieder und fuhr dann fort: »Wieso sollte ich mich an diese Person erinnern?« Er kicherte wie ein Mädchen.

»Welchen Grund hätte ich, mich an diese Person zu erinnern? Ist sie jemand Besonderes, Bemerkenswertes? Vielleicht jemand Wichtiges? Ich glaube nicht. Folglich gibt es keinen Grund, weshalb Sadegh Rhotzbadegh sich an diese Person erinnern sollte.«

Rhotzbadegh lehnte sich entspannt in seinem Stuhl zurück, verschränkte die Arme über der Brust und grinste selbstzufrieden.

Detective Barren atmete tief durch und sah ihn mit einem

durchbohrenden Blick an. Sie wartete einen Moment, dann sagte sie in leisem, modulationslosem, unfreundlichem Ton: »Weil ich Ihnen hier und jetzt eigenhändig das Gesicht herunterreiße, falls Sie sich nicht augenblicklich erinnern.«
Rhotzbadegh verspannte sich auf seinem Stuhl und wirkte eingeschüchtert.
»Das können Sie nicht machen!«
»Ich würde es an Ihrer Stelle nicht drauf ankommen lassen.«
Er neigte sich vor, hob den Arm und zeigte Detective Barren den gespannten Bizeps. »Glauben Sie wirklich, dass Sie dafür stark genug sind …«
Sie beugte sich ebenfalls vor.
»Was meinen Sie?«
Sie folgte seinem Blick, der zu ergründen versuchte, wie ernst sie es meinte. Sie kniff die Augen zu Schlitzen zusammen und starrte ihn mit eiserner Miene an. Rhotzbadegh begann plötzlich zu schluchzen und legte die Hände vors Gesicht.
»Ich hab Alpträume«, wimmerte er.
»Das will ich verdammt noch mal hoffen«, erwiderte Detective Barren.
»Ich sehe Gesichter, Menschen, aber ich kann mich nicht an ihre Namen erinnern.«
»Ich weiß, wer diese Leute sind.«
Tränen flossen seine Wangen herab, und er wischte sie weg.
»Gott ist nicht mehr mit mir. Jetzt nicht mehr. Ich fühle mich verlassen.«
»Vielleicht war er nicht glücklich über das, was Sie getan haben, verdammt noch mal.«
»Nein! Er hat es mir befohlen!«
»Sie haben ihn missverstanden.«
Rhotzbadegh schwieg. Er zog ein zerknülltes Taschentuch aus der Hose und schneuzte sich dreimal fest.

»Das«, gab er in vollkommen verzweifeltem Ton zu, »ist nicht auszuschließen.«
Er wischte sich energisch die Nase.
»Trotzdem«, fuhr er fort, »ich werde ihm weiter nacheifern. Ich werde seine Botschaften beherzigen und den wahren Pfad finden. Dann wird er mich im Paradies an seine Brust nehmen, und ich werde in alle Ewigkeit dort wandeln.«
»Großartig. Ich gratuliere.«
Ihr Sarkasmus entging ihm.
»Danke«, sagte er.
Detective Barren griff in ihre Tasche am Boden und zog ein einfaches Schülerlineal heraus. »Strecken Sie Ihre Hand aus«, wies sie ihn an. »Spreizen Sie die Finger.«
Rhotzbadegh gehorchte. Sie hielt das Lineal an seine Hand. Der Abstand zwischen Daumen und Zeigefinger betrug vierzehneinhalb Zentimeter. Verdammt, dachte Sie. Die Male könnten von ihm stammen.
»Meine Hände strecken sich Gott entgegen«, beteuerte er.
»Lassen Sie es mich wissen, wenn Sie ihn zu fassen kriegen.«
Wieder sah sich Rhotzbadegh im Zimmer um. Dann schob er seinen Stuhl zurück und stand auf. Er lief zur Wand und drückte den Rücken fest dagegen. Dann schritt er den Raum bis zur gegenüberliegenden Wand ab und zählte dabei bis einundzwanzig. Wie bei einer Militärparade machte er kehrt und begab sich wieder auf seinen Platz.
»Einundzwanzig Schritte«, sagte er und schüttelte ungläubig den Kopf. »Einundzwanzig volle Schritte.« Er sprang auf und machte einen Satz zu der Wand gegenüber von Detective Barren. Dann schritt er die Distanz in dieser Richtung ab und sah nicht einmal auf, als er an der Kripobeamtin vorbeikam.
»Neunzehn!«
Erneut kehrte er auf seinen Platz zurück.

»Meine Zelle misst nur neun mal acht Schritt. Ich fühle mich manchmal, als hätten sie mein Herz in einen Käfig gezwängt.«
Er legte den Kopf in die Hände und schluchzte. »Sie lassen mich nicht mit den anderen Männern in den Hof«, wimmerte er. »Sie fürchten um meine Sicherheit. Sie glauben, dass ich getötet werde. Ich kann nachts nicht schlafen. Ich kann nicht essen. Ich fürchte, mein Essen schmeckt nach Gift. Sie haben mir etwas ins Wasser getan, so dass ich benommen werde, und dann werden sie kommen und mich töten. Ich muss auf Schritt und Tritt gegen sie ankämpfen.«
»Die Mädchen?«
»Die sind die schlimmsten. Sie kommen in meinen Träumen und helfen diesen Männern, die mich umbringen wollen.«
»Wer sind die Mädchen?«
»Ich weiß nicht …«
»Das könnte Ihnen so passen! Denken Sie nach! Verdammt, ich will Antworten.«
Rhotzbadegh rümpfte in gespieltem Snobismus die Nase.
»Es sind meine Träume. Ich muss Ihnen nicht davon erzählen.«
Detective Barren starrte den kleinen Mann unerbittlich an, doch innerlich seufzte sie. Zwecklos, dachte sie. Seine Gedanken gehen in alle Richtungen, nur nicht dahin, wo ich sie haben will. Sie griff in ihre Tasche und zog ein einfaches Jahrbuchfoto ihrer Nichte heraus.
»Erscheint die Ihnen auch im Traum?«
Rhotzbadegh betrachtete das Bild. Er schnappte es sich vom Tisch und hielt es sich dicht ans Gesicht, dann wieder auf Armeslänge.
»Die nicht so direkt.«
»Wie meinen Sie das?«

»Sie erscheint mir im Traum, aber sie sieht nur den anderen zu. Sie weint allein. Die anderen sind meine Peiniger.«
In einer konspirativen Geste beugte er sich vor und erklärte leise: »Manchmal lachen sie mich aus! Aber ich lebe noch, und wer zuletzt lacht, lacht am besten.«
Detective Barren nahm das Bild und hielt es Rhotzbadegh direkt vor die Augen. Mit erhobener Stimme in forderndem, angsteinflößendem Ton legte sie alles Gewicht in eine einzige Frage hinein: »Haben Sie diese junge Frau getötet?«
Es herrschte Schweigen.
»Haben Sie sie vom Parkplatz vor dem Studententreff der University of Miami entführt?«
Wieder Schweigen.
»Haben Sie sie auf den Kopf geschlagen, sie in den Matheson-Hammock-Park geschafft und dort sterben lassen?«
Er erwiderte nichts.
Detective Barren ließ das Foto sinken und starrte Rhotzbadegh an. Sie merkte, wie der Hass sich allmählich verflüchtigte und ein leeres Gefühl hinterließ. Seine Augen waren erneut feucht geworden, während er sich vor ihren zornigen Fragen geduckt hatte.
Sie empfand kein Mitleid, nichts, nur das Bedürfnis, dieses Vakuum zu füllen.
»Sagen Sie es mir!«, flüsterte sie.
Für einen Moment legte er wieder das Gesicht in die Hände, dann sah er sie an. »Ich kann es nicht sagen!«, schluchzte er. »Ich kann es nicht sagen!«
Er holte tief Luft und wand sich auf seinem Stuhl, als bezöge er Prügel.
»Irgendwie erinnere ich mich schon. Es klingt so, als könnte ich es gewesen sein. Ich erinnere mich an den Studententreff, mit all dem Dreck, dem Tanz, Alkohol und Gelächter. Ein

Ort der Sünde. Eines Tages wird Gott ihn mit einem großen Feuer reinigen. Das weiß ich ...«

»Das Mädchen!«, unterbrach ihn Detective Barren.

»Ich war da. Mitten zwischen diesen Leibern. So viel weiß ich. Aber das andere ...«

Er schüttelte den Kopf.

»Wozu haben Sie den Artikel aus der Zeitung ausgeschnitten?«

»Ich musste es dokumentieren! Wie sollte Gott sonst wissen, dass ich seine Wünsche erfüllt habe? Das war der Beweis!«

»Wieso brauchten Sie einen Beweis für diesen speziellen Mord?«

»Das ist es ja, was mich verwirrt«, wimmerte er. »Ich hatte meine – meine – meine Beweise von den anderen. Aber an diese Frau kann ich mich nicht erinnern.«

»Was sagt sie, wenn sie im Traum erscheint?«

»Sie sagt nichts. Sie steht abseits und sieht zu. Ich hasse sie nicht ganz so wie die anderen.«

Er schwieg.

»Ich muss schlafen. Gott gebe mir Schlaf. Können Sie mir helfen, Detective, dass ich wieder schlafen kann? Ich bin so müde, aber trotzdem kann ich nicht schlafen. Ich darf nicht. Sie kommen und quälen mich in meinen Träumen. Sobald ich die Augen schließe, schmieden meine Feinde ihr Komplott gegen mich. Ich werde dereinst nicht auferstehen.«

Er weinte leise weiter.

»Das macht Ihnen Angst?«, fragte Detective Barren.

Er wurde plötzlich unruhig, schoss vom Stuhl hoch und stand mit stolzgeschwellter Brust und angespannten Muskeln kerzengerade vor ihr.

Er klang nicht länger kläglich, sondern brüllte ihr ins Gesicht:

»Angst? Nichts macht Sadegh Rhotzbadegh Angst. Ich fürchte mich vor nichts!«
Er starrte Detective Barren an.
Nachdem sie beide eine Weile geschwiegen hatten, antwortete sie bedächtig: »Sollten Sie aber«, und stand auf.

Es war schon spät, als Detective Barren endlich ihre Wohnung erreichte. Sie war in verhaltenem, gleichmäßigem Tempo vom Bewertungszentrum zurückgefahren und hatte bereitwillig andere Autos vorbeirauschen lassen, während sie sich stur ans Tempolimit hielt. Sie hatte das unbehagliche Gefühl, als gähnte in ihr ein Loch, als hätten sich die Organe in ihrem Körper irgendwie leicht verschoben. Bei dem Gedanken, wie der Gerichtsmediziner darauf reagieren würde, musste sie schmunzeln. Sie hörte, wie seine hohe Stimme in einen Sopran wechselte, während er ihren Bauch aufschnitt: »Was haben wir denn da, ihr Blinddarm hat sich verschoben! Ihre Milz ist gewandert! Ihr Magen hat sich selbständig gemacht! Ihr Herz hat das Weite gesucht!« Detective Barren lachte laut.
So weit hergeholt ist das eigentlich nicht, dachte sie.
Sie erinnerte sich an einen Besuch zwei Jahre nach John Barrens Tod, ein schmächtiger Mann, der ein wenig stotterte. Er hatte Johns Einheit angehört und ihr gegenüber in einem Restaurant gesessen, um ihr von ihrem Mann zu erzählen. Er sei sehr tapfer gewesen, berichtete der Mann. Einmal hatte er sich von den anderen, die ihn festhalten wollten, losgerissen, um den Späher zurückzubringen. So machten sie es immer, der Vietkong, sagte der Mann. Erst mal den Späher erschießen. Als Nächstes den Sanitäter, weil der immer springt. Dann die Männer abknallen, die dem Sanitäter etwas schuldig sind, also alle.

»John war der Beste von uns«, meinte der Mann.
Sie hatte genickt und nichts gesagt. Das war etwas, das sie bereits gewusst hatte, ohne dass es ihr jemand sagen musste.
»Ich wollte nur, dass Sie das erfahren«, erklärte der Mann. Er stand auf.
»Danke«, sagte sie, mehr seinet- als ihretwegen. »Es hilft.« Sie hatte bewusst gelogen.
»Das hatte ich gehofft«, erwiderte der Mann.
Er zögerte.
»Ich war der Sp-p-p-äher.«
Sie nickte. »Dachte ich mir.«
Sie hatten sich schweigend angesehen.
Schließlich hatte sie gefragt: »Und was haben Sie jetzt vor?«
Er lächelte. »Erst einmal zurück ins Lazarett. Mir weiter an den alten Eingeweiden herumschneiden lassen. Das ist das Problem, wenn man verwundet wird. Die Kugeln reißen verdammt viel kaputt. Die Militärärzte sind große Klasse im Improvisieren. Sie sind wie der Kerl, den jeder von der Highschool kennt, der Kerl, der an jedem Motor herumbasteln konnte – hier ein bisschen rumfummeln, dort ein bisschen adjustieren, bis das Ding wieder anständig läuft. Genau das machen sie mit mir. Sie haben einen Darm vor sich, der nach Norden zeigt, während der übrige Verdauungstrakt Richtung Süden weist, aber sie brauchen nicht lange, und schon stimmt die Landkarte wieder.«
»Und danach?«
Er hatte die Achseln gezuckt.
Immer wieder sah Detective Barren, wie der junge Mann angesichts der Wirklichkeit die Schultern hängen ließ. Immer wenn sie an den Krieg dachte, kam ihr dieser junge Verwundete in den Sinn, der auf die Frage nach seiner Zukunft nur die Achseln zuckte.

Sie fragte sich zuweilen, ob es bei John ähnlich gewesen wäre. Er hatte keine Enttäuschungen, Zurückweisung oder Pech kennengelernt. Er war nie gefeuert oder abgelehnt worden, hatte sich nie anhören müssen, er solle sich zum Teufel scheren. Er kannte keinen Verlust.
Anders als sie.
Detective Barren warf Block und Aktentasche auf den kleinen Schreibtisch, streifte die Schuhe ab und ging in die Küche. Sie holte etwas grünen Salat, Käse und Obst aus dem Kühlschrank. Kaninchenfutter, dachte sie. Sie machte sich einen Teller zurecht und stellte ihn auf den Tisch, dann ging sie ins Schlafzimmer und schlüpfte aus dem Rock. Sie wusch sich Gesicht und Hände und tappte barfuß und halbnackt wieder hinüber. Während sie aß, versuchte sie, nicht an Rhotzbadegh zu denken und die Verzweiflung im Zaum zu halten. Ihre Mahlzeit schmeckte nach nichts.
Er hätte direkt sein können, dachte sie wütend.
Träume! Verdammt! Er sieht sie im Traum, aber sie quält ihn nicht! Was zum Teufel soll das heißen? Dass er sie nicht umgebracht hat? Wahrscheinlich. Wahrscheinlich.
Sie lächelte traurig und stellte sich vor, wie sie zu Detective Perry ging und verkündete: »Tolle Neuigkeiten! Der Mistkerl träumt! Damit wäre eindeutig bewiesen, dass er Susan nicht umgebracht hat.«
Sie schüttelte den Kopf.
Was für ein hoffnungsloses Schlamassel.
Sie aß den Salat auf und schob den Teller weg. Na schön, sagte sie sich. Genug. Genug! Hör auf, deine Zeit mit dem Araber zu verplempern!
Sieh zu, dass du einen klaren Kopf bekommst, und fang von vorne an.
Sie stand auf und trug ihr Geschirr zur Spüle. Sie wusch es

gründlich ab und biss die Zähne zusammen, als sie in das brühend heiße Wasser griff. Sie räumte kurz auf und ging ins Wohnzimmer. Zum hunderttausendsten Mal starrte sie die Papierstapel auf ihrem Schreibtisch an. Vielleicht auch zum Millionsten oder Trillionsten Mal. Die Lösung steckt irgendwo da drin, dachte sie. Irgendetwas muss da sein.

»Morgen früh«, befahl sie sich laut, »gehst du zum Morddezernat und suchst nach vergleichbaren Fällen. Dann überprüfst du das Vorstrafenregister bekannter Sexualverbrecher. Dann gehst du noch mal zur Uni und findest heraus, ob Susan irgendwelche Feinde hatte. Gib den Modus operandi beim *National Crime Information Center* ein. Vielleicht auch beim FBI. Überprüfe, ob es nach der Festnahme des Arabers ähnliche Delikte gegeben hat …

An diesem Punkt hielt sie inne. Sie sah aus dem Fenster.

»Irgendwo da draußen«, sagte sie.

Sie lächelte. Du hast dir doch wohl nicht eingebildet, dass es leicht wird. Du hast doch wohl nicht wirklich gehofft, du könntest beweisen, dass es nicht der Araber war, und dafür sorgen, dass die Ermittlungen offiziell wieder aufgenommen werden. Du bist nach wie vor ganz auf dich gestellt, und das ist gar nicht mal so schlecht.

Nein, ganz und gar nicht.

Sie betrachtete das Bild von Susan im Regal. Keine Sorge, dachte sie, ich schaff das, ich schaff das schon.

Dabei kamen ihr augenblicklich die Tränen hoch.

Sie wandte sich ab und starrte wieder in die schwarze tropische Nacht. Der Himmel war von Sternen übersät; einer dieser Punkte leuchtete strahlend hell, dann schoss er durchs All und verschwand.

»Verdammt«, murmelte sie und merkte, wie ihr die Tränen die Wangen herunterliefen. Doch sie wandte sich nicht ab.

Nachdem sie fünf Minuten einfach so stehen geblieben war, drehte sie sich endlich um. Sieh zu, dass du einen klaren Kopf bekommst, mahnte sie sich noch einmal. Sie ging zum Fernseher und schaltete ihn an. Sie war erstaunt, als sie zwei lokale Sportreporter angeregt vor laufender Kamera diskutieren sah, während sie im Hintergrund die Orange Bowl im Stadtzentrum von Miami erkannte.

»Also, da haben die Dolphins einen ziemlich aufregenden Start in die Vorsaison hingelegt«, sagte einer der Moderatoren. »Wir gehen gleich ins letzte Viertel des ersten Freundschaftsspiels in diesem Jahr, mit einem Spielstand von vierundzwanzig zu zwanzig Punkten gegen die Saints.«

Sie hatte den Beginn der Football-Vorsaison verpasst. »Sieht dir gar nicht ähnlich«, meinte sie vorwurfsvoll. »Sieht dir ganz und gar nicht ähnlich ...« Sie nahm ihr Weinglas und machte es sich vor dem Fernseher gemütlich.

»Die ideale Gehirnwäsche«, fand sie. »Kommt schon, Fins!«

Sie verfolgte den Spielverlauf mit unverhohlenem Vergnügen und ließ sich – allein in ihrem bequemen Sessel – von der Spannung gefangen nehmen, die ihre düsteren Gedanken vertrieb und die Tränen trocknete. Der Beginn einer neuen Saison, dachte sie. Für sie und für mich.

Etwa nach der Hälfte des vierten Viertels erzielten die Saints ein Feldtor und gingen mit drei Punkten in Führung. Eine Minute später ließ ein Neuling, der für die Dolphins spielte, den Ball auf seiner eigenen Dreißig-Yard-Linie fallen, was den Saints ein weiteres Feldtor einbrachte, so dass sie gegen Ende des Spiels mit sechs Punkten führten. In der hektischen Schlussphase fingen sich die Dolphins jedoch. Fast sekündlich holten sie Yards an Gelände auf, bis sie knapp eine Minute vor dem Schlusspfiff die Ein-Yard-Linie der Saints erreicht hatten. Beim Fourth Down war der Spielausgang in der

Schwebe. »Kommt schon! Verdammt! Haut den Ball da rein!« Sie schlug sich mit der Faust in die offene Hand. »Na macht schon!«

Gespannt sah sie zu, wie der Quarterback an die Linie trat. »Rüber damit, verdammt! Hau ihn rüber!« Beide Teams verkeilten sich und warteten auf die Explosion in der Mitte, Kraft gegen Kraft. Ganz und gar nach ihrem Geschmack. »Nun knallt ihn schon rein!«, brüllte sie.

Plötzlich liefen die beiden Linien zusammen, und Detective Barren sah, wie sich der Quarterback um die eigene Achse drehte und den Ball an einen Halfback weitergab, der in die Mitte stürmte. Es gab einen gewaltigen Zusammenstoß, und der Lärmpegel in den Zuschauerreihen schwoll in gespannter Erwartung an. Als im nächsten Moment alle auf die Beine sprangen und einen gewaltigen Schrei losließen, schien das Stadion zu beben. Detective Barren war wie die Menschen auf der Tribüne auf den Füßen und ließ einen Laut, halb Angst-, halb Jubelschrei los, da sie wie die Zeugen vor Ort gesehen hatte, dass der Quarterback den Ball nicht wirklich abgegeben, sondern den Wechsel nur vorgetäuscht hatte, um in der nächsten Sekunde allein, mit aller Macht und ohne Deckung auf die Ecke der Endzone zuzurasen. Gleichzeitig steuerte der Outside Linebacker der Saints, ein wuchtiger, aggressiver Mann, im scharfen Winkel auf den Quarterback zu, so dass sie sich kurz vor der Torlinie, in der Ecke des Spielfelds treffen mussten. »Lauf! Lauf! Lauf!«, brüllte Detective Barren und stimmte in den Lärm ein, der aus dem Fernseher dröhnte. »Zieh den Kopf ein!«

Und genau das tat der Quarterback. Exakt in dem Moment, in dem er sich über die Torlinie stürzte, wurde er vom Linebacker gerammt. Beide Männer flogen in die Luft und rollten mit ganzer Wucht in eine Schar Fotografen, die sich für den idealen Schnappschuss nah der Torlinie versammelt hatten. Wie aufgescheuchte Gänse stoben die Kameraleute auseinander, um den heranfliegenden Körpern auszuweichen. Die Menge tobte, denn der Schiedsrichter hatte als Zeichen für einen Touchdown die Hände hochgerissen, und Detective Barren lehnte sich, ohne zu denken, einfach zurück und genoss den Siegestaumel.

Die Moderatoren plapperten aufgeregt drauflos.

»War das ein Zusammenprall an der Torlinie, was, Bob!«

»Also, ich muss schon sagen, das war ein beherzter Zug von diesem neuen Quarterback und eine harte Lektion über das Leben in der Nationalliga. Das war echtes Profiniveau.«

»Ich hoffe, den Fotografen ist nichts passiert ...«

»Na ja, ich fürchte dieser Linebacker der Saints hat ein paar von denen auf dem Gewissen ...«

Beide Männer lachten und schwiegen einen Moment.

»Wissen Sie was? Schalten wir doch mal zu Chuck aufs Spielfeld hinunter. Er steht gerade mit einigen Journalisten zusammen. Die haben eine richtig gute Nahansicht vom Touchdown bekommen, oder, Chuck?«

»Kann man wohl sagen, Ted. Ich stehe hier mit Pete Cross und Tim Chapman vom hiesigen *Herald* und Kathy Willens von der *Associated Press* zusammen. Erzählen Sie uns doch mal, was Sie gesehen haben ...«

»Na ja«, begann einer der Fotografen, ein Mann mit hellbraunem Haar und Bart, »wir standen alle in Reih und Glied, um die beste Sicht auf den Schuss über die Linie zu kriegen, wissen Sie. Und auf einmal sehen wir ...«

Die junge Frau unterbrach ihn: »... sehen wir, wie diese beiden feuerspeienden Berserker auf uns zufliegen und ...«

»Ich musste Kathy packen«, erzählte der andere, ein Mann mit gekräuseltem Haar und mächtigem Brustkorb. »Sie fotografierte gerade mit dem Motordrive, und ich dachte, die reißen sie um.«

»Kann an den Seitenlinien ganz schön gefährlich werden, was?«, fragte der Moderator.

»Nicht schlimmer als eine Berichterstattung über einen durchschnittlichen Krieg oder eine Revolution«, witzelte die junge Frau.

Die Fernsehkamera hielt schließlich die drei Fotografen in Nahaufnahme fest. Detective Barren hörte halb zu und überlegte, ob sie einem von ihnen schon mal bei einer ihrer Ermittlungen begegnet war.

Im nächsten Moment saß sie kerzengerade.

Sie fiel vor dem Fernseher auf die Knie.

»O Gott! O mein Gott!«

»So weit unsere Berichterstattung von den Seitenlinien. Und damit gebe ich zurück an Ted ...«, sagte der Moderator.

»Halt!«, brüllte Detective Barren. »Warte!«

Sie krallte sich seitlich an das Gerät.

»Nein, halt! Ich muss es sehen!«

Die Berichterstatter redeten weiter, und die Mannschaften stellten sich für den Extra Point auf. Detective Barren hörte nicht, wie die Menge jubelte, als der Ball durch die Pfosten sauste. Sie schüttelte den Apparat und weinte: »Nein, nein, nein! Noch mal zurück, bitte!«

Dann sackte sie nach hinten und dachte darüber nach, was sie gesehen hatte.

Drei Fotografen, die vor einer Kamera standen.

Eine leichte Brise. Eben genug, um ihnen das Haar zu zerzausen. Und genug, dass ihnen ihre Presseausweise um den Hals flatterten.

Ein breites, dickes, gelbes Papierschildchen, auf dem OFFIZIELLER PRESSE-PLATZAUSWEIS eingestanzt war.

In Panik hastete Detective Barren zu ihrem Schreibtisch. Verzweifelt wühlte sie in den Dokumenten, griff sich die Akten mit den Indizien, bis sie die Liste mit den Gegenständen hervorzog, die von der Spurensuche am Fundort ihrer Nichte sichergestellt worden waren. Es waren dreiunddreißig, doch sie interessierte sich nur für den letzten.

»Etikettende, Farbe gelb, Herkunft unbekannt (unter Leiche).«

»Ja«, sagte sie.

Sie atmete tief ein.

»Ja«, wiederholte sie laut. »Ich glaube, ja.«

Am nächsten Morgen begab sie sich zu den schmuddeligen Räumlichkeiten, in denen die Asservatenkammer im Zentrum von Miami untergebracht war. Der Mitarbeiter zeigte keine Lust, die verstaubten Schachteln in dem höhlenartigen Raum einzeln durchzugehen. Der gereizte, unfreundliche Mann hatte in dem Moment, in dem Detective Barren zur Tür hereinkam, eine finstere Miene aufgesetzt und zunächst eine gerichtliche Anordnung und dann ein Schreiben ihres Vorgesetzten verlangt. Schließlich begnügte er sich mit einer handschriftlichen Versicherung von Detective Barren, die auf die Nörgeleien des Mannes mit ausgesuchter, lächelnder Freundlichkeit reagierte. Der Angestellte war ein breit gebauter Mann, dessen Hals in Muskelpaketen verschwand, was darauf schließen ließ, dass er seine Freizeit ächzend in einem Fitnessraum verbrachte. Er hatte die Hemdsärmel so weit hochgekrempelt, dass zwei reichverzierte Drachentattoos zum Vorschein kamen, und jedes Mal, wenn er den hinters Ohr geklemmten Bleistift hervorholte, glaubte sie, der Mann würde den dünnen Stift mit der schieren Kraft seiner plumpen Finger zerbrechen. Sie folgte ihm und bemühte sich, keine vor-

schnellen Schlüsse zu ziehen, obwohl sie heftiges Herzklopfen hatte und schwitzte.
Es dauerte fast eine Stunde, bis die richtigen Pappkartons gefunden waren. »Abgeschlossene Fälle bedeuten scheißversiegelte Schachteln. Ich bin dazu nicht verpflichtet, wissen Sie.«
»Ich weiß, ich weiß. Officer, ich weiß, das ist ein wirklich großer Gefallen, und ich kann Ihnen gar nicht sagen, wie sehr ich Ihre Hilfe zu schätzen weiß.«
»Trotzdem, ich will nur, dass Sie verstehen, dass ich das nicht machen muss.«
»Ich verstehe«, beteuerte sie.
Sämtliche Kartons waren durchnummeriert. Die jeweils erste Ziffer stand für das Jahr, in dem ein Verbrechen begangen worden war; es folgte die Fallnummer des jeweils ermittelnden Dezernats. Einbruchsdelikte, Körperverletzung, Vergewaltigungen und Morde bildeten eine bunte Mischung – mit dem einzigen Unterscheidungsmerkmal, ob ein Fall abgeschlossen war oder nicht. Sie ließ den Blick über die Regale schweifen und hatte das Gefühl, dass ihr eine Tragödie entgegenblicken musste, sobald sie den Deckel irgendeiner Schachtel öffnete.
»Du liebe Güte, ich wusste es. Natürlich ganz oben. Ich geh und hol die verfluchte Leiter.«
Sie wartete reglos während er den Karton herunterholte.
»Und jetzt müssen Sie das hier gegenzeichnen, wenn Sie das Ding aufmachen wollen …« Er hielt ihr ein vorgedrucktes Formular hin, das sie blind unterschrieb. Er warf einen prüfenden Blick darauf und hob den Kopf. »Ich muss eigentlich zusehen, selbst bei den verdammten abgeschlossenen Fällen. Aber scheiß drauf. Sie brauchen was aus dem Ding? Na los, schnappen Sie sich's.«
Damit stapfte der Mann davon, ohne etwas von seiner An-

griffslust eingebüßt zu haben, und Detective Barren hatte immer noch keine Ahnung, woher seine Frustration rührte. Sie starrte auf die Beweismittelbox. Auf dem Deckel klebte ein Blatt mit einer Liste des Inhalts sowie der Auskunft, dass Sadegh Rhotzbadegh sich schuldig bekannt hatte und zu lebenslänglicher Haft verurteilt worden war. Am oberen Rand befand sich ein Stempel mit dem Vermerk: ABGESCHLOSSENER FALL.

Wir werden ja sehen, dachte sie.

Sie zog ihr Taschenmesser heraus und schnitt das Klebeband auf, mit dem der Karton verschlossen war. Behutsam, als ginge es darum, den Staub, der sich dort angesammelt hatte, nicht unnötig aufzuwirbeln, öffnete sie den Deckel. Sie unterdrückte die Erregung, indem sie sich immer wieder ins Gedächtnis rief: Das ist nur der erste Schritt.

Sie fasste hinein und holte das gelbe Schildchen heraus. Es steckte in einer Plastikhülle. Als sie es in ihre Handtasche steckte, bemerkte sie die Reste des Pulvers von der Untersuchung auf Fingerabdrücke. Die haben nach jedem Strohhalm gegriffen, dachte sie. Nur selten gelingt es, von Papier Abdrücke zu nehmen. Sie warf noch einmal einen Blick in die Schachtel und überlegte, ob sie noch etwas anderes mitgehen lassen sollte, schüttelte dann aber den Kopf und schloss den Karton.

Sie schwebte an dem bärbeißigen Beamten vorbei. »Danke für Ihre Hilfe. Falls ich noch etwas brauche, komme ich wieder.«

»Sicher«, sagte er in einem Ton, der das Gegenteil signalisierte.

Als sie aus der Asservatenkammer trat, war es später Vormittag. Sie zügelte ihre Phantasie und gestattete sich nicht, die

Informationen auszuwerten. Ein Schritt nach dem anderen, schärfte sie sich ein. Einen Moment lang hatte sie das Gefühl zu siegen. Sie dachte nicht an ihre Nichte, verband den verstaubten Karton oder auch das gelbe Stück Papier in der Plastikhülle nicht mit Susan und mit ihrer Erinnerung an den Leichenfundort. Stattdessen richtete sie den Blick auf die ferne Schnellstraße. Die Sonne glitzerte im Metall der Chassis, als ruhte auf jedem einzelnen Wagen ein besonderer Segen. Das stetige Fließen des Verkehrs versetzte sie fast in eine Art Trance. Sie hob den Kopf und erspähte eine einsame Amsel, die aussichtslos gegen die morgendliche Brise anflatterte. Sie bewunderte die Entschlossenheit des Vogels im ungetrübten Blau des tropischen Himmels. Er gab ein heiseres Krächzen von sich, streckte seinen Schnabel in den Wind und bahnte sich langsam, aber sicher seinen Weg. Detective Barren lächelte und lief zielstrebig zu ihrem Wagen, um sich in die Blechlawine Richtung Stadtmitte einzureihen.

In der Geschäftsstelle der Miami Dolphins am Biscayne Boulevard ließ man Detective Barren warten. »Sie können von Glück sagen, dass Mr. Stark Zeit für Sie hat«, meinte die Empfangsdame, eine junge Frau mit dem Mindestmaß an Attraktivität, über das jede Sekretärin verfügen muss: ein unbeschwertes Lächeln, eine angenehme Stimme und ein leicht schelmischer Blick.

»Wieso?«

»Haben Sie denn nicht die Zeitung gelesen?«, fragte die junge Frau.

»Heute Morgen noch nicht.«

»Ach so, dann wissen Sie noch nichts von dem neuen Vertrag?«

Als Detective Barren den Kopf schüttelte, hörte sie aus einem der anderen Büros schallendes Gelächter.

»Das ist die Pressekonferenz«, erklärte die Sekretärin.
»Kann ich mal reinschauen?«, fragte Detective Barren.
Die junge Frau zögerte. Sie sah sich um. Außer ihnen beiden war niemand zu sehen. »Sind Sie ein Fan?«
Detective Barren lächelte. »Verpasse kein einziges Spiel.«
Die Frau grinste. »Dann kommen Sie mit. Wir linsen einfach zur Hintertür hinein.«
Detective Barren folgte der jungen Frau, die behutsam eine Tür öffnete und sie durch den Spalt hereinschlüpfen ließ. Die Szene war Detective Barren augenblicklich von Hunderten von Sportreportagen vertraut, die sie spätabends sah, wenn sie nicht einschlafen konnte. Die Mitte des Raums beherrschte ein halbes Dutzend Fernsehkameras auf Stativen. Dahinter stand ein Tisch auf einem Podest. Es wimmelte von Zeitungs- und Fernsehreportern, die teils auf Stühlen saßen, teils an die Wand gelehnt standen und sich Notizen machten. Unterhalb der Fernsehkameras huschten Toningenieure und Fotografen herum. Am Tisch saßen hinter einem Strauß Mikrophonen der berühmte Trainer mit dem vorstehenden Kinn, der Eigentümer sowie der große, kraushaarige Quarterback. Sie lächelten alle in die Kameras. Hin und wieder schüttelten sie sich die Hände und lösten ein Blitzlichtgewitter aus. Detective Barren war wie gebannt. Sie fühlte sich wie ein Kind, das den Weihnachtsmann dabei überrascht, wie er die Geschenke unter dem Christbaum verteilt. »Er ist größer, als ich dachte«, flüsterte sie der Sekretärin mit der Ehrfurcht eines kleinen Mädchens zu. »Und sieht besser aus.«
»Sicher«, wisperte die junge Frau zurück. »Und er ist auch reicher. Er kriegt über eine Million im Jahr.«
Die Sekretärin schwieg, bevor sie finster hinzufügte: »Und dann heiratet er auch noch seinen Collegeschwarm.«
Über den hochbeleidigten Ton und den Schmollmund, den

sie dabei machte, hätte Detective Barren beinahe losgeprustet. Sie drehte sich wieder um und beobachtete die Männer auf dem Podium. Jemand hatte einen Witz gemacht, und die drei lachten. Dies löste eine weitere Blitzlichtorgie aus. Wieder sirrten die Motordrives. In diesem Moment fuhr ihr das Geräusch wie ein Stich ins Herz. Mein Gott!, dachte sie und sah sich wild um. Er könnte hier sein. Eine Sekunde lang geriet sie in Panik und griff nach ihrer Tasche, um die Pistole herauszuholen. Sie hielt inne, als sich ihre Finger bereits um den kalten Kolben legten. Aber wer?

Verzweifelt irrte ihr Blick durch den Raum.

Sie sah einen muskulösen, bärtigen Mann an seinem Weitwinkelobjektiv herumfuchteln. Sie starrte auf seine großen Hände und sah, wie sie sich plötzlich um den Hals ihrer Nichte legten; sie riss sich los und konzentrierte sich auf einen stämmigen Kerl mit Stirnglatze, der zwischen den Schnappschüssen herumalberte. Es lag ein harter Zug um seine Mundwinkel, der ihr eine Gänsehaut einjagte. Ein anderer, dünner, blonder, junger Mann, der etwas Asketisches an sich hatte, verstellte ihr für einen Moment die Sicht. Er wirkte beinahe zart, dann ängstlich, und sie konnte sich vorstellen, wie er sich unerkannt unter die Studenten mischte und mit seinem wachen Blick den Blondschopf ihrer Nichte entdeckte.

Sie kniff die Augen zu, um die Zwangsvorstellung zu verbannen. Der Geräuschpegel im Raum schwoll an, und das Lachen und Witzereißen im Raum schien sie und ihr Ziel zu verspotten. Sie fühlte sich schwindelig und hatte Angst, sie müsste sich übergeben.

In diesem Moment hörte sie jemanden neben sich flüstern.

»Detective Barren?«

Sie öffnete die Augen. Ein kleiner Mann in einem baumwollenen Sportjackett stand plötzlich neben ihr. Sie nickte.

»Mein Name ist Mike Stark. Ich bin sozusagen für diesen Zoo verantwortlich …«
Sie lachte und riss sich in einem gewaltigen Willensakt zusammen. Er sah noch einmal zu der Menge und den Männern im Rampenlicht zurück. »Also, was meinen Sie?«
Sie holte tief Luft und drängte ihren Alptraum zurück. Sie setzte ein Lächeln auf.
»Ich denke, eine Million im Jahr ist eine Menge Geld.«
»Er spielt wie der Teufel.«
»Das kann man wohl sagen …«
Stark überlegte einen Moment, dann faltete er die Hände vor dem Bauch.
»Sie haben recht. Eine Menge Geld für einen Kerl mit zwei kaputten Knien. Ich kann nur hoffen, dass der Gott, der über Footballspielern wacht, seine Hand über ihn hält.« Er verdrehte die Augen gen Himmel. »He, du da oben, hast du das gehört?«
Detective Barren grinste aufrichtig.
»Er gibt den Ball ja nicht mit den Knien ab«, sagte sie.
»Für das, was wir ihm zahlen, sollte er dazu in der Lage sein«, antwortete Stark.
Ihr Lachen mischte sich in das allgemeine Stimmengewirr.
Der kleine Mann sah sich um. »Kurz gesagt, ich danke Gott auf Knien, dass wir den Kerl schon jetzt eingekauft haben, zu Anfang der Saison. Nicht auszudenken, was er nach noch so einer furiosen Erfolgsserie wert gewesen wäre. Wollen Sie vielleicht in meinem Büro auf mich warten?«
Detective Barren nickte.
Sie starrte aus dem großen Fenster und beobachtete die Motorboote, die quer durch die Bucht weiße Linien in die Wellen zogen.
Die Tür ging auf, und Stark trat ein. Er nahm hinter dem

Schreibtisch Platz, und sie setzte sich in den Sessel ihm gegenüber.

»Also?«, fragte er.

Sie kramte das Schildchen aus ihrer Handtasche hervor. Einen Augenblick hielt sie es auf dem Schoß in der Hand und fragte sich, ob ihre Vorgehensweise richtig war. Dann ließ sie es kommentarlos auf die Tischplatte fallen. Sie sah, wie er verständnislos die Stirn runzelte, bevor er die Plastiktüte nahm und langsam hin und her wendete. Dann legte er sie zurück.

»Tut mir leid …«, meinte er.

Ihre Nerven waren zum Zerreißen gespannt. Das Schweigen dehnte sich quälend lang.

Er nahm den Beutel noch einmal in die Hand, und ihr Herz pochte wild.

»Nun ja, vielleicht«, räumte er ein. Er legte den Beutel noch einmal weg und drehte sich auf seinem Stuhl zu einem Aktenschrank um, in dem er nach etwas suchte. Wenig später hatte er einen Ordner in der Hand. Er öffnete ihn auf seinem Tisch, und Detective Barren sah einen kleinen Stapel gelber Plastikausweise. »Das Modell vom letzten Jahr«, erklärte Stark. »Dieses Jahr haben wir sie für das erste Heimspiel in Aquamarin und Orange gedruckt.«

Er hielt eins der Schildchen zum Abgleich neben das Exemplar in der Plastiktüte.

»Könnte sein«, überlegte er. »Konjunktiv, wohlgemerkt.«

Detective Barren betrachtete die beiden Papiere. Sie hatten die gleiche Breite.

»Die richtige Farbe«, fuhr Stark fort. Er betastete den Fetzen durch die Folie. »Scheint auch die richtige Stärke zu haben. Auch wenn ich es nicht beschwören kann. Aber durchaus möglich.«

Er zögerte, dann sah er Detective Barren an.

»Wieso?«
Sie überlegte. Weshalb nicht?, dachte sie.
»Mord«, antwortete sie.
Er pfiff durch die Zähne. Blickte noch einmal auf die beiden Kärtchen.
»Wahrscheinlich musste so etwas früher oder später passieren«, sagte er.
»Wie bitte?«
»Nun ja, wir leben schließlich in Miami, habe ich recht? Das hier ist der mörderische Teil der USA, stimmt's? Irgendwann kommt in dieser Stadt wohl jeder einmal mit einem Mord in Berührung, nicht wahr?«
»Vielleicht.«
»Also«, überlegte er weiter, »das könnte definitiv ein Fetzen von einem unserer Platzausweise sein. Könnte natürlich auch alles mögliche andere sein. Ich meine, was weiß ich?«
»Wissen Sie, wer die für Sie druckt?«
»Sicher, das kann ich Ihnen sagen. Die Druckerei Biscayne oben in der achtundsechzigsten Straße. Die können Ihnen in einer Minute sagen, ob das von ihnen stammt.«
Die Forensik auch, dachte sie.
»Und haben Sie eine Liste der Personen, an die sie ausgegeben wurden?«
»Klar. Welches Spiel?«
»Achter September letztes Jahr.«
»Die hab ich hier.« Wieder drehte er sich auf dem Stuhl zu seinem Schrank um, suchte eine Weile und zog einen weiteren Ordner hervor. Sie hätte ihm den am liebsten aus der Hand gerissen, hielt sich aber zurück. »Tatsächlich war das Spiel am Neunten. Der achte September war der Samstag davor.«
Ihr kam eine Idee. Sie hatte ein rauhes, staubtrockenes Gefühl in der Kehle und hüstelte vor ihrer nächsten Frage. Wieder

war ihr ein wenig schwindelig. »Hat irgendjemand um zwei Ausweise gebeten? Ich meine, hat jemand angerufen und Ersatz beantragt, weil er sein Schildchen verloren hat?«
Stark sah sie verwundert an und nickte. »Verstehe, was Sie meinen«, sagte er. Er starrte auf die Akte. »Die National Football League verlangt, dass wir genau darüber Buch führen, wer die Spiele fotografiert und filmt. Teils aus Sicherheitsgründen. Vor allem aber wollen sie die Kontrolle über die Fotografen haben, über die Publicity genauer gesagt. Manchmal habe ich das Gefühl, ich arbeite für Big Brother.« Er zog ein getipptes Blatt heraus. »Zu dem Spiel gab es eine Menge Presse«, berichtete er. »Jeder wollte den Kraftprotz vor die Linse kriegen, der heute den Vertrag bekommen hat. Er war ein Neuling, und keiner hatte ein Kunstwerk.«
»Kunstwerk?«
»So nennen sie das. Gott weiß, warum. Ein gutes Bild ist ein Kunstwerk. Rembrandt würde sich im Grab umdrehen, wenn er das von einem dieser Banausen hörte.«
Er sah auf die Liste. »Drei«, sagte er. »Drei von denen haben ihre Pässe verloren. Ach, Moment, Entschuldigung. Zwei Kerle und ein Mädel. Frau, meine ich. Die Kleine von der hiesigen AP, ein Kerl von der *Miami News*, und einer, der für *Sports Illustrated* fotografiert hat. Er ist bei der Agentur Black Star unter Vertrag. Normalerweise schickt *Sports Illustrated* ihre eigenen Jungs, aber vermutlich waren sie diesmal zu dünn besetzt. Baseball, College Football, die Profis – Sie wissen schon.« Er schob das Blatt über den Tisch. »Genügt Ihnen eine Kopie?«, fragte er. »Ich muss das Original behalten.«
Sie nickte. Ihr drehte sich alles im Kopf, doch sie stellte ihre nächste Frage: »Und haben die irgendwelche Gründe angegeben, weshalb sie einen neuen Ausweis brauchten?«
»Sicher«, meinte Stark. »Die NFL achtet streng darauf, wer

die Dinger bekommt. Die sind nicht scharf darauf, dass sich Krethi und Plethi an den Seitenlinien tummeln.« Er betrachtete ein anderes Blatt. »Mal sehn, aha, da haben wir's schon. Das Mädel von der AP hatte ihren in ihrer Reisetasche. Sie ist mit Eastern geflogen, und die haben die Tasche verloren. Das hat sie sich bestimmt nicht ausgedacht. Der Kerl von der *News* hat gesagt, sein zehn Monate altes Baby hätte seinen aufgegessen, und der Kerl von Black Star, warten Sie, hat seinen bei einer Prügelei verloren ...«

Stark lehnte sich zurück. »Wissen Sie, ich glaube, ich erinnere mich, wie er an dem Morgen reinkam, um sich den neuen zu holen. Er hatte einen üblen Striemen über dem Auge. Alle haben ihn damit aufgezogen. Er trug's mit Fassung.«

Detective Barren merkte, wie ihr Magen in die Kniekehlen sackte. Ich wusste es, dachte sie. Ich wusste, dass sie mit aller Macht kämpfen würde. So leicht würde Susan es keinem machen, ihr das Leben zu nehmen.

Sie nahm die Liste vom Schreibtisch und ging die Namen durch.

Sie fasste sich und machte sich klar, dass sie erst sicher sein konnte, wenn sie bei der Druckerei gewesen war. Dann würde sie bei der Forensik noch einen Abgleich machen lassen, um jeden Zweifel auszuschließen. Das Ganze konnte dauern. Sachte, nichts überstürzen. Du musst jede Unsicherheit ausschließen. Allerdings zweifelte sie an ihrer Fähigkeit, sich an den eigenen Rat zu halten. Noch einmal starrte sie auf die Namensliste, doch die Buchstaben schienen sie zum Narren zu halten und tanzten auf dem Papier. Da ist er, dachte sie. Da ist er.

Der Kubaner, der in der Druckerei Biscayne hinter der Theke hervorkam, um ihr zu helfen, war ein umgänglicher und respektvoller älterer Herr. Sie zog ihre Dienstmarke und stürzte den Mann ganz offensichtlich in einige Verwirrung angesichts einer weiblichen Polizistin. Dennoch nahm er das gelbe Schildchen vorsichtig aus der Plastikhülle, um es mehrfach umzudrehen und zwischen den Fingern zu reiben.

»Das«, sagte er mit leichtem Akzent, »sieht zumindest sehr nach den Pässen aus, die wir für die Dolphins drucken. Dieses Jahr allerdings in einer anderen Farbe.«

»Könnte es sein ...«, fing sie an, doch er unterbrach sie mit einer Handbewegung.

»Letztes Jahr«, bestätigte er. »Wenn ich das hier mitnehmen darf, kann ich Ihnen vielleicht zeigen, welches Papier wir dazu eingekauft hatten, und Sie bekommen einen perfekten Abgleich?«

Die Bemerkung war als Frage formuliert. Detective Barren wusste, dass sie die nötige Untersuchung ohne weiteres beim Forensischen Institut der Bezirkspolizei in Auftrag geben konnte.

Sie schüttelte den Kopf. »Nein, danke. Ich wollte nur ...«

Er hielt die Hand hoch. »Was immer die schöne Polizistin wünscht.«

Er lächelte mit der harmlosen Laszivität eines alten Mannes.

Sie nahm die Papierprobe wieder an sich und überlegte, wann der nächste Flieger nach New York ging.

Das Dröhnen der Düsenmotoren drang nicht bis in ihre Gedanken, die sich nur um eines drehten: den Namen, der irritierend alltäglich klang und den sie gleich einem Mantra unablässig wiederholte. Wie im Schlaf nannte sie dem Taxifahrer die Adresse. Als sie vor dem riesigen Bürogebäude vorfuhr, nahm sie es kaum zur Kenntnis. Mechanisch drückte sie im Fahrstuhl die Siebzehn, zwängte sich hinter einem Dutzend

Büroangestellten an die Rückwand und lauschte auf das leise Zischen des Lifts.

Sie wartete ein paar Minuten in einer Lobby, während eine Empfangsdame einen Redakteur herbeiholte. Ihr Blick fiel auf eine Reihe gerahmter Fotos an der Wand, allesamt von Katastrophen oder Kriegen, und sie schlenderte hinüber. Aus Neugier, dann mit entsetzter Faszination starrte sie auf das erste Bild. Der Name, den sie darunter sah, riss sie mit einem Schlag aus ihrem geistigen Dämmerzustand. Da, sagte sie in Gedanken. Da ist er. Den Namen schwarz auf weiß vor sich zu sehen, stählte sie. Mehrere der Fotos an der Wand stammten von Douglas Jeffers, darunter ein Schnappschuss von einem dreck- und rußverschmierten Feuerwehrmann mit niedergeschlagener Miene, hinter dem ein Häuserblock brannte. Es war Philadelphia.

Als der Redakteur kam, riss sie sich los und drehte sich um. Sie suchte nach einer passenden Ausrede. Lüge clever und ungeniert! Mach ihn nicht misstrauisch! Lenke ab! Sie wollte nicht, dass die Fotoagentur Jeffers anrief und ihm erzählte, dass eine Polizistin nach ihm suchte. Sie zögerte nur kurz, bevor ihr die ersten Sätze über die Lippen kamen. Einen Anflug von schlechtem Gewissen schüttelte sie ab und machte munter weiter. Ihr war klar, wie wichtig es war, sich zu verstellen, und sie rief sich ins Gedächtnis, dass ihre Motive ehrlich und rechtschaffen waren.

Der stellvertretende Redakteur für Kriegsberichterstattung war freundlich, aber reserviert. »Er ist nicht da. Ich weiß nicht, wie ich Ihnen helfen kann, tut mir leid, aber ...«

Detective Barren nickte und schüttelte in gespielter Enttäuschung den Kopf. »Junge, da wird die alte Bande echt traurig sein. Alle wollten Doug wiedersehen.«

»Wie meinen Sie das?«, fragte der stellvertretende Redakteur, ein Mann in mittleren Jahren, der eine Fliege trug. Er hatte etwas verhalten Lüsternes an sich – ein leicht zerzauster Mann auf der ständigen Suche nach einem Abenteuer, der mit seinen Teddybärarmen sicher oft genug landen konnte. Sie beschloss, ihn bei seiner Schwäche zu packen, und schenkte ihm ein entwaffnendes Lächeln.

»Ach, nein, nicht so wichtig. Ist nur so, dass ein paar von uns, die zusammen die Bombardierung des Gebäudes von MOVE in Philly fotografiert haben, dieses Wiedersehen planen ... eigentlich keine große Sache. Wissen Sie, wie wir uns kennengelernt haben? Wir hockten alle in sicherem Abstand, während die Cops und die Feuerwehr sich dranmachten, das Ganze in die Luft zu jagen. Der alte Doug war wie ein Rennpferd. Der konnte einfach nicht warten, musste unbedingt zum Zuge kommen, egal, ob ihm die Kugeln um die Ohren fliegen würden. Typisch Doug, nicht wahr ...«

»So was Verrücktes sieht ihm ähnlich ...«

»Na ja, wie gesagt, ist nicht so wichtig. Wäre einfach nur nett gewesen, ihn dabeizuhaben. Jeder hört gerne Kriegsgeschichten, wissen Sie. Deshalb bin ich hergekommen ...«

»Wird sicher nett werden ...«

»Na ja, letztes Jahr wurde es am Ende ein bisschen ruppig ...« Sie zwinkerte und wurde dem Redakteur zuliebe noch ein bisschen rot.

Sie hoffte, dass er ihr zu dem Ereignis in Philadelphia keine Fragen stellen würde. Sie kramte in ihrem Gedächtnis nach den wenigen Artikeln, die sie darüber gelesen hatte. »Aber macht nichts, ehrlich.«

»Tut mir wirklich leid«, versicherte der Redakteur.

»Keine große Sache, nur dass Doug, na ja, Sie kennen ihn ja. Er ist so ein Einzelgänger. Wir hatten gehofft, ihn ein bisschen aus der Reserve zu locken, wissen Sie?«

»Können Sie laut sagen. Fotografen sind schon eine Sorte für sich.«

»Na ja, der alte Doug ist einer der Besten …«

»Keine Frage.«

»Also, ob Sie's glauben oder nicht, er hat sich bei seinen Aufträgen da draußen in der finsteren Provinz eine Menge Freunde gemacht.«

»Hab ich immer vermutet. Hier bei uns ist er wirklich ein einsamer Wolf. Aber«, fuhr der Redakteur fort, »es gibt Orte, da können Sie nicht hingehen, ohne sich ein bisschen auf andere Leute einzulassen. Wenn's brenzlig wird, rückt man zusammen.«

»Wie wahr, wie wahr!«, erwiderte Detective Barren.

»Für wen arbeiten Sie noch mal?«, fragte er.

»Für den *Herald*. Ich hab nur ein, zwei Tage in der Stadt zu tun …«

»Na ja«, meinte der Redakteur, »ich weiß nur, dass er Ferien macht und bei uns nicht hinterlassen hat, wohin er wollte. Er ist drei Wochen weg, falls Ihnen das weiterhilft. Ich kann gerne eine Nachricht …«

Sie dachte an die Wartezeit. Unmöglich.

»Oder vielleicht wollen Sie es bei seinem Bruder versuchen?«

»Doug hat nie einen Bruder erwähnt.«

»Er ist Arzt in einer staatlichen Heilanstalt in New Jersey. In Trenton. Doug gibt ihn immer als nächsten Angehörigen an, wenn er in ein Kriegsgebiet muss. Vielleicht wenden Sie sich mal an den. Täte mir wirklich leid für ihn, wenn er eine gute Party verpassen würde …«

»Wissen Sie was«, meinte Detective Barren, »ich versuche mein Glück bei dem Bruder, und falls das nicht klappt, hinterlasse ich bei Ihnen eine Nachricht, okay?«

»Gerne.«

»Junge«, sagte sie in mädchenhaftem Ton, »Sie haben mir echt geholfen. Wissen Sie was? Wenn alles klappt, hätten Sie da vielleicht Lust, auf einen Drink vorbeizukommen?«

»Sicher, gerne.«

»Ich ruf Sie an«, erwiderte sie mit einem Lächeln. »Ich erreiche Sie sicherlich hier, oder?«

Er lächelte hoffnungsvoll. »Jederzeit.«

Doch sie war längst mit den neuen Erkenntnissen beschäftigt, und es drängte sie mit Macht nach New Jersey.

6. Kapitel
Leichte Beute

11.

Douglas Jeffers blickte geradeaus auf den endlosen, tuscheschwarzen Highway, der unter seinen Rädern dahinflog, und summte wahllos irgendwelche Melodien. Hinter ihm zog am Horizont der Morgen herauf. Langsam drang das erste Licht in den Wagen und kroch in alle Ecken. Jeffers blickte zu der schlafenden Gestalt neben ihm. Anne Hamptons Mund war leicht geöffnet, ihr Atem regelmäßig. Das Morgenlicht ruhte auf ihren Zügen und schärfte ihre Konturen. Er versuchte, ihre dunklen Augenbrauen zu studieren, dann die lange Adlernase, die hohen Wangenknochen und die vollen Lippen, indem er den Blick immer wieder für einen kurzen Moment von der Straße abwandte. Er beobachtete, wie sich das klare frühe Licht in ihrem flachsblonden Haar fing und es sekundenlang aufglühen ließ. Er fragte sich wieder, ob sie schön war oder nicht. Für seinen Geschmack war sie es auf eine schlichte, schnörkellose Weise.

Er wäre gerne über die Stelle, an der das Licht die Konturen ihres Kinns betonte, mit dem Finger entlanggestrichen und hätte sie mit einer kleinen zärtlichen Geste geweckt. Er sah, dass sie dort einen kleinen Bluterguss hatte, was ihn einen

Moment lang traurig machte. Er hatte riesiges Glück gehabt, dass er sie nicht hatte töten müssen.
Jeffers blickte wieder geradeaus und sah den letzten fahlen Umriss der Mondsichel am Himmel, bevor sie ganz in der endlosen Bläue verschwand. Er liebte den frühen Morgen, auch wenn es bei diesem Licht schwierig, wenn nicht sogar unmöglich war, vernünftige Bilder zu machen. Falls es jedoch gelang, strahlten sie einen unbestreitbaren Zauber aus. Er dachte an einen Morgen in Vietnam, als er so tollkühn gewesen war, mit einem südvietnamesischen Ranger-Bataillon loszuziehen. Er war ebenso jung gewesen wie die Soldaten. Die anderen Kameraleute, mit denen er zusammen gewesen war – eine Crew von ABC News, ein anderer freier Mitarbeiter, der für Magnum filmte, und ein Kerl vom *Australian* –, hatten dankend abgelehnt, als sich ihnen die Chance bot, bei Kampfhandlungen hautnah dabei zu sein; sie hatten versucht, ihn mit vernünftigen Argumenten davon abzubringen. Doch er hatte sich von dem Gelächter, dem lärmenden Umgang und der unbeschwerten Kameradschaft der Soldaten anstecken lassen. Sie hatten alle mächtig angegeben, mit den Waffen gefuchtelt und siegessicher gegrinst, als sie in den grünen Zweieinhalbtonner stiegen, der sie an die Gefechtslinie bringen sollte. Er war lächelnd mit aufgesprungen, hatte drauflos geknipst, sich ihre Namen geben lassen und die entspannte Stimmung genossen, die im Krieg so kostbar war.
Einen Tag lang waren sie unter einem freundlichen Himmel durch Reisfelder gestapft. Kurz vor Einbruch der Dunkelheit hatten sie an einer kleinen Erhebung im Schutz von Bäumen und hohem Unterholz biwakiert. Jeffers erinnerte sich, dass die Männer bis in die Nacht hinein weitergelacht und -gealbert hatten, während er mit einem mulmigen Gefühl in die Dunkelheit starrte. Er war früh in sein Schützenloch gekro-

chen, nachdem er sich aus ihrem Waffenfundus eine M-16 und ein halbes Dutzend Ladestreifen genommen und neben seine ausgerollte Schlafmatte gelegt hatte. Links von seinem Lager stapelte er ein paar Handgranaten und rechts hielt er seine mit lichtempfindlichem Film bestückte Nikon bereit. Er zurrte seine kugelsichere Weste fest und ignorierte, wie unbequem sie war. Seine letzten Gedanken vor dem Einschlafen waren wütend gewesen – vor allem war er wütend über seinen eigenen Leichtsinn. Der gottverdammte Offizier hatte nur einen kümmerlichen Zug an die vorderste Frontlinie befohlen und nicht einmal einen Lauschposten tiefer in den Busch geschickt; also hatte Jeffers sich ohne Angst und Panik, aber mit einer gewissen Frustration gefragt, ob sie in dieser Nacht alle sterben würden. Oder zumindest die meisten von ihnen.

Dann war er in einen leichten Schlaf hinübergeglitten. Ein paar Stunden nach Mitternacht war das Lager angegriffen worden, und das Feuergefecht hatte bis in die frühen Morgenstunden gedauert.

Erst dann hatte der Feind den siegreichen Rückzug in den Dschungel angetreten. Jeffers war langsam und unter Schmerzen, blut- und dreckverschmiert aus seinem Loch gekrochen wie ein primitives Tier aus seiner Höhle. Seine Granaten und seine gesamte Munition waren in den Wirren der letzten Nacht draufgegangen. Doch dann war ihm eingefallen, dass er immer noch mehrere Filmrollen hatte, und er war im ersten Dämmerlicht aufgestanden, hatte Filme in seine Kameras eingelegt und gewartet, bis die Dämmerung den Blutzoll der letzten Nacht offenbarte. Irgendwann hatte der Morgen die Toten erreicht und in grotesken Posen festgehalten. Er entsann sich, wie der Nebel, die Kälte und der Geruch nach Kordit sich verzogen hatten und er einen Moment lang auf die verrenkten, brutal entstellten Leichen gestarrt hatte, die über das Schlachtfeld verstreut lagen. Dann hatte er sich die Nikon geschnappt und immer wieder den Auslöser gedrückt, während er sich im Krebsgang durch das Zerstörungswerk an Menschen und Material arbeitete und dabei versuchte, den Toten gleichermaßen Schönheit und Schrecken abzuringen. So hatte es für ihn nach dem Ende des Gefechts eine eigene Schlacht gegeben.

Newsweek hatte eins dieser Bilder für einen geradezu hellsichtigen Artikel über die fragwürdige Kompetenz der südvietnamesischen Armee ausgesucht. Er erinnerte sich genau an das Foto: ein kleiner Soldat, wahrscheinlich nicht älter als vierzehn, den es rückwärts auf eine Munitionskiste geschleudert hatte, im Tod die Augen weit aufgerissen, als betrachtete er die Zukunft, die er nun nicht mehr hatte. Es erschien etwa ein halbes Jahr, bevor Saigon fiel. Das war vor über einem Jahrzehnt, dachte er.

Ich war damals so viel jünger.

Er lächelte in sich hinein.

Athleten reden gerne über junge Beine, über Beine, die den ganzen Tag rennen können und immer noch Reserven haben, aber auch Fotografen sind darauf angewiesen. Er dachte daran, wie er nur wenige Monate später mit einer Abordnung der Nationalgarde zu Fuß durch die dichtbewachsenen Hügel von Nicaragua gelaufen war und die Rebellen mit Granatwerfern auf sie zukamen. Er hatte sich nicht vom Fleck gerührt und auf das wimmernde Geräusch und den dumpfen Aufschlag der Granaten gelauscht, die sich unerbittlich der Stelle näherten, zu der er und die Männer heruntergeklettert waren, um Schutz zu suchen. Er hörte im Geist, wie das Surren seines Motordrive den Lärm der Granaten übertönte, und wusste noch, dass er damals dachte, wie sehr der Krieg einem die Sinne schärfte.

Natürlich waren die Männer, mit denen er zusammen war, in alle Richtungen geflohen. Das war ansteckend, dieses Bedürfnis, vor Angst wegzurennen, und obwohl er sich nicht entsann, selbst in Panik geraten zu sein, war er ebenso schnell auf den Beinen gewesen.

Er war mit den anderen geflüchtet und hatte die gut ein Dutzend Jahre jüngeren Männer überholt, so dass er sich umdrehen und sie fotografieren konnte – eines seiner Lieblingsfotos, Blende 1,6 bei einer tausendstel Sekunde. Der gewaltsame Tod hatte sich nicht sehr verändert, dachte er. Im Hintergrund stieg eine Spirale aus Rauch und Dreck auf, während im Vordergrund drei Männer ihre Waffen und Patronengürtel wegwarfen und auf die Kamera zutaumelten. Ein vierter Mann fiel in einer Drehung tot zu Boden, von einem Schrapnell getroffen. *Life* hatte das Bild für tausendfünfhundert Dollar gekauft und im Redaktionsteil »Nachrichten aus aller Welt« gebracht. Tausendfünfhundert Dollar, dachte er, für den Bruchteil einer Sekunde innerhalb wochenlanger Entbehrungen, einem gewissen Maß an Furcht und viel Langeweile. Die Quintessenz des Fotojournalismus.

Er blickte wieder zu Anne Hampton hinunter.

Sie regte sich, und er sah, wie sie die Augen öffnete und in die Sonne blinzelte.

»Ah, Boswell kommt zu sich!«, begrüßte er sie.

Sie zuckte zusammen, saß augenblicklich senkrecht und rieb sich das Gesicht.

»Tut mir leid«, entschuldigte sie sich, »ich wollte nicht eindösen.«

»Macht nichts«, antwortete er. »Du brauchst deine Ruhe. Deinen Schönheitsschlaf.«

Sie starrte aus dem Fenster. »Wo sind wir?«, fragte sie, doch im selben Moment fuhr ihr Kopf in Panik zu ihm herum. »Ich meine, nur wenn Sie es mir sagen wollen, es ist nicht so wichtig. Ich war nur neugierig, und Sie müssen nichts sagen, wenn Sie nicht wollen. Tut mir wirklich leid.«

»Es ist kein Geheimnis«, beruhigte er sie. »Die erste Station ist die Küste von Louisiana.«

Sie nickte und öffnete das Handschuhfach, um einen der Notizblöcke herauszuholen. »Soll ich das aufschreiben?«, fragte sie.

»Boswell«, erklärte er. »Sei Boswell.«

Sie nickte und machte eine Notiz.

Dann sah sie ihn mit gezücktem Bleistift an. Ihr entging nicht, dass er sie aus den Augenwinkeln heraus aufmerksam beobachtete, während er geradeaus auf den Highway blickte.

»Du hast mich an jemanden erinnert«, erzählte er. »Eine Frau, die ich vor ein paar Jahren in Guatemala kennengelernt habe.«

Sie sagte nichts, sondern schrieb weiter. »Erinnerung an Guatemala, vor einigen Jahren ...«

»Die eigentliche Geschichte ist oben an der Grenze passiert, wo das Militär versucht hat, ein paar versprengte Guerillagruppen hochzunehmen. Das war einer dieser kleinen Kriege, in dem Amerikaner eigentlich nichts verloren hatten, dennoch mischten sie überall mit. Ich meine, Militärberater, Hightech-Waffen, Jungs von der CIA, die in Tarnkleidung und mit verspiegelten Sonnenbrillen herumliefen, US-Marinezerstörer bei Manövern vor der Küste ...« Er lachte leise und fuhr fort: »Erinnere mich daran, dass ich dir was über Selbstbetrug erzähle. Darin sind wir am besten ...«

Sie unterstrich das Wort Selbstbetrug dreimal.

»Na, jedenfalls, bei dieser ganzen aufgemotzten Jagd auf die Guerillas wurde eine klitzekleine Eigentümlichkeit der Situation in Guatemala übersehen. Jahrelang, was sag ich, wohl eher jahrhundertelang hat es die einheimischen Indios immer am übelsten erwischt. Ich meine, sie wurden nicht als Menschen betrachtet, verstehst du? Lag zum Beispiel ein Indio-Dorf zwischen den Fronten, hat sich keiner drum geschert …«

»Wie meinen Sie das, sich nicht drum geschert?«, fragte sie zaghaft.

Er lächelte. »Gut, ausgezeichnet, Boswell. Fragen, die der Klärung dienen, sind immer willkommen …«

Er schwieg und überlegte.

»Wenn beide Seiten in Stellung gegangen waren, zwischen ihnen aber irgendeine große, wichtige Estancia lag, na ja, dann haben sie einfach die Front verlegt. Es war, als hätten sich beide Seiten stillschweigend darauf geeinigt, dass dies Sperrgebiet war. So wie Kinder beim Football. Das Aus war ein Bereich, der weniger durch Grenzlinien als vielmehr durch eine Übereinkunft in den Köpfen markiert war …«

Er fuhr fort: »Für die Indio-Dörfer galt das nicht. Da haben sie einfach drauflos geballert. Wer ihnen zufällig in die Quere kam, nun ja, für den sah's bös aus. So hatte ich das gemeint. Wir kamen nach einem solchen Gefecht durch eins dieser Dörfer. Ich glaube, die Regierungstruppen hatten ein paar Guerillas getötet und die umgekehrt ein paar Leute von den Regierungstruppen. Das war's. Keine große Sache. Aber aus dem Dorf hatten sie Hackfleisch gemacht.«

Er zögerte.

»Babyblut. Das ist einzigartig. Es bringt nichts, Babyblut zu fotografieren, so was kauft dir keiner ab. Die Redakteure sehen sich deine Bilder an, versichern dir, wie ergreifend, wie aussagekräftig sie sind, aber sie wollen sie verflucht noch mal nicht bringen. Die Amerikaner wollen von Babyblut nichts wissen …«

Er sah sie von der Seite an.

»Da war eine Indio-Frau, die saß da und hielt ihr Kind im Arm. Sie sah auf, als ich sie fotografierte. Sie hatte dieselben Augen wie du. Daran musste ich denken …«

Wieder schwieg er.

»Ich stand neben diesem Kerl von der CIA namens, namens, verdammt, Jones oder Smith oder was weiß ich, was er mir aufgetischt hat. Er sieht die Frau und das Kind genau wie ich, und meint zu mir: ›Wurde wohl von der minderwertigen Munition der Rebellen getroffen.‹ Dann sieht er mich eindringlich an und sagt: ›Die verdammten Russen jubeln diesen hinterwäldlerischen Revolutionären immer schlechte Munition unter.‹ Schöner Mist, was?«

Jeffers schwieg, bevor er weiterredete. »Ich kann mich genau an seine Worte erinnern. Er war einer von den Jungs, die eigentlich gar nicht da waren.«

Eine Weile fuhr Jeffers schweigend weiter.

»Verstehst du, was er damit sagen wollte?«

»Nicht genau«, erwiderte sie.

Ohne zu zögern nahm Jeffers eine Hand vom Lenkrad und schlug ihr fest ins Gesicht. »Wach auf! Verdammt! Pass auf! Benutze deinen Verstand!«

Sie kauerte sich ängstlich im Sitz zusammen und kämpfte gegen die Tränen an, die ihr in die Augen schossen – nicht so sehr wegen des Schmerzes, der vergleichsweise gering war, sondern wegen der Unvorhersehbarkeit.

Sie holte tief Luft und rang um Fassung. Sie hörte, wie ihre Stimme zitterte, als sie ansetzte: »Er wollte damit sagen, wir waren das nicht …«

»Richtig. Und was noch?«

»Er hat den Mord jedem anderen in die Schuhe geschoben, nur nicht …«

»Wieder richtig!« Jeffers lächelte.

»Siehst du«, meinte er, »ist es nicht leichter, deinen Verstand zu benutzen?«

Sie nickte.

»Grundlose Grausamkeit. Selbsttäuschung. Wären wir nicht da gewesen, hätte es kein Gefecht gegeben, und das Kind wäre am Leben geblieben, zumindest noch ein paar Tage oder Wochen, wer weiß. Wir waren aber da. Nur mit dem Tod wollen wir nichts zu tun haben.«

Er lachte, aber nicht über einen Witz oder irgendetwas Komisches.

»Selbstbetrug, Selbstbetrug, Selbstbetrug.«

Sie schrieb es auf.

Anne Hampton schwirrten ein Dutzend Fragen durch den Kopf, doch sie biss die Zähne zusammen und schwieg.

Nach einer Weile fuhr Jeffers fort: »Der Tod ist das Einfachste von der Welt. Die meisten denken, es wäre schwer, jemanden zu töten. Das reden sie sich ein. In Wahrheit ist es das Einfachste von der Welt. Schlag an einem beliebigen Morgen die Zeitung auf, und was siehst du? Ehemänner töten ihre Frauen, Eltern ihre Kinder, Kinder bringen sich gegenseitig um. Schwarze töten Weiße, Weiße töten Schwarze. Wir töten heimlich, und wir töten in aller Öffentlichkeit, wir töten mit Absicht und aus Versehen. Wir töten mit Pistolen, Messern, Bomben, Gewehren – was immer wir in die Finger bekommen. Aber was passiert, wenn wir eine staatlich bezuschusste Getreidelieferung nach Äthiopien streichen? Wir töten, genauso sicher und präzise, als hätten wir eine Handfeuerwaffe mitgenommen und sie einem dieser Kinder mit aufgedunsenem Bauch an die Schläfe gehalten. Eigentlich läuft es bei der Einstellung unserer Nation zum Rest der Welt letztlich darauf hinaus, wen wir an irgendeinem beliebigen Tag töten oder nicht. Und mit welchen Waffen. Außenpolitik? Hah!

Wir sollten besser von unserer Todespolitik reden. Dann könnte ein Sprecher bei irgendeiner netten Pressekonferenz in Washington vortreten und erklären: ›Der Präsident, das Kabinett und der Kongress haben heute beschlossen, dass Indio-Bauern in Guatemala, Demonstranten in Südafrika, gewisse Elemente im Nordirlandkonflikt – wohlgemerkt auf beiden Seiten – und in diversen anderen Ländern dieser Erde dem Tod geweiht sind. Und um es, wie schon gestern und vorgestern und vorvorgestern noch einmal zu sagen, die Russen sind in Ordnung. Nicht nötig, dass dort jemand stirbt.‹«
Er starrte auf den Highway und lachte.
»Ich klinge wirklich verrückt.«
Er schielte zu ihr hinüber. »Mache ich dir Angst?«
Ihr Herz pochte ihr bis zum Hals, als sie fieberhaft überlegte, was er hören wollte. Sie schloss die Augen und sagte die Wahrheit. »Ja.«
»Na ja«, meinte er, »das ist wohl verständlich.«
Er schwieg eine Weile, bevor er sagte: »Also, eigentlich wollte ich das Ganze nicht gerade mit Politik anfangen. Ich meine, wir können auf einem etwas höheren Niveau miteinander reden, wenn du mich erst mal ein bisschen besser kennengelernt hast. Deshalb fahren wir in diese Richtung.«
»Darf ich Sie was fragen?«, fing sie schüchtern an.
»Hör zu«, antwortete er einen Hauch gereizt. »Du kannst jederzeit fragen. Sagte ich bereits. Zwinge mich bitte nicht, mich dauernd zu wiederholen. Ob du eine Antwort bekommst oder« – er ballte die Faust und öffnete sie wieder – »eine andere Reaktion, hängt von meiner Stimmung ab.« Er beugte sich vor, packte plötzlich den Muskel über ihrem Knie und drückte schmerzhaft zu. Sie schnappte nach Luft. »Vergiss nicht, es gibt keine Regeln. Das Spiel nimmt einfach seinen Lauf, Zug um Zug, bis zum Ende.«

Er ließ ihr Bein los. Es brannte weiter. Sie hätte es am liebsten gerieben, um den Schmerz zu lindern, wagte es aber nicht.
»Frag!«, befahl er.
»Fahren wir an einen Ort, an dem Sie mir helfen werden, Sie besser zu verstehen?«
Er lächelte. »Kluger Boswell«, lobte er. »Ausgezeichneter Boswell.«
Jeffers legte eine wirkungsvolle Pause ein, dann fügte er hinzu: »Das sollte eigentlich offensichtlich sein. Darum geht es schließlich bei diesem kleinen Ausflug.« Er lächelte und wandte sich wieder ganz dem Highway zu.

Anne Hampton hing ihren Tagträumen nach, als sie auf der Interstate an einer Tankstelle vorbeirauschten. Es war immer noch früh, und sie dachte daran, wie angenehm es war, im Sommer frühmorgens aufzustehen – ein Gefühl, mit dem Tag im Einklang zu sein. Sie erinnerte sich, wie sie es als Kind genossen hatte, allein im Haus herumzutappen. Es war eine Zeit, die sie mit sich und ihren Sachen zubrachte. Manchmal öffnete sie die Tür zum Schlafzimmer ihrer Eltern einen Spaltbreit und betrachtete sie in ihrem Bett. Wenn sie sicher war, dass sie fest schliefen, schlich sie im Flur zum Zimmer ihres Bruders. Er lag dann meist quer über seinem Bettzeug, das er im Schlaf zerwühlt hatte, und bekam nicht das Geringste von seiner Umgebung mit. Ihr Bruder war Langschläfer. Immer, ohne Ausnahme. Man hätte neben seinem Bett eine Bombe hochgehen lassen können, und der Kleine hätte nichts gemerkt. Es war, als hätte der Körper ihres Bruders gewusst, wie wichtig es war, Kraftreserven zu schöpfen, weil sich ihr Bruder Hals über Kopf ins Leben stürzte. Sie musste innerlich schmunzeln. Als Tommy starb, hat sich die Erde wahrscheinlich ein klitzekleines bisschen langsamer gedreht, so unfassbar wenig, dass nur die ältesten, weisesten Wissenschaftler an den größten Universitäten es mit den neuesten, präzisesten Instrumenten messen konnten. Wenn ich sterbe, dachte sie, kann ich froh sein, wenn sich irgendwo auf einem winzigen Teich das Wasser kräuselt oder eine kleine Bö durch die Bäume weht.

Sie kniff ein paarmal die Augen zu, um die Gedanken zu verdrängen. Meine Gedanken drehen sich nur ums Sterben, sagte sie sich. Und wieso auch nicht? Sie blickte vorsichtig zu Jeffers hinüber, der etwas pfiff, das sie nicht erkannte.

»Werden Sie nur über den Tod reden?«, fragte sie.

Er wandte sich kurz zu ihr um, bevor er wieder nach vorne schaute. Er lächelte. »Guter Boswell«, meinte er. »Sei eine Reporterin.« Er schwieg, dann fuhr er fort. »Nein. Ich werde versuchen, auch über andere Dinge zu reden. Da triffst du einen wichtigen Punkt. Das Problem ist nur« – er lachte, bevor er weitersprach – »meine Vorliebe fürs Morbide. Für Fatalismus. Dafür, wie etwas endet, und nicht so sehr, wie es anfängt.«

Wieder schwieg er und überlegte. Anne Hampton schrieb möglichst viel von dem, was er sagte, mit und starrte plötzlich verzweifelt auf ihre Handschrift. Sie war nicht sicher, ob man sie leicht entziffern konnte, und fragte sich in Panik, ob er es überprüfen würde.

Jeffers begann zu grinsen und lachte dann laut.

»Hier hätte ich eine Geschichte für dich. Die beste lebensbejahende Geschichte, die mir auf Anhieb einfällt. Mir fällt sicher ab und zu eine neue ein, aber die hier, also, das war in meiner Zeit bei dieser Zeitung in Dallas, dem *Times-Herald*, Mitte der siebziger Jahre. Die Leute nannten ihn den *Crimes-Herald*, aber das ist eine andere Geschichte …

An jenem Tag hatte ich Tagesbereitschaft, was normalerweise

alles bedeutete – von Blumenausstellungen oder Schnappschüssen von irgendwelchen Industriebonzen für den Wirtschaftsteil bis hin zu Unfällen und Polizisten oder sonst was, das sich ergab. Und dann bekamen wir diesen Anruf. Das war einer dieser großartigen Momente bei einer Zeitung, was in dem Augenblick natürlich niemand weiß, aber dennoch. Da meldet sich dieser Kerl am Telefon und sagt, es sei eben was Unglaubliches passiert. Was denn?, fragt der Lokalredakteur, der sich zu Tode langweilt. Na ja, wie's aussieht, hat sich dieses Ehepaar gestritten, häusliche Streitigkeiten halt. Sie steckten mitten in der Scheidung und bekamen sich wegen des Sorgerechts für das Kind in die Wolle. Sie packen beide das Baby, und der Blödmann versucht, es seiner Alten aus der Hand zu reißen, und hoppla – da saust das Baby aus dem Fenster im vierten Stock …

Also, der Lokalredakteur wird endlich wach, weil das nun wirklich 'ne tolle Geschichte ist, und er brüllt nach mir und einem Reporter, wir sollten gefälligst den Arsch in Bewegung setzen, weil ein Baby aus dem Fenster geworfen wurde, und plötzlich merkt der Redakteur, dass der Kerl am Telefon versucht, ihn zu unterbrechen. Ja, ja, schon gut, meint der Redakteur, geben Sie mir nur noch die Adresse. Sie verstehen nicht, antwortet der Mann in der Leitung und wird allmählich sauer. Was verstehe ich nicht?, fragt der Redakteur. Der Witz der Geschichte ist ja, dass jemand das Baby aufgefangen hat. Was?!, staunt der Redakteur. Ja, erklärt der Mann, da läuft genau in dem Moment ein Kerl vorbei, sieht, wie das Baby aus dem Fenster fällt … und fängt es doch wahrhaftig mitten im Sturzflug auf.«

Jeffers sah Anne Hampton an. Sie lächelte.

»Tatsächlich? Ich meine, er hat wirklich das Baby aufgefangen? Ich kann mir nicht vorstellen …«

»Nein, nein, das stimmt. Ich schwör's ...« Jeffers lachte. »Die vierte Geschichte. Genau wie ein Fair Catch beim Football.«

»Was ist ein Fair Catch?«

»Das ist, wenn der Kerl, der den Ball auffängt, die Hand hebt und der anderen Mannschaft ein Zeichen gibt, dass er den Ball schnappt, ohne dass er damit nach vorne will. Dann dürfen sie ihn nicht angreifen. Ein reiner Akt der Selbsterhaltung.«

»Aber wie ...«

»Wüsste ich auch gerne.« Jeffers lachte wieder. »Ich meine, der Mann muss eine unglaubliche Geistesgegenwart besessen haben ... ich glaube, die meisten von uns würden nach oben schauen, und wenn sie sehen, dass da was aus dem Fenster fliegt, so schnell wie möglich aus dem Weg springen. Der Mann nicht.«

»Haben Sie mit ihm geredet? Ich meine, was hat er dazu gesagt?«

»Er sagte, er hat nach oben geschaut und in einem Bruchteil von Sekunden begriffen, dass es ein Baby ist, und er hat sich direkt unter das Kind gestellt. In seinem Baseball-Team an der Highschool war er Centerfielder gewesen, was witzig war, denn als er das sagte, haben die Leute genickt, als ob das alles erklärte, obwohl es natürlich gar nichts erklärte, weil Baseballspieler normalerweise nicht allzu geübt darin sind, Babys aufzufangen.«

»Aber vielleicht hat er da zumindest gelernt, richtig zu fangen?«

»Vermutlich. Football, Baseball. Das war eine Geschichte, die nach Sportmetaphern schrie.«

Jeffers sah Anne Hampton von der Seite an. Sie erwiderte seinen Blick und schüttelte den Kopf. Dann lächelte sie, und ihr Lächeln wurde zu einem breiten Grinsen. Beide mussten sie laut lachen.

»Das ist unglaublich. Und irgendwie wundersam …«
»Im Grunde beschreibt es das, was Fotografen tun. Sie wandern mit schöner Regelmäßigkeit von einem wundersamen Vorfall zum nächsten …« Jeffers zögerte. »Schreib das lieber auf«, sagte er, und Anne Hampton machte sich weitere Notizen.
Als sie wieder aufsah, fuhr Jeffers fort. »Jedenfalls kann ich dir sagen, dass dieser Auftrag was ganz Besonderes für mich war, was sag ich, für uns alle, nicht nur an dem Tag, sondern für den ganzen Monat. Ich hab den Kerl abgelichtet, er hatte, weiß auch nicht, das entzückteste verlegene Grinsen. Wir lachten alle und kicherten – die Reporter, die Fotografen, Fernsehcrews, Passanten, Nachbarn, der Streifenpolizist, alle. Selbst der Vater des Kindes, dem sie Handschellen angelegt hatten, weil sie wohl dachten, irgendeiner müsste ja wohl verhaftet werden, wenn ein Baby aus dem Fenster geworfen wird. Das Komische war bloß, dass es ihm nichts auszumachen schien. Dann hab ich ein Foto von der Mutter gemacht. Hast du schon mal einen Menschen gesehen, dessen Leben sich in kurzer Zeit mehrmals hintereinander so drastisch verändert? Von Angst über Verzweiflung, Qual, Hoffnung zu unglaublichem Glück, und das alles binnen Sekunden? Das alles stand ihr in den Augen. Das war nicht schwer zu fotografieren. Leg ihr einfach das Baby in den Arm, setz sie neben den Kerl, der es aufgefangen hat, und drück auf den Auslöser. Bingo. Pathos und Freude in einem.«
»Unglaublich«, sagte sie.
»Ja, unglaublich.«
»Sie binden mir auch keinen Bären auf, nur damit ich mich besser fühle?«
»Nein, auf keinen Fall. Das ist nicht meine Art.«
»Was?«

»Etwas machen, nur damit sich jemand besser fühlt. Das gehört absolut nicht zur Jobbeschreibung.«

»Ich meinte nicht …«

Er unterbrach sie. »Ich weiß, was du meinst.«

Er sah sie an und lächelte. »Aber du solltest dich trotzdem besser fühlen.«

Sie empfand eine seltsame Wärme. »Das ist schön. Das ist wirklich eine schöne Geschichte.«

»Sieh zu, dass du sie aufschreibst«, sagte er.

Sie kritzelte eilig auf ihrem Block.

»Und das Baby hat überlebt«, schrieb sie.

Für einen Moment starrte sie auf das Wort: überlebt. Einen Augenblick lang wollte sie weinen, doch sie schaffte es, die Tränen zurückzuhalten.

Seit den letzten Stunden, die ihr wie Tage, ja Wochen erschienen, war dies die erste nicht bedrohliche Schweigepause auf ihrer Fahrt.

Als die Vormittagssonne schon hoch am Himmel stand, glitt Gulfport vorbei. Gelegentlich fiel die Straße zum Golf von Mexiko hin ab, und Anne Hampton hielt nach dem strahlenden Blau der Bucht Ausschau. Diese kurzen Ausblicke trösteten sie ebenso wie ein Möwenschwarm, der dicht über den Wellen auf einer Luftströmung schwebte. Sie sahen wie graue und weiße Segelboote aus, wie sie so schwerelos im Einklang mit den Instinkten und den Geboten der Natur dahinglitten.

Irgendwann im Verlauf des Vormittags sagte Jeffers: »Wir müssen tanken.«

Er verließ auf einer schmalen Abfahrt die Interstate zur erstbesten Tankstelle, die er fand. In Anne Hamptons Augen war sie ziemlich heruntergekommen; das kleine weiße Schindelholzhaus des Tankwarts schien in der Morgenbrise zu schwanken und sich aus Schwäche an den quadratischen Klinkerbau anzulehnen, in dem sich die Pannenwerkstatt befand. Über den Zapfsäulen der altmodischen Sorte – die bei jedem vollen Liter klingelten, statt der moderneren, computergesteuerten, die sie besser kannte – flatterten zwei Reihen roter, blauer, grüner und gelber Banner. Die Tankstelle nannte sich »Ted's Dixie Gas« und war bis auf drei Autos, die neben der Werkstatt standen, verlassen. Zwei der Fahrzeuge schienen schrottreif, ausgeschlachtet und verrostet, kaum noch als Wagen zu erkennen. Das dritte war ein kirschroter Straßenrenner mit aufgebocktem Heck, extragroßen Reifen und verchromten Rädern. Der Traum eines Mannes, dachte sie, der Traum eines Mannes, der für ein bisschen kleinstädtische Prahlerei viel Zeit, Geld und Mühe einsetzt.

Während Jeffers knirschend zu den Zapfsäulen fuhr, starrte sie auf das Auto und wusste, dass jeden Moment ein Teenager mit zurückgegeltem Haar herauskommen würde, um sie nach ihren Wünschen zu fragen.

»Geh aufs Klo«, befahl Jeffers.

Seine Stimme klang plötzlich grob. Sie zitterte.

»Du kennst die Regeln, nicht wahr?«

Sie nickte.

»Ich brauche dir nichts zu erklären, oder?«

Sie schüttelte den Kopf.

Sie sah, dass er die kurzläufige Pistole in der Hand hielt und sie sich unter dem Hemd in den Gürtel steckte. Sie starrte darauf und drehte sich schließlich um.

»Gut«, sagte er. »Das erleichtert die Situation. Und jetzt bleib sitzen, bis ich zu dir rumkomme und dir aufmache.«

Sie wartete.

»Beeil dich«, wies er sie an, während er die Tür aufriss. Sie

hob den Kopf und sah, wie ein schlaksiger Teenager mit glattem dunklem Haar, das ihm unter einer schäbigen, verblichenen Baseballkappe hervorsah, in ihre Richtung kam.
»Volltanken?«, fragte er mit schleppendem Südstaatenakzent. Für die zwei Worte brauchte er etwa so lange, wie für den kurzen Weg zwischen Werkstatt und Zapfsäulen.
»Randvoll«, antwortete Jeffers. »Wo ist die Damentoilette?«
»Brauchen Sie nicht eher die Herrentoilette?«, entgegnete der Junge grinsend. Für einen Moment dachte Anne Hampton, Jeffers würde ihn auf der Stelle erschießen. Doch stattdessen lachte er. Er formte die Finger zu einer Pistole und zielte auf den Teenager. »Peng«, machte er. »Der Punkt geht an Sie. Nein, ich meine, für die Dame hier.«
Der Tankwart schenkte sein breites Grinsen Anne Hampton, die schwach zurücklächelte. Der Junge deutete auf die Seitenfront des Gebäudes. »Der Schlüssel hängt innen an der Tür da. Der alte Mann wird es Ihnen zeigen.« Er winkte Richtung Kasse.
Anne Hampton sah Jeffers an, und er nickte.
Ihr wurde heiß, als sie die sieben Meter hinüberlief. Es war, als hätte sich ganz plötzlich der Wind gelegt, und zwar nur in ihrer unmittelbaren Umgebung. Sie starrte zu den Bannern hoch, die immer noch über ihr flatterten, und fragte sich, wieso sie die Brise nicht spürte. Ihr wurde schwindelig und flau im Magen. Sie trat aus der Sonne in den Verkaufsraum. Dort saß ein älterer Mann, unrasiert, mit ölverschmiertem Hemd, an der Registrierkasse und trank eine Dose Limonade. Ihr Blick blieb an einem eingestickten Namen oberhalb seiner Hemdtasche hängen. »Leroy« stand dort. »Der Toilettenschlüssel?«, fragte sie.
»Direkt neben Ihnen«, erwiderte der Mann. »Fehlt Ihnen was, Miss? Sie sehen aus wie der Speck von gestern, der über

Nacht in der Kasserolle geblieben ist. Kann ich Ihnen ein Kaltes bringen?«

»Ein was?«

»Eine Limo.« Er wies mit dem Kopf auf eine Kühlbox.

»Äh, nein. Nein. Das heißt, eigentlich doch. Danke, Leroy.«

»Ach, das Hemd gehört meinem Bruder. Der Taugenichts hat noch keinen Tag im Leben hart gearbeitet. Der Dreck ist von mir drangekommen. Ich heiße George. Cola?«

»Das wäre nett.«

Er reichte ihr die kalte Dose, und sie drückte sie sich an die Stirn. Er lächelte. »Das mach ich auch immer, wenn die Hitze zu doll wird. Geht einem direkt in den Schädel. Eine Bierflasche wirkt allerdings noch besser.«

Sie lächelte. »Was bin ich Ihnen schuldig?« Im selben Moment bekam sie fast keine Luft. Sie hatte kein Geld. Sie drehte sich um und suchte Jeffers.

»Ach was, die spendier ich Ihnen. Wann krieg ich schon mal die Gelegenheit, 'nem hübschen Mädel was auszugeben? Außerdem mach ich den jungen Burschen da eifersüchtig.« Er lachte, und sie fiel ein. Vor Erleichterung platzte die Luft förmlich aus ihr heraus.

»Weiß ich zu schätzen, danke.« Sie steckte die Dose in ihre Handtasche.

»Gern geschehen. Wo soll's denn hingehen?«

Wieder schluckte sie. Wohin?, fragte sie sich. Was soll ich am besten sagen?

»Louisiana«, antwortete sie. »Nur für'n paar Tage Urlaub.«

»Richtige Jahreszeit«, meinte der Tankwart. »Wenn auch ein kleines bisschen zu warm. Bei uns kommen 'ne Menge Leute auf der Durchreise vorbei. Die sollten lieber hierbleiben. Wir ham'n richtig schönen Sandstrand. Und gute Plätze zum Angeln, nur nicht so berühmt wie 'n paar andere Stellen. Das ist das Problem. Heutzutage läuft alles auf Publicity hinaus. Man muss es unters Volk bringen, nur so funktioniert das.«

»Unters Volk bringen«, pflichtete sie bei. »Das stimmt.«

»Muss allerdings auch drauf achten, was.«

»Sicher.«

»Zum Beispiel hier die Tankstelle«, fuhr der Mann fort. »Der Junge ist 'n richtig guter Mechaniker. Besser als sein Alter, so viel steht fest, auch wenn ich ihm das nicht sage. Setz ihm doch keine Flausen in den Kopf. Hab aber auch keine Möglichkeit, das unters Volk zu bringen. Am Ende bringen sie ihre dicken Schlitten zu den teuren Läden beim Einkaufszentrum, obwohl wir verdammt noch mal sauberere Arbeit fürs halbe Geld abliefern würden.«

»Davon bin ich überzeugt.«

Er lachte. »Geht's schon besser?«

»Ja«, antwortete sie.

»Man muss es unter die Leute bringen. Egal, was Sie im Leben machen, ob Sie nun Autos reparieren oder Burger verkaufen oder zum Mond fliegen oder weiß der Himmel was. In diesem Land geht nix ohne Publicity. Wirklich, Ma'am. Sie müssen den Leuten sagen, was Sie zu bieten haben und was die anderen kriegen. Sie müssen es einfach weitersagen.«

Er reichte ihr den Toilettenschlüssel.

»Hab heute früh erst saubergemacht. Frische Seife und Handtücher innen an der Tür. Wenn Sie noch was brauchen, rufen Sie.«

Sie nickte und machte Anstalten zu gehen. Sie drehte sich um und zeigte mit einer fragenden Geste auf eine Tür, und er winkte sie um die Ecke.

Es war kühl in der Toilette, auch wenn die Luft alt und abgestanden war. Sie benutzte rasch das Klo und trat ans Waschbecken, um sich Wasser ins Gesicht zu spritzen. Sie schaute in den Spiegel und stellte fest, dass sie abgespannt und blass aussah. Ich hab diese Szene schon hundertmal gesehen, überlegte sie und nahm die Seife zur Hand. Gibt es in jedem Fernsehfilm. Sie dachte an Jimmy Cagney und Edmond O'Brien. »Sprung in den Tod«, sagte sie laut. Er schreibt an der Tankstelle etwas an den Spiegel. Sie dachte an Jeffers und stellte sich vor, dass er den Text sprach: »Hab's geschafft, Ma! Ganz nach oben!« Sie schrieb das Wort HILFE auf den Spiegel. Dann ICH WURDE ... was? Sie wischte es weg. Ihr war heiß, und ihre Hand zitterte. Muss es unters Volk bringen, ahmte sie in Gedanken den Akzent des Alten nach. RUFEN SIE DIE POLIZEI! schmierte sie hin und wischte auch das wieder weg, als sie merkte, dass sie es zu schnell und unleserlich geschrieben hatte. Und sagen Sie denen was?

Ihr wurde übel, und sie musste sich am Beckenrand festhalten. Sie betrachtete ihre Hände und flehte sie um Rat an, als gehörten sie nicht zu ihrem Körper. Ruhig, befahl sie sich, sei ganz ruhig.

Sie sah wieder nach oben. An der Stelle verstecken sie immer das Heroin, dachte sie. Der Tankwart kommt rein und ruft den gutaussehenden jungen Polizisten, der sie rettet. So funktionierte das immer. Jedes Mal. Sie wischte in Panik den Spiegel sauber. Und wenn es nun nicht klappt?, dachte sie. Plötzlich war sie wütend und ungeduldig, und sie schmierte Seife über den Spiegel. Das Seifenstück war nass geworden und hinterließ weiße Streifen auf dem Glas. Wie Tränen, dachte sie. Es läuft nie so wie in, ja was? Im Märchen. Im Film. In den Geschichten, die ihr Vater ihr erzählt hatte, als sie klein war. Sie betrachtete ihr Spiegelbild zwischen den Streifen. Sie sah die roten Ränder um ihre Augen. In ohnmächtiger Wut schüttelte sie die Fäuste. Zu dieser Tür kam jedenfalls kein schöner Prinz herein. Sondern er. Er wird reinkommen. Er wird es sehen. Er bringt mich um. Und George. Und den Jungen, der die Autos repariert. Er bringt uns alle um. Einen nach dem anderen.

Und dann kommt es vielleicht unters Volk.

Draußen hörte sie ein schabendes Geräusch.

Sie schmeckte Galle in der Kehle. O Gott, dachte sie. Da ist er.

Die Tür klapperte. Es ist der Wind, beruhigte sie sich. Dennoch wischte sie in Panik die Seifenreste vom Spiegel.

Was mache ich nur?, fragte sie sich. Willst du sterben?

Tu gar nichts. Spiel mit. Bis jetzt hat er dir nichts getan.

Sie wusste, dass das gelogen war, und die Gegenstimme meldete sich prompt. Er wird dich missbrauchen und dann töten, das hat er selbst gesagt.

Die Tür klapperte wieder.

Er ist überall, dachte sie auf einmal. Der Raum war fensterlos. Sie fuhr herum und starrte auf die weiß getünchten Wände. Er kann dich sehen!, warnte sie sich. Er weiß es. Er weiß es. Marschier einfach ruhig hier raus und entschuldige dich, dachte sie.

Sie überprüfte sich in dem nunmehr sauberen Spiegel, als könnte sie Zeichen für Verrat in ihrem Gesicht erkennen, die ihm ins Auge fallen mussten. Dann drehte sie sich um und ging langsam nach draußen, während sie dachte: Ich bin innerlich wie leer. Sie hängte den Schlüssel wieder an den Haken neben der Tür und erstarrte vor Schreck.

Jeffers stand neben dem Wagen und sprach mit einem Staatspolizisten. Beide Männer trugen große Sonnenbrillen, und sie konnte ihre Augen nicht sehen. Sie blieb wie angewurzelt stehen.

Sie sah, wie Jeffers den Kopf hob und ihr entgegenlächelte. Er winkte ihr zu.

Sie konnte sich nicht rühren.
Jeffers winkte noch einmal.
Sie herrschte ihren Körper an, sich zu bewegen, doch sie war immer noch wie gelähmt. Sie zwang sich, an jedem Muskel zu zerren, und schaffte einen Schritt, dann einen zweiten. Der Weg über den Asphalt schien endlos, und sie hatte das seltsame Gefühl zu brennen.
Wir werden alle sterben, dachte sie. Sie sah schon, wie Jeffers sich unters Hemd griff und den schwarzen Revolver zog. Sie hörte den Schuss. Sie sah den Polizisten – die eigene, Feuer und Kugeln speiende Waffe in der Hand – nach hinten fallen. Sie sah, wie der Teenager und George, der Tankwart, sich wegduckten, während die Zapfsäulen explodierten und in Flammen aufgingen.
Sie machte noch einen Schritt und merkte, dass nichts dergleichen geschah.
Jeffers winkte wieder. »Spring rein, Annie, ich lass mir nur eben genau beschreiben, wie wir am besten fahren.« Er wandte sich an den Polizisten. »Also, wenn ich nach New Orleans reinkomme, gabelt sich die Straße, die Sechs-Zehn bringt mich ins Zentrum, und auf der Vier-Zehn geht's zu den Naturparks an der Küste?«
»Genau«, sagte der Polizist. Er lächelte Anne Hampton zu und berührte zum Gruß seine Hutkrempe. Die kleine Höflichkeitsgeste schien sie innerlich zu versengen.
»Großartig«, meinte Jeffers. »Ich geh immer gerne auf Nummer sicher. Sie haben mir sehr geholfen.«
»Gern geschehen«, entgegnete der Polizist. »Schönen Tag noch.«
Er machte kehrt und ging zu seinem eigenen Fahrzeug, während Jeffers hinters Lenkrad rutschte. Zuerst schwieg er, während er Gas gab und an dem Streifenwagen vorbei von der

Tankstelle wegfuhr. Dann fragte er in sachlichem, strengem Ton: »Was hattest du mit dem alten Mann zu quasseln?«
»Ich muss mich übergeben«, stöhnte Anne Hampton.
»Wenn du dich übergibst«, erwiderte Jeffers, und sein Blick verengte sich, während seine Stimme so teilnahmslos klang, als diskutierten sie das Wetter oder die steigenden Preise, »dann müssen wir alle sterben.«
Sie biss die Zähne zusammen und kniff die Augen zu.
Sie schnappte gierig nach Luft.
»Wir haben über Publicity gesprochen«, brachte sie heraus. »Darüber, dass man es unter die Leute bringen muss, wenn man etwas zu verkaufen hat. Wie die Mechanikerkünste dieses Jungen.«
»Publicity ist genauso ein Treibstoff«, überlegte Jeffers, »wie arabisches Öl.« Er warf ihr einen kurzen Blick zu. Sie wandte sich ab und sah, wie sich vor ihnen die Straße dehnte. Er nahm wieder die Zufahrt zur Interstate.
»Geht schon wieder«, meinte sie und dachte, es muss.
Sie schaute Jeffers von der Seite an und sah, dass er sich zu entspannen schien. Er lächelte schwach.
»Braver Boswell«, lobte er. »Wenn du dich wieder so weit gut fühlst, schreib alles auf. Ist doch aufregend, oder? Vor allem das mit dem Polizisten, nicht? Da schießt das Adrenalin in die Adern.«
Jeffers summte vor sich hin und gab Vollgas. Wieder erkannte sie die Melodie nicht, doch sie hasste sie.

Unterwegs glitt Douglas Jeffers halbherzig in Tagträumereien hinein. Anne Hampton war neben ihm schweigsam geworden und starrte in einer wünschenswerten Leere aus dem Fenster. Er wollte ihre Phantasie nicht zu früh beflügeln. Sie hatte immer noch Kraftreserven in sich, die er nicht mobilisieren durfte. Es war durchaus typisch, dass sie sich dessen nicht bewusst war. Sie war immer noch in der Lage, den Bann zu durchbrechen und um ihre Freiheit zu kämpfen oder um etwas zu tun, das ihre Reise gefährdete, doch diese Energie würde nach und nach schwinden, das wusste er. Sie war bereits auf die Hälfte gesunken, vielleicht sogar auf ein Viertel. Binnen ein, zwei Tagen, schätzte er, ist sie ganz verflogen, außer einem gefährlichen Rest, vor dem er stets auf der Hut sein musste. Selbst ein gezähmtes, abgerichtetes, eingeschüchtertes Tier wird angesichts drohender Vernichtung irgendwann einmal zurückschlagen. Er beschloss, keine Anzeichen zu übersehen. Dabei war ihm durchaus bewusst, dass sie nicht unbedingt in Erscheinung treten mussten. Für einen Moment fragte er sich, ob sie von der einschlägigen Literatur über Kontrolle und Macht die geringste Ahnung hatte. Bestimmt hatte sie zumindest John Fowles gelesen. Und sie konnte sich vielleicht an Rubaschow und seine Peiniger beim Verhör erinnern. Sollte er ihr etwas über das Stockholm-Syndrom erzählen? Vermutlich ja, zu gegebener Zeit. Wissen, überlegte er, konnte – geschickt und gezielt eingesetzt – die Wahrheit zusätzlich verwirren und verdunkeln. Es würde ihre Hilflosigkeit verstärken, wenn er ihr klarmachte, dass sie psychisch in einem Netz gefangen war, aus dem sie sich nicht aus eigener Kraft befreien konnte. Stürze sie in noch tiefere Verzweiflung. Er blickte zu ihr hinüber und musterte ihr Profil, während sie unverwandt auf den Horizont starrte. Er versuchte, einen Hauch Unabhängigkeit und Entschlossenheit zu riechen. Nein, dachte er, die nicht.

Die hab ich ihr genommen. Ganz nach Plan.

Ich kann mit ihr machen, was ich will.

Beinahe hätte er aufgelacht, doch er unterdrückte den Laut, bevor er ihm über die Lippen kam, so wie ein Schuljunge,

dem hinter dem Rücken des Lehrers ein schmutziges Bild zugesteckt wurde.
Sie ist jetzt wie Ton in meinen Händen. Ich kann daraus formen, was ich will. Wie beiläufig kam ihm die Frage in den Sinn, ob sie wohl wusste, dass sich ihr Leben vollkommen verändert hatte, dass sie nie wieder dieselbe sein würde und niemals wieder anknüpfen konnte an die Zeit, bevor er in ihr Leben getreten war.
Für keinen von uns beiden gibt es ein Zurück.
Er dachte an das betroffene Gesicht, das sie gemacht hatte, als sie den Polizisten sah. Das hat sie in Panik versetzt, dachte er. Bis morgen ist sie so am Ende, dass sie mehr Angst vor der Polizei hat als ich. Und ich habe nicht die geringste Angst.
Innerlich grinste er, auch wenn äußerlich nur ein leichtes Zucken um seine Mundwinkel spielte.
Sie gehört mir.
Jedenfalls in vierundzwanzig Stunden.
Ihm lachte das Herz, wenn er an die Möglichkeiten dachte. Was für Lektionen auf sie warten!
Auch nicht schlimmer als meine eigenen.
Plötzlich stand ihm eine Erinnerung plastisch vor Augen, ohne dass er sich dagegen wehren konnte. Er sah sich, wie er als Sechsjähriger vom Drogisten und seiner Frau durch die Nacht geführt wurde. Er erinnerte sich, wie überrascht er beim Anblick des Hauses gewesen war. In seinen Kinderaugen war es riesig und überwältigend. Er hatte Angst gehabt und wusste noch, wie wichtig es gewesen war, sich gegenüber Marty nicht anmerken zu lassen, wie groß seine Angst war. Das Haus war ganz anders als die Hotelzimmer und Wohnwagenparks, durch die ihre Mutter sie geschleift hatte. Seine erste Mutter, dachte er. Einen Moment lang glaubte er, die Mischung aus Parfüm und Alkoholdunst zu riechen, die ihn

jedes Mal verfolgte, wenn er an sie denken musste. Er beugte sich vor und öffnete das Fenster einen Spalt, um Luft hereinzulassen, weil er fürchtete, dass sich ihm von all dem Hass der Magen umdrehte.

Die Luft vertrieb den Erinnerungsgeruch, und er dachte an seinen ersten Blick die Treppe hoch zu ihrem Zimmer. Er entsann sich, wie fest Marty seine Hand gepackt hatte. Es war dunkel gewesen, und die wenigen Lampen, die der Drogist eingeschaltet hatte, warfen seltsame Formen an die Wände. Er konnte sich nicht daran erinnern, wie sie die Treppe hochgegangen waren. Dafür wusste er noch, wie sie in einen winzigen Raum halb geführt und halb geschoben wurden. Die Wände waren weiß getüncht, und die Einrichtung bestand aus zwei aufgeklappten Feldbetten. Die einzige Lampe hatte keinen Schirm. Das einzige Fenster war geöffnet und ließ die kalte Luft herein.

Es war trostlos und steril gewesen.

Er zwang sich zu einem Lächeln – nicht Ausdruck von Amüsement, sondern von Ironie. Sein erstes Gefecht, dachte er. Marty war so erschöpft gewesen, dass er augenblicklich eingeschlafen war. Aber ich starrte an die Wände. Er sah die Konfrontation am nächsten Morgen vor sich:

Können wir was an die Wände hängen?

Nein.

Wieso nicht?

Ihr macht sie nur kaputt.

Nein, wir sind vorsichtig.

Nein.

Bitte.

Hör auf, herumzuquengeln! Ich habe nein gesagt! Schluss jetzt.

Es ist aber nicht wie ein Zimmer. Es ist wie ein Gefängnis.

Ich werde dir zeigen, dass du so nicht mit mir reden darfst. Er hatte seine ersten Prügel bezogen. Die ersten von vielen. Er fand es merkwürdig, dass ihm keine Emotionen hochkamen, als er daran dachte, wie er die ersten Fausthiebe spürte, die sein neuer Vater auf ihn niederprasseln ließ. Doch Hass stieg in ihm auf, wenn er daran dachte, wie seine neue Mutter seelenruhig daneben saß. Ihre Augen sollen verdammt sein!, dachte er plötzlich. Sie hat nichts unternommen! Einfach nur dagesessen und zugesehen. Sie hat immer nur dagesessen und zugesehen. Sie hat nichts gesagt und nichts getan.

Er stockte, als müsste er nach Luft schnappen.

Ihre Augen sollen zur Hölle gehen! Wieder füllte sich sein Kopf mit Erinnerungen, als hielte er eine Tasse unter einen Wasserhahn. Für den Rest des Tages wurde er in eine fremde, neue Schule abgeschoben. Das war an sich schon entsetzlich genug gewesen.

Am lebhaftesten war ihm allerdings der Kunstunterricht an diesem Morgen haftengeblieben, während dem er sich das größte weiße Blatt Papier geschnappt hatte, das es gab. Dann hatte er schnell und planvoll dicke Streifen in Blau, Orange, Rot, Gelb und Grün darauf gemalt, so dass er in Windeseile einen Regenbogen vor sich hatte. Anschließend hatte er sich noch ein Blatt genommen und ein Dampfschiff gemalt, das auf wilder, grauer See schaukelte. Schließlich ein drittes für einen Piratenkapitän mit roter Schärpe, schwarzem Bart und Totenkopfflagge in den Händen. Er hatte die Bilder trocknen lassen und war am Nachmittag zurückgekehrt, um die Lehrerin zu fragen, ob er sie behalten dürfe. Als sie es erlaubte, nahm er sie und rannte ins Klo. Er schloss sich in eine Kabine ein, ließ die Hose fallen und wickelte sich die Gemälde vorsichtig um Ober- und Unterschenkel.

Er wusste noch, wie er mit steifen Beinen nach Hause gegangen war. Wieso hinkst du, fragte seine neue Mutter. Ich bin in der Schule hingefallen, erklärte er. Es ist nichts weiter. Geht schon wieder. Er war die Treppe hoch in sein Zimmer gestakst, wo Marty versuchte, auf dem Boden mit einem leeren Schuhkarton zu spielen. Er sah die Freude in den Augen seines Bruders vor sich, als er die Bilder herausholte und sie mit Reißzwecken, die er in der Schule hatte mitgehen lassen, an die sorgsam getünchten Wände heftete. Wenn er daran dachte, wie Martys ganzes Gesicht vor Begeisterung strahlte, musste er selbst grinsen: Ein Boot, hatte sein Bruder gerufen, das bringt uns zu Mammi zurück!

Ist eine lange Seefahrt daraus geworden, dachte Jeffers.

Wir sind immer noch nicht angekommen.

Er überholte mühelos einen großen Laster, dessen ohrenbetäubender Motorenlärm in die Stille des Wagens dröhnte. Er sah, wie Anne Hampton erschrocken zusammenzuckte. Als der Laster hinter ihnen verschwand, schwenkte Jeffers elegant auf die rechte Spur und fuhr weiter. Er zwang sich, an nichts zu denken, als ob er in seinem Kopf zu einer so grässlichen Leere fähig wäre wie diese verfluchten weißen Wände – leer, ohne sich an das zu erinnern, was er gesehen hatte, was er getan hatte und was er zu tun beabsichtigte.

Sie rauschten am frühen Nachmittag an den ersten Ausläufern von New Orleans vorbei, als der Himmel sich verdunkelte. Anne Hampton sah, wie sich große, graue Gewitterwolken am Horizont zusammenballten. Ihr entging nicht, dass Jeffers mit zunehmend schlechtem Wetter schneller fuhr; als die ersten großen Regentropfen an die Windschutzscheibe spritzten, murmelte er gereizt einen Fluch und griff nach dem Schalter für die Scheibenwischer.

Sie hatte gelernt, dass er redete, wenn er wollte, und sagte

nichts. Wenig später brach er das Schweigen, und ihre Vorsicht erwies sich als gerechtfertigt.
»Verdammt«, fluchte er. »Dieser Scheißregen macht Schwierigkeiten.«
»Wieso?«
»Bei Regen ist es schwerer, markante Stellen wiederzufinden. Ist lange her, dass ich das letzte Mal hier gewesen bin.«
»Könnten Sie mir sagen, wohin wir fahren?«
»Ja.«
Er schwieg.
»Sagen Sie es mir? Aber nur, wenn Sie wollen ...«
»Nein«, meinte er, »ich sag's dir. Wir fahren zu einem Ort namens Terrebonne, einem Dorf an der Küste. Ein Stück hinter einer Kleinstadt namens Ashland. Das letzte Mal war ich, ähm, am achten August vierundsiebzig da. Deshalb kann mich jede Kleinigkeit, der Wetterumschwung oder eine neue Straße – und die scheinen wahrhaftig alle neu zu sein – aus dem Konzept bringen.«
Anne Hampton sah aus den Fenstern auf das sumpfige Marschland, das mit Piniengruppen und wenigen Weiden durchzogen war. Es schien ein Ort prähistorischer Schrecken zu sein, und sie zitterte.
»Es sieht ziemlich wild aus.«
»Ist es auch. Es ist phantastisch, wie auf einem anderen Planeten. Einsam. Verloren. Abgelegen. Es hat mir wirklich gefallen, als ich das erste Mal hier war.«
Für Sekunden glaubte sie, ihr stünde das Herz still. Ihre Kehle schien so eng, als hätte ihr jemand die Hände um den Hals gelegt. Ihr Gaumen fühlte sich staubtrocken an.
Hier will er mich töten, dachte sie.
Sie versuchte den Mund zu öffnen, um etwas zu sagen, brachte aber keinen Ton heraus.

Sie wusste, dass sie die plötzlich eingetretene Stille füllen musste, und sie zermarterte sich den Kopf, was sie sagen sollte, obwohl sie in Wahrheit nur schreien wollte. Schließlich brachte sie eine Frage heraus, bereute aber augenblicklich, wie dürftig sie ausfiel.

»Müssen wir dahin?«, fragte sie.

Sie hörte sich an wie ein wimmerndes Kind.

»Wieso nicht?«, fragte er zurück.

»Ich weiß nicht, es kommt mir nur, na ja, sehr abgelegen vor.«

»Deshalb hab ich es ja ausgesucht.«

Sie sah, wie er ihr einen Blick zuwarf.

»Du schreibst das ja gar nicht auf«, sagte er gereizt.

Sie griff nach dem Stift und dem Notizbuch, doch ihr zitterten erneut die Hände, und die Worte auf den Seiten waren verschwommen und unleserlich.

In diesem Moment schlug er zu, blitzschnell, so dass sie kaum sah, wie er die flache Hand vom Lenkrad hob. Sie keuchte und ließ den Stift fallen, griff aber, indem sie den letzten Rest an Geistesgegenwart zusammennahm, nach unten und hob ihn auf. Den Schmerz registrierte sie kaum.

»Ich bin so weit«, versicherte sie hastig.

»Wie lange willst du dich noch so dumm anstellen?«, herrschte er sie an.

»Ich bemühe mich.«

»Bemühe dich mehr.«

»Ich versprech's. Ich werde mich bemühen.«

»Gut. Es gibt immer noch Hoffnung für dich.«

»Danke. Es ist nur, nur …«

Sie brachte die Worte nicht über die Lippen und fügte sich in die eintretende Stille. Sie lauschte auf das Motorengeräusch und das Quietschen der Scheibenwischer und fragte sich, wie es sich anfühlen würde, wenn es passierte.

»Begriffsstutziger Boswell«, meinte Jeffers, nachdem einige Zeit verstrichen war.
Er überlegte einen Moment, ob er sie beruhigen, ob er ihr verraten sollte, dass er noch Pläne mit ihr hatte, doch dann besann er sich eines Besseren. Lieber gelegentliche Tränen, als dass sie Hoffnung schöpfte.
»Du solltest mehr an die Qualität des Lebens denken als daran, wie lang es ist.«
Sie nickte.
»Schreib das auf«, befahl er. »Aphorismen. *Jeffers – und wie er die Welt sah. Des armen Douglas Jeffers' Almanach. Die Weisheiten des Douglas Jeffers.* Das ist deine Aufgabe.«
»Selbstverständlich«, fügte sie sich.
Sie fuhren weiter, und sie fühlte sich vom Regen, von der Dunkelheit und der Angst vollkommen überschwemmt.
»Weißt du, wohin wir fahren, Boswell?«, fragte Jeffers. Dann beantwortete er seine Frage selbst. »Wir werden eine alte Freundin besuchen. Meinst du nicht auch, dass Erinnerungen wie alte Freunde sind? Du kannst sie dir ins Gedächtnis rufen, so wie du eine Telefonnummer wählst. Sie melden sich und trösten dich.«
»Und wenn es nun schlechte Erinnerungen sind?«, erkundigte sich Anne Hampton zaghaft.
»Gute Frage«, antwortete er. »Aber ich glaube, schlechte Erinnerungen sind auf ihre Art genauso hilfreich und gut. Du legst sie auf deine eigene innere Waage, setzt deine eigenen Gewichtungen. Das Gute an schlechten Erinnerungen ist zumindest, na ja, dass sie nur Erinnerungen sind. Du hast sie hinter dir gelassen. Auf zu neuen Ufern ... Ich denke, ich taxiere Erinnerungen nicht. Ich sehe sie als Teil eines Gesamtbilds. Als ob ich zum Beispiel eine lange Belichtungszeit nehme, wie bei einem dieser ausgefallenen Fotos auf dem

National Geographic, weißt du, wo die Kamera das Aufblühen einer Blume festhält oder das Ausbrüten eines Eis.«
Sie schrieb das auf.
Jeffers lachte kalt.
»Wir fahren dahin, wo der neue Douglas Jeffers etwas ausgebrütet hat.« Er reckte sich auf seinem Sitz vor und spähte in den grauen Himmel. »Einer der dunklen Orte der Erde«, zitierte er. Er sah zu Anne Hampton hinüber. »Weißt du, von wem das ist?«
Sie schüttelte den Kopf.
»Das heißt, jemand hat es geschrieben, aber eine Romanfigur sagt es. Wer?«
Er schnaubte, fast ein wenig amüsiert.
»Du bist Anglistin im Hauptfach, komm schon! Kannst doch nicht auf dir sitzenlassen, dass dich ein angeschlagener alter Reporter mit Zitaten übertrumpft.«
Sie kramte fieberhaft in ihrem Gedächtnis.
»Shakespeare?«
Er lachte. »Zu offensichtlich. Modern.«
»Melville?«
»Nicht schlecht. Schon wärmer.«
»Faulkner? Nein, zu kurz … ähm, Hemingway?«
»Denk ans Meer.«
»Conrad!«
Jeffers lachte, und sie fiel ein.
Nach einer Weile fragte sie: »Wieso gehen wir an einen der dunklen Orte der Erde?«
»Weil«, antwortete Jeffers in sachlichem Ton, »ich dort mein Herz entdeckt habe.«
Sie fuhren schweigend weiter. Anne Hampton sah, dass Jeffers' Augen funkelten, als er ein Ausfahrtschild zu einer Landstraße entdeckte. »Verflucht«, sagte er. »Das ist die

Straße.« Er verließ den Highway, und wenig später erkannte sie, dass sie auf einer schmalen Nebenstraße waren, über die sich große Bäume wölbten und den Himmel verdeckten, sich aber in der Mitte teilten, so dass der Regen herunterschüttete. Sie gingen rasant in eine Kurve, und Anne spürte, dass sie ein wenig ins Schleudern gerieten, so dass die Hinterräder sekundenlang durchdrehten und auf dem regennassen Asphalt quietschten. Sie hatte das beunruhigende Gefühl, dass Jeffers die Straße hinunterraste und kaum noch Kontrolle über den Wagen hatte.

»Liebe ist Schmerz«, erklärte Jeffers.

Er wartete einen Moment.

»Als ich klein war, habe ich immer die Männer meiner Mutter gehört. Sie stolperten und stapften herum und machten mehr Lärm, wenn sie versuchten, leise zu sein, als wenn sie sich einfach normal bewegt hätten. Es war spätnachts, und sie dachte wohl, ich schliefe. Ich kniff die Augen fest zu. Es war ein kleines rotes Lämpchen im Raum, so dass ich die Lider einen Spaltbreit öffnen und sie sehen konnte. Ich erinnere mich, wie sie stöhnte und sich beklagte und am Ende vor Schmerz aufschrie. Hab ich nie vergessen ... Erscheint ganz einfach, nicht wahr? Je mehr Liebe, desto mehr Verletzung. Klingt wie ein Doowop-Song aus den Fünfzigern, was?« Er schnulzte: »You always love the one you hurt ...«

Er warf Anne Hampton einen Blick zu.

Dann sang er weiter: »You always kill the one you love ...«

Er wandte sich wieder ab und konzentrierte sich auf die Straße.

»Es ist nicht mehr weit«, sagte er.

Doch vor Angst konnte sie ihn kaum hören.

Sie drangen immer weiter in das sumpfige Dunkel zwischen den Bäumen vor. Nirgends sah sie Lebenszeichen abgesehen von vereinzelten, unscheinbaren Behausungen, die sich weiß vom immer dichter werdenden Grau des Tages abhoben. Im Verlauf der weiteren Fahrt war wieder mehr Himmel zu sehen, der sich mit noch dunkleren Wolken füllte, und sie wusste, dass sie sich der Küste näherten. Jeffers sagte nichts und konzentrierte sich, wie sie hoffte, auf die Straße, denn er starrte mit mürrischem Gesicht geradeaus. In der Ferne sah sie gewaltige Blitze, die quer über den Himmel geschleudert wurden, gefolgt vom Donnergrollen, das den Wagen erfüllte. Der Regen war noch stärker geworden; er prasselte auf das Blechdach nieder und überflutete zwischen den Schlägen der Wischer die Scheibe. Sie betete, dass sie nicht aussteigen würden, obwohl sie wusste, dass sie es nicht verhindern konnte. Dann dachte sie, dass es wahrscheinlich keinen Unterschied machte, nass zu werden. Dennoch hatte sie die seltsame Vorstellung, dass sie, wenn es dazu kam, nicht zitternd und durchnässt ein jämmerliches Bild abgeben wollte.

Jeffers bog erneut ab, und sie befanden sich auf einer noch kleineren, noch verlasseneren Straße.

Sie schwieg und versuchte, an zu Hause zu denken, an ihre Mutter, ihren Vater, ihre Freunde, an die Sonne und den Sommer, der in der grauen Flut aus Wind und Regen untergegangen war.

Wieder bog Jeffers ab, und der Weg wurde holprig. Er war ungeteert. Jeffers fluchte. »Wir bleiben stecken, wenn wir da runterfahren. Verflucht, es ist nur noch eine halbe Meile …«

Er fuhr auf eine grasbewachsene Stelle und hielt an.

Sie hasste das plötzliche Verstummen des Motorengeräuschs. Die Stille hüllte sie von allen Seiten ein.

»Douglas Jeffers denkt doch an alles«, sagte er, griff hinter sich und nahm eine kleine Reisetasche vom Rücksitz. Er zog den Reißverschluss auf und schob ihr ein gelbes Regencape hin. Dann zog er eine dunkelgrüne, regenfeste Jacke mit passender Hose heraus. »Das Beste aus dem L.-L.-Bean-Katalog«, erklärte er. »Einen großen Teil des Fotografierens macht die Vorwegnahme künftiger Unannehmlichkeiten aus. Ich hoffe, es passt. Setz die Kapuze auf.«

Er half ihr dabei, das Cape überzuziehen, dann schlüpfte er selbst in den Regenanzug. »Also«, meinte er, »gehen wir.«

Es donnerte, und ein neuer, heftiger Regenguss prasselte auf den Wagen nieder. Jeffers lächelte und stieg aus. Eine Sekunde später öffnete sich Anne Hamptons Tür. Sie war klug genug, um nicht zu zögern.

Von der Wucht des Regens schien ihr für einen Moment die Luft wegzubleiben, und sie stand desorientiert und von Wind und Wetter benommen da. Sie merkte, wie Jeffers mit der gewohnten Kraft ihren Arm nahm, und sie ließ sich von ihm mitzerren. Der Weg war sandig und unbefestigt, und sie rutschte in ihren Laufschuhen, während Jeffers sie schob. Für Sekunden wünschte sie sich, wenigstens an einem trockenen, vertrauten Ort zu sterben. Das hier war besonders unfair. Sie konnte nichts sehen. Sie hatte das Gefühl, dass er einen Moment hinter ihr war und den nächsten neben ihr, um gleich danach vor ihr herzulaufen und sie mitzuziehen. Sie versuchte, in Gedanken Ideen und Schlussfolgerungen zu formulieren. Wieso sollte er mir ein Regencape geben, wenn er mich töten will?, dachte sie. Am meisten Angst machte ihr allerdings die unabweisbare Tatsache, dass es ein Fehler war, irgendetwas von dem, das ihr geschah, eine Logik zuzuschreiben.

Sie schloss die Augen vor den Blitzen und dem Regen und fing an, im Takt ihrer Füße Gebetsfetzen zu murmeln, um in den vergessen geglaubten Rhythmen etwas Trost zu finden. »Vater unser, der du bist im Himmel, geheiligt werde dein Name ...« Und dann: »Vergib uns unsere Schuld, wie auch wir vergeben unseren Schuldigern ...« Jeffers stieß sie ein wenig fester an, und sie keuchte: »Und ob ich schon wandelte im finsteren Tal, fürchte ich kein Unglück ...«

»Komm schon!«, drängte Jeffers. »Es müsste direkt da vorne sein.«

»Gegrüßet seist du, Maria, voll der Gnaden, gebenedeit ist die Frucht deines Leibes. Gegrüßet seist du, Maria, gebenedeit ist die Frucht deines Leibes. Gegrüßet seist du, Maria ...«

»Nun komm endlich, verdammt! Schneller!«

»Gegrüßet seist du, Maria, volldergnaden, volldergnaden, volldergnaden, gegrüßet ...« Sie kniff im Gehen die Augen zu und versuchte, an irgendetwas anderes als den Regen, den Wind und den Druck von Douglas Jeffers' Griff an ihrem Arm zu denken. Sie fragte sich, ob er ihr wie bei einer Militärexekution die Augen verbinden und ihr eine Zigarette geben würde. Tränen liefen ihr zusammen mit dem Regen die Wangen hinunter.

Als sie das nächste Mal auftrat, gab der sandige Boden unter ihren Füßen nach, sie rutschte aus und fiel vornüber. Während sie stürzte, entfuhr ihr ein unfreiwilliges »Autsch« – eher ein verärgerter, als schmerzlicher Laut. Dann drehte sie sich wieder zu Jeffers um, der dastand und sich die Hand über die Augen legte, als blendete ihn die Sonne. Er spähte angestrengt in die Umgebung.

»Verdammt!«, fluchte er.

Er trat mit dem Fuß in den Sand.

»Scheiße! Scheiße! Scheiße!«

Er stapfte in einem kleinen Kreis herum und boxte wütend in die Luft. »Verdammt! Verdammt! Verdammt!«

Sie gab keinen Laut von sich.
Schließlich drehte er sich zu ihr um und sah sie an.
Sie glaubte, keine Luft zu bekommen.
Dann lachte er. Sein Lachen wurde lauter und verlor sich in Wind und Donner.
Ein paar Sekunden stand er über ihr und lachte. »Na ja«, meinte er und rieb sich die Augen. »Was für ein Schlamassel. Wir sind an der falschen Stelle, ich sag's ja, es ist Jahre her … Da unten müsste eine große, ich meine, eine richtig große Weide sein, ist sie aber nicht. Ich muss die falsche Straße erwischt haben.«
Er half ihr auf.
»Zurück zum Wagen«, sagte er.
»Das war's?«, fragte sie und bereute es augenblicklich.
Jeffers schien es gar nicht zu bemerken. »Das war's«, bestätigte er. Er warf ihr einen Arm um die Schulter und half ihr, den Weg zum Wagen zurückzulaufen.
Die Enge im Fahrzeug schien ihr tröstlich. Jeffers reichte ihr ein kleines Handtuch, und beide trockneten sich ab, so gut es ging. Jeffers lachte leise weiter, als ob ihn etwas schrecklich amüsierte. Er startete den Motor, und sie fuhren Richtung Highway zurück.
»Hättest nicht gedacht, dass jemand wie ich etwas vermasselt, was?«
»Nein«, erwiderte sie.
»Ich meine«, erklärte er grinsend, »ich halte mir was darauf zugute, dass ich so ziemlich an alles denke. Nichts dem verdammten Zufall überlasse. Womit mal wieder bewiesen wäre, dass selbst die besten Pläne …«
Er lächelte. »Das Komische ist nur, dass dieser Ort mir wirklich wichtig ist. Zumindest die Erinnerung daran.«
Er lächelte und fuhr langsam.

»Na ja, ist wohl einfach zu viele Jahre her. Sind zu viele Straßen.«
»Ich weiß immer noch nicht, wonach wir gesucht haben«, sagte sie.
Er überlegte einen Moment und zuckte dann die Achseln.
»Mein erstes Date«, antwortete er. »Meine erste richtige Liebe.«
»Ein Mädchen?«
»Was denn sonst?«
Wieder schwieg er.
»Einen von diesen blöden Feldwegen runter, die alle gleich aussehen«, erzählte er, »da ist so eine schattige Weide, ein Stück ins Gebüsch hinein …«
Sie nickte.
»Und da hab ich sie begraben.«
Die letzten Worte sprach er in einer unerwarteten, klirrenden Kälte, die sich tief in Anne Hamptons Herz eingrub.
Sie merkte einen plötzlichen Anfall von Übelkeit. Sie biss die Zähne zusammen und gestikulierte wild in Jeffers' Richtung. Er verstand sofort, hielt an, warf die Tür an seiner Seite auf, zog sie über seinen Schoß herüber und hielt ihren Kopf in den Regen, wo sie sich heftig übergab.

Während ihrer Fahrt nach New Orleans zurück brach der Abend herein. Sie hatten den restlichen Nachmittag in völligem Schweigen verbracht. Jeffers war in seine Erinnerungen vertieft. Er versuchte, sich den Namen des Mädchens ins Gedächtnis zu rufen. Er wusste nur, dass es etwas Südliches war, Billie Jo oder Bobbi Jo, und er sah ihr silbern glitzerndes Kleid vor sich, das zu kurz und zu eng geschnitten war und wenig Zweifel daran ließ, welchem Erwerbszweig sie nachging. Er gabelte sie auf und verhielt sich nonchalant, großzügig und beherrscht, wohl wissend, was er mit ihr machen würde. Zuerst hatte sie sich beschwert, als er Richtung Stadtrand fuhr, doch dann hatte er ihr einen zusätzlichen Zwanzig-Dollar-Schein in den Ausschnitt geschoben und versprochen, es würde sich für sie lohnen. Sie hatte weitergeplappert und ihn mit ihrem schleppenden, leeren Südstaatengeschwafel in seinen Gedanken gestört. Also hatte er an der erstbesten einsamen Stelle angehalten, sich zu ihr umgedreht und sie, sobald sie sich im Sitz zurückgelehnt hatte, zusammengeschlagen. Dann war er zu der Stelle weitergefahren, die er sich auf der Landkarte ausgesucht hatte, mit dem verballhornten französischen Namen: gute Erde. Allein mit seinen Gedanken, war die weitere Strecke in die Dunkelheit ein Leichtes gewesen. Ihm war es egal, ob sie bei Bewusstsein war oder nicht. Die Tat als solche war es, die ihn faszinierte.

»Sie war eine Hure«, erklärte er.

Anne Hampton nickte verzweifelt.

»Was war so kostbar an ihrem Leben?«, fragte er wütend.

Sie antwortete nicht.

»Du hast all diese antiquierten Vorstellungen von richtig und falsch und von Moral«, schnauzte er.

»Du verstehst das nicht«, fuhr er nach einer Weile fort. »Sie war dazu geboren, so zu sterben. Ich war dazu geboren, sie zu töten. Wir mussten uns nur noch finden.«

Sie drehte sich zu ihm um und wollte etwas erwidern, biss sich aber auf die Zunge.

Er sprach aus, was sie dachte. »Du willst sagen, dass es unrecht ist, jemandem das Leben zu nehmen, richtig?«

Sie nickte.

»Na schön, mag sein. Aber was macht das schon?«

Sie wusste nichts zu erwidern.

»Ich will's dir sagen: Nichts.«

Wieder sah er sie an.

»Regierungen töten aus politischen Motiven. Ich töte aus Vergnügen. So verschieden ist das nicht.«

»So einfach ist das bestimmt nicht«, entgegnete sie. »Das kann es nicht sein.«

»Nicht? Du meinst, es ist so schwer zu töten? Du meinst wirklich, es ist so verdammt schwer? Na schön«, fuhr er fort, »na schön, verdammt. Na schön.«

Der Regen hatte nachgelassen, im leichten Nieseln schnitten die Scheinwerfer Streifen in die schwarze Nacht. Vor ihnen schimmerte New Orleans, und Jeffers fuhr schneller auf die Lichter zu. Er sagte nichts, bis sie die Stadt erreichten, wo die Hochleistungsdampflampen gegen das Dunkel kämpften. Die Stadt war nicht tröstlicher als das Moor, und Anne Hampton wurde plötzlich bewusst, dass für einen Menschen wie Jeffers zwischen beidem kein Unterschied bestand. Sie warf einen Seitenblick auf den Mann mit der ehernen Miene, dem angespannten Kinn und merkte, wie sich ihr der Magen verkrampfte.

Sie schlängelten sich durch die Straßen der Metropole. Jeffers spähte – offenbar auf der Suche nach etwas – angestrengt aus den Fenstern. Plötzlich trat er auf die Bremse und fuhr an den Bürgersteig heran.

»Du meinst, es ist so verdammt schwer«, knurrte er wütend. »Ist es aber nicht.«

Er spähte in beide Richtungen der Straße, griff dann in seine Waffentasche und zog den kurzläufigen Revolver heraus. Er hielt ihn ihr unter die Nase. »Schwer? Dann sieh genau hin. Kurble deine Scheibe runter.« Sie gehorchte, und ein Schwall stickiger, feuchter Luft drang ins Wageninnere. Sie zitterte. Sie hatte keine Ahnung, was passieren würde. Jeffers stieg aus und lief zu ihrer Seite herum.

Er steckte den Kopf ins Fenster und befahl: »Sieh genau hin.«
Sie nickte.
Er trat beiseite, und sie entdeckte eine Gestalt, die in einem unbeleuchteten Hauseingang an der Wand kauerte. Sie sah, wie Jeffers noch einmal in beide Richtungen der Straße blickte und dann den Bürgersteig überquerte.
Jeffers stieß den Obdachlosen mit dem Fuß an.
»Wach auf, alter Knabe.«
Der Mann hob benommen den angegrauten Kopf.
Jeffers drehte sich wieder zu Anne Hampton um. Sie sah, dass der Mann einen Bart hatte und mit freundlicher Neugier, ohne über die Störung verärgert zu sein, aufblickte. Sie begegnete Jeffers' hartem Blick. Sie hatte das Gefühl, in einen unerklärlichen Abwind zu geraten und hilflos von einer unsichtbaren Kraft in die Tiefe gerissen zu werden. Sie sah, wie sich Jeffers wieder zu dem Obdachlosen umwandte, der offenbar versuchte, aus der Vergangenheit irgendwelche längst vergessenen Worte hervorzukramen, um etwas zu fragen.
»Gute Nacht, alter Knabe. Tut mir leid, dass es auf diese Weise sein muss«, sagte Jeffers.
Er beugte sich blitzschnell vor und steckte dem Mann in einer einzigen Bewegung den Pistolenlauf in den leicht geöffneten Mund. Jeffers hob die linke Hand, um sich vor dem Rückstoß zu schützen.
Dann drückte er ab.
Es gab einen einzigen, gedämpften Knall, der Mann schien sich kurz aufzubäumen, dann sackte er zusammen, als sei er wieder eingeschlafen.
Anne Hampton öffnete den Mund, um zu schreien, konnte es aber nicht.
Jeffers machte einen Schritt nach hinten, sah noch einmal in beide Richtungen die Straße hinunter und kehrte zügig zum

Wagen zurück. Langsam fuhren sie vom Bordstein, bogen um eine Ecke, dann um die nächste und die übernächste und immer so weiter durch die Nacht.

»Kurble deine Scheibe hoch«, forderte Jeffers sie auf.

Ihre Hand zitterte auf dem Griff. Ihr Atem kam in kurzen, krampfartigen Stößen. Statt Worte drangen ihr nur klägliche Wimmerlaute über die Lippen.

»Du siehst also, wie leicht es ist«, sagte Jeffers.

Er sah sie von der Seite an.

»Das ist deine Schuld«, stellte er fest.

Er schwieg.

»Hättest du mich nicht provoziert, hätte ich nicht etwas so Verabscheuenswürdiges tun müssen.«

Er sah sie mit einem kurzen, durchdringenden Blick an.

»Das ist ganz allein deine Schuld. Es ist so, als hättest du selbst die Pistole genommen und abgedrückt, als hättest du selbst diesen Mann ermordet. Dieses Leben ausgelöscht. Siehst du? Jetzt bist du nicht besser als ich. Verstehst du? Verstehst du, Mörderin?«

Anne Hampton nickte in Tränen aufgelöst.

»Wie fühlt man sich so als Killer?«

Sie fand keine Worte, und er bedrängte sie nicht.

Sie fuhren in die tiefe Nacht.

7. Kapitel

Fassungslosigkeit

12.

Martin Jeffers eilte mit flatternden weißen Rockschößen durch die geschlossene Abteilung. Die Patienten, die in Trauben zusammenstanden und bei seinem Kommen auseinanderstoben wie unschuldige Tiere auf dem Hof, nahm er kaum zur Kenntnis. Immerhin schaffte er es, die ihm bekannten Patienten mit einem kurzen Nicken zu grüßen, während sie die Geste mit der üblichen Mischung aus Glotzen, Grinsen, Knurren sowie abgewendeten Blicken und einem gelegentlichen Fluch erwiderten – der ganz normale Alltag in der geschlossenen Abteilung. Er wusste, dass sein schneller Schritt hinter seinem Rücken Diskussionen auslösen würde. In einer Welt beharrlicher Routine weckte jedes Verhalten, das eine äußere Dringlichkeit signalisierte, Neugier und bot sich als Gesprächsstoff an.

Währenddessen trieb die Nachricht vom Eintreffen der Kripobeamtin seine eigenen Spekulationen voran, und auf seinem Marsch durch die Flure überlegte er, welcher der Lost Boys in den letzten Jahren einmal in Miami gewesen sein könnte und wer von ihnen sich verdächtig dagegen gesperrt hatte, über seine jüngste Vergangenheit zu reden. In einer Gruppe, die viel von ihrer Energie darauf verwandte, Dinge zu verbergen, hatte Jeffers die Fähigkeit zur Kunst erhoben, Tabus und Heimlichkeiten aufzuspüren. Er durchforstete seine Erinnerung, doch auf Anhieb fiel ihm niemand ein. Er spürte, wie aufgeregt er plötzlich war; die Worte »Beamtin von der Mordkommission« umgab etwas Geheimnisvolles, eine eigentümliche Faszination. Er versuchte, sich eine Frau vorzustellen, die in einem Mord ermittelte, und kam zu dem Schluss, dass es sich nur um eine ungepflegte, kantige und zielstrebige Person handeln konnte. Er überlegte, wie er darauf kam, dass die Beschäftigung mit Mord eine Männerdomäne sei; als ob blutverschmierte, übel zugerichtete Leichen von Natur aus Sache von Männern wären, so wie Pokerrunden und Umkleidekabinen im Sportverein.

Ihn bedrängten Bilder von plötzlichem, gewaltsamem Sterben. Für eine Sekunde schoss in ihm das Bild seines Bruders hoch, in Buschhemd und Khakihose, auf dem Sprung zu einer seiner Reisen in einen Krieg, ein Desaster oder irgendeinen anderen Auswuchs menschlichen Wahnsinns.

Er dachte an seine Fotos aus Saigon, Beirut und Zentralamerika. Eins von Dougs Bildern hatte er in einer der überregionalen Wochenzeitschriften gesehen. In der Mitte stand ein anderer Fotograf zwischen den Leichen in Jonestown, Guyana. Das Grün und warme Braun des üppig wuchernden Dschungels hatte in scharfem Kontrast zu dem Mann gestanden. Der Mann hatte sich ein großes, buntes Tuch um Mund und Nase gebunden. Man brauchte nur einen Moment auf das Bild zu starren, um zu begreifen, dass er sich gegen den Gestank der in der Sonne aufgedunsenen Leichen schützte. Der Fotograf war der Inbegriff dessen, was sich die kindliche Phantasie unter einem Wildwest-Desperado vorstellte, in Jeans, Stiefeln und Denimhemd, nur dass er statt eines Revolvers seine Kamera hielt. Aus seinen Augen sprach Verwirrung und eine weltmüde Traurigkeit. Douglas Jeffers hatte seinen Konkurrenten in einem Augenblick der Unentschlossenheit abgelichtet, in dem ihn das Bild des kollektiven Selbstmords schier überwältigte und er nicht wusste, welchen schrecklichen Anblick er als Nächstes ausschlachten sollte. Eine perfekt in Szene gesetzte Vision, hatte Martin Jeffers damals denken müssen, als er das Foto zum ersten Mal sah: ein zivilisierter Mann, den es in eine prähistorische Welt verschlagen hatte und der Verhaltensweisen zu begreifen suchte, die der Tierwelt angehörten, um sie für den Konsum und zur Faszination einer Gesellschaft aufzubereiten, die gegen solche Abirrungen vielleicht weniger gefeit war, als sie sich einredete.

Jeffers eilte weiter und dachte daran, wie viele Fotos seines Bruders den Tod zum Gegenstand hatten. Ihm wurde schlagartig klar, dass sie – jedes für sich – faszinierend waren. Wir versuchen immer wieder zu begreifen, dachte er, warum Menschen sich so benehmen, wie sie sich benehmen, und vor allem, wieso sie morden.

Dabei ist kaum etwas so universal verbreitet, dachte er.

Sind wir nicht alle dazu fähig?

Jetzt klang er schon wie sein Bruder. Er schüttelte den Kopf und lauschte auf das Quietschen seiner Sohlen auf dem gebohnerten Linoleum. Nun ja, ein paar von uns sind dazu eben fähiger als andere. Ihm geisterten die Gesichter der Lost Boys durch den Kopf.

Der Besuch der Kripo war an sich nichts Ungewöhnliches. Er erinnerte sich an einige Gelegenheiten in der Vergangenheit, bei denen er von dunkeläugigen, einsilbigen Männern zu sich bestellt wurde, die über das eine oder andere Mitglied seiner Therapiegruppe sich langsam zuspitzende Fragen stellten. Natürlich hatte er aufgrund der ärztlichen Schweigepflicht nur in sehr beschränktem Maße helfen können. An *einen* Ermittler konnte er sich besonders gut erinnern. Nach einem frustrierenden Gespräch mit Jeffers hatte der ihn wütend eine ganze Minute lang angestarrt und dann gefragt: »Hat der Mann einen Zimmergenossen?« – »Nein«, hatte Jeffers erwidert. »Ist er mit irgendjemandem besonders viel zusammen?« – »Nun ja«, hatte Jeffers geantwortet, »er hat einen Freund.« – »Gut«, hatte der Polizist gesagt, »dann will ich mit dem Mann reden.«

Jeffers sah noch vor sich, wie der Detective dem Kumpel des Verdächtigen in einem wiedereröffneten Fall gegenübergesessen hatte. Der Detective war direkt und entschlossen aufgetreten, doch nie aggressiv.

Jeffers entsann sich, wie er gedacht hatte, er sollte sich von der Gesprächsmethode des Polizisten eine Scheibe abschneiden, da sie sich bei bestimmten Abläufen in der Therapie als nützlich erweisen könnte. Er war beeindruckt, wie der Beamte binnen einer Stunde sämtliche benötigten Informationen aus dem Mann herausbekommen hatte, der nur allzu bereit war, für die Aussicht auf vorzeitige Entlassung das Leben seines Knastbruders zu verkaufen. Jeffers hatte das nicht empört. So lief es nun mal in der Welt der Lost Boys, wo Lug und Trug die Regel waren.

Verrat als Lebensphilosophie, etwas ganz und gar Alltägliches. Ihm kam plötzlich der Gedanke, dass das Leben eine einzige Abfolge von Verrat, von banalen Lügen, faulen Kompromissen und fadenscheinigen Entschuldigungen war.

Er war gespannt auf die Frau von der Kripo. Sie komplizierte die Situation. Seine Arbeit mit den Lost Boys drehte sich zu einem guten Teil darum, ihnen klarzumachen, dass Frauen Individuen sind und keine kollektive Zielscheibe für ihren Hass. Die Vorstellung, dass eine von ihnen kam, um einen von ihnen zu jagen, hatte etwas Beängstigendes, so als sei eine ihrer

tiefsten Ängste aus einem ihrer Alpträume entsprungen und klopfte an die Tür zum Aufenthaltsraum.
Zumindest bietet es uns eine Menge Gesprächsstoff, dachte er. Das gehörte zu den Herausforderungen, die der Beruf mit sich brachte: aus der Verknüpfung von Erinnerungen und Alltagsgegenwart therapeutischen Nutzen zu ziehen.
Vielleicht lade ich sie ein, mit in eine Sitzung zu kommen, überlegte er. Das würde ihr Angst machen. Danach hätte sie vermutlich nicht übel Lust, sie alle zu verhaften.
Und es würde die Lost Boys zu Tode erschrecken. In letzter Zeit sind sie sowieso viel zu selbstgefällig, überlegte er. Sie könnte die Jungs wieder auf den Teppich der Tatsachen zurückholen, sie ein bisschen aufmischen und die Sitzungen in die richtigen Bahnen lenken.
Bei dem Gedanken musste er unwillkürlich grinsen, während er an die Tür der Geschlossenen klopfte, damit der Pfleger ihn herausließ. Die Tür ging knarrend auf, und Jeffers dachte einen Moment, dass sich in der altersschwachen Anstalt alles mit Ächzen und Quietschen dagegen verwahrte, in Gebrauch genommen zu werden. Er dankte dem Mann, der mürrisch beiseite trat, während er vorbeirauschte. Jeffers eilte durch den Flur und war im nächsten Moment im Verwaltungstrakt. Die Büros waren hier eine Klasse besser ausgestattet, die Farbe frischer, die Sonne nicht von der Kreuzschraffur der schmutzigen Gitterstäbe verunstaltet.
Er öffnete die Tür zum Büro des Verwaltungsdirektors. Dr. Harrisons Sekretärin sah auf und deutete wie ein Anhalter mit dem Daumen auf das eigentliche Büro, zu dem ihr Vorzimmer führte. »Sie warten da drinnen auf Sie«, erklärte sie. »Was meinen Sie, hinter wem sie her ist?«
»Irgendwie vermutlich hinter allen«, erwiderte Jeffers. Es war ein kleiner Scherz, und die Sekretärin lachte.

Jeffers öffnete die Tür und trat ein. Zuerst sah er Dr. Harrison, der sich hinter seinem großen, braunen Schreibtisch langsam erhob. Er war ein älterer Herr mit ergrautem Haar – zu aufgeschlossen für die festgefahrene Routine einer staatlichen Geistesheilanstalt, zu alt und zu müde, um noch eigene Wege zu beschreiten. Jeffers mochte ihn trotz seiner Unzulänglichkeiten als Verwalter sehr. Dr. Harrison nickte Jeffers zu, bevor er sich zu der anderen Person umwandte, die sich ebenfalls erhob.

Jeffers blieb kaum Zeit, die Frau zu taxieren. Dass sie ungefähr in seinem Alter war, erkannte er sofort. Als Nächstes nahm er vage dunkelbraunes Haar, ein konservatives, aber modisches Seidenkleid und die schlanke Figur wahr, bevor ihn die Augen der Kripobeamtin in ihren Bann zogen. Sie schienen schwarz zu sein und ihn unverwandt anzustarren. Unter diesem Blick kam er nicht zu der üblichen männlichen Feststellung, ob sie attraktiv war oder nicht. Er hatte das beunruhigende Gefühl, als fixierte ihn ein Henker, der mit unbestechlichem Auge abschätzte, wie fest er mit der Axt zuschlagen musste, um den Kopf zu Fall zu bringen.

Ihm war augenblicklich unbehaglich, und er stammelte: »Ich, ähm … bin Dr. Jeffers. Wie kann ich Ihnen helfen, Detective …«

Die Worte hingen in der Luft.

Seine Hand blieb ein paar Sekunden lang ausgestreckt, bevor sie widerstrebend die ihre hob, um seinen Gruß zu erwidern. Ihr Griff war fest, wohl ein wenig übertrieben. Sie ließ seine Hand los, er zog sie zurück, und wie eine Nebelbank über dem Meer hing beredtes Schweigen über dem Raum. Ein nasskalter Moment verging, dann noch einer, in dem sie, ohne mit der Wimper zu zucken, seinem Blick standhielt.

Schließlich fragte sie in einem Ton, der durch die Selbstbe-

herrschung, die er aus jedem Wort herauszuhören glaubte, umso erschreckender klang:
»Wo ist Ihr Bruder?«

Sie war augenblicklich wütend auf sich, als sie die Mischung aus Schock und Verwirrung im Gesicht des Arztes sah. Es war unvermeidlich gewesen, das hatte sie gewusst. Auf der Fahrt zur Anstalt hatte sie Dutzende von Eröffnungszügen erwogen, auch wenn sie von Anfang an gewusst hatte, dass sie an den Bruder von Susans Mörder im Grunde nur eine einzige, alles entscheidende Frage hatte. Für Detective Barren war sie von atomarer Sprengkraft, und die Konfrontation mit dem Doktor musste sie zwangsläufig zünden. Dabei zweifelte sie nicht daran, früher oder später die richtige Antwort zu bekommen; wer so entschlossen danach suchte, musste irgendwann fündig werden.
Und wenn es so weit ist, hatte sie gedacht, dann bin ich bereit.
Ein Teil von ihr hatte naiv gehofft, es würde leicht. Sie traute diesem Optimismus nicht, doch sie wusste, dass sich bei einem Frontalangriff viele Menschen zu einer unüberlegten Reaktion hinreißen ließen: »Er ist in …«, und schon fiel der Name einer Stadt, bevor das Misstrauen einsetzte und die unvermeidliche Frage kam: »Wieso wollen Sie das wissen?« Sie sah, wie der Bruder den Mund aufmachte, wie er zu einer Antwort ansetzte, und sie lehnte sich kaum merklich vor, auch wenn sie gleichzeitig wusste, dass sie zu viel Eifer zeigte. Doch im selben Moment machte er dicht und erwiderte ihren kühlen, unverwandten Blick.
Verdammt, dachte sie wieder. Das wird nicht leicht.
Verdammt, verdammt, verdammt.
In diesem Moment hasste sie ihn fast so sehr wie den Mann,

hinter dem sie her war. Fleisch und Blut, dachte sie. Vom selben Schlag.

Sie sah, wie der Bruder schluckte und dem Verwaltungsdirektor einen Blick zuwarf, um etwas Zeit zu schinden und – verständlicherweise – mit dem Ansturm der Gefühle fertigzuwerden. Sie spürte, wie er diese wenigen Sekunden dazu nutzte, sich zu fassen und eine professionelle Fassade zu errichten. Er muss es gewohnt sein, mit Unvorhersehbarem umzugehen. Das gehört zu seinem Beruf. Er kommt damit klar. Wenig später lenkte er seine Augen wieder auf sie, und sie schwiegen einander an. Dann zog er sich einen Stuhl heran und ließ sich darauf nieder, ohne den Blick von ihr abzuwenden, als wolle er die elektrische Spannung, die zwischen ihnen knisterte, nicht unterbrechen. Betont schlug er die Beine übereinander und forderte sie – wie der Lehrer den übereifrigen Schüler – mit einer jovialen, unbekümmerten Geste auf, auch ihrerseits wieder Platz zu nehmen.

Verdammt, dachte sie wieder. Ich hatte ihn fast am Haken.

Und jetzt ist es beinah umgekehrt.

Sie ließ sich gegenüber dem Bruder des Mörders nieder. Martin Jeffers setzte alles daran, sich den Anschein interessierter Nonchalance zu geben, so wie er es immer tat, wenn ihm ein Patient ein grausiges Verbrechen gestand. Innerlich aber schnürte es ihm die Kehle zu, und die Härchen auf seinen Unterarmen stellten sich auf. Er merkte, wie ihm der Schweiß unter die Achseln trat, wagte jedoch nicht einmal, sich die feuchten Hände an der Hose abzuwischen.

Der Alptraum schlug wie eine Woge über ihm zusammen.

Er wehrte die Bilder ab, die ihn bestürmten, und konzentrierte sich ganz auf ihre Frage, ohne über die gefährlichen Implikationen nachzudenken. Sie ist hinter Doug her!, dachte er. Und dann: Ich hab's gewusst! Und dann: Aber woher denn? Er kämpfte gegen die Bilder an, die sich ungebeten in sein Bewusstsein schlichen, von Kindheitsängsten bis zu Befürchtungen als Erwachsener.

Er suchte verzweifelt nach einem Strohhalm, als könnte irgendein noch so dürftiger Halt das Gefühl besiegen, dass der Boden unter ihm schwankte. Doch er wusste ebenso gut, dass die Kripobeamtin das merken würde; also wischte er alles, von seinen Ängsten bis zu seiner Neugier, beiseite und ließ nur einen Gedanken zu: Finde es heraus. Gib nichts preis, aber finde es heraus.

Er holte tief Luft. Es half.

Er schlug die Beine übereinander und nahm eine entspannte, bequeme Haltung ein.

Er beugte sich vor und zog sich eine Socke hoch.

Er steckte die Hand in die Brusttasche und zog einen kleinen Block sowie einen Stift heraus. Er tippte ein paarmal langsam mit dem Kugelschreiber auf das Papier. Dann sah er auf, kratzte alles zusammen, was er an Heuchelei und Täuschungskraft zu bieten hatte, und lächelte die Polizistin an. »Tut mir leid, Detective, ich habe Ihren Namen nicht ganz ...«

»Mercedes Barren.«

Er schrieb ihn sich auf. Es gab ihm Halt, etwas zu Papier zu bringen.

»Und zu welcher Dienststelle ...«

»Kripo Miami.«

»Ach ja, richtig«, sagte er, während er weiterschrieb. »Ich war noch nie in Miami. Wollte eigentlich schon immer mal hin. Die Palmen, die Sonne, die Strände. Die ganze Zeit schön warm. Klingt nett. Aber ich hab's nie bis dahin geschafft.«

»Ihr Bruder schon.«

»Tatsächlich? Ich weiß davon nichts, aber es ist schwer, bei ihm auf dem Laufenden zu bleiben. Und natürlich gibt's im schönen Miami jede Menge Nachrichten. Unruhen, Schleuserboote, Flüchtlinge, alles Mögliche. Also, ja, schon denkbar. Und er war praktisch schon überall, also manchmal frage ich mich, wo er noch nicht gewesen ist. Ein echter Globetrotter.«

»Er war letztes Jahr dort. Im September, zu einem Footballspiel.«

»Zu einem Footballspiel? Wissen Sie, ich glaube, er macht sich nicht allzu viel aus Sport …«

»Er hatte den Auftrag, den Quarterback zu fotografieren.«

»Ach so, Sie meinen, beruflich. Das kann schon sein …«

Jeffers schwieg. Er ließ den Blick durchs Zimmer schweifen, um sich zu sammeln. Ihm wurde bewusst, dass er mit seiner Vorstellung bei der Kripofrau vermutlich keinen Eindruck machte. Er blickte kurz zu ihr hinüber und stellte fest, dass sie sich nicht gerührt hatte, nicht mit einem einzigen Muskel. Ganz schön zugeknöpft, dachte er. Bis auf die Knochen. Augenblicklich fragte er sich, wieso. Die meisten Ermittler versuchen, sich einzuschmeicheln, egal, wie stark die Spannung ist. Konzentrier dich auf die Frage, dachte er. Er fühlte sich besser; immer noch auf der Hut, immer noch in einer unbekannten, nebulösen Gefahr, aber dennoch besser.

»Aber was hat ein Footballspiel mit …«

»Es geht um den Mord an einer jungen Frau. Susan Lewis.«

»Aha, verstehe«, meinte Martin Jeffers, auch wenn er natürlich wusste, dass er rein gar nichts verstand. Er schrieb den Namen und den Monat auf seinen Block, bevor er fragte: »Wissen Sie, Detective, ich komme nicht ganz mit. Was in aller Welt könnten Sie von meinem Bruder wollen?«

Rache!, schrie es in Mercedes Barrens Kopf, doch sie schluckte das Wort hinunter. Sie atmete ihrerseits einmal tief durch, lehnte sich auf dem Stuhl zurück und zog, bevor sie antwortete, ihren eigenen Block und Stift heraus. Ich spiele auch nicht schlecht, dachte sie. Und ich werde gewinnen.

»Sie haben völlig recht, Doktor. Ich eile den Dingen weit voraus.«

Sie sprach so, dass es betont gelangweilt klang, und zähmte ihre Emotionen. Sie brachte sogar ein zartes Lächeln zustande, dazu ein gleichgültiges Nicken. »Ich ermittle in einer Straftat, die im letzten Herbst passiert ist. Am achten September, genauer gesagt. Wir haben Grund zu der Annahme, dass Ihr Bruder ein unverzichtbarer Zeuge sein könnte. Möglicherweise ist er sogar im Besitz von Fotos zum Verbrechen, die uns weiterhelfen könnten.«

Sie fand den Gebrauch des Pluralis majestatis besonders wirkungsvoll. Ihre Wortwahl schien ihr gelungen, besonders der Einfall mit den Fotos. Das erweckte den Eindruck, Douglas Jeffers könnte der Polizei helfen. Vielleicht würde es an das bürgerliche Pflichtgefühl des Doktors appellieren. Falls er denn ein solches besaß. Sie forschte im Gesicht des Bruders nach irgendeinem Anzeichen, dass er etwas wusste oder vermutete.

Er schien jedes Wort sorgsam abzuwägen. Wieder fluchte sie innerlich. Versuche, ihn emotional zu packen, dachte sie. Dann öffnet er sich hoffentlich. Doch bevor sie das Wort ergreifen konnte, stellte er eine Frage.

»Also, ich verstehe immer noch nicht. Doug hat mir gegenüber nie etwas davon erwähnt. Vielleicht könnten Sie mir ein bisschen mehr erklären?«

Sie dachte nicht daran.

»Sie stehen Ihrem Bruder nahe?«

»Nun ja, bis zu einem gewissen Grad stehen sich alle Brüder nahe, Detective. Sie haben sicher auch Familie, Sie kennen das bestimmt.«

Eine ausweichende Antwort, dachte sie.
»Wann haben Sie ihn das letzte Mal gesehen?«
»Nun, sein letzter richtiger Besuch ist Jahre her …«
Dr. Harrison fiel ihm ins Wort. »Marty, hat er dich nicht erst letzte Woche besucht?«
Jeffers wünschte sich, seinem Freund einen funkelnden Blick zuwerfen zu können, damit er den Mund hielt, doch ihm war klar, wie gefährlich das wäre. Er versuchte mit aller Macht zu verstehen, worauf die Polizistin hinauswollte. Er traute keinem ihrer Worte. Ebenso wenig dem falschen Lächeln und dem plötzlich so unbeschwerten Umgangston, denn er wusste mit dem sicheren Instinkt eines Mannes, der sich sein ganzes Leben lang mit Ängsten quälte, dass sein Bruder in Schwierigkeiten steckte, und der Teufel sollte ihn holen, wenn er ihn noch weiter reinritt.
»Ach so, ja, das stimmt, Jim, aber er hat nur auf ein kurzes Mittagessen vorbeigeschaut, und dann war er schon wieder weg. Das kann für Detective Barren kaum von Interesse sein.«
»Aber er hat Ihnen gesagt, wohin er wollte?«, fragte die Polizistin.
Martin Jeffers schoss das Bild seines Bruders in den Kopf, wie er ihm die kryptische Auskunft über seine Urlaubspläne gab. Er musste überlegen. Was hat er noch gleich gesagt? Was hat er gemeint? Jeffers blickte auf und sah, dass wieder diese Intensität im Blick der Polizistin lag.
»Soweit ich mich entsinne, nicht«, erwiderte Jeffers hastig. Er hätte sich dafür ohrfeigen können, wie überstürzt die Antwort klang.
Einen Moment herrschte Schweigen im Raum.
Mercedes Barren lächelte. Sie kaufte ihm die abschlägige Antwort nicht eine Sekunde ab.
Wieder trat eine Pause ein, bevor Jeffers seinerseits fragte:

»Sie waren gewiss in seiner Fotoagentur, Detective, oder? Konnten die Ihnen nicht weiterhelfen? Ich weiß, dass sie ihre Mitarbeiter immer gerne im Auge behalten, selbst wenn sie mit irgendeiner Guerillaarmee durch irgendeinen Dschungel stapfen ...«

»Sie wussten nicht ...«, fing Detective Barren an und brach mitten im Satz ab. Idiot!, dachte sie. Nichts preisgeben! Sie war wütend und versuchte augenblicklich, Boden gutzumachen. »Sie konnten nichts Genaues sagen, aber sie haben mir geraten, mich an Sie zu wenden, deswegen bin ich hier.«

Sie fischt im Trüben, dachte Martin Jeffers. Fragt sich bloß, wie trübe.

»Wissen Sie, Detective, das ist alles sehr verwirrend für mich. Sie kommen her und fragen mich nach meinem Bruder, mit dem ich seit Jahren kaum Kontakt habe, um ihn wegen einer Straftat zu vernehmen, die Sie nicht weiter benennen. Sie haben mir bis jetzt nicht einmal verraten, um was für ein Verbrechen es sich handelt oder was er darüber möglicherweise wissen könnte. Sie signalisieren, es sei wichtig, dass Sie ihn sofort erreichen, erklären aber nicht, wieso. Ich weiß einfach nicht, Detective. Ich glaube, Sie haben das Pferd beim Schwanz aufgezäumt. So funktioniert das nicht. Ich meine, ich möchte natürlich mit der Polizei kooperieren, aber ich verstehe das Ganze nicht.«

»Tut mir leid, Doktor, aber ich kann keine vertraulichen Informationen weitergeben.«

Das war eine lahme Ausrede, und das wusste sie. Seine Antwort kannte sie im Voraus.

»Nicht? Nun ja, dann tut es mir auch leid.«

Wenn du mauerst, kann ich das auch, dachte er.

Sie starrten einander, wiederum schweigend, an.

Detective Barren hätte plötzlich schreien mögen. Ihr tat innerlich alles weh. Ich hab's vermasselt, dachte sie. Ich bin nah dran, aber ich hab Scheiße gebaut. Jeffers hat einen Pass und Geld und einen Bruder, der sich vor ihn stellt, ohne zu wissen, was er getan hat, und der ihm stecken wird, dass jemand hinter ihm her ist, und Douglas Jeffers macht sich aus dem Staub, einfach so.

Martin Jeffers hatte nur noch das Bedürfnis, so schnell wie möglich dieses Zimmer zu verlassen. Hier stimmt etwas nicht, dachte er. Er musste in Erfahrung bringen, was, erkannte aber zugleich, dass er nicht einmal ansatzweise genug wusste, um zu sehen, in welcher Richtung er suchen sollte. An diesem Punkt erkannte er, dass er mit der Polizistin reden musste, und er fragte sich, wie er das Gespräch so lenken konnte, dass er Informationen bekam, ohne seinerseits welche preiszugeben. Er dachte an seine Psychoanalytiker-Freunde. Die wüssten, wie. Lass sie sich auf die Couch legen und nimm hinter ihrem Kopf Platz. Er schmunzelte.

»Was ist so komisch?«, fragte Detective Barren.

»Nein, nichts, mir kam nur ein seltsamer Gedanke«, erwiderte Jeffers.

»Ich könnte einen guten Witz vertragen«, sagte sie bitter. »Wollen Sie ihn mir nicht verraten?«

»Tut mir leid«, entschuldigte sich Jeffers. »Ich wollte nicht den Eindruck erwecken, die Sache auf die leichte Schulter zu nehmen …«

Sie unterbrach ihn. »Natürlich nicht.«

Er sah, dass sie ihm nicht glaubte. In dem Moment blickte Jeffers ihr direkt in die Augen und erkannte, dass hier mehr auf dem Spiel zu stehen schien. Er konnte nicht sagen, woraus er das schloss. Vielleicht war es ihre Körperhaltung, die Neigung ihres Kopfes, ihr glühender Blick. Die Intensität, die sie ausstrahlte, hatte etwas Erschreckendes.

Die Frau ist gefährlich, dachte er.

Sie verabscheute den Mann in diesem Moment. Er weiß etwas, dachte sie, etwas, das über den bloßen Aufenthaltsort seines Bruders hinausgeht. Er weiß etwas über seinen Bruder, das er nicht in Worte fassen will. Also versteckt er sich hinter seiner Cleverness und seinen Psychiatertricks.

Wird ihm nichts nützen, dachte sie. Kein bisschen.

Sie sah, wie Jeffers abwechselnd auf seine Armbanduhr und Dr. Harrison schaute. Sie wusste sofort, was jetzt kam.

»Jim, ich hab den ganzen Nachmittag Patiententermine …«

Sie kam dem Verwaltungsdirektor zuvor.

»Wann sind Sie fertig?«

»Um fünf«, antwortete er.

»Soll ich in Ihr Büro kommen oder wollen wir uns lieber bei Ihnen zu Hause treffen? Oder irgendwo in einem Restaurant?«

Andere Optionen ließ sie ihm nicht.

»Meinen Sie, es dauert lange?«, fragte er.

Sie lächelte, ohne dass sie etwas komisch fand. Er ist verdammt clever, dachte sie.

»Nun ja, das hängt gewissermaßen von Ihnen ab.«

Er lächelte. Gut pariert, musste er ihr zugestehen. Stoß und Parade.

»Ich sehe zwar immer noch nicht, wie ich Ihnen helfen kann, aber wie wär's, wenn Sie kurz nach fünf in mein Büro kommen würden und wir versuchen, die Angelegenheit zügig aus der Welt zu schaffen?«

»Ich werde da sein.«

Sie standen beide auf und schüttelten einander die Hand.

»Seien Sie bitte pünktlich«, bat er.

»Bin ich immer«, erwiderte sie.

Martin Jeffers zog die Tür hinter sich zu und sah sich in seinem Büro um, als erhoffte er sich davon Aufschluss über den Wirrwarr an Gefühlen. Er fühlte sich am Rande der Panik und kurz davor, etwas Irrationales zu tun, während ihn alle möglichen Vorstellungen über seinen Bruder bestürmten. Er hat einen gemeinen Zug, dachte er, so viel weiß ich. Er erinnerte sich an einen Nachbarsjungen, der sie unentwegt verspottete und hänselte, was Doug irgendwie unter die Haut zu gehen schien. Es würde ein fairer Kampf werden – sie waren etwa gleich groß –, darüber waren sich sämtliche Jungs im Häuserblock einig. Doch es kam anders. Doug hatte dem anderen blitzschnell ein Bein gestellt und seinen Gegenspieler auf den Rücken gelegt, der wehrlos wie eine umgedrehte Schildkröte dalag und unter Dougs dreschenden Fäusten schrie. Noch nie hatte Martin eine solch ungezügelte, übermächtige Wut gesehen. Eine Mordswut, dachte er. Dann runzelte er die Stirn: Mach dich nicht lächerlich. Danach war er nur noch selten Zeuge geworden, wie Doug die Kontrolle verlor. Natürlich hatte der Drogistenvater Doug dafür eine schallende Ohrfeige verpasst, doch das war zu erwarten. Wer Prügel austeilt, steckt auch welche ein.

Er sah sich um und dachte: Sei kein verdammter Idiot. Keine Spekulationen. Keine wilden Hypothesen. Keine haltlosen Vermutungen.

Vielleicht sagte sie ja die Wahrheit: ein unverzichtbarer Zeuge, so hatte sie sich ausgedrückt.

Er stellte sich noch einmal die Augen der Ermittlerin vor. Keine Chance, dachte er.

Er sackte schwer auf seinen Schreibtischstuhl und drehte sich mit dem Sitz zum Fenster. Er sah, wie die Sonne durch die hohen Bäume des Anstaltsparks blitzte und ein Schattenmuster auf die gepflegten Rasenflächen warf. Das Gelände erweckte den Anschein eines Campus, als könnte das den wahren Zweck der Institution überspielen. Er sah zu, wie in der Ferne ein Mann mit einem Rasentraktor über die grüne Fläche fuhr. Er dachte an den herrlichen Duft von frisch gemähtem Gras. Das Nette an staatlichen Heilanstalten war ihr nach außen hin gepflegter Zustand. Nur innen sah man, dass sich – wie durch die Ausdünstungen des Wahns – die Farbe von den Wänden pellte. Bei den Menschen war es genauso.

Er kehrte dem Fenster den Rücken und fragte sich: Wieso nimmst du sofort das Schlimmste über deinen Bruder an? Die Antwort, die er auf die Frage fand, war gänzlich unwissenschaftlich. Weil er mir Angst macht. Schon immer. Er war schon immer wundervoll und erschreckend zugleich.

Was hat er getan?

Jeffers schüttelte den Gedanken ab. »Na schön«, sagte er laut. »Sehen wir mal, was sich machen lässt.«

Er nahm das Telefon und rief die diensthabenden Schwestern auf den verschiedenen Stockwerken an. Bei jeder sagte er die Nachmittagstermine mit Patienten ab und wies sie an, zu den betroffenen Männern zu gehen, um ihnen zu erklären, dass er wegen einer dringenden Privatangelegenheit verhindert sei. Er wünschte sich, ihm wäre auf die Schnelle etwas Besseres eingefallen, denn so heizte er auf der Station natürlich die Gerüchteküche an. Er zuckte die Achseln. Dann schlüpfte er aus seinem weißen Arztkittel und schnappte sich sein beiges Sportjackett, das an der Tür am Haken hing.

Martin Jeffers schloss sein Büro ab und eilte über eine Hintertreppe zum Ärzteparkplatz.

Detective Mercedes Barren schaltete die Klimaanlage ihres Leihwagens so hoch, wie es ging, und sah auf die Uhr. Das hier ist keine echte Observierung, dachte sie irritiert. Sie blickte zum Haupteingang der Anstalt. Und selbst wenn er da herauskam, was nützte es ihr, wenn sie ihm folgte? Sie beantwortete die Frage selbst: Probieren geht über Studieren. Sie wartete, rutschte unruhig auf ihrem Sitz hin und her, um nicht direkt in der gleißenden Sonne zu sitzen, die durch die Windschutzscheibe brannte. Sie sah zu der Reihe abgestellter Autos auf dem Ärzteparkplatz hinüber, der deutlich mit einem Schild gekennzeichnet war. Es war kein Cadillac darunter, was etwas über den Unterschied zwischen Privatkliniken und staatlichen Einrichtungen sagte.

Sie war mit dem Verlauf des morgendlichen Treffens nicht ganz und gar unzufrieden. Ihre größte Sorge war eigentlich, dass der Arzt in Panik geraten und versuchen könnte, den Fotografen-Bruder anzurufen. Doch das würde wohl eher nicht geschehen. Bestimmt würde er bis nach ihrer Verabredung warten. Er würde den spröden kleinen Bruder geben, schätzte sie. Er musste sich seiner Sache sicherer sein, bevor er was unternahm.

Sie schloss die Augen und merkte, dass Schweiß auf ihre Oberlippe trat. Der feuchte Salzgeschmack erinnerte sie an unbeschwerte Sommertage.

Sie überlegte, wie oft sie und John Barren nur wenige Kilometer von der Nervenheilanstalt Trenton entfernt entlanggefahren waren. Oft, dachte sie. Es war seltsam, so nahe an ihrer Heimat zu sein. Sie erinnerte sich, wie sie auf dem Weg zu einem Spiel oder einer Party den Delaware entlanggefahren war und sich, umringt von ihren Freunden, unbeschwert in Johns Arme geschmiegt hatte.

Die angenehme Erinnerung verdunstete in der Mittagssonne. Jetzt bin ich allein, dachte sie.

Du musst dich schon selbst trösten. Sie stählte sich innerlich und verzog keine Miene, während sie durch die gleißende

Sonne starrte, die die Windschutzscheibe unerbittlich erhitzte.
Mit einem Ruck richtete sie sich auf. Sie sah, wie der Bruder des Mörders eilig zu seinem Wagen lief. Dachte ich's mir doch, der hat was vor.
Sie wartete, bis er hinter dem Lenkrad saß, den Motor anließ und vom Parkplatz rollte. Sie unterdrückte den Wunsch, schnell hinterherzupreschen und sich wie eine Klette an ihn zu hängen. Stattdessen ließ sie sich Zeit und startete erst, als er kaum noch zu sehen war.

Martin Jeffers vermutete, dass die Polizistin irgendwo hinter ihm war, achtete jedoch nicht darauf. Wenn sie ihre Zeit verplempern will, nur zu, dachte er. Er wusste, dass er sie im Labyrinth der Innenstadt von Trenton jederzeit abhängen konnte. Genau das hatte er auch vor, und zwar in einem günstigen Moment, wenn es nicht so offensichtlich war.
Er fuhr parallel zum Delaware und blickte immer wieder zum Fluss. Er erschien ihm dunkel und gefährlich; es gab Stromschnellen, die weiß schäumend Felsklippen umspülten. Er wandte sich ab und erhaschte in der Ferne einen Blick auf die leuchtend goldene Kuppel des Parlamentsgebäudes, während er sich allmählich vom Ufer entfernte und in den Verkehr zwischen den eintönig grauen Bürogebäuden einfädelte, in denen diverse staatliche Behörden untergebracht waren. Er bog in die State Street ab, die auf der einen Seite von Bäumen und Brownstonehäusern gesäumt war, während sich auf der anderen Seite hinter üppig grünen Rasenflächen der Eingang zum Parlamentsgebäude befand. Ein kurzes Stück von der Stelle entfernt, von der aus er zu Fuß weiterwollte, fand er einen Parkplatz und stellte den Wagen dort ab. Er warf einen raschen Blick in den Rückspiegel, um festzustellen, ob die

Polizistin schon zu sehen war. Auch wenn er sie nirgends entdeckte, vermutete er sie irgendwo dort hinten. Er zuckte die Achseln, schloss den Wagen ab und lief zielstrebig zum Haupteingang des Parlaments.

Drinnen schmückte eine Einlegearbeit mit dem Siegel des Bundesstaates den Boden. Es war kühl, ein wenig dunkel, und die Schritte der Besucher und Mitarbeiter, die durch das Gebäude liefen, hallten von den Wänden wider. In einer Ecke stand eine Summerschool-Gruppe zusammen und lauschte dem Lehrer, der ihnen Fakten über New Jersey nahebrachte. Auf der Rückseite der Halle entdeckte er einen Staatspolizisten in blassblauer Uniform, der vor dem Eingang zur Büroflucht des Gouverneurs Wache hielt. Er las in einer Zeitschrift. Jeffers durchquerte die Halle und lief eine Treppe hinunter. Es gab einen unterirdischen Durchgang zum staatlichen Museum von New Jersey. Er war leer, und seine Schritte klatschten auf dem Stein. Er fand die Treppe, die wieder nach oben führte, und stieg hinauf.

Im Eingang saß eine Bibliothekarin. Er zeigte ihr seinen Dienstausweis, und sie flüsterte: »Wie kann ich Ihnen helfen, Doktor?«

»Ich würde gerne von sämtlichen Zeitungen, die Sie archiviert haben, die Ausgabe vom achten September vorigen Jahres ansehen«, flüsterte er zurück. Die junge Frau mit schulterlangem, dunklem Haar nickte.

»Wir haben die *Trenton Times*, die *New York Times* und den *Trentonian* auf Mikrofilm.«

»Kann ich mir alle anschauen?«

Sie lächelte, vielleicht ein wenig auffälliger als nötig. Jeffers fühlte sich für eine Sekunde von ihr angezogen, wies den Gedanken jedoch augenblicklich zurück. »Natürlich. Ich suche Ihnen einen Apparat.«

Die Reihe mit blauen Mikrofilmlesegeräten befand sich neben den Zettelkästen. Die junge Frau führte Jeffers zu einem Platz und ließ ihn einen Moment allein. Als sie zurückkam, hielt sie drei kleine Schachteln in der Hand. Sie holte den ersten Film heraus und zeigte Jeffers, wie man ihn einlegte. Für Sekunden berührten sich ihre Hände. Er bedankte sich und nickte, während er daran dachte, was er suchte.

In der *New York Times* fand er in der Ecke einer Seite einen Artikel mit drei Absätzen von Associated Press.

CAMPUS-KILLER IN MIAMI
FORDERT FÜNFTES OPFER

MIAMI, 9. Sept. (AP) Eine achtzehnjährige Studentin der University of Miami wurde dort am Samstag ermordet aufgefunden – mutmaßlich das fünfte Opfer eines Serienkillers, den die Polizei den »Campus-Killer« nennt.

Susan Lewis, Tochter eines Wirtschaftsprüfers aus Ardmore, Pa., Studentin der Ozeanographie im zweiten Jahr, wurde im Matheson-Hammock-Park tot aufgefunden, mehrere Stunden nach ihrem Verschwinden von einer Party im Gebäude des Studentenverbands. Nach Auskunft der Polizei war sie geschlagen, stranguliert und vergewaltigt worden.

Wahrscheinlich, so die Ermittlungsbehörden, ist sie das fünfte Opfer eines Mörders, der in Südflorida bereits an einigen anderen Colleges zugeschlagen hat.

Das war alles. In der *Times* musste eine Spalte überaus kostbar sein. Er las den Bericht zweimal. Dann nahm er den Mikrofilm heraus und suchte in der *Trenton Times*. Er brauchte nicht lang, bis er in der Lokalausgabe von Bucks County einen Nachruf fand.

Er las: »Es trauern ihre Eltern, ein jüngerer Bruder, Michael, eine Tante, Mercedes Barren aus Miami Beach, und eine Reihe Cousins und Cousinen. Statt Blumen bittet die Familie um Spenden an die Cousteau-Gesellschaft.«

Auch diesen Artikel las er noch einmal.

Das erklärt einiges, dachte er.

Ihm kam noch ein Gedanke. Er kehrte zu der Bibliothekarin an der Theke zurück und händigte ihr den Mikrofilm aus. »Ist es möglich«, fragte er lächelnd, »herauszufinden, ob es irgendwelche nachfolgenden Artikel zu einem Thema gibt? Ich meine, könnte ich Ihnen einen Namen geben, und Sie könnten überprüfen, ob es dazu spätere Artikel gibt?«

Sie schüttelte den Kopf. »Wenn wir ein Zeitungsarchiv wären, dann natürlich schon. Da wird das Material so geordnet. Das wäre einfach. Aber wir verfügen nicht über solche Computerprogramme. Die *Times* stellt einen jährlichen Index zu ihren Berichten zusammen, aber der diesjährige ist noch nicht veröffentlicht. Wofür interessieren Sie sich speziell?«

Er zuckte die Achseln und beschloss, zu einer der örtlichen Zeitungen hinüberzufahren und sich irgendwie Zugang zum Archiv zu verschaffen. »Ach, nicht so wichtig«, sagte er. »Nur ein Verbrechen unten in Florida.«

»Welches?«, fragte die Bibliothekarin.

»Jemand, den sie den Campus-Killer nennen.«

»Ach so«, erwiderte sie lächelnd. »Den Kerl haben sie geschnappt. Ich weiß noch, dass ich das in den Nachrichten gesehen habe.« Sie verzog das Gesicht. »Ein echter Mistkerl. Fast so schlimm wie dieser Bundy.«

»Geschnappt?«

»Ja, letzten Herbst. Ich weiß das so genau, weil meine Schwester an die University of South Florida wollte und es sich daraufhin anders überlegt hat. Als sie den Kerl verhaftet hatten,

wollte sie dann doch wieder hin. Er ist ins Kittchen gewandert.«
Martin Jeffers brauchte noch eine halbe Stunde, bis er den kurzen Artikel zur Verhaftung von Sadegh Rhotzbadegh in der *New York Times* fand, außerdem etwas längere Versionen in den beiden Blättern von Trenton. Er las sie sorgfältig durch und prägte sich die Fakten ein. Anschließend machte er sich Fotokopien.
Er bedankte sich überschwenglich bei der jungen Frau. Sie schien enttäuscht zu sein, dass er sie nicht nach ihrer Telefonnummer fragte. Er legte ein blasses Lächeln auf und versuchte ihr mit einem Blick zu sagen, dass er nie Frauen um ihre Telefonnummer bat, was der Wahrheit entsprach. Dann ließ er seinen Gedanken freien Lauf und vergaß augenblicklich den enttäuschten Ausdruck im Gesicht des Mädchens. Stattdessen ordnete er seine Gedanken und versuchte, seinen nächsten Schritt zu planen, zu verarbeiten, was er erfahren hatte, und die Frage zu beantworten, weshalb die Tante eines Mordopfers in einem aufgeklärten Fall bei ihm auftauchte, um mit ihm über seinen Bruder zu sprechen.
Er wusste, dass er normalerweise hätte empört reagieren müssen. Er hätte schreien können: Wieso belästigst du mich? Was soll das Ganze? Was habe ich mit diesem Verbrechen zu schaffen? Wer betreut den Fall?
Aber er wusste, dass er sie nicht zur Rede stellen würde.
Er sah sich die Fotokopien an. CAMPUS-KILLER IN MIAMI FESTGENOMMEN: ANKLAGE WEGEN MEHRFACHEN MORDES. Sie haben den Mann geschnappt, dachte er. Was also hat Doug damit zu tun?
Er weigerte sich, seine Frage zu beantworten. Stattdessen kroch Angst in ihm hoch, ein unbehagliches, mulmiges Gefühl. Eigentlich hätte er sich über seine Funde freuen sollen,

doch es kam keine Entspannung auf. Vielmehr wuchs seine Nervosität. Überall schienen Gefahren auf ihn zu lauern und ihn zu erdrücken, als ob jeder Schritt, jede Bewegung beträchtliche Risiken barg.

Er eilte zu seinem Wagen zurück und dachte: Es wird Zeit, die Kripofrau abzuschütteln. Er wusste, dass keine zwingende Notwendigkeit dafür bestand, außer dem dringenden Bedürfnis, mit seiner Angst allein zu sein. Er wollte nicht, dass sie ihn beobachtete. Er musste ganz und gar allein sein.

Er bog rasch in die Broad Street ein, dann wieder scharf links und gleich wieder rechts, die Perry entlang, am Redaktionshaus der *Trenton Times* vorbei. Auf der Zufahrt zur Route I gab er Gas, um gleich darauf die Ausfahrt zur Olden Avenue zu nehmen. Am Ende der Ausfahrt machte er eine unerlaubte Kehrtwende und fuhr denselben Weg zurück, den er gerade gekommen war. In dem Moment glaubte er, die Polizistin im dichten Verkehr zu entdecken, und er drückte noch einmal aufs Tempo.

Martin Jeffers versuchte, seine Gefühle zu analysieren. Eigentlich, dachte er, ist es kindisch, die Polizistin abzuhängen. Das war ihm klar, doch er wollte erst einmal verdauen, was er erfahren hatte, und zwar in selbstgewählter Einsamkeit. Er fuhr Richtung Klinik zurück und versuchte, seine Erkenntnisse in Schubfächer einzuordnen.

Er wusste, dass ihm niemand mehr folgte. Die Innenstadt von Trenton ist ein Labyrinth an Straßen und Baustellen, schon für den Ortskundigen eine Herausforderung, für einen Fremden dagegen hoffnungslos. Miami, vermutete er, besteht wahrscheinlich vorwiegend aus Boulevards und breiten, palmengesäumten Durchgangsstraßen und nicht aus diesem Knäuel einer alten Stadt im nördlichen Osten, die sich ans Leben und an den Lebensunterhalt klammert. Er sah im Geiste vor sich,

wie die kühle, seidene Gestalt der Polizistin in dem Chaos aus Autos, Bussen und Straßenarbeitern unterging. Er fragte sich, wieso es ihn nicht allzu sehr amüsierte.
Gleichzeitig konnte er immer noch nicht das Gefühl einer bösen Ahnung abschütteln, das ihn beharrlicher verfolgte als die Frau. Die nun allerdings – mit einer gewaltigen Wut im Bauch, den Blick stur geradeaus – kaum hundert Meter hinter ihm fuhr.

Um fünf nach fünf klopfte Detective Mercedes Barren an die Tür von Dr. Martin Jeffers' Büro. Er machte ihr sofort auf und bot ihr in dem beengten Raum einen Stuhl an. Sie setzte sich, stellte ihre Handtasche auf dem Boden ab und behielt eine kleine Aktenmappe auf dem Schoß. Sie sah sich rasch im Zimmer um und erfasste mit einem einzigen Blick die Bücherreihen, die Stapel mit Papieren, den kümmerlichen Versuch, den Raum mit zwei gerahmten Fotos zu schmücken. Lass dich nicht von dem Durcheinander täuschen, sagte sie sich im Stillen; wahrscheinlich ist der so gut organisiert wie sein Bruder.
Jeffers kaute am Ende seines Bleistifts, bevor er das Gespräch eröffnete.
»Also, Detective, Sie haben den weiten Weg von Miami hierher gemacht, und ich bin mir immer noch nicht im Klaren, weshalb Sie so dringend meinen Bruder sehen müssen.«
Sie zögerte nur einen Moment, bevor sie antwortete: »Wie ich Ihnen bereits gesagt habe, ist er ein unverzichtbarer Zeuge bei einer Mordermittlung.«
»Könnten Sie mir erklären, inwiefern?«
»Haben Sie sich heute schon mit ihm in Verbindung gesetzt?«
»Sie haben meine Frage nicht beantwortet.«

»Beantworten Sie zuerst meine. Doktor, Ihre Ausweichmanöver sind ärgerlich. Ich bin Polizistin und ermittle in einem Mordfall. Ich muss nicht alles erklären, um auf Ihrer Kooperation zu bestehen. Wenn nötig, kann ich mich an Ihre Vorgesetzten wenden.«

Das war ein Bluff, das wusste er natürlich ebenso gut wie sie.

»Und wenn ich nun sage, tun Sie, was Sie für richtig halten?«

»Dann würde ich genau das tun.«

Er nickte. »Das glaube ich Ihnen gern.«

Sie lehnte sich mit einem Ruck vor. »Haben Sie heute schon mit ihm gesprochen?«

»Nein.«

Sie überlegte.

»Das ist eine ehrliche Antwort«, fuhr er fort. »Ich hatte heute keinen Kontakt mit ihm.«

»Das nehme ich Ihnen nicht ab.«

Er zuckte die Achseln. »Glauben Sie, was Sie wollen.«

Wieder herrschte Schweigen zwischen ihnen.

»Na schön«, gab sie nach einer Weile nach. »Ich glaube, Ihr Bruder verfügt über Informationen zu einem Mord. Das hatte ich Ihnen bereits gesagt. Inwieweit er darin verwickelt ist, kann ich noch nicht sagen. Deshalb möchte ich mit ihm persönlich reden.«

»Wird er verdächtigt?«

»Wieso fragen Sie?«

»Detective Barren, wenn Sie wollen, dass ich auch nur eine Ihrer Fragen beantworte, dann sollten Sie besser auch ein paar von meinen beantworten.«

Ihre Gedanken überschlugen sich bei dem Versuch, kleine Lügen von großen zu scheiden und einen Kurs einzuschlagen, bei dem sie gerade so viel verriet wie nötig, um ihn zu einer Zusammenarbeit zu bewegen. »Das kann ich derzeit noch nicht sagen. Ein Beweisstück, das wir bis zu ihm zurückverfolgen konnten, wurde in der Nähe des Leichenfundorts sichergestellt. Er könnte nach allem, was wir wissen, dafür eine plausible Erklärung haben. Vielleicht aber auch nicht. Um das herauszufinden, bin ich hier.«

Martin Jeffers nickte. Er versuchte, einzuschätzen, ob sie wenigstens teilweise die Wahrheit sagte. Sexualstraftäter sind leichter in den Griff zu bekommen, dachte er sarkastisch.

»Was für ein Beweisstück?«

Sie schüttelte den Kopf.

»Nun gut«, meinte er. »Bei dem Verbrechen handelt es sich um ...«

»Mord.«

»Und was genau haben Sie mit dem Fall zu tun ...«

»Ich bin bei der Kripo ...«

Er zog eine der Fotokopien von Susans Nachruf aus der Tasche und schob sie über den Tisch. Seine Stimme war vor Abneigung schroff. »Ich hasse Lügen, Detective. Meine ganze berufliche Laufbahn, mein ganzes Leben dient letztlich der Wahrheitsfindung in einem ganz fundamentalen Sinne. Sie beleidigen mich, wenn Sie hier hereinschneien und mich belügen.«

Er glaubte, dass er sich überzeugend aufgeplustert hatte. Auf ihre Reaktion war er jedoch nicht gefasst. Er hatte mit einem von zwei Extremen gerechnet – entweder eingeknickt oder erbost. Keins von beidem traf zu.

»Ich beleidige Sie?«, fragte sie beängstigend leise. Sie wartete keine Antwort ab, bevor sie fortfuhr. »Und jetzt besitzen Sie die Dreistigkeit, mir Vorträge über Wahrheitsliebe zu halten, während Sie selbstgefällig dasitzen und Ihre Spielchen mit mir treiben, damit ich Ihren Bruder nicht befragen kann? Na schön. Dann sagen Sie mir zuerst, dass Ihr Bruder dazu nicht fähig wäre.«

Sie suchte einen Moment in ihrer Mappe und zog eines der Ermittlungsfotos von der Leiche heraus, das sie ihm wortlos hinwarf.
Er schob es zurück, ohne es sich anzusehen.
»Versuchen Sie nicht, mich zu schockieren«, gab er zurück.
»Das tue ich nicht.«
In dem Augenblick wurde ihm bewusst, dass jedes ihrer Worte so viel Nachdruck besaß wie ein Schrei, ohne dass sie auch nur die Stimme erhob. Er nahm das Bild zur Hand und starrte darauf.
»Es tut mir leid für Sie«, erklärte er.
Doch seine Phantasie stürzte in einen haltlosen Abgrund der Angst. Das Bild erinnerte ihn an die Wucht einer Radierung von Goya, in der jeder Schatten blankes Entsetzen, jede Linie Qual zum Ausdruck bringt. Er sah, dass die Tote brutal zugerichtet war. Er dachte daran, wie er damals als Student seine erste Leiche vor sich hatte. Er hatte mit jemand – etwas – Altem, Verbrauchtem, von Krankheit und Verfall Gezeichnetem gerechnet. Doch seine erste Tote war eine sechzehnjährige Prostituierte gewesen, die in einer unseligen Nacht an einer Überdosis Drogen gestorben war. Er hatte dem Mädchen in die toten Augen gesehen und sie nicht anrühren können. Ihm hatten die Hände gezittert und die Stimme gebebt. Einen Moment lang hatte er gefürchtet, in Ohnmacht zu fallen. Er hatte sich abgewendet, sich Luft in die Lungen gepumpt und gekeucht. Es hatte ihn eine übermenschliche Willensanstrengung gekostet, zu seinem Anatomieprofessor zu gehen und ihn um einen Tausch zu bitten. Er erinnerte sich, wie er mit einem anderen Studenten wechselte. Einem widerlichen Kerl, der nur »Hübsche Titten« sagte, während er das Skalpell ansetzte. Jeffers sah bis heute die Leiche des älteren Alkoholikers vor sich, den er als Ersatz bekam und den er hätte

umarmen können, bevor er dem Mann sein eigenes Messer an die unbehaarte Brust setzte, so dankbar war er der knochendürren Gestalt dafür, ihn von seinen Schrecken zu erlösen.
Er starrte wieder auf das Bild und dachte an das Mädchen auf dem Seziertisch.
»Ich könnte so etwas niemals tun«, erklärte er leise.
Er brauchte einen Moment, bis er merkte, was ihm herausgerutscht war.
Sie registrierte es sofort. Heiß durchfuhr es sie. Sie erlegte sich noch mehr Selbstkontrolle auf.
Detective Barren wartete, bis die Stille fast unerträglich wurde, erst dann erlöste sie ihn mit einer schlichten Frage: »Aber wie steht es mit Ihrem Bruder?«
Jeffers hatte das Gefühl, als drehten sich ihm sämtliche Eingeweide um.
Nur mit großer Mühe riss er sich zusammen und flüchtete sich in seinen besten Oberarztton.
»Ich glaube nicht, dass mein Bruder zu so etwas fähig ist, Detective. Ich glaube nicht. Wir reden hier von abscheulicher, verwerflicher Brutalität. Es ist eine Beleidigung, dass Sie auch nur fragen.«
Detective Barren starrte ihn an.
»Wirklich?«, hakte sie sanft nach.
Er schnaubte verächtlich, doch wenig überzeugend und winkte mit einer schwachen Handbewegung ab.
»Nehmen wir doch einmal nur für dieses Gespräch an …«
Er fiel ihr ins Wort.
»Wir nehmen gar nichts an, Detective. Ich spiele nicht gern mit Hypothesen. Mein Bruder ist ein preisgekrönter Fotograf. Er ist einer der gefragtesten freiberuflichen Fotojournalisten, die wir heute haben. Er ist Künstler. Im wahren Sinne des Wortes, Detective. Künstler.«

»Ich habe Sie nicht nach seiner beruflichen Qualifikation gefragt.«
»Nein, das ist richtig. Haben Sie nicht.«
Er zögerte, bevor er hinzufügte: »Es ist aber wichtig, sich klarzumachen, dass wir es bei ihm nicht mit einem, einem ...«
»Gewöhnlichen Menschen zu tun haben?«, führte sie den Satz zu Ende.
Er nickte. »Ja.«
In ihrer Stimme schwang Wut mit. »Meinen Sie wirklich, das da hätte ein gewöhnlicher Mensch getan?«
Ihm wurde schwindelig.
»Sie haben mich nicht richtig verstanden.«
»Doch, ich habe Sie sehr gut verstanden.«
Sie starrte ihn an, und er nutzte den Moment, um ein wenig Abstand zu gewinnen.
Jeffers beschloss, in die Offensive zu gehen. »Und das hier ist, nehme ich an, routinemäßige Ermittlungsarbeit?«
»Ja. Nein ...«
»Also, was denn nun?«
»Es ist nicht Routine.«
»Kann es ja wohl auch nicht sein, oder, Detective, da das Opfer Ihre Nichte ist.«
»Richtig.«
»Wenn Sie dann doch bitte noch so freundlich wären, Detective, mir zu erklären, wieso Sie meinen Bruder mit einer Straftat in Verbindung bringen, die bereits aufgeklärt ist?«
Damit zog er die Fotokopie eines weiteren Zeitungsartikels hervor und hielt sie ihr hin. Sie warf nur einen kurzen Blick darauf und schob sie zur Seite.
»Der Mord an Susan Lewis wurde nicht aufgeklärt. Er wurde diesem Mann lediglich zugeschrieben. Ich verfüge über Beweise, denen zufolge er diesen Mord nicht begangen hat.«

»Möchten Sie mir verraten, um was für Beweise es sich dabei handelt?«
»Nein.«
»Dachte ich mir.«
»Es handelt sich um Indizienbeweise.«
»Auch das dachte ich mir. Denn wenn es über Mutmaßungen hinausginge, Detective, dann hätten Sie längst versucht, mich damit unter Druck zu setzen.«
Das stimmte. Sie nickte.
»Das ist richtig, Doktor.«
Er schwieg einen Moment, bevor er fortfuhr. Er fühlte sich stärker, aggressiver. Er griff erneut zu seiner Oberarztattitüde.
»Bitte, Detective, helfen Sie mir auf die Sprünge. Die Tante eines Mordopfers taucht hier auf, um meinen Bruder mit einem Verbrechen in Verbindung zu bringen, das längst aufgeklärt ist. Nennen Sie mir einen guten Grund, weshalb ich das nicht ungewöhnlich und ein wenig verwirrend finden sollte?«
Er betrachtete die Kripobeamtin über den Tisch hinweg und stellte etwas in ihren Augen fest, das ihm bis dahin noch nicht aufgefallen war. Sie schienen zu glühen. Weiterhin wurde ihm klar, dass seine ganze pedantische Rechthaberei bei ihr vollkommen verpuffte.
Sie ließ sich mit ihrer Antwort Zeit. Endlich erklärte sie mit einer auffällig tiefen, klaren Stimme: »Das sollten Sie.« Wieder legte sie eine Pause ein, dann fuhr sie fort: »Aber wenn es für Sie so gottverdammt überraschend gekommen wäre, dass jemand in Verbindung mit einem Mord nach Ihrem Bruder fahndet, wieso haben Sie mich dann nicht gleich hochkant rausgeschmissen?«
Sie sah ihn mit einem schroffen, unversöhnlichen Blick an.

»Wieso waren Sie nicht schockiert? Sprachlos? Vor den Kopf geschlagen?«
Sie atmete gleichmäßig ein und aus.
»Ich weiß, wieso«, sprach sie gefährlich ruhig weiter. »Weil Sie nämlich nicht überrascht waren. Kein bisschen überrascht, verdammt noch mal.«
Wieder legte sie eine wirkungsvolle Pause ein und beobachtete, wie er es aufnahm.
»Weil Sie nämlich schon eine ganze Weile damit gerechnet haben, genau das zu hören, nicht wahr?«
Ihre Worte waren wie Geschosse, die genau auf Jeffers' Herz zielten. Er zwang sich, das Denken abzuschalten und die Fragen, die sie ihm entgegenschleuderte, an sich abprallen zu lassen, während er zugleich seine eigene Phantasie im Zaum halten musste.
Er stand auf und ging ans Fenster.
Sie saß da und beobachtete ihn.
Es wurde Abend, die sommerliche Dämmerung schien grau. Er fühlte sich an die frühen Morgenstunden erinnert, wenn man aus einem Alptraum erwacht, wenn man sich noch nicht sicher ist, ob man ihm entronnen ist, ob man noch schläft oder schon wach ist.
Er holte einmal tief Luft und atmete langsam aus. Dann das Ganze noch einmal. Innerlich schrie er sich an: Fass dich! Lass dir nichts anmerken! Aber er wusste, dass es unmöglich war.
»Detective, was Sie da sagen, ist provokant. Ich denke, wir sollten dieses Gespräch besser morgen fortsetzen ...«
Das war lahm und wenig überzeugend, doch er wusste, er brauchte Zeit. Bestehe darauf!, hämmerte er sich ein.
Sie wollte etwas sagen, doch er drehte sich wieder zu ihr um und streckte ihr die Hand entgegen.

»Morgen! Morgen, verdammt! Morgen!«
Sie nickte.
»Nach meiner Gruppensitzung. Etwa zwölf Uhr mittags.«
»In Ordnung.«
Sie dachte nach, bevor sie fragte: »Und Sie haben nicht vor, das Treffen zu stornieren, so wie heute?«
Er funkelte sie an, erwiderte aber nichts.
»Gut«, lenkte sie ein. »Ich nehme das als ein Nein.«
Sie zögerte und sah ihn an.
»Sie werden ihn nicht anrufen?«
»Ich sagte Ihnen bereits, Detective, ich kann es nicht.« Jeffers, so viel war offensichtlich, rang um Haltung. Was für ein zartbesaiteter Mann, dachte sie plötzlich. Sie fragte sich, wie sie sich das zunutzen machen konnte.
»Und wenn er Sie nun anruft? Rein theoretisch – was würden Sie ihm sagen?«
»Tut er nicht.«
»Könnte er aber.«
»Ich sagte, er tut das nicht.«
»Und wenn doch?«
»Er ist mein Bruder. Ich würde mit ihm reden.«
»Und was würden Sie ihm sagen?«
Jeffers schüttelte verärgert den Kopf. »Er ist mein Bruder.«

8. Kapitel

Weitere dunkle Orte

13.

Sie fuhren parallel zum Mississippi Richtung Norden. Douglas Jeffers nannte den Fluss »den mächtigen Miss-sah-sip« und erteilte Anne Hampton eine kurze Lektion über Mark Twain. Er war offensichtlich enttäuscht darüber, dass sie nur *Tom Sawyer* gelesen hatte, und auch das nur in der Oberstufe der Highschool. Sie sei ungebildet, empörte er sich. Was sie denn überhaupt wisse, wenn sie von Huck keine Ahnung habe, fragte er. In jedem Fall würde es ihr dann schwerfallen, ihn zu verstehen. »Huck ist Amerika«, rief Jeffers mit Nachdruck. »Ich bin Amerika.« Sie antwortete nicht, sondern hielt seine Worte auf ihrem Notizblock fest.

Er sprach zuerst leise, dann wechselte er in einen pedantischen Paukerton und klärte sie darüber auf, dass der Fluss einmal der wichtigste Handelsweg der Nation gewesen sei, der Wegweiser für den Sprung in den Westen, er führte durch das Herz Amerikas, eine Lebensader, die Politik, Kultur, Zivilisation und lebenswichtige Güter mit sich trug. Wer den Fluss erfasste, sagte er, der begriff auch, wie Amerika entstanden war. Er erklärte ihr, dasselbe gelte für Menschen; man müsse nur herausfinden, was für ein Strom durch einen Mann oder eine Frau fließe, und ihn dann bis zum Becken, in dem er sich sammelt, weiterverfolgen, um ihn zu ergründen. Als sie ihn verständnislos ansah, schrie er sie plötzlich an: »Die Rede ist von mir, verdammt! Kapierst du denn nicht, was ich sage? Ich versuche, dir Dinge beizubringen, die niemand, aber auch niemand auf der Welt versteht! Sitz nicht so dämlich da!« Sie machte sich klein und erwartete einen Schlag, doch er beherrschte sich, auch wenn er die Faust ballte. Er schwieg eine Weile, dann sinnierte er weiter über den Fluss.

Gelegentlich fuhren sie so nah ans Wasser heran, dass sie sehen konnte, wie das Tageslicht auf der weiten Fläche glitzerte – ein endloses, stetes Strömen Richtung Golf, der hinter ihnen lag. Er bestand darauf, dass sie seine weitschweifigen Monologe möglichst wortwörtlich mitschrieb, und begründete seine Forderung damit, dass irgendwann einmal jemand den Wert dieser Gedankengänge erkennen und sie dann froh und dankbar sein würde, sie anständig aufgeschrieben zu haben.

Sie konnte das zwar nicht nachvollziehen, doch in den letzten Tagen hatte sie es tröstlich gefunden, wenn er – wie vage auch immer – von der Zukunft sprach und sie daran erinnerte, dass jenseits dieser Autofenster, an denen die Landschaft vorüberglitt, noch ein Leben existierte, auf das Douglas Jeffers' langer Arm keinen Zugriff hatte. Sie gehorchte und ließ den Stift so schnell sie konnte über den Schreibblock gleiten, auf dem sich die Buchstaben zu Worten, die Worte zu Sätzen aneinanderreihten.

Wenn er sie aufforderte, es ihm vorzulesen, gehorchte sie.

Er bat sie um eine kleine Korrektur, dann um einen Zusatz, und sie gehorchte.

Sie gehorchte in allem. Ihm irgendetwas zu verweigern, wäre ihr nicht in den Sinn gekommen.

Mehrere Nächte waren vergangen – sie konnte nicht mit Sicherheit sagen, wie viele – seit er den Obdachlosen erschossen hatte. Seit *ich* den Obdachlosen erschossen habe, dachte sie. Nein: Seit *wir* den Obdachlosen erschossen haben. Die Nächte verbrachten sie in irgendeinem unscheinbaren Motel in der Nähe des Highways – Etablissements, die mit roten, blinkenden Neonlettern auf ihre freien Zimmer aufmerksam machten; wo man die Wassergläser in einer Papiertülle bekam und wo an den Toiletten Zettel mit dem Hinweis klebten, dass sie hygienisch sauber seien.

Als sie in einem dieser Motels zu ihrem Zimmer gingen, sah sie nicht weit von ihnen einen Mann an einem Getränkeautomaten stehen. Er trug einen billigen braunen Anzug. Sie musste unwillkürlich an Willy Loman aus Arthur Millers *Tod eines Handlungsreisenden* denken, als sie merkte, dass er tatsächlich Handelsvertreter war. Er verschlang sie mit Blicken, während er eine Vierteldollarmünze in den Automaten warf. Sie sah zu, wie er drei Flaschen Orangenlimonade kaufte, und registrierte, dass er eine Flasche Wodka in der Tasche hatte. Sie wand sich unter den eindeutigen, schamlosen Blicken des Mannes. Jeffers fauchte ihn an wie ein Tier, das den Eingang zu seiner Höhle bewacht, und der Mann schlurfte mit seinen Getränkedosen, dem Schnaps und der Aussicht auf dumpfes Vergessen davon. Jeffers hatte gesagt: »Kein Grund, den Kerl umzubringen, es sei denn, man wäre ein mieser kleiner Ganove auf der Jagd nach fünfzig Dollar. Was er trinkt, bringt ihn genauso sicher ins Grab wie eine Kugel, nur nicht ganz so schnell.«

Nachts im Bett schlief sie, wenn überhaupt, unruhig und warf sich, soweit sie es wagte, im Bett hin und her, während sie die meiste Zeit steif dalag und auf seinen gleichmäßigen Atem horchte, auch wenn sie nicht glaubte, dass er schlief. Er schläft nie, dachte sie. Er ist immer wach und auf der Lauer. Selbst wenn er einen Schnarcher von sich gab, weigerte sie sich, an seinen Schlaf zu glauben. Wenn sie auf seine Geräusche horchte, versuchte sie, vollkommen still zu bleiben, als könnte ihn selbst der Hauch ihres Atems wecken. Bei diesen Gelegenheiten hatte sie das Gefühl, an keiner Regung ihres eigenen Körpers ablesen zu können, ob er noch funktionierte. In regelmäßigen Abständen legte sie sich die Hand auf die Brust, um ihren Herzschlag zu spüren. Er schien schwach, undeutlich, als sei sie dem Tode nahe – lebensbedrohlich geschwächt.

Seit der Ermordung des Obdachlosen wurde ihr bewusst, dass sie vor allem und jedem Angst empfand: vor Fremden, vor Jeffers, vor sich selbst, vor jeder Minute bei Tage, vor jeder Sekunde bei Nacht; davor, was passieren konnte, wenn sie wach war, oder dann, wenn sie schlief. Wenn sie dann doch endlich eindöste, quälten sie Alpträume; sie hatte sich schnell daran gewöhnt, auf der Flucht vor einem Traumgesicht plötzlich aufzuschrecken und sich mit der unablässigen Furcht in der realen Welt konfrontiert zu sehen. Manchmal hatte sie große Schwierigkeiten, beides auseinanderzuhalten. Dann lag sie im Dunkeln und dachte an den Anblick des Obdachlosen auf der Straße von New Orleans. Sie sah, wie er nach alter Gewohnheit behaglich die Lippen um den vermeintlichen Flaschenhals legte. Nur dass er diesmal nicht das nasse Glas auf der Zunge fühlte, sondern den harten, trockenen, übelschmeckenden Lauf einer Pistole. Sie sah, wie die Verwirrung in seinen Augen aufflackerte, als sich ihre Blicke trafen. Seine Augen erinnerten an einen Hund, der ein ungewohntes Geräusch hört und neugierig den Kopf schief legt. Es war ein entsetzlicher Anblick – dieser offene Mund, die erwartungsvollen Augen, die sie ansahen, als hoffte der Mann auf einen Kuss.

Und manchmal kam es noch schlimmer. Dann war es umgekehrt. Sie sah den Obdachlosen, wie er eine Flasche an die Lippen hob, und wenn sie selbst vor Staunen die Kinnlade fallenließ und sich fragte, wo die Pistole geblieben war, da erschien die Waffe direkt vor ihrem Gesicht. Sie versuchte, die Lippen zusammenzupressen, doch der Lauf bewegte sich zu schnell, und sie schmeckte das tödliche Metall am eigenen Gaumen.

Sie sah dies alles und schrie; das heißt, noch häufiger dachte sie nur, sie hätte geschrien, und merkte wenig später, dass sie in Wahrheit keinen Ton von sich gegeben hatte. Sie hatte den Mund geöffnet und sich befohlen, einen Laut herauszubringen, war aber stumm geblieben.

Auch das machte ihr Angst.

Kurz vor Vicksburg, Mississippi, drosselte Jeffers das Tempo und fuhr rechts heran. Er zeigte mit dem Finger an ihr vorbei aus dem Beifahrerfenster. »Siehst du das?« Anne Hampton drehte sich um und blickte über ein weites grünes Feld mit einer grasbewachsenen Erhebung in der Mitte. Auf der Kuppe stand eine verwitterte Eiche, ein uralter Baum mit knorrigen, dichtbelaubten Zweigen, die sich über die Ebene reckten und mit dem Pflichtgefühl des Alters ihren Schatten warfen.

»Ich sehe einen Baum«, sagte sie.

»Falsch«, wies er sie zurecht. »Was du da vor dir hast, ist die Vergangenheit.«

Er schaltete den Motor aus. »Komm mit«, forderte er sie auf. »Kleine Lektion in Geschichte.«

Er half ihr über einen baufälligen Holzzaun und lief mit ihr zu dem kleinen Hügel. Die ganze Zeit blickte Jeffers zu Boden, als nähme er Maß. »Es ist zugewachsen«, stellte er fest. »Ich war mir nicht sicher, aber es ist immerhin acht Jahre her.« Er sah nachdenklich aus. »Ich dachte immer, wenn Benzin den Boden abfackelt, würde es Jahrzehnte dauern, bis da wieder was wächst. Erinnerst du dich an die Fotos, die deutsche Fotografen im Zweiten Weltkrieg gemacht haben? Von der Ukraine? Das waren sehr eindringliche Aufnahmen. In der Ferne sah man riesige Felder, auf denen Weizen wogte, rund um eine mächtige schwarze Rauchsäule. Das Bild brachte die Ohnmacht zum Ausdruck – genau dadurch waren diese Fotos alle so verdammt gut. Man wusste genau, dass man absolut nichts dagegen tun konnte, wenn die Russen auf ihrem Rückzug erst mal diese Brände gelegt hatten. Benzin und Weizen, eine explosive Mischung. Verbrannte Erde. Auf die Zukunft scheißen, um die Gegenwart zu retten.« Er blieb stehen und zeigte auf eine Stelle. »Schau genau hin! Da! Siehst du, wie das Gras die Farbe wechselt?«

»Sieht wie eine geometrische Form aus.«

»Allerdings. Ein Kreuz.«

»Sie waren schon mal hier?«, fragte sie. Ihre Stimme zitterte ein wenig; sie sah den Baum und dachte an den anderen Baum, den sie in Regen und Wind entlang der Küste von Louisiana nicht gefunden hatten.

»Stand genau da.« Er deutete ein Stück den Hügel hinunter. »Es war ein großartiger Schnappschuss«, meinte er. »Das brennende Kreuz tauchte all diese Männer in ihren lächerlichen weißen Kapuzen und Kitteln in gelbes Licht. Aber nicht deshalb war er so gut«, fuhr er fort, »sondern wegen dieses Massenauflaufs der Schwarzen – Schaulustige, vermute ich, weiß auch nicht, weshalb sie rausgekommen sind –, jedenfalls haben sie äußerst schweigsam zugesehen. Sämtliche Gesichter, aller Augen wendeten sich dem Hügel da zu. Der Lichtschein vom Feuer erfasste sie alle, und so bekam ich sie ebenfalls mit drauf. Weißt du, wieso sie sich diesen Baum ausgesucht hatten? Weil der alte Klan fünfzig Jahre davor drei

Männer an diesem einzigen langen Ast aufgehängt hatte, da drüben, der Ast, der sich so tief nach unten neigt. Es geht um die Symmetrie«, fuhr er fort. »Die Geschichte. Wir sind eine Nation der Erinnerungen. Der alte Klan erhängte drei Männer an einem Baum, also will der neue denselben Schrecken verbreiten.

Also marschieren sie alle da raus, in ihren Roben, all die Kleagles und Klaxxons und Großdrachen in Seide, und dann auch noch ein paar bescheidenere Drachen, die das Sternenbanner schwenkten. Im Grunde nicht allzu viele, aber ich hab mir sagen lassen, dass ihre Mitgliederzahlen inzwischen wieder wachsen. Jedenfalls waren diesmal fast ebenso viele Reporter und Fotografen wie Klanmitglieder da. Und doppelt so viele Schwarze.

Das hat mich einigermaßen überrascht, weißt du, ich meine, man würde vermuten, dass die einen großen Bogen um die Kerle machten. Den ganzen Zauber ignorierten. Ich meine, wer ist schon scharf darauf, sich eine Menge idiotische, beleidigende Rhetorik anzuhören? Aber da lag ich falsch. Sie kamen, und zwar scharenweise. Und weißt du, was ich am kuriosesten fand? Das waren keine gebildeten Menschen. Und sie waren nicht organisiert. Das waren Farmer und kleine Pächter mit Frauen und Kindern. Die kamen auf alten Pick-ups und in klapprigen Autos, und ein paar sogar mit dem Maultierkarren.

Ich konnte nicht fassen, wie still sie waren. Je provokanter die Reden, je unverschämter die Beleidigungen, desto schweigsamer standen sie da. Das war wirklich höchst eigenartig: Man sollte meinen, mehr als Stille geht nicht, wenn jemand keinen Laut von sich gibt, dann gibt es keine Steigerung. Aber in der Nacht war das anders. Diese Leute standen da und gaben keinen Mucks von sich, und je länger sie sich nicht vom Fleck rührten, desto tiefer ihr Schweigen.«

Er schüttelte den Kopf.

»Das nenne ich Stärke. Sie zeigten damit, dass ihre Erinnerungen genauso weit zurückreichten und dass sie genauso tief empfanden. Eine seltene Entschlossenheit.«

Er sah Anne Hampton an.

»Überaus würdevoll«, sagte er und verstummte.

»Du musst verstehen, wie sehr ich wahre Stärke bewundere. Denn das, was ich tue, erfordert äußerste Hingabe. Solidarität mit der eigenen Psyche.« Er lächelte und brach in ein breites Grinsen aus. »Das gefällt mir«, fügte er hinzu. »Solidarität.« Er ballte eine Faust.

Er sah sie an. »Das, was ich tue«, wiederholte er.

Er lachte. Sie sah, dass er eine Kamera in der Hand hielt. Er hob sie ans Auge, drehte kurz am Objektiv und fotografierte sie. Er beugte sich vor, um den Winkel zu verändern, und drückte noch einmal ab. »Ich rede natürlich vom Fotografieren.«

Wieder lachte er, und sie stand wie erstarrt vor ihm und erwartete in militärischer Bereitschaft seinen Befehl.

»Komm mit«, forderte er sie auf, »ich erklär dir noch ein paar Dinge.«

Sie folgte ihm den Hang hinunter.

Im Auto fragte er: »Was ist das Wichtigste an Amerika?«

Sie ließ sich mit der Antwort Zeit, in ihrem Kopf arbeitete es auf Hochtouren. Sie stellte sich die Fotos vor, die Douglas Jeffers in jener Nacht von der Versammlung mitgebracht hatte – die Kapuzen, unter denen sich die rüpelhaften Klansmitglieder versteckten, und die Bauern mit ihrem vorwurfsvollen Schweigen, alles in körnigen Grautönen und mit starken

Schatten. »Die freie Rede«, antwortete sie, »der erste Zusatzartikel, stimmt's?«
Er wandte den Blick vom Highway ab und sah in ihre Richtung. »Boswell lernt dazu!«, lobte er mit einem Lächeln. »Korrekt.«
Sie nickte und nahm das Notizbuch zur Hand, während sie stolz darauf war, einmal eine seiner rätselhaften Fragen richtig beantwortet zu haben.
»Aber fällt dir eine andere Freiheit ein, die ähnlich skrupellos missbraucht worden ist?«
Sie erkannte, dass dies nicht wirklich eine Frage war, die er an sie richtete, sondern der Auftakt zu einer Rede. »Denk an das Böse, das von diesem Hügel ausgegangen ist. Denke an das Unrecht, für das er steht. Wodurch geschützt? Unsere wichtigste Freiheit. Denk an den Film *Kreuz der Gewalt*. Die Nazis wollen in Skokie aufmarschieren, und wer erscheint auf dem Plan und verteidigt ihr Demonstrationsrecht? Die American Civil Liberties Union. Im Wesentlichen jüdische Rechtsanwälte. Es geht ums Prinzip, sagen sie. Und sie haben recht. Das Prinzip ist wichtiger als ein einzelner Akt. Das ist lächerlich. Wir sind eine Nation von Scheinheiligen, weil wir uns so streng an rigide Regeln halten. Richtig. Falsch. Freie Rede. Manifest Destiny. Das gehört zum amerikanischen Selbstverständnis. Was hat Superman verteidigt? Die Wahrheit, die Gerechtigkeit und die amerikanische Lebensweise. Ein Pfadfinder ist vertrauenswürdig, loyal, hilfsbereit, freundlich, höflich, gehorsam, frohgemut, sparsam, tapfer, reinlich und ehrerbietig. Der Gruppenführer, der gerne kurze Hosen trägt, am Lagerfeuer Gespenstergeschichten erzählt und die Jungs in ihren Schlafsäcken begrapscht, wird geflissentlich verschwiegen …«
Er holte tief Luft, überlegte und fügte dann hinzu: »Willst du

dieses Land wirklich verstehen? Es ist im Grunde ganz einfach. Du musst nur begreifen, dass wir gelegentlich unsere größten Stärken benutzen, um die größten Übel zu bewirken. Nicht immer. Nur manchmal. Aber doch so oft, dass es Kreise zieht.«

Er sprach jetzt schnell, nicht wütend, aber angespannt. Sie schrieb so schnell sie konnte.

Er schwieg.

Er kicherte.

»Vom ersten Verfassungszusatz bis zu den schwulen Pfadfinderführern ...« Er warf den Kopf zurück, schüttelte ihn energisch und stieß ein trockenes Lachen aus.

Er sah Anne Hampton an.

»Ich muss verrückt sein«, stellte er grinsend fest.

»Nein, nein, ich glaube, ich verstehe ...«

»Du irrst«, unterbrach er sie. Schlagartig wechselte sein Ton. Er klang jetzt hart und unwirsch, und im selben Moment verflog sein Lächeln. »Ich bin verrückt. Ich bin ganz fürchterlich verrückt. Sind wir alle, jeder auf seine Weise. Das ist unser nationaler Zeitvertreib, nur dass der Fall bei mir zufällig schlimmer liegt als bei anderen ...« Er sah sie an. »Schlimmer als bei den meisten.«

Er wandte sich wieder nach vorne und starrte auf die Straße.

»Sag«, fing Douglas Jeffers nach einer Weile an, »was weißt du über den Tod?«

Sie dachte an eine Begebenheit in ihrer Kindheit, als sie ihre Großeltern auf der Farm besuchten. Das war vor Tommys Tod: Es war Sommer, und sie wollten im Teich schwimmen gehen. Doch als sie ans Ufer kamen, lagen überall schwarze und graue Gänsefedern verstreut. Ihr Großvater hatte genickt und gesagt: »Da hat eine Schildkröte zugeschnappt. Eine ziemlich große, möchte ich wetten, wenn die den ganzen Vogel auseinandergenommen hat.« Aus dem Baden wurde nichts. Ihr Großvater war ins Haus zurückgekehrt, wo er eine Schrotflinte aus dem Waffenschrank holte. Sie durfte bei ihm bleiben, während Tommy drinnen warten musste. Ihr Großvater legte einen Rest Hühnchenfleisch neben den Teich, lief mit ihr ein Stück gegen den Wind und wartete.

Die Schildkröte war über zwanzig Pfund schwer gewesen. Anne Hampton erinnerte sich an den ohrenbetäubenden Knall aus dem Gewehr. Ihr Großvater spreizte mit einem Stock den blutigen Kiefer und sagte: »Eine Schildkröte von der Größe kann dir mühelos ein Bein brechen.« Die Schildkröte starb, und dann starb Tommy und zwei Jahre später ihr Großvater. Sie dachte an den Nachbarn von gegenüber, der eines schwülen Sommermorgens an Herzversagen starb, als er versuchte, jahrelange Trägheit wiedergutzumachen, indem er anfing zu joggen. In der strahlenden Sonne schienen die Lampen des Krankenwagens nicht hell genug zu leuchten, als sei der Fall nicht allzu dringlich. Sie wusste noch, wie der Mann aschfahl und reglos auf dem Rasen lag. Ein Schnürsenkel war offen, und ihr war der seltsame Gedanke gekommen, dass er von Glück sagen konnte, weil ihn etwas aufgehalten hatte, bevor er stolperte und hinfiel. Außerdem hatte sie bemerkt, dass er zwei ungleiche Socken trug, eine mit einem grünen und die andere mit einem blauen Streifen. Das hatte sie schrecklich gefunden. Zu sterben war schlimm genug, aber sich dabei auch noch zu blamieren, war doppelt schlimm.

Sie dachte daran, wie ihren Eltern eine kleine weiße Urne mit Tommys Asche ausgehändigt wurde, wie ihrer Mutter die Hände zitterten, als sie danach griff. Immer noch hörte sie die gedämpften Stimmen der Gäste: Ihr müsst jetzt tapfer sein. Wieso eigentlich? Wieso nicht einfach hemmungslos schluchzen? Das schien jedenfalls viel vernünftiger zu sein. Doch sie hatte gesehen, wie ihre Mutter einen Schleier über ihre Trauer gelegt hatte und stoisch gefasst gewesen war. Im nächsten Moment war die Urne für immer verschwunden. Sie fragte sich, ob man Tommys Kleider mit verbrannt hatte. Wahrscheinlich wäre es ihm am liebsten gewesen, wenn der eng sitzende blaue Anzug, den sie ihm für den Kirchgang gekauft hatten, in Rauch aufgegangen wäre. Alle kleinen Jungs liebten und hassten ihre guten Sachen. Es gab diesen wundervollen Augenblick, in dem sie sich zum ersten Mal darin sahen und sich so erwachsen und würdevoll, so adrett und vornehm fanden; früher oder später gewannen Dreck und Grasflecken, zerfranste Hemdschöße und zerrissene Knie die Oberhand, und der erste Glanz war dahin. Bei der Schildkröte hatte es sich um ein Weibchen gehandelt, und Anne Hampton hatte ihrem Großvater geholfen, die Jungen zu finden. Er hatte sie in einen Sack gesteckt, ihr aber nicht verraten, was er damit vorhatte.

Das ist der Tod, dachte sie, wenn es einem verschwiegen wird, man es aber trotzdem weiß.

»Nicht viel«, antwortete sie nach einer Weile. »Mein Großvater ist gestorben. Dann ein Nachbar, beim Joggen. Ich war dabei. Ich hab's mit angesehen.« Sie überlegte, ob sie ihren Bruder erwähnen sollte.

Nein, dachte sie, das muss genügen.

Aber sie konnte nicht an sich halten.

»Mein Bruder ist gestorben. Beim Schlittschuhlaufen. Er ist ertrunken.«

Sie zögerte, dann fügte sie hinzu: »Er war noch ein kleiner Junge.«

Jeffers schwieg, bevor er antwortete.

»Mein Bruder ist auch kurz davor zu ertrinken. Er weiß es nur nicht.«

Sie wusste nicht, was sie sagen sollte, doch sie speicherte die Information ab. Er hat einen Bruder.
»Er weiß es einfach noch nicht«, wiederholte Jeffers. »Aber lange kann es nicht mehr dauern.«
Mindestens eine Viertelstunde lang fuhr er weiter, ohne etwas zu sagen. Sie hatte sich zum Fenster umgedreht und blickte den Autos nach, an denen sie vorbeikamen, sah sich die Familien, die jungen Männer oder jungen Frauen an und versuchte, sich vorzustellen, wer sie waren und wohin sie wollten. Gelegentlich trafen sich ihre Blicke, wenn auch nur für Sekunden. Wie würden diese Leute staunen, wenn sie wüssten, was sie hierherbrachte.

Douglas Jeffers konzentrierte sich nur halb aufs Fahren, der größte Teil seiner Aufmerksamkeit beschäftigte sich mit der Analyse von Gefühlen. Die Landschaft, durch die sie kamen, war unspektakulär, Farmen, Gemüsefelder und kleine Städte zwischen grünbraunen Hügeln eingesprengt. Er kehrte, immer noch Richtung Norden, auf die Interstate zurück und achtete nur wenig auf Tempo, Entfernung, Reiseziel und Verkehr. Er dachte eine Weile an seinen Bruder, dann an Anne Hampton, dann wieder an seinen Bruder.
Marty besaß keine Leidenschaft, musste er feststellen. Er würde nie etwas unternehmen. Wie diese Schwarzen auf dem Hügel saugte er alles schweigend auf.
Komisch, dass sie sich nie geprügelt hatten. Alle Brüder prügeln sich, wenn auch vielleicht nicht regelmäßig, so doch zumindest häufig, überlegte er. Sie kämpfen um alles und jedes, versuchen, ihren Machtbereich in der Familie abzustecken. Die Bindung zwischen Geschwistern beruht auf dieser Spannung, glaubte er. War erst genug Herzblut geflossen, blieb die gegenseitige Zuneigung bestehen.

Bei sämtlichen Auseinandersetzungen mit ihrem Vater, mit ihrem falschen Vater, war Marty auf Distanz geblieben. Jeffers verzog das Gesicht und biss sich auf die Lippe, während langsam eine diffuse Wut in ihm aufstieg, die sich auf den Mann, auf den Jungen, auf sich selbst richtete.

»Ich hasse Neutralität«, brach es aus ihm heraus. »Ich verachte sie.« Aus dem Augenwinkel sah er, dass Anne Hampton zusammenschreckte.

Na ja, dachte Jeffers, mit dieser verdammten Abgeklärtheit ist es bald vorbei.

Er blickte kurz zu Anne Hampton hinüber, dann wandte er sich wieder dem Highway zu. Er stellte sich ihre Glieder, ihren Körper vor, doch seine Gedanken wanderten schnell wieder in die Vergangenheit, und statt seiner Reisegefährtin sah er die Frau des Drogisten vor sich. Wenn sie sich morgens, nachdem ihr Mann zur Arbeit gegangen war und bevor die Jungen sich auf den Schulweg machten, ankleidete, blieb die Tür angelehnt. Sie ließ sich sehr viel Zeit. Sie wusste, dass er ihr zusah. Er wusste, dass sie es wusste. Als er Marty zu überreden versuchte, ebenfalls zuzuschauen, hatte sein Bruder sich umgedreht und war wortlos gegangen.

»Hast du deinen Bruder geliebt?«, fragte er Anne Hampton.

»Ja«, antwortete sie. »Auch wenn ich ihn, weiß auch nicht, seltsam fand. Irgendwie rätselhaft.«

»Wie meinst du das?«

»Na ja, ich war nur drei Jahre älter als er, und wir hatten, ich weiß nicht, wir hatten nicht viel gemeinsam. Ist das nachvollziehbar? Er war ein kleiner Junge, also machte er Sachen, die eben kleine Jungen machen, und ich war ein kleines Mädchen, und so spielte ich wie ein kleines Mädchen. Aber ich habe ihn geliebt.«

»Das ist durchaus nachvollziehbar. Im Grunde hat man mit

seinen Geschwistern ziemlich wenig gemein. Ein gewisses Maß an Erinnerungen, weil man dieselbe Vergangenheit hat. Aber das ist streng genommen ein Trugschluss, weil jeder dieselben Ereignisse anders im Gedächtnis behält. Folglich haben sie für verschiedene Menschen nicht dieselbe Bedeutung.«

»Ich glaube, ich weiß, was Sie meinen.«

Er nickte.

Sie schwiegen.

»Siehst du«, meinte er. »Wir führen ein fast normales Gespräch. War doch gar nicht so schlimm, oder?«

Sie schüttelte den Kopf.

Nach einer Weile fragte sie: »Wie ist Ihr Bruder so?«

»Er ist Arzt«, antwortete Jeffers. »Seelendoktor. Und er ist ungefähr so unglücklich wie die Leute, die er behandelt. Er ist alleinstehend und weiß selbst nicht, warum.«

Sie nickte. Er registrierte, dass sie sich Notizen machte.

»Gut«, lobte er. Sie antwortete nicht.

Doch er beantwortete ihre unausgesprochene Frage: »Nein, ich glaube nicht, dass ich ihn liebe«, sagte er, »jedenfalls nicht mehr als irgendjemand oder irgendetwas sonst.«

Er schüttelte den Kopf. »Liebe ist etwas, das ich mir längst aus dem Kopf geschlagen habe. Glück genauso.«

Er lachte bitter. »Ich klinge wie eine Figur in einer dieser Soaps im Nachmittagsprogramm. Guckst du die manchmal?«

»Nein. An der Schule gab's 'ne Menge Leute, die keine Folge ausließen, die waren süchtig danach. Aber ich konnte nichts daran finden.«

»Hätte mich auch gewundert.«

Sie zögerte, dann fragte sie: »Aber Sie lieben Ihre Arbeit?«

Er lächelte.

»Ich liebe meine Arbeit.«

Das Grinsen, das sich in seinem Gesicht breit machte, schien darauf hinzudeuten, dass er etwas komisch fand, und sie hatte einen heftigen Anflug von Panik.
Was hält er selbst von seiner Arbeit?, fragte sie sich. Der Gedanke trieb sie um.
»Ich meine«, fuhr sie fort, »Sie sprechen sehr respektvoll von diesen Bildern. Sowohl von Ihren eigenen als auch von denen anderer, die Sie gesehen haben.«
»Ich hab eine Menge Fotos gemacht. Mit völlig verschiedenen Sujets.«
Sie nickte, und sie fuhren weiter, ohne etwas zu sagen.
Douglas Jeffers dachte an seine Fotos.
»Immer der Tod«, erklärte er. »Na ja, nicht immer. Aber in letzter Zeit immer öfter. Ich mache Schnappschüsse vom Tod. Ich hab eine Serie gemacht, für einen Essay in *Life*, erst vor kurzem. Über eine Vierundzwanzig-Stunden-Schicht in einer großstädtischen Notaufnahme …«
»Ach«, unterbrach ihn Anne Hampton. »Die hab ich gesehen. Die waren gut.«
»Sie handelten vom Tod. Selbst die Aufnahmen von den Ärzten und Schwestern und den Krankenwagenfahrern – weißt du, es ging darum, einzufangen, wie all die Gewalt und die zertrümmerten und zerrissenen Körper diese Leute fertigmachten. Tag für Tag. Nacht für Nacht. Weißt du, wenn man sich zu lange an etwas Schrecklichem wundreibt, wird es ein Teil von einem. Es bleibt immer etwas davon haften.«
Er legte eine kurze Pause ein, bevor er sagte: »Genau das ist mir passiert.«
Sie nickte und empfand einen Moment lang so etwas wie Mitleid.
Dann dachte sie an den Regen und Wind, die falsche Straße, und plötzlich hatte sie eine Horrorvision davon, wie es wohl

sein musste, in der Erde begraben zu sein. Sie merkte, wie sie einen Kloß im Hals bekam, und sie schnappte nach Luft.

»Ich habe die Übersicht verloren«, stellte Jeffers in sachlichem Ton fest.

Ihr wurde eng um die Brust, und ihr Atem kam wie bei einem heftigen Asthmaanfall mit lautem Pfeifen.

»Worüber?«, stöhnte sie.

»Wie viele Tote ich gesehen habe. Ich habe es mal gewusst. Ich habe sie gezählt. Aber heute nicht mehr. Sie gehen nahtlos ineinander über. Als ich in dieser Notaufnahme war, haben sie einen Teenager reingebracht, er war gerade mal ein paar Jahre jünger als du. Er hatte auf dem Beifahrersitz gesessen, während ein anderer Junge betrunken Auto gefahren war. Der andere Junge, der Fahrer, hatte, ob du's glaubst oder nicht, nur ein paar Blutergüsse und einen gebrochenen Unterarm. Aber dieser Junge würde ins Gras beißen, und das Schrecklichste war, dass er nicht ohnmächtig wurde. Er wusste es. Er wusste, dass all diese Leute mit ihren Apparaturen und Nadeln ihm nicht helfen konnten. Ich hab seine Augen fotografiert, unmittelbar, bevor es mit ihm zu Ende ging. Aber das Bild wurde nicht genommen. War nicht scharf genug, weil mich irgend so ein Vollidiot geschubst hat, als ich gerade auf den Auslöser drückte ...«

Er zuckte die Achseln.

»Kann passieren. Gehört zum Geschäft.«

Er schwieg eine Weile, bevor er sagte: »In der Nacht bin ich nach Hause gegangen und habe mich gefragt, der wievielte dieser Junge war. Der Tausendste? Oder Zehntausendste? Ich kannte mal einen Polizeireporter, der Buch führte, also habe ich es auch getan. Aber irgendwann kam ich durcheinander. In Vietnam? In Beirut? Ich war ein paarmal da. Und wenn wir schon mal dabei sind, wie wenig ein Menschenleben wert ist … Als diese Chartermaschine bei New Orleans abstürzte, ist sie in zwei Teile zerbrochen, und die Menschen hat es in alle Richtungen geschleudert. Die Rettungsmannschaften haben Körperteile wie verfaulte Früchte von den Bäumen gepflückt …«

»Es ist eben passiert«, sagte Anne Hampton, »solche Dinge passieren eben.«

»Nein, tun sie nicht«, entgegnete Jeffers wütend. »Der Junge stirbt, weil sein Kumpel zu viel säuft. Der Flieger stürzt ab, weil der Pilot auf die Idee verfällt, seinem Kopiloten mal eben den Start zu überlassen, obwohl der Tower vor starkem Rückenwind gewarnt hat. Die kleinen Kinder in Beirut sterben, weil sie draußen spielen und diese Granaten, die abgefeuert werden, die unheimliche Gabe besitzen, spielende Kinder auf der Straße anzusteuern … Das hat mit Ursache und Wirkung zu tun. Der Tod ist nur einfach die häufigste Folge.«

Er sah sie an.

»Weißt du, wenn ich jemanden töte, dann tue ich es, weil ich es will. Nur so kann ich mir bewusstmachen, dass ich noch lebe.«

Ihre Hand zitterte, als sie seine Worte niederschrieb.

Er wartete.

Es herrschte Stille, doch sie wusste, dass er sie füllen würde.

»Mehr als …« Er unterbrach sich, bevor er eine Zahl nennen konnte.

Sie schloss die Augen und versuchte, langsam zu atmen. Als sie die Augen öffnete, sah sie, dass er grinste.

Sie wollte lieber nicht so genau wissen, weshalb.

Stundenlang fuhr er wortlos und in gleichmäßigem Tempo. Als sie tanken mussten, scherte er zu einer Autobahntankstelle aus und forderte den Tankwart mürrisch auf, vollzutanken.

Er bezahlte bar und setzte ein nonchalantes Lächeln auf, als er Gas gab und die Tankstelle verließ, so dass jeder denken musste, sie seien ein ganz normales Paar – ohne besondere Eile, auf einer ganz normalen Fahrt zu einem vertrauten Reiseziel, zu einem klar umrissenen Zweck.

Nach einer Weile sagte er: »Boswell, wundert dich das alles nicht maßlos? Gehen dir nicht tausend Fragen durch den Kopf?«

Anne Hamptons einziger Gedanke war, dass nichts als Angst ihren Kopf beherrschte.

»Ich hatte das Gefühl, ich sollte besser nicht fragen«, antwortete sie. »Ich dachte, Sie würden mir schon erzählen, was Sie mir erzählen wollen.«

Er nickte. »Das klingt vernünftig.«

Nach einer Pause fügte er hinzu: »Boswell, fragst du dich nicht, was das Ganze hier soll?«

Sie nickte.

»Ich weiß, dass Sie einen Plan haben …«

»Ja«, bestätigte er. »Und zwar einen ziemlich genauen.«

Mehr verriet er ihr nicht. Stattdessen fragte er: »Sehe ich alt aus, Boswell? Kannst du in meinem Gesicht Falten entdecken? Wirke ich frustriert oder müde? Streitsüchtig, reizbar, alt? Ich fühle mich nämlich sehr alt, Boswell. Uralt.«

Sein Ton wechselte schlagartig, und er fragte streng: »An welchem Tag haben wir uns getroffen?«

Augenblicklich schnürte es ihr die Kehle zu.

Sie konnte sich nicht erinnern. Eine Stimme in ihr sagte, sie sei schon seit einer Ewigkeit in diesem Wagen, sie sei schon immer bei ihm. Eine andere Stimme erwachte in einem tiefen Winkel ihres Bewusstseins und führte ihr Bilder von ihrer Wohnung, von verwelkten Blumen in einer Vase auf der Fensterbank vor Augen, von ihren Bücherregalen, dem Schreibtisch, dem kleinen Bett und Nachtschrank. Sie sah Bilder von ihren Eltern und ein Aquarell an der Wand, mit Booten in einem Hafen, das sie vor ein paar Jahren auf einer Reise an die Ostküste entdeckt hatte. Es war eigentlich zu teuer gewesen, doch es lag etwas in diesem Bild, das sie faszinierte – vielleicht der Frieden, die Ordnung, die Ruhe der Boote, die in der Spätnachmittagssonne vor Anker lagen. Sie dachte an ihre Seminare, daran, wie sie morgens die Sommerhitze weckte, oder wie sie am ganzen Körper schwitzte, wenn sie über den Campus lief. Ebenso kurz stieg in ihr das Bild ihrer Eltern in Colorado auf, wie sie im Haus saßen und ihr beschauliches Leben führten. Wenn sie wüssten, was passiert ist, wären sie in Panik und würden weinen. Sie wären verzweifelt. In diesem Moment schienen sie ihr wie Wesen aus einem Traum.

»Ich weiß es nicht«, antwortete sie.

»Niemand weiß es, verstehst du?«

Sie nickte.

»Niemand sucht nach dir.«

Wieder nickte sie.

»Selbst wenn jemand neugierig wäre, hätte er keine Ahnung, wo er suchen sollte. Verstehst du? Du hast keine Spur hinterlassen.«

Sie nickte zum dritten Mal.

»Das passiert ständig – Menschen verschwinden, zack, und sie sind weg. Wie vom Erdboden verschluckt. Eben noch sind sie da, dann sind sie weg.«

Trübsinnig ließ sie zur Bestätigung den Kopf hängen.

»Genau das ist mit dir passiert.«

Er sah sie unfreundlich an.

»Ich bin jetzt deine Vergangenheit. Ich bin deine Zukunft.«

Sie wollte weinen, wagte es aber nicht. Sie dachte an die Stimmen der Trauergäste – du musst jetzt tapfer sein. Bei der Erinnerung wurde sie wütend.

Jeffers redete weiter.
»Das ist wie bei diesen idiotischen Milchpackungen mit den Fotos von den verschwundenen Kindern und den Kontaktdaten der ermittelnden Behörden drauf. Deprimierend. Die Kinder sind verschwunden. Für immer entführt. Wir sind eine Nation von Rattenfängern, verstehst du? Spielen ständig auf der Pfeife, nach der die anderen tanzen sollen. Wir entführen andauernd Menschen, und sie sind wie vom Erdboden verschluckt.«
Er schwieg.
»Genau sowar es auch bei sämtlichen anderen.«
Wie viele noch?, dachte sie.
O mein Gott, ich bin die Nächste. Ich bin immer noch die Nächste. War ich von Anfang an. Doch sie konnte es sich nicht leisten, der Angst so weit nachzugeben, dass sie in Panik geriet und schrie. Vielmehr machte sie sich bewusst, dass dies dieselbe Angst war, die sie vom ersten Moment an gelähmt hatte; als sie ihr erst einmal vertraut zu sein schien, war sie weniger erschreckend.
Einen Moment lang fragte sie sich, ob das eine Art Todesgewissheit war, so ähnlich wie bei den Passagieren in einem Flugzeug, das in die Tiefe stürzt. Sie hatte gelesen, dass den kurzen Schreien eine stumme Schicksalsergebenheit folgte, Sekunden des Friedens und des stillen Gebets. Wie der Moment vor dem Erschießungskommando. Willst du eine Zigarette? Eine Augenbinde?, fragt der Kommandeur. Nein, nur einen letzten Blick auf den Morgen.
Sie starrte aus dem Fenster und legte zum Schutz gegen die blendende Sonne die Hand über die Augen. Sie wusste nicht, wieso, doch sie empfand eine seltsame, ungewohnte Leichtigkeit.
Jeffers summte eine Melodie. »Ich wüsste zu gerne, was der

Rattenfänger auf seiner Flöte gespielt hat. Ein und dasselbe Lied für die Ratten und die Kinder?«

Er schien einen Moment zu überlegen.

»Schon als kleiner Junge habe ich mich immer gefragt, wieso die Eltern von Hameln nichts unternommen haben. Ich meine, die standen einfach wie ein Haufen Vollidioten herum. Ich hätte …«

Er beendete den Satz nicht.

»Hör mal«, sagte Jeffers. »Was weißt du über Mord?«

Sie dachte an den Obdachlosen und antwortete: »Nur, was ich neulich in der Nacht erlebt habe.«

Jeffers lächelte.

»Gute Antwort«, freute er sich. »Das zeigt, dass du Mumm in den Knochen hast, he? Boswell ist nicht ganz so ängstlich, wie sie manchmal tut.«

Er gab Gas, und der Wagen machte einen Satz nach vorne. Ebenso schnell nahm er den Fuß vom Pedal und kehrte zu dem alten, bescheidenen Tempo zurück.

»Mord ist, wie du gesehen hast, unglaublich einfach. Nur in Hollywood starren die Leute auf den Lauf einer Waffe und wagen vor Skrupeln und Schuldgefühlen nicht, abzudrücken. In Wirklichkeit geht es ganz schnell. Ein Streit und paff! Im Grunde ist es kein so großer Unterschied zwischen einer Auseinandersetzung im Ghetto in der Nacht, nachdem die Stütze ausgezahlt wurde, und einer Militäroperation, die wochen- und monatelange Vorbereitung erfordert. In beiden Fällen geht es letztlich um einen idiotischen Streit. Selbst in meinem Fall könnte ich vermutlich, wenn ich entsprechend in mich gehen würde, die Ursache für die Dinge finden, die ich tue. Aufgestaute Wut. Außer Kontrolle geratenen Hass. So würde es mein Bruder ausdrücken. Aber was ist aufgestaute Wut? Nichts weiter als ein Streit zwischen den verschiedenen

Teilen der eigenen Persönlichkeit. Das Leben ist sowieso der Widerstreit zwischen deiner guten und deiner schlechten Seite. Die schlechte Seite will sich den übriggebliebenen Nachtisch unter den Nagel reißen, stimmt's? Genau wie bei diesen Cartoons, die samstagmorgens im Kinderfernsehen laufen, wo ein kleiner Teufel aus der Schachtel springt und Foghorn Leghorn oder Donald Duck oder Goofy oder sonst ein niedliches, haariges Tierchen beschwatzt, etwas Unrechtes zu tun, und dann springt ein kleiner Engel aus der Box und besteht darauf, dass er sich für den rechten Pfad entscheidet ...«

Jeffers lachte trocken auf, bevor er weitersprach.

»Wie auch immer, weißt du, weshalb wir dieses Verbrechen ungestraft begehen konnten? Weil es reine Willkür war. Schau uns an – sehen wir etwa wie Leute aus, die betrunkenen Obdachlosen das Hirn wegpusten? Leute auf der Suche nach dem Kick? Leopold und Loeb? Was? Ein Berufsfotograf doch nicht. Schon gar nicht ein preisgekrönter. Eine Spitzenstudentin doch nicht. Siehst du, kein Mensch kann uns mit dem Verbrechen in Verbindung bringen. Niemand hat uns gesehen. Niemand hat uns in Verdacht. Es war Zufall, Willkür, widrige Umstände, so zumindest wird es die Polizei einstufen.

Strenggenommen ist es gar nicht richtig passiert. Oder was meinst du, wie viel Zeit ein unterbezahlter, überarbeiteter Ermittler bei der Mordkommission an einen toten Obdachlosen verschwenden wird, dessen Identität er wahrscheinlich nicht einmal feststellen kann? Zehn Minuten? Eine Stunde? Einen Tag? Mehr nicht. Gerade so viel Zeit, wie er benötigt, um ein Formular auszufüllen und an seinen Vorgesetzten weiterzureichen, um sich dem nächsten Fall zuzuwenden. Vielleicht was Pikanteres. Etwas, das Schlagzeilen macht. Etwas, das unserer Gesellschaft was bedeutet. Ein Prominentenmord oder ein Mord in einer Dreiecksbeziehung. Und wer wollte es

ihm verübeln? Siehst du, es war ja wirklich belanglos. Rätselhafter Tod eines unbekannten Stadtstreichers. Ein Memo an alle Dienststellen. Kurze Überprüfung, ob sie irgendwelche anderen ungelösten Morde an Obdachlosen haben, die vergleichbar sein könnten. Das war's. Das ist zumindest die offizielle Version. Die politische Version …
Dabei wissen wir es natürlich besser, nicht wahr? Zu blöd aber auch, was? So ein armer Cop könnte eine steile Karriere machen, wenn er nur die geringste Ahnung hätte, was tatsächlich vorgefallen ist. Denn es *war* gar nicht unwichtig. Jedenfalls nicht für uns, stimmt's?«
Nach einer ganzen Weile brachte sie eine Antwort heraus.
»Aber es kann doch nicht immer so, ich weiß nicht, so leicht sein …«
Sie hasste das Wort. Für ihn, das hatte sie begriffen, war es eine unumstößliche Wahrheit. Für sie eine komplette Lüge. Ich mach da nicht mit, sagte sie plötzlich in Gedanken, ich weigere mich, er zu sein.
Sie war von ihrer Entschlossenheit selbst überrascht.
»Selbstverständlich nicht. Sonst wäre es ja keine Herausforderung. Kein Abenteuer. Hast du zufällig *The Most Dangerous Game* von Richard Connell gelesen?«
»Ich glaube nicht.«
Er schnaubte. »Also wirklich, Boswell, wo bleibt deine Bildung?«
»Ich hab eine Menge gelesen«, erwiderte sie zu ihrer Verteidigung. »Ich habe eine Menge Bücher gelesen, von denen Sie wahrscheinlich keine Ahnung haben. Was wissen Sie über *Middlemarch?*« Noch während sie ihre eigene Stimme hörte, hätte sie sich am liebsten den Mund zugehalten. Sie schloss die Augen und rechnete mit einer Ohrfeige.
Stattdessen lachte er.

»Der Punkt geht an dich«, gestand er ihr zu. »Aber zurück zu meiner Frage: Welches ist das gefährlichste Spiel?«

»Mord ist kein Spiel.«

»Nicht?«

Sie schwiegen.

»Na schön«, lenkte er nach einer Weile ein. »Ich werde mich bemühen, weniger frivol zu sein. Natürlich ist Mord kein Spiel. Aber auch kein Hobby. Es ist eine Lebensweise. Meine Lebensweise.«

»Ich verstehe nur nicht, wie …«, fing sie an, doch er unterbrach sie.

Er lachte.

»Na endlich! Sie fragt, warum! Wurde langsam Zeit.«

Sein Ton verdüsterte sich.

»Und jetzt werde ich es dir sagen.«

In diesem Moment hatte sie das Gefühl, in etwas hineingestolpert zu sein, das für ihre Augen nicht bestimmt war. Sie erinnerte sich, wie sie eines Nachts nicht hatte schlafen können und durch einen Spalt in der Tür ins Schlafzimmer ihrer Eltern gespäht und sie eng umschlungen entdeckt hatte, während sie versuchten, bei der Liebe nicht zu laut zu sein. Wie damals wurde sie vor Angst und Scham rot. Sie ließ den Bleistift fallen und bückte sich, um ihn aufzuheben. Die Erkenntnis, dass Wissen gefährlich sein konnte, traf sie wie ein Schlag: Je mehr sie wusste, desto tiefer verstrickte sie sich, desto geringer war ihre Chance, dem Alptraum zu entkommen. Die düsteren Überlegungen waren erdrückend, und sie hätte am liebsten in aller Stille geweint, so wie damals, als sie durch einen einzigen Blick für immer ihre Unschuld verlor, ins Kissen schluchzte und vor Seelenqual nicht ein noch aus wusste.

Zuversichtlich und ein wenig übermütig beschwingt, wartete er, bis er sicher war, dass seine Fragen sie, wie geplant, ins

Mark getroffen hatten und mit einer bösen Vorahnung erfüllten. Endlich, dachte er. Die Worte sprudelten enthusiastisch aus ihm heraus.

»Nach dem ersten Mal wurde mir bewusst, dass ich unglaubliches Glück gehabt hatte. Immerhin hatte ich eine Prostituierte auf der Straße aufgelesen, und zwar in einem Leihwagen, den man nur allzu leicht bis zu mir zurückverfolgen konnte. Ich hatte sie im Auto geschlagen, so dass man ihre Blutgruppe anhand der Flecken im Polster bestimmen konnte. Und ich hatte sie in einer Gegend abgeladen, mit der ich nicht vertraut war. Außerdem hätte mich jederzeit jemand sehen können. Ein Passant. Ihr Zuhälter. Ein Trucker, der aus seinem drei, vier Meter hohen Führerhaus heruntersieht. Ich habe genügend Fuß- und Fingerabdrücke hinterlassen, dass jedes beliebige Forensik-Labor mich hätte überführen können. Gewebefasern, Schmutzpartikel, Haare. Verflucht, ich hab die Schaufel, mit der ich sie begraben habe, sogar mit der Kreditkarte bezahlt. Ich hab so ziemlich alles falsch gemacht, was man nur falsch machen kann. Unglaublich dämlich, weißt du …«

Er warf ihr einen kurzen Blick zu, erwartete aber keinen Kommentar.

»Und weißt du, wie es mir hinterher ergangen ist? Ein unglaublicher Nervenkitzel. Eine Angst, wie sie in Alpträumen auftritt. Ich bin in einer Art Schwebezustand herumgelaufen und hab mir ernste Sorgen gemacht, paranoid zu werden. Ich dachte, meine sämtlichen Jugendsünden würden jeden Moment einen Kripobeamten mit Haftbefehl auf den Plan rufen. Was natürlich nie passierte, aber es war ein Gefühl, als stünde ich die ganze Zeit unter Strom.

Dasselbe galt für meine Bilder. Sie wurden prägnanter. Besser. Leidenschaftlicher. Schon seltsam, was? Aus der Angst wurde

Kunst. Ich war vom Erfolg wie besessen. Ich weiß noch, dass ich ein paar Nächte lang nicht schlafen konnte, weil ich so aufgeregt war. Es hatte vollkommen von mir Besitz ergriffen. Also beschloss ich, umherzufahren, um mir einfach nur das Lichtermeer der Stadt anzusehen. Vielleicht würde das meine Gefühle beruhigen. Ich hörte Polizeifunk. Alle Fotografen schleppen ständig Radios mit sich herum, das war also nichts Ungewöhnliches. Man hört ständig Funk, man kann ja nie wissen. Und das war nun eine von diesen Nächten.
Ich hörte auf einmal diese Stimme, auf einem Sender mit gutem Empfang, und sie klang aufgeregt, fast in Panik: Hilfe, Hilfe, schicken Sie einen Beamten, schnell ... und dann wurde die Adresse durchgegeben. Ich war nur ein paar Häuserblocks entfernt. Ein Staatspolizist, weißt du, hatte bei einem Wagen, bei dem ein Rücklicht nicht funktionierte, eine gewöhnliche Verkehrskontrolle durchgeführt. Er muss wohl auf Ärger aus gewesen sein, denn er bekam eine volle Ladung aus einer Achtunddreißiger in die Brust. Er war vier Jungs zu nahe getreten, die gerade einen Spirituosenladen ausgenommen hatten. Und ich war als Erster da – vor den anderen Cops, vor dem Rettungswagen. Nur ich und meine Kamera und der Junge, der den Schuss von der anderen Straßenseite aus beobachtet hatte, weil er einen Reifen gewechselt hatte. Er hatte den Notruf gemacht. Der Junge hielt den Kopf des Polizisten im Schoß. Klick! Klick! Helfen Sie mir, bat der Junge. Klick! Helfen Sie uns!, bat er. Was machen Sie da? Klick! Bitte ... Klick! Vielleicht dreißig Sekunden. Dann habe ich ihm geholfen. Ich nahm die Hand des Polizisten und fühlte nach dem Puls. Zuerst war er da, aber bald wurde er wie das Licht in der Abenddämmerung schwächer und verschwand. Und dann alles auf einmal, die Scheinwerfer, die Sirenen. Gott! Das waren phantastische Aufnahmen!«

Jeffers hielt inne. Er sprach nun langsamer, bedachter.

»Und so kam ich dazu, Mord zu studieren.«

Schweigen.

»Ich konnte nicht anders.«

Der Stift schwebte über dem Notizbuch, während sie versuchte, die Angst abzuschütteln und sich nur auf seine Worte zu konzentrieren.

Sie schärfte sich ein, so zu denken wie im Seminarraum, wie bei einer Vorlesung. Sie merkte, dass der Versuch lächerlich war.

Douglas Jeffers' Kopf war voller Bilder, und er überlegte, ob er vielleicht anekdotisch vorgehen sollte. Er warf einen Seitenblick auf Anne Hampton und sah, dass sie wartete; sie war blass und mitgenommen, am Rande einer Angstattacke, aber dennoch wartete sie. Mit Genugtuung stellte er fest: Jetzt gehört sie mir.

Dann machte er weiter.

»Ich hatte also unglaubliches Glück gehabt, dabei verlasse ich mich nicht gerne auf mein Glück. In meiner Freizeit ging ich immer öfter in die Bibliothek und las. Ich interessierte mich ebenso für Belletristik wie für wissenschaftliche Bücher. Ich las juristische Fallstudien und medizinische Abhandlungen. Ich las die Geständnisse von Mördern ebenso wie Gefängnisberichte. Ich las die Memoiren von Kripobeamten, von Pathologen, von Strafverteidigern, von Staatsanwälten und Auftragskillern. Ich kaufte Bücher über Waffenkunde. Ich studierte Physiologie. Ich zog mir einen weißen Laborkittel über und besuchte an der Columbia Medical School Anatomievorlesungen. Ich musste einfach wissen, wie genau Menschen starben.

Ich las Zeitungen und Zeitschriften. Ich abonnierte *True Detective* und *Police*. Ich brachte Stunden mit den Schriften prominenter forensischer Psychiater zu. Ich lernte viel über Sexualmörder, Massenmörder, Berufsmörder, Mörder beim Militär. Ich studierte Massaker und Mordkomplotte. Ich machte mich mit de Sade, Blaubart, Albert DeSalvo und Charles Whitman vertraut, außerdem mit dem Massaker von My Lai sowie den Angriffen auf die Flüchtlingslager von Shatila. Ich kannte Raskolnikow, Mengele, Kurtz, Idi Amin und William Bonney, den du vermutlich unter dem Namen Billy the Kid kennst. Ich weiß eine Menge über die PLO und die Roten Brigaden. Ich kann dir alles über Charles Manson oder Elmer Wayne Henley erzählen oder über Wayne Gacy, Richard Speck, Jack Abbott, Lucky Luciano oder Al Capone. Vom Valentinstagmassaker bis zu den Freeway-Morden. Von der Salemer Hexenjagd bis zu den Drogenkriegen in Miami oder dem Zodiac-Killer von San Francisco. Ich kenne mich mit 007 ebenso gut aus wie mit dem echten MI-5. Ich könnte dir erklären, wieso Bruno Richard Hauptmann wahrscheinlich kein Mörder war, auch wenn sie ihn hingerichtet haben, oder wieso Gary Gilmore in Wahrheit ein Loser war, der zufällig gemordet hat, der aber ebenfalls hingerichtet wurde. Ich hab alles gelesen von Camus' Essay über die Todesstrafe bis zu McLendons Roman *Deathwork*, und dann habe ich mich auf den Bericht der Warren-Kommission gestürzt und auf die Kongressanhörungen, die das Phoenix-Programm in Vietnam ans Licht gebracht haben …

Wusstest du«, fuhr Douglas Jeffers fort, »dass in manchen Bundesstaaten die Gerichtsakten und Polizeiberichte öffentlich sind? Zum Beispiel war ich vor nicht allzu langer Zeit in Nord-Florida und hab die Akten zu dem Fall eines Gerald Stano gelesen. Interessanter Bursche. Intelligent. Freundlich. Extravertiert. Ganz und gar kein Eigenbrötler. Hatte eine feste Anstellung als Mechaniker, war angesehen, beliebt, sogar bei den Ermittlern von der Mordkommission. Er hatte nur *einen* kleinen Fehler …«

Jeffers legte eine Kunstpause ein.

»Wenn er mit einer Frau ein Date hatte, dann ließ er es nicht bei einem keuschen Handschlag oder einem Küsschen auf die Wange bewenden.«

Jeffers lachte.

»Nein, Mr. Stano brachte seine Damenbekanntschaften um.«

Er warf Anne Hampton einen Blick zu und versuchte, den schmerzlichen Ausdruck in ihrem Gesicht zu taxieren.

»Indem er sie zerstückelte …«

Wieder eine Pause.

»Könnten so um die vierzig gewesen sein.«

Und noch einmal pausierte Jeffers, bevor er fortfuhr.

»Man kann ihn nur für seine Konsequenz bewundern, wenn auch vielleicht für nichts sonst. Er behandelte alle gleich, das heißt, alle Frauen …«

Anne Hampton schwieg beharrlich und wartete, dass Jeffers weitersprach. Sie sah, wie er tief Luft holte.

»Du siehst also, was aus mir geworden ist.« Jeffers senkte die Stimme. »Ich wurde zum Experten.

Und dann«, sagte er, nachdem er noch einmal Luft geholt hatte, »war ich so weit, ein Mörder zu werden. Nicht so ein Volltrottel, der wahllos eine Prostituierte umbringt und einfach nur Schwein gehabt hat, dass er davongekommen ist. Nein, ich wurde zu einer perfekt geölten, gut austarierten, mörderischen Präzisionsmaschine. Kein Auftragskiller, der sich von einem Gangster aus der Gosse oder einem kolumbianischen Drogendealer bezahlen lässt. Sondern freischaffend, ganz und gar mein eigener Herr.

Und damit weißt du, was ich bin.«

Mehrere Stunden lang fuhr er ohne ein weiteres Wort.
Jeffers ließ es bei diesen Auskünften bewenden. Er dachte: Das muss sie erst mal verdauen.
Außerdem würde das, was er als Nächstes plante, die Schraube noch einmal anziehen.
Anne Hampton war dankbar für die Stille. Sie versuchte nach Kräften, an einfache Dinge zu denken – an den Geruch von Apfelkuchen im Ofen oder das wohlige Gefühl, wenn man in eine Seidenbluse schlüpft –, doch es funktionierte nicht.
Als sie in Memphis den Fluss überquerten, war es tiefe Nacht. Sie sah, wie sich die Lichter im stillen schwarzen Wasser spiegelten, während Jeffers ihr erzählte, wie der Cuyahoga in Cleveland einmal gebrannt hatte. Der Giftmüll, den man einfach ins Wasser geworfen hatten, fing Feuer, erzählte er. Wie aber löscht man brennendes Wasser? Er beschrieb, wie er mitten in der Nacht die Feuerwehrleute vor den hochaufragenden Flammen fotografierte. Sie kamen an einem Schild vorbei, dessen heiterer Gruß zu den Geschehnissen in Widerspruch stand: SIE VERLASSEN MEMPHIS – KOMMEN SIE BALD WIEDER!
Jeffers stimmte einen Bob-Dylan-Song an: »Ohhh, momma, can this really be the end? To be stuck inside of Mobile with the Memphis Blues again …«
Er sah zur Seite und merkte, dass sie die Melodie nicht erkannte. Er zuckte die Achseln. »Meine Generation«, meinte er und lachte. »Erinnere mich nicht daran, wie alt ich bin.«
Sie wusste nicht, was sie sagen sollte.
In Arkansas blieben sie auf der Interstate. Es war schon weit nach Mitternacht, als sie an einem Howard Johnson's anhielten. Ihr erschien der scharfe Kontrast zwischen Orange und Aquamarin so spät in der Nacht zu schrill, sie hätte es angemessener gefunden, wenn man die Dekoration jeden Abend

mit dem Aufziehen der Dunkelheit gegen ein gedämpfteres Farbschema hätte tauschen können.

Am nächsten Tag waren sie wieder mit dem Morgengrauen auf der Straße, und als sie zum Frühstück anhielten, hatten sie bereits zwei Stunden Fahrt hinter sich. Jeffers langte ordentlich zu und zwang sie, ebenfalls reichlich zu essen: Eier, Pfannkuchen, Toast, Würstchen, mehrere Tassen Kaffee und Saft.

»Warum so viel?«, fragte sie ihn.

»Großer Tag«, antwortete er zwischen zwei Happen. »Und großer Abend. Baseballspiel in St. Louis. Fängt um acht an. Danach gibt's ein paar Überraschungen. Iss auf.«

Sie gehorchte.

Nach der Mahlzeit fuhr er allerdings nicht gleich wieder auf die Interstate zurück, sondern hielt auf dem Parkplatz einer großen Shopping Mall. Anne Hampton sah ihn an.

»Wieso machen wir halt?«

Mit einer blitzschnellen Bewegung beugte er sich zu ihr herüber und packte ihr Gesicht, indem er Zeigefinger und Daumen in ihre Wangen bohrte.

»Bleib einfach dicht bei mir, sag nichts und lerne dazu.«

Sie nickte, und er ließ sie los.

»Beobachte, höre zu und versuch zu begreifen«, schärfte er ihr noch einmal ein.

Er lief zügig durch die immer dichter werdende Menschenmenge, die in das Einkaufszentrum strömte, und sie musste sich beeilen, um Schritt zu halten. Die Läden flogen an ihr vorüber, und sie sah sich im Spiegel einer Boutique. Ringsum stürmte Stimmengewirr auf sie ein – schreiende Kinder, die mit einem Schlachtruf von ihren Eltern davonliefen, und Eltern, die Jennifer, Joseph oder Joshua ermahnten, augenblicklich mit dem Blödsinn aufzuhören. Was sie nie taten. Sie hörte

Paare, die sich über Einkäufe unterhielten, und Teenager, die über Jungen, Mädchen und Musiktitel sprachen. Die Fetzen von normalem Leben, die sie aufschnappte, schienen seltsam fremd, als gehörten sie in eine andere Zeit. Sie beschleunigte ihre Schritte an Douglas Jeffers' Seite. Er schien die Menge nicht wahrzunehmen, sondern zielstrebig geradeaus zu laufen.

Schließlich betrat er mit ihr ein Sportgeschäft, wo er ein Paar rote St.-Louis-Cardinals-Baseballmützen herauspickte. Er zeigte auf ein schnauzenhaftes, hutartiges Gebilde und lachte spöttisch. »Diese Schweinskappen tragen sie bei den Spielen der University of Arkansas. Wildschweine. Da kann ich nur sagen, seht zu, dass ihr gewinnt, wenn eure Fans die Dinger für euch tragen.«

Er bezahlte die beiden Kappen bar und kehrte in die Mall zurück. »Noch eine Station«, sagte er.

In dem großen Sears-Kaufhaus steuerte er die Abteilung für Büroartikel an. An der Theke kaufte er einen kleinen Stapel Schreibmaschinenpapier und ein Päckchen Briefumschläge. Damit ging er zu einer Reihe Vorführ-Schreibmaschinen. Er drehte sich zu ihr um und sagte: »Sieh genau hin. Bleib dicht an mir dran.«

Mit einer schnellen Bewegung zog er ein Paar OP-Handschuhe aus der Tasche. Er schlüpfte hinein und öffnete den Pappkarton des Schreibmaschinenpapiers. Ohne zu zögern, reichte er Anne Hampton die Verpackung und legte ein Blatt in eine der Vorführmaschinen ein.

Er zögerte einen Moment und vergewisserte sich, dass niemand in der Nähe war oder auf sie achtete. Dann beugte er sich vor und tippte:

Ihr seit ja so dämlig, pakt ein, gute Nacht,
hab nämmich grad nochn Schwuln alle gemacht.
Hertsliche Grüse,
ir wist schon wer

Er zog das Blatt aus der Maschine, faltete es dreimal und steckte es in einen Umschlag. Immer noch mit Handschuhen schob er das Kuvert in die Tasche. Dann zog er die Handschuhe aus, sah sich um, prüfte noch einmal, dass niemand sie beachtet hatte, und begab sich zügig Richtung Ausgang.
Ihr gingen tausend Gedanken durch den Kopf, während sie keuchend Schritt zu halten versuchte.
Als sie wieder im Wagen saßen, sagte er nichts, sondern forderte sie nur stumm auf, sich anzuschnallen. Sie gehorchte und schwieg.
Er fuhr den ganzen Tag und bis in den Abend hinein, indem er sich stur ans Tempolimit oder die Durchschnittsgeschwindigkeit hielt, so dass sie von ebenso vielen Autos überholt wurden, wie sie selbst hinter sich ließen. Sie fragte sich, wieso Jeffers immer genau zu wissen schien, wohin sie fuhren und wie lange sie brauchen würden. Er schätzte: »Bis zum Ende des zweiten Innings müssten wir es schaffen«, doch sie mussten ein wenig weiter vom Stadion entfernt parken als geplant, so dass sie erst mitten im dritten Inning am Eingangstor standen. Sie trugen beide die roten Mützen, die er am Vormittag gekauft hatte. Am Drehkreuz zog Jeffers mit einer schwungvollen Handbewegung zwei Eintrittskarten aus der Brieftasche.
Sie zuckte zusammen angesichts der Geste, vor allem aber wegen der Erkenntnis, dass er die Karten lange im Voraus gekauft haben musste.
»Sicher ’n gutes Spiel«, meinte er zum Kontrolleur.

»Kann man wohl sagen, nur dass sie zwei Punkte zurückliegen und offenbar keiner weiß, wie sie das noch packen sollen.« Der Mann war alt; ihm wuchsen weiße Haare an den Ohrläppchen, und er trug ein Hörgerät. Anne Hampton sah, dass er sich in das andere Ohr den Kopfhörer eines billigen Transistorradios eingestöpselt hatte. Er achtete nicht weiter auf sie und griff nach den Tickets der nächsten Spätankömmlinge.

Sie huschten eilig durch die Sitzreihen, stießen gegen Menschen, umschifften Verkäufer mit Erfrischungen.

Die riesige Menge und der hohe Lärmpegel irritierten sie. Sie fühlte sich, als schwebte sie im All – schwerelos, so dass die Geräusche sie davontragen konnten. Sie drückte sich eng an Jeffers, und als eine Gruppe junger Rüpel sich zwischen sie drängte, griff sie nach seiner Hand.

Als die Heimmannschaft im fünften Inning am Schlag war, erklärte Jeffers, er habe Hunger. »Hör zu«, sagte er, »lauf mal da zu dem Imbissstand rüber und besorg uns ein paar Hotdogs.«

Sie starrte ihn ungläubig an.

In ihrer Umgebung dröhnte die Zuschauertribüne: Der stattliche Rechtshänder der Mets hatte einen seiner berüchtigten kräftigen Würfe hingelegt, und die Cardinals warteten mit ihrem Zwei-zu-null-Rückstand vergeblich auf den Lohn für ihre Mühen. Doch genau in dem Moment, als Jeffers seine Bitte ausgesprochen hatte, war der Lead-off vorgerückt, und der nächste Schlagmann landete prompt einen glatten Base-Hit nach rechts. Vor Spannung stand die Menge senkrecht, und das ganze Stadion hallte vom ermunternden, rhythmischen Klatschen wider. Sie musste brüllen, um sich bei ihm Gehör zu verschaffen.

»Ich kann nicht«, rief sie.

»Wieso nicht?«
Plötzlich spürte sie seine Hand auf ihrem Bein und die Finger, die sich schmerzhaft in ihre Muskeln bohrten.
»Ich kann es einfach nicht«, wiederholte sie, während ihr die Tränen in den Augen standen.
Er starrte sie an. Perfekt, dachte er.
»Wieso nicht?«
Sie schüttelte den Kopf. Sie konnte es nicht sagen. Sie wusste nur, dass der Lärm, die Menschen und die Welt, die er plötzlich in ihr Leben hereingelassen hatte, sie in Panik versetzten.
»Bitte«, flehte sie.
Er konnte sie nicht hören; der nächste Schlagmann hatte den Ball so weit nach vorn gebracht, dass eine Base in erreichbarer Nähe war; der Läufer punktete von der zweiten aus, indem er dem Hechtsprung des Fängers auswich, so dass sein Tag-Versuch in einer Staubwolke unterging. Jeffers sah jedoch ihre Mundbewegung, und das genügte.
»Meinetwegen«, gab er nach. »Nur dieses eine Mal.«
Er ließ ihr Bein los.
Sie nickte zum Dank.
»So was nennt man ein Bang-Bang-Spiel«, erklärte er.
»Bang-Bang?«
»Ja, wenn alles Schlag auf Schlag geht. Der Läufer rutscht aus, Bang! Der Fänger erzielt einen Tag, Bang! Er ist safe! Bang! Oder er ist out, Bang! Ich hab für dieses Klischee schon immer was übriggehabt.«
Er entdeckte einen Erdnussverkäufer und winkte heftig, um die Aufmerksamkeit des Mannes zu erregen. Er gab Anne Hampton eine Tüte, und nachdem sie angefangen hatte, die Schalen zu knacken und die Nüsse zu essen, bückte er sich und zog seine allgegenwärtige Nikon aus der Kameratasche.

»Bitte lächeln«, rief er und schnellte auf seinem Sitz herum. Er knipste ein paar Bilder.

Sie wurde verlegen. »Meine Haare«, meinte sie. »Diese alberne Kappe …«

Doch er deutete nur aufs Spielfeld. »Da spielt die Musik«, wies er sie zurecht. »Pass gut auf, vielleicht musst du dich später an ein paar Einzelheiten erinnern.«

Das machte ihr Angst, und sie versuchte, sich auf die Vorgänge unterhalb der Tribüne zu konzentrieren. Ich verstehe was von Baseball, beruhigte sie sich. Ich weiß, was Spielzüge des Squeeze-Play und Pitchouts sind und wie man hinter den Läufer kommt. Immerhin war ich in der Softball-Mannschaft an der Highschool Shortstop und hab die Regeln gelernt.

Dennoch blieben ihr die Akteure auf dem Kunstrasen der Spielfläche ein Rätsel, wie sehr sie auch versuchte zu analysieren, was dort vor sich ging.

Sie wagte einen Seitenblick zu Jeffers. Er schien ganz im Spielverlauf versunken, doch sie wusste, dass diese Anteilnahme andere Dinge verschleiern sollte. Etwas in ihr weigerte sich, konkrete Möglichkeiten ins Auge zu fassen.

Sie zitterte in der schwülen Luft. Ihr Kopf fühlte sich dumpf an, und sie konnte nur schwer schlucken. Als sie einmal sah, wie er sich zu der Tasche vor seinen Füßen bückte, bekam sie vor Verwirrung plötzlich keine Luft mehr.

Als die Mannschaften die Seiten wechselten, fragte sie endlich in einem Ton, der ihr hohl in den Ohren klang: »Wieso sind wir hier?«

Jeffers drehte sich zu ihr um und starrte sie an. Dann brach er in schallendes Gelächter aus. »Wir sind hier, weil das Amerika ist, das nationale Freizeitvergnügen, das hier sind die Mets und die Cards und der Siegeswimpel steht auf dem Spiel. Aber vor allem sind wir hier, weil ich ein Baseball-Fan bin.«

Wieder lachte er und sah sie an.
»Du siehst also«, fuhr er fort, »bis jetzt schlagen wir nichts tot außer der Zeit.«
Er zögerte. »Später«, fügte er hinzu.
Sie stellte keine weiteren Fragen.
Sie blieben bis zur ersten Hälfte des achten Innings. Jeffers wartete, bis die Mets vier Punkte machten und Bewegung in das ausgeglichene Spiel brachten. Er packte sie bei der Hand und führte sie zusammen mit den anderen leicht verstimmten Fans, die früh aufbrachen, aus dem Stadion. Auf ihrem Weg zum Auto folgte ihnen ein lauter Schrei von den Zuschauerrängen hinter ihnen. Er hörte, wie aus einem Transistorradio, das ein junges Paar in ihrer Nähe bei sich hatte, eine Stimme allen, die es hören wollten, verkündete: »Homerun Jack Clark, und noch zwei Innings zu spielen!« Er nickte.
»Hätten sie eigentlich wissen müssen«, meinte er leise zu Anne Hampton, »dass es nie vorbei ist, bevor es vorbei ist. Das hat einmal ein großer Amerikaner gesagt.«
»Wer?«, fragte sie.
»Caryl Chessman«, antwortete Jeffers.

Jeffers vergewisserte sich, dass Anne Hampton angeschnallt war, dann ging er zum Heck und öffnete den Kofferraum. Er wühlte einen Moment in seiner Allzwecktasche und zog schließlich zwei Nummernschilder mit Kennzeichen von Missouri heraus. Zuvor hatte er daran Metallklammern befestigt, so dass er sich nur zu bücken und sie direkt auf den eigentlichen Schildern zu montieren brauchte. Er nahm einen billigen Nummernschildrahmen, den er in einem Laden für Autozubehör gekauft hatte, und klemmte ihn auf die neuen Schilder, so dass vom verräterischen Gelb seiner New Yorker Kennzeichen nichts mehr zu sehen war, er aber ebenso schnell die früher einmal gestohlenen Schilder wieder abmontieren konnte. Dann öffnete er die Tasche mit den Waffen und zog eine billige Automatik, Kaliber fünfundzwanzig hervor. Im Innern der Tasche war ein besonders präparierter, voller Ladestreifen befestigt. Er vergewisserte sich, dass die Rundköpfe eingekerbt waren, dann steckte er die Munition in seine Kameratasche. Wieder suchte er einen Moment und holte eine schlichte Aktentasche heraus, bevor er den Kofferraum schloss.

Zurück im Wagen, schaltete er die Innenbeleuchtung ein.

Sie sah zu, wie er eine kleine gelbe Aktenmappe herauszog und auf den Knien öffnete.

Die Akte enthielt neben Zeitungs- und Zeitschriftenausschnitten eine getippte Checkliste. Anne Hampton konnte die Wörter lesen: Pistole, Schreibmaschine, Zugang, Ausgang, Notfall-Unterstützung (Backup), Anwalt, Personalien. Unter jedem Begriff waren Unterkategorien aufgelistet, doch sie war nicht schnell genug und das Licht war zu schwach, als dass sie auch diese hätte lesen können. Eine Reihe von Punkten waren durchgestrichen, während andere deutlich abgehakt waren. Neben anderen wiederum standen handschriftliche Bemerkungen.

Sie sah, dass die Akte zwei Landkarten enthielt, eine handgezeichnete und einen Gitternetzplan von der Stadt. Während sie ihn beobachtete, schien Jeffers die Listen und Karten durchzugehen. Sie warf einen Blick auf die Zeitungsausschnitte und sah einen halbseitigen Artikel aus dem *Time Magazine*. Er war dem innenpolitischen Nachrichtenteil entnommen, und die Schlagzeile lautete: WILLKÜRLICHER MORD AN HOMOSEXUELLEN VERSETZT ST. LOUIS IN AUFRUHR. Sie sah, dass die anderen Artikel dem *Post-Dispatch* von St. Louis entstammten.

»Gut«, murmelte Jeffers mit einer gewissen Erregung in der Stimme. »Gut. Wir sind so weit.«
Er sah sie an. »Kann's losgehen?«
Sie wusste nicht, wie sie reagieren sollte.
»Bist du so weit?«, fragte er streng.
Sie nickte.
»Also«, sagte er, »die Jagd geht los.« Und er fuhr in die Dunkelheit der Stadt.
Nach wenigen Minuten hatte sie die Orientierung verloren. Eben noch waren sie auf einer Durchgangsstraße, inmitten von Wolkenkratzern, die links und rechts in den Nachthimmel ragten, im nächsten Moment kreisten sie durch schäbige, schlecht erleuchtete Straßen, die das Licht der Scheinwerfer spiegelten. Nach mindestens einer halben Stunde drosselte Jeffers das Tempo. Anne Hampton starrte aus dem Fenster und sah Männer, die in der lauen Sommerluft in Gruppen vor Bars standen, plauderten und gestikulierten. Jeffers ließ die Szenerie wortlos auf sich wirken.
Trotzdem, dachte sie, scheint er zu wissen, wohin er will. Sie zwang sich, an nichts zu denken. Nachdem er eine weitere halbe Stunde lang durch eine Gegend von etwa zehn Häuserblocks gekurvt war, bog Jeffers in eine dunkle Nebenstraße ein und fuhr am Ende des Blocks rechts heran. Offenbar handelte es sich um eine Wohngegend – größere, in Wohnungen aufgeteilte Häuser, Bäume, für die im Bürgersteig ein Stück Erde ausgespart war. An den hellen Lichtern konnte sie jedoch erkennen, dass sie nicht weit von der Hauptdurchgangsstraße entfernt waren. Jeffers ging vorne um den Wagen herum und öffnete ihr die Tür. Sie fand seine Bewegungen spinnen- oder raubtierartig. Von einem Moment zum anderen sah sie sich buchstäblich aus dem Wagen gehoben, um Arm in Arm mit ihm den Bürgersteig entlangzugehen. Wie immer

zuckte sie unter der angespannten Stärke seiner Hände und Arme zusammen. Sie spürte, wie sich vor Erregung seine Muskeln verhärteten.
»Sag nichts«, schärfte ihr Jeffers in leisem, schrecklichem Ton ein. »Meide Augenkontakt, bis ich meine Wahl getroffen habe. Aber lächle und mach ein glückliches Gesicht.«
Sie gab sich Mühe, auch wenn sie wusste, dass sie allenfalls erbärmlich wirken musste. Stattdessen konzentrierte sie sich darauf, gleichmäßig zu laufen.
Sie wusste, was passieren würde, oder zumindest, dass ein weiterer Alptraum wie der mit dem Obdachlosen bevorstand und sie nichts dagegen machen konnte. Ihr wäre auch nichts eingefallen, außer zu tun, was er sagte.
Sieh in den Himmel, sagte sie sich. Starre zu den wenigen Lichtern hoch. Sie sah den Mond, der in den Zweigen eines Baums zu hängen schien, und musste plötzlich an eine Melodie aus ihrer Kindheit denken: »Der Fuchs ging hinaus in die kalte Nacht … da hat er den Mond gefragt … ob er ihm leuchten wollte … wenn er sich über die Felder trollte bis zur weiten Stadt, Stadt, Stadt.« Die Musik strömte ihr wie eine beruhigende Woge durch den Kopf.
Dreimal liefen sie um den Block, und jedes Mal kamen sie an einem Paar oder auch einem Dreiergespann von Männern vorbei, das durch das Dunkel der Gasse eilte. Als sie sich auf ihrer vierten Runde ihrem Wagen näherten, merkte sie, wie sich Jeffers neben ihr anspannte, und sie beobachtete, wie er die Hand in seine Kameratasche steckte.
»Das könnte er sein«, meinte er.
Sie liefen weiter auf den einsamen Mann zu, der ihnen entgegenkam.
»Etwas langsamer«, sagte Jeffers. »Ich will im Schatten des Baumes an dem Kerl vorbei.«

Sie sah, dass sie genauso weit von dem Baum entfernt waren wie der Mann, der mit seiner schieren Körpergröße einen Schatten warf.
»Lächeln«, befahl Jeffers.
Sie fühlte sich plötzlich von einer heftigen Unterströmung in die See hinausgezogen. Sie klammerte sich an seinen Arm, weil sie fürchtete, plötzlich zu stolpern oder in Ohnmacht zu fallen.
Jeffers schärfte all seine Sinne. Er spähte blitzschnell in alle Richtungen und registrierte die Leere. Sein Gehör war auf jedes noch so leise außergewöhnliche Geräusch eingestimmt. Er hob sogar die Nase witternd in die Luft. Er glaubte, in Flammen zu stehen oder verliebt zu sein. Sämtliche Nervenenden in seinem Körper waren aufs höchste gespannt und pochten. In seiner Hand schien das Metall der Pistole heiß zu glühen. Er zwang sich, seine Schritte genau zu bemessen und langsam zu gehen, damit er den Mann genau im richtigen Moment erreichte, dem dunkelsten Moment.
Ein Todesmarsch, musste er auf einmal denken.
Jeffers bemaß die Distanz: Knapp zwanzig Meter. Dann plötzlich nur noch sechs. Dann drei, und er nickte dem Mann mit einem Lächeln zu.
Der Mann war jung, wahrscheinlich nicht älter als fünfundzwanzig.
Wer bist du?, fragte sich Jeffers für einen Augenblick. Hast du dein Leben geliebt? Der Mann trug das blonde Haar an den Schläfen und im Nacken kurz. Jeffers sah einen kleinen Goldstecker in einem Ohr. Er war mit einem schlichten, offenen Sporthemd und einer Hose bekleidet, dazu hatte er betont leger einen Pullover um die Schultern geschlungen.
Jeffers nickte dem Mann noch einmal zu und bekam ein etwas nervöses, schwaches Lächeln zurück. Jeffers drückte Anne

Hampton fest in den Arm und registrierte das gewünschte Lächeln in ihrem Gesicht.

Der Mann war gleichauf, dann vorbei.

Als er gerade aus seinem Blickfeld verschwand, zog Jeffers die Waffe aus der Tasche und legte den Finger an den Abzug.

Ihm blieb gerade genug Zeit, sich zur Ruhe zu mahnen.

Dann wirbelte er herum, sprang direkt hinter den Mann, ließ Anne Hamptons Arm los und legte beide Hände um den Pistolenkolben. Als der Lauf exakt auf den Kopf des Mannes gerichtet war, feuerte Jeffers zweimal.

Das Krachen hallte durch die Straße.

Der Mann kippte nach vorn und schlug auf den Bürgersteig.

Anne Hampton stand da wie gelähmt. Sie versuchte, die Hände vor die Augen zu legen, rührte sich aber nicht, sondern starrte nur entsetzt auf die Stelle.

Jeffers war im selben Moment über dem Mann, der mit dem Gesicht nach unten in einer immer größer werdenden Blutlache lag. Er achtete darauf, weder den Mann noch das Blut zu berühren. Der Mann bewegte sich nicht. Jeffers beugte sich nach unten, gab noch einen Schuss in den Rücken, in die Herzgegend ab. Dann steckte er mit einer einzigen fließenden Bewegung die Pistole zurück und zog dafür die Nikon heraus. Er hob sie ans Auge, und sie hörte das Surren des Motordrives, der den Film transportiert. Ebenso schnell war er fertig und schob die Kamera wieder in die Tasche.

Er packte Anne Hampton am Arm und zerrte sie Richtung Wagen.

Er riss die Tür auf und warf sie auf den Sitz. Im nächsten Moment war er auf der Fahrerseite und sprang hinein. Er fuhr nicht mit quietschenden Reifen weg, sondern warf ruhig und sicher den Motor an, dann rollte er langsam an der Leiche auf dem Bürgersteig vorbei.

Binnen Sekunden waren sie weg.
Sie sah, dass Jeffers eine geplante Route fuhr. Sie spürte, wie er sich konzentrierte, so als brächte er mit seiner schieren Intelligenz ein empfindsames Sinnesorgan hervor. Nach einer Viertelstunde sah sie, dass sie eine verlassene Stelle in einer Lagerhausgegend unweit vom Zentrum erreicht hatten. Jeffers hielt an und stieg wortlos aus. Sie wartete darauf, dass er sie aus dem Wagen ließ, doch das geschah nicht.
Am Heck entfernte er das Nummernschild von Missouri, wischte es mit einem Lappen ab und warf es in eine dunkle Plastiktüte. Die Tüte wiederum warf er in einen Abfallbehälter und kletterte extra daran hinauf, um sich davon zu überzeugen, dass die Tüte sich mitten zwischen anderem Müll befand.
Er stieg wieder ein, und sie fuhren durch die Stadt in eine Vorortgegend. Jeffers hielt an einem kleinen Laden und nutzte das Licht, um zu sehen, was er tat: Zuerst zog er wieder die Plastikhandschuhe an. Dann holte er den Umschlag mit dem Brief heraus, den er am Vormittag geschrieben hatte. Aus seinem Schnellhefter nahm er ein kleines braunes Kuvert. Er drehte es um, und Anne Hampton sah, wie eine Reihe Wörter herausflatterten, die aus Zeitungen ausgeschnitten schienen. Jeffers kramte eine Tube Kleber hervor und brachte damit die Wörter auf dem Umschlag an, dann klebte er ihn zu.
Erst jetzt redete er wieder mit ihr.
»Man kann nicht vorsichtig genug sein. Ich weiß zwar, dass sie von Papier keine Fingerabdrücke nehmen können, wenn ich mir nicht gerade die ganzen Hände mit Tinte vollschmiere. Aber der FBI hat jetzt diese neue spektrographische Ausrüstung, mit der ich mich gerade erst vertraut mache, damit können sie Enzyme aufschlüsseln und Gott weiß, was alles. Deshalb ja keine Spucke! Wenn ich diesen Umschlag hier an-

lecken würde, um ihn zuzukleben, könnten sie glatt meine Blutgruppe rauskriegen. Was sag ich, nach allem, was ich darüber weiß, hätten sie am Ende meine Sozialversicherungsnummer. Es ist also Vorsicht angesagt.«

Er sah sie an. Die Worte sprudelten aus ihm heraus, und er wirkte fast wie ein aufgeregter kleiner Junge.

»Hör zu«, sagte er. »Kein Grund zur Sorge. Wir sind fertig. Wir sind davongekommen. Nur noch ein paar Kleinigkeiten, und wir haben unsere Schäfchen im Trockenen.«

Er hatte den Brief verschlossen und legte wieder den Gang ein. Im nächsten Moment fuhr er vor einem großen Postamt vor. Er sprang aus dem Wagen und steckte seine Sendung in einen der Briefkästen.

Als er wieder im Auto saß, erklärte er: »Jetzt nur noch die Waffe und die Munition, und alles ist erledigt. Aber darum brauchen wir uns erst morgen zu kümmern. Wann immer es uns beliebt.«

Als er wieder auf die Autobahn fuhr, schien er immer noch unter Adrenalin zu stehen. Anne Hampton drehte sich ein einziges Mal auf ihrem Sitz nach hinten um und blickte den verblassenden Lichtern der Großstadt hinterher.

Er sah, dass sie zitterte.

»Frierst du?«

Sie nickte.

Er tat nichts.

»Müde?«

Sie merkte, dass sie sich ausgelaugt fühlte. Wieder nickte sie.

»Hunger?«

Sie hatte Angst, dass sie sich übergeben müsste.

»Ich habe einen Bärenhunger«, sagte er.

Sie dachte nur, das hört nie auf.

Nach einer Weile ergriff er wieder das Wort. »Das ist absolut

verrückt«, erklärte er in gleichmütigem Ton. »Der Schwulenhasser, der in St. Louis all diese Homos umgebracht hat – ich glaube, bis heute Nacht waren es sieben –, der schreibt immer in Reimen. Jedenfalls stand das im *Post-Dispatch*.«
Jeffers schüttelte den Kopf.
»Die Zeitungen haben ihm keinen Spitznamen gegeben, was irgendwie seltsam ist. Ich meine, bei solchen Serienmorden, da finden sie normalerweise ein Etikett für den armen Kerl. Zum Beispiel der Schwulenkiller oder Schwuchtelschreck oder was ähnlich albern Obszönes.«
Er schaute sie an und sah die Müdigkeit in ihren Augen.
»Verstehst du eigentlich, was da eben passiert ist?«, fragte er.
»Ja«, antwortete sie dumpf.
Er beugte sich zu ihr hinüber und ohrfeigte sie, aber nicht heftig, da sie aller Wahrscheinlichkeit nach ziemlich fertig war.
Das Klatschen auf ihrer Wange schreckte Anne Hampton aus ihrer Lethargie auf, die sie seit den Schüssen auf der Straße übermannt hatte.
»Begreifst du, was wirklich passiert ist?«, wiederholte er seine Frage.
Sie schüttelte den Kopf.
»Wir haben gerade eine ziemlich gute Kopie einer Verbrechensserie hingelegt, die diese schöne Stadt im Lauf der letzten achtzehn oder zwanzig Monate beschäftigt hat. Die Polizei nennt so etwas einen Trittbrettfahrermord. Weißt du, die enthalten der Presse immer das eine oder andere Detail vor, damit sie erkennen können, wer es tatsächlich gewesen ist. Trittbrettfahrer sind für die Cops schrecklich frustrierend. Man muss das verstehen: Während sie sich sämtliche Beine ausreißen, um den Irren zu finden, pfuscht ihnen ein anderer Spinner ins Handwerk. Es kostet sie Zeit, ich meine, richtig

viele Dienststunden, Ordnung in das Ganze zu bringen. Bis das Sonderkommando, das auf den Killer angesetzt ist, rausbekommt, was passiert ist, sind wir längst verschwunden. Keine Beweise. Keine heiße Spur …«

Sie sah, dass er lächelte – ein Grinsekatzen-Grinsen.

»Aber glaub ja nicht, das Ganze sei völlig ohne Risiko. Jemand könnte uns aus einer der Wohnungen heraus beobachtet haben. Vielleicht hab ich etwas fallengelassen, oder du, ohne dass wir es gemerkt haben. Etwas, das einem mürrischen, hartnäckigen Kripobeamten einen ersten Hinweis liefert. Weißt du, darin liegt ja gerade der Reiz. Das Warten darauf, dass es an der Tür klopft.«

Er trommelte mit den Fingern auf dem Lenkrad, und das Geräusch erschreckte sie.

»Siehst du, das hab ich bei meinen ausführlichen Studien begriffen. Gewöhnlich findet die Polizei die Mörder, weil Täter und Opfer in irgendeiner Beziehung stehen, die dem Mord vorausgeht. Sie müssen nur noch herausfinden, welche Beziehung zu dem Verbrechen geführt hat. So läuft das in der überwältigenden Mehrzahl der Fälle. Dann sind da noch die Serienmörder, deren Verbrechen einem deutlichen Muster folgen. Natürlich sind die ziemlich schwer zu lösen, weil die Killer mobil sind. Überschreiten die Fälle den Zuständigkeitsbereich einer Dienststelle, verwirren sie die Bürokratie. Aber ich habe großen Respekt vor der Polizei. Die haben schon mehr von diesen Fällen gelöst, als man meinen sollte. Oft genug, weil der arme Irre etwas anderes vermasselt und sich die Cops dann wie Haie auf ihn stürzen. Die Intuition eines Polizisten sollte man nie unterschätzen, sage ich immer. Aber trotzdem sind natürlich willkürliche Morde, die kein Muster erkennen lassen, die schwierigsten Fälle für sie. Eine Zeitlang hab ich überlegt, ob ich mich darauf spezialisieren sollte. Einfach in irgendeine Stadt fahren, mir wahllos ein armes Schwein herauspicken und wegblasen. Aber dann wurde mir klar, dass das in sich auch wieder ein Muster abgeben würde, und irgendwann würde das irgendeinem Cop wie Schuppen von den Augen fallen. Das ist die Theorie von den Millionen Affen an Millionen Schreibmaschinen. Irgendwann wird einer von ihnen Shakespeares gesammelte Werke tippen. Was blieb mir also übrig?«

Anne Hampton ging nicht wirklich davon aus, dass er eine Antwort von ihr erwartete.

»Ich musste dieses Willkürprinzip mit einem Muster verbinden. Ich hab mir den Kopf zermartert. Ich hab gerechnet. Ich hab geschätzt. Und weißt du, was am Ende dabei rauskam?«

Wieder blieb sie stumm.

Seine Stimme hypnotisierte sie.

»Ein Plan von großer Einfachheit und damit von großer Schönheit.«

Er lächelte.

»Ich ahme andere nach. Ich lerne nie aus. Ich bringe alles über einen Autobahn-Killer, einen Campus-Killer oder einen Green-Mountain-Killer in Erfahrung. Die Presse ist mit diesen Titulierungen nur allzu gern behilflich. Dann geh ich los und plane eine möglichst gute Kopie. Also hat die Polizei, die mitten in ganz anderen und scheinbar wichtigeren Ermittlungen steckt, diesen neuen Fall mit leichten Abweichungen am Hals. Sie lassen ihn links liegen. Er wird möglichst schnell zu den Akten gelegt.«

Er holte tief Luft. »Die meisten Mörder lassen sich schnappen, weil sie in ihrer Arroganz und ihrem Trieb eine Handschrift hinterlassen. Ich bin da viel bescheidener. Mir ist der Akt als solcher wichtig. Ohne meine Unterschrift darunterzusetzen. Also schlüpfe ich, um zu morden, in die Haut eines anderen. Ich versetze mich in diese andere Person. Ich verwende Einzelheiten, die ich kenne oder die ich erschließen kann, und erfreue mich an meiner eigenen Perfektion im Detail. Ich komme an. Ich morde. Ich gehe wieder. Und niemand außer mir selbst wird daraus klug.«

Er legte eine Pause ein, bevor er fortfuhr: »Nur dass ich allzu versiert, allzu vorsichtig geworden bin. Zu clever, zu perfekt.« Er schüttelte den Kopf.

»Das Klopfen an der Tür? Ein Haftbefehl? Ist noch nie vorgekommen. Ich will mich damit nicht brüsten. Das hat mit Effizienz und Selbstvertrauen zu tun.«

Sie glaubte, einen traurigen Unterton herauszuhören.

»Da geht der Nervenkitzel verloren.« Er warf ihr einen Seitenblick zu. »Es ist, ganz platt gesagt, einfach viel zu leicht geworden.«

»Deshalb bist du hier«, erklärte er in sachlichem Ton. »Du sollst mir helfen, das Ganze zu einem angemessenen, passenden und gebührend explosiven Schluss zu bringen.«

Er sah wieder nach vorne.

»Du kannst jetzt ruhig schlafen«, sagte er. »Ich bin ein bisschen überdreht. Am besten fahre ich einfach eine Weile weiter.« Mit einem Mal empfand er eine große, angenehme Erleichterung. Er dachte: Da, endlich. Ich habe es jemandem erzählt. Jetzt wird es bekannt.

»Jetzt fahren wir nach Hause«, meinte Jeffers. »Auf Umwegen natürlich. Aber nach Hause. Gute Nacht, Boswell.«

Sie hörte seine Stimme, und das Wort drang ihr ins Bewusstsein: nach Hause.

Sosehr sie es auch versuchte, sie konnte kein klares Bild von ihrem Zuhause und ihren Eltern heraufbeschwören. Stattdessen schien alles, was ihr im Kopf aufblitzte, fern und nebulös,

wie hinter einer dünnen Schicht versteckt, und sie hatte Mühe zu sagen, woran das lag, auch wenn sie wusste, dass es ihr Angst einflößte.
Sie spürte den Schub, als er Gas gab, und schloss die Augen, um sich in ihren neuen Alptraum zu fügen.

9. Kapitel

Noch eine ganz normale Sitzung der Lost Boys

14.

Martin Jeffers war wach und allein, auch wenn er von lebhaften Erinnerungen heimgesucht wurde. Als sie klein gewesen waren, hatte sein Bruder einen Falken mit einem gebrochenen Flügel gefunden. Der Sommer, als er den Falken hatte, der Sommer, als jemand ertrunken ist. Einen Augenblick wunderte er sich darüber, dass er an den Vogel denken musste, wo doch in diesem Sommer viel wichtigere Ereignisse folgten. Doch die Bilder stiegen ungefragt in ihm auf. Doug hatte auf einem Feldweg einen Vogel gefunden, der jämmerlich mit einem hängenden Flügel über den Boden hüpfte. Zwei Wochen lang, entsann sich Martin Jeffers, verbrachte sein Bruder jede freie Minute damit, durch den Wald zu streunen, verrottete Baumstämme umzudrehen oder moosbewachsene Steine aufzuheben, um Insekten, Käfer, kleine Schlangen und Schnecken einzusammeln, die er aufopferungsvoll dem Vogel brachte, der sie herunterschlang und krächzend nach mehr verlangte. Martin Jeffers lächelte. So nannten sie den Vogel: Krächz. In ihrer bescheidenen Freizeit hatten sie sich in der örtlichen Leihbibliothek Dutzende von Büchern über

Vögel ausgeliehen, Abhandlungen über die Falknerei und Texte über Veterinärmedizin. Nach zwei Wochen machte es sich der Falke zum Fressen auf Dougs Schulter bequem, und Martin Jeffers erinnerte sich an den triumphierenden Gesichtsausdruck seines Bruders, als der Vogel sich auf den Lenker seines alten Fahrrads setzte und sich von ihm bis in die Stadt und zurück mitnehmen ließ.

Martin Jeffers legte die Hand auf die Stirn und schauderte.

Der alte Scheißkerl, dachte er. Doug hatte recht, wenn er ihn verachtete.

Ihr Vater hatte ihm befohlen, den Vogel loszuwerden.

Doug weigerte sich, ihn in einen Käfig zu sperren, und so war bald der Abstellraum, in dem er ihn hielt, von oben bis unten kotbedeckt. Das hatte den Drogisten erzürnt, und so hatte er den Jungen ein einfaches, schreckliches Ultimatum gestellt: »Sperrt ihn in einen Käfig oder setzt ihn aus, sonst …« Das »Sonst« war das Unheimliche an der Sache. »Wenn der Flügel nicht heilt«, hatte sein Bruder protestiert, »dann stirbt er, sobald wir ihn freilassen.« Sein Bruder war vor Wut rot angelaufen. »Und man kann ein wildes Tier nicht in einen Käfig sperren!«, hatte Douglas Jeffers gebrüllt. »Dann stirbt er. Er nagt fassungslos und verzweifelt an den Gitterstäben, bis er stirbt.« Doug war wild entschlossen. Das war er immer. Martin Jeffers entsann sich, wie er mit seinen kürzeren Beinen rennen musste, um mit seinem Bruder Schritt zu halten. Wenn er wütend war, ist mein Bruder immer schnell gelaufen, dachte Martin Jeffers. Immer beherrscht, aber schnell.

Und so blieb der Falke hartnäckig auf der Schulter seines Bruders sitzen, grub ihm die Krallen in Hemd und Muskeln, und reckte den Schnabel stolz in den Wind, während Douglas Jeffers über den Teich ruderte, der ihr Haus von dem Pfad zum Meeresstrand trennte. Er hatte das Ruderboot ans Ufer

gezogen und einen Trampelpfad eingeschlagen. Sie waren auf eine weite Ebene mit sandigem Boden gekommen, auf der sie bis zu den Hüften in Seegras und Strandpflaumenbüschen standen. Das Meer lag direkt hinter einem hohen Dünenkamm etwa vierhundert Meter entfernt, und Martin Jeffers hatte das Gefühl, als hallten die Wellen tief in seiner Erinnerung wider. Das Gras wurde von einer kräftigen Brise zerzaust, und es kam ihm vor, als ob sein Bruder gegen eine starke Strömung anschwimmen würde. Die Nachmittagssonne schien ihnen sommerlich heiß auf den Kopf. Martin Jeffers sah, wie sein Bruder den Arm hob und den Vogel in die Höhe hielt, so wie er es in Bilderbüchern über die Falknerei im Mittelalter gesehen hatte. Dann versuchte er, das Tier in den Himmel zu werfen. Martin Jeffers sah, wie der Vogel in dem vergeblichen Versuch, sich in die Lüfte zu schwingen, wild mit den Flügeln schlug und wieder auf dem Arm seines Bruders landete. »Es geht nicht«, hatte sein älterer Bruder gesagt. »Der Flügel wird nicht wieder.«
Dann hatte er hinzugefügt: »Ich hab's gewusst.«
Sonst sagte er nichts. Schweigend trotteten sie zu ihrem Boot zurück. Er ruderte schnell, mit dem Rücken zum Wind, als könnte er mit schierer Körperkraft an der Sachlage etwas ändern.
Plötzlich machten seine Gedanken einen Sprung zum darauffolgenden Morgen. Doug war vor ihm auf gewesen und hatte, mit zerzaustem Haar und aschfahlem, wutverzerrtem Gesicht plötzlich an seinem Bett gestanden. »Krächz ist tot«, hatte sein Bruder berichtet.
Der alte Scheißkerl hatte den Vogel getötet, während sie geschlafen hatten. Er war in die Abstellkammer gegangen, wo er sich das arme, treuherzige Ding geschnappt und ihm den Hals umgedreht hatte.

Martin Jeffers stieg angesichts der unabweislichen Kindheitserinnerung die blanke Wut hoch.

»Er war schlichtweg ein grausamer, herzloser Mann, und ich war heilfroh, als er bekam, was er verdiente. Ich wünschte mir nur, es hätte mehr wehgetan!«

Er entsann sich, wie er diese Worte seiner eigenen Therapeutin entgegengeschleudert hatte, die in einem provozierend ruhigen Ton nachgehakt hatte, ob das stimmte. Natürlich stimmte es! Er hat den Vogel getötet! Er hat uns gehasst! Von Anfang an. Das war das Einzige, worauf bei ihm Verlass gewesen war. Das und dass er seinen Willen durchsetzte. Am liebsten hätte er sich nachts in unser Zimmer geschlichen und uns den Hals umgedreht!

Martin Jeffers erinnerte sich, wie er auf den toten Vogel in der Hand seines Bruders gestarrt hatte.

Kein Wunder, dass er ihn so sehr hasste. Mit einem solchen Hass wird man nicht geboren. Den entwickelt man über einen langen Zeitraum hinweg durch Grausamkeit und Vernachlässigung. Zuerst stirbt jede Liebe und Zuneigung. Das hatte er zu seiner Therapeutin gesagt. Er hatte die Frau, die hinter seinem Kopf saß, so dass er sie nicht sehen konnte, gefragt: Wenn Sie so einen Vater gehabt hätten, würden Sie dann nicht auch einen Beruf ergreifen wollen, bei dem Sie sich um andere Leute kümmern? Anderen helfen können? Weshalb sonst bin ich wohl hier, verflucht noch mal?

Natürlich hatte die Therapeutin nichts gesagt.

Die Erinnerungen, die in Martin Jeffers brodelten, stiegen in ihm auf wie der Dampf in einem geschlossenen Kessel. Scheißkerl. Scheißkerl. Scheißkerl.

An dem Abend hatte niemand ein Wort gesprochen. Keiner hatte erwähnt, was geschehen war. Wir saßen alle am Esstisch und taten so, als wäre nichts gewesen.

Er entsann sich, wie ihre Mutter Doug ansah und sagte: »Es tut mir leid, dass der Vogel weggeflogen ist.« Beide Jungen hatten sie mit demselben ungläubigen Blick angestarrt, bis sie stumm den Kopf abwandte.

Sie hatte grundsätzlich von nichts eine Ahnung, hatte er zu seiner Therapeutin gesagt. Ihre Hauptbeschäftigung bestand darin, sich herauszuputzen; und außerdem musste sie die Jungen ständig betatschen und ihnen diese nassen, nervtötenden Schmatzer aufdrücken. Sie hatte keine Ahnung von nichts, und wenn man versuchte, ihr etwas zu erklären, drehte sie sich einfach weg.

Ihr Vater hatte stumm das Essen in sich hineingeschaufelt.

Scheißkerl.

Martin Jeffers zuckte auf seinem Stuhl zurück. Erneut sah er vor sich, wie er an jenem Morgen unsanft aus dem Tiefschlaf gerissen wurde, als er die Stimme seines Bruders hörte und beim Erwachen den totenstarren Vogel in dessen Händen erblickte.

Dann sah er in seiner Erinnerung nur noch die Hände seines Bruders.

Und dann: O mein Gott!

Er sprach es laut aus, obwohl niemand da war, der ihn hätte hören können: »O mein Gott! Nein!«

Der Gedanke lastete wie ein zentnerschweres Gewicht auf ihm und begrub die Erinnerung unter sich.

»O nein. O nein, o nein«, wiederholte er.

Im selben Moment überschwemmte ihn blankes Entsetzen und düstere Trauer.

Und genau in dem Moment wurde ihm klar, wer den Vogel umgebracht hatte.

Ich bin ängstlich, dachte Martin Jeffers.
All diese Dinge sind uns beiden passiert, und ich bin still, introvertiert, einsam und passiv geworden, und er ist … Jeffers weigerte sich, den Gedanken in Worte zu fassen.
Er stellte sich seinen Bruder vor und sah sein gerötetes Gesicht mit dem lässigen Grinsen. Widerwillig führte er sich seinen Bruder vor Augen, wenn er zornig war, und er erinnerte sich an die Wucht seines Schweigens. Das hatte ihm immer Angst gemacht. Er wusste noch, wie er seinen Bruder angefleht hatte, mit ihm zu reden. Er dachte an die Frau von der Kripo und die Fotos vom Fundort der Leiche ihrer Nichte. Er versuchte, beide Erinnerungen miteinander in Einklang zu bringen.
Er schüttelte den Kopf.
Nicht Doug, dachte er.
Dann drängte sich ein hartnäckiger Zweifel auf: Wieso nicht? Er wusste keine Antwort darauf.
Martin Jeffers stand auf und wanderte in seiner Wohnung umher. Sie lag im Erdgeschoss eines alten Hauses in Pennington, New Jersey, einer winzigen Stadt, die zwischen Hopewell und Trentons Vororten eingezwängt war. Hopewell lag genau westlich von Princeton, und Martin Jeffers rief sich mit Unbehagen ins Gedächtnis, dass sein Bruder schon als Kind jedes Mal, wenn jemand Hopewell erwähnte – egal ob er es hören wollte oder nicht –, erzählt hatte, dass das verschlafene Kaff nur für eine einzige Sache berühmt sei: die Entführung des Lindbergh-Babys.
Ein Jahrhundertverbrechen, dachte Martin Jeffers.
Ihm war kalt, und er trat ans Fenster. Er legte die Hand an die Scheibe und spürte die spätsommerliche Wärme. Dennoch zitterte er und schob das Fenster energisch herunter, bis es nur noch einen Spaltbreit geöffnet war.

Man hatte das Baby im Wald gefunden. Verwest. Martin kam der seltsame Gedanke, ob vielleicht jeder Bundesstaat seine Geschichte anhand von Verbrechen ordnete. Es machte ihn betroffen, wenn er daran dachte, wie viel sein Bruder wusste. Ihm fiel wieder ein, wie Doug ihm vom Camden-Killer erzählt hatte, der an einem schönen Tag Anfang September 1949 das Haus verließ und mit einer Luger, einem Kriegssouvenir, in aller Seelenruhe dreizehn Menschen erschoss. Vor ein paar Jahren hatten diese Geschehnisse Doug fasziniert, als er erfuhr, dass sein Bruder den Mann, den die Zeitungen damals als einen tollwütigen Hund beschrieben hatten, regelmäßig in der Psychiatrischen Heilanstalt Trenton sah, wo dieser seit nunmehr fünfundzwanzig Jahren durch die Flure wanderte, ein vorbildlicher Patient, der niemals einen Streit anfing, wenn die Pfleger mit der täglichen Dosis Thorazin, Mellaril oder Haldol zu ihm kamen. Vitamin H nannten es die Patienten. Der Camden-Killer nahm seine Medikamente stets ohne Murren. Ohne mit der Wimper zu zucken.

Für so etwas hatte Doug immer etwas übrig.

Martin Jeffers schüttelte den Kopf.

Sicher, aber dieser Polizeireporter aus Philadelphia, der eigens gekommen war, um einen Artikel über die Anstalt zu schreiben, war genauso gewesen. Und du erzählst die Story bei jedem albernen Seminar und jedem Kongress, den du besuchst. Es gibt eine Menge Leute, die sich an das Verbrechen erinnern können.

Das war das Problem. Die Menschen sind immer von Verbrechen fasziniert, warum sollte das bei seinem Bruder anders sein? Verflucht noch mal – schließlich spielte er schon so lange mit der Kamera Räuber und Gendarm, dass sein Interesse wirklich nicht verwunderlich war.

Martin hielt inne.

Aber wie groß war sein Interesse?
Wieder schüttelte er den Kopf. Du willst es nicht wahrhaben, dachte er.
Lächerlich.
Du kennst deinen Bruder, sagte er sich.
Er legte den Kopf in die Hände.
Er konnte nicht weinen. Er empfand nichts weiter als Konfusion.
Kennst du ihn wirklich?, fragte er sich.
Er dachte an die Männer in seiner Therapiegruppe. Plötzlich stellte er sich vor, sein Bruder säße unter ihnen. Und ebenso plötzlich sah er sich selbst in ihrer Runde.
Er wandte sich vom Fenster ab, als könnte er dadurch den Bildern in seinem Kopf entkommen.
»Verdammt!«, fluchte er laut. »Gottverdammt!«
Er dachte an seinen Vater und seine Mutter.
»Wie hättest du sie lieben können?«
Er dachte an seine Therapeutin. An einer Wand ihrer Praxis hing ein Gemälde, ein Kandinsky-Druck – geometrische Formen und scharfe Konturen in leuchtenden Farben mit bunten Tupfen vor schneeweißem Grund. Gegenüber hatte ein Gemälde von Andrew Wyeth gehangen, eine Scheune im sanften Abendlicht, in gedämpften Farben von Grau bis Braun. Amerikanischer Realismus. Der Gegensatz der beiden Bilder hatte ihn immer verblüfft, doch er hatte es nie über sich gebracht, die Frau zu fragen, was sie zu der Wahl bewogen hatte und weshalb die Bilder dort hingen. »Also«, hatte sie gefragt, »glauben Sie denn, dass Sie Ihre leiblichen Eltern geliebt haben?«
»Sie haben im Zirkus gearbeitet! Ein Trinker und eine Hure!«, war er wütend herausgeplatzt. »Zuerst haben sie sich gegenseitig verlassen und dann uns! Ich war erst drei oder vier …

ich kannte sie gar nicht. Wie soll man jemanden lieben, den man gar nicht kennt?«
Natürlich blieb sie ihm eine Antwort schuldig.
Außerdem kannte er sie selbst.
Es ist leicht. Man schafft sich aus der entferntesten Erinnerung an eine noch so zarte Berührung eine Phantasievorstellung, die man lieben kann.
In diesem Moment wurde ihm die logische Entsprechung bewusst.
Die Phantasie kann auch etwas hervorbringen, das man hasst.
Er ging zu dem kleinen Schreibtisch in der Ecke des Raums, den man als Wohnzimmer bezeichnen konnte – ein Zimmer, das überfüllt war mit Papieren, einem ziemlichen Durcheinander von unterschiedlichsten Dingen sowie Romanen in Taschenbuch- und gebundenen Ausgaben sowie medizinischen Texten, Berichten und Zeitschriften; außerdem gab es ein paar Stühle und ein Sofa, einen Fernseher und ein Telefon, das war's. Er betrachtete seine Sachen. Sie waren billig. Die dürftige Ausstattung eines dürftigen Lebens. Sein Blick fiel auf seine Schreibtischauflage und den Briefumschlag, der an einer Ecke darunter hervorlugte. Er hatte eigenhändig *Dougs Wohnungsschlüssel* draufgeschrieben. Er dachte daran, wie ihm sein Bruder die Schlüssel lässig hingeworfen hatte. Eine empfindsame Reise, hatte er gesagt.
Das ist alles kein Zufall.
Das gehört alles zu einem Plan. Ob bewusst oder unbewusst.
Er nahm die Schlüssel aus dem Umschlag und hielt sie in der Hand. Er schüttelte den Kopf. Noch nicht, sagte er sich. Ich bin noch nicht überzeugt, nicht ganz. Ich werde nicht einfach dort eindringen. Noch nicht.
Er merkte, dass er sich etwas vormachte.
Dann ließ er den Umschlag mit den Schlüsseln wieder auf den

Schreibtisch fallen und kehrte zu einem der Sessel zurück. Er sah auf die Uhr. Es war weit nach Mitternacht. Geh schlafen, mahnte er sich. Er ließ sich in den Sessel fallen, denn er wusste, dass er nicht schlafen konnte.

Er dachte an die Polizistin.

Martin Jeffers versuchte, sich in sie einzufühlen, um zu verstehen, was sie antrieb.

Ihm kam der Gedanke, dass sie sich von lauteren Motiven leiten ließ, dass sie nur an Gerechtigkeit interessiert war. Selbst wenn daraus ein Feldzug wurde, aus Rache oder Wut, war es immer noch ehrenhaft. Selbst Mord?, überlegte er. Auch wenn er sich vor einer klaren Antwort drückte, wusste er instinktiv: Ich würde niemandem trauen, der die andere Wange hinhält. Die moderne Psychiatrie ist gegenüber solch selbstlosem Altruismus skeptisch. Wieder drängte sich die Ermittlerin in sein Bewusstsein. Er sah ihre steinerne Miene ohne den Anflug eines Lächelns, zu allem entschlossen, das streng zurückgekämmte Haar. Das Beängstigende an der Frau war ausgerechnet, dass sie sich nicht benahm wie ein Mann. Eine Frau bei der Kripo. Sie sollte in Stein gemeißelt sein, irgendwo in mittlerem Alter, den Büromuff an den Kleidern, die Hände einer Bäuerin und auf dem menschlichen Auge blind. Detective Barren trägt Seide, dachte er, und ziemlich unpraktische Schuhe, und sie macht mir umso mehr Angst. Es kam nicht jeden Tag vor, dass eine Frau jemanden quer durch die Vereinigten Staaten jagt. Frauen lassen sich nicht von gekränkter Eitelkeit leiten wie ein Mann. Sie sind bodenständiger, pragmatischer.

Er grinste über seine fadenscheinigen Argumente.

Erste Lektion an der medizinischen Fakultät: Nie verallgemeinern! Nie charakterisieren.

Begriffe wie Obsession und Zwang drängten sich ihm auf,

doch für einen Moment war er verwirrt. Er führte sich seinen Bruder, die Ermittlerin und sich selbst vor Augen.
Kein Wunder, dachte er, dass die alten Griechen die Furien erfunden haben, und zwar als Frauen. Eine kühne Mischung aus Mythos und Phantasie schwirrte ihm durch den Kopf. Die Scheuklappen nützen dir nichts, dachte er, du siehst trotzdem.
Martin Jeffers starrte auf die Uhr an der Wand gegenüber. Er hatte Angst vor der Nacht, er sehnte den Morgen, die vertraute Routine herbei: die morgendliche Dusche, die hastige Tasse Kaffee, die Fahrt zur Heilanstalt, die erste Visite, die Gruppensitzungen, das zaghafte Klopfen seiner Patienten an seiner Sprechzimmertür. Plötzlich wünschte er sich nichts sehnlicher als die Rückkehr zur Normalität. So, wie es immer war, so wie es bis zum gestrigen Tag gewesen war. Ihm wurde bewusst, wie kindisch diese Wünsche waren, und musste schmunzeln: Ich wünschte, ich wäre wieder in Kansas, wieder in Kansas, in Kansas … Er schloss die Augen und lachte halbherzig über die Erinnerung an das Kinderbuch, wusste jedoch, dass es ihm nicht half. Es gibt keine magischen Schuhe, dachte er. Keine Absätze, die man dreimal zusammenschlagen muss. Ihm fiel ein, wie sein Bruder seine Arbeit beschrieben hatte: dem Bösen auf den Fersen.
Er stand auf, öffnete einen Schrank und zog eine Steppdecke heraus. Er wickelte sie sich um die Schultern und setzte sich wieder in den Sessel. Er schaltete das grelle Licht auf dem Couchtisch neben dem Sessel aus und blieb still in der Dunkelheit sitzen. Er wollte wach bleiben und er wollte schlafen. Er konnte sich nicht für eins von beiden entscheiden, denn beides machte ihm Angst.

Draußen im Wagen sah Detective Barren, wie das Licht ausging. Sie wartete eine Viertelstunde, bis sie sicher war, dass Martin Jeffers seine Wohnung nicht verließ. Dann senkte sie die Lehne bis zum Anschlag hinunter und wickelte sich in eine dünne Decke, die sie aus dem Hotel mitgenommen hatte. Sie überzeugte sich noch einmal davon, dass sie die Türen abgeschlossen und nur das Fenster einen Spaltbreit geöffnet hatte, um die kühle Nachtluft hereinzulassen. Pennington, dachte sie, ist ein Ort, an dem man sich absolut sicher fühlen kann, ein Ort für Familien mit guter Nachbarschaft und Grillpartys im Garten. Sie erinnerte sich daran, wie sie an Wochenenden durch diese Alleen gefahren war, um ein Footballspiel der Highschool zu besuchen. Er weiß es nicht, dachte sie. Er weiß nicht, dass auch ich hier zu Hause bin. Sie lockerte den Gürtel ihrer Jeans und entspannte sich mit einem letzten sehnsüchtigen Blick zum dunklen Fenster, während ihre Finger über den Griff der Neunmillimeter strichen, die sie unter der Decke auf dem Bauch liegen hatte. Ihr schieres Gewicht beruhigte sie auch jetzt. Sie war zuversichtlich. Sie wies den Gedanken zurück, der sie am Abend so lange gequält hatte. Sie war sich bewusst, dass etwas fürchterlich schief lief, wenn sie als Polizistin zur Kriminellen wurde.

Ist ja nur für kurze Zeit, sagte sie sich. Und notgedrungen.

Sie verbannte den Gedanken aus ihrem Kopf, dann schloss sie die Augen vor der Nacht.

Ihre Träume allerdings waren verworren und von Menschen bevölkert, die nichts miteinander zu schaffen hatten: ihr Mann und Sadegh Rhotzbadegh, die Jeffers-Brüder und ihre Vorgesetzten sowie ihr Vater. Als sie kurz vor dem Morgengrauen von den Scheinwerfern eines vorbeifahrenden Autos geweckt wurde, war sie erleichtert. Sie sah den Rücklichtern hinterher, bis sie im angedeuteten Morgengrauen verschwanden. Sie konnte gerade noch die rotblaue Lampe auf dem Wagendach erkennen und fragte sich, wie verschlafen ein Cop wohl sein musste, wenn er jemanden übersah, der in einer Wohnstraße allein im Wagen übernachtete. Was nutzte die Streife, wenn der Polizist keinen Blick für das Ungewöhnliche hatte? Andererseits war sie froh, dass sie unentdeckt geblieben war, auch wenn ihre Dienstmarke und ihr selbstbewusstes Auftreten die Sache schnell aufgeklärt hätten.

Sie sah den roten Rücklichtern hinterher; als der Polizist auf die Bremse trat, leuchteten sie einen Moment in einem helleren Rot auf, dann verschwanden sie um die Ecke. Sie streckte sich und sah sich um. Sie bog den Spiegel zu sich herunter und brachte so gut wie möglich ihr Äußeres in Ordnung. Dann bückte sie sich und tastete nach der Thermoskanne sowie dem angebissenen Blätterteigteilchen vom vergangenen Abend. Der Kaffee war lauwarm, aber besser als gar nichts. Sie schlürfte ihn langsam und redete sich ein, er sei heiß.

Langsam zeichneten sich die Bäume von der ersten Morgendämmerung ab. Ein einsamer Vogel zwitscherte laut, dann der nächste. Sowie der Morgen um sich griff, nahmen die Häuser nackt und schnörkellos Konturen an.

Sie fasste sich an den Bauch und tastete nach dem dicken Wulst der Einschussnarbe unter ihrer Bluse. Der vorbeifahrende Streifenwagen, die frühmorgendliche Ruhe brachten Erinnerungen zurück. Sie dachte daran, wie sie vom Schuss getroffen wurde; es war noch dunkel gewesen, doch kurz vor dem Ende der Nachtschicht. Bis heute blieben ihr einige Aspekte des Übergriffs ein Rätsel. Das ganze Ereignis schien sich in einem anderen Zeitfenster abgespielt zu haben; teilweise wirkte alles schwindelerregend beschleunigt, dann wieder auf Zeitlupe verlangsamt und wie in Nebel getaucht.

Sie hatte die beiden Jugendlichen entdeckt.

Sie waren so auffällig gehetzt und zielstrebig die andere Straßenseite heruntergekommen, dass bei jedem halbwegs erfahrenen Polizisten die Alarmglocken schrillen mussten.
»Mit den beiden stimmt was nicht«, hatte sie zu ihrem Partner gesagt. Die Teenager trugen hohe Turnschuhe. »Die haben knöchelhohe Schuhe an«, hatte sie hinzugefügt, »und wenn nicht gerade um fünf Uhr morgens irgendwo ein Basketballspiel läuft, von dem wir nichts wissen …« Ihr Partner hatte sich zu den beiden Jungen umgedreht und nach wenigen Sekunden genickt.
»Riecht mächtig nach 'nem Bruch«, hatte er lachend beigepflichtet. »Komm. Knöpfen wir uns die beiden vor.«
Sie hatte Meldung gemacht: »Zentrale, Einheit vierzehn-nulleins, wir sind Flagler sechsundfünfzig, Ecke Northwest einundzwanzig. Fordern Verstärkung an.«
Sie liebte es, wie ihr Ton Autorität ausstrahlte, sobald sie die besonderen Codes der Polizeistreife durchgab. Es hatte im Funk geknistert, und ihr Partner hatte bereits gewendet, um die beiden Jungen einzuholen. Die Leitstelle hatte ihren Funkspruch bestätigt und gemeldet, die Verstärkung sei unterwegs.
Sie waren nur noch wenige Schritte von den Teenagern entfernt, die sich noch nicht zu ihnen umgedreht hatten, als ihr Partner das Blaurotlicht anmachte. »Damit sie wach werden«, hatte er gesagt.
Und er sollte recht behalten. Sie waren zusammengezuckt und geradezu erstarrt. Sie hatte gesehen, dass sie beide zwischen dreizehn und fünfzehn Jahre alt sein mussten.
»Kinder«, hatte ihr Partner gemurrt. »Verdammt.«
Sie waren ausgestiegen, um auf die Jugendlichen zuzugehen.
»Frag mich, was sie geklaut haben«, hatte ihr Kollege spekuliert.

Sie musste oft an diese Worte denken: dein Leben.
Sie hatte die Waffe erst gesehen, als sie auf sie gerichtet war. Sie waren nur wenige Meter von ihnen entfernt. Sie entsann sich, wie sie versuchte, ihre Dienstwaffe zu ziehen, während ihr Partner die Hände vor sich hielt, als könnte er so einen Schuss abwehren. Es hatte aus dem Pistolenlauf geblitzt, und als er nach hinten fiel, stieß er sie mit dem Arm an. Sie erinnerte sich, wie die Waffe ihre Ausrichtung änderte, als schwebte sie schwerelos in der Luft, und nun auf sie zielte. Manchmal bildete sie sich ein, sie hätte auf dem kurzen Weg zwischen der Mündung und ihrem Körper die Kugel gesehen.
Das Nächste, woran sie sich erinnern konnte, war, wie sie am Boden lag, hochsah und merkte, dass es bald Morgen und Dienstschluss sein musste, so dass sie nach Hause fahren konnte, um bei einem gemütlichen Frühstück die Zeitung zu lesen. Sie hatte sich vorgenommen, einkaufen zu gehen; auch wenn es kälter geworden war, hatte sie beschlossen, sich etwas Verführerisches zum Anziehen zu kaufen, selbst wenn sie es niemals tragen würde. Ihr waren die Namen der Kaufhäuser eingefallen. Während ihr diese Gedanken durch den Kopf gingen, hatte sie nach ihrem Bauch getastet und gefühlt, wie klebriges, warmes Blut herausquoll.
Sie hatte sich auf den heller werdenden Himmel konzentriert; dabei war ihr Atem flacher geworden, und sie wusste noch, wie die beiden Teenager für einen Moment in ihr Gesichtsfeld traten. Sie hatten sich über sie gebeugt und ihr in die Augen gestarrt. Sie hatte gesehen, wie einer von ihnen die Waffe hob, und sie hatte an ihre Familie und Freunde gedacht. Doch statt abzudrücken, hatte der Junge unter Flüchen die Waffe fallengelassen und war weggerannt. Das rhythmische Trommeln der Turnschuhe auf dem Boden würde sie nie vergessen.

Schließlich war es in der Kakophonie der Sirenen untergegangen, die immer näher kamen und ihr die Chance auf ein Überleben versprachen.

Sie schüttelte die Erinnerungen ab und sah einem Zeitungsjungen zu, der mit geübtem Schwung die Morgenausgabe auf den Rasen der Vorgärten warf. Er entdeckte Detective Barren und winkte ihr, nach dem ersten überraschten Blick, mit einem Lächeln zu. Sie kurbelte die Scheibe herunter und fragte: »Zufällig eine übrig?«

Er hielt mit dem Fahrrad an. »Ja, hab tatsächlich ausnahmsweise eine. Der alte Mr. Macy da vorne ist in Urlaub, und ich hab's vergessen. Wollen Sie die kaufen?«

Sie fischte einen Dollarschein aus der Handtasche.

»Da«, meinte sie, »der Rest ist Trinkgeld.«

»Danke.«

Er radelte weiter und winkte noch einmal.

Die Hauptschlagzeile lautete *Unruhen im Nahen Osten*. Daneben war ein Bild von Rettungskräften, die Leichen aus einem zerstörten Gebäude bargen – Opfer der Autobombe eines Selbstmordattentäters. Darunter das wichtigste Thema aus der Innenpolitik: ein im Kongress verabschiedetes Steuergesetz. Auf der Titelseite fand sie zwei Verbrechensmeldungen – die Eröffnung des Prozesses gegen einen Bandenchef mit einem Foto, wie der Mann die Stufen im Gerichtssaal hochstieg, und eine lokale Meldung, die sie als Erstes las: Ein Hausbesitzer hatte einen Einbrecher in flagranti ertappt und den unbewaffneten Mann mit einer nicht registrierten und somit illegalen Pistole erschossen. Die Staatsanwaltschaft konnte sich nicht entscheiden, ob sie gegen den Mann Strafanzeige erstatten oder ihm einen Orden verleihen sollte.

Sie wandte sich dem Sportteil zu. Die Kämpfe der Regionalligameisterschaft kamen gerade so richtig in Fahrt, und das

Training für die Auswahlentscheidungen lief auf Hochtouren. Sie blätterte zum Kleingedruckten auf den Innenseiten weiter, um zu sehen, ob sich die Dolphins von einem ihrer Lieblingsspieler getrennt hatten, was offenbar nicht der Fall war. Dagegen hatten die Patriots einen ihrer alten Linemen entlassen. Er war ein Fels in der Brandung, ein Bursche aus dem mittleren Westen, der gegen die Dolphins stets frustrierend gut seinen Mann gestanden hatte. Über die Jahre hatte sie ihn immer wieder für seine unverdrossene Knochenarbeit im Schatten der Stars bewundert. Sie wusste, dass er auch verletzt und unter Schmerzen spielen würde, und dafür respektierte sie ihn, vielleicht sogar mehr als die Fans. Die Nachricht, die an die Sterblichkeit und die Unbeständigkeit des Lebens mahnte, machte sie plötzlich traurig. Sie drückte dem Mann fest die Daumen, dass man keinen Ersatz für ihn fand.

Irgendwann ändert sich alles. Jeder schreitet zu neuen Ufern, dachte sie.

Sie wendete sich wieder zu Jeffers' Wohnung um und saß kerzengerade, als sie entdeckte, dass dort Licht brannte. Sie sah eine Gestalt, die sich am Fenster bewegte, und machte sich unwillkürlich auf ihrem Sitz ganz klein, als könnte er sie sehen. Die Gefahr war gering, doch ihr Bedürfnis nach Deckung groß.

Na, komm schon, sagte sie in Gedanken. Komm schon, der Tag hat begonnen.

Vor Aufregung glühten ihre Wangen. Sie kurbelte das Fenster herunter und atmete die feuchte Morgenluft ein, als befürchtete sie, an ihren Gedanken zu ersticken.

Martin Jeffers lief im ersten schwachen Dämmerlicht in seiner Wohnung umher. Er hatte geschlafen, da war er sicher, doch wie lange, konnte er nicht sagen. Er fühlte sich nicht erfrischt, sondern emotional genauso erschöpft wie zu Beginn der Nacht. Er ging ins Bad und ließ die Sachen auf den Boden fallen. Er wollte seinen Kreislauf durch eine Schocktherapie ankurbeln. Er wollte bei klarem Verstand und geistesgegenwärtig sein. Also hielt er das Gesicht unter den kräftigen kalten Wasserstrahl und zitterte, fühlte jedoch zugleich, wie die Lebensgeister wiedererwachten.

Er trat aus der Dusche und rubbelte sich mit einem fadenscheinigen Handtuch trocken, bis seine Haut gerötet war. Immer noch nackt, rasierte er sich mit kaltem Wasser.

Er tappte ins Schlafzimmer und legte frische Unterwäsche, Hemd und Krawatte aufs Bett. Erst mal zwanzig, sagte er sich. Er ließ sich auf den Boden fallen und schaffte auf die Schnelle zehn Liegestütze. Er lachte laut. Das muss genügen. Er drehte sich auf den Rücken und absolvierte fünfundzwanzig Sit-ups mit angezogenen Knien, die Hände ohne zu mogeln hinter dem Kopf verschränkt. Sein Bruder hatte ihm einmal erklärt, nur so seien sie wirksam. Doug hatte keine Gymnastik nötig. Er war immer stark, immer in Form. Er konnte den ganzen Kühlschrank leeressen, ohne ein Gramm zuzunehmen. Martin Jeffers stand auf und betrachtete sich im Spiegel über der Frisierkommode. Eigentlich gar nicht mal übel, dachte er. Trotz der sitzenden Tätigkeit. Fang wieder mit dem Jogging an, oder such dir einen Tennispartner. In null Komma nichts wieder auf Draht. Er zog sich schnell an und sah auf die Uhr.

Er dachte an Detective Barren. Für ihr Treffen hatte er ihr keine bestimmte Uhrzeit genannt, doch er wusste, dass sie früh da sein würde. Er schüttelte den Kopf. Nein, dachte er, es ist nichts bewiesen. Ganz und gar nichts.

Es liegt in der Natur von Brüdern, immer zu übertreiben, im Guten wie im Schlechten. Das überdauert die Kindheit mit ihrer fortgesetzten Mischung aus Liebe, Eifersucht und ungezügelten Emotionen, die ganz natürlich dazugehören. Na schön, Doug hat einen Vogel getötet, während du immer gedacht, nein, vermutet hast, dass es dein Vater war. Du hast dich geirrt, aber das macht deinen Bruder noch lange nicht zum Mörder. Ganz und gar nicht.

Martin Jeffers' Hände hielten mitten in der Bewegung inne, als er sich gerade die Krawatte band. Das Gefühl von Selbstbetrug überwältigte ihn wie ein heftiger Schlag. Er schloss die Augen und öffnete sie wieder, als könnte er auf diese Weise den qualvollen Gedanken von sich weisen. Mit lauter, fester Stimme sagte er:

»Also, was immer Doug auch sein mag, und du hast verdammt noch mal keinen Beweis, keinen einzigen handfesten Beweis für irgendetwas, egal, was die gottverdammte Polizistin sagt, er ist immer noch dein gottverdammter Bruder, und das sollte wohl auch etwas zählen.«

Die lauten Worte in dem leeren Zimmer trösteten ihn für einen Moment, doch der nächste unabweisbare Gedanke kam gleich hinterher: Er war lange genug Arzt, um den klinischen Sachverhalt der Realitätsverleugnung zu erkennen. Sogar bei sich selbst.

Immer noch zwischen Ungläubigkeit und Erkenntnis hin und her geworfen, misstrauisch gegenüber seinen eigenen Erinnerungen und Gefühlen sowie der Erkenntnis, die über Jahre in ihm herangereift war, machte sich Martin Jeffers auf den Weg zur Klinik. Die Polizistin auf ihrem Beobachtungsposten gegenüber seines Hauses entdeckte er nicht.

Sie wartete zehn Minuten, um ganz sicher zu sein.

Doch der zügige Gang und der starre Blick sagten ihr, dass der Doktor unverzüglich zu ihrer Verabredung in der Anstalt

fahren würde, nachdem er sich vermutlich die ganze Nacht gequält hatte.
Er bekommt seine Verabredung, dachte sie, nur nicht ganz so schnell, wie er es wohl erwartet. Wieder machte ihr das Vorhaben ein wenig zu schaffen. Die eine Stimme in ihr gab zu bedenken: Du weißt genug. Er wird sich überwinden und dir seine Hilfe anbieten. Doch die Pessimistin in ihr hielt dagegen, dass der Arzt sie nie darin unterstützen würde, den eigenen Bruder zu finden, solange sie ihm nicht klarmachen konnte, dass ihm gar nichts anderes übrigblieb. Du brauchst einen Trumpf im Ärmel, wieso also nicht in dieser Wohnung danach suchen. Außerdem war sie nicht sicher, was sie von Martin Jeffers halten sollte. Falls er es weiß, dachte sie, dann behält er sein Geheimnis vielleicht schon seit Jahren für sich. Sie dachte an den erstaunten Ausdruck, den er so schnell zu kaschieren verstand, nachdem sie mit ihrem Anliegen herausgeplatzt war. Vielleicht ist er ja selbst ein Killer. Vielleicht, vielleicht. Einerseits fühlte sie sich durch ihr Wissen gestärkt, andererseits durch ihre Mutmaßungen geschwächt, und ihr war klar, dass sie erst einmal mehr in Erfahrung bringen musste. Fakten, dachte sie. Die nackte Wahrheit. Beweise.
Sie beendete den Widerstreit und schlüpfte aus dem Wagen. Nach einem prüfenden Blick in alle Richtungen schlenderte sie über die Straße auf das Gebäude zu, doch statt den Haupteingang zu nehmen, beschleunigte sie ihre Schritte und lief um die nächste Ecke. Im Nu hatte sie das angelehnte Fenster entdeckt, mit dem er die Wohnung lüftete.
Kein Wenn und Aber, mahnte sie sich. Tu's einfach.
Sie schnappte sich eine blecherne Mülltonne und stellte sie an die Wand. Dann kletterte sie auf den Deckel und stieß auch schon das Fenster auf. Mit einer einzigen Bewegung hatte sie das dürftige Fliegengitter weggedrückt und war hineinge-

hechtet, wo sie wie ein ungeschickter Wasservogel unsanft auf dem Boden des Wohnzimmers landete.
Sie rappelte sich auf und schloss rasch das Fenster hinter sich. Ihr kam der irritierende Gedanke, dass sie soeben ihren ersten Einbruch absolviert hatte, und gar nicht mal schlecht. Sie ließ ein paar Dutzend Einbrecher und Diebe unterschiedlichster Couleur Revue passieren, die sie im Lauf ihrer Dienstzeit verhaftet hatte. Vor ihrem geistigen Auge standen sie Spalier und applaudierten. Ab jetzt gehöre ich dazu, dachte sie.
Sie schaute sich um und empfand einen Augenblick Widerwillen gegen die verstreuten Kleider und die willkürliche Anordnung der Möbel. Doch das Gefühl verging so schnell, wie es gekommen war.
Es erinnerte sie an ihre Besuche bei John Barren in seinem ersten Studienjahr, bevor sie zusammenzogen. Sie grinste bei dem Gedanken an die Socken, die in der Ecke gammelten, die Unterwäsche, die in trauter Nachbarschaft mit Lektürelisten und Kursbeschreibungen in einem metallenen Aktenschrank verstaut war. Zumindest, hatte sie ihm gesagt, hast du sie unter »U« abgelegt. Auch John hatte in einem ziemlichen Durcheinander gehaust, als könnte er in einer chaotischen Umgebung besser den Kopf freihalten. Dann dachte sie, dass sie wohl nur die Erinnerung verklärte, dass er wohl in Wahrheit einfach einer von vielen Männern war, denen die Mutter alles hinterhergeräumt hatte; als ob die alte Dame wundersamerweise selbst am College regelmäßig erscheinen und ihm die Socken aus den Ecken holen würde, um sie ihm frisch gewaschen und ordentlich zusammengerollt wieder abzuliefern. Dabei lag er mit dieser Einstellung sogar richtig, dachte sie mit einem Lächeln: Das war beinah das Erste, was du gemacht hast. Seine verdammte Wäsche. Du hast dir, kaum dass seine anderen Kommilitonen draußen waren, den Wäschebeutel

geschnappt, seine dreckigen Sachen eingesammelt und zum nächsten Waschsalon gebracht. Sie hätte am liebsten laut gelacht.
In diesem Moment hörte sie ein Geräusch im Flur und erstarrte vor Angst.
Blitzschnell versuchte sie, die Wahrnehmung einzuordnen: War es eine Stimme gewesen? Das Öffnen einer Tür? Schritte? Sie schluckte schwer und horchte angestrengt, während ihr Herz laut pochte.
Sie zog die Neunmillimeter aus dem Gürtel und wartete, ohne sich zu rühren. Ich muss verrückt sein, dachte sie. Steck die verdammte Waffe weg. Falls er das ist, rede einfach wie ein Wasserfall. Er wird sauer sein, aber wissen, wieso du hier bist.
Stattdessen richtete sie die Waffe auf die Tür und wartete.
Ihr kam der entsetzliche Gedanke: Es ist der Bruder!
Sie hatte das Gefühl, als bräche ein gewaltiges, unbeherrschbares Übel über sie herein und erfüllte den ganzen Raum wie der Rauch von Feuer. O Gott, er hält ihn hier versteckt! Die machen gemeinsame Sache! Er ist hier!
Sie kauerte sich hin und versuchte, ihr rasendes Herz und ihre zitternde Hand zur Ruhe zu bringen. Sie befahl sich, cool zu sein. Ihr Griff wurde fest, ihr Atem stetig. Sie zielte, so wie sie es schon Hunderte Male auf dem Schießplatz gemacht hatte.
Erwisch ihn mit dem ersten Schuss, wies sie sich an.
Ziel auf die Brust, das legt ihn lahm. Dann gib ihm mit einem zweiten Schuss in den Kopf den Rest.
Sie schloss ein Auge und wartete auf das nächste Geräusch.
Doch es blieb aus.
Sie blieb in Schießstellung. Sie war sich nicht sicher, ob sie sich überhaupt rühren und die Muskeln entspannen konnte.
So vergingen dreißig Sekunden. Dann eine ganze Minute. Die

Anspannung schien die Zeit in die Länge zu ziehen, auch wenn die Welt voreilig in Schweigen verfallen war.
Sie hielt die Luft an, bis es nicht mehr ging, dann atmete sie in einem langgezogenen Pfeifton aus.
Langsam ließ sie die Pistole sinken.
»Es ist niemand da«, flüsterte sie. Es war beruhigend, die eigene Stimme zu hören.
»Du bist völlig übergeschnappt«, fuhr sie im Flüsterton fort. »Und jetzt lungere hier nicht länger herum, sondern sieh zu, dass du etwas findest.«
Sie sah sich flüchtig im Badezimmer, dann im Schlafzimmer um. Sie merkte, dass sie nicht gerade systematisch vorging, wusste aber auch, dass Martin Jeffers irgendwelche Hinweise auf seinen Bruder nicht verstecken würde. Unter dem Bett fand sie zwei Aktenkartons mit persönlichen Unterlagen. Sie zog sie heraus, setzte sich auf den Boden und überflog sie, so schnell sie konnte. Größtenteils handelte es sich dabei um Steuererklärungsformulare, Darlehensanträge, Studiendokumente. Sie sah, dass seine Noten im Medizinstudium mittelmäßig waren, während er am College noch geglänzt hatte. Es schien, als hätte er, kaum dass er seine Zukunft erreicht hatte, in seinen Anstrengungen nachgelassen. Das erklärte vielleicht, wieso er an einer staatlichen Nervenheilanstalt gelandet war, statt eine private Praxis in bester Innenstadtlage zu eröffnen. Doch das warf nur zusätzlich Fragen auf, und sie legte die Dokumente wieder in die Schachtel zurück, um flüchtig ein paar weitere Papiere durchzublättern. Sie stieß auf ein Einschreiben vom bundesstaatlichen Verband der Catholic Charities, das ein halbes Dutzend Jahre zurücklag. Sie machte es auf und las:

… sehen wir uns außerstande, Ihnen mit Informationen über Ihre leibliche Mutter zu dienen. Obwohl es sich um eine Adoption innerhalb der Familie handelte, sind die Formalitäten über uns gelaufen. Leider sind dem Brand in der Pfarrei von St. Stephen's 1972 zahlreiche alte Dokumente, die noch nicht auf Mikrofilm gespeichert waren, unwiederbringlich zum Opfer gefallen.

Detective Barren starrte auf den Brief und fand ihn interessant und aufschlussreich, auch wenn sie nicht sagen konnte, wieso. Sie legte ihn wieder zurück und ging die übrigen Papiere durch. Darunter war ein Brief in einer unverkennbar weiblichen Handschrift.

»Lieber Marty«, las sie. »Es tut mir leid, aber das mit uns beiden wird nicht funktionieren …«, der Rest war die tränenreiche Selbstanklage von einer Frau namens Joanne. Detective Barren erkannte die Masche: Nimm die Schuld auf dich, obwohl du weißt, dass das Gegenteil der Fall ist. Als Teenager hatte sie einem Dutzend Freundinnen dabei geholfen, diese Art von Brief zu schreiben. Ihr krampfte sich das Herz zusammen, als sie daran denken musste, wie ihre Nichte sie im Alter von sechzehn Jahren einmal mit derselben Bitte angerufen hatte.

Sie ließ den Brief wieder in die Kiste fallen und zog eine vergilbte, spröde Zeitung hervor. Es war die *Vineyard Gazette* aus Martha's Vineyard, eine Ausgabe vom August vor fast zwanzig Jahren. Sie überflog die Titelseite. Die Hauptschlagzeile lautete: SCHIFFFAHRTSAMT SETZT NEUEN FÄHRANLEGEPLATZ DURCH. Es folgte ein Artikel mit Bild: REKORDFANG VON EINUNDZWANZIG SCHWERTFISCHEN. Daneben stand in kleinerer Schrift: *Feriengast beim Schwimmen ertrunken.*

Sie starrte auf den Artikel: »Feriengast Robert Allen ertrank am frühen Dienstagabend, als er vor South Beach vom Sog einer Unterströmung erfasst wurde. Polizei und Küstenwache gehen davon aus, dass der Geschäftsmann aus New Jersey gegen die Flut ankämpfte und zu erschöpft war, um wieder an den Strand zu schwimmen, nachdem ihn die Strömung eine halbe Meile hinausgetrieben hatte.« Die Tatsache, dass der Mann aus New Jersey stammte, fiel ihr ins Auge, doch er hatte einen anderen Namen, und so ging sie zum nächsten Beitrag über. Direkt daneben fand sich ein Artikel mit der Überschrift: STADTRAT VON TISBURY LEHNT ÄNDERUNGSVORSCHLAG ZU SONNTAGSGESETZEN AB.

Sie starrte einen Moment auf die Seite und dachte: Vielleicht findet sich was auf einer Innenseite, und sie machte sich daran, die ganze Zeitung durchzublättern. Es gab nichts, was ihr ins Auge gesprungen wäre. Das übliche Einerlei aus Alltagsneuigkeiten im Stil der Kleinstadtreportage füllte die Zeitung. Ein paar Hochzeiten. Landwirtschaftsberichte, wer wen besucht hat; vorsichtige Schätzungen der Zeckenpopulation in den Wäldern. Warnungen vor Muschelvergiftungen. Fotoberichte über prämierte Apfeltorten auf der Kirmes von Tisbury. Geschichten, die das Leben schreibt. Sie wandte sich noch einmal der Titelseite zu und betrachtete das Bild mit den Schwertfischfängern. Es war keine Quellenangabe darunter. Sie starrte eine Weile auf die Komposition und fragte sich: Ist das von ihm? Die Augen der Fischer schienen auf dem Papier zu brennen, während das tote Auge eines ihrer Opfer in unheimlichem Kontrast dazu stand. Es wäre sein Stil, dachte sie. Doch sie war ungeduldig, eine miserable Voraussetzung für eine unspezifische Durchsuchung. Sie ignorierte die Erkenntnis und warf die Zeitung zu den übrigen Sachen. Dann schob

sie die beiden Schachteln genau dahin zurück, wo sie sie vorgefunden hatte.
Bis jetzt nichts.
Sie ging ins Wohnzimmer und sah eine Steppdecke auf einem Sessel. Da hat er letzte Nacht geschlafen, dachte sie. Falls er schlafen konnte.
Sie registrierte, dass rund um den Sessel Zeitschriften über den Boden verstreut waren. Er hat also versucht, auf andere Gedanken zu kommen. Na ja, hat sicher nicht geklappt. Sie wollte gerade weitergehen, als sie merkte, dass irgendetwas mit dem Zeitschriftenstapel nicht stimmte. Sie drehte sich noch einmal um.
»Was ist los?«, flüsterte sie. »Was?«
Sie blickte genauer hin, dann schüttelte sie über sich selbst den Kopf: Alte Nummern. Pass doch auf, verdammt!
Sie ging noch einmal hin und kniete sich neben den Haufen. Sie nahm eine sechs Monate alte Ausgabe von *Life* in die Hand. Sie wusste, was sie auf den Innenseiten erwartete. Sie ließ das Magazin wie einen Fächer aufflattern und sah augenblicklich, worum es ging – die Urheberangabe sprang ihr entgegen: FOTOS VON DOUGLAS JEFFERS. Sie betrachtete die Seite und sah das körnige Grau des Bildes. Es stammte aus einer Notaufnahme und zeigte einen Arzt, der dem Betrachter erschöpft entgegenstarrte. Die Kameralinse war dem Mann so nah herangerückt, dass Detective Barren das Blatt unwillkürlich weiter von sich streckte.
Ich weiß, wonach er gesucht hat, dachte sie. Im Geist sah sie den Doktor im Sessel vor sich, wie er Seite um Seite betrachtet, um herauszufinden, was die Bilder ihm sagten.
Rasch breitete sie die Zeitschriften um sich aus und blätterte jede einzelne nach Fotos durch. Menschen und Gegenstände sprangen ihr geradezu entgegen.

Doch neue Erkenntnisse blieben aus.
Er ist gut, dachte sie. Aber das ist ja nicht neu. Wir wussten schon, dass er zu den Besten gehört.
Aber was verraten die Bilder noch?
Einen Moment lang war sie genauso frustriert wie zweifellos der Bruder ein paar Stunden zuvor. Es ist so viel auf ihnen zu sehen, dachte sie, aber sie geben so wenig preis.
Sie klappte das letzte Heft zu und arrangierte die Magazine ungefähr so, wie sie vorher gelegen hatten.
Finde endlich etwas!, befahl sie sich vorwurfsvoll.
Sie ging zum Schreibtisch, warf einen Blick darauf und sah die Worte: Dougs Wohnungsschlüssel. Der Umschlag lag so offen vor ihr, dass sie einen Moment brauchte, um zu begreifen, womit sie es zu tun hatte. Dann schoss ihre Hand wie von selbst hervor und schnappte sich ohne einen bewussten Willensakt den Umschlag. Sie fühlte den Schlüssel durchs Papier, legte den Kopf zurück und konnte nur mühsam einen Jubelschrei unterdrücken. Sie stopfte den Brief in ihre Tasche und streckte wie ein Athlet im Siegestaumel die geballten Fäuste in die Höhe. Der Jubel wich schnell dem Gebot der Selbstdisziplin. Reiß dich zusammen, dachte sie wütend. Dann durchzuckte sie in Panik der Gedanke: Die Adresse, ich brauche die Adresse. Sie sah sich im Zimmer um und entdeckte neben dem Telefon ein schwarzes Büchlein. Sie sprang hin und schlug es auf. Die Upper-Westside-Adresse des Bruders in Manhattan starrte ihr in schwarzer Tinte entgegen. Sie sah sich nach einem Stift und einem Fetzen Papier um, fand aber weder das eine noch das andere. Sie riss die Seite aus dem Buch.
Vor Aufregung war ihr heiß. Sie ging zur Haustür, öffnete sie, drehte sich noch einmal um und verließ das Gebäude.
Sie konnte an nichts anderes denken als an das elektrisierende Gefühl, das von dem Schlüssel in ihrer Tasche ausging.

Auf der Straße vor dem Wohnhaus kam sie an einer älteren Dame vorbei, die ihren Hund ausführte und sich mit einem altmodischen Schirm gegen die aufgehende Sonne schützte.
»Guten Morgen«, grüßte die Frau beschwingt.
»Wird ein prächtiger Tag«, erwiderte Detective Barren.
»Aber heiß«, vermutete die Dame. Ihr Blick fiel auf den Sheltie am Ende ihrer Hundeleine. »Hundstage«, meinte sie. »Im Sommer einfach zu heiß. Und im Winter zu kalt. Ist es nicht immer so im Leben?«
Das war als Witz gemeint, und beide Frauen schmunzelten. Detective Barren nickte ihr zum Abschied noch einmal zu und überquerte die Straße. Einen Moment lang war sie von der wohligen Wärme des spätsommerlichen Morgens und der alltäglichen Unterhaltung mit der Frau überwältigt. Alles ist normal, dachte sie. Alles ist einfach und gewöhnlich und genau so, wie es sein soll. Die Vögel zwitschern. Die Kinder spielen. Es weht eine leichte Brise. Die Temperaturen steigen. Die Frau führt ihren Hund spazieren. Das Amerika von Norman Rockwell. Schlichte, eingängige Rhythmen und Melodien.
Sie schüttelte den Kopf und dachte an die Dissonanz der Schlüssel in ihrer Tasche. Ich bin dir auf den Fersen.
Pennington verblasste, als sie bereits an die Straßenschluchten der City dachte, zu denen sie ihr Weg als Nächstes führte.
Sie stieg wieder in den Wagen und war in wenigen Sekunden auf dem Weg nach New York.

Martin Jeffers rührte sich nicht, während Rede und Widerrede wie Ebbe und Flut um ihn wogten.
Er hatte die Sitzung mit einer simplen Frage an die Lost Boys begonnen: »Sie haben alle Familienangehörige. Was, glauben Sie, halten die von dem, was Sie getan haben? Gibt es eine

Verbindung zwischen ihnen und Ihren Verbrechen?« Einen Moment lang hatte unbehagliches Schweigen geherrscht, und Jeffers hatte gewusst, dass er einen neuralgischen Punkt getroffen hatte. Ihm war außerdem sehr bewusst, dass seine Frage weit weniger harmlos war, als sie klang, und dass sie ihm aus tiefstem Herzen kam. Augenblicklich hatte ihm sein Bruder vor Augen gestanden, doch er hatte das Bild aus seinem Kopf verbannt, während er sich darauf konzentrierte, wie die Männer in ihren Erinnerungen kramten. Zunächst hatten sie sein Anliegen fast unisono weit von sich gewiesen, eine Reaktion, die für ihn grundsätzlich das Gegenteil von dem bewies, was sie sagten. Es war eine einfache Formel: Was die Lost Boys am vehementesten leugneten, kam der Wahrheit am nächsten.

Jetzt wartete er, dass sich das Stimmengewirr legte und er einen Kommentar einfließen lassen konnte, den sie aufgreifen und an dem sich ihre Gemüter womöglich noch mehr erhitzen würden. Dabei war er mit seiner Aufmerksamkeit nicht durchgehend bei der Sache, und es fiel ihm schwer, sich dem Fortschritt der Gruppe zu widmen. Glücklicherweise waren die Lost Boys in aktiver Stimmung; sie brauchten wenig Unterstützung von ihm. Er ertappte sich dabei, wie er nervös auf seine Armbanduhr linste und auf das Ende der Sitzung hoffte. Wo bleibt sie?, fragte er sich.

»Wisst ihr, was komisch ist?« Es war Meriwether mit seiner piepsigen Stimme. »Als sie mich hopgenommen und in diesen Countryclub geschickt haben, hat sich meine Frau mehr aufgeregt als ich. Also« – er schnaubte amüsiert durch die Nase – »ich hätte eigentlich gedacht, dass sie sich von mir scheiden lässt, was sag ich, ich dachte, die erschießt mich auf der Stelle. Verflucht noch mal, die ist sowieso doppelt so groß wie ich, die hätte mir locker eins überbraten können …«

Alle Männer mussten lachen.
Worauf ist sie aus?, fragte sich Jeffers. Will sie mich verhaften? Er dachte an den eisigen Ausdruck in ihrem Blick.
»Hat sie aber nicht. Sie hat geflennt und die Hände gerungen. Und als ich ausgepackt habe, da hat sie trotzdem alles bestritten. Es war, als ob sie denkt, die Kleine aus der Nachbarschaft, die ich mir vorgenommen hab, als ob die mich, weiß auch nicht, irgendwie verführt haben müsste. Sie wollte das einfach glauben.«
Meriwether zögerte.
»Verdammt, die Kleine war elf …«
In der kurzen Pause, die eintrat, arbeitete Jeffers' Gehirn auf Hochtouren: Er hat mich immer mit einbezogen! Ich habe bei allem, was er gemacht hat, eine Rolle gespielt. Immer am Rande, an der Peripherie, aber trotzdem in irgendeiner Form dabei. Er hat es immer so gewollt. Und das, was er wollte, hat er bekommen. Das Privileg des älteren Bruders. Welcher jüngere Bruder kann dem älteren etwas abschlagen?
»Versteh ein anderer diese Frau, verflucht noch mal. Jetzt besucht sie mich zweimal die Woche und geht der Kommission für Haftentlassung auf den Keks.«
Er warf einen Blick in die Runde.
»Kann mir das vielleicht einer von euch erklären?«
Jeffers konnte nur an drei Worte denken: eine empfindsame Reise.
Eine Woge der Frustration und des blanken Zorns rollte über ihn hinweg. Was zum Teufel sollte das heißen?, fragte er sich wütend. Wo ist er hin? Welche Empfindungen spielen in unserem Leben eine Rolle? Hat er das Haus unserer Kindheit besucht? Dazu hätte er nur in Princeton die verdammte Straße runterzugehen brauchen. Er hätte sich die Drogerie ihres Alten anschauen können. Gehört jetzt einer Kette. Dazu hätte

er nicht mal Urlaub nehmen müssen! Wo wollte er also hin? Was will er besuchen? Er hat mir nie etwas gesagt!
Tausend düstere Gedanken plagten Jeffers.
Wasserman reagierte prompt auf Meriwethers Frage:
»Meine Mom ist genauso. Ich krieg jede Woche ein Päckchen von ihr. Sie hat nichts geglaubt. Ich hätte ein Mädel direkt unter ihrer Nase umbringen können, und sie hätte gesagt: ›Hör mal, Schätzchen, wie's aussieht, hast du sie zu hart rangenommen, und jetzt hat sie einen Herzinfarkt und ist in den Himmel gekommen …‹«
Jeffers registrierte, dass Wasserman für einen kurzen Moment nicht gestottert hatte. Mein Bruder, dachte er, war immer direkt und ausweichend zugleich. Er hat mir stets nur so viel gesagt, wie ich seiner Meinung nach wissen musste. Seiner Meinung nach! Und wenn ich jetzt etwas wissen muss, stoße ich in ein Loch. Leere! Nichts!
Doch dann sagte er sich: Du weißt es sehr wohl.
Er schüttelte den Kopf. Was denn bitte schön?
Die Männer rings um ihn schnaubten und johlten.
»M-m-m-manchmal hab ich gedacht, M-M-M-Mom ist verrückter als ich.«
Die Lost Boys nickten zustimmend. Jeffers registrierte, wie das Stottern wiederkehrte.
Pope schaltete sich im sonoren Ton des altgedienten Knastbruders ein: »Sie wollen es nie wahrhaben. Die wollen nicht mal glauben, dass du es fertigbringst, einen Schokoriegel aus einem Regal zu klauen. Je schlimmer unsere kriminellen Handlungen, desto stärker leugnen sie. Und wenn man dich fürs Vögeln einbuchtet, so wie uns, dann weisen sie alles weit von sich. Es ist leichter für sie, was anderes zu glauben. Viel leichter.«
»Nicht immer«, warf Miller ein.

Die Männer wandten sich dem hartgesottenen Berufskriminellen zu.
Miller sah sich im Zimmer um, als begutachtete er ein gestohlenes Juwel. »Überlegt mal. Bei jedem von uns hat es einen gegeben – wahrscheinlich einen Vater, vielleicht eine Mutter –, der gewusst hat, was wir sind, und der uns dafür gehasst hat. Jemand, der sich nichts vormachen ließ. Jemand, der dich vielleicht verprügelt hat oder der dich verlassen hat, wenn er dich nicht schlagen konnte. Jemand, der sich aus dem Staub gemacht hat, solange es noch ging ...«
Über diese Bemerkung musste Miller lachen, doch die anderen Männer waren verstummt und hingen ihren eigenen Gedanken nach.
»Vielleicht jemand, den ihr loswerden wolltet. Vielleicht jemand, den ihr tatsächlich losgeworden seid, auch wenn es der gute Onkel Doktor hier und die entsprechenden Behörden« – das Übrige schnaubte er heraus – »nicht so genau wissen.«
Er schwieg, und Jeffers sah, dass er an seiner Meinungsäußerung Gefallen fand, während die gedrückte Stimmung der anderen nicht zu übersehen war.
»Es gibt immer jemanden, der genau erkennen kann, was wir im Grunde unseres Wesens sind. Ist eigentlich keine große Sache. Musst denjenigen nur ein bisschen anders anpacken, stimmt's? Aber es gibt ihn irgendwo da draußen. Das wissen wir doch alle.«
Es kam Gemurmel auf, das wieder verstummte.
Jeffers wollte die Frage, die ihm unter den Nägeln brannte, herunterschlucken, doch vergeblich: Seine Gedanken hatten ein Eigenleben entwickelt und waren nicht mehr im Zaum zu halten.
Das machte ihm Angst, doch es ging mit ihm durch, und so spuckte er seine Frage aus: »Also gut, dann betrachten wir es

doch einmal von der anderen Seite: Was würden Sie machen, wenn Sie plötzlich erführen, dass jemand, den Sie lieben, sagen wir, ein Familienmitglied, Verbrechen begeht? Wie würden Sie reagieren?«
Es herrschte eine kurze Pause, als hätten die Lost Boys alle gleichzeitig tief Luft geholt. Dann ertönte mit einem Schlag eine Kakophonie der unterschiedlichsten Meinungen.

Detective Mercedes Barren fuhr Richtung Norden, an der Ausfahrt des New Jersey Turnpike zum Holland Tunnel vorbei, der die direktere Route darstellte. Sie steuerte die George Washington Bridge an, die sich mit ihrer grauen Masse über den Hudson spannte. Trotz der Aufregung und trotz des erdrückenden Gefühls, dass ihr die Zeit davonlief, entschied sie sich bewusst dafür, den Tunnel zu meiden. Um Tunnel machte sie grundsätzlich einen großen Bogen, wenn sie konnte. Seit ihrer Kindheit machte ihr das Gewicht der Wassermassen, das auf den Zement und die Kacheln über ihrem Kopf drückte, Angst. Bis heute sah sie mit der lebhaften Phantasie eines Kindes vor sich, wie es knackte und einbrach und wie sich plötzlich das dunkle Wasser über sie ergoss. In der Enge des Tunnels wurde ihr Atem flach, und ihre Hände fühlten sich unangenehm feucht an. Es ist wie ein harmloser Anfall von Klaustrophobie, dachte sie. Was soll's, musst du dir schließlich nicht antun.
Während sie aufs Gas trat und über die Brücke fuhr, warf sie einen kurzen Blick über die Schulter, die Palisades hinauf. Sie sah, wie die Kliffs steil ins Wasser hinabstürzten. Auf der Wasseroberfläche glitzerte die Sonne, und sie erhaschte einen Blick auf weiße Segel, die in beide Richtungen dahinglitten. Besonders an strahlenden Tagen wie diesem hatte sie immer gut verstehen können, wieso Henry Hudson, als er das erste

Mal den großen Strom entlangtrieb, davon überzeugt gewesen war, er hätte die Nordwestpassage entdeckt. Wenn man sich die Gebäude und die Boote wegdachte und nur den unverfälschten Fluss mit den Kliffs vor Augen führte, schien es vollkommen logisch, dass jemand hinter einer der nächsten Biegungen China vermutete.

Sie starrte auf die Stadt mit ihrer gewaltigen Phalanx von Wolkenkratzern, die wie Soldaten einer großen Armee strammstanden und sich in den Himmel reckten. Sie nahm den Zettel mit der Adresse und schlängelte sich aggressiv durch den Verkehr. Sie blickte starr geradeaus, als sie in Manhattan eintraf, und weigerte sich sogar, in den Rückspiegel zu schauen, so stark waren ihre Gedanken auf ihr Ziel fokussiert.

Zu ihrer Überraschung entdeckte sie kaum einen Häuserblock von der Wohnung entfernt eine ganz legale Parkmöglichkeit. Doch bevor sie das letzte Stück zu der Adresse zu Fuß ging, machte sie in einem lokalen Delikatessengeschäft halt und kaufte eine wild zusammengewürfelte Auswahl an Lebensmitteln. Die Tüte zusammen mit dem Schlüssel in der Hand, begab sie sich auf den Weg zu Douglas Jeffers' Wohnung.

Diese lag in einem älteren Klinkerbau von mittlerer Größe an der West End Avenue. Ein ältlicher Türsteher hielt ihr die Tür auf, während sie hereinmarschierte.

»Sie wollen zu wem?«, fragte er mit kratziger Raucherstimme.

»Wohne bei meinem Cousin, während ich mir die Stadt ansehe. Er ist verreist«, erzählte sie beschwingt. »Doug Jeffers. Er ist der beste Fotograf …«

Der Türhüter lächelte.

»4 F«, sagte er.

»Ich weiß«, erwiderte sie und warf ihm ein Lächeln zu. »Bis dann.«

Sie stieg in einen alten Fahrstuhl, schloss die Tür fest hinter sich und drückte die Vier. Sie sah, dass sich der Wachmann schon wieder umgedreht hatte. Der Fahrstuhl quietschte bei seinem langsamen Aufstieg. Er schien am Ende einen Satz zu machen, und sie trat vorsichtig in den Flur.

Zu ihrer großen Erleichterung begegnete sie keinem Menschen.

Sie fand 4-F sofort und stellte die Lebensmitteltüte ab. Sie wechselte den Schlüssel in die linke Hand und zog die Neunmillimeter aus der Tasche. Einen Moment lang horchte sie, konnte aber durch die dicke schwarze Tür nichts wahrnehmen.

Sie holte tief Luft und befahl sich: Geh schon!

Sie steckte den Schlüssel ins Schloss und drehte ihn um. Sie hörte, wie der Schließriegel nachgab, und drückte fest zu.

Die Tür ging auf, und sie sprang geduckt hinein.

Immer noch vorgebeugt, schwang sie die Pistole hoch und drehte sich zusammen mit dem Lauf in alle Richtungen. Rechts, links, geradeaus war niemand zu sehen. Sie wartete. Kein Laut zu hören. Sie richtete sich auf und ließ die Waffe sinken. Dann holte sie die Lebensmitteltüte und stellte sie in der Wohnung auf den Boden. Sie machte die Tür zu und schloss hinter sich ab. Sie legte auch die Kette vor.

Dann drehte sie sich um und betrachtete, immer noch die Pistole im Anschlag, zum ersten Mal Douglas Jeffers' Wohnung.

»Ich spüre es förmlich«, sagte sie. Plötzlich brach eine Flut von Bildern über sie herein – all die Fundorte mit blutverschmierten, verwesenden Leichen, die sie im Lauf der Jahre zu Gesicht bekommen hatte. Sie stiegen vor ihrem geistigen Auge auf wie eine Parade des Grand Guignol. Der makabre Anblick und der stickige, schreckliche Geruch ließen sich

nicht verdrängen, und sie glaubte für einen Moment, sie müsse hier in der Wohnung auf eine Leiche stoßen.
Sie schüttelte den Kopf, um wieder klar denken zu können, und sprach mit sich selbst: »Na schön, sehen wir uns mal um.«
Immer noch die Pistole in der Hand, lief sie von einem Zimmer zum nächsten. Als sie sich endlich davon überzeugt hatte, dass sie tatsächlich alleine war, machte sie sich an eine erste Bestandsaufnahme. Zunächst fiel ihr auf, wie sauber und ordentlich es war. Alles schien an Ort und Stelle. Nicht so durchorganisiert, dass es schon wieder ungemütlich war, doch tipptopp. Der Kontrast zu Martin Jeffers' Domizil war beachtlich.
Die Wohnung war nicht groß. Sie verfügte über ein einziges Schlafzimmer und ein Bad, eine kleine Küche mit Essnische sowie einen großzügigen, rechtwinklig geschnittenen Wohnbereich. Eine Gästetoilette, die ans Wohnzimmer grenzte, war zu einer Dunkelkammer umfunktioniert worden. Die Möbel waren bequem und stilvoll, aber nicht so sehr, dass man einen Designer dahinter vermutet hätte. Vielmehr spiegelte die Einrichtung einen Menschen wider, der etwas von Qualität verstand und sich hier und da ein schönes Stück gönnte. Es gab ein paar Antiquitäten, und in jedem Zimmer schmückten Souvenirs Regale und Kommoden. Detective Barren nahm einen Patronenmantel in die Hand, der, wie sie vermutete, aus einem Granatwerfer stammte. Es gab kleine kunsthandwerkliche Gegenstände wie eine Statuette aus Zentralamerika und eine Fruchtbarkeitsgöttin aus Afrika. Sie sah einen großen Haifischzahn in Plastik eingeschlossen und einen ebenfalls eingeschlossenen alten Stein, unter dem die Aufschrift angebracht war: OLDUVAI-SCHLUCHT, 1977. ZWEI MILLIONEN JAHRE ALT.

Jeffers hatte einen Arbeitstisch – genauer gesagt, einen Zeichentisch an die Fensterreihe gerückt, die den Raum mit Licht erfüllte. Das Zubehör des Fotografen war nicht zu übersehen: Negative, Vergrößerungsapparate, Fotopapier, das säuberlich auf der Arbeitsfläche gestapelt war.

Im Wohnzimmer nahm ein Bücherregal eine ganze Wand ein.

Die Wände waren weiß, von zwei gerahmten Postern geschmückt: »Die Kunst der Fotografie«, eine Ausstellung im Museum of Modern Art und ein Exponat von Ansel Adams aus der Horn Gallery.

Alles andere stammte von Douglas Jeffers.

Zumindest nahm sie das an.

Dutzende Fotos hingen an den Wänden, und zwar in den unterschiedlichsten Größen und in verschiedensten Stilrichtungen gerahmt. Sie warf einen Blick darauf und dachte: Die sind so wie diejenigen, die ich in den Zeitschriften gesehen habe. Sie sagen einem alles und nichts zugleich.

Ein kleiner Abzug in der Ecke fiel ihr allerdings ins Auge. Sie ging hinüber und starrte auf das Bild. Darauf zu sehen war ein Mann in mittlerem Alter, doch mit unverkennbar jugendlicher Vitalität. Er trug eine olivfarbene Drillichhose, dazu ein blaues Arbeitshemd und war mit Kameras und Linsen behängt. Das verworrene Geäst einer Unmenge von Bäumen in seiner Umgebung war dicht mit Ranken und Kletterpflanzen bewachsen. Er saß auf einem Stapel Kisten, die mit Munitionsnummern versehen waren; der Mann schenkte dem Betrachter ein strahlendes Grinsen und formte mit der Hand eine Pistole, mit der er zum Schein in die Kamera schoss. In einer Ecke des Rahmens war ein getipptes weißes Papierschildchen mit der Aufschrift angebracht: SELBSTPORTRÄT 1984, NICARAGUA.

»Hallo, Mr. Jeffers«, begrüßte sie ihn.
Sie nahm das Bild von der Wand und hielt es vor sich hin.
»Ich bin Ihr Untergang«, fügte sie hinzu.
Sie hängte das Bild zurück und befahl sich, mit der Arbeit zu beginnen. Sie mahnte sich zu Sorgfalt und Vorsicht und zu einer systematischen Vorgehensweise. Sie drehte sich zu dem Schreibtisch um und sah, genau in der Mitte, einen großen weißen Briefumschlag. Darauf stand in großen Druckbuchstaben: FÜR MARTY.
Ihre Hand schoss nach vorn und griff nach dem Brief.

Unter den Lost Boys hatte einiges an Unstimmigkeiten geherrscht. Die Meinungen hatten gereicht von Weingartens Gejammer: »Himmel, was soll man denn machen? Ich meine, willst du ihm vielleicht sagen, hör endlich damit auf? Jeder macht nun mal, was er will. Du kannst niemanden zu etwas zwingen. Ich meine, ich hab das jedenfalls noch nie gekonnt, und mich hat auch noch keiner von was abbringen können, was ich wollte …«, bis zu Popes unmissverständlichen Worten: »Wenn ich wüsste, dass jemand in meiner Familie tut, was ich tue, dann würde ich den Mistkerl wegpusten, und zwar zack, zack. Seinem Elend ein Ende setzen«, worauf Steele einwarf: »Fühlst du dich denn so elend? Du liebe Güte, kommst mir aber gar nicht so vor …«
Pope hatte gekontert: »Nimm dich in Acht, Schwuchtel, bevor ich dir ein Ende setze.« Was alle zum Lachen gebracht hatte, egal, wie ernst die Drohung klang. Einen Mann wie Steele zu töten, war in den Augen der gesamten Runde die reinste Zeitvergeudung.
Martin Jeffers kam zu dem Schluss, dass diese Männer, die eigentlich hätten Experten sein müssen, nicht besser wussten, was zu tun war, als irgendjemand sonst.

Als ich zum Beispiel, dachte er.
Und war der Verzweiflung nahe.
Er saß allein in seinem dunklen Büro. Draußen hatte sich der Abend über das Klinikgelände gesenkt und lange Schatten über die prächtigen Rasenflächen gebreitet. Er hörte ein gelegentliches Brüllen, einen vereinzelten Schrei, die normalen Schlafgeräusche in der Heilanstalt. Bei Nacht erwachen unsere Ängste, dachte er, so wie der Tag sie beschwichtigt.
Er ließ all die Äußerungen der Lost Boys Revue passieren.
»Also, wisst ihr was?«, war Parker mitten in dem Streit herausgeplatzt. »Man muss das Richtige tun. Aber was ist das Richtige? Was für ein paar Cops das Richtige ist, muss es noch lange nicht für deine Familie sein: Wenn du zur Polizei gehst, dann ziehen die dir alles aus der Nase, und die sind ganz sicher nicht dein Freund und Helfer. Die sind nur darauf versessen, jemanden einzubuchten. Und, Junge, Junge, in null Komma nichts lieferst du ihnen deine Mutter, deinen Bruder, deinen Vater, deine Schwester oder sonst wen ans Messer. Scheiß drauf, sogar deinen Cousin. Blut ist dicker, weißt du ...«
Woraufhin Knight ihn unterbrochen hatte: »Also machst du dich lieber zum Komplizen, oder was? Genau das tust du nämlich. Wirst du, wenn du die Klappe hältst, nicht genauso schuldig wie derjenige, der die Verbrechen begangen hat?«
Zustimmung und Widerspruch waren durch den Raum geschwirrt.
Jeffers erinnerte sich, wie jemand gesagt hatte: »Wenn du es weißt und die Klappe hältst, machst du dich genauso schuldig. Für solche Leute sollte es spezielle Gefängnisse geben!«
Gibt es auch, dachte er trübselig.
Stille Mitwisserschaft ist fast so schlimm wie das Verbrechen selbst. Er dachte an den Holocaust und an die besonderen Herausforderungen beim Nürnberger Prozess, als es um die

Leute ging, die angesichts abgründiger Verbrechen einfach nur geschwiegen hatten. Es war leicht, die Täter zur Rechenschaft zu ziehen und sie zu bestrafen. Aber was ist mit denen, die einfach nur weggesehen haben? Politiker, Anwälte, Ärzte, Geschäftsleute ...

Was war aus denen geworden?

Jeffers dachte darüber nach, mit welcher Begeisterung die Gruppe das Thema aufgegriffen hatte. Er konnte nicht begreifen, wieso er die Frage nicht viel früher gestellt hatte. Es war beachtlich, dass praktisch jeder in der Gruppe offenbar bereits darüber nachgedacht hatte, welche Probleme er seiner eigenen Familie bereitete. Wie wurden die damit fertig? Das konnten sie allerdings nicht sagen.

Er dachte an die erhobenen Stimmen im sonnendurchfluteten Tagesraum. Sie hatten die reguläre Zeit der Sitzung um etwa zwanzig Minuten überschritten. Am Ende hatte er die Hand gehoben.

»Wir setzen das morgen fort. Denken Sie alle noch einmal über Ihre Reaktionen nach, und wir reden morgen weiter.«

Die Männer waren aufgestanden und hatten wie üblich kleine Trauben gebildet, als Miller, der Mann, den Jeffers für den wahrscheinlich verstocktesten von allen hielt, sich umgedreht und gefragt hatte: »Wieso haben Sie danach gefragt? Haben Sie einen besonderen Grund?«

Die Männer waren stehen geblieben und hatten Jeffers angesehen.

Er hatte den Kopf geschüttelt und seine gewohnte Fassade von milde amüsierter, intellektueller Neugier aufgesetzt, und die Lost Boys waren ohne jeden weiteren Kommentar hinausgetrottet. Er dachte: Das hat mir keiner abgekauft. Keine Sekunde lang.

Er blickte aus dem Fenster in die Dunkelheit.

Ich werde nicht glauben, sagte er sich wütend, dass mein Bruder ein Mörder ist! Schließlich haben sie für den Mord, dessentwegen die Polizistin hinter mir her ist, einen Mann festgenommen. Was will sie also? Wieso ist sie hier?
Ist sie gar nicht, meldete sich eine Stimme in ihm.
Wo ist sie?
Als Detective Barren sich bis mittags noch nicht gemeldet hatte, rief er in ihrem Hotel an. In ihrem Zimmer hatte niemand abgehoben. Er hatte ein zweites Mal am Empfang angerufen und die Bestätigung eingeholt, dass sie noch nicht abgereist war.
Er versuchte, sich innerlich zu wappnen. Die weitere Entwicklung abzuwarten. Sie war ihm einige Erklärungen schuldig. Bin neugierig, was sie mir zu sagen hat. Dann dachte er: Sie ist nicht die Einzige, die mir eine Erklärung schuldig ist.
Er zerknüllte ein Blatt Papier, das auf seinem Schreibtisch lag, und warf es auf den Boden. Er nahm einen Bleistift und brach ihn in der Mitte entzwei. Er sah sich nach einem Gegenstand um, auf den er mit Fäusten einschlagen konnte, fand aber nichts Passendes. Er drehte sich zur Wand um und schlug mit der flachen Hand so lange gegen die weißgetünchte Fläche, bis seine Handfläche gerötet war; der Schmerz tat gut, solange er wenigstens für Sekunden seine Frustration überlagerte. Er dachte an die Polizistin und kochte innerlich vor Wut. Er hätte ihr am liebsten ins Gesicht geschrien: Ich will es wissen!
Wo zum Teufel steckt die Frau?, dachte er aufgebracht.
Irgendwann verflog der Zorn und machte dem schrecklichen Gedanken Platz: Wo zum Teufel steckt *er?*

Detective Barren hatte sich im Schneidersitz auf dem Wohnzimmerboden niedergelassen und die Früchte ihrer Durchsuchung um sich ausgebreitet. Sie hatte sämtliche Lichter in der

Wohnung eingeschaltet, als wollte sie auf keinen Fall zulassen, dass die nächtliche Dunkelheit sich neben ihr einnistete. Es war spät, und sie war müde. Sie hatte das ganze Apartment systematisch abgesucht; von der Toilette im Badezimmer bis zu den Stapeln von Negativen in der Dunkelkammer. Sie hatte das Sofa und das Bettzeug, wenn auch vergeblich, nach Waffen gefilzt. In der Küche hatte sie alles aus den Regalen geholt. Jeder Schrank war leergeräumt. Die Kleider durchwühlt. Schubladen ausgekippt, Zeitungen überflogen und abgelegt. Nicht einmal ein Ticket von dem Besuch in Miami hatte sie gefunden. Nicht einmal eine Postkarte. Die Zeugen ihrer Suche lagen stapelweise ringsum auf dem Boden.

Sinnlos, dachte sie.

Sie merkte, wie Tränen der ohnmächtigen Wut und Verzweiflung in ihre Augen stiegen.

»Nichts, nichts, nichts«, rief sie laut.

Sie wusste, dass er irgendwo ein Schließfach haben musste, vielleicht auch einen Spind oder ein Zimmer. Irgendeinen Ort, an dem er den Bodensatz des Verbrechens aufbewahrte. Irgendetwas irgendwo, das ihn mit ihrer Nichte in Verbindung brachte.

Die Spannung, die sie in dieser Umgebung empfand, war nur schwer zu ertragen. Dass sie dem Beweis für den Mord dicht auf den Fersen war, wusste sie. Sie konnte es förmlich riechen; es drang ihr bis in die letzte Pore, bis ins Blut. Sie kannte das Gefühl von hundert Tatortdurchsuchungen, an denen sie teilgenommen hatte.

Dass er ein Mörder war, daran gab es keinen Zweifel. Das hatte ihr schon ein einziger Blick auf das Bücherregal gesagt. Fast sämtliche Titel hatten mit irgendeinem Aspekt von Verbrechen zu tun. Romane, Lehrbücher, Sachtexte, alle säuberlich aufgereiht. Viele davon kannte sie, andere nicht. Das hatte sie tief beeindruckt. Er ist ein Mann, der sein Geschäft versteht, dachte sie.

Doch ein literarisches Interesse an Verbrechen ist kein Beweis.

Selbst wenn sie es seinem Bruder zeigte, würde er jede Schlussfolgerung von sich weisen und behaupten, das sei nur eine etwas morbide Neigung und sicher nichts Außergewöhnliches für einen Menschen, der so viel Gewalt und Tod fotografiert hat. Von ihrem Sitz auf dem Boden aus sah sie zu den Fotos an der Wand empor und fragte sich, wie es jemand aushalten konnte, sich mit so vielen verstörenden Bildern von Gewalt zu umgeben.

Sie hatte nichts in der Hand. Sie trommelte mit den Fäusten auf den Boden.

Dann nahm sie den Brief von einem Bruder an den anderen und las ihn zum hundertsten Mal:

Lieber Marty,

wenn du diese Zeilen in Händen hältst, ist eins von einer Reihe möglicher Szenarien eingetreten. Ich vermute, du erwartest eine Art Erklärung.

Du brauchst keine.

Du kennst sie bereits.

Dennoch tut es mir leid, dir Kummer zu bereiten.

Doch es war unvermeidlich.

Zwangsläufig vielleicht.

Wir sehen uns in der Hölle wieder.

In Liebe,

dein Bruder Doug

P. S.: Was hältst du von den Fotos? Ausdrucksvoll, oder?

Detective Barren ließ das Blatt auf den Schoß sinken. Die Worte sagten ihr nichts. In ihr tobte ein gewaltiger, brodelnder Hass. Ihr Herz schien in ihrer Brust zu brennen. Sie schmeckte bittere Galle auf der Zunge. Sie wollte dem Mörder ins Gesicht spucken. Sie wollte ihm eigenhändig den Hals umdrehen, so wie er es mit ihrer Nichte getan hatte.
Sie wollte etwas laut sagen, doch stattdessen drang ihr nur ein böses, animalisches Knurren aus der Kehle.
Endlich fand sie Worte: »Es ist nicht vorbei«, sagte sie. »Ich bin noch nicht fertig mit dir. Ich kriege dich. Ich kriege dich.«
Sie dachte an ihre Nichte.
»Ach, Susan«, stöhnte sie. Doch es klang weniger traurig als wütend.
Vor Zorn hatte sie alle Glieder verspannt, und sie kniete sich mitten im Zimmer nieder. Plötzlich fiel ihr Blick auf das Selbstporträt in der Ecke. Dieses spöttische Grinsen, als machte er sich über ihre vergebliche Mühe lustig. Es zuckte ihr in der Hand, und sie griff nach dem in Plastik gehüllten Stein aus der Olduvai-Schlucht. Ohne nachzudenken, ohne dass die blanke Wut, die in ihr tobte, einen klaren Gedanken zugelassen hätte, schleuderte sie, immer noch kniend, das Ding gegen das Foto an der Wand.
Durch das Klirren von gesplittertem Glas kam sie augenblicklich zu sich.
Sie schloss die Augen, holte ein paarmal tief Luft und blickte zur Wand. Der prähistorische Stein hatte das Konterfei von Douglas Jeffers, der immer noch aus sicherer Entfernung von der Wand heruntergrinste, verfehlt. Dafür hatte er ein anderes gerahmtes Bild getroffen, das heruntergefallen und zerbrochen war.
Sie seufzte tief und stand auf.

Und? Fühlst du dich jetzt besser?, fragte sie sich ironisch.
Sie tappte zu dem zersplitterten Bilderrahmen.
»Na schön, setz das auf die Rechnung«, meinte sie. Sie hatte nicht die Absicht, sauberzumachen. Sie stieß mit dem Fuß dagegen. Es war eine Farbaufnahme von einem Straßenaufstand. Ganz in der Ferne waren Rauch und Feuer zu sehen und im Vordergrund ein wildes Durcheinander von Polizisten, Feuerwehrleuten und ihren Fahrzeugen. Die Lichter schienen hypnotisierend ineinanderzufließen. Sie trat dagegen. »Guter Schnappschuss«, sagte sie. »Nicht unbedingt einer deiner besten, aber trotzdem verdammt gut.« Als sie sich gerade abwenden wollte, merkte sie, dass eine Ecke des Fotos weggeknickt war, weil sich nach dem Fall der Rahmen gelockert hatte.
Sie blieb stehen und sah genauer hin.
Sie konnte nicht genau sagen, was ihre Aufmerksamkeit erregte. Vielleicht war es der Kontrast zwischen den lebhaften Farben des Fotos und dem gedämpften Grau des Papiers dahinter. Sie war sich nicht sicher, was sie vor sich hatte, doch irgendetwas stimmte daran nicht. Sie versuchte, sich zu erinnern, ob sie schon einmal davon gehört hatte, dass jemand ein Foto über einem anderen rahmte, so wie manche Maler ein Bild auf Leinwand übermalen. Sie konnte sich nicht entsinnen, je von so etwas gehört zu haben.
Sie dämpfte ihre Hoffnung auf irgendeine Entdeckung und bückte sich, um den zerbrochenen Rahmen und das Foto aufzuheben. Sie ging zum Schreibtisch hinüber und legte es unters Licht. Sie überprüfte die weggeknickte Ecke. Sie tastete das Papier ab und stellte fest, dass es doppelt so dick war. Sie nahm das obere Foto zwischen die Finger und zog es vorsichtig zurück. Es gab etwas nach, so dass darunter ein schwarzgrauer Hintergrund zum Vorschein kam.

Sie strich über dieses untere Papier und fühlte die glänzende Oberfläche einer Fotografie.
Sie schnappte nach Luft.
Geh behutsam damit um, sagte sie sich.
Sie zupfte wieder an dem Foto, und es ließ sich langsam abziehen wie die Schale einer Orange.
Zentimeter für Zentimeter. Die beiden Lagen Fotopapier waren nicht fest miteinander verklebt. Sie bearbeitete sie vorsichtig mit den Fingern und achtete darauf, nichts zu zerreißen. Wenn es irgendwo festklebte, befeuchtete sie den Finger mit Spucke und löste das obere Bild sachte.
Erst als sie das ganze Foto abgelöst hatte, wagte sie einen Blick auf das andere darunter. Sie musste an das Gefühl denken, das ein Kind empfindet, wenn es den Schorf von einer Wunde löst – schmerzhaft, aber doch eine große Erleichterung.
Sie senkte den Blick und sah, dass unter dem Foto tatsächlich ein zweites steckte.
Sie ließ die Aufnahme von der Straßenschlacht fallen und starrte auf die zweite. Sie war schwarzweiß.
Als sie erkannte, was sie anblickte, entwich mit einem Schlag alle Luft aus ihrer Lunge.
Es war eine fast nackte Leiche.
Eine junge Frau.
Detective Barrens Hände zitterten. Augenblicklich merkte sie, wie ihr Schweiß auf die Stirn trat.
»Susan«, brachte sie heraus.
Doch dann sah sie genauer hin.
Die junge Frau hatte stämmigere Beine. Kürzeres Haar. Sie lag in einer anderen Stellung als die, in der ihre Nichte gefunden worden war. Und das Unterholz, das der Blitz aus der Dunkelheit schnitt, unterschied sich von den Palmwedeln in

Florida. Das Mädchen auf dem Foto schien im Laub eines nördlichen Waldes zu liegen. Detective Barren hatte das Gefühl, als drehte sich alles in ihrem Kopf, und von der Anstrengung, ihre Vorstellungskraft im Zaum zu halten, wurde ihr beinahe schwindelig. Die Züge der jungen Frau waren vollkommen anders als die ihrer Nichte.

»Das ist nicht Susan«, stellte sie fest.

Für den Bruchteil einer Sekunde fühlte sie sich geschlagen. Das ist nur eins von vielen seiner verdammten Bilder.

Doch dann erkannte sie: Das hier war ein Schnappschuss. Da fehlte die sorgfältige Komposition, das intellektuelle Kalkül, das Douglas Jeffers' Arbeit auszeichnete. Das hier war ein Bild, das hastig, unter Zwang entstanden war. Unter Feuer.

Sie hielt es hoch.

»Du bist nicht Susan«, sagte sie zu dem Bild.

»Aber wer bist du dann?«, fragte sie.

Sie sah noch einmal hin und erkannte einen großen, dunklen Fleck auf der Brust der jungen Frau. Blut, dachte sie.

Sie überprüfte das Foto mit geübtem Blick auf Anzeichen von Polizeipräsenz, auf eine amtliche Untersuchung.

Nichts.

Und dann schlich sich ungefragt ein Gedanke ein, den sie nicht zu Ende zu führen wagte. Sie ließ das Bild auf den Tisch fallen und sah entgeistert auf. Sie war von Dutzenden von Fotos umgeben, Jeffers' Heimgalerie. Sie sprang auf und riss ein großes Bild von zwei fernöstlichen Bauern mit ihren Wasserbüffeln vor der Abenddämmerung herunter. Mit aller Kraft warf sie das gerahmte Bild zu Boden.

Sie nahm das Foto vorsichtig aus dem Scherbenhaufen. Sie spürte die doppelte Stärke des Papiers. Sie versuchte, das obere Foto herunterzuschälen, doch diesmal schien es fest verklebt zu sein. Sie verbog es, bearbeitete es mit den Fingern

und zog am Ende ein kleines Schablonenmesser aus dem Schreibtisch, mit dessen Hilfe sie einen Teil des oberen Bildes herunterschälen konnte.
Darunter kam ein weiteres Schwarzweißbild zum Vorschein. Zuerst sah sie ein nacktes Bein. Dann einen nackten Arm. Er war dunkel verschmiert. Sie hatte an zu vielen Tatorten zu viel Blut gesehen, um nicht zu wissen, was es war.
Sie hielt inne und sah in Panik auf die Wände.
»Susan«, rief sie wieder, und aus ihrer Stimme klang reine Qual. »Susan, o mein Gott, Susan. Du bist hier irgendwo.«
Wieder glitt ihr Blick über die Fotogalerie. Plötzlich kam sie sich dumm vor, geradezu peinlich dumm.
»O mein Gott, Susan, du bist hier nicht allein!«
Es war so offensichtlich, dass es sie nur umso mehr entsetzte.
»O Gott, ihr seid alle hier«, sagte sie zu sämtlichen Augen auf sämtlichen Bildern, die ihr entgegenstarrten. »Ihr alle.«
Ihr wurde übel. Sie stellte sich vor, wie Douglas Jeffers entspannt in seinem Wohnzimmer saß und zu dem Foto hinaufblickte, das sie in Händen hielt, das mit den Männern und den Wasserbüffeln. Nur dass er nicht dieses Bild, sondern das darunter sehen würde.
Sie sackte wieder auf den Boden und konnte die Gesichter, die von der Wand auf sie herunterstarrten, nicht mehr ertragen. Was sie empfand, trieb die Verzweiflung noch einen Schritt weiter in eine tiefe Qual.
Sie dachte: Ich bin ein vernünftiger Mensch. Ich bediene mich der Logik, der Präzision, der Wissenschaft. Ich führe ein geordnetes, routiniertes Leben. Ich lasse mich von Fakten zu logischen Schlussfolgerungen leiten. Ich verrichte meine Arbeit effizient und mit Hingabe an die Sache. Für alles gibt es eine Erklärung.
Sie schüttelte den Kopf.

Und ich bin eine lausige Lügnerin. Besonders, wenn ich mir selbst etwas vormache.

In diesem Moment sprach sie laut aus, was sie dachte, und hoffte, dass der Klang ihrer Stimme den plötzlichen Drang, schnell wegzulaufen, verbannen konnte.

»O mein Gott, ihr seid alle hier. Ich weiß nicht, wer ihr seid oder wie viele ihr seid, aber ich weiß, ihr seid hier alle zusammen. Alle. Alle. O mein Gott. Ihr alle. Mein Gott, mein Gott, mein Gott. Ihr seid alle hier. Oh, oh, o nein.«

Und dann ein Gedanke, der noch schlimmer war:

Jetzt hängt alles an mir.

10. Kapitel

Viele Attraktionen am Wegesrand

15.

Anne Hampton saß allein im Wagen und sah mit geringer Aufmerksamkeit Douglas Jeffers dabei zu, wie er unter der Motorhaube herumfuhrwerkte, um Öl- und Wasserstand zu prüfen. Es war früh am Morgen, und sie befanden sich vor dem Sweet Dreams Motel in Youngstown, Ohio, nicht weit von der Interstate. Jeffers hatte, kurz nachdem sie das Motel entdeckt hatten, einen Witz gemacht und es in Bates Motel umgetauft. Sie wandte sich ab, und dabei fiel ihr Blick auf den Stapel Notizblöcke, den sie neben ihrem Sitz bereithielt. Sie zählte: elf. Sie fischte einen aus der Mitte heraus und schlug ihn an einer beliebigen Stelle auf: Eine von Jeffers' zahlreichen Geschichtslektionen: Januar 1958, Charles Starkweather und Caril Ann Fugate. Lincoln, Nebraska und Umgebung. »Morde ohne Plan, ohne Sinn und Verstand, ohne Sorgfalt, ziemlich willkürlich und banal, nur nicht für Caril Anns Familie. Ein wahrhaft amerikanischer Alptraum, wenn unsere Kinder sich gegen uns wenden. Charlie stilisierte sich nach dem Vorbild James Deans zu einem Rebellen und tötete zehn Menschen, darunter ihre kleine Schwester, ein Baby. 1959 kam er auf den elektrischen Stuhl.« Unter dem Eintrag hatte sie ihre Zusammenfassung von Jeffers' trockenem Kommentar festgehalten: »Die beiden waren verliebt, aber am Ende erhob sie die Hand gegen ihn. Sie war vierzehn Jahre alt.«

Wenn sie gehetzt war, wurde ihre Handschrift groß und kindlich, fand sie, ganz anders als ihre sorgfältigen, präzisen Notizen aus den Seminaren an der Uni. Die Erinnerung daran war vage und verschwommen, als lägen sie Jahre zurück und nicht nur ein paar Wochen.

Anne Hampton las den Satz noch einmal: »Am Ende erhob sie die Hand gegen ihn.«

Jeffers hatte das in bitterem Ton gesagt, als ob dies der schockierende Teil wäre und nicht die Ereignisse davor. Sie sprach die Worte im Flüsterton, deutlich, doch so, dass er sie nicht hören konnte: »Am Ende erhob sie die Hand gegen ihn.«

Sie musste einen starken Überlebenswillen gehabt haben, dachte Anne Hampton.

Sie muss daran geglaubt haben, dass das Leben etwas Kostbares ist und dass sie noch etwas Besonderes oder auch nur etwas ganz Gewöhnliches aus sich machen konnte – trotz aller Düsternis, trotz Blut und Tod – und dass all das, was sie durchgemacht hatte, ihr Leben nicht zerstören konnte. Sie war erst vierzehn, und sie wusste, dass das nicht alles gewesen sein konnte. Sie muss etwas gespürt haben, eine Magie, ein Wunder, eine Kraft, und dann hat sie beschlossen, am Leben zu bleiben.

Um jeden Preis.

Anne Hampton fragte sich, ob auch sie dieses Etwas irgendwoher bekommen konnte.

Sie betrachtete erneut die Zeilen auf dem weißen, blaulinierten Papier. Jeffers hatte sie einmal dabei beobachtet, wie sie verbissen mitschrieb, während er sprach, und er hatte gesagt, sie

erinnere ihn an viele der Reporter, mit denen er schon zusammengearbeitet hätte, Männer, die ihr eigenes Steno entwickelt hätten, Hieroglyphen, die nicht einmal ein Entschlüsselungsexperte entziffern konnte, die der Verfasser aber so mühelos las wie eine gedruckte Seite.
Sie zitterte bei der Erinnerung an den Abend vor zwei Tagen, als er ihr erklärt hatte, er wolle ihre Notizen sehen.
Der Moment war entsetzlich gewesen.
Die Forderung kam zu später Stunde, nachdem sie in ein weiteres dieser austauschbaren Motels gezogen waren, nach allzu vielen Stunden auf dem Highway, vom Lärm und von den Scheinwerfern, die sich durch die Dunkelheit in sie hineinbohrten, ausgelaugt und erschöpft. Jeffers hatte sich ihr Gepäck geschnappt und gebrummt: »Nimm die Notizbücher mit.« Sie hatte sie behutsam und gequält vor sich her getragen, so als fehlte ihr die Kraft, daneben noch andere Gepäckstücke mitzunehmen. Er hatte die Tür geöffnet und ihre Taschen auf eins der Einzelbetten geworfen. »Lass mal sehen«, hatte er gesagt. Er hatte sich an den kleinen Frisiertisch gesetzt und über den Seiten gebrütet. Sie hatte sich in einem Sessel in der Ecke ganz klein gemacht und versucht, an nichts zu denken, doch eine einzige Angst marterte sie unablässig: Er wird meine Schrift nicht entziffern können, und dann merkt er, wie dumm ich mich angestellt habe, dass ich völlig nutzlos bin, und, Gott, dann bin ich verloren. Sie hatte die Augen geschlossen, um die Angst abzuschotten, doch das schabende Geräusch des Umblätterns der Seiten schien ohrenbetäubend. Nach ein paar Minuten hatte er sich die letzten Blätter vorgenommen und dann sämtliche Notizbücher zur Seite geschoben. Er hatte sich geräkelt und gesagt: »Himmel, bin ich müde. Also, die sind okay. Sogar gut. Ich kann sie problemlos lesen. Sicher, hier und da wird's ein bisschen holprig, zum

Beispiel, als du auf der Straße in Michigan, der mit den Frostbeulen vom letzten Winter, versucht hast, weiterzuschreiben. War wie auf der Achterbahn, und da gehen deine Zeilen hoch und runter, hoch und runter.« Er lächelte. »Aber alles in allem, würde ich sagen, hast du gute Arbeit geleistet. Wirklich gut. So wie ich es auch nicht anders von dir erwartet hatte.«

Sie hätte sich gewünscht, über sein Lob weniger erfreut zu sein.

Er hatte ihr die Notizbücher zurückgegeben und sie am Kopf berührt, fast wie man ein Haustier tätschelte oder wie ein priesterlicher Segen. Zuerst hatte sie die Berührung entspannt. Sie war sitzengeblieben und hatte ihm hinterhergesehen, wie er ins Badezimmer ging.

Dann war die alte Angst zurückgekehrt.

Du bist allein, hatte sie sich klargemacht. Vergiss das nicht. Vergiss nicht vor lauter Freude über ein Lob den Schmerz eines Schlags. Sie hatte versucht, sich innerlich zu panzern, und hatte im Dunkeln lange wach gelegen, bis der Schlaf sie mitsamt ihrer Verwirrung und ihrer Entschlossenheit übermannte.

Am folgenden Morgen hatte er ihr erklärt, wie sie zusammen mit ihren Notizen ihr Gedächtnis nutzen sollte; wie sie einfach nur ein Stichwort aufschreiben und sich dann durch Konzentration das Gesagte in Erinnerung rufen konnte. Zu ihrer Überraschung hatte sie festgestellt, dass ihr Gedächtnis mit Hilfe seiner Technik eine neue Präzision erlangte, worüber sie sich freute wie über ein Geschenk. Außerdem riet er ihr, sich auch die jeweilige Situation und Zeit zu notieren, was ihr, sobald er es von ihr wünschte, dabei helfen würde, ihre Notizen zu rekonstruieren. Allerdings fragte sie sich, ob das möglich war. Sie sah keine Zusammenhänge, jeder Ort, den sie besuchten, war isoliert – allein durch Jeffers' Erinnerungen mit den anderen verknüpft. Jede Station war, ebenso wie seine Stimmungsschwankungen, unerwartet und beängstigend, ausschließlich in seiner eigenen, undurchschaubaren Logik und Planung begründet. In nördlicher Richtung waren sie bis Hibbing, Minnesota, gefahren; nach Westen hin waren sie bis Omaha, Nebraska gelangt, fast so weit, dass sie im Geist schon die Rockies aus der Ebene ragen sah und an ihr Zuhause, an ihre Familie denken musste, die so unnahbar fern schien wie der Anblick der Berge. Kansas City, Iowa City, Chicago, Fort Wayne, Ann Arbor, Cleveland und Akron. In ihrem Kopf hatten sich die Erinnerungen zu einer Melange aus ländlichen Gegenden und städtischen Straßen vermengt. Ihr kam der seltsame Gedanke, sie sollte sich glücklich schätzen, dass Jeffers auf so sorgfältigen Notizen bestanden hatte, denn selbst mit ihrer neuen Präzision gerieten die Details ihrer Reise durcheinander.

Draußen hörte sie Jeffers etwas summen. Das tat er, wie sie inzwischen wusste, wenn er einfachen Arbeiten nachging, die ihn befriedigten.

Sie schloss das Notizbuch und die Augen und versuchte, sich zu erinnern. Sie wusste, dass in Chicago ein Vortrag über Richard Speck und die Krankenschwestern sowie die Theorie des Gendefekts von Mördern erfolgt war. Dünne, knochige Männer mit Akne und einer gehemmten sexuellen Entwicklung, hatte er gesagt. Er hatte das komisch gefunden und vor Lachen geprustet. Dann waren sie in die Außenbezirke gefahren und hatten einen Blick auf Wayne Gacys Haus geworfen, in dem der ehemalige Kinderclown die dreiunddreißig Jungen im Keller begraben hatte. Jeffers hatte sie aufgefordert, aus dem Auto zu steigen und sich vor das unscheinbare weiße Holzschindelhaus zu stellen. Dann hatte er sie in aller Eile fotografiert. Es hatte geregnet, und er hatte gesagt: »Bitte lächeln«, während sie sich unglücklich und nervös an einen Baum geschmiegt hatte. Nord-Minnesota dagegen war trocken und heiß gewesen, und sie erinnerte sich an hellbraune Weizenfelder, die wie der Ozean wogten und ihnen unterwegs zuzuwinken schienen. Das war auf der Fahrt nach … Sie überlegte, der Name fiel ihr nicht gleich ein. Doch Jeffers hatte ihr erzählt, dass der irre Farmer, der seinen Opfern die Eingeweide entfernt und sie ausgestopft hatte, den Film *Blutgericht in Texas* inspiriert habe, der ihm, Jeffers, nicht gefallen habe, auch wenn er den Regisseur für seine Fähigkeit bewunderte, Angst durch Bilder auszudrücken. Sie hatte das nicht verstehen können, hatte ihn aber nicht gebeten, es zu erklären. Wenn Jeffers dozierte, was er häufig tat, dann hielt sie es für das Klügste, ihn reden zu lassen. Seltsamerweise war er für Fragen zugänglicher, wenn es um persönlichere Themen ging.

Er ließ sie wissen, dass er an der Clutter Farm in Kansas vorbeifahren wollte, dass sie aber zu weit abseits ihrer Route liege, auch wenn ihr das seltsam erschienen war, da die Fahrt nach Minnesota länger war. Doch in der Nähe von Madison, Wisconsin, zeigte er ihr die Shopping-Mall, in der er eine junge Frau namens Irene aufgelesen habe, und er erzählte, ihr Tod sei einem Sexualmörder zugeschrieben worden, der in den späten siebziger Jahren die Malls und Universitätsgelände von Wisconsin fast ein Jahr lang unsicher gemacht hatte. In Ann Arbor zeigte er ihr eine Straße am Rande des Universitätsgeländes, auf der – in seinen theatralischen Worten – sechs junge Frauen ihre letzte Fahrt unternommen hätten. Eine davon beanspruchte er für sich und sagte, das sei besonders leicht gewesen. Etwa acht Kilometer lang fuhr er auf einer Nebenstraße durch ein bewaldetes Gebiet, um schließlich das Tempo zu drosseln und mit dem Finger auf eine Stelle zu zeigen. Dort habe er das Opfer zurückgelassen, sagte er, etwa zweihundert Meter abseits von der Straße. »Den Campus-Killer nannten sie ihn. Das war 1982. Die Zeitungen haben ihm denselben Namen gegeben wie dem Kerl in Miami.«

Als sie nach South Bend weiterfuhren, hatte sie gedacht, es ginge um einen weiteren Campus-Mord, doch er hatte an einer Reihe unscheinbarer, bürgerlicher Häuser in einer ruhigen Allee angehalten. Auf jedem Rasen hatte sie Schilder mit der Aufschrift ZU VERKAUFEN gesehen. Sie brauchte nicht erst ihre Notizen zu konsultieren, um sich seine langatmige Beschreibung ins Gedächtnis zu rufen: »Also, das war interessant«, hatte Jeffers zu ihr gesagt. »Das wollte ich mit eigenen Augen sehen. Vor ziemlich genau einem halben Jahr. Die Familie dort auf der rechten Seite schien ganz normal zu sein. Mutter. Vater. Fünf Kinder und ein Bernhardiner. Einer der Teenager war wohl mächtig in die lokale Drogenszene verwickelt, was die Polizei einigermaßen in Atem hielt. Auf solche Informationen werde ich, schätze ich, einmal zurückgreifen. Na jedenfalls, auf der einen Straßenseite hast du es mit der typischen amerikanischen Familie zu tun, die am Sonntag Apfelkuchen backt: Die Kinder sind bei den Pfadfindern, und am Memorial Day wird die Flagge gehisst. Gegenüber läuft es … na ja, sagen wir, ein bisschen anders. Ein Kind. Von den Eltern misshandelt. Der Junge wird größer, und als Teenager hat er durchaus nicht zu Unrecht das Gefühl, verfolgt zu werden. Hat die Nachbarn noch nie ausstehen können. Dachte, die hätten alles, er nichts. Kennst du dich mit Psychologie aus? Na, jedenfalls würde mein Bruder dir erzählen, dass der Bengel eine paranoide Persönlichkeit entwickelt hatte und ein psychotischer Einbruch kaum vermeidbar wäre. Genau das ist dann auch passiert.

Unsere Muster-Amerikaner geben sich eines Morgens Abschiedsküsschen, sagen: Also dann, bis später, und machen sich mit ihren Lunchpaketen auf den Weg zu Arbeit und Schule. Der verdrehte Nachbar bricht mit der Fünfundvierziger seines Alten und ausreichend Patronen in das Haus ein. Zuerst knallt er den Bernhardiner ab und schleift den Kadaver in den Keller. Dann erledigt er die Familienmitglieder eines nach dem anderen, sowie sie nach Hause kommen, und verstaut sie im Keller. Dann verlässt er das Haus, bringt die Waffe seines Vaters wieder dahin, wo er sie hergeholt hat, und tut so, als wäre nichts gewesen. Und weißt du, was die Leute wirklich aufgeregt hat, ich meine, außer der Vorstellung, dass ein verrückter Mörder mitten unter ihnen war? Der Hund. Das Lokalblatt brachte drei Fotos auf der Titelseite, doch am größten brachten sie das Bild, auf dem die Rettungshelfer den Hund vors Haus tragen. Die Leser rasteten aus. Sie wollten den Kerl, der den Hund getötet hatte, lynchen. Was für ein Monster musste jemand sein, der einen großen, gutmütigen, wehrlosen – du weißt schon … darum drehten sich sämtliche Leserbriefe. Die Cops brauchten Wochen, bis sie herausgefunden hatten, dass der Irre von gegenüber das Verbrechen begangen hatte. Als sie ihn endlich kassierten, gestand er alles. Er war ziemlich stolz auf sich. Was mehr oder weniger zu erwarten gewesen war. Ich meine, schließlich war er hasserfüllt, und auf seine Weise hatte er das Problem gelöst. Wieso sollte er also nicht mit sich zufrieden sein? Außerdem hatte er noch nie etwas für Hunde übriggehabt.«

Anne Hampton nahm das Notizbuch Nummer zehn. Ziemlich weit hinten fand sie ihre Mitschriften zu diesem Verbrechen, einschließlich einer ausführlichen Zusammenfassung von Jeffers' Monolog. Sie glich ihre hastig auf etwa sechs Seiten hingekritzelten Notizen mit ihrer Erinnerung ab und stellte fest, dass sie mehr oder weniger stimmten. Als sie jetzt

im Wagen saß, fiel ihr die eine oder andere Phrase ein, die sie nicht in ihren Notizen hatte, und schrieb sie an den Rand. Sie sah, dass sie den Witz, mit dem er seine Erzählung beendet hatte, wortwörtlich niedergeschrieben hatte: »Die Zeitung hätte ihn den Bernhardiner-Berserker nennen sollen.«
Als Jeffers die Motorhaube zuschlug, schreckte sie hoch.
Der Wagen vibrierte noch, als er neben ihr auf den Fahrersitz sprang und sagte: »Es wird Zeit für uns. Wir haben noch eine ganze Strecke vor uns, bis wir uns aufs Ohr hauen können.« Dann fragte er: »Hast du was für Rennen übrig?«
»Was für Rennen?«
»Autorennen.«
»Ich weiß nicht, ich war noch bei keinem.«
»Sie sind laut. Heulende Motoren, kreischende Reifen. Alle möglichen Gerüche, Benzin und Öl, Sonnenmilch und Popcorn auf den Zuschauerrängen. Wird dir gefallen.«
Sie nickte. Er sah auf die Uhr. »Wenn wir die ersten Runden nicht verpassen wollen, müssen wir los. Kannst du dich nicht erinnern, wie du im Sommer im Kabrio eines Jungen Radio gehört hast und auf einmal kommt diese verrückte, schrille Werbung dazwischen ...«
Er wechselte zur scheppernden Stimmlage eines Radiosprechers: »Sonntag! Sonntag! Beim phantastischen Aquasco Speedway! Dragster! Funny Cars mit Einspritzmotoren! Sonntag! Schaut euch an, wie Big Daddy sich in einem Entscheidungskampf über drei Rennen mit dem Okie aus Fenokee anlegt! Sonntag! Seht euch Bad Mama mit ihrem zweitausend PS-Düsenmotor an! Sonntag! Noch sind Tickets zu haben! Sonntag!«
Sie lächelte. »Ich erinnere mich«, meinte sie. »Aber die Rennstrecke klang anders.«
»Aquasco liegt in der Nähe von New York, auf Long Island,

glaube ich. In New Jersey haben wir dieselbe Werbung für Freehold Raceway gehört. Und im Sommer ist die Familie nach Cape Cod raufgefahren, und dort hat man Werbung für den Seenonk Speedway gemacht, kurz hinter Providence. Mein Bruder und ich konnten das ganz gut imitieren, und wir haben abwechselnd gebrüllt: ›Seht euch die phantastischen Funny Cars an! Dragsters mit Einspritzmotor! Sonntag! Sonntag! Sonntag!‹«

Sie schwieg.

»Ich hatte vergessen, welchen Tag wir heute haben.«

»Für die meisten ein Tag des Müßiggangs. Aber nicht für uns. Gibt jede Menge Arbeit.«

Damit fuhr er auf die Interstate.

Es war bereits Mittag, als sie die Ausfahrt zur Rennstrecke erreichten. Den Morgen hindurch war die Autobahn fast leer gewesen, und Jeffers fuhr gemächlich, ein wenig unterhalb des Durchschnittstempos der Achtzehnachser, die an ihnen vorüberrasten und mit ihrem gewaltigen Diesellärm alles zu zermalmen drohten, das ihnen in die Quere kam, während sie den Wagen mit dem Sog des Fahrtwinds durchschüttelten. Lastwagenfahrer, die am Sonntagmorgen unterwegs sind, stehen grundsätzlich unter Termindruck, dachte Jeffers. Sie haben sich den Griff eines Besenstiels unter das Gaspedal geklemmt, ein paar Black Beautys mit Kaffee runtergespült und würden dich ebenso ungeniert überfahren wie dich überholen.

Er kam an zwei Polizisten des Bundesstaates Pennsylvania mit einer Radarfalle vorbei und beschloss, sich vor der nächsten längeren Fahrt einen von diesen ultramodernen Radardetektoren zuzulegen, die mehrere Frequenzen des Polizeifunks lesen konnten. Er überlegte, ob er vielleicht nach Miami runterfliegen sollte, um ein Geschäft zu besuchen, von dem er durch einen Kollegen gehört hatte, der von einer Reise nach Kolumbien – Recherchen für eine Reportage über einen Drogenring – zurückgekehrt war. Der Laden werde von diesen Typen gern frequentiert, erzählte er. Das Geschäft hatte sich auf Überwachungstechnik und die neueste Elektronik spezialisiert. Vorrichtungen zum Beispiel, mit denen man prüfen kann, ob das eigene Telefon abgehört wird. Geräte, mit denen man aus fünfzig Metern Entfernung den Motor seines Wagens anlassen kann. Perfekt für Leute, die sich vielleicht darüber sorgen, ob sie, wenn sie den Schlüssel drehen, vielleicht nicht nur den Motor zünden. Nachtsichtgläser und abhörsichere Funkgeräte.

Jeffers konnte nicht genau sagen, was er für seinen eigenen Bedarf in dem Laden finden würde, doch er dachte: Wir stehen an der Schwelle zu einem noch stärker technikorientierten Zeitalter, und es ist wichtig, auf dem Laufenden zu bleiben. Die Polizei jedenfalls folgte dieser Devise. Dann wurde ihm bewusst, dass dies eine defätistische Einstellung war. Seine ganze Vorgehensweise ging von der Prämisse aus, dass die Polizei niemals nach ihm suchen würde.

Ich bin unsichtbar, dachte er.

Anonym. Ganz und gar.

Und dadurch bin ich vollkommen sicher.

Er warf einen Blick auf Anne Hampton und sah, dass sie offenbar döste. »Boswell?«, flüsterte er, doch sie antwortete nicht. Er beschloss, sie schlafen zu lassen.

Sie wird ihre Kraft noch brauchen. Er dachte an das Wegstück, das vor ihnen lag, und stellte fest, dass Amerikas Highways etwas Beruhigendes an sich hatten. Sie erstreckten sich in endlosen, geraden Linien, gingen in ausgedehnte Schleifen über und zogen mit ihren Hunderttausenden kleinen Verbin-

dungen ein riesiges Gitternetz über das Land, wie Arterien in einem Körper. Es hatte keinen Anfang und kein Ende.
Neben ihm rührte sich Anne Hampton.
Nichts hatte kein Ende.
Er entdeckte eine Reklametafel für das Autorennen und spürte eine angenehme Erregung. Sie wird etwas über Schicksalsergebenheit lernen, dachte er. Wieder eine Lektion.

Anne Hampton erwachte, als Jeffers in die Mautstelle fuhr. Sie streckte die Arme so weit, wie es ihr der begrenzte Platz im Wagen erlaubte. Sie drückte die Beine gegen den Wagenboden, um ihre Muskeln wiederzubeleben. »Sind wir da?«, fragte sie.
»Beinahe. Ein paar Kilometer diese Straße weiter. Immer den Schildern und den frisierten Schlitten nach.«
Ein zehn Jahre alter, feuerwehrroter Chevrolet mit angehobenem Heck bretterte an ihnen vorbei. Sie wusste, dass es ein Chevrolet war, weil jedes Fenster mit riesigen weißen Chevy-Abziehbildern geschmückt war.
»Der Kerl sieht doch nichts mehr«, rutschte es ihr heraus.
Jeffers lachte.
»Nein, aber das ist ihm auch nicht so wichtig. Entscheidend ist, wie es aussieht, so banale Gesichtspunkte wie Sicherheit sind da Nebensache.«
»Aber hält ihn denn nicht die Polizei dauernd an, weil er die Sicht aus den Fenstern verdeckt hat und weil er keine Schalldämpfer hat?«
»Ich wette, er hat Schalldämpfer. Wahrscheinlich Durchgangsdämpfer aus Fiberglas. Jedenfalls war das der letzte Schrei, als ich vor zwanzig Jahren an der Highschool war. Glasdämpfer und ein Hemi-Motor, was immer das sein mag, waren ein Muss. Und dass die meisten Cops die Kids nicht anhalten,

liegt vermutlich daran, dass sie vor nicht allzu langer Zeit genauso waren. Sie können sich nur zu gut daran erinnern, welche Mühe sie selbst den Bullen bereitet haben, und sie sind klug genug, jetzt, da sie eine Kanone und eine Polizeimarke haben, sich nicht aufzuspielen. So ein Junge müsste hundertdreißig fahren, damit sie ihn drankriegen können. Es sei denn, der Bulle hatte am Morgen gerade einen Streit mit seiner Frau, die Kinder hätten längst in der Schule sein müssen, haben aber noch im Hintergrund geschrien. Er ist ein einziges Nervenbündel und hat nur drauf gewartet, dem Jungen einen Strafzettel zu verpassen – für sein eigenes mieses Leben.«

Jeffers sah Anne Hampton an, die grinsend nickte.

»Siehst du«, schloss er, »nichts Neues unter dem Himmel.«

An der Einfahrt zum Renngelände mussten sie in einer Schlange von fast zwanzig Wagen warten. Anne Hampton kurbelte das Fenster herunter und nahm die Geräuschkulisse aus dem Stadion in sich auf. Das Heulen und Dröhnen der Motoren erinnerte sie zuerst an die Laute von Tieren auf Partnersuche. Dann erkannte sie, dass jeder Motor anders klang, alle zusammen aber mit ihren unterschiedlichen Tonhöhen eine einzige Geräuschkulisse bildeten. Es war wie ein akustischer Flickenteppich aus sehr verschiedenen Stoffen.

Der Parkplatz bestand aus einem ungeteerten Feld, auf dessen braunem Staub sich die leuchtend bunten Pkw und Trucks aneinanderreihten. Jeffers parkte in der Nähe einer Telefonzelle mit einem handgeschriebenen Zettel daran, der diesen Bereich als 12A kennzeichnete.

»Warte einen Moment«, wies er sie an.

Sie blieb still sitzen, während er ausstieg. Sie sah ihn ein Stück weit den Gang zwischen den beiden Autoreihen entlanglaufen und hinter zwei Sportwagen stehen bleiben. Er schrieb etwas auf und kam in wenigen Sätzen zu ihr zurück. Bevor er

ihr die Tür aufmachte, öffnete er den Kofferraum und holte ein paar Gegenstände heraus, die sie nicht sehen konnte.
Sie dachte nur: Das gehört alles zu einem Plan.
Ihr sackte das Herz in die Magengrube, und sie sah sich nach den Paaren und Gruppen um, die über den Parkplatz Richtung Rennstrecke schlenderten. Es war ein stetiger Menschenstrom, und sie vermutete, dass die Veranstaltung gut besucht war.
Ihr wurde zuerst heiß, dann kalt, und wenn sie sich absichtlich hätte übergeben können, hätte sie es getan. Sie dachte an den Obdachlosen und den Mann auf der Straße von St. Louis.
Wir werden es wieder tun.
Sie schüttelte den Kopf und zitterte ein wenig. Die Reise zu Jeffers' Erinnerungen und Wegmarkierungen war zwar makaber, aber wenigstens sicher – da passierte nichts.
Jeffers öffnete die Tür, und sie stieg aus.
Doch als sie sich aufrichtete, knickten ihre Knie ein, und Jeffers musste sie auffangen.
Einen Moment lang starrte er sie unerbittlich an.
»Ahh«, meinte er schließlich ein wenig amüsiert, doch mit einem schrecklich berechnenden, kalten Unterton, den sie seit St. Louis nicht mehr gehört hatte. »Du ahnst also, dass wir nicht nur hergekommen sind, weil wir Autorennen lieben …«
Er führte den Satz nicht zu Ende. Stattdessen packte er sie am Arm und nahm sie mit zum Kofferraum.
Zuerst zog er zwei khakifarbene Fotografenwesten aus einer Tasche. Eine streifte er ihr über, die andere sich selbst. »Passt gut«, meinte er. Dann nahm er ein halbes Dutzend Schachteln mit Filmen aus einer Kiste und steckte die Döschen in die Schlaufen an ihrer Brust. Schließlich hängte er ihr eine Kame-

ratasche um den Hals. »Das hier«, erklärte er, indem er ein langes, schwarzes Objektiv zur Hand nahm, »ist, wie man sehen kann, das Teleobjektiv.« Er steckte es wieder in die Tasche. »Dieses kürzere ist das Weitwinkelobjektiv. Wenn ich dich um eins davon bitte, oder auch um die Kamera, dann reichst du es mir wie jemand, der sich damit auskennt.« Er hängte sich zwei Kameras um den Hals. Eine steckte in einem Brustgurt, direkt unter seinem Kinn, die andere hing lose.
»Also dann«, sagte er. Aus seiner Tasche zog er einen Stoß kleiner weißer Visitenkarten. Er öffnete die Brusttasche an ihrer Weste und steckte sie hinein. »Die verteilst du an jeden, der darum bittet.« Er zog eine heraus und zeigte sie ihr. Sie las:

JOHN CORONA
BERUFSFOTOGRAF
Mitarbeiter bei *Playboy, Penthouse*
und anderen Publikationsorganen
Diskrete Arbeit ist unsere Spezialität
Geschäftsanschrift:
1313 Hollywood Boulevard, Beverly Hills
Tel: 213-555-6646

»Der Name ist ein Insider-Witz«, grinste Douglas Jeffers, »besonders für Kalifornier. Du nennst mich natürlich Mr. Corona. Oder auch John, wenn du das passender findest. Du bist meine Assistentin. Ich werde dich vorstellen. Hör einfach gut zu, und du wirst schnell genug alles verstehen. Können wir?«
Sie nickte.
»Geht es wohl bitte etwas lauter?«, fragte er unfreundlich.
»Ja«, erwiderte sie prompt.

»Kann ich das noch einmal haben, diesmal ohne diesen Angsthasenton?«
Sie schluckte schwer. »Ich bin so weit«, antwortete sie fest.
»Gut.« Er sah sie mit strenger Miene an. »Sollte eigentlich nicht nötig sein, dich an diese Dinge zu erinnern.«
»Ich werde gut sein«, versicherte sie.
»Überzeuge mich davon.«
Das war weniger eine Aufforderung als eine Drohung. Sie nickte.
Douglas Jeffers drehte sich um, und sie stolperte ihm hinterher.
Auf halbem Weg über den Parkplatz nahm Jeffers seinen Monolog wieder auf, auch wenn er nicht ganz bei der Sache schien.
»Ich hab mich immer wieder gefragt, weshalb wir von bestimmten Verhaltensweisen bei Tieren so verblüfft sind. Wir können nicht verstehen, wieso die Lemminge sich ins Meer stürzen. Wissenschaftler brüten jahrelang über der Frage, wieso Grindwale wie aus heiterem Himmel an den Strand schwimmen und sich zu Tode grillen lassen – ein schrecklicher Abgang, wenn man drüber nachdenkt. Tierschützer schleppen die Geschöpfe ins Wasser zurück, und die dämlichen Viecher stranden in neun von zehn Fällen zum zweiten Mal. Dabei sind sie intelligent. Und gesund.
Hab mal ein paar davon an der Küste von North Carolina für *Geo* fotografiert, die übrigens gut bezahlt haben und prompt eingegangen sind. Aber die Wale waren prächtig. Sie sind pechschwarz und strotzen vor Kraft, ihre Körper sehen aus wie riesige, stumpfe Geschosse. Im Meer kommunizieren sie mit einer Art Sonar; sie geben Töne von sich, die wir als Menschen nur elektronisch nachahmen können und die über große Entfernungen hinweg wahrzunehmen sind. Sie sind eine ur-

alte, stolze Spezies, verwandt mit den größten Säugetieren. Was treibt sie also dazu, gelegentlich einen mysteriösen Massenselbstmord zu begehen? Welchen Grund haben sie dazu? Sind sie krank? Haben sie sich verirrt? Sind sie desorientiert? Handelt es sich um Massenhysterie? Geisteskrankheit? Langeweile? Weshalb werden sie lebensmüde? Ergibt wenig Sinn.

Aber sie tun es. Und oft genug, um Aufmerksamkeit zu erregen und Bestürzung zu erzeugen. Nicht anders als bei den Menschen.«

Er schien in seine Gedanken versunken zu sein.

»Hast du eine Ahnung, wie oft Menschen absichtlich stranden? Ich meine nicht den einsamen, verzagten Typ, den klinisch Depressiven und offensichtlich Suizidgefährdeten. Davon gibt es genug. Ich meine Menschen, die sich in den eigenen Tod fügen. Die zu den schlimmsten Dingen, die ihnen passieren, ihren freiwilligen Beitrag leisten.

Sie sind in wohlgeordneten Reihen in die Gaskammern marschiert. Offenbar hat keiner von ihnen jemals gesagt: ›Du kannst mich mal! Ich geh da nicht rein!‹, und sich für einen Moment an seine eigene menschliche Würde geklammert. Oder hast du gewusst, dass die Briten am ersten Tag der Schlacht an der Somme sechzigtausend Mann verloren haben? Und obwohl sie das wussten, sind die Soldaten auf den Kommandopfiff am nächsten Tag zum Sturmangriff ins Sperrfeuer und in die befestigten Stellungen gelaufen. Das war 1916. Die moderne Welt! Unfassbar!

Im Todestrakt werden die Gefangenen in ihrer letzten Nacht vor der Exekution genau überwacht. Es wird befürchtet, dass sie eine Möglichkeit finden, sich selbst umzubringen. Der Staat«, erklärte er in bitterem Ton, »lässt sich nicht gern übers Ohr hauen. Was würde es denn schon für einen Unterschied

machen? Letztlich ist Selbstmord der größte Befreiungsschlag. Offenbar lernen wir nicht von den verdammten Walen. Sie sind krank; woran sie leiden, wissen wir einfach nicht. AIDS für Wale, was weiß ich. Also verkürzen sie einfach das Sterben. Sie nehmen ihr Leben in die Hand, behalten die Kontrolle und treffen ihre Entscheidung. Und wir fragen uns, wieso. Unerklärlich, sagen die Wissenschaftler. Sie geben sich verblüfft. Das eigentlich Unerklärliche ist, dass wir nicht begreifen, weshalb sie es tun, wo es doch so offensichtlich ist.«
Jeffers beschleunigte seine Schritte. Er schüttelte den Kopf. »Boswell«, meinte er in einem Ton, der verloren klang, »ich bringe zwei unterschiedliche Themen durcheinander. Es wird an dir liegen, sie richtig zu sortieren.«
Nach kurzem Zögern fügte er hinzu: »Eigentlich geht es bei der heutigen Lektion um Einwilligung ins Unvermeidliche. Lemminge. Pass auf, und du wirst sehen, wie die Menschen die Mittel ihres Ablebens willkommen heißen. Bemerkenswert. Das erinnert mich an diese Geschichte mit dem Fotografen aus Florida. Weißt du noch? Ist erst ein paar Jahre her. Er hieß Wilder, was die Nachrichtenredaktionen vermutlich zu einer Menge Wortspielen angeregt hat. Na, jedenfalls greift sich der Kerl bei einem Grand-Prix-Rennen in Miami ein Mädchen, dann das nächste, ich glaube, oben in Daytona. Und so macht er eine Cross-Country-Tour und bringt eine nach der anderen um. Jedes Mal mit derselben Taktik: Er besucht ein Sportereignis oder auch eine Shopping Mall, zückt die Kamera und fängt an, Mädchen zu fotografieren. Früher oder später kommt eine mit ihm mit, und eh sie sich versieht, sitzt sie bei ihm im Wagen und ...«
Er sah Anne Hampton von der Seite an.
»Den Rest kannst du hinzufügen.«
»Ich erinnere mich«, sagte sie.

»Aber weißt du, was das eigentlich Faszinierende daran war?«, fuhr Jeffers fort. »Alle haben es gewusst! Das FBI, die örtliche Polizei, die Zeitungen, die Fernsehsender, einfach alle! Wilders Foto flimmerte über jeden Sender, prangte auf jeder Titelseite, an jedem Bahnhof. Sein Modus operandi wurde beschrieben, diskutiert, analysiert, was weiß ich. Der Kerl war allgegenwärtig! In einer Popkultur gehört so etwas dazu. Es gab kein gepflegtes Abendessen, bei dem er nicht Gesprächsstoff war, kein angeregtes Getuschel auf der Highschool-Toilette, bei dem die Mädchen sich nicht zwischen zwei Zigarettenlängen ermahnt hätten: ›Wenn ein Kerl mit Bart dich fotografieren möchte, steig ja nicht zu ihm ins Auto!‹ Aber weißt du, was passiert ist?«

»Er ist gestorben.«

»Allerdings haben sich vorher noch ein halbes Dutzend Frauen mitnehmen und umbringen lassen. Bemerkenswert. Weißt du was? Er hat es nicht einmal für nötig gehalten, sich den Bart abzurasieren, der bei jeder Personenbeschreibung in jeder Zeitung besonders herausgestrichen wurde. Das ist nun wirklich ein Phänomen, das man genauer studieren sollte.«

»Ich glaube, er ist irgendwo im Nordosten gestorben.«

»Ja. New Hampshire. Da fahren wir auch bald hin.«

»Er wurde von einem Staatspolizisten erschossen, und das letzte Mädchen hat überlebt«, erinnerte sie sich mit Nachdruck.

»Er war dumm und unvorsichtig«, entgegnete Jeffers brüsk.

Aber das letzte Mädchen hat überlebt, dachte sie.

Sie hatten die Haupttribüne erreicht. »Bleib dicht an mir dran«, wies Jeffers sie an. »Und sieh selbst, wie der Zaubertrick funktioniert.«

Und der Trick wirkte.
Zwischen Rennbahn und Tribüne arbeitete sich Jeffers geschickt durch das bunte Gemenge aus Menschen, leuchtenden Farben, Autos und einer konstanten Geräuschkulisse. Er manövrierte sich zwischen der Zuschauermenge und den Mechanikern hindurch und pickte sich junge Frauen, entweder allein oder paarweise, heraus, die er erst aus der Ferne fotografierte, bis er immer näher kam, ihre volle Aufmerksamkeit weckte und sie schließlich so weit hatte, dass sie für ihn posierten. Anne Hampton fasste es nicht, wie viele Schultern sich hoben, Lippen sich schürzten, Köpfe sich zur Profilansicht drehten, wie viele Gesichter Douglas Jeffers' Kameralinse mit einem perfekten Lächeln grüßten. Sie hörte, wie er immer wieder dieselbe Geschichte auftischte, und sie verteilte dazu die Visitenkarten mit einem blinden Eifer, der ihrem Widerwillen spottete. Er erzählte den jungen Frauen, er komme im Auftrag von *Playboy*; sie planten einen Beitrag über »Rennbahn-Girls«. Er mache Aufnahmen im ersten Durchgang, erklärte er. Er und ein paar Kollegen seien an verschiedenen Orten unterwegs, um junge Frauen bei Rennen zu fotografieren. Anschließend würden die Redakteure in Chicago sich die Bilder ansehen und entscheiden, wen sie für die Doppelseite wählten.
Er wies Anne Hampton an, sich Namen und Telefonnummern einiger Kandidatinnen aufzuschreiben. Sie fügte sich widerwillig; ihr würde übel, wenn sie daran dachte, dass dies alles zu seinem Theater gehörte. Im Hintergrund feuerte die Menge die Wagen und Fahrer an, doch oft wurde der Lärm von der Rennbahn so laut, dass er die Fans übertönte. Als ein besonders riesiger schwarzer Dragster mit seinem Krach die Tribüne beben ließ, riss es die Zuschauer vor Begeisterung von den Sitzen. Doch sie nahm ihre Reaktion kaum wahr,

sondern musste plötzlich an den Anblick einer Reihe Fische auf einem Marktstand denken, die mit aufgerissenen Augen und Mäulern, als wären sie noch am Leben, auf einer Eissplitterschicht lagen.

»Boswell«, hörte sie ihn sagen, als der Motorenlärm auf der Strecke etwas leiser wurde, »eine neue Rolle bitte. Meine Damen, das ist meine Assistentin, Anne Boswell. Sag hallo, Annie …«

Sie nickte zwei jungen Frauen zu, die etwa in ihrem Alter zu sein schienen. Eine war blond, die andere brünett, und beide trugen eng anliegende Tanktops zu abgeschnittenen Jeans. Sie fand sie nicht besonders hübsch. Die Blonde hatte offenbar ziemlich krumm gewachsene Zähne, wodurch ihr Lächeln ein wenig schief geriet, während die Brünette eine zu auffällige Himmelfahrtsnase hatte, um als schön durchzugehen. Anne Hampton schätzte, dass die junge Frau eine Mutter hatte, die ihr fortwährend sagte, wie süß sie sei, weshalb ihre Karriere sie wohl im gleitenden Übergang vom Highschool-Cheerleader in den Hafen der Ehe mit folgender Familie nebst Einfamilienhäuschen in Pennsylvania oder Ohio führen würde, wo sie den Abend vor der Glotze verbringen und einmal die Woche in den Schönheitssalon gehen würde, um nach dem Zerstörungswerk des Kinderkriegens ihr Aussehen instandzuhalten. Sie versuchte, sich daran zu erinnern, wie ihre eigene Mutter ihr ausgiebig die Haare gebürstet und ihr leise, doch voller Enthusiasmus vorausgesagt hatte, wie schön sie einmal werden würde, was im Alter von zwölf schwer zu glauben war. Sie sah wieder den entsetzten Blick ihrer Mutter vor sich, als sie nach dem ersten Collegesemester nach Hause kam und das Haar nur noch schulterlang trug. Ich habe immer so viel darangesetzt, mich abzugrenzen, dachte Anne Hampton. Selbst als es wieder nachgewachsen war, wirkte es

anders. Ein Vertrauensschwund. Eine Stimme drang in ihre Erinnerungen.
»Muss aufregend sein, häh?«
Es war eine der jungen Frauen. Die Blondine.
»Entschuldigung«, erwiderte Anne Hampton. »Ich hab nicht mitbekommen, was du gesagt hast.«
»Ach so«, meinte die junge Frau und machte eine ausladende Handbewegung, »ich hab nur gesagt, es muss aufregend sein, Fotografieassistentin zu sein. Wirklich ein besonderer Job. Ich meine, ich arbeite einfach in der Bank, und das ist nun wirklich nichts Weltbewegendes. Wie bist du da drangekommen?«
»Oh, ich hab sie unter Hunderten von Kandidatinnen ausgesucht«, warf Douglas Jeffers ein. »Und bis jetzt macht sie sich recht gut, stimmt's, Annie?«
Sie nickte.
»Aha«, machte die junge Frau, »bestimmt ganz schön aufregend.«
»Es ist was anderes«, bestätigte Anne Hampton.
Die Brünette schaute sich eine von Jeffers' Kameras genauer an. Anne Hampton sah, dass sie sich die Visitenkarte in ihre vordere Jeanstasche gesteckt hatte.
»Also, wenn ich mir vorstelle, im *Playboy* zu erscheinen«, überlegte sie, »also, das wär schon irre. Ich meine, ich fänd's einfach unheimlich cool, mein eigenes Foto in der Zeitschrift zu sehen. Und Vicki auch.« Sie deutete auf die Blondine. »Und mein Freund fände das auch richtig toll! Nur dass meine Alten wahrscheinlich im Erdboden versinken würden!«
Anne Hampton sah, dass Jeffers lächelte.
»Na ja«, meinte er, »wie gesagt, sind das hier nur Vorarbeiten. Aber manchmal bekommen richtig hübsche Mädchen wie ihr beiden einen Termin für die Doppelseite ...«

»Gibt es nicht irgendwelche Tricks, weiß auch nicht, wie wir dafür sorgen könnten, dass sie uns nehmen?«, wollte die blonde Vicki wissen. »Ich meine, wenn Sie von mir und Sandi zum Beispiel ein paar Fotos zusätzlich machen würden.«
Jeffers sah das Gespann eindringlich an.
»Also, garantieren kann ich natürlich für nichts. Hier, stellt euch mal einen Moment nebeneinander …«
Er breitete die Arme aus und führte dann die Hände zusammen. Er hob die Kamera, und Anne Hampton hörte das Sirren des Motordrive, während er eine Reihe Aufnahmen von ihnen machte, wobei er sie mit flinken Schritten umkreiste, in die Hocke ging und sich streckte.
»Das Aussehen bringt ihr auf jeden Fall mit«, sagte er. »Aber, na ja, die sind auf mehr aus, wenn ihr versteht, was ich meine …«
Anne Hampton sah, wie die jungen Frauen die Köpfe zusammensteckten und kicherten.
Plötzlich dachte sie: Ich bin gar nicht hier. Das gibt es nicht. Es kann einfach nicht sein.
In diesem Moment hörte sie wieder Jeffers' Stimme.
»Hört zu, ich könnte höchstens ein paar, ähm, etwas offenherzigere Fotos machen, aber ich kann wirklich nichts versprechen. Das könnte die Redakteure beeindrucken. Wäre nicht das erste Mal, aber natürlich keine Garantie.«
Sie hörte die beiden Mädchen wieder lachen, dann nickten sie beide.
»Also«, fuhr Jeffers fort im beschwingtesten, harmlosesten Ton, den man sich denken konnte, »wenn ihr wirklich interessiert seid, könnt ihr ja in einer halben Stunde zu mir an den Wagen kommen, Abschnitt 13A. Aber bitte sagt nicht weiter, was ihr vorhabt, weil ich all den anderen Frauen hier gesagt habe, ich könnte nichts Besonderes für sie tun, und ich fänd's

wirklich nicht gut, wenn sich herumsprechen würde, dass ich euch beiden einen Gefallen getan habe ...«

Beide Frauen schüttelten eifrig den Kopf.

»Also, wenn ihr ein Geheimnis für euch behalten könnt, dann schleicht euch zum Wagen raus, und wir sehen mal, was wir machen können. Boswell, das Teleobjektiv bitte.«

Jeffers sah die Frauen an. »Muss nur ein paar Fotos machen, damit die Jungs auf den Geschmack kommen, ihr wisst schon. Schließlich sollen sie für die Doppelseite drauf zurückkommen.«

Wieder nickten die Mädchen. Jeffers winkte den beiden noch einmal zu und arbeitete sich weiter durch die Menschenmenge. Anne Hampton drehte sich kurz um und sah, wie die beiden sich lebhaft unterhielten. Einen Moment lang war sie verwirrt: Jeffers hatte ihnen den falschen Standort für den Wagen gegeben.

»Wie sollen sie das Auto finden?«, fragte sie.

»Gar nicht. Sie kommen an eine Stelle fünfzig Meter weiter.«

»Aber ...«

»Boswell, ich muss schon bitten, gebrauche deinen Verstand. Falls sie es weitersagen oder noch jemanden anschleppen, dann kann ich von der Stelle aus, wo wir stehen, ohne weiteres verschwinden. Ohne dass sie es sehen. Aber«, fügte er hinzu, »das ist eigentlich eine völlig überflüssige Vorsichtsmaßnahme. Die beiden da sind ganz versessen drauf. Sie werden niemandem etwas sagen und sich rausschleichen, wie ich es ihnen gesagt habe. Sie werden an Ort und Stelle sein, zu allen Schandtaten bereit, meinst du nicht auch?«

Anne Hampton nickte.

»Lemminge«, meinte Jeffers.

Auf dem Weg durch die Menschenmassen überlegte er einen Moment.

»Boswell«, wandte er sich wieder an sie, »hast du auch schon mal über den Widerspruch nachgedacht, dass wir in Amerika einerseits so unglaublich und so inbrünstig prüde sind, während es andererseits ein Kinderspiel ist, jemanden dazu zu bringen, die Hüllen fallenzulassen?«

Sie folgte Jeffers, der einfach in einem großen Bogen um das Feld herumlief, tatsächlich ein paarmal stehen blieb, um ein paar Aufnahmen zu machen, und sich schließlich wieder auf den Weg zum Parkplatz begab. Sie dachte an einen Abend, als sie noch die Unterstufe der Highschool besuchte. Sie und ihr Date hatten auf einer menschenleeren Straße geparkt. Sie konnte auf einmal buchstäblich seine tastenden Hände spüren, mit denen er ihren Körper erkundet hatte. Seine unschuldige, kaum im Zaum gehaltene freudige Erregung hatte sie dazu gebracht, nachzugeben – zumindest zum Teil. Er war nicht einmal jemand gewesen, den sie besonders gemocht hatte. Aber er war da gewesen, und er war ein netter Kerl, und sie hatte darauf gebrannt, selbst zu erleben, worüber in der Schule alle ständig redeten, dass sie seinen Händen freien Lauf gelassen hatte. Und sie hatte festgestellt, dass das nicht zu ihrem Schaden war.

Als er versucht hatte, ihr die Wäsche auszuziehen, hatte sie gemerkt, dass der Punkt gekommen war, ihm Einhalt zu gebieten – das wollte die Moral, was aus späterer Sicht eher albern schien. Sie erinnerte sich an einen erschreckenden Moment, als sie nein sagte, er sich ihr widersetzte und ihr bewusst wurde, wie viel stärker er war. In ihrer Erinnerung spürte sie wieder diese Kraft und die schreckliche Hilflosigkeit, die sie in diesem Moment erfasst hatte. Sie zitterte bei dem Gedanken. Das Erlebnis hatte einen bleibenden Eindruck bei ihr hinterlassen – dass sie schwach war und zu etwas gezwungen werden konnte. Doch als sie in Panik ein zweites »Nein!«

herauskeuchen konnte, hatte er das respektiert, und seine Muskeln hatten sich plötzlich entspannt. Ihre Dankbarkeit war grenzenlos gewesen. Sechs Wochen später war sie so weit, dass sie ihn hatte gewähren lassen. Es war abwechselnd schmerzhaft und berauschend gewesen, und sie fand die Erinnerung seltsam tröstlich.

Sie fragte sich, wohin es ihn verschlagen hatte. Sie hoffte, dass er glücklich war.

Jeffers hatte den Wagen erreicht und öffnete die Tür. »Wir lassen sie hinten sitzen«, erklärte er.

Ihre Erinnerung war wie weggeblasen, und sie reichte ihm die Fototasche und ihre Weste, die er im Kofferraum verstaute.

»Steig ein und warte«, befahl er. Sie merkte, dass seine Stimme wieder den stahlharten Unterton hatte.

Sie gehorchte. In ihrem Kopf überschlugen sich die Gedanken, wenn sie an die beiden jungen Frauen dachte und daran, was jetzt passieren würde. Sie verbannte diese Bilder und zwang sich zu einer inneren Leere. Ich kann einfach an gar nichts denken, sagte sie sich. Rings um mich ist nichts. Sie setzte sich in den Wagen und schloss die Augen, um sich ganz auf die fernen Geräusche von der Rennstrecke zu konzentrieren, so dass sie für nichts anderes Platz ließen.

»Hi!«

»Hi!«

Sie hob den Kopf und riss die Augen auf, so dass die Sonne sie blendete.

»Sollen wir hinten reinspringen?«

»Wenn es euch nichts ausmacht«, hörte sie Jeffers sagen, »ist ein bisschen beengt. Tut mir leid.«

»Ach, kein Problem. Mein Freund hat auch einen Firebird, ist so ziemlich dasselbe, und ich hab viel Zeit auf dem Rücksitz verbracht …« Sie lachte, und Sandi fiel ein. »So war das eigentlich nicht gemeint«, meinte Vicki. »Na jedenfalls, Junge, der wird Augen machen!«

Die beiden Frauen zwängten sich auf die Rückbank. Sie waren vor Aufregung rot im Gesicht und konnten Kichern und Lachen kaum zurückhalten.

Jeffers schwang sich hinters Lenkrad. »Ich kenne einen kleinen Wildpark, eigentlich ist es schon fast ein Wald, nicht allzu weit von hier. Wir fahren rüber, machen ein paar Aufnahmen an einer hübschen, lauschigen Stelle, und dann setzen Boswell und ich euch beide wieder hier ab, okay?«

»Klingt gut«, fand Vicki.

»Soll mir recht sein, solange wir bis sechs zurück sind.«

»Kein Problem«, versicherte Jeffers.

Die Frauen lachten wieder.

Jeffers verließ das Rennstreckengelände.

In Gedanken brüllte Anne Hampton die beiden Frauen an: Wieso fragt ihr nicht? Fragt ihn, wieso er zufällig einen einsamen Park in der Gegend kennt! Und woher er so genau weiß, wie er fahren muss! Er hat das alles vorher genau geplant!

Sie sagte nichts.

Jeffers brach das Schweigen. »Halte dein Notizbuch bereit«, wies er sie leise an. Augenblicklich schnellte ihre Hand zu Block und Stift. Dann erhob er die Stimme zu einem leutseligen Singsang. »Also, kein Grund, nervös zu sein, Mädels, das wird ganz harmlos. Aber ich muss euch trotzdem fragen – ihr seid beide über achtzehn?«

»Ich bin neunzehn«, antwortete Sandi, »und Vicki ist zwanzig.«

»Erst nächste Woche!«

»Hey«, meinte Jeffers. »Schon mal herzlichen Glückwunsch zum Geburtstag eine Woche im Voraus. Dann wollen wir mal

sehen, ob es nicht zu dem Geburtstag etwas Besonderes zu feiern gibt.«
»Können Sie laut sagen!«
»Mr. Corona«, fragte Sandi zögernd, »ich will nicht aufdringlich sein oder, weiß auch nicht …«
»Nur zu«, ermunterte Jeffers sie in überaus gutmütigem Ton. »Was hast du auf dem Herzen?«
»Bezahlt *Playboy* für die Bilder, die sie bringen?«
Jeffers lachte.
»Aber klar! Ihr glaubt doch wohl nicht, dass wir euch die mühselige Arbeit einer Foto-Session abverlangen, ohne euch zu bezahlen? Eine Foto-Session ist harte Arbeit. Erst kommt das Make-up, dann die hochintensiven Lampen und, na ja, irgendetwas geht immer schief. Ein einziges geeignetes Foto für ein Magazin kann manchmal Stunden kosten. Die gewöhnliche Pauschale war zumindest das letzte Mal, als ich das gemacht habe, tausend Dollar pro Session …«
»Wow! Was ich alles damit anfangen könnte!«
»Aber das hier ist eher inoffiziell«, fuhr Jeffers fort. »Ich glaube nicht, dass sie euch für diesen Nachmittag mehr als ein paar hundert Dollar zahlen werden.«
»Wir werden bezahlt! Phantastisch!«
Die beiden Frauen plapperten aufgeregt miteinander. Anne Hampton saß mit starrem Blick auf dem Beifahrersitz. Jeffers sprach sie in gelassenem Tonfall an: »Boswell, sieh zu, dass du das richtig wiedergibst.« Seine Stimme legte sich wie ein schwarzer Schatten über sie. Dann rief er mit aufgesetzter Heiterkeit: »Sind gleich da!« Er fuhr in den Park.
»Ich kenne genau die richtige Stelle«, fügte er hinzu.
»Junge!«, sprudelte Vicki oder Sandi in ihrem Rücken, Anne Hampton konnte nicht sagen, welche, doch sie schrieb trotzdem mit. »Ich kann nicht fassen, dass das mir passiert!«

Denke an gar nichts, schärfte sie sich ein. Tu genau, was er dir sagt. Bleib einfach nur am Leben.

»Da wären wir«, meinte Jeffers. »Und ich kenne da so eine kleine Stelle …«

Sie kamen in ein Waldstück, in dem die überhängenden Zweige ihre Schatten auf den schmalen Weg warfen. Anne Hampton entdeckte ein braunes Schild der Nationalpark-Verwaltung, auf dem stand, dass der Park nur von Sonnenaufgang bis Sonnenuntergang geöffnet war. Sie sah, dass sie über einen großen Schotterplatz hinaus mitten in den Wald hineinfuhren. Nach wohl etwa einer halben Meile bogen sie auf einen noch schmaleren Pfad ab, auf dem sie mehrere Minuten dahinholperten, bis sie an eine Biegung und dahinter auf eine in strahlende Sonne getauchte Lichtung kamen. An der Vorderseite hing eine Kette in einem schlaffen Bogen über den Weg, daran ein Schild, auf dem in Großbuchstaben stand: UNBEFUGTEN IST DER ZUTRITT VERBOTEN.

»Zum Glück«, erzählte Jeffers beschwingt, »habe ich wie die meisten Fotografen eine Zutrittsgenehmigung für den ganzen Park. Wenn die Damen bitte warten wollen, ich kümmere mich um diese Kette.«

Jeffers sprang aus dem Auto, während die beiden Frauen auf dem Rücksitz kicherten und Anne Hampton vom Beifahrersitz aus mit leerem Blick auf die Farben des Waldes starrte. Für eine Sekunde war er besorgt. Sie ist wie weggetreten, dachte er. Auch wenn er dem Wagen den Rücken zukehrte, sah er sie vor sich, wie sie unter dem Gewicht der wachsenden Angst in den Sitz gedrückt wurde; sie wusste genau, worum es ging, und war völlig außerstande, etwas zu sagen oder zu tun; er konnte sich ihrer so sicher sein, als hätte er sie mit Stricken gefesselt. Er fragte sich nur, ob sie sich zusammenreißen würde. Ich will, dass sie es bis zum Ende schafft. Ich will mich nicht gezwungen sehen, sie zusammen mit den anderen hierzulassen. Er überlegte, ob sie erkannte, in welcher Gefahr sie selbst schwebte, und kam zu dem Schluss, dass sie es wusste, sonst würde sie nicht so apathisch wirken wie eine Schaufensterpuppe oder eine Marionette, die an Strippen tanzt.

Genau so wollte er es haben.

An meinen Strippen, dachte er. Tanz, Boswell, tanz. Wenn ich heftig daran ziehe, spring.

Er lächelte.

Die Dinge immer schön auseinanderhalten, mahnte er sich. Boswell steht für Zeit, Mühe und Investition.

Wieder hörte er Lachen aus dem Wagen.

Die beiden anderen nicht.

Die Kette war seit seinem letzten Besuch vor etwa einem Monat unverändert. Er bückte sich und packte sie ein Stück von der Stelle entfernt, an der sie an einem kleinen braunen Pfosten befestigt war. Mit der freien Hand schälte er Holzsplitter von dem morschen Pfahl. Er riss einmal kräftig an der Kette, und sie löste sich. Er nahm das Ende, lief damit zur anderen Seite und machte den Weg frei.

Die wenigen Meter zum Auto zurück schlurfte er über die Erde. Nicht klug, einen Sohlenabdruck zu hinterlassen.

»Alles klar«, rief er den drei Insassinnen zu. »Nur noch ein Stückchen hier entlang.«

Er fuhr vorsichtig an, und sie holperten etwa zweihundert Meter weiter, bis sie um eine Kurve bogen. In diesem Moment erkannte Anne Hampton, dass sie von der Hauptstraße nicht mehr zu sehen waren.

»So, dann mal raus mit euch«, forderte Jeffers sie in fröhlich forschem Ton auf. »Schließlich wollen wir alle möglichst schnell zurück und das letzte Rennen sehen, also, los geht's.«

Anne Hampton registrierte, dass er sich seine braune Fototasche über die Schulter geworfen hatte. Sie zögerte einen Moment und blickte den beiden Frauen hinterher, die Jeffers in den Wald folgten. Die müssen blind sein, dachte sie. Wie können sie ihm nachlaufen? Im nächsten Moment merkte sie, wie ihre eigenen Füße sich in Bewegung setzten und sie losrannte, um ihn einzuholen.

»Junge«, meinte Vicki oder Sandi – sie konnte die beiden nicht mehr auseinanderhalten –, »das ist wirklich aufregend.«

»Ist es immer«, erwiderte Douglas Jeffers. »Auf vielfältige Weise.«

Anne Hampton fürchtete, sich übergeben zu müssen, sobald sie stehen blieb. Ihr Atem kam in kurzen Stößen, und ihr drehte sich der Kopf. Die Hitze legte sich wie eine kratzige, unbequeme Wolldecke auf ihren Körper. Vicki und Sandi hörten sie keuchen und drehten sich zu ihr um.

»Rauchst du? Nein? Aber du klingst ein bisschen eingerostet. Ein kleiner Waldspaziergang sollte dir eigentlich nicht …«

»Ich bin nur ein bisschen krank gewesen«, erwiderte Anne Hampton. Sie hörte, dass ihre Stimme zitterte.

»Oh, tut mir leid. Du solltest Vitamintabletten nehmen, so wie ich. Jeden Tag. Hast du schon mal Aerobic ausprobiert? Ich kann nicht genug davon kriegen. Oder auch Joggen, gut für die Puste. Ich würde am liebsten den Job bei der Bank schmeißen und im Fitnessclub Aerobic unterrichten. Das wäre toll. Alles in Ordnung?«

Anne Hampton nickte. Sie traute ihrer Stimme nicht.

»Versuch's mal mit Joggen«, fuhr die andere fort. »Du musst langsam anfangen, vielleicht nur ein, zwei Kilometer am Tag. Und dann allmählich steigern. Das macht unheimlich viel aus.«

Douglas Jeffers blieb plötzlich stehen.

»Na, wie findet ihr das? Hübsch, nicht wahr?«
Er stand unter einer Fichte am Rand einer kleinen Lichtung. Selbst Anne Hampton musste trotz ihrer zunehmenden Panik einräumen, dass es ein schönes Fleckchen war. Das machte es noch schlimmer.
Mitten auf der Lichtung ragte ein Felsbrocken aus dem Boden. Er war ebenso wie das Gras in Licht getaucht. Die strenge Phalanx Fichten ringsum stand wie ein Wachbataillon vor dem blauen Himmel. Als sie den Platz erreichte, hatte Anne Hampton das Gefühl, als beträte sie einen stillen Raum und die Tür fiele hinter ihr zu.
»Also, meine Damen, da drüben zu dem Felsen, wenn ich bitten darf. Boswell, her zu mir.«
Sie stellte sich neben Jeffers, und sie beide schauten zu, wie die Mädchen auf dem Felsbrocken Position bezogen. Jede von ihnen setzte einen Ausdruck auf, den sie für den Inbegriff an Sexappeal hielt. Jeffers trat in die Sonne und warf einen Blick in den wolkenlosen Himmel. »Strahlend hell«, sagte er. »Ein harmloser Tag voller Sonnenschein.« Er ging zügig auf die Frauen zu und hielt neben ihnen einen Belichtungsmesser hoch. Anne Hampton beobachtete, wie er seine Kamera einstellte und dann seine Fotos schoss, wobei er seine Modelle mit einem ununterbrochenen, hypnotisierenden Wortschwall anfeuerte: »Genau so, jetzt lächeln, jetzt will ich ein Schmollmündchen sehen, wirf mal den Kopf zurück, gut, gut, das ist phantastisch. Jetzt dreht euch ein bisschen, bleibt immer in Bewegung, ja, so ist gut, sehr gut …«
Sie verfolgte die Darbietung und fragte sich: Wo hat er die Pistole? Oder wird es ein Messer sein? Muss in der Fototasche stecken. Was genau hat er vor? Macht er kurzen Prozess? Oder zieht er es in die Länge? Was will er mit ihnen machen? Er wird sich Zeit lassen. Wir sind allein, es ist still, und er hat

keine Eile. Von der prallen Sonne wurde ihr ein wenig schwindelig, und sie hatte Angst, in Ohnmacht zu fallen. Sie kniff die Augen zu. Ich bleibe ich, schärfte sie sich ein. Ich bin allein und habe nichts damit zu tun, ich bin ich, und ich werde stark sein und ich werde es schaffen. Schaffen. Schaffen. Schaffen. Sie wiederholte das Wort wie ein Mantra.

Sie hob den Kopf und sah, dass Vicki und Sandi versuchten, verführerisch auszusehen. »So ist es gut«, hörte sie Jeffers loben. »Ich glaube nur, es ist ein bisschen, weiß nicht, verhalten vielleicht …«

Sie sah, wie die Mädchen Blicke tauschten, und hörte ihr gemeinsames Lachen. Sie amüsierten sich prächtig. Anne Hampton hasste den Gedanken. Sie fühlte sich schuldig. Wieder schloss sie die Augen.

»So ist es entschieden besser!«, hörte sie Jeffers rufen. »Wartet nur, bis die Redakteure davon eine geballte Ladung kriegen!«

Sie öffnete die Augen und stellte fest, dass die Mädchen sich ausgezogen hatten. Sie wirkten geschmeidig wie Tiere. Sie waren beide tief gebräunt, und Anne Hampton starrte auf die weiße Haut, die Brüste und Geschlecht unterstrich. Sie beobachtete, wie sie sich räkelten und offenbar den letzten Rest Scham verloren. Sie boten ihre Brüste der Kamera dar; sie spreizten die Beine, wenn die Linse sie immer enger umkreiste. Jeffers sprang vor ihnen herum, beugte und drehte sich und liebkoste sie mit der Kamera. Sie hörte das unentwegte Sirren des Motordrive.

Die Vorführung erinnerte sie an ein widerwärtiges Ballett.

Jeffers umkreiste die Frauen so, dass sie immer enger zusammenrücken mussten, bis sie schließlich ganz miteinander verschlungen waren und er vor sich auf dem Felsen nur noch Beine, Arme, Hintern und Brüste zu sehen bekam. Anne Hampton starrte die Körper an, die auf erschreckende Weise stark und prallvoll mit Leben schienen. Sie ertrug den Anblick nicht und senkte den Kopf.

»He, Boswell, komm her!«

Sie zögerte einen Moment, dann trottete sie an seine Seite. Sie sah, dass beide Frauen vor Erregung gerötete Gesichter hatten.

»Stell dich da hin, damit ich eine Aufnahme von euch dreien machen kann.«

Sie trat zwischen die nackten Frauen.

»Junge! Ich hab mich noch nie so frei gefühlt«, meinte Vicki oder Sandi. »Ich fühle mich schön.«

»Ich bin ganz heiß«, verriet die andere im Flüsterton. »Ich wünschte, mein Freund wär jetzt hier.«

»Ich wette«, tuschelte ihre Freundin, »Mr. Corona kann bei solchen Fototerminen mit ein paar Extraüberraschungen rechnen.«

Das Mädchen knuffte sie mit dem Ellbogen, und erst jetzt verstand Anne Hampton, dass die Bemerkung als Frage zu verstehen war.

»Er kann sich nicht beklagen«, antwortete sie. »Das Fotografieren macht ihm Spaß.«

»Gut, Boswell. Jetzt geh aus dem Bild. Vicki, du legst jetzt Sandi die Hand auf die Brust, gut, gut, und streichle sie, ja, genau so, und jetzt geh mit der Hand an ihre Schenkel, ja, gut, leg deine Hand genau da hin, perfekt! Aufregend, was?«

Anne Hampton hörte, wie beide Frauen zustimmten. Sie stand neben Jeffers, und ihr entging nicht, dass sie sich weiter gegenseitig streichelten, obwohl das Geräusch des Motordrive verstummt war. Sie sah die Schweißperlen auf ihrer Haut glitzern und wusste, dass sie erregt waren.

»Also«, sagte er, »gleich wird es noch aufregender. Ich leg nur schnell einen neuen Film ein …«

Sie beobachtete, wie er die Hand in die Fototasche steckte.
Es ist so weit, dachte sie. O Gott, es ist so weit.
Sie wollte wegrennen, wie ein aufgeschreckter Vogel aufflattern und davonfliegen.
Stattdessen stand sie wie erstarrt in der Sonne.
O Gott, es tut mir leid. Es tut mir so leid. Ich wünschte, ich wäre wie durch ein Wunder plötzlich woanders, egal wo, bloß nicht hier. O Gott, es tut mir leid, leid, leid.
Sie sah, dass Jeffers seine Kamera in die Tasche geschoben und die Pistole ergriffen hatte.
Wenn ich nur etwas machen könnte, dachte sie. Es tut mir leid, Vicki und Sandi, wer ihr auch sein mögt. Es tut mir so leid.
Sie schloss die Augen.
Sie hörte, wie die beiden Mädchen kicherten, und plötzlich krächzten draußen im Dunkel des Waldes ein paar Vögel heiser. Sie vernahm, wie Douglas Jeffers neben ihr gleichmäßig, aber schneller atmete. Sein Atem schien ihr eiskalt, und sie bildete sich hinter ihren geschlossenen Lidern ein, dass er als feuchter Lufthauch zu sehen war. Dann rückte jedes Geräusch in weite Ferne, und es herrschte vollkommene Stille. Sie rechnete jeden Moment mit den ersten verwirrten, verängstigten Reaktionen der beiden Frauen. Werden sie nach Luft schnappen? Schreien? Weinen? Die Zeit schien leer, und sie wartete auf den Moment, in dem ihnen mit Entsetzen dämmerte, was geschah. Doch dazu kam es nicht.
Stattdessen drang aus dem Wald ein deutlicher Lärm.
Das Geräusch wirkte fremd, es hatte mit dem, was auf der Lichtung vor sich ging, nicht das Geringste zu tun. Außerirdisch. Zuerst konnte sie es nicht einordnen. Dann kam es wieder.
Sie öffnete die Augen.

Jeffers stand neben ihr. Er horchte.
Es verging eine Weile.
»Alles hiergeblieben«, ordnete er an. Seine Stimme klang jetzt herrisch. Anne Hampton sah, wie die beiden Frauen erstaunt zu ihm aufschauten. »Ist wahrscheinlich nichts«, meinte er. »Aber ich muss nachsehen.« Er wandte sich an Anne Hampton. »Sorg dafür, dass sie sich was überziehen«, befahl er ruhig. »Tu so, als wäre nichts. Warte hier auf mich. Sag nichts. Tu nichts.«
Jeffers nahm die Fototasche und verschwand, nachdem er den beiden Frauen noch einmal lächelnd zugewinkt hatte, zwischen den Fichten. Für Anne Hampton schien es, als hätten ihn die Schatten verschluckt.
Sie drehte sich zu den beiden Frauen um. Sie starrten auf die Stelle im Wald, an der er verschwunden war. Sie hielten sich immer noch eng umschlungen.
Lauft weg!, dachte Anne Hampton. Bloß weg hier! Begreift ihr denn nicht, was das Ganze soll?
Stattdessen sagte sie: »Wollt ihr beiden euch nicht anziehen? Ich glaube, wir sind mehr oder weniger fertig.«
»Ach so«, seufzte die eine und runzelte die Stirn. »Ich könnte den ganzen Tag so weitermachen.«
Anne Hampton brachte kein Wort heraus. Sie saß da, gelähmt vor Angst, und wartete auf die Rückkehr von Douglas Jeffers. Sie betrachtete ihre Hände und brüllte sich innerlich an: Bring sie dazu, etwas zu machen.
Doch dazu war sie außerstande.

Douglas Jeffers spürte, wie die kühle Luft im Wald den Schweiß in seinem Nacken trocknete, als er die Lichtung verließ. Die ersten zehn Meter lief er langsam. Als er wusste, dass die drei Frauen ihn nicht mehr sehen konnten, beschleunigte er seine Schritte. Zuerst trabte er gemächlich, dann rannte er zwischen den Bäumen hindurch, so dass er wie ein Hürdenläufer über Steine und Äste springen musste, während er mit einer Hand die Tasche daran hinderte, wild auf und ab zu hüpfen, und mit der anderen Äste zurückbog. Seine Schritte knisterten auf dem Nadelboden. Die letzten paar Meter rannte er über den lichtgesprenkelten Teppich, bis er an der Stelle, an der er den Wagen abgestellt hatte, ins Licht des Waldwegs trat.

Neben seinem Auto sah er einen dunkelgrünen Jeep der Forstverwaltung.

Auf der Motorhaube saß ein Ranger mit Smokey-Bear-Hut.

Er ist unbewaffnet und allein, stellte Jeffers fest.

Jeffers befahl sich, rasch zu handeln. Blitzschnell ließ er den Blick über die Szene schweifen. Er sah sich den Jeep genau an. Er konnte weder eine Kurzwellen-Funkantenne entdecken noch ein Halfter mit Pistole am Armaturenbrett. Er nahm den Ranger in Augenschein und erkannte, dass er kein Handfunkgerät am Gürtel trug. Er ist völlig isoliert und arglos, dachte Jeffers. Er ging ein Stück näher heran und sah, dass der Mann strenggenommen noch ein Junge war. Ein Collegestudent, der sich in den Sommerferien ein bisschen Geld verdiente. Jeffers steckte die Hand in die Tasche und spürte den Metalllauf der Automatik. Du könntest es tun. Du könntest es tun, und niemand würde etwas mitbekommen.

Doch dann brüllte er sich an: Wo bleibt deine Selbstbeherrschung? Was bist du denn? Irgendein Kleinganove, der den Kassierer im Tante-Emma-Laden um die Ecke bringt?

Er zog die Hand zurück und holte die Nikon hervor.

Er winkte dem Ranger zu, und der grüßte zurück.

»Hi«, rief Jeffers. »Ich hab Ihre Hupe gehört. Sie haben mir meinen Schnappschuss unwiederbringlich versaut.«

»Oh, tut mir leid«, entschuldigte sich der Ranger. Jeffers sah, dass er einen unscheinbaren Typ mit Drahtgestellbrille vor sich hatte, ein schmächtiger Bursche, der es schwerlich mit Jeffers aufnehmen konnte. Weder physisch noch geistig. »Aber das hier ist eigentlich Sperrgebiet. Autos sind hier verboten. Haben Sie das Schild nicht gesehen?«

»Doch, aber nachdem ich das Eulennest gefunden hatte, meinte Ranger Wilkerson, es ginge in Ordnung.«

»Wie bitte?«

»Ranger Wilkerson. Von der bundesstaatlichen Forstverwaltung in der Hauptstadt. An den wenden sich sämtliche Naturfotografen, wenn sie in die Sperrgebiete wollen. Ist keine große Sache. Wussten Sie, dass ich letztes Jahr ein Adlernest gefunden habe?«

»Hier im Wald?«

»Sicher, na ja, nicht direkt hier, aber da drüben.« Jeffers machte eine ausladende Handbewegung, die alles und nichts bezeichnete. »War selbst überrascht. Hab die Fotos bei *Wildlife* untergebracht, und die Audubon-Gesellschaft ist hier scharenweise rausgepilgert. War fast wie eine Festtagsparade. Tolle Sache. Waren Sie da noch nicht dabei?«

»Nein, das ist mein erstes Jahr.«

»Na ja«, erwiderte Jeffers, »bin trotzdem erstaunt, dass Sie nichts davon gehört haben. Ich glaube, eins von den Fotos hängt bei Ihnen in der Zentrale.«

»Haben Sie, ähm, irgendeine Genehmigung oder einen Ausweis bekommen oder so was in der Art?«

»Klar«, antwortete Jeffers. »Der müsste in Ihrer Dienststelle in der Fotografenakte sein. Wahrscheinlich direkt unter dem Adler.«

»Muss ich nachsehen«, sagte der Ranger. »Ich wusste gar nicht, dass wir eine solche Akte haben.«

»Kein Problem. Schauen Sie unter meinem Namen nach: Jeff Douglas.«

»Sind Sie Profi?«

»Nein«, räumte Jeffers ein. »Ich wünschte, ich wär's. Ich meine, ich hab ein paar Fotos verkauft. Eins sogar an den *National Geographic,* aber sie haben es nie gebracht. Es ist eigentlich nur ein Hobby. Ich verkaufe Versicherungen.«

»Aha«, machte der Ranger. »Ich muss es trotzdem überprüfen.«

»Sicher. Und wie heißen Sie, damit ich Ranger Wilkerson anrufen kann, falls es Unklarheiten gibt?«

»Ach so, ich bin Ted Andrews. Ranger Ted Andrews.« Er lächelte. »Bis ich mich an den Klang gewöhnt habe, fängt das Semester an.«

Jeffers lächelte ebenfalls. »Also, ich bin für heute ohnehin fast fertig. Ich möchte nur noch mal zurück und sicherstellen, dass ich keine Filmschachteln oder sonst was rumliegen lasse. Ich mache nicht gerne Dreck.«

»Das wissen wir zu schätzen. Sie glauben nicht, was manche Leute alles wegschmeißen. Und ich darf's am Ende aufsammeln.«

»Mädchen für alles, wie?«

Der Ranger lachte. »Ja.«

»Sie brauchen nicht auf mich zu warten«, sagte Jeffers. »Gehen Sie und sehen Sie in der Akte nach, das nächste Mal komm ich bei Ihnen im Büro vorbei, und Sie werden sehen, dass alles seine Ordnung hat.«

»Das wäre nett«, meinte der junge Mann. Er drehte sich um und ging zu seinem Jeep, während Jeffers dem Mann einen bohrenden Blick in den Rücken schickte. Jetzt könnte ich es tun, und es wäre ganz leicht. Er schätzte die Entfernung ab. Ein einziger Schuss, niemand würde etwas hören. Niemand würde etwas wissen. Seine Hand legte sich um den Pistolengriff, doch dann ließ er die Waffe wieder in die Tasche gleiten. Er winkte noch einmal und sah dem Jeep hinterher, wie er an seinem Wagen vorbei den schmalen Waldweg entlangholperte.

»Verdammt«, fluchte Jeffers in kaltem Ton. »Scheiße noch mal.«

Für einen Moment überkam ihn eine Woge der Wut, und er hatte das überwältigende Bedürfnis, etwas mit den Händen zu zerschlagen. Er holte tief Luft. Dann noch einmal. Er spuckte auf den Boden, um den gallebitteren Geschmack im Mund loszuwerden. Einer wird dafür büßen, dachte er.

Doch was er aussprach, klang anders: »Die kommen mit dem Leben davon.«

11. Kapitel

Eine Reise nach New Hampshire

16.

Detective Mercedes Barren fuhr forsch zwischen den graugrün schimmernden Autobahnlaternen entlang, die gegen die spätnächtliche Dunkelheit ankämpften. Es war kurz vor drei Uhr, und sie hatte die Straße fast für sich allein. Gelegentlich schlingerte in der Ferne ein Sattelzug vorbei und jaulte herzerweichend auf wie ein angeschlagenes Tier, bevor er aus dem Lichtschleier in die schwarze Nacht verschwand. Sie trat fest aufs Gas, als könnte sie aus dem Schub der Motorleistung eigene Kraftreserven schöpfen. Sie war erschöpft, doch nicht in der Lage, Schlaf zu finden. Sie wusste, dass die Bilder, die ihr im Gedächtnis brannten und die sie so achtlos in einer Papiertüte auf den Beifahrersitz geworfen hatte, sie eine Zeitlang am Schlafen hindern würden.

Der Wagen dröhnte, und sie versuchte, sich ganz auf das Geräusch zu konzentrieren, um die Schrecken der letzten Stunden zu verdrängen. Sie wies den Gedanken an Douglas Jeffers' Wohnung zurück, auch wenn sich ein letzter Anblick nicht aus ihrem Gedächtnis vertreiben ließ: Sie sah Glasscherben und Dutzende zerbrochene oder verbogene Bilderrahmen auf dem Boden verstreut. Vor lauter Panik und Entsetzen hatte sie auf ihrer Suche nach den versteckten Horrorvisionen die vorderen Bilder schließlich einfach zerrissen. Die Überreste von Jeffers' Kunst lagen haufenweise im Wohnzimmer herum, so dass ihr von allen Seiten abgetrennte Gesichter oder Teile von Szenen entgegenstarrten. Sie hatte die Lebensmitteltüte genommen, mit der sie den neugierigen Türsteher getäuscht hatte, und sie auf dem Boden ausgekippt. Dann hatte sie den Papierbeutel mit den versteckten Fotos neu gefüllt, die sie in ihrer Ungeduld geknickt oder beschädigt hatte. Als sie die Wohnungstür hinter sich abgeschlossen hatte, war es ihr vorgekommen, als erwachte sie aus einem Alptraum, nur um der noch entsetzlicheren Wirklichkeit ins Auge zu sehen. So ähnlich musste es sein, wenn man aus einem unangenehmen Traum erwachte, weil um Mitternacht ein Einbrecher klirrend ein Fenster einschlägt oder in einem anderen Zimmer ein Feuer knistert.

Der Turnpike führte eine Anhöhe hinauf. Rechts von ihr erhob sich mit heulenden Triebwerken ein Frachtjet vom Flughafen Newark, während zu ihrer Linken die riesigen weißen Öltanks des Hafens in den Flutlichtern glitzerten. Die Industrielandschaft schien ihr unpassend, fremdartig zu sein. Als der Highway von der Küste ins dunkle Landesinnere schwenkte, fühlte sie sich getröstet. Sie beugte sich vor und blickte in den schwarzen Himmel, um einen Schimmer Mondlicht zu erhaschen, das matt über verstreuten Gebäuden und Bäumen hing.

»Gute Nacht, lieber Mond«, brach es aus einem hintersten Winkel ihres Bewusstseins hervor, »der hell am Himmel thront; gute Nacht, Bärchen, erzählt mir noch ein Märchen, gute Nacht Haus und gute Nacht Maus, gute Nacht dem alten Mann, der nicht schlafen kann, gute Nacht allen, das wird ihnen gefallen …«

Sie versuchte, sich die anderen Gutenachtverse aus dem alten Kinderbuch ins Gedächtnis zu rufen, doch nach so vielen Jahren war sie sich nicht sicher. Mätzchen und Kätzchen? Sie dachte daran, wie ihre kleine Nichte in ihren Armen gelegen hatte, wie ihr Kopf heruntergesackt und die Flasche ihr aus dem Mund gerutscht war, wenn sie in tiefen, kindlichen Schlaf verfiel. Sie erinnerte sich daran, wie die Worte aus dem Buch immer ihre Wirkung taten. Sie brach nie vorher ab; falls Susan einschlief, bevor sie fertig war, las sie trotzdem weiter.

»Gute Nacht, lieber Mond«, sagte sie noch einmal.

Das Bild ihrer Nichte hatte sie hinter der Profilansicht dreier verhungernder afrikanischer Kinder gefunden, deren aufgerissene Augen und aufgedunsene Bäuche von ihren Qualen sprachen. Es war vielleicht das fünfzehnte oder zwanzigste Foto, das sie in ihrer verzweifelten Suche zerrissen hatte. Als sie den Rahmen mit bloßen Händen zerbrach, hatte sie die letzten Reste Selbstbeherrschung verloren. Dabei war ein Stück Glas abgesplittert, und sie hatte sich in den Daumen geschnitten – nicht tief, aber doch genug, um frisches Blut auf dem Bild zu hinterlassen.

Zuerst hatte sie ihre Nichte gar nicht erkannt. Sie hatte in Jeffers' Wohnung zu viele brutal zugerichtete Leichen gesehen, als dass ihr der Unterschied gleich ins Auge gesprungen wäre. Doch dann hatte die Form der Gliedmaßen sie aufgestört; und der Schopf strohblondes Haar, der selbst auf dem Schwarzweißbild deutlich ins Auge fiel, war ihr irgendwie vertraut erschienen. Die Züge wirkten ruhig; die Aufnahme war aus einem niedrigen Winkel und von der Seite gemacht, so dass der Horror der Fundortfotos, die sie sich immer und immer wieder angesehen hatte, etwas abgemildert schien. Der Unterschied zwischen dem zwar hastigen, doch beinahe liebevollen Schnappschuss von Jeffers und den klinisch unge-

schönten, grellen Aufnahmen der Gerichtsmedizin oder ihrer Kollegen von der Spurensuche sprang ins Auge. Auf dem Foto, das sie in Händen gehalten hatte, schien Susan nur zu schlafen, und für dieses Detail war sie dankbar.
Sie hatte das Foto wie gebannt angestarrt. Sie wusste nicht, wie lange. Sie hatte nicht geweint, doch es schien ihr die Seele auszusaugen. Dann hatte sie es behutsam, fast zärtlich beiseite gelegt und sich wieder ihrer unsäglichen Aufgabe zugewandt, die anderen gerahmten Bilder zu überprüfen.
Dabei hatte sie sich für ruhig und selbstbeherrscht gehalten, doch als sie schließlich das Foto ihrer Nichte auf den wachsenden Stapel der anderen ermordeten Mädchen legte und gehen wollte, hatten ihre Hände gezittert.
Auf ihrer Fahrt durch die Dunkelheit versprach sie stumm: Ich weiß nicht, wer ihr alle seid, aber ich bin jetzt für euch da.
Ich bin da. Ich bin da. Ich weiß es. Jetzt weiß ich alles.
Und ich werde es in Ordnung bringen.
Sie grub die Finger ins Lenkrad und fuhr zügig in den Morgen.

Martin Jeffers konnte nicht schlafen. Und er wollte es auch nicht.
Er saß genau in der Mitte seiner Wohnung beim spärlichen Licht einer kleinen Schreibtischlampe in der Ecke. Er wog das Für und Wider einer einzigen Frage ab: Ob es besser war, es zu wissen, oder nicht. Konnte er, falls die Polizistin, wie er annahm, verschwunden war, und wenn sein Bruder, wie er ebenfalls vermutete, bald wieder mit seiner Klugscheißerei und seinem ominösen Gehabe bei ihm aufkreuzen würde, zum Status quo zurückkehren, dem prekären Frieden unter Brüdern?

Er wusste nicht, ob er die Kraft besaß, sich zu dieser Normalität zu zwingen.
Er versuchte, sich das Wiedersehen mit seinem Bruder vorzustellen. In seiner Phantasie war er ein strenger, unbeugsamer Richter, von einer Überlegenheit, die eigentlich dem Erstgeborenen zukommt; diesmal würde er sich nicht auf die Späße und Spiegelfechtereien seines Bruders einlassen, und Douglas Jeffers würde schließlich einknicken und ihm die Wahrheit sagen.
Und was dann?
Martin Jeffers vergrub das Gesicht in den Händen und versuchte, sich vor den Visionen, die er heraufbeschworen hatte, zu verstecken. Was würde er sagen? Er konnte sich nicht vorstellen, dass sein Bruder sich unter Tränen zu dem Verbrechen bekennen würde, mit dem sich die Polizistin in ihr Leben drängte. Was würde er sagen? Es tut mir leid, Marty, aber ich habe dieses Mädchen aufgerissen, und es lief alles bestens, bis sie nein gesagt hat; es ist wohl ein bisschen mit mir durchgegangen, weißt du, und vielleicht hab ich sie etwas zu hart rangenommen. Ich bin stark, Marty, und manchmal vergesse ich das, und auf einmal hat sie nicht mehr geatmet, ich konnte nichts dafür, es ist im Grunde ihre Schuld, und überhaupt, jemand anders ist für dieses Verbrechen ins Kittchen gewandert, weshalb sollen wir also etwas unternehmen? Es ist passiert, es ist vorbei, es ist, wenn du noch einmal drüber nachdenkst, nie passiert.
Er stand auf und wanderte durch das dunkle Zimmer.
Ich hab's gewusst, ich hab's gewusst, ich hab's gewusst. Er war schon immer wild, er dachte schon immer, er könne tun, was er will. Er war nicht wie ich, er war nicht diszipliniert, geduldig. Und er hat nie, nie, nie auf mich gehört.
Er hat dieses Mädchen getötet, verdammt!

Er musste dafür bezahlen.
Martin Jeffers setzte sich wieder.
Wieso?
Was würde das bringen?
Wieder stand er auf, um im nächsten Moment erneut in den Sessel zu sinken.
Weshalb ziehst du vorschnelle Schlüsse?
Die Ermittlerin war verschwunden. Die hatte sowieso eine Schraube locker.
Wieso lässt du dich so schnell dazu hinreißen, das Schlimmste von Doug anzunehmen? Du warst zu lange mit den Jungs in der Therapiegruppe zusammen. Du hast zu viele Lügen gehört, zu viele Ausflüchte, zu viele geschönte Versionen. Du bist zu sehr daran gewöhnt, dass immer die anderen schuld sind, nie derjenige, der es getan hat. Jahr um Jahr hast du dir all diese Horrorgeschichten anhören müssen, bis du nicht mehr klar denken konntest, und jetzt bist du bereit, die aberwitzigsten Schlüsse zu ziehen.
Geh ins Bett. Sieh zu, dass du ein bisschen Schlaf bekommst. Es wird sich alles klären.
Er lächelte. Die Einstellung wird wohl kaum den vier Jahren Medizinstudium und vier weiteren Jahren als Assistenz- und Oberarzt an der Heilanstalt gerecht. Hat Freud vielleicht irgendwo geschrieben, das wird sich alles klären? Was für eine Neo-Jungsche Theorie soll das sein? Passt wohl eher in die Ratgeberkolumne Dear Abby oder zur Briefkastentante Ann Landers. Wann hätten sich die Dinge je von selbst geklärt? Er hörte sein eigenes, trockenes Lachen, das durch die leere Wohnung hallte. Dennoch gehörte es zu den Grundsätzen seiner Zunft, den Dingen nicht vorzugreifen, und daran gab es nichts auszusetzen.
Wir werden sehen, sagte er sich.

Wir werden sehen, was Detective Barren zu sagen hat – falls sie sich je wieder blicken lässt.
Wir werden sehen, was Doug zu sagen hat.
Und dann werden wir entscheiden, was zu tun ist.
Für ihn kam die Entscheidung, abzuwarten, was als Nächstes passierte, einem Aktionsplan nahe. Das tat ihm gut, und er spürte plötzlich, dass er müde war. Verflucht noch mal, wie kannst du bei diesem ganzen Schlamassel je zu vernünftigen Schlüssen kommen, wenn du keinen Schlaf bekommst?
Wieder stand er auf und sah auf eine kleine Digitaluhr, auf der die Ziffern rot leuchteten. Es war vier Uhr morgens. Er räkelte sich und gähnte. Geh ins Bett!, befahl er sich, und die Antwort kam prompt: Jawoll, Herr Oberst!
Er machte drei Schritte Richtung Schlafzimmer.
Die Dinge werden sich klären.
Da klingelte es an der Tür.
Das schrille Geräusch fuhr ihm in die Glieder, und er zuckte heftig zusammen.
Er holte tief Luft.
Wer kann das sein?, dachte er.
Mein Gott.
Er atmete noch einmal tief durch. Was zum Teufel soll das werden? Es ist vier Uhr morgens.
Es klingelte wieder, ein paarmal hintereinander.
Ihm drehte sich alles im Kopf, als er an die Tür trat. Er sah durch den kleinen, runden Spion.
Draußen stand die Polizistin.
Sein Herz rutschte in die Magengegend, und er hätte sich am liebsten übergeben. Er kämpfte das Gefühl herunter und griff nach dem Türknauf.

Kaum hörte sie, wie jemand sich anschickte, die Tür zu öffnen, fasste sich Detective Barren an den Rücken, wo sie die Neunmillimeter zwischen Bluse und Gürtel gesteckt hatte. Sie verbarg die Waffe unter der Papiertüte im anderen Arm und hielt sie in Augenhöhe, sobald die Tür aufging.

Dann hielt sie Martin Jeffers den Lauf direkt vor die Nase.

Sie sah, dass er blass wurde und einen erstaunten Schritt nach hinten machte.

»Keine Bewegung«, befahl sie in eiskaltem, ungerührtem Ton. »Ist er hier? Wenn Sie mich belügen, bringe ich Sie um.«

Martin Jeffers schüttelte den Kopf.

Sie machte ihm mit der Waffe ein Zeichen und schlüpfte in die Wohnung. Sie sah sich schnell um. Sie spürte, dass sie alleine waren, doch sie war nicht bereit, ihren Gefühlen zu trauen.

»Detective, bitte stecken Sie diese Waffe weg. Er ist nicht da, und ich weiß immer noch nicht, wo er ist.«

»Davon möchte ich mich lieber selbst überzeugen.« Vorsichtig lief sie gerade mal so weit, dass sie einen Blick in die anderen Zimmer werfen konnte. Dabei bewegte sie den Lauf der Pistole nur wenig, damit sie ihn jederzeit auf Martin Jeffers richten konnte. Nach einer kurzen Inspektion kehrte sie ins Wohnzimmer zurück und machte dem Doktor Zeichen, sich zu setzen.

»Ich fasse es nicht, dass …«, fing Martin Jeffers an, doch sie unterbrach ihn.

»Mir ist es egal, was Sie fassen oder nicht.«

Sie schwiegen beide. Nach einer Weile ergriff er das Wort.

»Wir waren gestern Vormittag verabredet. Nicht hier. Nicht um diese Zeit. Was soll das Ganze? Und stecken Sie endlich diese Kanone weg. Die macht mir Angst.«

»Genau das ist auch meine Absicht. Und ich stecke sie weg, wenn es mir passt.«

Sie starrten einander weiter an.
»Wo ist er?«, fragte sie.
»Ich sagte Ihnen bereits, ich weiß es nicht.«
»Können Sie ihn finden?«
»Ich weiß nicht. Nein. Vielleicht. Ich weiß es nicht. Aber bestimmt nicht …«
»Ich hab nicht allzu viel Zeit. Keiner von uns.«
Martin Jeffers fasste sich. Er ignorierte ihre rätselhafte Bemerkung.
»Hören Sie, Detective, was haben Sie hier mitten in der Nacht zu suchen? Wir hatten eine Verabredung, und Sie lassen sich einfach nicht blicken. Und dann schneien Sie mir nichts, dir nichts um vier Uhr morgens hier herein und bedrohen mich mit einer Waffe. Was soll das, zum Teufel?«
Detective Barren setzte sich ihm gegenüber. Die Pistole hing immer noch zwischen ihnen in der Luft. Sie zog den Briefumschlag mit Douglas Jeffers' Wohnungsschlüssel aus der Tasche und warf ihn dem Bruder hin.
Er starrte ihn an. »Wo zum Teufel haben Sie den her?«
»Von Ihrem Schreibtisch.«
»Sie sind bei mir eingebrochen? Gott im Himmel, was für eine Polizistin sind Sie eigentlich?«
»Hätten Sie ihn mir gegeben?«
»Nie im Leben.«
Jeffers kochte vor Wut und wollte aus dem Sessel springen.
Sie hob die Waffe.
Er starrte sie an und sackte zurück.
»Drohen ist kindisch«, meinte er.
»Ich war in der Wohnung Ihres Bruders«, erklärte sie.
»Und?«
Sie hatte die Papiertüte vor ihre Füße gelegt. Sie fasste hinein und zog das Foto von Susan heraus.

»Das ist meine Nichte«, erklärte sie bitter.
»Ja, aber ...«
»Das habe ich in der Wohnung Ihres Bruders gefunden.«
Martin Jeffers drehte sich der Kopf. Er atmete schwer. »Dann muss es irgendeine Erklärung dafür geben ...«, brachte er heraus.
Ihre Stimme klang wie ein frostiger Morgen. »Die gibt es auch.«
»Ich meine, er muss ...«
Sie unterbrach ihn. »Ersparen Sie mir irgendwelche dämlichen Entschuldigungen.«
»Ich meine, es gibt viele Möglichkeiten, wie er an dieses Bild herangekommen sein könnte ... immerhin ist er Fotograf.«
Sie sagte nichts, sondern griff erneut in die Tüte und zog ein weiteres Bild heraus. Das warf sie Martin Jeffers hin. Wieder betrachtete er die beiden Fotos intensiv.
»Aber das ist nicht dieselbe Frau«, sagte er nach einer Weile.
Sie warf ihm noch eine Aufnahme hin.
Er legte die drei nebeneinander und sah sie sich eingehend an.
»Ich kapier das nicht, auch die hier ist ...«
Sie schleuderte ihm das nächste Bild hin.
Er schaute es an und lehnte sich langsam zurück.
Sie keuchte wie auf den letzten Metern eines Dauerlaufs.
Wieder knallte sie ein Foto hin, dann noch eins, und noch eins, bis sie dem Bruder den gesamten Stapel auf den Schoß geworfen hatte.
»Sie kapieren nicht? Sie kapieren nicht? Sie kapieren nicht?«, wiederholte sie bei jedem neuen Bild.
Martin Jeffers sah sich mit wilden Blicken um, als suchte er verzweifelt nach einem Halt.
»Und jetzt noch einmal«, befahl sie und legte ihre ganze auf-

gestaute Wut in ihre Worte. »Wo ist er? Wo ist Ihr Bruder? Wo? Wo? Wo?«
Martin Jeffers legte den Kopf in die Hände.
Sie sprang zu ihm und riss ihn unsanft an der Schulter zurück.
»Wenn Sie heulen, bringe ich Sie um«, drohte sie böse. Sie wusste nicht, ob sie es ernst meinte oder nicht, sie wusste nur, dass sie die Vorstellung nicht ertrug, dass der Bruder auch nur eine Träne für sich selbst, für Douglas Jeffers oder für irgendjemanden sonst vergoss außer für die Menschen, deren letzte Zeugnisse sie auf seinem Schoß gestapelt hatte.
»Ich weiß es nicht!«, stöhnte er mit einer Stimme, die unter dem Stress nachgab.
»Sie wissen es!«
»Nein!«
Sie starrte ihn an. Er starrte die Fotos an.
In ihrem Ton schwang mühsam beherrschter Zorn. »Werden Sie ihn suchen?«
Jeffers zögerte, während ihm zwei Antworten im Kopf widerhallten.
»Ja«, sagte er schließlich. »Vielleicht. Ich kann es versuchen.«
Sie sackte in den Sessel. In dem Moment hätte sie am liebsten selbst geweint.
Stattdessen saßen sie einander einfach nur gegenüber und starrten auf eine Stelle zwischen ihnen.

Als das erste Morgenlicht ins Zimmer drang, hockten sie immer noch stumm inmitten der Fotostapel. Martin Jeffers fand, obwohl am Boden zerstört, als Erster Worte:
»Ich nehme an, Sie werden jetzt Ihre Vorgesetzten anrufen und ihnen sagen, womit Sie es Ihrer Meinung nach zu tun haben …«

»Nein«, widersprach Detective Barren.

»Nun ja, vielleicht sollten wir uns an das FBI wenden«, fuhr Jeffers fort, als hätte er ihre Weigerung nicht gehört. »Die haben eine Dienststelle in Trenton, und ich kenne ein paar von ihren Agenten. Ich denke, die sind in der Lage, bei der Suche zu helfen …«

»Nein«, wiederholte sie.

Jeffers sah sie an. In ihm stieg blanke Wut auf. Er versuchte, sich eine Bemerkung zu verkneifen, doch Erschöpfung und Angst lösten seine Zunge.

»Hören Sie, Detective, falls Sie glauben, ich würde Ihnen dabei helfen, meinen Bruder zu jagen, damit Sie Ihre persönliche Vendetta bekommen, haben Sie sich getäuscht! Schlimmer noch, dann sind Sie verrückt! Vergessen Sie's und machen Sie, dass Sie rauskommen!«

Detective Barren sah Martin Jeffers an.

»Sie verstehen nicht«, entgegnete sie ruhig.

»Nun, Detective, wie's aussieht, sind Sie ganz groß darin, mir mit dieser Scheißwaffe im Gesicht herumzufuchteln …« Er war selbst überrascht, diese Worte aus seinem Mund zu hören. »Aber Sie sind nicht gerade mitteilsam, wenn es um Einzelheiten geht. Falls mein Bruder Verbrechen begangen hat, dann gibt es klare Verfahrensweisen, um sie zu untersuchen …«

Er hatte das unheimliche Gefühl, als hätte er diese Worte schon einmal gesagt und ebenso vergeblich wie jetzt.

»Es geht nicht«, gab sie zurück. Ihre Niederlage war der blanke Hohn.

»Und wieso verdammt noch mal nicht?«

»Wegen mir.«

Sie seufzte tief und fühlte sich plötzlich körperlich wie geistig vollkommen am Ende. Martin Jeffers beobachtete sie und begriff sofort, dass etwas in Schieflage geraten war, etwas war

anders, als es sein sollte. Mühelos wechselte er in seine berufliche Rolle und wartete geduldig und stumm in der Gewissheit, dass die Erklärung irgendwann folgen würde.
Das erste blasse Morgenlicht sickerte herein.
»Wegen mir«, wiederholte die Polizistin.
Sie holte tief Luft.
»Ich bin die Beste, wissen Sie? Immer gewesen. Ein einziges Mal habe ich einen Fehler gemacht und davon eine Narbe als Andenken zurückbehalten. Aber das war alles. Ich hab's überlebt. Ich bin wieder gesund geworden. Danach habe ich keine Fehler mehr gemacht. Egal bei welchem Fall, ich war immer die Beste. Ob es um Informationsbeschaffung ging, um Beweismaterial, um Verhaftungen, einfach alles! Ich lag immer richtig. Es hat immer gestimmt. Hieb- und stichfest. Wenn ich auf einen Fall angesetzt wurde, gab es nur einen Schluss: Die Bösen flogen auf. Sie kamen hinter Gitter. Mir war völlig egal, welche Anwälte sie sich leisten konnten, was die Verteidigung vorzubringen hatte. Ein Alibi? Vergiss es. Ich hab sie aus dem Verkehr gezogen. Alle …
Ich war ausgeglichen, wissen Sie? Musste ich auch sein. Mein ganzes Leben lang haben mir Menschen etwas gestohlen, und ich war dagegen machtlos. Aber nicht als Cop. Ich hatte recht. Immer. Ich hatte immer recht.«
Sie warf den Kopf zurück und sah zur Decke. Nach einer Weile richtete sie den Blick auf Martin Jeffers.
»Sie müssen begreifen: Es gibt keine Beweise.«
Martin Jeffers schüttelte den Kopf.
»Was sagen Sie da? Sehen Sie sich die Fotos an.«
»Die existieren nicht.«
»Was reden Sie da?« Er nahm eine Handvoll Bilder und hielt sie ihr vor Augen. »Sie platzen hier rein und erzählen mir, mein Bruder hätte diese, diese …« Er stolperte über das Wort

und hastete am Ende einfach weiter. »Und jetzt behaupten Sie, die existierten nicht? Was soll das?«
»Sie existieren nicht.«
Jeffers lehnte sich zurück und faltete ärgerlich die Hände vor der Brust. »Ich bin gespannt auf Ihre Erklärung.«
»Ich hab's immer richtig gemacht, wissen Sie. Bis jetzt. In dem Moment, in dem ich zum ersten Mal einen Fall bearbeite, der mir etwas bedeutet, alles bedeutet, da hab ich es vermasselt, völlig versaut.«
Sie streckte die Hand aus und griff sich wahllos ein paar Fotos.
»Ich bin bei Ihnen eingebrochen. Ich hab den Schlüssel gestohlen. Ich bin dort eingebrochen. Das geht über das, was man eine widerrechtliche Untersuchung nennt, entschieden hinaus …«
»Formsache!«
»Nein!«, schrie sie. »So sind nun mal die Regeln. Was sage ich: So ist nun mal die Realität!«
»Also«, erwiderte er und versuchte, ruhig und analytisch zu bleiben, »wieso gehen wir dann nicht zum FBI? Wir können ihnen wenigstens die Fotos zeigen.«
»Sie verstehen noch immer nicht«, antwortete sie. »Wir spazieren da beim FBI rein, und ich sage: Hören Sie, Mr. Agent, ich möchte Ihnen Fotos von Mordfällen zeigen, die ich im Zuge einer Ermittlung sichergestellt habe. Deren erste Frage lautet: Was für eine Ermittlung? Und dann sage ich: Nun, eigentlich bin ich auf Genesungsurlaub. Dann klingelt es bei denen, und sie rufen meinen Chef an, und der erzählt ihnen, ich wäre verzweifelt und besessen und, mein Gott, ich hoffe, ihr ist nichts passiert. Und dann rufen sie beim Morddezernat des Bezirks an, und da wird man ihnen sagen: Klar, seit ihre Nichte ermordet wurde, ist sie nicht mehr dieselbe; wir haben

den Fall gelöst und den Kerl eingebuchtet, und jetzt schmort er bis in alle Ewigkeit in Einzelhaft. Und dann wird Mr. Agent erfahren, dass ich Hunderte solcher Fotos in meinem Besitz habe – nicht genau wie diese, aber doch ziemlich ähnlich – und dann zieht er den Schluss, ich sei verrückt. Ende der Geschichte …«

»Und wenn ich nun sagen würde …«

»Was? Sie hat mich von der Sache mit meinem Bruder überzeugt? Dann wird Mr. Agent sich denken, wir wären eben beide wahnsinnig. Aber selbst für den Fall, dass er doch denkt, da sei etwas dran – das könnte immerhin sein, ich meine, könnte, ich will mich nicht zu weit aus dem Fenster hängen –, dann wird er eine Art Computercheck zu Ihrem Bruder machen. Ergebnis gleich null. Na ja, nicht gerade null. Als Erstes findet er heraus, dass Ihr Bruder eine Unbedenklichkeitsbescheinigung vom Weißen Haus hat, mit Stempel des Secret Service, das haben nämlich meine Recherchen ergeben. Und wissen Sie, was er dann tut? Ich will's Ihnen sagen. Er wird ein nettes kleines Memo schreiben und unter ›Wirrköpfe‹ abheften. Mit anderen Worten: nichts.«

»Na ja, können Sie nicht Ihre eigenen Leute überzeugen?«

»Die denken auch, ich sei verzweifelt und verrückt.«

Sie kniff die Augen zu Schlitzen zusammen.

»Natürlich haben sie recht.«

Martin Jeffers sah sich um und fragte sich, was jetzt kommen würde.

»Was wollen Sie also tun?«, erkundigte er sich.

»Ihn finden.«

»Damit Sie ihn umbringen können?«

Detective Barren zögerte.

»Ja«, antwortete sie.

»Vergessen Sie's.«

»Ich hätte Sie anlügen und nein sagen können.«
»Stimmt, hätten Sie gekonnt. Sie kriegen einen Punkt für Ehrlichkeit.«
Er starrte sie bitter an, und sie erwiderte den Blick mit gleicher Intensität.
»Na schön«, meinte sie. »Sehen Sie sich diese Fotos noch mal an. Und diesmal richtig gründlich. Dann denken Sie eine Weile darüber nach und schlagen mir einen Kompromiss vor.«
Er antwortete prompt.
»Wir finden ihn, nehmen ihn gefangen, konfrontieren ihn damit und erzwingen ein Geständnis.«
»Einen Teufel werden wir tun.«
»Detective, ich habe einige Erfahrung mit Menschen, die Serienverbrechen begehen. Fast ausnahmslos wollen sie sich mit dem, was sie getan haben, brüsten …«
Er verstummte plötzlich. Mein Gott!, dachte er, die Rede ist von Doug!
Er stand auf und taumelte durchs Zimmer, als sei er von der Erinnerung betrunken.
»Das ist verrückt, wissen Sie …«
»Ich glaube, das hatte ich bereits eingestanden«, sagte sie.
»Ich meine, es geht hier immerhin um meinen Bruder! Er ist einer der Besten seiner Zunft! Er ist Fotojournalist. Er ist Künstler. Er kann das unmöglich getan haben! Das sieht ihm nicht ähnlich! Er war nie gewalttätig …«
»Wirklich nicht?«
Sie sahen einander an.
Beide wussten, dass sich Verleugnung, Unglaube, Angst und Verwirrung über den Raum gebreitet hatten. Detective Mercedes Barren kam ein Gedanke: Das hier ist meine einzige Chance. Er wird nie in seine Wohnung zurückkehren. Er wird verschwinden. Er wird irgendwo wie vom Erdboden

verschluckt sein und nie wieder auftauchen. Wenn mir der Bruder nicht hilft, finde ich ihn nie.
Sie schluckte schwer und zwang sich dazu, die Verzweiflung und Empörung zu verbergen, die ihr in den Adern pochte.
Martin Jeffers sah Detective Barren an und versuchte ebenfalls, seine Gefühle hinter einer Maske zu verstecken. Ich muss diese Frau im Auge behalten, überlegte er, sonst begibt sie sich auf ihren eigenen mörderischen Kriegspfad.
Und dann kam ihm ein noch schlimmerer Gedanke: Ich muss selbst herausfinden, was Doug getan hat.
Er fühlte sich plötzlich auf Gedeih und Verderb mit dieser Kriminalistin zusammengeschweißt, auch wenn sie seinen Bruder aus gänzlich anderen Motiven jagen würde als er.
Schließlich sagte er brüsk: »Falls ich Ihnen helfe, ihn zu finden, damit wir die Sache auf vernünftige Weise aufklären, müssen Sie mir etwas versprechen.«
»Was?«
Martin Jeffers setzte an, überlegte es sich aber. Er war sich nicht sicher. Er holte tief Luft.
»Versprechen Sie mir, nicht als Erste zu schießen. Versprechen Sie mir, dass Sie sich anhören werden, was er zu sagen hat. Versprechen Sie mir einfach, verdammt noch mal, dass Sie ihn nicht erschießen werden! Er ist mein Bruder, vergessen Sie das nicht! Andernfalls vergessen Sie's.«
Sie ließ sich mit der Antwort Zeit. Statt hastig zuzustimmen, wollte sie den Eindruck erwecken, als dächte sie ernsthaft darüber nach.
»Also, so viel kann ich Ihnen versprechen: Ich gebe zuerst Ihnen eine Chance. Danach, nun ja, was immer danach geschehen mag.«
Sie sagte das in festem, selbstbewusstem Ton.
Es war, wie sie sehr wohl wusste, von vorne bis hinten ge-

logen. »Meinetwegen«, stimmte er in verhalten dankbarem Ton zu. »Das scheint mir fair.«
Er traute ihr keine Sekunde.
Sie waren nicht so töricht, den tödlichen Deal, auf den sie sich eingelassen hatten, mit Handschlag zu besiegeln. Stattdessen verharrten sie beide in ihren Sesseln, starrten geradeaus und harrten der Dinge, die da kommen mochten.

Das helle Morgenlicht brachte etwas Vernunft und Klarheit in ihre Gedanken.
Detective Barren brach schließlich das Schweigen mit einer Frage zum weiteren Vorgehen:
»Also«, begann sie ohne Umschweife, »wo fangen wir an? Was hat er Ihnen über das gesagt, was er vorhat?«
»Er hat mir nicht viel verraten. Er hat nur erzählt, er ginge auf eine empfindsame Reise. So hat er sich ausgedrückt. Ich hab daraufhin gesagt, dass wir eigentlich nicht viel Grund hätten, über irgendetwas empfindungsreich zu werden.«
»Er muss noch mehr gesagt haben.«
Martin Jeffers schloss für einen Moment die Augen und rief sich seinen Bruder ins Gedächtnis, wie er grinsend in der Anstaltskantine saß.
»Er wollte alten Erinnerungen nachgehen. Was für welche, hat er nicht erwähnt.«
»Und? Was glauben Sie?«
»Ich bin nicht sicher.«
»Müssen Sie auch nicht.«
Jeffers schwieg und überlegte.
»Nun ja, wenn wir annehmen, das alles hier wäre wahr« – er deutete mit einer vagen Handbewegung auf die Fotos –, »dann könnte er zweierlei Erinnerungen im Auge gehabt haben. Die ersten wären offensichtlich die Erinnerungen aus un-

serer Kindheit. Die zweite Gruppe bezöge sich natürlich auf diese …« – er wusste nicht weiter – »Ereignisse.«
Jeffers hatte das Gefühl, ruhig und vernünftig zu klingen. Er hasste seine Stimme.
»Oder höchstwahrscheinlich eine Kombination aus beiden.«
Detective Barren fühlte sich plötzlich gestärkt, als wiche die Erschöpfung mit einem Schlag. Sie stand auf und schritt im Zimmer auf und ab, während sie unentwegt mit der Faust in den offenen Handteller schlug und angestrengt überlegte.
»Normalerweise«, meinte sie, »gehen Polizisten deduktiv vor, um logisch zu erfassen, wieso etwas passiert ist und wie. Beides hängt miteinander zusammen …« In diesem Moment wurde ihr bewusst, dass sie fast den dozierenden Tonfall von Martin Jeffers angenommen hatte, doch sie fuhr ungerührt fort: »Es kommt nicht oft vor, dass wir etwas vorhersagen müssen …«
»Das ist in meinem Beruf nicht anders«, bemerkte Martin Jeffers.
Sie nickte.
»Jetzt aber müssen wir genau das.«
Sie sah in seinen Augen, dass er ihr recht gab.
»Vermutlich würde es uns Monate kosten, herauszufinden, welches Foto wo gemacht wurde …«
»Ich stimme Ihnen zu. Außerdem wissen wir nicht, welche Rangordnung er dafür hat, was seine Reiseroute beeinflussen dürfte«, warf Jeffers ein.
»Folglich konzentrieren wir uns auf die andere Art von Erinnerungen: die persönliche Geschichte.«
»Na ja, da haben wir es fast mit dem gleichen Problem zu tun. Wir haben keine Ahnung, was für ihn Priorität besitzt. Ebenso wenig wissen wir, in welcher Reihenfolge er die Stationen abklappern würde.«

»Zumindest können Sie Vermutungen anstellen.«
»Aber mehr auch nicht – reine Vermutungen.«
»Das genügt fürs Erste! Zumindest haben wir dann etwas in der Hand.«
Jeffers nickte.
»Na ja, wir wurden damals in New Hampshire ausgesetzt. Das liegt bestimmt auf seiner Reiseroute.«
»Wie meinen Sie das, ausgesetzt?«
Martin Jeffers' Antwort war schroff: »Aufgegeben! Tritt in den Hintern! Rausgeschmissen! Da ist die Tür! Was zum Teufel denken Sie denn?«
»Tut mir leid«, entschuldigte sie sich, von seinem heftigen Wutausbruch verblüfft. »Ich wusste wirklich nicht, was Sie meinen.«
»Hören Sie«, lenkte er in festem Ton ein, »so ungewöhnlich ist das nicht. Unsere Mutter war das schwarze Schaf in der Familie. Sie ist mit einem Typen durchgebrannt, der gerade aus dem Kriegsdienst entlassen worden war. Sie sind in einer Jahrmarktsnummer aufgetreten – Sie wissen schon, Kirmesschausteller, die quer durchs Land tingeln. Sie hat den Kerl nie geheiratet, jedenfalls soweit wir wissen. Schließlich kam Doug auf die Welt. Dann ich. Ich glaube, keiner von beiden hat sich allzu viel aus Kindern gemacht. Zuerst ist er abgehauen, dann hat sie dafür gesorgt, dass wir von Verwandten adoptiert wurden. Sie sollte uns hierher nach New Jersey bringen, aber vermutlich war ihr das zu mühselig, denn sie hat uns in New Hampshire zurückgelassen. In Manchester, genauer gesagt.«
Er zögerte.
»Ich entsinne mich ganz genau an die verdammte Polizeiwache, in der wir warten mussten. Es war schummrig, und die Wände waren voller Kritzeleien, die ich nicht entziffern

konnte, die aber irgendwie nicht dahin gehörten. Und alle waren so riesig groß. Sie kenne sicher das Gefühl, wenn man klein ist – als ob die ganze Welt nur für die Großen gemacht wäre …«

»Und Ihr Bruder?«

»Er hat mich durchgebracht. Er hat für mich gesorgt.«

»Wie hat er reagiert?«

Jeffers holte tief Luft.

»Er hat sie dafür gehasst, dass sie uns verlassen hat. Er hat sie dafür gehasst, dass sie uns nicht geliebt hat. Unsere neuen Eltern hat er genauso gehasst. Falsche Eltern, hat er immer gesagt.«

»Und Sie?«

»Ich auch. Aber nicht so sehr wie er.«

In dem Moment fragte er sich, ob er log.

»Wo sind Sie gelandet?«

»Hier.«

»Nein, ich meine …«

»Ich weiß, was Sie meinen. ›Hier‹ ist die richtige Antwort. Die Verwandten, die uns adoptiert haben, wohnten in Rocky Hill, auf der anderen Seite von Princeton. Er war Drogist. Eigentlich war er Geschäftsmann, und ein verdammt guter. Ihm gehörte ein Drugstore in der Nassau Street, den er irgendwann für einen Haufen Geld an eine Kette verkauft hat. Er hat klug investiert. Er war solide. Mittelschicht.«

»Sie klingen nicht …«

»Hab ich auch nicht. Doug hasste ihn mehr. Der Mistkerl hat uns nach der Adoption noch nicht mal seinen Namen gegeben. Jeffers ist der Name unserer leiblichen Mutter. Wissen Sie, wie das ist, als Kind und als Jugendlicher? Sie müssen immer wieder alles erklären. Jedesmal wenn Sie in eine neue Schule kommen, wenn Sie sich mit jemandem anfreunden oder was weiß ich. Bei jeder Gelegenheit. Was immer wir von ihm bekamen, das mussten wir uns vorher hart erarbeiten.«

»Sie haben es geschafft.«

»Meinen Sie?«

Sie wusste nicht, was sie sagen sollte. Jeffers' Stimme klang zunehmend wütend und verbittert. Sie fragte sich, wie er mit all der Wut fertigwurde, die er aufgestaut hatte. Wie es sein Bruder machte, wusste sie.

»Wie wär's, wenn wir mit Manchester anfangen würden?«, schlug sie vor.

»Was versprechen Sie sich davon?«, fragte er schroff zurück.

»Ich weiß nicht«, antwortete sie in gleichmütigem Ton, obwohl sie ärgerlich wurde. »Zumindest besser, als rumzusitzen und zu warten, dass er Sie anruft. Was er bisher nicht getan hat.«

»Noch nicht.«

»Glauben Sie, er meldet sich noch?«

Jeffers zögerte.

»Ja.«

»Wieso?«

»Wenn er gemeinsamen Erinnerungen nachgeht, dann kommen zwangsläufig Dinge hoch, die er mir mitteilen will. Oder er besucht einen Ort, der in ihm den Wunsch weckt, etwas auszudrücken, und ich bin der einzige logische Ansprechpartner … außer diesen …« Er deutete auf die Fotos. »So funktioniert die Psyche nun mal. Ich kann für nichts garantieren, aber die Vermutung liegt nahe. Sie ist begründet.«

Sie überlegte einen Moment.

»Ich hab keine Lust, Däumchen zu drehen.«

Er nickte.

»Heute ist Samstag«, meinte er. »Ich muss erst am Montag wieder in die Anstalt.«

Sie stand auf.
»New Hampshire«, sagte sie. »Wir können Leuten sein Foto zeigen, uns umhören.« Sie überlegte einen Moment, bevor sie fragte: »Wo lebt Ihre Familie jetzt?«
Sie sah, wie Martin Jeffers tief Luft holte, als müsse er seinen Zorn in eine geordnete Schlachtenreihe zurückdrängen. Detective Barren war völlig verblüfft. Sie fröstelte. Sie setzte sich in ihren Sessel und beobachtete, wie Jeffers mit seinen Emotionen kämpfte, und sie musste sich in Erinnerung rufen, wer er war. Denk dran, sie sind Brüder. Als er endlich antwortete, sprach er mit leiser, nur mühsam beherrschter Stimme.
»Adoptiveltern, beide tot«, sagte Martin Jeffers knapp. »Leiblicher Vater? Wer weiß. Wahrscheinlich tot, oder er treibt sich irgendwo herum. Leibliche Mutter, dito, es sei denn ...«
Er schwieg einen Moment.
»... es sei denn, Doug hätte es geschafft, sie umzubringen.«

Zuerst fuhr er mit ihr an der Drogerie vorbei, indem er im Schritttempo die Nassau Street in Princeton entlangschlich. Die Universität lag mit ihren efeubewachsenen Gebäuden auf der anderen Straßenseite – friedlich und still, als wartete sie hinter dem hohen schwarzen Eisenzaun und den weitläufigen Rasenflächen geduldig auf das emsige Treiben im Herbst. Martin Jeffers wies darauf hin, dass es wenige Wochen vor Semesterbeginn war, es dauerte noch etwas, bis die ganze Stadt zu neuem Leben erwachte. Das wusste sie. Sie verriet ihm nicht, wie vertraut sie mit der ganzen Gegend war. Er sollte nicht mehr als unbedingt notwendig von ihr erfahren.
Sie sah die steinernen Seminargebäude und Studentenwohnheime und erinnerte sich an ihren Mann. Sie lächelte, wenn sie daran dachte, wie wohl er sich am College gefühlt hatte und wie seltsam es für ihn gewesen sein musste, zur Armee zu ge-

hen. Er hatte den Universitätsbetrieb geliebt. Er hatte sich von einer anderen Gesellschaft mitreißen lassen, die Wert auf Bücher und Gedanken legte und Leistung nach wissenschaftlichen Aufsätzen und gekonnten Vorträgen bemaß. Worüber? Über Literatur, Mathematik, Gesellschaftswissenschaften und Naturwissenschaften.

Auch die Welt meines Vaters, dachte sie.

Meine nicht.

Während Martin Jeffers draußen in seinem Wagen wartete, hatte sie in ihrem Hotel eine Dusche genommen, Wäsche und Jeans gewechselt, war sich mit dem Kamm einmal durchs Haar gefahren und hatte keinen Gedanken an den Schlafmangel verschwendet. Sie war hellwach und aufgeregt. Das Einzige, was für sie zählte, war die Tatsache, dass sie ihre Kreise um Douglas Jeffers immer enger zog; am Ende würde es für ihn nur noch sie und ihre Pistole geben. Dieser Gedanke hatte ein bitteres Lächeln auf ihre Lippen gebracht.

Sie hatte in den Spiegel gesehen, doch statt ihr Äußeres darin zu überprüfen, hatte sie ihre Waffe gehoben und auf ihr Ebenbild gerichtet. »So wird es aussehen«, hatte sie laut gesagt.

Sie erstarrte in dieser Stellung und ließ das Gefühl einsinken.

Dann hatte sie sich eine kleine Reisetasche geschnappt und die Neunmillimeter hineingesteckt. Zum Schluss hatte sie das Selbstporträt genommen, das Douglas Jeffers im Dschungel gemacht hatte, und zwei zusätzliche Ladestreifen eingesteckt.

Martin Jeffers hatte darauf bestanden, dass sie mit seinem Wagen fuhren, was ihr recht sein sollte. Vermutlich ging es ihm um das illusorische Gefühl, Herr der Lage zu sein, als ob er diese Exkursion leitete, nur weil er am Steuer saß. Sie erklärte sich augenblicklich einverstanden und sah darin die Chance, ein wenig zu entspannen, Kräfte zu sammeln und vielleicht sogar zu schlafen, während er durch das Fahren weiter ermüdet würde.

Nach dem Wiedersehen mit der alten Drogerie ließen sie die Stadt hinter sich, und es dauerte nicht lange, bis sie über schmale, gewundene, von Bäumen gesäumte Landstraßen fuhren. Nach einer Weile kamen sie zu einer kleinen Häusergruppe, die zwischen den Farmen ringsum unpassend wirkte. Er hielt an und zeigte mit dem Finger darauf.

»Von hier aus das dritte. Der Familiensitz. Bin seit zehn Jahren nicht mehr hier gewesen.«

Sie blickte auf ein bescheidenes, properes, dreistöckiges Holzständerhaus in Grauweiß mit einem gepflegten, saftig grünen Rasen, einer Garage und einem ausländischen Wagen davor.

»Als wir hier wohnten«, fuhr Martin Jeffers fort, »war es braun gestrichen. Ein stumpfes, hässliches Dunkelbraun. Innen war es nicht besser als außen; es war phantasielos. Es war nie behaglich, offen und gastfreundlich, so wie es sich Kinder wünschen. Es war immer unfreundlich und düster.«

»Aber es war immerhin ein Zuhause. Sie standen nicht wie andere Kinder auf der Straße.«

Er zuckte die Achseln. »Die äußeren Faktoren werden häufig überschätzt. Das Entscheidende für Kinder sind die inneren Faktoren.«

»Wie meinen Sie das?«

»Liebe. Lebendiger Umgang. Zuneigung. Stolz. Rückhalt. Damit kann man sogar unter den widrigsten Umständen überleben, ja sogar gut gedeihen. Ohne diese Voraussetzungen nützen Familie, Geld, Bildung und Kinderbetreuung herzlich wenig. Das Ghettokind, das Schule und Universität schafft und es zum Anwalt bringt. Das Kennedy-Kind, das an einer Überdosis Drogen stirbt. Verstehen Sie, was ich meine?«

»Ja«, erwiderte sie. Sie dachte an ihre Nichte, und eine Sekunde lang verkrampfte sich ihr das Herz. Sie schüttelte das Gefühl ab, indem sie eine Frage stellte: »Sie sagten, Ihre beiden Adoptiveltern wären tot?«

»Ja«, antwortete Martin Jeffers. »Unser Adoptivvater starb bei einem Unfall, als wir Teenager waren, und unsere Adoptivmutter starb vor drei Jahren – eines natürlichen Todes, wie es so schön heißt, worunter in ihrem Fall Alkohol, zu viele Beruhigungsmittel, Fastfood, Rauchen und Bewegungsmangel zu verstehen sind, und ein Herz, das von all diesem Mist zu belastet war, um ihn länger zu verkraften. In Wahrheit also ein ganz und gar unnatürlicher Tod.«

»Wo sind sie begraben?«

»Sie wurden beide eingeäschert. Leuten wie ihnen errichtet man kein Denkmal. Es sei denn, man hätte völlig den Verstand verloren ...« Er verstummte bei dem Gedanken, dass sein Bruder auf eine verquere, psychisch kranke Art und Weise genau das tat.

Detective Barren nahm diese Informationen zur Kenntnis und speicherte sie ab, während sie das Haus betrachtete.

Da haben wir ein Denkmal, dachte sie, und ihr kam eine Idee.

»Warten Sie einen Moment«, bat sie.

»Vergessen Sie's«, gab er zurück.

Sie stiegen beide aus und gingen zur Haustür.

Detective Barren klingelte. Nach wenigen Sekunden hörte sie drinnen Schritte und eine Kinderstimme: »Ich geh schon! Ich geh schon! Das ist bestimmt Jimmy!« Die Tür flog auf, und sie hatte einen flachsblonden, fünf oder sechs Jahre alten Jungen vor sich. Er warf einen enttäuschten Blick auf sie und Martin Jeffers, drehte sich um und brüllte: »Mom! Das sind Erwachsene!« Es klang, als fühlte er sich betrogen. Dann wandte er sich wieder den Fremden zu und sagte: »Hi.«

»Ist deine Mom oder dein Dad zu Hause?«, fragte Detective Barren.

Bevor das Kind antworten konnte, hörte sie hastige Schritte, und eine Frau etwa in ihrem Alter erschien verlegen in Jeans und mit einem Spaten in der Hand.

»Tut mir leid«, entschuldigte sie sich und wischte sich über die Stirn. »Ich war hinten im Garten, und wir erwarten einen Spielkameraden. Was kann ich für Sie tun?«

»Hallo«, begrüßte Detective Barren sie und hielt ihre goldene Dienstmarke hoch. »Ich bin Detective Mercedes Barren. Wir ermitteln im Fall dieses Mannes, der vermisst wird …« Sie zeigte ihr das Bild von Douglas Jeffers. »Wir wüssten gerne, ob Sie ihn vielleicht gesehen haben?«

Die Frau war sichtlich überrascht, an einem heißen Samstagvormittag eine Kripobeamtin vor sich zu haben.

»Nein«, antwortete sie. »Wieso? Wieso sollte ich den gesehen haben? Ist was passiert?«

»Nichts, worüber Sie sich Sorgen machen müssten«, log Detective Barren. »Der Herr, der mit meinem Partner hier verwandt ist, hat einmal in dieser Gegend gewohnt. Da er vermisst wird, hatten wir gedacht, dass es ihn vielleicht dorthin gezogen hat, wo er aufgewachsen ist. Weiter nichts, kein Grund zur Sorge. Und das war auch nur eine vage Vermutung.«

»Ach so«, meinte die Frau, als sei Detective Barrens Mischung aus Wahrheit und Lüge eine befriedigende Antwort auf ihre Frage, statt Anlass für tausend neue Fragen. »Ach so«, wiederholte sie. Sie warf einen zweiten Blick auf das Foto. »Tut mir leid, den haben wir nicht gesehen.«

»Lass mal sehen«, rief der Junge.

»Nein«, entgegnete die Mutter, »Billy, lass das bitte.«

»Ich will es aber sehen!«, quengelte das Kind.

Die Mutter sah Detective Barren an.
»Wird Zeit, dass sein Spielkamerad kommt«, sagte sie.
Die Polizistin beugte sich zu Billy herab und zeigte ihm die Aufnahme.
»Hast du den schon mal gesehen?«, fragte sie.
Das Kind betrachtete das Foto eingehend.
»Ja. Der könnte hier gewesen sein.«
Detective Barren spannte sämtliche Muskeln an und merkte, wie Martin Jeffers unwillkürlich einen Schritt näher kam.
»Billy!«, wies ihn die Mutter zurecht. »Das ist eine ernste Angelegenheit, das ist kein Spiel!«
»Vielleicht hab ich ihn gesehen«, beharrte das Kind. »Vielleicht war der hier.«
»Billy.« Detective Barren blieb ruhig und freundlich. »Wo hast du den gesehen?«
Das Kind wedelte mit der Hand Richtung Straße.
»Hat er etwas gesagt? Was hat er getan?«
Augenblicklich war der Junge schüchtern.
»Nichts.«
»Hast du einen Wagen gesehen? Oder war jemand bei ihm?«
»Nö.«
»Wann war das?«
»Eine Weile her.«
»Und was passierte dann?«
»Nix. Vielleicht hab ich ihn gesehen, weiter nix.«
Detective Barren hörte das Knirschen von Reifen auf dem Kies hinter ihr. Sie sah das Leuchten in den Kinderaugen.
»Sie sind da!«, rief Billy seiner Mutter zu. »Sie sind da. Kann ich bitte raus?«
Die Mutter sah Detective Barren an, die sich aufgerichtet hatte, und nickte. »Sicher«, meinte die Frau. Das Kind stürzte an Detective Barren und Martin Jeffers vorbei aus dem Haus.

Seine Mutter trat ebenfalls aus der Tür und sah ihrem Kind und seinem Freund dabei zu, wie sie anfingen zu spielen. Sie winkte der anderen Mutter am Steuer des Allerweltskombis zu. »Ich weiß nicht, ob Sie das unbedingt für bare Münze nehmen sollten …«, fing sie an.
»Keine Sorge«, unterbrach sie Detective Barren. »Das tue ich nicht. Ich glaube nicht, dass er jemanden gesehen hat.«
»Ich auch nicht«, stimmte die Mutter zu.
»Danke für Ihre Hilfe«, sagte Detective Barren. Sie und Martin Jeffers gingen zu seinem Wagen zurück. Sie blieb noch einmal stehen und winkte dem Jungen zu, der jedoch so sehr in das Spiel mit seinem Freund vertieft war, dass er sie nicht sah.
Im Wagen hakte Martin Jeffers nach: »Was glauben Sie wirklich?«
Sie zögerte einen Moment.
»Ich glaube nicht, dass er hier gewesen ist.«
»Ich auch nicht«, meinte er.
Beide schwiegen.
»Vielleicht doch«, räumte er ein.
»Vielleicht.«
Wieder Schweigen.
»Ich glaube, er war hier«, sagte er.
»Ich auch«, bestätigte Detective Barren.
Martin Jeffers nickte und legte den Gang ein. Er hatte durchaus registriert, wie sie, ohne mit der Wimper zu zucken, die Mutter belogen hatte. Dann wendete er behutsam und ließ das Haus und den möglichen Besuch des Gejagten zusammen mitsamt den unausgesprochenen Erinnerungen hinter sich.

Auf ihrem weiteren Weg nach New Hampshire schwiegen sie die meiste Zeit, und nur die Geräusche von der Straße drangen in ihre Gedanken. Sie machten ein paar Anläufe, Konversation zu treiben. Kurz hinter New Haven fragte Martin Jeffers: »Sind Sie verheiratet, Detective?«

Sie überlegte, ob sie lügen und ihn im Dunkeln belassen sollte, dann zuckte sie innerlich die Achseln und kam zu dem Schluss, es sei nicht der Mühe wert.

»Nein, verwitwet.«

»Oh, tut mir leid.« Das entsprach dem Gebot der Höflichkeit.

»Ist schon lange her. Ich habe jung geheiratet, und er ist im Krieg gefallen.«

»Auf die eine oder andere Weise ist keiner verschont geblieben.«

»Hat es Sie erwischt?«

»Nein, als ich so weit war, gab es bereits die Einberufung nach Losverfahren, und ich habe die Losnummer dreihundertsiebenundvierzig gezogen. Normalerweise habe ich nicht sonderlich viel Glück, aber da schon. Es hat nie jemand bei mir angeklopft.«

»Und Ihr Bruder?«

»Das war seltsam. Er war ein paarmal da, aber immer im Auftrag irgendeiner Zeitschrift oder Zeitung. Er hat auch das College geschmissen. Er wäre eigentlich prädestiniert gewesen, aber sie haben ihn nie geholt. Keine Ahnung, warum.«

Er schwieg, bevor er sagte:

»Sie sind offenbar noch jung. Aber Sie haben nie wieder geheiratet?«

Sie musste gegen ihren Willen lächeln.

»Die erste große Liebe, schon an der Highschool. Gegen die glühenden jugendlichen Gefühle und die Erinnerungen, die man davon zurückbehält, kommt so schnell keiner an!«

Martin Jeffers lachte leise.

»Wie wahr«, sagte er und fragte als Nächstes: »Wieso sind Sie zur Polizei gegangen?«
»Mehr oder weniger Zufall, nehme ich an. In Miami gab es ziemlich genau zu der Zeit, als ich dorthin gezogen war, ein Gleichstellungsverfahren. Ich sah die Anzeige in der Zeitung, ich las, dass die Polizei per Gerichtsverfügung dazu verdonnert worden war, mehr Frauen und Minderheitenvertreter einzustellen, und dachte, es ist den Versuch wert …« Wieder lächelte sie. »Ist das nicht typisch amerikanisch? Ich hab mich auf die Annonce gemeldet, im Grunde nur aus Spaß. Dann hab ich gemerkt, dass ich gut war. Irgendwann hab ich festgestellt, dass ich das besser als irgendetwas anderes konnte. Und Sie?«
»Psychiatrie? Na ja, aus zweierlei Gründen wohl. Zum einen konnte ich kein Blut sehen, und wenn Sie ein erfolgreicher Arzt sein wollen, müssen Sie mit dem Saft ziemlich unbeschwert umgehen können. Zum anderen hasste ich den Gedanken, Patienten zu verlieren. Das schloss eine ganze Reihe Sparten meiner Zunft aus. Vermutlich gibt es noch ein Drittes: Es wird nie langweilig. Die Menschen finden immer wieder neue Varianten für eine Handvoll ähnlich gelagerter Themen …«
»Das stimmt«, bestätigte sie.
»Sehen Sie, wir klingen schon wieder ähnlich.«
Sie nickte. Sie dachte an den Brief, den sie in seinen Unterlagen gefunden hatte, den Laufpass einer ehemaligen Freundin.
»Niemand, mit dem Sie das alles teilen?«
Sie sah, wie er seine Gedanken ordnete, bevor er den Mund öffnete.
»Nein … nicht wirklich. Ich weiß nicht, wieso, aber ich habe mich an ein ziemlich zurückgezogenes Leben gewöhnt, besonders, da die Arbeit in der Klinik so viel Zeit in Anspruch

nimmt. Außerdem muss man sich in diesem Fachbereich, wie vermutlich in jedem anderen, ständig weiterbilden und auf dem Laufenden sein, das ist auch ziemlich zeitaufwendig. Also, nein, im Grunde niemand.«

Sie nickte und dachte: Und du hast panische Angst. Vor dir selbst.

Die Unterhaltung verebbte im rhythmischen Geräusch der Reifen auf dem Teer und dem stetigen Dröhnen des Motors. Detective Barren fand, dass sie sich bis jetzt einen guten Schlagabtausch geliefert hatten. Der Doktor rang ihr eine gewisse Achtung ab. Er steht unter erheblichem Stress, dachte sie, und trotzdem hat er seine Zunge unter Kontrolle. Sie hatte schon mit vielen gebildeten Männern zu tun gehabt, vor allem Kriminellen, die unter weit weniger Stress zu den reinsten Plaudertaschen wurden.

Sie fragte sich, ob er hinsichtlich seines Bruders richtig lag: Ob er tatsächlich ein Geständnis ablegen würde, wenn man ihn mit der Wahrheit und den Beweisen konfrontierte. Sie sah darin ein Problem. Einerseits konnte ein Geständnis – selbst eines, bei dem er mit seinen Taten prahlte – ausreichen, um ihn zu überführen.

Sie stellte sich ihre Nichte vor, wie sie unter dem Farn im Schatten der dunklen Palmen lag. Vielleicht würden sie ihm nicht alle nachweisen können, doch einige mit Sicherheit. Die Polizeiakten wimmelten von Beispielen, dass Verbrecher plötzlich Serienmorde gestanden, nachdem sie dabei erwischt worden waren, bei Rot über die Kreuzung zu gehen. Sie musste an den Mann in Texas denken, der sich zu zwei- oder dreihundert Morden bekannte, ein Gammler mit einer eigentümlichen mörderischen Neigung. Lucas, sie wusste sogar noch den Namen. Sie hatte das Foto aus einem Nachrichtenmagazin vor Augen, auf dem er neben einem Detective mit breitkrempigem Cowboyhut vor einer Landkarte der südöstlichen USA stand. Der Hut war weiß, was wohl den üblichen Gepflogenheiten in Texas entsprach. Vielleicht mussten die Bösen dort schwarze tragen. Die Karte an der Wand hinter den beiden Männern war mit kleinen bunten Stecknadeln übersät, und sie hatte einen Moment gebraucht, bis der Groschen fiel und sie begriff, was die Nadeln mit dem Mann zu tun hatten, der so schamlos in die Kamera grinste.

Alle Künstler sind Egoisten, dachte sie. Alle Mörder auch.

Sie stellte sich Douglas Jeffers vor. Vielleicht hat sein Bruder recht. Vielleicht will er sich zu seinen Verbrechen bekennen, vielleicht gibt es ihm eine gewisse Befriedigung, im Rampenlicht zu stehen.

Sie sah ihn vor sich, wie er lächelnd posierte und sich in dieser perversen, typisch amerikanischen öffentlichen Aufmerksamkeit sonnte, die zwangsläufig mit jedem sensationellen Verbrechen einherging. Er würde es genießen.

Bilder und Szenen bestürmten sie: Charlie Manson, wie er vor Gericht plötzlich den Geschworenen die *Los Angeles Times* entgegenhält, mit der Schlagzeile: MANSON IST SCHULDIG, SAGT NIXON; David Berkowitz, wie er sich zu seiner eigenen Urteilsverkündung in den Gerichtssaal schleicht und plötzlich singt: »Stacy war eine Hure, Stacy war eine Hure«, wobei er das U wie ein irres Mantra dehnt, und die arme Familie des Opfers in ohnmächtiger Wut auf den Peiniger loszugehen versucht. Die *New York Times* hatte am nächsten Tag eine bemerkenswerte Federzeichnung davon gebracht. Sie und die Kollegen in ihrer Dienststelle hatten fassungslos darauf gestarrt. Oder Dr. Jeffrey McDonald, der einem Moderator von *60 Minutes* erzählte, er hätte seine Frau und die zwei kleinen Kinder nicht umgebracht, und schon gar nicht in einer Art psychotischem Anfall; seine Verurteilung wegen Mordes

sei daher ein vollkommener Irrtum oder schlimmer noch: eine Verschwörung.
Die Reihe der Verbrecher, die es durch eine Straftat und einen Prozess über Nacht in die Schlagzeilen brachten, riss in ihrem Kopf nicht ab: Sie sah den aristokratischen Claus von Bülow, wie er in schwarzer Lederkluft in Begleitung seiner Geliebten mit selbstzufriedenem, süffisantem Lächeln in die Kamera eines Fotografen von *Vanity Fair* blickte, nachdem er von der Anklage freigesprochen worden war, seiner Frau Insulin gespritzt und sie in ein irreversibles Koma gestürzt zu haben. Da war Bernhard Goetz vor einer Phalanx Mikrophone, mit dem freundlichen Blick über den Brillenrand, während er unter Blitzlichtgewitter und dem Knistern der Notizblöcke in die Kameras der Sechs-Uhr-Nachrichten erklärte, er habe sich nichts zuschulden kommen lassen, als er die vier Teenager erschoss, die ihn in der U-Bahn angesprochen hatten.
In ihrem Kopf fügte sich Douglas Jeffers nahtlos in diese Parade ein, und bei dem Gedanken wurde ihr schlecht.
Sie kurbelte das Fenster herunter und atmete tief durch.
»Alles in Ordnung?«, erkundigte sich Martin Jeffers.
»Ja«, antwortete sie. »Ich brauchte nur ein bisschen frische Luft.«
»Sollen wir eine kurze Pause einlegen?«
»Nein«, sagte sie entschlossen, »erst, wenn wir da sind.«
Sie fuhren weiter.

Es war schon lange dunkel, als sie die Ausläufer von Manchester erreichten.
Sie hatten einmal zum Tanken gehalten, und Detective Barren war in die angrenzende Raststätte gegangen. Sie hatte Kaffee, ein paar Flaschen Limonade und zwei Sandwichs gekauft, eins mit Thunfisch und eins mit Schinken und Käse. Das Brot

war schwammig, weiß und in Plastikboxen versiegelt. Als sie wieder im Auto saß, hatte sie Jeffers beide hingehalten. »Suchen Sie sich eins aus.«

»Sagen Sie lieber, Sie dürfen das Gift selbst wählen«, hatte er beim Anblick der Brote geantwortet. Er hatte sich für Schinken und Käse entschieden und rasch hineingebissen. »Ich liebe Thunfisch«, hatte er geseufzt.

Sie hatte mitgelacht.

Er fragte sich plötzlich, wie lange es her war, dass er zuletzt eine Frau ungehemmt hatte lachen hören. Er glaubte nicht, dass er sie noch einmal zum Lachen bringen könnte. Er rief sich ins Gedächtnis, weshalb sie neben ihm saß und was sie tun würde, wenn sich ihr die Gelegenheit dazu bot.

Also mahnte er sich zur Vorsicht, auch wenn er es sich nicht anmerken lassen durfte. Lass dich nicht einwickeln, schwor er sich.

Verwechsle ein Lachen nicht mit Vertrauen. Oder ein Lächeln mit Zuneigung.

Vertraue nichts und niemandem. Bleib wachsam. Er stählte sich gegen die Erschöpfung und fuhr weiter in die tiefe Nacht.

Als sie den Stadtrand von Manchester erreichten, entdeckte er das Schild eines Holiday Inn, das sich grell vom Dunkel der New-Hampshire-Nacht absetzte. Er deutete in die Richtung und fragte: »Wie wär's damit? Heute Abend können wir sowieso nichts mehr machen, und wir sind beide schon viel zu lange auf ...«

Sie nickte. Während ein Teil von ihr die Müdigkeit nicht wahrhaben wollte, verlangte ein anderer, dass sie sich fügte. »In Ordnung.«

Jeder füllte sein eigenes Meldeformular aus und zahlte mit eigener Kreditkarte, was den Nachtconcierge zu verwundern schien. Als er ihnen die Schlüssel reichte, zog Detective Barren plötzlich das Foto von Douglas Jeffers heraus und hielt es dem Mann unter die Nase.

»Den schon mal gesehen?«, fragte sie. »Ist der irgendwann in den letzten Wochen hier abgestiegen?«

»Nicht, dass ich wüsste. Das Gesicht sagt mir nichts«, erklärte der Mann.

»Sehen Sie mal in Ihrem Gästeverzeichnis nach«, forderte Martin Jeffers ihn auf. »Unter Douglas Jeffers. Das ist mein Bruder.«

»Das darf ich nicht ...«, wandte der Angestellte ein.

Detective Barren zückte ihre Marke.

»Doch, dürfen Sie«, erklärte sie.

Er warf einen Blick auf die Marke.

»Wir haben kein Verzeichnis«, sagte er. »Ist alles auf Computer, und die Namen werden jede Woche gelöscht ...«

»Versuchen Sie's trotzdem«, drängte Martin Jeffers.

Der Mann nickte und tippte etwas ein.

»Fehlanzeige«, meinte er.

»Ist der mit anderen Holiday-Inn-Computern vernetzt?«, fragte Detective Barren.

»Ja, ist er«, bestätigte der Hotelangestellte. »Allerdings nur mit den drei in dieser Gegend.«

»Dann versuchen Sie's da mal«, forderte sie ihn auf.

»Also«, zögerte er, »ich bin nicht sicher, ob ich weiß, wie das geht, aber ich will's gern versuchen.« Er betätigte die Tastatur und machte einen klickenden Lärm, indem er eine Reihe Buchstaben- und Ziffernkombinationen ausprobierte. »Hey!«, rief er plötzlich.

»Der Name!«, schlussfolgerte Martin Jeffers.

»Nein, nein, nein, tut mir leid«, wehrte der Concierge ab. »Ich habe nur rausgefunden, wie's geht. Jetzt überprüfe ich

die Namen.« Wieder tippte er einige Tasten. »Nicht in den letzten acht Tagen«, erklärte er.
»Danke, dass Sie's versucht haben«, meinte Detective Barren.
»Steckt der Kerl in Schwierigkeiten?«, wollte der Mann hinter der Theke wissen.
»Könnte man so sagen«, antwortete Detective Barren. »Aber im Moment gilt er nur als vermisst.«
Der Mann nickte.
Martin Jeffers trug ihr die Reisetasche ins Zimmer. Sie ließ es zu, damit er glaubte, es handle sich um harmloses Gepäck. Hätte sie darauf bestanden, es selbst zu tragen, hätte er daraus geschlossen, dass sie darin ihre Waffe aufbewahrte. Wahrscheinlich war es auch so nicht schwer zu erraten. Vielleicht ahnte er aber auch nichts, und sie hatte einen Vorsprung gewahrt.
An der Tür zu ihren Zimmern sahen sie einander an.
»Wollen Sie sehen, ob Sie was zu essen finden?«, fragte Martin Jeffers.
Sie schüttelte den Kopf.
»Gut.«
Sie standen schweigend da.
»Ich muss Ihr Wort haben«, sagte er.
»Was denn?«
»Versprechen Sie mir, dass Sie nicht ohne mich losfahren, sobald ich über diese Schwelle trete.«
Sie musste schmunzeln. Genau das hatte sie befürchtet.
»Wenn Sie mir dasselbe versprechen.«
Er nickte. »Dann sind wir uns einig?«
Auch sie nickte.
»Was halten Sie davon, um neun zu starten?«, schlug er vor.
»Und den Empfang um einen Weckanruf zu bitten?«
»Für acht«, legte sie fest. »Bis dann.«

Wie auf Kommando öffneten beide ihre Türen und traten in ihre Zimmer. Es war ein seltsames Ballett, bei dem sich die Partner nicht sehen, wohl aber dank der dünnen Wände hören konnten. Sie verharrten beide und horchten angestrengt auf Geräusche von nebenan. Dann postierte sich jeder von ihnen in der Mitte des Zimmers; jeder lauschte misstrauisch auf die Geräusche des anderen, lief noch ein paarmal lautstark und geschäftig hin und her, dann sanken beide in ihre Betten.

Manchester war einmal eine florierende Industriestadt gewesen, die sich immer noch etwas von ihrem rauhen, schweißgetränkten Flair erhalten hatte, und die wuchtigen Fabriken sowie andere Ziegelbauten verschwanden nur zum Teil hinter dem üppigen, spätsommerlichen Grün. Detective Mercedes Barren und Martin Jeffers frühstückten schweigend zusammen, bevor sie sich bei strahlendem Sonnenschein auf den Weg durch die Stadt begaben. Sie redeten wenig und folgten keinem Plan; sie fuhren einfach durch die Straßen und machten an Fastfood-Restaurants, Tankstellen oder Motels halt – überall dort, wo Douglas Jeffers vorbeigekommen oder kurz eingekehrt sein könnte, so dass ihn möglicherweise jemand auf dem Foto wiedererkannte.

Sie bezweifelte allerdings, ob jemand in diesem Fall irgendetwas wusste, was ihnen weiterhalf. Immerhin hatte Martin Jeffers recht, wenn er sagte, dass sie zumindest die grobe Richtung abschätzen konnten, wenn auch nur ein einziger Zeuge bestätigte, dass Douglas da gewesen sei.

Sie war skeptisch. Er war skeptisch. Doch beide räumten sie insgeheim ein, dass sie sich viel besser fühlten, wenn sie etwas unternahmen – selbst wenn es nahezu sinnlos war –, statt dazusitzen und zu warten.

Und beide wünschten sich nur eines: irgendein noch so dürftiges Verbindungsglied, das sie Douglas Jeffers näher brachte. Wenn sie an den gleichen Ort gelangten wie zuvor der Gejagte, so war es, als nähmen sie Witterung auf.

Trotzdem kam sich Detective Barren ein wenig albern vor. Die Erfolgsaussichten, das wusste sie, waren minimal. Andererseits war ihr dieser Teil der Polizeiarbeit nie unangenehm gewesen. Einige Kollegen hassten es, mühselig immer und immer wieder dieselben Fragen zu stellen, um irgendwo im Heuhaufen die Nadel zu finden, statt einfach voranzupreschen. Sie dagegen unterschätzte nicht, wie sehr sie ihren Erfolg genau dieser Hartnäckigkeit verdankte, und ihr machte es nicht das Geringste aus, eine Frage nach der anderen zu stellen.

Bei Martin Jeffers lag der Fall ähnlich; ein Großteil seiner Arbeit bestand darin, unendlich oft dieselben Erinnerungen, dieselben Umstände, dieselben Fakten durchzukauen, bis sie dank seiner schieren Ausdauer ihre unheilvolle Macht verloren.

Es war bereits später Nachmittag, als Jeffers fragte: »Wie wär's, wenn wir es beim Polizeirevier versuchten? Nur mal sehen, ob er da reingegangen ist?«

»Das hab ich mir für zuletzt aufgehoben«, antwortete sie.

»Wir sind durch«, entgegnete er. »Falls er hier gewesen ist, dann hat er offensichtlich keinen Wirbel gemacht.«

»Ich glaube nicht, dass er hier war«, gab sie zu. »Womit natürlich nicht ausgeschlossen ist, dass er jederzeit noch auftauchen kann.«

Jeffers nickte.

»Aber ich habe immer noch einen Beruf und Patiententermine, wenn ich nach der achtstündigen Fahrt wieder in New Jersey bin. Wenn Sie noch länger bleiben wollen …«

»Nein«, wehrte sie ab. Wir ziehen das zusammen durch, dachte sie. »Nein, wir bleiben zusammen, bis …«
Er fiel ihr ins Wort: »Bis wir die Sache geklärt haben.«
»Richtig.«
»Gut, dann zum Polizeirevier.«
Martin Jeffers suchte die Adresse des Präsidiums heraus, während Detective Barren das Foto noch einem letzten Tankwart zeigte, einmal mehr ohne Erfolg. Sie ließen sich von dem Mann den Weg beschreiben und fuhren durch eine Reihe deprimierender Straßen, eine so heruntergekommen wie die andere.
Das Polizeipräsidium befand sich im schmutzigsten Teil der Stadt. Detective Barren merkte, dass viele Streifenwagen in der Gegend unterwegs waren, und schloss daraus, dass es nicht mehr weit sein konnte. Auf der linken Seite entdeckte sie ein großes rotes Klinkergebäude.
»Da«, meinte sie und zeigte mit dem Finger darauf.
Martin Jeffers zögerte.
»Das ist es nicht«, erklärte er. »Das ist neu, ich meine, relativ neu. Der Bau, den ich in Erinnerung habe, war alt.«
Er parkte vor dem Gebäude. »Sehen Sie sich den Eckstein an.«
Sie drehte sich um und folgte seinem Blick. ERRICHTET 1973 stand auf dem grauen Stein an der Ecke.
»Gehen wir rein und fragen«, schlug er vor.
Drinnen erstrahlte die moderne, wenn auch schon ein wenig abgenutzte Einrichtung unter der hellen Neonbeleuchtung. Sie wandten sich an einen diensthabenden Sergeant, und Detective Barren zückte ihre Marke. Der Sergeant war ein korpulenter Mann, der wahrscheinlich gerne Innendienst schob und ebenso geübt Konflikten wie einem Straßeneinsatz aus dem Weg ging.

»Miami«, sagte der Mann recht freundlich. »Mein Schwager betreibt in Fort Lauderdale eine Bar. Hab ihn mal besucht, aber zu viel junges Gemüse da unten, wenn Sie mich fragen. Puh. Und heiß! Also, Detective aus Miami, was kann ich für Sie tun? Was hat Manchester, das Sie interessieren könnte?« Dabei dehnte er den Vokal zu einem so breiten Öhh, dass Detective Barren schmunzeln musste.

»Zweierlei«, antwortete sie. »Haben Sie diesen Mann schon mal gesehen? Und hat es im Stadtzentrum von Manchester nicht mal eine alte Polizeiwache gegeben?«

Der Sergeant sah sich das Bild an.

»Nein, wüsste nicht, dass ich den schon mal gesehen hätte. Soll ich Kopien machen und sie bei der Diensteinsatzbesprechung verteilen lassen? Wenn der Kerl gesucht wird, sollten wir das wissen. Was meinen Sie?«

Detective Barren dachte fieberhaft über das Angebot nach. Nein, beschloss sie. Der gehört mir.

»Nicht nötig«, versicherte sie laut. »Im Moment brauchen wir ihn nur für eine Befragung, und ich hab nicht genug gegen ihn in der Hand, um ihn zu verhaften. Ich bin noch bei den Befragungen, wissen Sie.«

Der Sergeant nickte. »Ganz, wie Sie wollen«, meinte er. »War nur ein Angebot.«

»Das ich zu schätzen weiß«, erwiderte sie.

Er lächelte.

»Und jetzt«, fuhr der Sergeant fort, »zu dieser alten Wache. Es hat sogar mehrere gegeben. Bis in die Sechziger hinein waren wir so was wie mehrere kleine Städte nebeneinander. Es wimmelte von Revieren. Dann wurden sie in diesem neuen Prachtbau hier zusammengefasst …« Er machte eine ausladende Handbewegung, bevor er weitersprach. »Die meisten hat man abgerissen. Eins wurde zu einem Gebäude mit Anwaltskanzleien umfunktioniert – die Wache in der Nähe des Gerichts. Ich glaube, aus einer haben sie Eigentumswohnungen gemacht. Die liegen am anderen Ende der Stadt, auf der vornehmen Seite …« Er lachte. »Manchmal denke ich, das ist unser aller Los, wenn wir mal nicht mehr sind. Wir werden in Eigentumswohnungen umgewandelt, irgendwo im Himmel.« Er lachte wieder, und Jeffers wie Detective Barren grinsten. Vielleicht war da etwas dran.

»Welche war denn die Hauptwache? Die größte?«, wollte Jeffers wissen.

»Das war die gegenüber vom Gericht.«

»Und wie kommen wir dahin?«

»Übertreten Sie das Gesetz.«

»Wie bitte?«

»Nur ein kleiner Scherz. Wie Sie vor Gericht kommen – indem Sie das Gesetz übertreten … Wie gesagt, nur ein kleiner Scherz. Diese Straße sechs Häuserblocks weiter, dann rechts auf den Washington Boulevard. Dann sind Sie schon fast da.«

Sie bedankten sich und gingen.

»Fahren wir erst mal langsam daran vorbei«, schlug Detective Barren vor.

Jeffers nickte zustimmend. »Anwaltskanzleien. Passt irgendwie. So was wie Recycling.«

Sie lächelte.

»Noch ein kleiner Scherz«, grinste er.

Sie fanden das Gebäude mühelos. Jeffers schwieg einen Moment, als er es vor Augen hatte.

»Die Fassade scheint unverändert zu sein«, meinte er schließlich. Sie hatte das Gefühl, dass sein Ton plötzlich aufgesetzt entschlossen klang, als könnte eine feste Stimme ihm Kraft verleihen. Er parkte vor dem Gebäude und starrte durch die

Scheibe. »Es war windig und dunkel, und es hat geregnet«, entsann er sich. »In meiner Erinnerung sah es damals bedrohlich und hoffnungslos aus, so als müsste es eine Inschrift über dem Eingang geben: ›Lasst, die ihr eintretet, alle Hoffnung fahren …‹«

Ohne auf Detective Barren zu warten, sprang er mit einem Satz aus dem Wagen und marschierte die breite Eingangstreppe hoch. Er stand an der Tür und zog am Knauf.

»Abgeschlossen. Wir haben Sonntag, und die Büros sind geschlossen.«

Sie sah ihn an.

»Gott sei Dank«, seufzte er. Er zitterte ein wenig. »Wissen Sie, was das für ein Gefühl ist, als Kind ganz allein zu sein? Kinder haben eine wunderbare Anpassungsfähigkeit, wenn es um konkrete Ängste geht, zum Beispiel Schmerzen, eine Krankheit oder einen Todesfall. Wirklich beängstigend ist nur das Unbekannte für sie. Sie verfügen über keinen Erfahrungsschatz, sie wissen nicht, wie die Dinge laufen, und so fühlen sie sich vollkommen ausgeliefert. Wissen Sie, was ich von der Nacht noch in Erinnerung habe? Im Prinzip alles, und das erschreckend deutlich. Ich weiß noch, dass meine Schuhe zu eng waren und ich ein neues Paar brauchte; ich dachte, ich würde es nie bekommen. Wie sollte ich ohne Schuhe jemals groß werden? Ich weiß, wie ich dasaß und dringend aufs Klo musste, so sehr, dass es wehtat, aber ich hatte zu große Angst, es jemandem zu sagen. Ich begriff nur, dass ich nicht von dieser Bank aufstehen durfte, wo wir warten sollten. Doug hat sich um mich gekümmert. Irgendwie wusste er Bescheid. Als ich klein war, hatte ich immer das Gefühl, als wüsste er, was in meinem Kopf vorgeht, bevor ich es selbst ahnte. Vermutlich schreiben alle jüngeren Geschwister dem großen Bruder solch magische Fähigkeiten zu. Wahrscheinlich konnte ich nur nicht stillsitzen. Jedenfalls ist er mit mir zur Toilette gegangen. Und er hat gesagt, er würde sich um mich kümmern, keine Sorge, er wäre immer für mich da. Ich weiß nicht, wie ernst er das meinte, aber seine Worte klangen wunderbar beruhigend. Ich glaube, in der Nacht hatte ich Angst, ich würde sterben, bis er mich bei der Hand nahm …«

Die Sonne verblasste, und die abendlichen Schatten legten sich über Martin Jeffers' Erinnerungen.

Das bedeutet Kindheit, dachte Detective Barren: Man sucht Zuflucht von einer Angst nach der anderen, bis man stark, alt und klug genug ist, um aus eigener Kraft gegen die Ängste anzugehen. Aber einige davon wird man nie los.

Sie betrachtete Martin Jeffers. Er starrte an dem Gebäude hoch.

»Er ist mein Bruder«, bekräftigte er. »Jetzt sind wir erwachsen, und er tut diese schrecklichen Dinge, und ich muss dafür sorgen, dass er aufhört. Aber in der Nacht damals hat er mir das Leben gerettet. Ich weiß es.« Martin Jeffers drehte sich um. »Sehen wir zu, dass wir hier wegkommen«, drängte er, »bloß weg.«

Er packte sie am Arm und zog sie die Treppenstufen herunter. Sie leistete keinen Widerstand.

»Fahren wir. Nach New Jersey zurück, jetzt«, fügte er hinzu.

Sie sagte nichts, sondern nickte nur stumm. Sie sah, wie sein Gesicht erneut von Schmerz und Gewissensqualen zermartert wurde. Einen Moment lang wurde sie doppelt traurig – aus Mitleid mit dem im Stich gelassenen Kind, das für den Rest seines Lebens die verlorene Mutter suchte, und aus Mitleid mit dem erwachsenen Mann, den die schreckliche Erkenntnis fast zerriss. In diesem Moment bedauerte sie, dass sie Martin Jeffers unter so fürchterlichen Umständen kennengelernt hatte, unter anderen Umständen hätte sie ihn früher oder später gerngehabt. Für einen Augenblick bemitleidete sie sich selbst. Doch sie schüttelte die Empfindungen ab und nahm ihren Platz im Wagen ein.

Es tut mir leid, Martin Jeffers, dachte sie im Stillen. Es tut mir schrecklich leid, aber du führst, ich folge dir. Du führst mich zu deinem Bruder.

Das würde er tun, da war sie sicher. Doch im selben Moment, als Jeffers sich von dem Gebäude abwandte und den Kopf schief hielt, damit sie seine Tränen nicht sah, und sich hinters Lenkrad warf, wusste sie auch, dass er seinen Bruder nie verraten würde.

Kurz vor Mitternacht, gegen Ende einer weiteren wortlosen Fahrt, überquerten sie die George Washington Bridge und ließen New York City mit dem nie erlöschenden Lichtermeer links liegen. Detective Barren hatte die Augen geschlossen, und Martin Jeffers glaubte, dass sie schlief. Er manövrierte sich durch den immer noch dichten nächtlichen Verkehr. Vor ihm tauchte eine ganze Phalanx grüner Schilder aus dem Dunkel auf, die in ein Dutzend verschiedener Richtungen wiesen, und er musste daran denken, wie viele Menschen, Maschinen und Autobahnen auf diese Brücke zustrebten: Route 4, 46 und 9W, der Palisades Parkway und das breite Band der Interstate 95 in nordsüdlicher Richtung sowie das ebenso starke schwarze Band der Interstate 80 von Ost nach West. Die Lichter der entgegenkommenden Fahrzeuge blendeten ihn, ein kurzes Aufblitzen, dann waren sie verschwunden. Wenn er auf die Spuren der entgegengesetzten Fahrbahn schaute, konnte er die Autos kaum erkennen, und plötzlich kam ihm der seltsame Gedanke, dass sein Bruder irgendwo da draußen war. Er kann überall sein, aber ich weiß, dass er hier ist. Er könnte eins von den Lampenpaaren sein, an denen er vorüberkam. Das da oder das oder das, aber eins davon ist er. Er hätte ihm am liebsten etwas zugerufen, konnte es aber nicht. Ich weiß es. Bitte.

Dann schüttelte er den Kopf, um den Gedanken abzuschütteln. Er machte sich klar, wie lächerlich die Vorstellung war und dass er zu müde und zu erschöpft war, um klar zu denken. So fuhr er weiter, ohne zu ahnen, dass er richtiglag.

12. Kapitel

Noch eine Fahrt nach New Hampshire

17.

Er hatte die Stricke zu fest geschnürt, und das Nylon schnitt ihr äußerst schmerzhaft in die Handgelenke. Nachdem sie gemerkt hatte, dass der Strick ihr jedes Mal, wenn sie daran zog oder die Hände verdrehte, das rohe Fleisch wundrieb, hatte sie es aufgegeben, dagegen anzukämpfen. Sie versuchte, das Pochen bis in die Arme hinauf zu ignorieren und etwas Schlaf zu finden, doch immer, wenn sie die Lider schloss, sah sie nur den rotglühenden Schmerz, vor dem es kein Entrinnen gab. Und so blieb sie hellwach, obwohl sie die Grenze der völligen physischen und psychischen Erschöpfung weit hinter sich gelassen hatte. Auch der Knebel in ihrem Mund bereitete ihr Probleme. Sie konnte nur durch die Nase atmen, die er blutig geschlagen hatte, so dass ihr bei jedem Atemzug geronnenes Blut und Schleim die größten Schwierigkeiten machten. Zuerst hatte er sie geknebelt, dann ihren Kopf heftig zurückgezogen und das Tuch in ihrem Nacken fest verknotet, ohne darauf zu achten, was er tat. Dann hatte er ihr ein graues Klebeband quer über den Mund geklebt. Es stank nach Chemie, und sie hatte Angst, sich zu übergeben.

Sie wusste, das konnte ihr Ende bedeuten. Wenn sie sich vor Schmerz, Angst und Panik erbrach, dann konnte sie daran ersticken. Sie war verblüfft, als ihr klar wurde, dass sie die Gefahr, in der sie sich befand, sehr genau einschätzen konnte, und trotz der Nebelschleier, die die Qual über ihr Bewusstsein legte, musste sie daran denken, welche Wegstrecke sie schon zurückgelegt hatten und wie viel mehr sie begriff. Bei dem Gedanken kroch ihr erneut Angst den Rücken hoch. Nachdem sie diesen Alptraum bis hierher überlebt hatte, fühlte sie sich äußerst verletzlich. Sie wies den Gedanken, dass er sie jetzt töten wollte, energisch zurück.

Anne Hampton wusste nicht, weshalb Douglas Jeffers sie in dieser Nacht geschlagen und gefesselt hatte, doch wirklich überrascht war sie nicht.

Vermutlich lag es daran, dass ihm die Ermordung der beiden jungen Frauen vereitelt worden war. Doch sie hatte ihn nicht wiedererkannt. Er hatte der blanken Wut freien Lauf gelassen.

Irgendwie hatte sie gewusst, was kommen würde.

Er war mürrisch und ohne ein Wort von der Rennbahn weggefahren, und sein Schweigen war schlimmer gewesen als sein übliches Monologisieren. Trotz der Dunkelheit war er an New York vorbeigefahren, bis sie um Mitternacht die Gegend von Bridgeport, Connecticut, erreichten. Dort hatte er ein mieses Quartier wie üblich gefunden, sich bei einem unrasierten Nachtconcierge eingetragen, kaum ein Wort mit ihm gewechselt und wie immer bar bezahlt. Kaum war die Tür hinter ihnen geschlossen, hatte er sich auf sie gestürzt und sie mit der flachen Hand geschlagen, so dass sie quer durchs Zimmer flog. Bei den ersten Hieben hatte sie schützend die Arme hochgehoben, doch schließlich hatte sie sich gefügt und die Prügel eingesteckt, die er austeilen wollte.

Ihre Passivität hatte ihn vielleicht enttäuscht, doch fast so schnell, wie sie seine Schläge trafen, durchfuhr sie der Gedanke, dass sie die Stelle der beiden Frauen einnehmen könnte, falls sie sich wehrte. Sie waren mit dem Leben davongekommen, und sie wollte nicht hier und jetzt deren Glück mit ihrem eigenen Leben bezahlen.

Und so sank sie zu Boden, hielt nur zaghaft die Arme vor sich und ließ sich von ihm verprügeln.

Es war wie ein Anfall gewesen, ein Krampf, kurz und entsetzlich, doch schnell vorbei. Dann hatte er sie verächtlich in eine Ecke geschleift, wo sie zwischen der Wand und den durchgelegenen Betten des Motelzimmers kauerte. Sie hatte nicht gesehen, wie er die Stricke geholt hatte, doch plötzlich hatte er sie niedergeworfen, und sie hatte gespürt, wie sich die Fesseln schlangengleich fest um sie legten. Gleich darauf folgte der Knebel. Sie hatte hochgeschaut und versucht, seine Augen zu sehen, um zu begreifen, was passierte, doch vergeblich. Er hatte ihr einen letzten gereizten Stoß versetzt und ohne eine Erklärung, mit der vagen Versprechung: »Ich komme wieder«, das Motel verlassen.

Die meiste Angst machte ihr der Strick. Seit ihrem ersten Tag hatte er ihn nicht mehr benutzt, und sie fürchtete, dass dies eine schreckliche Veränderung in ihrer Beziehung signalisierte. Sie war wieder sein Besitz und nicht mehr, so seltsam das auch klang, so etwas wie seine Partnerin. Sie hatte ihre Identität, ihre Bedeutung verloren. Wenn sie für ihn nicht mehr wichtig war, dann würde er sich ihrer entledigen, und ihr war sehr wohl bewusst, dass der Euphemismus für etwas anderes stand. Sie erkannte, dass die Situation äußerst gefährlich für sie geworden war. Boswell würde er nicht so schnell töten, eine namenlose, gesichtslose, gefesselte und geknebelte Frau, die ihm lästig fiel und ihn an einen Fehlschlag erinnerte, dagegen schon, und zwar ohne mit der Wimper zu zucken. Sie suchte, so gut sie konnte, das Zimmer mit ihren Augen ab. Sie sah eine alte Frisierkommode, einen Spiegel und zwei Betten mit billigen, verblichenen, braunen Korddecken darauf, und sie musste daran denken, dass es ein erbärmlicher Ort zum Sterben war.

Sie hatte Vicki und Sandi vor Augen, die sich nur widerstrebend wieder angezogen hatten. Sie war verwirrt gewesen. Jeffers war lächelnd, witzelnd und in übermütiger Stimmung aus dem Wald getreten, als sei alles in bester Ordnung, doch sie wusste, dass ihm irgendetwas einen Strich durch die Rechnung gemacht hatte, was sie nur umso mehr alarmierte. Er hatte den beiden wegen ihres guten Aussehens geschmeichelt und ihnen eine echte Chance auf die sagenumwobene Doppelseite versprochen.

Sie erinnerte sich, dass sie das alles wie aus der Ferne mitbekam. Sie war in böser Erwartung wie gelähmt gewesen; sie hatte ein Dutzend Mal aufgeschaut und die Waffe in seiner Hand gesehen, bevor sie erkannte, dass es nur die Kamera war.

Nachdem er noch ein paar Aufnahmen gemacht hatte, hatte er sie alle durch den Wald wieder zurück zum Wagen gedrängt. Auf der Fahrt zur Rennbahn hatte er die beiden kichernden Mädchen immer noch geneckt, während Sandi und Vicki immer wieder beteuerten: »Nicht zu fassen, was wir für Glück gehabt haben.«

Wäre es nicht zum Weinen gewesen, hätte sie gelacht.

Für sie war die Tatsache, dass der Mord ausgeblieben war, doppelt so beängstigend gewesen wie der Akt selbst. Sie wusste nicht, was vorgefallen war, welcher Zufall oder glückliche Umstand den beiden Frauen das Leben gerettet hatte. Sie wusste nur, dass er sie wieder an der Haupttribüne abgesetzt

und den beiden lachend hinterhergewinkt hatte, bevor er aufs Gas getreten und Richtung Highway gefahren war. Nach diesem falschen Lachen hatte sie bei Douglas Jeffers nur noch stetig anschwellenden Zorn beobachtet.
Anne Hampton schaffte es, sich trotz des brennenden Schmerzes an den Handgelenken zu entspannen und sich darüber Klarheit zu verschaffen, was geschehen war.
Wenn er zurückkam, schwor sie sich, würde sie ihn dazu bringen, sie zu befreien. Sie konzentrierte sich darauf und schärfte sich ein: Nichts anderes zählt. Nichts anderes ist wichtig. Du musst erreichen, dass er anerkennt, wer du bist. Und das wird er erst tun, wenn er mir die Fesseln abnimmt.
Sie schluckte schwer und merkte, dass ihr Magen auf und nieder ging wie ein Boot im Sturm.
Sie kämpfte gegen die Übelkeit an, die ihr die schiere Angst bereitete.
Ich bin im Moment dem Tode näher als zu irgendeinem Zeitpunkt seit den ersten Minuten.
Mach dich unverzichtbar.
Er muss dich brauchen.
Er muss.
Er muss.
Zwing ihn dazu.
Während sie auf seine Rückkehr wartete, wiederholte sie die Worte immer und immer wieder wie ein schreckliches Wiegenlied.

Douglas Jeffers fuhr ziellos durch die dunklen Straßen, einzig auf der Suche nach einem Ventil für seine Frustration. Einen Moment lang dachte er daran, in die Innenstadt zu fahren und einfach einen Pechvogel auf der Straße hinzurichten. Er überlegte, ob er eine Prostituierte finden sollte; die boten das leichteste Ziel, sie leisteten ihrer Ermordung geradezu Vorschub. Auch der Gedanke, bei irgendeiner rund um die Uhr geöffneten Tankstelle vorzufahren und einfach den Angestellten wegzupusten, hatte etwas für sich. Das lief unter Berufsrisiko, wenn man nachts für Benzin Geld kassierte. Immer wieder war jemand anders an dem Geld interessiert und bereit, dafür zu töten. Für Douglas Jeffers hatten all diese verschiedenen Möglichkeiten ihren Reiz; das war der Stoff der allnächtlichen Polizeiberichte. Diese Fälle bekamen am nächsten Morgen höchstens ein paar Zeilen in der Zeitung. Im städtischen Leben waren sie der ganz normale Standard, geradezu Routine. Es war nur wenig von Belang, dass ein Leben endete, eine Begleiterscheinung der Nacht, die mit der ersten Morgendämmerung verblasst.

An diese Art Verbrechen würde ein Experte von seinem Format nicht mehr als ein paar Sekunden verschwenden, und der Fall wäre klar.

Er schüttelte den Kopf. Ein anderes Mal, dachte er, werde ich es tun. Vielleicht eine Spirituosenhandlung, die ein bisschen zu lange geöffnet hat. Eine Skimütze und eine große Knarre. Ein wahrhaft amerikanischer Augenblick.

Nicht jetzt. Nicht so kurz vor dem Ende.

Nicht noch alles vermasseln.

Er wünschte sich abwechselnd, er hätte den jungen Ranger getötet oder die zwei jungen Frauen, doch vor allem war er auf sich selbst wütend, weil er die Probleme nicht vorhergesehen hatte, die sich an das geplante Verbrechen knüpften. Er ging in Gedanken noch einmal die Einzelheiten durch und machte sich bittere Vorwürfe: Ich war doch immer auf jede Eventualität gefasst; ich hab bisher immer jedes Dilemma vorhergesehen. Ich hätte ein besseres Versteck finden müssen. Er haderte mit sich wegen der Wahl der Lichtung. Mir gefiel das verdammte Licht und der Hintergrund. Ich habe wie ein Fotograf und nicht wie ein Mörder gedacht. Die ganze Arbeit war also umsonst, umsonst, verdammt, verdammt, verdammt!

Er versuchte, seine Wut zu besänftigen, indem er sich sagte, dass mit dem Auftauchen des Rangers nicht zu rechnen gewesen war. Doch das waren faule Ausreden, und die waren erbärmlich. Ich bekomme doch sonst, was ich will, sagte er sich. Und zwar immer.

Er trommelte mit den Fingern auf dem Lenkrad, warf sich heftig auf seinem Sitz hin und her, so dass er selbst bei langsamem Tempo kaum noch Kontrolle über das Fahrzeug hatte. Er hätte schreien können, tat es aber nicht. Dann fiel ihm Anne Hampton im Motelzimmer ein. Lass sie schmoren, sagte er sich wütend. Lass sie Angst ausstehen. Lass sie leiden.

Lass sie sterben.

Er holte tief Luft und hielt sie einen Moment an.

Er war erstaunt, dass diese Überlegungen ihm ein etwas unbehagliches Gefühl bereiteten.

In einer verlassenen Straße in einer Lagerhausgegend fuhr er rechts heran. Er legte den Kopf zurück und war plötzlich müde.

Es war verdammt noch mal nicht ihre Schuld. Es war deine. Sie hat getan, worum du sie gebeten hast.

Er machte die Augen zu.

Verdammt. Der Plan war fehlerhaft.

Er seufzte. Nun ja, womit lediglich bewiesen wäre: *Nobody is perfect*.

Seine Wut verflog mit einem Schlag, und er kurbelte die Scheibe herunter, so dass sich die abgestandene Luft im Wagen mit der dunklen, kühlen der Nacht vermischte.

Er lachte laut auf. Das Lachen verwandelte sich in ein kindisches Kichern. *Nobody is perfect*, dachte er. Stimmt.
Aber du bist verdammt nah dran.
Er dachte an die beiden nackt posierenden Frauen. Du musstest sie gar nicht töten, wurde ihm klar. Die sterben vermutlich früher oder später an Langeweile und Dummheit sowie einem öden Leben, das wenig verspricht und noch weniger hält. Das Aberwitzigste, wurde ihm in diesem Moment bewusst, war die Tatsache, dass sie soeben die einzigartigsten, aufregendsten und gefährlichsten Minuten hinter sich hatten, die sie je erleben würden, egal wie alt sie würden. Einen erhabenen Nachmittag lang waren sie mit wahrer Genialität in Berührung gekommen und hatten es geschafft, ihn zu überleben. Und die blöden Kühe wussten es nicht einmal.
Wieder musste er lachen. Die Erschöpfung machte sich in ihm breit, und er räumte ein, dass er unbedingt schlafen musste. Nun ja, dachte er, wir sind durchaus noch im Zeitplan. Eine nette kleine Fahrt nach New Hampshire am nächsten Morgen. Er überlegte, ob er sie, bevor es Abend wurde, noch auf den Mount Monadnock oder an den Lake Winnipesaukee oder sonst ein hübsches Fleckchen mitnehmen sollte. An irgendeinen ruhigen, entspannenden Ort. Er dachte an eine Stadt, die er in Vermont kannte. Ziemlich abgelegen, aber schön – und zugleich nicht weit von ihrer Verabredung in New Hampshire. Dann noch der geschäftliche Teil, bevor sie zum Cape aufbrachen.
Plötzlich dröhnte ihm schwere, hämmernde, anschwellende synthetische Musik im Kopf, und er sah den grinsenden Schauspieler in weißem Overall, schwarzer Melone auf dem Kopf und Pappnase im Gesicht sowie Springerstiefeln an den Füßen vor Augen. Ein bisschen von der alten radikalen Gewalt, sagte er sich. Eine richtige Horrorshow.

Und dann die Freiheit.
Wieder dachte er an Anne Hampton. Wahrscheinlich ist Boswell halb wahnsinnig vor Angst. Er zuckte die Achseln. So schlimm war das schließlich nicht; es war klug, sie aus der Fassung zu bringen.
Dennoch hatte er einen Anflug von schlechtem Gewissen.
Gib ihr eine Verschnaufpause, dachte er. Sie ist nach wie vor unverzichtbar.
Der Gedanke hatte etwas Zielgerichtetes; er ging einen Moment in sich, bekam wieder Boden unter den Füßen und war bereit, sofort ins Motel zurückzukehren. Er machte sich die ersten Gedanken darüber, wie er sich bei ihr entschuldigen sollte. Als er gerade den Gang einlegen wollte, um loszufahren, entdeckte er den Lieferwagen, der zweihundert Meter vor ihm parkte.
Er wusste augenblicklich, was es war. Warenhaus. Außerhalb der Gegenden mit regelmäßiger Polizeipatrouille. Nach Mitternacht. Ein Lieferwagen. Eine einfache Gleichung: Einbruch. Ihm kam eine Idee, und er schmunzelte.
Nein, hielt er sich in Gedanken zurück.
Und dann: Wieso nicht?
Er hätte losprusten können, doch er mahnte sich zur Vorsicht.
Ohne das Licht einzuschalten, ließ er das Auto so leise wie möglich an den Lieferwagen heranrollen. Dieser hatte eine undefinierbare helle Farbe und wirkte etwas ramponiert. Es bewegte sich offenbar nichts, doch vorsichtshalber behielt Jeffers die Pistole in der Hand. Als er kurz hinter dem Wagen hielt, konnte er im spärlichen Licht der Straßenlaterne gerade noch das Kennzeichen entziffern. Er wartete einen Moment und registrierte, dass der Pfosten an der Tür zum Warenhaus offenbar aufgesplittert war, auch wenn er es nicht mit Sicher-

heit sagen konnte, ohne auszusteigen. Das unterließ er tunlichst. Nicht, dass er den Mann oder die Männer im Innern fürchtete. Er wollte nur nicht auf das Überraschungsmoment verzichten. Er rollte vorbei, ohne seine Scheinwerfer anzumachen, bis er ein paar Häuserblocks weiter war.

Er hielt an der erstbesten Tankstelle mit Münztelefon und wählte die Notrufzentrale.

»Polizei, Feuerwehr und Rettungsdienst Bridgeport«, meldete sich eine teilnahmslose Stimme.

»Ich möchte einen Einbruch melden, der gerade passiert«, sagte Douglas Jeffers.

»Gerade jetzt?«

»Genau das hatte ich gesagt«, bekräftigte Jeffers eine Spur ungehalten. »In diesem Moment.« Er gab dem Polizisten die Anschrift und eine Beschreibung des Lieferwagens sowie des Nummernschilds.

»Danke. Schon unterwegs. Würden Sie mir für unsere Unterlagen wohl Ihren Namen geben?«

»Nein«, lehnte Douglas Jeffers ab. »Betrachten Sie mich einfach als einen besorgten Bürger.«

Damit legte er auf. Ein besorgter Bürger. Das gefiel ihm. Wenn die wüssten, dachte er. Er stellte sich vor, wie ein Einbrecherpärchen, ganz in Schwarz gekleidet, plötzlich von den Scheinwerfern einer Polizeistreife überrascht wurde. Wahrscheinlich würden sie ihr Pech verfluchen und frustriert an den Handschellen zerren, während die Polizisten den Erfolg meldeten und sich zu der ordentlichen Festnahme beglückwünschen ließen. Wenn sie nur den blassesten Schimmer hätten, von wem der Tipp stammte. Die Bösen wie die Guten. Wie die aus der Wäsche gucken würden.

Dann lachte er über den schieren Aberwitz lauthals los.

Anne Hampton hörte den Schlüssel im Schloss und spannte die Muskeln gegen die Stricke. Von der Stelle aus, an der sie lag, konnte sie die Tür nicht sehen, sondern sie nur knarren hören, als sie aufging. Als die Tür sich schloss und Schritte auf sie zukamen, gab sie durch den Knebel und das Klebeband einen erstickten Laut von sich. Sie hob den Kopf, um Douglas Jeffers direkt in die Augen zu sehen. Sie hatte sich mit aller Macht darauf konzentriert, die ungehaltene Angst aus ihrem Gesicht zu verbannen und eine trotzige, fordernde Miene aufzusetzen. Ihre Blicke trafen sich, und Jeffers schien erstaunt.

»Oh«, machte er. »Boswell scheint verärgert.«

Er beugte sich herunter und riss ihr das Klebeband vom Mund. Bei dem lauten Reißen glaubte sie, ihre Lippen und Wangen wären aufgeplatzt. Sie bewegte sich nicht, während er ihr den Knebel lockerte.

»Besser?«, fragte er.

»Entschieden. Danke.« Sie sprach in gemäßigtem, doch leicht gereiztem Ton. Douglas Jeffers lachte.

»Boswell ist böse.«

»Nein«, entgegnete sie, »nur angespannt.«

»Das ist nicht verwunderlich. Bist du verletzt?«

Sie schüttelte den Kopf

»Nur steif.«

»Dagegen sollten wir etwas tun.«

Douglas Jeffers zog ein Messer heraus. Sie sah, wie das Licht von der Nachttischlampe sich in der Klinge spiegelte. Sie holte tief Luft und dachte: Boswell, Boswell, er hat dich Boswell genannt, du hast nichts zu befürchten. Noch nicht, noch nicht.

Er legte ihr die Klinge flach an die Wange.

»Ist dir schon mal aufgefallen, wie schwer man unterscheiden

kann, ob ein Messer heiß oder kalt ist? Es hängt davon ab, wovor man gerade Angst hat. Je nachdem, was für ein Gefühl man gerade in der Magen- oder Herzgegend hat, kommt einem die Berührung glühend heiß oder eiskalt vor.«
Sie rührte sich nicht, sondern starrte geradeaus.
Nach einer Weile zog er die Klinge weg.
Er machte sich daran, die Stricke zu zerschneiden, und ihre Hände waren frei.
»Ich hätte dich nicht schlagen sollen«, stellte er in sachlichem Ton fest. »Es war nicht deine Schuld.«
Sie antwortete nicht.
»Nenn es einen Moment der Schwäche.« Er schwieg. »Einen seltenen Moment.« Er half ihr auf die Beine.
»So ist's gut. Ein bisschen wackelig, aber nicht allzu schlimm. Du kannst dich im Badezimmer waschen.«
Sie machte ein paar unsichere Schritte und hielt sich dafür an der Wand fest. Im Spiegel sah sie, dass sich um Mund und Nase Blut verkrustet hatte, das sie aber wegbekam, als sie energisch genug daran schrubbte. Sie spürte, wie sie mit einem Schlag die Erschöpfung überwältigte, und musste sich am Waschbeckenrand festhalten, um nicht zu fallen.
Als sie wieder ins Zimmer trat, sah sie, dass Douglas Jeffers das Bett für sie aufgeschlagen hatte. Sie ließ die Jeans zu Boden gleiten und kroch dankbar hinein. Er verschwand ins Bad, und sie hörte Wasser laufen, dann die Toilettenspülung. Er kam heraus und stieg in das andere Bett. Er schaltete das Licht aus, und die Dunkelheit schwappte über sie wie eine Welle am Strand.
Eine Weile schwieg er, dann sagte er:
»Boswell, hast du je darüber nachgedacht, wie gefährdet das Leben ist?«
Sie antwortete nicht.

»Nicht nur die täglichen Gefahren, sondern das Leben als solches hängt an einem seidenen Faden. Denk mal an die Mutter, die ihrem Kind einen Moment den Rücken kehrt, und es läuft prompt auf die Straße. Oder den Vater, der nur dieses eine Mal zu faul ist, sich auf dem Weg zur Arbeit anzuschnallen. Unfälle. Krankheiten. Pech. Den einen erlöst der Tod, gewiss. Aber die Hinterbliebenen bringt er aus dem Gleichgewicht, aus der Bahn. Sie verlieren ihre Mitte. Denk nur mal an all die Menschen, die du gekannt hast und die dich geliebt haben. Stell dir nur mal einen Augenblick lang vor, was dein Tod für sie bedeuten wird …«

Sie schloss die Augen. All ihre tapferen Vorsätze waren verflogen, und sie wollte nur noch weinen.

»… oder was ihr Tod für dich bedeuten würde. Leere. Ein tiefes Loch. Erinnerungen, die man nicht vertreiben kann. Vielleicht irgendwo ein Fotoalbum. Ein Grab, das man einmal im Jahr besucht. Wir sind alle auf so vielfältige Weise miteinander verbunden, unser seelisches Gleichgewicht hängt von anderen Menschen ab. Söhne und Väter. Töchter und Mütter. Brüder. Schwestern. Alles ein brüchiges Beziehungsgeflecht. Zu eng verwoben, und alles so zerbrechlich wie Porzellan.«

Er schwieg einen Moment und wiederholte dann mit Nachdruck:

»Zerbrechlich. Zerbrechlich. Zerbrechlich.«

Wieder zögerte er.

»Ich hasse das mehr als irgendetwas sonst«, gab er zu. Seine Stimme war nur noch mühsam beherrscht und voller Bitterkeit. »Ich hasse es, dass wir nicht selbst bestimmen können, wer wir sind. Ich hasse es, keine Wahl zu haben. Ich hasse es, ich hasse es, ich hasse es, hasse, hasse, hasse …«

In der Dunkelheit konnte Anne Hampton sehen, dass Doug-

las Jeffers auf dem Rücken lag und beide Hände in der Luft zu Fäusten ballte.
Er atmete heftig aus.
»Alle sind Opfer«, stellte er fest. »Alle. Nur ich nicht.«
Dann hörte sie, wie er sich auf die Seite rollte und dem Schlaf überließ.

Am Morgen fuhren sie Richtung Norden und stießen in New Haven auf die Route 91, die an Hartford vorbei nach Massachusetts führt. Sie hatte den Eindruck, dass Jeffers wieder Herr über sich war; er sah auf die Uhr, schätzte Entfernungen, achtete auf die Zeit. Das beruhigte und entspannte sie, zumindest bis etwas Neues geschah.
Sie erreichten den südlichen Zipfel von Vermont am frühen Nachmittag und fuhren in gemächlichem Tempo weiter nach Norden. Fast wie nebenbei fragte sich Anne Hampton, ob es nach Kanada gehen würde. Sie versuchte, sich irgendwelche Verbrechen in Erinnerung zu rufen, die dort passiert waren, und spekulierte, was er ihr dort wohl zeigen wollte. Ihr fiel nichts ein, war jedoch davon überzeugt, dass sich auch dort Menschen gegenseitig umbrachten. Es ist kalt, dachte sie, es herrschen Frost und Dunkelheit, und die langen Winter können nichts Gutes bedeuten.
Bevor sie den Gedanken weiterspinnen konnte, sagte Douglas Jeffers: »Hier oben gibt es eine kleine Stadt, die du sehen solltest …«
Das war alles, was er über Woodstock verriet, und für Stunden schwieg er sich aus. Sie wird schon sehen, dachte er. Im Geist ging er noch einmal die verbleibenden Punkte seiner Planung durch. Er wollte in seiner Aktentasche den Brief der Bank in New Hampshire hervorsuchen, doch er wusste, dass das nicht nötig war. Sie erwarten dich morgen früh, beruhigte

er sich. Es wird schnell und zügig vonstatten gehen, ganz nach meinen Wünschen.
Als er von der Durchgangsstraße in Richtung der Kleinstadt abbog, fragte er: »Ist dir eigentlich schon mal aufgefallen, dass fast jeder dieser alten Bundesstaaten in New England sein eigenes Woodstock hat? Vermont, New Hampshire, Massachusetts. Vermutlich sogar Rhode Island, wenn sie es reinquetschen können. Die sprechen es ›Roudailan‹ aus. Und ›Nehämpsche‹. Das historische Woodstock ist natürlich das in New York, auch wenn sie das Festival in Wirklichkeit woanders abgehalten haben. Erinnerst du dich?«
»Da war ich noch ein Kind«, antwortete sie. »Ich wusste nichts davon.«
»Ich war da«, erwiderte Jeffers.
»Tatsächlich? War es so groß, wie die Literatur behauptet?«
Er lachte.
»Eigentlich war ich nicht da …«
Sie sah ihn verwirrt an.
»Bestimmte öffentliche Ereignisse graben sich dank der Popkultur ins kollektive Gedächtnis ein. Woodstock ist so ein Ereignis. Ich kannte mal einen Mann, aus dem Zeitungsgeschäft, der war der Urheber des Woodstock-Mythos. Er fing gerade erst an, als Collegekorrespondent bei der *New York Daily News.* Es war Sommer, also fragten sie ihn, ob er zum Festival gehen wollte, nur für den Fall, dass da was Ungewöhnliches passierte. Sie hatten keine Ahnung, welche Menschenmassen zusammenkommen würden.
Na, jedenfalls fuhr er einen Tag vorher hin, um sich die Vorbereitungen zum Festival anzusehen, und das war sein Glück, denn bis zum nächsten Vormittag bildete sich ein zehn bis zwanzig Meilen langer Stau. Die Leute kamen scharenweise. Langmähnige. Hippies. Biker. Collegestudenten. Du hast si-

cher den Film gesehen. Na, jedenfalls wurde daraus diese geballte Massenveranstaltung, dieses einmalige Musik-Event, und plötzlich war es auf den Titelseiten. Mein Kumpel sitzt also hinter der Bühne am Telefon und hat die Lokalredaktion der *News* in der Leitung, und dieser Redakteur brüllt am anderen Ende: ›Wie viele Leute sind da? Wie viele Leute?‹, und natürlich hatte der Kerl keinen blassen Schimmer. Ich meine, so weit das Auge reichte, sah er ein einziges Meer aus Menschen, Trucks und Hubschraubern, die darüberdröhnten, und Bands, die die Lautstärke voll aufdrehten und was weiß ich. Und der Redakteur fordert: ›Wir brauchen eine offizielle polizeiliche Schätzung!‹ Also läuft unser Freund zum nächstbesten Cop und fragt ihn, wie ihre Schätzungen liegen, und natürlich sieht der Kerl ihn an, als hätte er nicht mehr alle Tassen im Schrank. Woher er das wissen sollte. Mein Kumpel läuft zum Telefon zurück, und der Redakteur merkt plötzlich, dass es hier um seinen eigenen Arsch geht, weil sie es mit der größten Nummer auf lange Zeit zu tun haben und er so dämlich war, einen College-Teilzeitkorrespondenten darauf anzusetzen, und jetzt sind die Straßen verstopft und sämtliche Helikopter durch die Fernsehsender ausgebucht, also keine Chance, einen richtigen Reporter hinzuschicken.
Und da kommt meinem Kumpel die richtige Eingebung. Er beschließt zu lügen.
Also brüllt er ins Telefon: ›Die Polizei schätzt, dass über eine halbe Million Menschen in dieses verschlafene Nest eingefallen sind. Mit einem Schlag ist Woodstock die drittgrößte Stadt im Staate New York!‹ Und das ist so recht nach dem Geschmack des Redakteurs. Er lässt es sich auf der Zunge zergehen. Am nächsten Tag ist es der Aufmacher auf der Titelseite. Nachdem die *News* mit der Zahl getitelt hat, greift die *Times* sie auf, dann die Associated Press und damit die ganze Welt.

Und schwupp ist die Lüge meines Kumpels ein historisches Faktum …«
Er schnippte mit den Fingern.
»Einfach so. Alle sind zufrieden, und alle sind überzeugt, genau so viele Menschen wären da gewesen. Nur weil mein Kumpel den richtigen Instinkt hatte, jemandem eine Lüge aufzutischen, der nach einer Lüge lechzte.«
Douglas Jeffers schwieg. Wie schon so oft, schien sein Ton zwischen der kindlichen Freude am Geschichtenerzählen und einem diffusen Hass hin und her zu wechseln.
»Also lüge ich jetzt auch.«
Er grinste, dann schnitt er eine Grimasse.
»Ich behaupte einfach, ich war da. Ich meine, wer will das nachprüfen?«
Douglas Jeffers verstummte, und Anne Hampton sah, dass sich in die unbekümmerte Erzählfreude ein düsterer Gedanke eingeschlichen hatte. Sie schnappte sich eins der Notizbücher und machte sich eilig eine Reihe von Notizen über Woodstock und eine halbe Million Besucher, über einen Kerl in ihrem Alter, der sich eine Ziffer aus den Fingern gesogen hat.
»Siehst du, das beschreibt ziemlich genau, was wir bei der Zeitung machen. Wir schaffen einen gemeinsamen Erfahrungsschatz. Wer könnte von sich sagen, er wäre nicht in Vietnam gewesen? Wir wurden mit Bildern überflutet. Und der Aufstand von Watts? Oder ein bisschen aktueller: Beirut. Das Erdbeben von Mexico City. Die Entführung des TWA-Flugs. Die haben doch wahrhaftig eine Pressekonferenz abgehalten, ist das zu fassen? Absurder geht's nicht. Kriminelle, die das Licht der Öffentlichkeit suchen, noch während das Verbrechen im Gange ist, und es auch bekommen. Und wir waren hautnah dabei. Allein darauf kommt es an.«
Wieder zögerte er.

»Das Nachrichtengeschäft läuft auf die alte Volksweisheit vom Fällen eines Baumes im Wald hinaus: Wenn der Baum mit Getöse herunterkracht und es dennoch keiner hört, hat es dann ein Geräusch gegeben oder nicht? Wenn tausend Indianer im Regenwald sterben und wir nicht darüber berichten, hat es dann stattgefunden oder nicht?«
Jeffers lachte laut auf. Zunächst klang es wütend, dann befreit.
»Ich bin manchmal so öde, dass du mich eigentlich längst dafür hättest umbringen müssen.«
Wieder lachte er.
Sie wusste, dass sie ein niedergeschlagenes Gesicht machte.
»Guck nicht so trübselig, Boswell, wir sind bald am Ende. Das war ein Witz.«
Er lächelte.
»Oder nicht? Armer Boswell. Manchmal kann sie meine Witze überhaupt nicht komisch finden. Und ich kann es ihr nicht verübeln. Aber tu mir den Gefallen und schenk mir ein kleines Lächeln, ein klitzekleines Lachen.«
Letzteres war ein Befehl.
Sie gehorchte auf der Stelle und fand den Laut, den sie herausbrachte, widerwärtig.
»Nicht sehr überzeugend, Boswell, aber ich weiß es trotzdem zu schätzen.«
Er verstummte.
»Arbeite dran, Boswell. Arbeite an all den kleinen Dingen im Leben, die uns daran erinnern, wer wir sind. Konzentrier dich, Boswell. Ich denke, also bin ich. Ich lache, also bin ich ... Wenn ich lache, atme ich. Wenn ich lächle, empfinde ich. Wenn ich denke, existiere ich.«
Er richtete den Blick auf die Straße.
»Boswell lebt fort«, sagte er.

Sie merkte, wie sich ihr vor Verzweiflung das Herz zusammenzog.
»Aber Douglas Jeffers auch.«

Er blickte aufmerksam durch die Windschutzscheibe und bog in eine kleine, zweispurige Straße ab. Der Abend legte sich über die warmen Grün- und Brauntöne der Berge von Vermont, die an ihnen vorüberflogen, und nur gelegentlich durchdrang ein blasser, letzter Lichtstrahl die Dämmerung. Sie ließen die Quechee-Schlucht hinter sich, die auf der Straße nach Woodstock liegt, und er sah, wie Anne Hampton sich den Hals verrenkte, um vom Auto aus den Steilhang zu sehen.
Er fuhr durch die stillen Straßen. Anne Hampton sah adrette weiße Holzschindelhäuser hinter weitläufigen Rasenflächen, mit weinbewachsenen Gartenlauben inmitten kleiner Blumengärten.
»Siehst du«, er wies auf eine karge weiße Kirche, die sich vom grünlichen Dunkel des nächtlichen Vermont absetzte, »siehst du, wie entspannend das ist? Wer käme auf den Gedanken, dass in einer solch kleinen, wohlbehüteten Stadt des Nachts solche Schrecken lauern?«
Er stellte den Wagen ab.
»Nun denn«, meinte er, »auch wer Angst und Schrecken verbreitet, hat mal Hunger.«
Er sah Anne Hampton an.
»Das war ein Witz«, beruhigte er sie.
Sie zwang sich zu einem Lächeln.
»Aber der beste Humor basiert immer auf der Realität.«
Er nahm sie bei der Hand und führte sie in ein Restaurant. Es war schön und anheimelnd warm, von Kerzenlicht erleuchtet. Es roch nach frischem Essen, und von der Mischung aus unterschiedlichen Empfindungen wurde ihr schlecht.

Was soll das Ganze?, fragte sie sich.
Was ist los?
Wieso sind wir hier?
Wieso scheint alles so stinknormal, obwohl es alles andere als das ist?
Was passiert mit mir?
Dieser letzte Gedanke schrie sie förmlich an. Sie konnte sich kaum auf den Beinen halten. Ich stehe hier und warte darauf, dass mir in einem eleganten Restaurant in einer schönen Stadt ein Platz angewiesen wird. Verkehrte Welt. Nichts ist so, wie es sein sollte. Was soll das Ganze?
Wieder durchfuhr sie eine Woge der Übelkeit.
»Ich könnte Berge verdrücken«, erklärte Douglas Jeffers.
Sie aßen still, ausgiebig und freudlos. Jeffers bestellte Wein und starrte, während er an seinem Glas nippte, über den Rand hinweg Anne Hampton an. Sie sah, wie sich das Licht im Glas spiegelte.
Nachdem er bezahlt hatte, nahm Douglas Jeffers Anne Hampton beim Arm und führte sie im Dunkeln um den Anger herum. Sie merkte, dass sie zitterte. Die Wärme des Tages war gewichen und hatte den ersten Vorboten des Herbstes Platz gemacht.
»Still«, sagte er. »Friedlich.«
Sie sah nicht den geringsten Grund zu entspannen. Es kostete sie genügend Willenskraft, ihren Arm locker auf seinem ruhen zu lassen. Sie hätte ihn am liebsten gepackt und ihm ins Gesicht geschrien: Was kommt jetzt?
Doch sie tat es nicht.
Er führte sie wieder zum Wagen. In wenigen Minuten umfing sie das Dunkel der Nebenstraßen, die zur Interstate führten. Douglas Jeffers fuhr langsam. Er hing offensichtlich seinen Gedanken nach und konnte sich wohl nach dem Wein und

mit vollem Magen nicht wie gewohnt auf seine Pläne konzentrieren.
Er erzählte gerade: »Ich kenne ein paar hübsche Landgasthäuser ein Stück die Straße runter …«, als eine Autohupe ihm schrill das Wort abschnitt und grelles Licht den Wagen erfüllte. Er riss das Steuer herum und geriet auf das Schotterbankett, so dass der Wagen beängstigend ins Schleudern kam, als ein anderes Fahrzeug vorbeiraste.
Sie hatte das Gefühl, als sei das andere Auto irgendwie in ihres eingedrungen, und ihr entfuhr ein Laut zwischen Angst und Warnung: »Achtung! O mein Gott!«
Ihr war die erschreckende Nähe des anderen Fahrzeugs bewusst. Dann hörte sie laute Stimmen und sah, wie sich die Rücklichter eines Jeeps entfernten. Es war ein aufgemotztes Modell mit dicken Reifen, grellbuntem Lack und Überrollbügel. Zwei Jugendliche hielten seitlich die Köpfe heraus und gestikulierten wild.
Jeffers fluchte wild.
»Teenager!«, knurrte Douglas Jeffers wütend, und in seinem Ton kämpfte rasende Wut mit Erleichterung. »In ungefähr einer Woche fängt, glaube ich, das Semester an, und sie lassen Dampf ab. Gott, um ein Haar wäre ich die Böschung runtergefahren …« Er deutete auf den Seitenstreifen. »Ich kenne diese Straße. Verdammt! Da drüben fällt das Gelände direkt steil ab. Eine Uferböschung runter, dahinter kommt ein kleiner Fluss. Gott, wir wären tot gewesen. Diese kleinen Miststücke. Gott. Montagnachts auf 'ner Spritztour, ist das zu fassen! Wir hätten tot sein können.«
Er fuhr in gemächlichem Tempo weiter.
»Alles in Ordnung?«, erkundigte er sich.
»Ja, sicher«, antwortete sie. »Aber die haben mir einen Mordsschrecken eingejagt.«

»Das war mein Fehler«, entschuldigte er sich. »Ich hätte sehen müssen, wie schnell sie herangebraust kamen.«
Er hielt die flache Hand ausgestreckt vor sich hin.
»Sieh dir das an. Sie zittert ein bisschen. Müssen die Nerven sein.«
Er lächelte wieder.
»Das bedeutet wohl, dass ein Beinahe-Unfall einem an die Nieren geht, egal, wer man ist. Ein Moment der Panik, und dann kehrt das Leben in seinen gewohnten Trott zurück.«
Nach einer Weile fügte er hinzu: »Es gibt wirklich nichts, aber auch gar nichts Schlimmeres als einen Jungen mit einem Auto, allzu viel Selbstvertrauen und ein bisschen Alkohol im Blut. Verflucht noch mal, die tun so, als wären sie allein auf der Welt. Unsterblich. Junge, mir geht das auf den Geist.«
Dann lachte er. »Und es gibt mir das Gefühl, alt zu sein.«
Im Dunkel vor ihnen leuchtete eine Tankstelle auf. Als sie daran vorbeikamen, sahen sie beide den Jeep an der Zapfsäule.
»Da drüben«, sagte sie unwillkürlich. »Da sind sie.« Sie sah zwei Jungen mit dem Rücken zu ihnen am Getränkeautomaten stehen. Beide waren groß und dünn und trugen Baseballkappen. Ihre Körperhaltung war lässig und aufsässig zugleich.
Jeffers ließ die Tankstelle absichtlich hinter sich. Nach einer Viertelmeile beschleunigte er plötzlich so stark, dass es sie gegen die Rücklehne drückte. Sie griff nach vorne, um sich festzuhalten.
»Ich hab eine Idee«, meinte er. »Das klassische Highway-Spektakel.«
Plötzlich klang seine Stimme aufgeregt.
»Da vorne kommt eine interessante Stelle«, fuhr er fort. »Wo sich die Straße gabelt und ein Weg in eine kleine Schlucht neben der Interstate runterführt.«

Binnen Sekunden hatten sie die Gabelung erreicht. Er nahm die obere Abzweigung und drosselte nach wenigen hundert Metern das Tempo. Er fand eine dunkle Parkbucht und hielt an.

»Und jetzt«, erklärte er, »wollen wir mal sehen, ob das Glück auf unserer Seite ist. Bleib, wo du bist.«

Er hatte einen Befehlston angenommen, dass sie nicht einmal zu zucken wagte.

Douglas Jeffers rannte zum Heck und riss den Kofferraum auf. Er griff ins Gepäck und hatte im nächsten Moment den glänzenden Stahlgriff des halbautomatischen Ruger-Gewehrs in der Hand. Er wühlte zwischen den anderen Waffen, bis er den Ladestreifen mit neun langen Patronen fand. Er legte ihn ein und hörte zufrieden das klickende Geräusch, als er einschnappte.

Jeffers ließ das Gewehr zuoberst im offenen Kofferraum liegen und suchte einen Moment weiter, bis er ein langes, zylindrisches Lederfutteral fand. Er klemmte es sich unter den Arm und rannte die Straße zurück. Er schärfte seinen Blick und versuchte, in der schwarzen Nacht einzelne Formen auszumachen. Er suchte die Gegend nach irgendwelchen Lebenszeichen ab. Er spähte in die Dunkelheit und hielt nach den verräterischen Scheinwerferkegeln in der Ferne Ausschau. Er horchte auf irgendwelche Geräusche, die verrieten, ob ein anderes Fahrzeug in ihre Richtung kam. Außer dem leisen Rascheln des Windes in einer Gruppe Fichten in der Nähe war es vollkommen still. Er blickte in die Ferne und versuchte, das Rauschen des Wildbachs unterhalb der Böschung zu hören.

Er musste plötzlich daran denken, was man in seiner Kindheit sagte: Wer bei Nacht gut sehen will, muss Karotten essen. Die ganze Zeit. Und ich sehe ziemlich gut im Dunkeln. Aber ich

sehe noch viel besser, wenn ich ein Starlight-Scope zu Hilfe nehme.
Er öffnete das Lederfutteral und hielt den Zylinder ans Auge. Es tauchte die Landschaft in ein schmutziges Grün, und er drehte es in alle Richtungen, um sich davon zu überzeugen, dass ihn seine Sinne nicht getäuscht hatten. Er war allein. Ihm kam der Gedanke, dass er auf seinem einsamen Posten einem alten Seefahrer glich, der auf offener See dahintrieb und den Horizont nach Land absuchte. Er starrte die Straße entlang in die Ferne.
»Aha«, sagte er. »Wir bekommen Besuch.«
Er sah den aufgemotzten Jeep übermütig durch die Nacht heranbrausen.
»Tja, tja, tja, es geschehen noch Zeichen und Wunder.«
Außer ihm und dem nahenden Fahrzeug war weit und breit niemand zu sehen. Er hatte die beiden Teenager im Jeep vor Augen, wie sie in ihrem offenen Gefährt lachend die Haare im Fahrtwind flattern ließen und die Köpfe nach hinten warfen. Dazu dröhnte zweifellos die Stereoanlage, und ihre Aufmerksamkeit war von ein paar Bier beeinträchtigt. Er drehte sich um und rannte zu seinem Wagen zurück. Er sah Anne Hamptons Gesicht durch die Windschutzscheibe auf sich gerichtet. Er sah, wie sie, ahnend, was bevorstand, sich in ihrem Sitz zusammenkauerte. Er handelte schnell, doch überlegt. Er nahm das Gewehr aus dem Kofferraum und fühlte sein Gewicht in den Händen. Nichts ist so beruhigend wie ein zuverlässiges Gewehr im Arm, dachte er. Dann eilte er durch die pechschwarze Nacht wieder zu seinem Aussichtspunkt und ging, ein wenig vorgebeugt, doch seiner Sache sicher, in Position wie ein erfahrener Soldat, der sich unter dem Beschuss von Handfeuerwaffen wegduckt.
Ein letztes Mal schaute er sich um und vergewisserte sich,

dass er alleine war. Er dachte einen Moment an Anne Hampton im Wagen, aber dann verbannte er sie aus seinem Kopf. Er hob den Kolben an die Wange und richtete das Visier genau zwischen die Scheinwerfer des Jeeps.

»Fahrt unten lang«, befahl er.

Sie gehorchten.

Er fand es verblüffend, wie ihn und seinen Finger beinahe so etwas wie eine elektrische Spannung mit dem Abzug und dem Ziel in seinem Visier verband. Er drückte den Kolben eng an die Wange und streichelte den Abzug mit dem Finger.

»Gute Nacht, Jungs.«

Er feuerte siebenmal. Das krachende Geräusch erschien ihm fast überirdisch, als ob das Gewehr von unsichtbarer Hand in den dunklen Himmel gehoben würde und mit dem Strahl eines Sterns zur Erde zielte.

Als er die Waffe senkte, sah er, dass der Jeep ins Schleudern geraten war und um Bodenhaftung kämpfte. Außer dem Echo der Schüsse konnte er jedoch nichts hören. Es klang wie Musik in seinen Ohren, wie ein altes Lied, das man nicht aus dem Kopf bekommt. Er musste plötzlich an eine Situation in Nicaragua denken – oder war es Vietnam gewesen? –, als er sich beim Zischen einer Rakete umgedreht und gesehen hatte, wie sie in einen Jeep einschlug. Es hatte eine Explosion gegeben, er hatte die Kamera gezückt und Schärfe und Blende beinahe gleichzeitig eingestellt, um den Feuerballon und die durch die Luft wirbelnden, zerfetzten Leiber einzufangen. Er entsann sich genau, wie wenig er damals hörte. Keine Schreie, keine Explosionen, keine Hilferufe, nur das vertraute Sirren des Autodrive. Er wollte gerade sein Gewehr an die Augen heben, als er merkte, dass es keine Kamera war, und es hängen ließ.

Der Jeep legte sich auf die Seite. Er wusste, dass das Metall lautstark über den Asphalt schleifte und die Reifen quietschten. Er sah vor sich, wie der Wagen kurz vor der Schlucht gleich einem sterbenden Dinosaurier, der im dunklen Wasser Zuflucht sucht, dumpf aufschlug. Er dachte an den Bruchteil einer Sekunde, der vergeht, während der erste Dominostein kippt und bevor er den nächsten umstößt.

Dann rollte der Jeep über den Rand und stürzte ins Dunkel.

Die Teenager waren aus seinem geistigen Sichtfeld verschwunden.

Sobald er wusste, dass der Wagen unten aufgeprallt war, machte er kehrt. Er war überaus zufrieden. Er drehte sich nicht einmal um, als er die Druckwelle der Explosion zu spüren bekam.

Er sah Anne Hamptons entsetztes Gesicht. In ihren weit aufgerissenen Augen spiegelte sich das Feuer hinter ihm. Er schritt mit der unbeirrbaren Selbstdisziplin von Lot auf den Wagen zu.

Er warf das Gewehr in den Kofferraum und schlug ihn zu.

Jeffers setzte sich hinters Lenkrad, legte bedächtig den Gang ein und gab mäßig Gas. In wenigen Sekunden fuhren sie erst um eine, dann um eine zweite Kurve der Straße.

Anne Hampton drehte sich ruckartig auf dem Sitz herum und zitterte am ganzen Körper.

»Ich hab's dir gesagt«, erklärte Douglas Jeffers. »Das ultimative Highway-Spektakel.«

Sie warf einen letzten Blick nach hinten und glaubte, den roten Widerschein vom brennenden Wrack zu erkennen. Sie wandte sich um und sah die Schilder, die die Interstate ankündigten. Schnell, dachte sie, bloß weg hier, bitte!

Jeffers manövrierte sie durch die verschiedenen Auffahrten und gab auf der Durchgangsstraße Gas. »Wir sind«, sagte er, »eine Nation von Attentätern. John Wilkes Booth und Lee

Harvey Oswald. Charles Whitman und der Texas Tower. Wir blicken auf eine reiche Tradition des Hinterhalts zurück.«

»Sie hatten keine …«

»Im Grunde nicht. Das ist bei einem Attentat entscheidend. Bei einem Hinterhalt in X-Formation oder L-Formation. Denk mal darüber nach. Guerillas, die in die Falle gehen. Hinterrücks gemeuchelt werden. Keine Aussicht auf Entkommen. Kein Schlupfloch. Das ist Sinn und Zweck der Übung.«

Sie antwortete nicht. Nirgendwohin, dachte sie. Sie sah zu, wie die Scheinwerfer eine dünne Sichel ins Dunkel schnitten. Sechzig Stundenmeilen. Eine Meile pro Minute. Jede Sekunde führt uns weiter weg.

»Wo fahren wir hin?«, fragte sie.

Sie kannte die Antwort. Bis ganz ans Ende.

»Zum Granitstaat«, erwiderte Jeffers. »Glücklicherweise hat unser kleines Abenteuer in Vermont stattgefunden, und bis irgendjemand begreift, wie es passiert ist – was übrigens nicht geschehen wird –, sind wir Schnee von gestern. Was für ein Schuss«, bewunderte er sich. Er schien immer noch freudig erregt. »Was für ein Schuss. Verdammt! Und weißt du, was die Cops denken werden? Nichts. Sie werden im Jeep ein paar Bierdosen finden, und das war's. Ein Unfall, bis jemandem Bedenken kommen. Aus den Augen, aus dem Sinn. Und wer würde außerdem ein nett aussehendes Touristenpärchen verdächtigen?«

Er sang: »We'll be gone, gone, gone …«

»Wieso Vermont?«, erkundigte sie sich zaghaft. »Können Sie nicht genauso gut jemanden in New Hampshire töten?«

Er lachte. »Na ja, vor ein paar Jahrhunderten hatte der Teufel in Marshfield ein paar Unannehmlichkeiten, und seitdem hat er seine Tätigkeit auf den Nachbarstaat verlegt. Sozusagen vertraglich vereinbart. Also folge ich seinem Beispiel.«

Er lächelte.
»Aber das heißt nicht, dass wir nicht einen kleinen Abstecher machen können.«
Er fuhr weiter.

Die Morgensonne war grell, und Anne Hampton hielt die Hand über die Augen. Einen Moment lang erinnerte das Licht sie an Florida, und sie sah sich unwillkürlich nach einer Palme um, die in der leichten Brise raschelte. Sie starrte die Hauptstraße von Jaffrey, New Hampshire, hinunter und fragte sich, ob sie alles nur geträumt hatte. Sie versuchte, sich an Einzelheiten zu erinnern; da war die Angst, als sie beinahe von der Straße abgekommen waren; da war die Dunkelheit neben der Kurve; Jeffers, wie er mit dem Gewehr in die Nacht hinauslief; die krachenden Schüsse, gefolgt vom gedämpften Geräusch der Explosion. Wie ein Juwelier den Edelstein, nahm sie jede Facette ihrer Erinnerungen unter die Lupe. Bestimmt würde sie so auf eine Ungereimtheit stoßen und erkennen, dass es gar nicht passiert war. Irgendetwas würde deutlich machen, dass es nur ein Traum war, ein Stück geschliffenes Glas, in dem sich das Licht bricht.
Sie schüttelte den Kopf und zwang sich, ihre Erinnerungen zu ordnen.
Natürlich war es kein Traum. Sie dachte daran, wie sie sich letzte Nacht auf schweißgetränkten Laken hin und her geworfen hatte.
Die Träume sind viel schlimmer, stellte sie fest.
Sie drehte sich um und spähte durch das Schaufenster des Feinkostgeschäfts. Sie sah Jeffers an der Kasse stehen, um den Kaffee und die Doughnuts zu bezahlen. Sie sah zu, wie er sein Wechselgeld einsteckte und aus dem Laden schlenderte. Wie immer versetzte er sie in Staunen. Er pfiff ein Lied und schien

völlig unbeschwert, von so etwas Banalem wie Angst oder Schuldgefühlen keine Spur.
»Für dich ist dieses Glibberding«, sagte er, als er in den Wagen stieg. »Dazu Kaffee und Saft.«
Er deutete Richtung Stadt. »Hübsch, hm? Es wimmelt von Boutiquen und kleinen Geschäften. Der *Yankee* bringt ständig Bilder von Jaffrey. Glückliche weiße Frauen vor Tischen mit frischem Gebäck. Kattun. Das ist eine Kattun-Stadt. Und Rohwolle im Winter. An so einem Ort fällt ein Touristenpaar mit einem Kennzeichen aus einem anderen Bundesstaat nicht weiter auf.«
Er kurbelte die Scheibe herunter.
»Das wird ein mächtig heißer Tag«, vermutete er. »Der Spätsommer ist hier oben völlig unvorhersehbar. Mal wirbelt ein bisschen kanadische Luftmasse herein, und es schneit. Dann wieder bringen die Überlandströmungen Schwüle aus dem Süden herbei, und die Temperaturen steigen auf über fünfunddreißig Grad.« Er zog eine Sonnenbrille aus der Tasche und wischte sie am Hemdschoß sauber. Sie spürte den Hitzeschwall, der in sie einzudringen schien. Sie nippte an ihrem Kaffee, während Jeffers die Zeitung aufschlug. Er überflog die Seiten.
»Nein, nein, nein, hier, sieh mal, aha! Da steht was.«
Er las zuerst schweigend, dann laut: »Zwei Tote bei Verkehrsunfall in Vermont. Zwei Teenager verunglückten Montagnacht tödlich, als ihr allradgetriebener Wagen vier Meilen von Woodstock, Vermont, entfernt aus der Kurve getragen wurde und auf eine Nebenstraße geriet. Die Polizei vermutet, dass die beiden Jugendlichen, Daniel Wilson, siebzehn, und Randy Mitchell, achtzehn, vor dem Unfall, der sich um 21:45 an der Kreuzung State Road zweiundachtzig und Ravine Drive ereignete, unter Alkoholeinfluss standen …«

Er sah Anne Hampton an.
»Ich kann weiterlesen. Es folgen noch ein paar Absätze.«
Sie antwortete nicht, sondern trank ihren Kaffee und wusste den bitteren Geschmack zu schätzen.
»Nicht? Dachte ich mir.«
Er warf ihr die Zeitung auf den Schoß. »Lies selbst.«
Als sie den gereizten Unterton hörte, saß sie aufrecht.
»Und jetzt hab ich etwas Geschäftliches zu erledigen. Ich möchte, dass du im Wagen wartest.«
Sie nickte heftig.
»Gut. Es ist schon fast zehn. Müsste ungefähr eine Stunde dauern.«
Jeffers nahm seine Aktentasche und ging.
Sie sah ihm nach, als er die Straße überquerte und in der Nationalbank von New Hampshire verschwand. Einen Moment lang war sie in Panik und blickte wild in alle Richtungen: Er will eine Bank ausrauben!, dachte sie. Dann wurde ihr klar, wie albern die Vorstellung war, und sie lehnte sich wieder auf ihrem Sitz zurück.
Ihr kam kein Gedanke an Flucht, selbst dann nicht, als ein Streifenwagen langsam an ihr vorüberrollte. Die Vorstellung, dass sie aufstehen, einen Polizisten heranwinken und dem Alptraum ein Ende setzen könnte, schien aberwitzig naiv. Ein Ding der Unmöglichkeit. Sie hatte nicht das geringste Vertrauen in eine naheliegende, einfache Auflösung. Sie wusste, dass sie immer noch machtlos war; dass Douglas Jeffers für sie beide sämtliche Strippen zog. Sie konnte nur an den Augenblick denken, an die Hitze, die ihr zu schaffen machte. Sie fragte sich, was im nächsten Moment passieren würde, und schloss die Augen, so dass sie ihre Umgebung vergessen und in sich hineinsehen konnte. Finde Kraft, redete sie sich gut zu. Sie versuchte zu ergründen, ob sie noch einen Funken Mut in

den Knochen hatte. Sie wusste, dass sie ihn brauchte, um zu überleben.

In der Bank war es kühl und dunkel, und Douglas Jeffers nahm gemächlich die Sonnenbrille herunter. Es war ein altmodischer Bau, mit hoher Decke und hochglanzpolierten Böden, auf denen die Absätze klickten. Jeffers ging zu einer Gruppe Tische hinüber, an der die Angestellten arbeiteten. Eine Sekretärin sah lächelnd zu ihm auf.
»Ich möchte zu Miss Mansour. Douglas Allen. Ich habe einen Termin.«
Die junge Frau nickte und griff nach dem Telefon. Jeffers sah, wie eine Frau in mittlerem Alter mit einem offenen Gesicht den Hörer abnahm und nickte. Wenig später schüttelten sie sich die Hand, und sie forderte ihn auf, in dem Sessel neben ihrem Tisch Platz zu nehmen. Sie zog einen Schnellhefter heraus, auf dem ein Name stand.
»Nun, Mr. Allen, wir finden es immer ausgesprochen schade, wenn ein langjähriger Kunde uns verlässt. Wie lange sind Sie jetzt schon …«
»Zehn Jahre.«
»Können wir Ihnen irgendwie behilflich sein? Wir könnten Ihnen ein neues Konto an Ihrer …« Sie beendete den Satz nicht.
»Atlanta«, sagte er. »Versetzung innerhalb der Firma.«
»Ich meine, ich rufe gerne jemanden an …«
Er schüttelte den Kopf. »Wirklich sehr freundlich von Ihnen«, meinte er. »Aber das regelt fast alles der Umzugsdienst der Firma. Vielleicht können Sie mir ja Ihre Karte mitgeben, und falls es irgendwelche Probleme gibt, können die sich mit Ihnen in Verbindung setzen.«
»Sehr gerne.« Sie überprüfte die Formulare. »Also, in Ihrem

Brief schreiben Sie, dass Sie das Konto auflösen und den Saldo in Travellerschecks haben wollen. Die liegen schon für Sie bereit. Sie müssen sie also nur noch unterschreiben, dann diese Auflösungserklärung unterzeichnen und Ihr Schließfach räumen, dann wäre alles erledigt.«
Sie reichte ihm ein Bündel Reiseschecks, und er fing an, seinen Namen darunterzusetzen. Er betrachtete den Schriftzug und ließ innerlich den Namen auf der Zunge zergehen. Seit zehn Jahren bin ich hier in New Hampshire Douglas Allen. Keine Vorsichtsmaßnahmen mehr. Keine Vorspiegelungen falscher Tatsachen. Wir werden unseren Horizont erweitern.
»Zählen Sie bitte nach«, sagte Miss Mansour. »Es sind über zwanzigtausend Dollar.«
Ersparnisse von einem ganzen Jahrzehnt, dachte er. Täglich verzinst.
Er folgte ihr in den Tresorraum, und sie händigte ihm seinen Schlüssel aus. »Bringen Sie mir einfach nur beide Schlüssel zurück, wenn Sie fertig sind«, erklärte sie. »Ich bin an meinem Tisch.«
Er nickte ihr zum Dank zu und trat in eine Kabine. Eine Angestellte brachte ihm ein verschlossenes Kästchen und zog die Tür hinter sich zu. Er wartete einen Moment, um zu genießen, wie glatt alles nach Plan verlief.
Er öffnete das Kästchen.
»Lebe wohl, Douglas Jeffers«, flüsterte er.
Zuoberst lag eine alte Ausgabe der nicht mehr existierenden Zeitschrift *New Times*, der er die Idee verdankte. Er blätterte die abgegriffenen Seiten um, bis er zu dem entsprechenden Artikel kam. Es entbehrte, fand er, nicht der Ironie, dass der Aufsatz vom Aktivismus der sechziger und siebziger Jahre inspiriert war. Er ging einer höchst simplen Frage nach: Wie leicht ist es, im Untergrund zu verschwinden? Wie schwer ist

es, sich eine neue Identität zuzulegen? Die Antwort lautete: Im Grunde recht einfach. Besonders in einem Bundesstaat wie New Hampshire, der kompromisslos auf der individuellen Freiheit und auf Privatsphäre besteht. Er hatte sich peinlich genau an die beschriebene Vorgehensweise gehalten und sich eine Sozialversicherungsnummer besorgt, ein Postfach genommen, sich eine neue Anschrift gegeben. Dann das Bankkonto und ein paar Kreditkarten, die er häufig genug benutzte, damit sie nicht erloschen. Gleichzeitig hatte er sich unter seinem neuen Namen und seiner neuen Versicherungsnummer einen Führerschein beschafft. Sein größter Triumph allerdings war die Geburtsurkunde, die er sich selbst zusammengeschustert hatte. Die Wunder der modernen Fotokopiertechnik, dachte er. Als er mit seiner abgegriffenen Kopie und sämtlichen anderen Dokumenten im örtlichen Postamt erschien, hatte niemand protestiert. Sechs Wochen später traf ein Brief mit seinem kostbarsten Besitztum ein. Er nahm es aus dem Kästchen. Ein brandneuer US-Reisepass auf den Namen Douglas Allen – und nicht gefälscht.

Er steckte ihn zusammen mit seinem Führerschein, den Kreditkarten und der Versicherungskarte in die Aktentasche.

Ich bin frei, dachte er.

Er grinste. Na ja, nicht ganz. Ich kann weder nach Albanien, noch nach Nord-Vietnam einreisen.

Er stopfte seine Barreserven, ein paar tausend Dollar in Zwanziger- und Hunderterscheinen in die Hosentasche. Er überprüfte sein Ticket, das er als Letztes aus dem Kästchen nahm. Es war erster Klasse, mit offenem Datum, New York–Tokio ohne Rückflug. Er wusste, dass er von Tokio aus spielend leicht in alle Richtungen reisen und sich zum Beispiel irgendwo im Fernen Osten in Luft auflösen konnte. Oder wie wär's mit Sydney?, dachte er. Perth. Melbourne. Die Namen klangen exotisch und vertraut zugleich. Es wird eine Art Heimkehr, dachte er. Der letzte Gegenstand in dem Tresorkästchen war ein sauberer, stahlblauer Magnum-Revolver, .357, der ebenfalls in die Aktentasche wanderte. Er hatte ihn einige Jahre zuvor in Florida gekauft, nur wenige Wochen, bevor dort ein neues, etwas strengeres Waffengesetz verabschiedet wurde. Dann hatte er die Pistole einfach als gestohlen gemeldet. Der National Rifle Association sei Dank.

Einen Moment lang starrte er auf das leere Safe-Kästchen und dachte daran, wie beruhigend es gewesen war, dass dies alles für den Fall, dass er es brauchte, bereitgelegen hatte. Mein Notausgang.

Er lehnte sich auf dem Stuhl zurück. Australien, sagte er sich. Ein phantastischer Ort, um neu anzufangen. »Tie me kangaroo down, sport.«

In Gedanken summte er auf seinem Weg zu Miss Mansours Schreibtisch »Waltzing Mathilda«.

»Fertig?«, fragte sie fröhlich.

»Alles in bester Ordnung«, antwortete er.

Er unterschrieb ein paar Papiere und stellte fest, dass ihm der neue Namenszug leicht von der Hand ging.

Hallo, begrüßte er sich. Nett, Sie kennenzulernen. Was, sagten Sie noch gleich, machen Sie beruflich? Was immer dir gefällt. Egal, was.

Als er das Dunkel der Bank verließ, blendete ihn die helle Sonne, und er brauchte einen Moment, bis sich seine Augen umgestellt hatten. Er sah zu Anne Hampton hinüber, die im Wagen saß und wartete.

Nicht mehr lange, Boswell.

Er summte zufrieden vor sich hin und überquerte die Straße. Er nickte einer älteren Dame zu, die an ihm vorbeikam, und grüßte zwei kleine Jungen, vermutlich nicht älter als sechs oder sieben, die ihre letzten Ferientage vor Schulbeginn mit Schokoladeneis versüßten.

Anne Hampton sah zu ihm auf.

»Gehen wir an den Strand«, sagte er.

Den größten Teil des Tages döste sie, während Douglas Jeffers quer durch Massachusetts Richtung Cape Cod fuhr. Er schien in Gedanken, aber sorglos. Er machte das Radio an und fand einen Sender, der Rock 'n' Roll aus den Sechzigern spielte, der einzigen Musik, wie er sagte, die man sich im Radio anhören konnte. Gut gelaunt bestand er darauf, der einzige Musiker, den er überhaupt ernst nehmen konnte, sei der Kerl aus New Jersey, und das auch nur, weil er sich wie jemand benahm, der aus einer Epoche von vor zwanzig Jahren stammte. Er erzählte ihr, er hätte nur einmal den Auftrag gehabt, bei einem Rock-Konzert zu fotografieren.

»Das einzige Mal, dass ich wirklich um mein Leben gefürchtet habe. Wir sollten unten vor der Bühne in Stellung gehen, und als diese vier Jungs in Strumpfhosen, Glitzer-Make-up und Federboas herausstolzierten, drängte sich hinter uns alles nach vorne, verflucht noch mal. Ich dachte, ich werde von einer Horde tränenseliger Jugendlicher zerquetscht. Sämtliche Kameraleute kämpften mit dem Rücken zur Wand, und als ich den Kopf hob, sah ich, wie einer der Musiker mit glänzenden Augen und blondem Haar, das ihm bis zum Hintern reichte, die Arme in die Höhe hob und die Stimmung in der Zuschauermenge noch weiter anheizte. Tod durch Rock 'n' Roll ...« Douglas Jeffers lachte. »Da stolperte ich also immer weiter rückwärts gegen die Bühne, überall schreiende Gören, kein Platz, um auch nur einen Fuß auf den Boden zu bekommen, und ich konnte nur daran denken, dass uns unsere Eltern genau davor gewarnt hatten. Eine Kommunistenverschwörung. Damals zumindest kam es den Leuten so vor.«

Er fuhr gemächlich und ließ sich häufig überholen. Er schien keine Eile zu haben, hielt sich aber offensichtlich an einen Zeitplan. Als sie die Ausfahrt zur Route 6 erreichten, die sich von dort aus bis zum Cape Cod hinauswindet, verblasste bereits der Nachmittag. Sie war noch nie am Cape gewesen und sah sich interessiert die etwas heruntergekommenen Antiquitätenhandlungen, die Süßwarengeschäfte und T-Shirt-Läden an, die sich am Straßenrand mit Fastfood-Restaurants und Tankstellen abwechselten.

»Ich versteh das nicht«, sagte sie. »Ich dachte, Cape Cod wäre schön.«

»Ist es auch«, antwortete Jeffers. »Zumindest da, wo wir hinwollen. Es hat niemand behauptet, die Straße dahin wäre schön. Ist sie auch nicht. Sie hält eher einen Weltrekord an Hässlichkeit.«

Im letzten Tageslicht überquerten sie die Bourne Bridge. Anne Hampton sah darunter in der Tiefe Lastschiffe langsam den Kanal entlangziehen. Vor ihnen lag ein Kreisverkehr, und Jeffers murmelte etwas über die darwinistische Überlebensstrategie der Autofahrer in Massachusetts. In einem Imbiss in Falmouth aßen sie zügig etwas zu Abend, dann fuhren sie zur Anlegestelle der Fähre im Woods Hole Ferrydock. Der weiße Lack eines Boots der Küstenwache leuchtete in der Dunkelheit. Die Fähre selbst glimmte im Licht der Straßenlaternen und Autoscheinwerfer. Auf der Straße wartete eine Fahrzeugschlange, die von einem Teenager mit Baseballkappe und Walkie-Talkie abgefertigt wurde. Jeffers kurbelte die Scheibe herunter.

»Ich habe eine Reservierung für die Fähre um halb neun«, erklärte er.

»Großartig«, erwiderte der Junge. Für Anne Hampton sah er haargenau so aus wie die jungen Männer im Jeep die Nacht davor. »Fädeln Sie sich einfach hinter dem Kombi da ein.«
Jeffers folgte seiner Anweisung. Er zog Tickets aus der Tasche und zeigte sie einem anderen Teenager.
»Weißt du, was ich an dieser Fähre schon immer mochte?«, wandte er sich an Anne Hampton. Er wartete keine Reaktion ab. »Sie hat dieses vollkommen funktionale Design. Das Boot hat keine Vorder- und keine Rückseite. Ich meine, beide sehen gleich aus. Man fährt in Woods Hole drauf und in Vineyard Haven runter. Auf beiden Seiten hat sie diese riesige Öffnung. Das Ding pendelt wie ein Jojo zwischen den beiden Anlegestellen.«
Sie blickte hinüber und sah die Menschenströme, die sich durch das geduckte Fährdienstgebäude neben dem Pier drängten. Sie sah, wie sich eine Gruppe Biker an die Spitze der Autoschlange setzte. Sie beobachtete, wie das Deckpersonal die anfahrenden Autos in eine Öffnung auf der Fähre winkten, die in schroffem Schwarzweiß vor dem dämmrigen Abendhimmel klaffte. Von ihrem Standpunkt aus konnte sie nicht das offene Wasser sehen, sondern nur durch Jeffers geöffnetes Fenster die Seeluft riechen.
»Wo …«
»Die Insel Martha's Vineyard«, antwortete er. »Sommerresidenz der oberen Zehntausend. Altes Geld, neues Geld, alle bescheiden in Jeans und Arbeitshemden gekleidet. Da haben sie *Der weiße Hai* gedreht …« Er sang ein paar Takte des bekannten, unheilverkündenden Soundtrack. »Unter anderem auch alle möglichen Kennedys. Erinnerst du dich, wie Teddy von Chappaquiddick nach Edgartown geschwommen ist? Jedenfalls hat er das behauptet. Jackie O. hat da ein Domizil, ebenso Walter Cronkite, die halbe Redaktion der *New York*

Times und mehr Dichter und Romanschriftsteller pro Quadratmeter, als du zählen kannst. John Belushi besaß für ungefähr fünf Minuten ein Haus in Chilmark, bevor es ihn in Los Angeles erwischte, und jetzt ist er hier begraben. An einem wunderschönen Ort namens Abel's Hill. Diesen Friedhof lieben die Jugendlichen. Sie feiern an seinem Grab. Es ist eine sehr wohltuende Insel«, erzählte Jeffers. »Atmet die feine Lebensart der Ostküsten-Elite. Sie ist ruhig, angenehm, schön und gemächlich. Wenn sich die Insulaner mal über einen Mangel an Schwertfischsteaks oder zu viele Mopeds auf den Straßen aufregen, ist das schon viel. Es herrscht eine freundliche Atmosphäre, und man weiß die angenehmen Seiten des Lebens zu schätzen, die sich jeder leisten kann, der über einen Haufen Geld verfügt und die Tatsache mit ausgewaschenem Denim kaschiert. Eine Menge gute Leute, die in intellektueller Harmonie zusammenleben. Vom ersten Juni bis zum Labor Day.«

Er schwieg, bevor er hinzufügte:

»Der ideale Ort für ein unaussprechliches Ereignis.«

Jeffers fuhr plan- und ziellos quer über die Insel, durch ein Netz enger, unbeleuchteter Straßen. Die Scheinwerfer schnitten bizarre Formen in den leichten Nebel zwischen den Bäumen. Hinter einer Häuserecke begegneten sie plötzlich einer großen Ohreule, die sich an einer Bisamratte oder einem Kaninchen satt fraß, das den Weg über die Straße falsch eingeschätzt hatte. Der Vogel breitete die weißen Schwingen aus und stieß angesichts der unhöflichen Störung einen verärgerten Schrei aus. Er erhob sich wie ein Gespenst direkt vor der Kühlerhaube, und einen Moment fürchtete Anne, es gäbe einen Zusammenstoß, so dass es ihr einen Stich versetzte.

Sie wusste nur, dass es weit nach Mitternacht war und auf den

Morgen zuging. Jeffers schien ständig unter Adrenalin zu stehen und redete in angeregtem Ton unermüdlich drauflos.
Er fuhr wiederholte Male zahlreiche Straßen entlang, so dass Anne Hampton trotz seiner laufenden Reisekommentare irgendwann die Orientierung verlor. Er zeigte auf verschiedene Örtlichkeiten und verband sie mit bestimmten Erinnerungen, so wie es jedem ergehen musste, der nach vielen Jahren einen Lieblingsort besucht.
Sie versuchte, sich Notizen zu machen, stellte jedoch fest, dass er von einer banalen Erinnerung zur nächsten sprang. Keine davon hatte irgendetwas mit Sterben oder Tod zu tun. Vielmehr erzählte er, wo die besten Blaubeeren oder die geheimen Pfade zu den Stränden zu finden seien. Er fuhr sie zu den Gay-Head-Kliffs hinaus und lief mit ihr zum Rand der Felsen, damit sie aufs Meer hinaussehen konnten. Da, wo die Wellen an den Strand schlugen, sah sie weißen Schaum, und trotz der Dunkelheit konnte sie in der schwarzen Weite große Brecher ausmachen. Sie spürte eine stete Brise im Gesicht, die guttat. Dennoch war ihr die schwindelerregende Höhe unbehaglich, und einen Moment lang sah sie vor sich, wie sie über die steilen rotgrauen Kliffs ins Nichts stürzte. Sie fühlte seine Hand auf ihrem Arm, und sie sah, dass er in die schwarze Meeresnacht zeigte.
»Da draußen«, erzählte er, »gibt es eine Insel, die heißt No Man's Land, dort testet die Marine Waffen. An einem klaren Tag kann man sie sehen, und wenn der Wind richtig steht, hört man sogar gelegentlich das Donnern der Sprengstoffexplosionen. Ich wollte schon immer mal hin, seit meiner Kindheit. Nicht wegen der Trainingsdurchgänge der Marine, die durchaus interessant sind – manchmal kann man die Kondensstreifen der Düsenjets sehen –, sondern weil ich wissen wollte, wie es da aussieht, nachdem es über so viele Jahre hin

zerbombt worden ist. Wie eine Zukunftsvision, könnte ich mir denken …
Bin aber nie rübergefahren. Einmal, noch als Kind, war ich nahe dran, als wir geangelt haben. Wir hatten einen tollen Fang gemacht, als plötzlich ein Hubschrauber der Küstenwache über uns kreiste und uns anwies, wir sollten zusehen, dass wir da wegkommen.«
Er lachte.
»Wir haben gehorcht.«
»Sind Sie mit Ihrer Familie oft hier rausgekommen?«, fragte sie.
»Ein paar Sommer lang. Irgendwann, als Teenager, nicht mehr.«
Er sah sich um.
»Es hat sich verändert. Dieselbe Insel, aber anders. Manches ist neu, vieles ist wie früher. Es gibt Stabilität und Kontinuität. Aber auch Wachstum.«
Wieder lachte er.
»Alles verändert sich. Alles bleibt, was es war. Wie das Leben selbst.«
Er dachte an den Pass, das Flugticket und das Geld in seiner Aktentasche. Wie ich.
Sie stiegen wieder ins Auto, und er steuerte langsam die Mitte der Insel an. Sie wagte nicht, ihn nach der Unterkunft oder seinen Plänen zu fragen.
Jeffers wunderte sich, dass er statt seiner gewohnten, angespannten Freude auf einmal eine Art gemächliche, fast träge Behaglichkeit empfand. Er fühlte sich ein wenig berauscht, so als hätte er von einem ausgezeichneten Wein ein paar Schluck zu viel getrunken und sei etwas beschwipst. Nachdem er sich die ganze Zeit so streng an seine Vorgaben gehalten und alles bis zu den Fährtickets genauestens geplant hatte, sah er sich jetzt nicht mehr zur Eile genötigt. Diesen letzten Akt wollte

er auskosten, in die Länge ziehen. Der Gedanke ging ihm ins Blut, er prickelte ihm in den Adern. Er horchte auf seinen eigenen Herzschlag und dachte daran, dass es nicht leicht würde, seiner alten Identität Lebewohl zu sagen. Denk einfach nur daran, wie du dir eine neue schaffst.

Sie kamen durch das Städtchen West Tisbury, und Jeffers ermahnte sich, ganz bei der Sache zu bleiben. Nicht mehr weit, dachte er. Er nahm innerlich Haltung an und konzentrierte sich auf die anstehenden Probleme.

Anne Hampton warf einen Seitenblick auf Jeffers und sah, dass er plötzlich wach und gestrafft aussah. Er hatte sich ein wenig vorgebeugt, und das bedeutete, dass etwas bevorstand. Augenblicklich verspannte sie sich und rutschte an den Rand ihres Sitzes.

Er hatte so viel von einem Ende gesprochen, und sie vermutete, dass dies der Anfang davon war. Sie merkte, wie auch bei ihr alle Schläfrigkeit verflog. Sie nahm ihre Gefühle an die Kandare, um wie kurz vor einer Schlacht die nötigen Kraftreserven zu sammeln, die im kritischen Moment über Sicg oder Niederlage entscheiden konnten.

Jeffers bog in eine ungeteerte Nebenstraße ein, und wenig später holperten sie einen Feldweg entlang. Die dichten Büsche und knorrigen Bäume der Insel schienen sie wie ein Tunnel zu umschließen, und sie hatte schlagartig das Gefühl, als hätten sie einen Sprung aus der Zivilisation an einen wilderen, prähistorischen Ort gemacht. Der Wagen hob und senkte sich, und gelegentlich drehten für einen Moment die Reifen durch, während sich der Innenraum mit den kratzenden und schabenden Geräuschen von Büschen füllte, die an das Autoblech peitschten. Nach einer ungefähren holprigen Meile immer tiefer in den Dünenwald hinein, gelangten sie an eine Weggabelung mit vier winzigen Straßen. Kleine, farbige Pfeile wiesen in die verschiedenen Richtungen. Die unbefestigten Wege schienen immer enger und dunkler zu werden.

»Die Pfeile stehen für die verschiedenen Wohnsitze«, erklärte Jeffers. »Das ist wichtig. Du musst die richtige Farbe kennen, um zum richtigen Haus zu finden. Sonst landest du auf der falschen Seite des Teichs.«

Er steuerte den Weg ganz links an.

Vom wilden Auf und Ab wurde ihr langsam, aber sicher übel. Sie versuchte, durch die überhängenden Zweige in den Himmel zu schauen und erhaschte einen Blick auf den Mond in der Höhe.

So ging es zehn Minuten weiter. Mindestens eine Meile, dachte sie, vielleicht auch mehr.

Und dann öffnete sich plötzlich wie mit dem Messer geschnitten die Sicht auf eine weite dunkle Ebene. Jeffers schaltete die Scheinwerfer aus und fuhr bei Mondlicht weiter.

Zu ihrer Rechten sah sie eine große Wasserfläche.

»Das ist der Teich«, sagte Jeffers. »Teich ist eigentlich nicht das richtige Wort. Er ist in Wahrheit so groß wie ein See, und auch so tief.« Er hielt an und kurbelte die Scheibe herunter. »Hör mal«, forderte er sie auf.

Sie hörte in der Ferne die Brandung ans Ufer schlagen.

»Der Teich trennt die Häuser vom Strand«, erzählte er. »Wir mussten mit einem Motor- oder Ruderboot übersetzen. Viele hatten Segelboote. Oder auch Kanus, Kajaks und Surfbretter. Und jetzt schau genau hin. Siehst du, da drüben?«

Er zeigte über den Teich.

»Das ist alles unberührte Natur. Der einzige Mensch, der da draußen wohnt, ist ein alter Schafhirte namens Johnson. Er ist verrückt. Im wortwörtlichen Sinne. Stiehlt die Außenbordmotoren von den Booten der Sommerurlauber, wenn er etwas gegen sie hat. Er schießt mit dem Gewehr auf Leute, die mit dem Auto auf den Sanddünen fahren. Einmal hat er eigenhändig eine Landmine zusammengeschustert und eine Panzerfalle für all die Kinder und Touristen, die auf seinem Weg zum Strand gelangen wollten. Der alte Mistkerl hat mich mal mit vorgehaltenem Gewehr von seinem Grundstück gejagt. Das war vor zwanzig Jahren, aber er hat sich kein bisschen geändert. Er wurde wegen einer Geistesstörung aus der Armee entlassen, und seither ist es wohl nicht besser geworden. Er ist unzurechnungsfähig, aber ein alter Insulaner, also bleibt er ungeschoren. Die Urlauber finden ihn natürlich kurios.«

Jeffers schwieg. Bei seinen nächsten Worten klang seine Stimme plötzlich ganz von Wut getränkt.

»Bei dem, was wir vorhaben, werden sie zuerst ihn verdächtigen.«

Dann zeigte er nach vorne auf die Straße.

»Dieses Gelände endet an einer Stelle, die in den Teich hineinragt. Finger Point. Eine halbe Meile diesen Weg weiter ist ein Haus. Das einzige hier draußen. Für die richtige Art von Abgeschiedenheit lassen manche einen Haufen Geld springen. Na, jedenfalls, da wollen wir hin.«

Damit kurbelte Jeffers energisch das Fenster hoch und legte den Rückwärtsgang ein. Der Wagen machte einen gewaltigen Satz, bevor er ihn wieder Richtung Wald zurückfuhr. Er riss das Lenkrad herum und bog in eine kleine Abzweigung ein, die ihr zuvor nicht aufgefallen war. Dann stellte er den Motor aus.

»Gut«, meinte er. »Wir sind da. Warte.«

Jeffers ging zum Heck und nahm die Reisetasche mit den Waffen aus dem Kofferraum. Er zog den Reißverschluss auf und holte zwei schwarze Arbeiteroveralls sowie mehrere andere Gegenstände heraus. Einen Overall zog er sich selbst über, dann steckte er eine Pistole in den Gürtel. Er lud das

Gewehr neu und legte weitere Patronen ein. Schließlich schlang er sich die Tasche über die Schulter.

»Also denn«, wies er sie an, »raus aus dem Wagen.«

Sie gehorchte augenblicklich.

»Zieh den an.«

Sie schlüpfte hinein und dachte: Ich bin Teil der Nacht.

Er betrachtete sie mit einem prüfenden Blick.

»Gut. Gut. Du bist genau richtig für die Rolle gekleidet. Du brauchst nur noch das hier.«

Er reichte ihr eine kleine Strickmütze. Sie betrachtete das Kleidungsstück mit einem fragenden Blick.

»So!«, knurrte er, plötzlich äußerst gereizt.

Er trat auf sie zu, griff nach der Mütze und stülpte sie ihr unsanft über den Kopf. Mit einer einzigen, gewaltsamen Bewegung riss er die aufgerollte Krempe herunter, und sie erkannte, dass es eine Skimaske war. Sie glaubte, sie müsse unter dem eng sitzenden Wollstoff ersticken. Sie sah, dass er seine ebenfalls übers Gesicht gezogen hatte.

»Eine richtige Horrorshow«, sagte er. Er drehte sich um und lief los, während sie sich beeilte, Schritt zu halten.

13. Kapitel

Eine außerplanmäßige Sitzung der Lost Boys

18.

Detective Mercedes Barren wartete ungeduldig in Martin Jeffers' Sprechstundenzimmer. Bei dem Gedanken an den Zeitverlust litt sie Höllenqualen. Es hielt sie nicht auf ihrem Stuhl. Jedes Mal, wenn sie sich setzte, zuckte es wie ein wütender Stromschlag durch ihren ganzen Körper und erinnerte sie daran, dass der Killer nicht irgendwo die Beine auf den Tisch gelegt hatte und auf sie wartete. Er ist da draußen, hämmerte es in ihrem Kopf, fast zum Greifen nahe. Er tut gerade etwas. Die Bilder, die sie in seiner Wohnung gestohlen hatte, wirbelten ihr im Kopf herum. Sie verzog das Gesicht und dachte: Die werde ich nie vergessen. Sie werden mich mein Leben lang verfolgen.

Während sie sich müde die Augen rieb, kam ihr eine Lektion aus den ersten Tagen an der Polizeiakademie in den Sinn. Ein FBI-Agent hatte zahlreiche Kriminalitätsstatistiken vor ihnen ausgebreitet. Mit sonorer Stimme und der Unterstützung tickender Uhren hatte er ihnen verdeutlicht, wie oft in wie viel Sekunden in den USA ein bewaffneter Überfall, ein Einbruch oder ein Mord passiert. Zweiundzwanzig Uhr, dachte sie: Im

Ghetto endet ein Würfelspiel mit einer Messerstecherei; dreiundzwanzig Uhr: ein Ehestreit in einem Vorortviertel eskaliert zu einem Schusswechsel; Mitternacht: Douglas Jeffers lockt mit Süßholzraspelei die nächste Frau in sein Auto. Sie hätte am liebsten einen Gegenstand gepackt und heftig geschüttelt. Sie wollte etwas zerschmettern, sie wollte es scheppern und krachen hören. Die beharrliche Stille brachte sie noch um den Verstand. Sie konnte sich nur damit trösten, im Zimmer auf und ab zu laufen, in ihren Papieren zu kramen und sich vor Augen zu führen, was bereits geschehen war und was noch geschehen würde. Sie wappnete sich für die Konfrontation.

Es wird dazu kommen, sagte sie sich.

Und ich werde bereit sein.

Sie sah sich als Krieger, der sich auf die Schlacht vorbereitet. Mercedes Barren entsann sich, dass Achilles sich vor dem Kampf mit Hector am ganzen Körper eingeölt hatte. Er hatte gewusst, dass er gewinnen würde, denn es war ihm vorherbestimmt, doch ebenso hatte er gewusst, dass mit dem Sieg an diesem Tag auch sein eigenes Ende nahte. Wie gewonnen, so zerronnen, dachte sie. Sie schob den Gedanken beiseite. Das soll dir nicht passieren. Im Mittelalter beteten die Ritter vor einem Kampf und flehten Gott um Führung an, aber du weißt, was du zu tun hast. Niemand, nicht einmal der Himmel, braucht dir zu sagen, was du zu tun hast. Sicher, der mythische Ritter Roland war halsstarrig gewesen; er hatte partout nicht ins Horn blasen wollen, und es kostete seinen Freund wie ihn selbst das Leben. Dafür errang er Unsterblichkeit. Sie schmunzelte: Keine gute Idee. Doch dann fragte sie sich: Bist du auch nur einen Deut besser? Sie weigerte sich, die Frage zu beantworten. Sie dachte an die Rituale der Samurai und den Geistertanz der Prärieindianer. Der Geist kam über sie, und sie glaubten, dass die Kugeln der Soldaten zu Pferde durch sie hindurchgehen würden. Leider sollten sie recht behalten, nur dass sie dabei ihr Leben ließen, was ihnen keiner gesagt hatte. Sitting Bull war alt und weise, er wusste es und kämpfte doch.

Sie überlegte, ob wohl John Barren vor dem Gefecht irgendetwas Besonderes getan hatte. Hatte er sich mit größerer Sorgfalt angezogen, wie ein abergläubischer Athlet, der bei jedem Wettkampf dieselben Socken trägt, um nicht den Gott zu erzürnen, der zum Sieg führt und vor Verletzungen schützt? Sie nahm es an. Er war ein Romantiker, voller alberner Vorstellungen von Ritterlichkeit und allen möglichen Mythen, die wohl selbst vor Vietnams Sumpf und Morast nicht haltgemacht hatten. Ihr huschte ein Lächeln über die Lippen, als ihr die zerfledderte Ausgabe von *Der König auf Camelot* einfiel, die man ihr zusammen mit seinen übrigen Sachen zugeschickt hatte und die ihr die Tränen in die Augen trieb, nachdem bereits Wochen zuvor überführt worden war, was von ihm selbst übrig war.

Sie hätte gern gewusst, was er an dem Tag, an dem er starb, falsch gemacht hatte. Vielleicht hatte er einen bestimmten Zauber, ein Amulett oder dergleichen vergessen? Hatte er in seiner Kleiderordnung einen winzigen, doch tödlichen Fehler begangen? Was hatte er getan, um die prekäre Balance des Lebens zu stören?

Und hatte er es gewusst, als er mit weit geöffneten Augen und hellwachen Sinnen unter der sengenden Sonne patrouillierte, hatte er in irgendeinem Winkel seines Bewusstseins gespürt, dass an diesem Tag etwas nicht stimmte, obwohl alles so aussah, so roch und so klang wie an jedem anderen Tag?

Selbst wenn, er hätte es abgeschüttelt und wäre weitermarschiert, dachte sie.

Marschiere weiter.
Tu, was du tun musst, hätte er zu ihr gesagt. Tu, was richtig ist.
Sie streckte die Hände vor sich aus. Sie zitterten nicht.
Sie drehte die Handflächen nach oben. Trocken.
Halt dich bereit.
Dann ballte sie die Hände zu Fäusten.
Such dir dein Schlachtfeld aus, sagte sie innerlich und richtete ihre mentale Energie auf den schimärenhaften Douglas Jeffers. Tu was. Melde dich bei deinem Bruder.
Sie dachte an Martin Jeffers. Sie sah auf die Uhr an der Wand. Er ist auf dem Weg zu dieser verdammten Gruppe, dachte sie frustriert. Ich hänge hier fest und warte darauf, dass ihm endlich etwas einfällt, dass er einen Anruf von seinem Bruder bekommt oder auch eine Postkarte mit den Zeilen: Hi! Ich habe viel Spaß! Wünschte, du wärst hier!
Wieder stieg in ihr Wut auf, und sie marschierte zum hundertsten Mal im Zimmer auf und ab. Ihr war sehr wohl bewusst, wie hartnäckig sie sich an den Bruder klammerte, wie sehr sie auf ihn angewiesen und dazu verdonnert war, zu warten. Das Schwerste von allem.

Martin Jeffers starrte in die Runde der versammelten Männer und sah, dass er die ganze Zeit vollkommen falschgelegen hatte, wenn er sie wegen ihrer Schwäche und ihrer Perversionen bedauerte, wo doch seine eigene blinde Duldung und Tatenlosigkeit unendlich viel niederträchtiger war.
Ödipus stellte sich wenigstens dem Entsetzlichen und riss sich die Augen aus dem Gesicht. Seine Blindheit war gerecht. Martin Jeffers musste traurig lächeln, wenn er daran dachte, wie sehr der Ödipus-Mythos seiner Zunft heilig war. Aber wir schließen die Augen vor dem, was später kam. Wir machen uns

nicht klar, dass der einstige König, nachdem er seiner Begierde nachgegeben und eine schwere Schuld auf sich geladen hatte, gezwungen war, blind und in Lumpen gehüllt durchs Leben zu tappen, während ihm die Verzweiflung wie Zentnergewichte an den Füßen hing.

Er fragte sich, ob ihm selbst die Verzweiflung ebenso deutlich ins Gesicht geschrieben stand. Er versuchte, den gewohnten, halb distanzierten, professionellen Ausdruck aufzusetzen und in die Mitte des Raums zu starren, doch er wusste, dass es nicht ging. Misstrauisch beäugte er die Männer gegenüber.

Die Lost Boys waren rastlos. Sie rutschten unruhig auf ihren Stühlen umher und rumorten dabei so unangenehm wie leise. Er wusste, dass ihnen seine Erschöpfung bei der Sitzung tags zuvor nicht entgangen war. Er wusste auch, dass er eine weitere schlaflose Nacht hinter sich hatte und dass er seine desolate Verfassung nicht verbergen konnte. Nach seiner nächtlichen Rückkehr aus New Hampshire hatte er den Montag in somnambulem Zustand hinter sich gebracht und der üblichen Mischung aus banalen Klagen und Wehwchchen, die seinen Alltag ausmachten, kaum Beachtung geschenkt. Er hatte gehofft, ein geregelter Tagesablauf würde ihm guttun und die quälenden Emotionen etwas zurückdrängen, doch er stellte fest, dass sie übermächtig waren. Er konnte an nichts anderes als seinen Bruder denken.

Er fühlte, wie in ihm blanke Wut hochstieg.

Er sah Douglas Jeffers vor sich in seiner gewohnt lässigen Haltung mit einem Grinsen, als perlte alles an ihm ab.

Dann verdüsterte sich das Bild, und er erkannte in seinem Bruder Bitterkeit, gepaart mit einem tödlich entschlossenen Blick: das Raubtier, eiskalt auf der Lauer.

Ein Killer.

Warum hast du das getan?, fragte er den Mann vor seinem

geistigen Auge. Wie bist du zu dem geworden, was du bist? Wie kannst du immer und immer wieder so etwas tun, ohne dass man es dir auf Schritt und Tritt ansieht?

Doch der Bruder in seinem Kopf verweigerte ihm die Antwort, und Martin Jeffers erkannte, wie albern seine Fragen waren. Selbst wenn es lächerlich ist zu fragen, bleibt mir trotzdem nichts anderes übrig.

Er merkte, wie sich seine Hände um die Armlehnen krallten und seine Wut zu brodeln begann. In Gedanken schrie er seinen Bruder an: Wieso hast du das getan? Wieso? Wieso?

Und dann in rotglühendem Zorn:

Wieso tust du mir das an?

Er holte tief Luft und blickte wieder die wartende Therapiegruppe an. Er wusste, dass er etwas sagen musste, um die Kommunikation in Gang zu setzen; danach konnte er in ihren Gesprächsfluss abtauchen. Doch statt den Männern ein Thema oder einen Gedanken wie einen Knochen hinzuwerfen, an dem sie sich für den Rest der Zeit die Zähne ausbeißen konnten, dachte er an New Hampshire und versuchte, sich ins Gedächtnis zu rufen, wie es war, als er ihre leibliche Mutter zum letzten Mal sah. Er hatte sie in einem hintersten Winkel seiner Erinnerungen abgespeichert, ein bleiches Gesicht in einem Autofenster, das sich ein letztes Mal umdreht, bevor es für immer aus seinem Leben verschwindet. Er sah es so deutlich vor sich wie in der Nacht, als es passierte. Er hatte diesen Anblick noch niemandem beschrieben, am wenigsten seiner eigenen Analytikerin. Er wusste, dass er damit das Vertrauensverhältnis grundlegend verletzt hatte, auf dem er scheinheilig gegenüber seinen eigenen Patienten bestand. Ich bin davon nicht frei, dachte er. Werde ich wohl nie sein. Er dachte an seine leibliche Mutter. Was hatten wir falsch gemacht? Er kannte die Antwort: nichts. Die alten Griechen zäumten das

Pferd beim Schwanz auf, überlegte er. Die Psychiatrie hat bewiesen, dass die Sünden der Eltern die Kinder heimsuchen. Zuerst wurden wir im Stich gelassen und dann grausam und herzlos behandelt. Die klassischen Ursachen der Verzweiflung. Ist es da verwunderlich, dass Doug als Erwachsener angetreten ist, um sich an einer Welt zu rächen, die ihn so gehasst hat?

Aber wieso er und nicht ich?

Wo steckt er?

»Also, Doc, was geht Ihnen so auf den Senkel? Sie sehen aus, als stünden Sie mit einem Bein im Grab.«

»Kann man wohl sagen. Wollen Sie uns gleich mitnehmen?«

Es folgten nervöse Lacher aus der Runde.

Martin Jeffers hob den Kopf und sah, dass die Fragen von Bryan und Senderling kamen, doch dass sämtliche Männer ihn mit fragenden Blicken durchbohrten.

Sein erster Instinkt riet ihm, die Fragen zu ignorieren und die Gruppe in eine andere Richtung zu steuern. Das wäre die angemessene Technik gewesen. Schließlich sollten die Patienten sich mit den eigenen Problemen befassen und nicht mit denen des Therapeuten. Doch zugleich hatte sich in ihm so viel Ärger angestaut, dass er versucht war, all die ach so hehren Grundsätze seines Berufsstands über Bord zu werfen und sich ein einziges Mal auf die Pfiffigkeit der Männer zu verlassen.

»Seh ich so schlimm aus?«, fragte er in die Runde.

Für Sekunden herrschte Schweigen. Die direkte Frage verblüffte sie. Schließlich brummte Miller aus der Tiefe des Raums: »Das können Sie laut sagen. So, als ginge Ihnen was mächtig im Kopf herum …«

Er lachte trocken.

»… was mal was anderes wäre.«

Wieder war es still, dann brachte Wasserman stotternd heraus: »Wenn S-S-Sie s-s-s-sich nicht so toll fühlen, k-k-k-können wir ja morgen wiederkommen …«

Jeffers schüttelte den Kopf. »Mir fehlt nichts, nicht körperlich.«

»Was haben Sie dann, Doc? Hat Sie so was wie 'ne emotionale Grippe erwischt?« Das war Senderling, und Bryan fiel in sein Lachen ein.

Was für ein treffendes Bild: eine emotionale Grippe. Das werde ich mir merken.

»Ich mache mir Sorgen um einen Freund«, erklärte er.

Es herrschte kurzes Schweigen, dann ergriff wieder Miller das Wort: »Hol mich der Teufel, wenn Sie nur besorgt sind. Sie sind krank vor Angst. Ich bin verdammt noch mal kein Arzt, aber so viel kann ich sehen. Da ist doch mehr im Busch, hä? Mehr als nur Sorge?«

Jeffers antwortete nicht. Er sah der Runde in die forschenden Augen, und die zwölf Männer erinnerten ihn an zwölf Geschworene vor Gericht, die nur darauf lauerten, dass er sich verplapperte und sich selbst ans Messer lieferte.

Er fixierte Miller.

»Sagen Sie mir eins«, fing er an und verlieh seiner Stimme Nachdruck, »sagen Sie mir, wie es bei Ihnen angefangen hat.«

»Wie meinen Sie das?«, gab Miller zurück und wechselte unruhig die Stellung.

Wie alle Sexualverbrecher hasste er direkte Fragen und zog es vor, wenn man ein Thema indirekt anging und ihm das Gefühl gab, den Gesprächsverlauf unter Kontrolle zu haben. Vermutlich, dachte Jeffers, verwirrte eine unverblümte Frage sie alle.

»Ich will wissen, was Sie anfänglich dazu gebracht hat, das zu tun, was Sie getan haben.«

»Sie meinen, die …«

»Ja. Was Sie Frauen antun. Sagen Sie es mir.«

Es herrschte vollkommene Stille im Raum. Die Wucht, mit der Jeffers' Forderung herausbrach, hatte sie alle verstummen lassen. Er wusste, dass er gegen eherne Regeln verstieß. Doch er hatte die Regeln plötzlich satt, er hatte das Warten, das Aussitzen satt.

»Sagen Sie es mir!« Er hatte die Stimme erhoben wie noch nie in den vier Wänden des Tagesraums.

»Verdammt, was weiß ich …«

»O doch, Sie wissen es ganz genau!« Jeffers beäugte die Männer. »Sie alle. Denken Sie zurück! Das erste Mal. Was ging Ihnen damals durch den Kopf? Was war der entscheidende Auslöser?«

Er wartete.

Schließlich brach Pope das Schweigen. Jeffers betrachtete den älteren Mann, der seinen Blick mit unverhohlenem Hass gegen jedermann richtete, der es wagte, in seinen Erinnerungen herumzustochern. »Es bot sich die Gelegenheit«, meinte er.

»Erklären Sie mir das?«, forderte Jeffers ihn auf.

»Wir haben alle gewusst, wer wir sind. Mag sein, dass wir es uns noch nicht ganz eingestanden hatten, mag sein, dass wir noch keine Worte dafür fanden, aber trotzdem haben wir es gewusst. Also ging es darum, zu warten, bis sich die richtige Gelegenheit bot. Das Bedürfnis war da. Es fehlten nur noch die richtigen – wie soll ich es nennen – Umstände …«

Er sah, wie mehrere Köpfe nickten.

»Manchmal«, meldete sich Knight, »wenn man erst mal beschlossen hat, zu sein, was man ist, dann verselbständigt es sich irgendwie. Dann schaut man sich eben um. Da passiert nicht irgendwas, so dass man sich mit einem Schlag ändert, es ist längst alles da. Man sucht. Und wenn man findet, wonach man sucht …«

»Ich hab es t-t-t-trotzdem gehasst«, stieß Wasserman hervor.
»Ich auch«, stimmte Weingarten ein. »Aber das hat nichts zu sagen.«
»Stimmt.« Das war wieder Pope. »Es hat nichts zu sagen.«
Parker: »Wenn es erst mal losgeht, dann ist es nicht mehr aufzuhalten, Mann.«
Meriwether: »Ob man es nun hasst oder sich selbst dafür hasst oder denjenigen hasst, mit dem man es macht, ist letztlich bedeutungslos.«
Martin Jeffers ließ die Worte der Männer auf sich wirken.
»Aber das allererste Mal …«, beharrte er, doch sofort fiel ihm Pope ins Wort.
»Sie verstehen das nicht! Das erste Mal passiert es lediglich zum ersten Mal physisch! Im Kopf, Mann, da haben Sie es schon hundertmal getan! Eine Million Mal!«
»Mit wem?«, wollte Jeffers wissen.
»Mit jedem!«
Jeffers überlegte angestrengt.
Er sah, wie die Männer auf der Stuhlkante saßen und sich, gespannt auf seine nächsten Fragen, nach vorne beugten. Sie waren wach, interessiert, aufgeregt und so sehr bei der Sache, wie er sie noch nie erlebt hatte. Er sah den raubtierhaft lauernden Ausdruck in ihren Augen und dachte an all die Menschen, die denselben unbarmherzigen Blick hatten ertragen müssen, bevor sie erstickt, erwürgt oder auch geschlagen und dann geschändet wurden.
»Aber es muss irgendwas gegeben haben«, wiederholte er bedächtig. »Einen besonderen Moment oder ein entscheidendes Wort, das Ihnen erlaubt hat, auszuleben, was Sie waren …«
Er starrte die Männer eindringlich an.
»Etwas, das Ihnen sagte, Sie dürften es tun. Was?«
Wieder Schweigen. Die Männer dachten über die Frage nach.

Wasserman stotterte: »Ich e-e-erinnere mich, wie meine M-M-M-Mom mir gesagt hat, ich würde n-n-n-nie ein M-M-M-Mann s-s-s-sein wie m-mein Daddy. D-D-Das hab ich n-n-nie vergessen, und als ich es d-d-das erste Mal getan hab, k-k-k-konnte ich an n-n-nichts anderes denken.« Er sah sich in der Runde um, und für einen Moment verschwand das Stottern. »Bin ich wohl, verdammt!«
»Also, bei mir war es anders«, überlegte Senderling. »Ich war es einfach leid, zu warten, wissen Sie. Ich meine, da war diese Kleine im Büro, die war echt heiß, und ich glaube, die hat nichts anbrennen lassen, also wollte ich auch auf meine Kosten kommen.«
Bryan schnaubte. »Du meinst, sie hat sich geweigert, mit dir auszugehen.«
»Nein, nein, so war das nicht.«
Die Männer johlten.
Bryan legte noch eins drauf: »Sie hat dich in die Wüste geschickt, also hast du ihr in der Garage ihres Wohnhauses aufgelauert. Hast du mir selbst erzählt.«
»Sie war eine Schlampe«, rechtfertigte sich Senderling. »Sie hat es verdient.«
»Nur weil sie nein gesagt hat?«, fragte Jeffers.
»Genau!«
»Aber was hat Sie dazu gebracht, es diesmal zu tun? Bestimmt haben auch vorher schon mal Frauen nein zu Ihnen gesagt«, hakte Jeffers nach.
»Weil, weil, weil ... na ja ...«
Er zögerte.
»Weil ich allein war. Meine Schwester und mein Schwager, dieser Mistkerl, waren endlich ausgezogen, und ich musste seinen faulen Arsch nicht mehr mit durchfüttern und ihren, weil sie nämlich den ganzen Tag nix anderes im Sinn hatten,

als rumzulungern und zu rammeln wie die Karnickel, während ich malochen und den Scheißlohnscheck nach Hause bringen durfte, damit wir wenigstens was zu beißen hatten. Also hab ich ihnen einen Tritt in den Hintern verpasst. Und dann wollte die Schlampe nicht mit mir ausgehen! Verflucht, sie hat es verdient.«

»Also fühlten Sie sich auf einmal frei.«

»Klar! Ja. Frei. Es stand mir frei zu tun, was ich verdammt noch mal wollte.«

Jeffers sah sich wieder im Raum um.

»War es bei Ihnen allen so, dass irgendetwas Sie befreit hat?«

Er sah, wie einige Köpfe langsam nickten.

»Erzählen Sie mir davon.«

Er sah, wie sie zögerten.

Knight sagte: »Das ist bei jedem anders.«

Weingarten fügte hinzu: »Es kann 'ne große Sache sein, oder auch eine kleine …«

Knight bekräftigte: »Bei jedem ist es anders.«

Martin Jeffers holte tief Luft. Dann ist alles aus. Trotzdem fragte er: »Nehmen wir mal an, da ist mehr. Mehr als das, was Sie getan haben, nehmen wir mal an, Sie würden noch einen Schritt weitergehen.«

Die Männer schienen unter der Andeutung zusammenzuzucken.

»Es gibt nur noch einen weiteren Schritt«, meinte Pope. »Sie wissen, welchen.«

»Und wieso haben Sie es nicht getan?«

»Vielleicht haben es ja ein paar von uns getan«, warf Meriwether ein. »Ich nicht, ich meine, das ist kein Geständnis oder so. Aber der eine oder andere von uns hat es getan.«

»Was müsste passieren, dass Sie das Gefühl hätten, Sie dürften es tun?«

Die Männer antworteten nicht.
Jeffers wartete. Auch er sagte nichts.
»Wozu wollen Sie das wissen?«, fragte Meriwether.
Er zögerte und überlegte sich gut, was er antwortete.
»Ich muss jemanden finden«, erklärte Jeffers.
»Jemanden wie uns?«, wollte Bryan wissen.
»Jemanden wie Sie.«
»Jemanden, der noch schlimmer ist als wir?« Das war Senderling.
Jeffers zuckte die Achseln.
»Jemanden, den Sie gut kennen?«, hakte Senderling nach.
»Ja, jemanden, den ich gut kenne.«
»Und Sie glauben, er steckt irgendwo, und Sie können rausfinden, wo, ja?«, fragte Parker.
»So ungefähr.«
»Jemand, der Ihnen richtig nahesteht?« Senderling blieb beharrlich.
Jeffers durchbohrte ihn mit seinem Blick und antwortete nicht.
»Sie meinen, wir können Ihnen helfen?«, fragte Weingarten.
»Ja«, bestätigte Jeffers.
Weingarten lachte. »Hol mich der Teufel, wenn Sie nicht recht behalten sollen.«
»Dieser Jemand«, stocherte Parker weiter, »der ist in diesem Moment drauf und dran, es wieder zu tun?«
»Ja.«
»Und Sie müssen ihn finden, um ihn daran zu hindern?«
»Ja.«
»Sonst ...«
»Richtig«, bekräftigte Jeffers, »sonst ...«
»Es ist v-v-v-verdammt wichtig, ja?«, warf Wasserman ein.
»Ja.«

Miller prustete los. »O Mann, Doc, ich kann Ihnen sagen, das ändert einiges.«
»Ja, das tut es«, nickte Jeffers. Er starrte Miller streng an, so dass er augenblicklich verstummte.
»Also, dann müssen Sie uns schon ein bisschen mehr verraten.«
Jeffers zögerte.
»Ich glaube«, begann er bedächtig, »er sucht gerade die Orte seiner Verbrechen auf.«
Wieder lachte Miller los, aber nicht so bösartig wie zuvor. »Der Täter kehrt an den Ort des Verbrechens zurück?«
»Das vermute ich.«
Miller grinste. »Vielleicht ist es ja ein Klischee, aber so dumm ist das gar nicht. Verbrechen werden zu Erinnerungen, wissen Sie. Und wer ergeht sich nicht gerne in angenehmen Erinnerungen?«
»Angenehm?«, fragte Jeffers nach.
Die Männer in der Gruppe lachten und schnaubten verächtlich.
»Haben Sie hier denn gar nichts gelernt?«, fragte Miller. Die Frage kam in triefend sarkastischem Ton. Jeffers ignorierte sie, und Miller fuhr fort: »Für Leute wie uns ist alles verkehrt herum! Wir lieben, was wir hassen. Wir hassen, was wir lieben. Schmerz ist Vergnügen. Liebe heißt Verletzen. Alles ist genau das Gegenteil, auf den Kopf gestellt, falsch herum. Begreifen Sie das denn nicht? Himmel!«
Und plötzlich *hatte* er es begriffen.
»Also«, forderte Miller ihn auf, und die Männer ringsum nickten zustimmend, »kramen Sie nach der so ziemlich schlimmsten Erinnerung, die sich denken lässt. Und es ist die beste.«
Jeffers holte tief Luft, als ihn die Gedanken und Vorstellungen bedrängten und wie Gewitterwolken in seinem Kopf zu-

sammenbrauten. Als er den Blick hob, sah er, wie der grauhaarige, tätowierte Pope, randvoll mit Wut, Hass und unversöhnlicher Abneigung gegen die Welt, den Mund öffnete und ihn mit leiser, schrecklicher Stimme anwies:

»Suchen Sie nach einem Tod oder einer Trennung. Das läuft auf dasselbe hinaus. So etwas sprengt die Fesseln. Jemand stirbt, und es steht dir frei, du selbst zu sein. Es ist ganz einfach. Es ist beschissen einfach. Suchen Sie nach einem Tod.«

Das erste Bild, das in seinem Kopf aufblitzte, war die Dunkelheit, die in jener Nacht, als sie in New Hampshire ausgesetzt wurden, in den Bäumen nistete. Ich war da, sagte er sich, ich bin an den Ort des Geschehens zurückgekehrt, aber er war nirgends zu finden! Da hätte er sein müssen, war er aber nicht.

Doch dann drängte sich ein anderes Bild in sein Bewusstsein. Von einer anderen Nacht.

Und nicht von einer Trennung, sondern einem Tod.

Er ließ den Kopf in die Hände sinken, ohne darauf zu achten, dass die Männer im Raum immer stiller wurden.

Ich weiß, wo, gestand er sich ein.

Ich weiß, wohin mein Bruder will.

Jeffers hob den Kopf und blickte zur Decke; er hatte das Gefühl, als kreiste die weiße Farbe – nur für einen kurzen Moment, so dass ihm ein wenig schwindelig wurde. Wie konntest du das übersehen?, fragte er sich. Es schreit danach. Es liegt auf der Hand. Wieso warst du so blind? Wut, Trauer, Hoffnung und Verzweiflung fluteten alle auf einmal durch seinen Körper. Ihm war klar, wohin er musste, und zwar sofort. Er hatte plötzlich das Gefühl, als raste ihm die Zeit davon, und er fühlte sich unter dem Druck wie in einem Schraubstock. Er atmete langsam aus und riss sich zusammen. Er starrte die

Männer an, die ihn mit glühenden, gespannten Blicken musterten.
»Danke!«, sagte er.
Er stand auf.
»Es wird keine Sitzungen geben, nicht in den nächsten Tagen. Schauen Sie bitte ans Schwarze Brett der Station, um zu erfahren, wann sie wieder anfangen. Nochmals vielen Dank.«
Er sah, wie eine Woge zorniger Enttäuschung durch die Runde ging. Sie sind neugierig, dachte er. Sie lieben Klatsch und sind gerne eingeweiht. Er würde sich nicht entschuldigen. Stattdessen ignorierte er das Gemurmel und aufgeregte Getuschel in der Gruppe, während er sich kopfüber in die dunkelsten Nächte seiner eigenen Erinnerungen stürzte. Ich weiß es, sagte er noch einmal in Gedanken. Ich weiß es.
Er dachte an die Polizistin, die in seinem Sprechzimmer auf ihn wartete.
Sie wird Ausschau halten. Sie wird jede Veränderung registrieren.
Der Gedanke machte ihn entsetzlich traurig.
Dann drehte er sich um und verließ ruhig den Raum. Als er die Tür zuzog, hörte er das Durcheinander aufgeregter Stimmen. Er verdrängte die Lost Boys aus seinem Bewusstsein und konzentrierte sich ganz auf die entscheidenden kommenden Stunden. Er wappnete sich innerlich. Sei auf der Hut. Lass dir nichts anmerken, schärfte er sich ein. Lass dir absolut nichts anmerken.
Martin Jeffers trat entschlossen von der Tür weg, und die Stimmen verhallten. Auf seinem Weg durch die Stationen beschleunigte er seinen Schritt. Erst ging er zügig, dann marschierte er, dann rannte er, so dass seine Schuhe auf dem Linoleum trommelten. Er ignorierte die erstaunten Blicke von Patienten und Mitarbeitern, als er zuletzt einen Sprint ein-

legte und, vor Anstrengung keuchend, alles außer der einen Gewissheit in seinem Kopf vergaß. Ich weiß es, wiederholte er immer wieder, ich weiß es.

Als er den Flur erreichte, an dem sein Sprechzimmer lag, drosselte er sein Tempo zu einem Laufschritt. Er blieb stehen, um Luft zu holen, und dachte wieder an Mercedes Barren. Dann beruhigte er seine Atmung und ging die letzten vierzig Meter in normalem Tempo, während er sich überlegte, wie er am besten unbemerkt verschwinden konnte.

Detective Barren stand am Fenster und starrte hinaus, als Martin Jeffers den Raum betrat.

Er kam ihr zuvor: »Irgendwas Neues?«

Sie zögerte. »Das wollte ich Sie fragen.«

Er schüttelte den Kopf und mied eine Sekunde lang ihren Blick. Er riss sich zusammen. Schau sie an, befahl er sich. Also hob er den Kopf, während er sich hinter den Schreibtisch setzte.

»Nein«, erwiderte er. »Ich habe nichts gehört. Ich habe in der Zentrale Bescheid gegeben, sie sollen mich anpiepsen, sobald ein Anruf für mich kommt, selbst während der Sitzungen. Bis jetzt nichts.«

Detective Barren sackte auf einen Stuhl ihm gegenüber.

»Und bei Ihnen zu Hause?«

»Ich hab den Anrufbeantworter eingeschaltet.« Er nahm sein Telefon und öffnete die Schreibtischschublade, um eine kleine Vorrichtung herauszuholen. »Der hat eins von diesen Wiedergabe-Dingsbums«, erklärte er. »Wir können ihn abhören.« Er wählte seine Privatnummer und hielt das elektronische Instrument an den Hörer. Es ertönte schrilles Piepsen und Quieksen, bevor sich das Band abspielte.

Sie hörten die Nachricht eines Klempners sowie die vom

Band abgespulten Werbesprüche eines lokalen Anbieters für irgendetwas. Dann rauschte das Band nur noch leer.

»Hier in der Klinikpost war auch nichts«, berichtete Jeffers. »Zu Hause wird sie allerdings erst so um vier ausgeliefert.«

»Scheiß auf die Post«, meinte Detective Barren ausdruckslos. »Er schickt Ihnen keine Ansichtskarten.«

»Hat er früher getan.«

»Und wenn schon? Dann sind wir ihm vier, fünf Tage hinterher.«

»Aber wir wüssten immerhin, in welche Richtung er will.«

Das war nicht von der Hand zu weisen. Dennoch nahm die Frustration bei ihr überhand. »Scheiß auf die Post«, wiederholte sie und seufzte. »Was ist mit Ihren Erinnerungen? Davon verspreche ich mir mehr.«

»Ich habe wirklich geglaubt, er wäre da«, beteuerte Martin Jeffers. »Ich war mir sicher, dass er in New Hampshire sein muss. Es schien der logischste Ausgangspunkt zu sein.«

»Dann denken Sie eben noch einmal nach.«

Er legte den Kopf zurück. »Sind Sie nicht auch erschöpft?«, fragte er. »Verflucht, wir stehen ziemlich unter Druck. Ich kann bald nicht mehr klar denken. Wollen Sie nicht auch eine Pause einlegen?«

»Das mache ich, wenn es vorbei ist.«

Martin Jeffers nickte.

Er wusste, dass sie erst Ruhe geben würde, wenn sein Bruder – und an der Stelle stockte er. Er würde nicht beim Namen nennen, was sie plante.

»Sie haben recht«, gab er nach. »Ich bleib dran.«

Er sah, wie sie sich kaum merklich entspannte.

Nach einer Weile sagte er: »Eigentlich ist es unmöglich.«

»Was?«

»Die Vorstellung, dass man zu jedem beliebigen Zeitpunkt

wissen sollte, wo der eigene Bruder gerade steckt. Oder auch die Schwester.«
Er fand die Bemerkung provozierend, doch er führte seine Antwort unverdrossen aus: »Bei Kindern vielleicht. Als wir klein waren, wusste ich es immer. Bis zum Ende der Highschool hätte ich meistens sagen können, wo er steckt. Doch als wir erwachsen waren, na ja, Erwachsene gehen ihre eigenen Wege. Wir werden unabhängig. Jeder führt sein eigenes Leben. Man wird mehr man selbst und weniger der Bruder oder die Schwester von jemand anderem.«
Sie schüttelte irritiert den Kopf.
»Halten Sie mir keine Vorträge. Das stimmt nicht. Ihr eigener Berufsstand lehrt doch, dass der Erwachsene hinter seinem Alter, seinem Verantwortungsgefühl und seiner Moral all die Wünsche des Kindes versteckt. Also versetzen Sie sich zurück! Denken Sie wie damals, nicht wie heute!«
Sie funkelte ihn mit rotgeränderten Augen an, in denen sich Anspannung und Erschöpfung die Waage hielten.
Sie hatte vollkommen recht, räumte er innerlich ein.
Statt einer Antwort stand er auf und umkreiste sie nervös.
»Ich versuch's ja, ich versuch's ja. Mir schwirren alle möglichen Assoziationen durch den Kopf. Aber Brüder, die zusammen aufwachsen, teilen Hunderte gemeinsamer Erlebnisse, was sage ich, Tausende, und jetzt soll ich sagen können, was davon bei ihm in diesem Moment den Ausschlag gibt?«
»Sie wissen es«, beharrte sie, »Sie sind nur blockiert.«
Er lächelte. »Das hätte von mir stammen können.«
Detective Mercedes Barren hob die Hände ans Gesicht und versuchte, die Erschöpfung wegzureiben. Sie lächelte schwach.
»Sie haben recht«, meinte sie. »Tut mir leid. Manchmal will ich zu sehr mit dem Kopf durch die Wand.«
Ihr Bekenntnis überraschte ihn.

»Aber Sie liegen gar nicht verkehrt«, antwortete er. »Wahrscheinlich bin ich tatsächlich blockiert.«
Er erwiderte ihr Lächeln.
Martin Jeffers sah die Polizistin an. Es zog ihm den Magen zusammen, wenn er daran dachte, wie verzweifelt sie sein musste. Einen Moment lang hatte er den Impuls, sie in die Arme zu nehmen, damit sie sich an der Schulter des jeweils anderen ausweinen konnten – Tränen für die Lebenden, Tränen für die Toten, Tränen für sämtliche Erinnerungen. In einer Mischung aus Wut und Trauer über den Grund, der sie zusammengebracht hatte – in diesem kleinen Raum, in der ständig wechselnden Welt seines Bruders. Er merkte, wie er schon den Arm ausstrecken wollte, um sie zu berühren, doch im selben Moment zog er seine Hand zurück und steckte sie stattdessen in die Tasche seines weißen Kittels, während er fragte: »Detective, was werden Sie tun, wenn das hier vorbei ist?« Er hielt die andere Hand hoch, um der offensichtlichen Antwort zuvorzukommen. »Unabhängig davon, wie es ausgeht.«
Sie lachte freudlos.
»Ich habe wirklich noch nicht drüber nachgedacht«, gab sie zu und schüttelte den Kopf. »Wahrscheinlich geh ich wieder zum Dienst wie früher. Mir macht meine Arbeit Spaß. Ich mag meine Kollegen. Kein Grund, daran etwas zu ändern.«
Das war zweifellos eine Lüge. Sie glaubte nicht, dass irgendetwas hinterher so sein würde wie vorher.
Er nickte.
»Bei mir dasselbe.«
Wir lügen gut zusammen, dachte sie sarkastisch.
»Die meisten von uns«, fügte sie hinzu, »haben nicht allzu viele Optionen im Leben, oder?«
»Nein«, bestätigte er traurig, »das stimmt vermutlich.«

Doch im gleichen Moment kam beiden derselbe Gedanke: Beide wussten sie von einem Mann, dessen Leben voller Optionen war.

Detective Mercedes Barren betrachtete Martin Jeffers und versuchte einen Augenblick lang, sich in seine Lage zu versetzen, doch als sie die ersten einfühlsamen Ahnungen überkamen, panzerte sie sich. Konzentriere dich!, brüllte sie sich an. Vergiss nicht! Sie sah die Falten um die Augen des Arztes, den aschfahlen Ton seiner Haut und war sicher, dass er sich quälte. Was mir passiert ist, das ist passiert, sagte sie sich. Was mir noch bleibt, ist Gerechtigkeit, und das ist keine Gefühlsduselei, sondern eine Notwendigkeit. Er lebt immer noch seinen Kummer aus.

Sie wollte etwas sagen, doch ihr fiel nichts ein, das angemessen gewesen wäre.

Martin Jeffers war sich bewusst, dass zwischen ihnen Stille eingetreten war und dass nicht mehr dieselbe Anspannung herrschte wie zuvor. Er nahm den kostbaren Augenblick wahr und wusste, dass er nicht von Dauer sein konnte. Er lehnte sich zurück und räkelte sich. Doch so entspannt er äußerlich wirken mochte, so unbeugsam war er innerlich.

Lass die Falle zuschnappen!

»Hören Sie«, sagte er bedächtig. »Sie haben absolut recht. Wir müssen am Ball bleiben, bis wir rausgefunden haben, wo er hin ist. Möglicherweise steht das Leben eines Menschen auf dem Spiel – wir wissen es nicht. Ziehen wir die Sache durch, okay?«

Detective Barren nickte.

»Ich habe mir Folgendes gedacht«, fuhr er fort. Er sah auf die Wanduhr. »Es ist später Nachmittag. Ich setze Sie für eine Stunde oder so an Ihrem Hotel ab. Geben Sie mir nur genug Zeit, um zu duschen und ein bisschen aufzutanken. Dann

kommen Sie zu mir nach Hause. Wir trinken etwas, ich krame alles an alten Bildern und Briefen hervor, was ich habe, und wir versuchen, dazu frei zu assoziieren. Wir können auch eine Art Chronologie erstellen. Sie müssen sich meine Lebensgeschichte anhören, aber vielleicht kommt ja was dabei heraus, wenn wir gemeinsam überlegen. Außerdem ist es weitaus wahrscheinlicher, dass er bei mir zu Hause anruft als hier.«
Detective Barren dachte über den Vorschlag nach. Der Gedanke, sich heißes Wasser den Körper herunterlaufen zu lassen, war verführerisch. Einen Moment lang schrie eine Stimme in ihr: Pass auf, und sie zwang sich, Martin Jeffers genau zu beobachten. Ihr fiel auf, dass er leicht auf seinem Stuhl wippte. Sie suchte nach Zeichen von Angst, nach nervösen Zuckungen, nach irgendetwas anderem als der Entmutigung und Erschöpfung, die sich so hartnäckig bei ihr selbst breitmachten. Sie konnte nichts entdecken.
Er hat schon hundert Gelegenheiten gehabt, davonzulaufen, dachte sie. Er wird es nicht tun. Nicht, bis er von seinem Bruder hört.
»Fangen wir mit einem klareren Kopf an«, schlug er unverfänglich vor. »Sehen wir einfach, was sich ergibt.«
»In Ordnung«, stimmte sie zu. »Ich bin, sagen wir, um halb sieben bei Ihnen.«
»Sechs ginge auch«, erwiderte er. »Und wir machen so lange weiter, bis wir zumindest eine relativ klare Vorstellung davon haben, wo wir suchen müssen. Und dann fahren wir los. Die Anstalt kann mich eine Weile entbehren.«
»Gut«, sagte sie. Bei dem Gedanken, dass sie handeln, statt nur warten würden, war sie so erleichtert, dass sich ihr Körper entspannte. Die Vorstellung, sich endlich wieder Douglas Jeffers an die Fersen zu heften, durchlief sie heiß. Es tröstete sie und machte sie blind für die Tatsache, dass der Bruder des

Mörders plötzlich die Augen abwendete und ihren Blick mied.

Martin Jeffers fuhr vor Detective Barrens Hotel in Trenton rechts heran. Er nahm den Gang heraus und drehte sich zu ihr um.

»Also, was für Sandwichs mögen Sie? Ich komm auf dem Heimweg an einem Feinkostladen vorbei, dann können wir nachher was essen.«

Sie öffnete die Wagentür und setzte einen Fuß auf den Bürgersteig.

»Egal«, meinte sie. »Roastbeef, Käse mit Schinken oder auch Thunfisch. Kein Cornedbeef. Ein protestantisches Sandwich sozusagen. Kein Senf, viel Mayonnaise.«

Er lachte.

»Und irgendeinen Salat, falls es einen gibt.«

»Kein Problem.«

Er sah auf die Uhr.

»Also«, sagte er, »kommen Sie um sechs. Sehen wir zu, dass wir die Sache ins Rollen bringen.«

Sie nickte. »Keine Sorge, bis dann.«

»Ja«, erwiderte er.

Er sah ihr hinterher, bis sie durch die Eingangstür in der Lobby verschwand. Die Banalität seines Plans, vermutete er, war wohl das stärkste Element daran. Sie war so auf den Gejagten fixiert und auf das Böse, das er verkörperte, dass sie die viel banalere Möglichkeit außer Acht ließ, der Bruder könnte sie hinters Licht führen wollen. Tritt zur Obsession noch Erschöpfung hinzu, muss man mit Überraschungen rechnen. Einen Moment lang bereute er seinen Verrat. Sie bringt mich um, dachte er. Als Nächstes wurde ihm bewusst, dass die Redewendung, die ihm automatisch in den Sinn gekommen war,

durchaus wörtlich zu nehmen sein könnte. Sie könnte es tatsächlich tun.
Nun mach aber mal einen Punkt, wies er sich zurecht.
Er fuhr aus der Parklücke auf die Straße. Nicht erst nach Hause. Du musst dich nicht umziehen oder dir die Zähne putzen oder weiß der Himmel was. Fahr los, und zwar jetzt. Er ließ vernehmlich die Luft aus seiner Lunge entweichen und dachte an sein Reiseziel. Wenn ich mich beeile, erwische ich vielleicht noch die letzte Fähre. Er konnte die Vorstellung nicht abschütteln, wie die Polizistin reagieren würde, wenn sie sein Verschwinden entdeckte. Er rechtfertigte sein Verhalten: Hier geht es darum, Leben zu retten. Das meines Bruders. Das der Polizistin. Meins.
Trotzdem, dachte er wieder, wird sie wütend genug sein, um mich auf der Stelle zu erschießen, sobald sie mich wiedersieht. Es kam ihm nicht in den Sinn, dass sein Bruder vielleicht dasselbe dachte.
Martin Jeffers verbannte die Zweifel aus seinem Kopf und kämpfte sich, so schnell er konnte, durch den Spätnachmittagsverkehr.

Detective Mercedes Barren trat nackt aus der Dusche und trocknete sich ab. Nachdem sie ihre Haut rotgerubbelt hatte, wickelte sie sich das weiße Badetuch ums Haar und ließ sich aufs Bett fallen. Das prasselnde Wasser, aber auch der kurze Moment, den sie mit sich allein sein konnte, hatten sie erfrischt. Sie räkelte sich und spürte, wie sich ihre Muskeln dehnten und entspannten. Sie legte sich auf den Rücken und strich sich mit den Händen über den Körper. Sie fühlte sich wund, als wäre sie in einen Unfall oder Kampf verwickelt gewesen und hätte dabei innere Verletzungen davongetragen, die sich unter der Haut verbargen. Sie schloss die Augen und merkte, wie eine bleierne Müdigkeit an ihr zerrte. Sie wehrte sich dagegen und machte erst ein Auge, dann das zweite auf; sie blinzelte ein paarmal kräftig, um ihrem Körper die Forderung nach Ruhe auszutreiben. Sie redete sich gut zu und beschwor die letzten Reste Energie, die sie noch in Nerven, Muskeln und grauen Zellen hatte, ihr noch ein Weilchen zu gehorchen, dann würden sie bekommen, was sie brauchten, und zwar reichlich.

Nur jetzt noch nicht. Sie nahm alle Willenskraft zusammen und richtete sich auf. In geradezu preußischer Disziplin schleuderte sie ihren Armen und Händen Befehle entgegen: Hol frische Kleider. Zieh sie an. Sieh zu, dass du rauskommst.

Immer noch im Zwist mit ihrem widerstrebenden Körper, zog sie Jeans und Sportshirt an. Sie nahm sich Zeit für eine ordentliche Frisur und ein bisschen Make-up. Sie hatte das Bedürfnis, nicht gar so mitgenommen auszusehen, wie sie sich fühlte. Sie weigerte sich, der Frustration nachzugeben. Schließlich sah sie in den Spiegel. Na ja, dachte sie trotzig, vielleicht nicht gerade die Frischste, aber zumindest bereit zu gehen.

Sie warf einen Blick auf die roten Ziffern des Digitalweckers auf dem Nachttisch. Dann bin ich eben ein bisschen zu früh dran, dachte sie, dann machen wir uns eben umso schneller an die Arbeit.

Sie fuhr langsam durch die länger werdenden Schatten, ließ die Kleinstadt hinter sich und manövrierte sich durch den Vorstadtverkehr bis zum Wohnhaus des Arztes in Pennington. Sie musste an John Barrens Meinung über New Jersey denken. Er hatte den Bundesstaat immer geliebt, weil kein anderer so viele gegensätzliche Lebensformen in sich vereinte: das arme, heruntergekommene Newark gegen den unglaublichen Reichtum von Princeton; das schillernde Asbury Park und das ländliche Flemington. Es war ein Bundesstaat, der sich in einigen Regionen in einer außergewöhnlichen Schönheit zeigte und in anderen Gegenden in ebensolcher Hässlichkeit. Sie ließ den Blick schweifen, bis er auf der Allee zwischen den sanften Hügeln ruhte. Das hier, dachte sie, ist der schöne Teil.

Sie bog vom Highway Richtung Pennington ab. Vor ihren Augen spielte sich die abendliche Vorstadtroutine ab: Väter, die in Anzug und Krawatte nach Hause kamen, Kinder, die auf den Bürgersteigen und in den Gärten spielten, Mütter, die Essen kochten. Es machte sie irgendwie gereizt. Es schien zu normal, eine zu heile Welt. Detective Barren entdeckte zwei junge Mädchen, die an einer Straßenecke in typischer Teenager-Konspiration die Köpfe zusammensteckten und miteinander kicherten. Aber ihr seid nicht in Sicherheit!, musste sie plötzlich denken. Es krampfte ihr das Herz zusammen. Sie hatte das übermächtige Bedürfnis, anzuhalten und diesen ganzen glücklichen Menschen zuzurufen: Ihr wisst es nicht! Ihr versteht einfach nicht! Keiner von euch ist sicher!

Sie atmete langsam aus und bog in Martin Jeffers' Straße ein. Sie hielt auf der anderen Straßenseite und sah sich kaum um. Sie wollte sich dieses unbeschwerte Glück nicht länger antun. Schluss mit Norman Rockwell, sagte sie sich. Zurück zu Salvador Dalí.

Sie stieg aus und hielt jäh inne.

Sie bekam eine Gänsehaut.

Hier stimmt etwas nicht, dachte sie. Hier ist etwas durch und durch faul. Ihr drehte sich der Kopf.

Er ist hier!

Sie sah sich gehetzt um, konnte aber nichts Ungewöhnliches entdecken. Sie machte sich klar, dass sie sich ausgesprochen paranoid benahm, doch sie suchte trotzdem die zur Straße gelegenen Fenster ab und spähte nach einem Augenpaar, das seinen Blick in sie bohrte.

Sie sah keins.

Sie ging sehr langsam und wechselte dabei ihre Tasche nach rechts. So unauffällig wie möglich fasste sie mit der Hand unter die braune Lederklappe. Die Neunmillimeter füllte fast die ganze Tasche aus. Sie packte den Griff.

Sie bekam Panik. Ist sie geladen?

Sie konnte sich nicht erinnern. Sie entsicherte die Waffe. Geh vorsichtshalber davon aus, dass keine Patrone in der Kammer steckt. Spann für alle Fälle den Hahn. Du bist verrückt, hier ist alles in bester Ordnung – aber schieb vorsichtshalber trotzdem eine Ladung ein. Sie hielt weiterhin den Kolben fest, lud durch und machte die Waffe schussbereit. Sie spürte, wie sich dic Härchen auf ihren Armen aufstellten; sie fühlte sich wie ein Hund, dem sich angesichts eines ungewöhnlichen Geruchs das Fell sträubt, ohne dass er begreift, worin die Gefahr eigentlich besteht – er verlässt sich einfach auf seinen jahrhundertealten Instinkt.

Sie blickte zu Martin Jeffers' Wohnung hinüber. Sie merkte, wie ihr der Mund trocken wurde.

Wo ist sein Wagen?, schrie es in ihrem Kopf.

Sie machte einen Schritt zur Seite, dann noch einen und spähte in die Einfahrt. Kein Auto. Sie kehrte auf die Straße zurück, um sich einen besseren Überblick zu verschaffen.

Kein Auto.

Wahrscheinlich ist er gerade zum Feinkostladen unterwegs. Weiter nichts.

Doch jede Faser ihres Seins schleuderte ihr entgegen: Du machst dir etwas vor. Sie vergewisserte sich, dass sie die Pistole bei Bedarf mühelos aus der Tasche ziehen konnte.

Sie ging zur Haustür und trat ein.
Was sie sah, ließ ihr das Herz in die Magengrube sinken.
Martin Jeffers' Post lag vor seiner Wohnungstür auf dem Boden.
Nein, dachte sie. Nein!
Sie trat an die Tür und zog die Pistole. Mit der freien Hand klopfte sie an den Rahmen.
Es kam keine Antwort.
Sie wartete und klopfte erneut.
Auch diesmal nichts.
Als sie zur Tür hinauskam und um das Haus herumging, gab sie sich keine Mühe, die Waffe zu verbergen. Sie starrte in die Fenster und blieb an demjenigen stehen, durch das sie – vor einer Ewigkeit, wie ihr schien – eingebrochen war.
Nirgends bewegte sich etwas in der dunklen Wohnung.
Wieder lief sie zum Vordereingang hinein und klopfte an.
Wie zuvor schlug ihr Stille entgegen.
Sie trat zurück und starrte auf die verschlossene Wohnungstür. Es erschien ihr symbolisch: Ich bin ausgeschlossen. Ich hätte es wissen müssen, ich habe gewusst, dass er mich ausschließen wird, ich habe es nur nicht wahrhaben wollen. Sie sind Brüder. Dann sackte sie auf der Treppe zum nächsten Stockwerk zusammen.
Er ist verschwunden, sagte sie sich nüchtern.
Er weiß es, und er ist verschwunden.
Für einen Moment wallte die Wut in ihr auf, doch sie verflog so schnell, wie sie kam. Sie empfand nichts als eine große, graue Wolke der Niederlage und die blanke Verzweiflung.

Auf der Route 95 hatte sich nicht weit von Mystic, Connecticut, ein Sattelschlepper quer gestellt und einen zehn Kilometer langen Stau verursacht. Martin Jeffers wandte sich auf seinem Sitz um, während sein Gesicht von den gelben und blauen Signallampen des Abschlepp- und des Streifenwagens der Staatspolizei erleuchtet wurde. Alle paar Sekunden blinkten die Rücklichter des Wagens vor ihm auf, und er musste auf die Bremse treten. Er hasste die Blockade, die dem gewaltigen Ansturm der Erinnerungen aus den tiefsten Winkeln seines Unterbewusstseins Einhalt gebot. Er versuchte, an die guten Erlebnisse zu denken, die sie miteinander verbanden, Momente, von denen die Beziehung zwischen den Brüdern zehrte: eine Nacht beim Camping; das Basteln an einem Baumhaus; eine stockende, peinlich bemühte Unterhaltung über Mädchen, Bekenntnisse über Masturbation. Bei dem Gedanken schmunzelte er. Doug bekannte sich grundsätzlich zu gar nichts, hatte aber stets den Rat eines versierten Fachmanns parat, egal zu welchem Thema. Er erinnerte sich an eine Begebenheit, als er sechs oder sieben Jahre alt gewesen war und ihm andere Jungen aus der Nachbarschaft, bis an die Zähne mit Schneebällen bewaffnet, aufgelauert hatten. Er hatte vor den Geschossen und den Hänseleien nicht schnell genug flüchten können. Es war eine harmlose Herausforderung gewesen, die nichts mit Rivalität oder Feindseligkeit zu tun gehabt hatte, sondern nur mit fünfzehn Zentimetern Neuschnee und mit dem Umstand, dass sie deshalb schulfrei hatten. Doug hatte sich seine Geschichte mit der Attacke aus dem Hinterhalt angehört, sich dann seelenruhig Schal, Wintermantel sowie Stiefel angezogen und war mit ihm im Schlepptau zur Hintertür hinausmarschiert. Dort hatte sein Bruder ihn um die Veranda, dann um den Block und schließlich wieder zurück, damit jedoch hinter die feindlichen Linien geführt, wo sie die letzten fünfzig Meter im Schutz einer weißbekrönten Hecke auf dem Bauch gekrochen waren. Ihr strategisch durchgeführter Einsatz hatte mit einem glänzenden Sieg geendet.

Zwei volle Schneeladungen explodierten exakt in den Gesichtern der Peiniger, bevor sie die geringste Ahnung hatten, woher die Granaten kamen.
Schon damals, musste Martin Jeffers plötzlich denken, verstand es Doug, einem Opfer aufzulauern.
Er blickte nach vorne in orange leuchtendes Licht. Ein Vertreter der Staatspolizei winkte mit einer Taschenlampe energisch die Wagenkolonne durch. Dennoch fuhren einige Autos langsamer, um einen Blick auf das Wrack zu erhaschen.
Katastrophen üben auf uns alle eine unwiderstehliche Anziehungskraft aus, dachte Martin Jeffers.
Wir verrenken uns den Hals, um einen Alptraum zu sehen. Wir fahren extra langsam, um das Elend genauestens zu inspizieren.
Er wünschte sich plötzlich, frei von Neugier zu sein, doch das war er nicht. Auch er drosselte das Tempo, als er vorüberfuhr, und sah für den Bruchteil einer Sekunde eine reglose, mit einem Tuch bedeckte Gestalt am Boden liegen.
In grauer Vorzeit, sagte er sich, wäre ein Wanderer angesichts eines solch ungünstigen Omens umgekehrt und hätte dem Himmel dafür gedankt, dass er ihn vor der drohenden Tragödie mit einem solchen Zeichen warnte. Aber ich bin ein moderner Mensch. Ich bin nicht abergläubisch.
Er fuhr weiter. Er sah auf die Armbanduhr und wusste, dass er die letzte Fähre nach Woods Hole verpassen würde. Verdammt, fluchte er. Ich muss das erste Boot morgen früh erwischen. Er hoffte, dass es immer noch um sechs Uhr fuhr. Einen Moment lang spielte er mit dem Gedanken, Detective Barren anzurufen, sobald er an Bord war; nicht, um ihr zu verraten, wo er war, sondern um sich bei ihr zu entschuldigen und ihr zu erklären, dass er nur tat, was er tun musste, was ihm Fleisch und Blut befahlen. Er wollte, dass sie ihm ver-

zieh. Er wollte, dass sie sich selbst verzieh. Sie wird sich vorwerfen, dass sie mich aus den Augen gelassen hat, und wenn auch nur für wenige Minuten. Sie sollte sich klarmachen, dass es ein Dutzend Gelegenheiten gab, bei denen ich sie hätte im Stich lassen können. Er wusste genau, dass diese Art von Erklärungsversuchen sie in Rage versetzen würde. Nun ja, dachte er, mit New Hampshire hast du verkehrt gelegen. Vielleicht irrst du dich auch mit Finger Point. Der Kopf gaukelt dem Herzen etwas vor.

»Vielleicht ist er nicht da«, sagte Martin Jeffers laut. »Vielleicht blamiere ich mich nur, wenn ich an die Tür von Feriengästen klopfe, die mich für verrückt halten müssen, und das war's dann auch.«

Detective Barren verschwand hinter den Gedanken an seinen Bruder. Ihm war fast schwindelig von den widerstreitenden Gefühlen: einerseits wollte er seinen Bruder stellen und andererseits hoffte er, es bliebe ihm erspart.

Es war vollends Nacht geworden, und er fühlte sich so allein wie seit jener Nacht in New Hampshire vor über drei Jahrzehnten nicht mehr.

Detective Mercedes Barren blieb wie angewurzelt auf der Treppenstufe vor Martin Jeffers' Wohnung sitzen, bis es dunkel wurde.

Sie kämpfte mit ihren eigenen Erinnerungen: an ihren Mann, ihre Nichte. Sie hatte ein Bild von Susan vor Augen, aber nicht von der Susan, die man stranguliert und vergewaltigt im Dickicht des Naturparks gefunden hatte, sondern von der Susan, die zum Abendessen zu ihr kam, die laute Musik anmachte und dazu durch die Wohnung tanzte, der Susan, die kaum wusste, wohin mit ihrer überschießenden Lebenskraft. Das Bild verblasste, und sie sah das kleine Mädchen vor sich, ganz in Rosa gekleidet und mit Schleifchen geschmückt, das ihr zur Begrüßung entgegenrannte und ihr wenigstens für einen Moment das Gefühl gab, dass sie rückhaltlos geliebt wurde und dass die Welt in Ordnung war. Sie dachte an John Barren. Sie dachte an John Barren, der mitten in der Nacht zu ihr herüberrollte und Zärtlichkeiten schenkte, und dann das vertraute, warme Gefühl, ihn in sich zu spüren. Hätte ich es nur geahnt, dachte sie, hätte mir nur jemand gesagt: Genieße jeden Augenblick, denn eure Zeit ist kurz.

Sie sah sich selbst als Kind, an der Hand ihres Vaters.

Sie starrte auf die dunkle Tür zu Martin Jeffers' Wohnung. Also, forderte sie sich auf, benutze ein bisschen von der Logik deines Vaters. Es ist das Einzige, was er dir vermachen konnte. Sie hat dir schon des Öfteren geholfen. Was würde er tun?

Gut, fing sie an, gehen wir es ganz schlicht und einfach an.

Er hat gesagt: Treffen wir uns bei mir.

Gelogen.

Eine prächtige Lüge, musste sie denken. Harmlos, gutartig, besonders die Sache mit den Sandwichs. Er hatte die Vertrautheit der letzten Tage gegen sie benutzt.

Aber wo hatte die Lüge angefangen?

Sie ging noch einmal ihr letztes Treffen in seinem Sprechzimmer durch. Er ließ sich nicht anmerken, dass irgendetwas anders war, doch das war offensichtlich der Fall. Er hatte keine Anrufe und auch keine Post bekommen. Ebenso war er eindeutig nicht erst zu Hause gewesen und hatte dann beschlossen, wegzufahren. Die Entscheidung musste vielmehr bereits gefallen sein, bevor sie in seinem Büro zusammensaßen. Sie spielte die Situation noch einmal durch. Nein, da hatte er nichts von Douglas Jeffers gehört.

Also musste es etwas sein, das ihm wieder eingefallen war.

Sie lehnte sich in der Dunkelheit zurück und überlegte angestrengt.
Er hatte erst Einzelsitzungen und dann diese verdammte Perversengruppe gehabt. Dann ist er in sein Büro zurückgekommen und hat angefangen zu lügen, und danach ist er verschwunden. Sie saß plötzlich kerzengerade und stand auf. Sie fing an, im Eingangsflur auf und ab zu laufen, während sie sich mit aller Macht konzentrierte. Durch diese Fokussierung fiel die Müdigkeit von ihr ab, und sie merkte, wie ein Adrenalinstoß ihr frische Kräfte verlieh. Zurück zu deinem Fall, dachte sie. Du arbeitest wieder an deinem Fall. Gehe wie eine Polizistin vor, verflucht noch mal. Auch wenn du jetzt zwei Leute jagst.
»Also gut«, sagte sie laut. »Fang in der Anstalt an. Bei den Patienten, mit denen er zu tun gehabt hat. Besorg dir eine Liste von sciner Sekretärin. Wenn sie sich weigert, sie dir zu geben, musst du sie eben stehlen.«
Diese letzten Worte hallten durch den Flur.
Sie atmete heftig ein. Wieder sah sie ihre Nichte, ihren Mann, ihren Vater. Sie lächelte und schob die Gedanken aus ihrem Kopf. An die Arbeit, befahl sie sich. Die Bilder ihrer toten Verwandten ersetzte sie durch die von Martin und Douglas Jeffers.
Ich komme, dachte sie. Ich bin immer noch hinter euch her.

Die erste blasse Morgendämmerung wehte über den Bug der Fähre, und Martin Jeffers stand in der morgendlichen Kälte. Er zog die Aufschläge seines Arztkittels hoch und trotzte der Brise. Meilenweit nichts als graugrün glitzernder Ozean. Er drehte sich in den Wind und sah, wie in der Ferne die Insel auftauchte. Er sah die an der Küste aufgereihten schmucken Sommerresidenzen und dann, noch ein Stück weiter weg, schimmernd weiß die Anlegestelle Vineyard Haven, die die Fähre ansteuerte. Die Sonne spiegelte sich auf einer Reihe Treibstofftanks in der Nähe des Piers. Im Hafenbecken selbst schaukelten Dutzende Segelboote an ihren Liegeplätzen. Er dachte an das leise Klatschen kleiner Wellen am Rumpf eines Segelbootes.

Die Fähre glitt zügig durch die morgendliche See. Als sie fast den Anleger erreicht hatte, ließ sie heiseres Dröhnen erschallen. Martin Jeffers sah, wie einige der Passagiere bei dem Laut zusammenzuckten.

Die Fähre kam mit einem Ruck zum Stillstand, und die riesigen Dieselmotoren hievten den Bug auf den Pier. Als die Gangways heruntergelassen wurden und die Passagiere sich anschickten, von Bord zu gehen, herrschte einen Moment Stille. Martin Jeffers drängte sich durch die Menge der Frühaufsteher. Die Schlange der Fahrzeuge, die auf die Fähre wollten, reichte bis auf die Straße. Es erinnerte Jeffers daran, dass der Sommer fast zu Ende war: Die Fähre, die ihn zur Insel brachte, war ziemlich leer. Auf dem Rückweg zum Festland würde sie sich füllen.

Er verließ das Schiff und ging über den Ladebereich, am Fahrkartenverkauf vorbei. Es ist noch so wie damals, dachte er, aber auch wieder anders. Mehr Häuser, neue Geschäfte, ein neuer Parkplatz, aber dennoch im Prinzip wie vor all den Jahren.

Ich dachte, ich würde nie wieder herkommen.

Er versuchte, die Jahre zu zählen, gab aber auf. Er wusste, dass das Haus noch da sein würde, genauso wie damals, am Teich, auf der anderen Seite des Insel. Er ließ den Blick über die Menschen und Fahrzeuge schweifen. Es ist zweifellos immer noch wild und einsam. Es ist sicher noch so wie früher.

Dieser Schluss basierte nicht so sehr auf Tatsachen wie auf dem überwältigenden Gefühl der Vertrautheit.

Es war, dachte er, der beste schlimmste Ort.
Er dachte an das, was die Lost Boys ihm geraten hatten. Er war an den Ort zurückgekehrt, an dem er ihrer Meinung nach suchen musste.
Suchen Sie nach einem Tod.
Nun denn, sagte er sich, da bin ich.
Er lief eilig über die Straße zum Mietwagenverleih der Insel und warf jeden überflüssigen Gedanken über Bord, bis nur noch die hartnäckige Sorge blieb, er könnte recht behalten.
Der Angestellte aß gerade einen Doughnut und schlürfte an seinem Kaffee. »Wie kann ich Ihnen helfen?«
»Martin Jeffers. Ich habe gestern Abend bei der Spätschicht einen Wagen reserviert.«
»Ja, hab heute früh den Zettel von meinem Kollegen gefunden. Auf der ersten Fähre, ja? Sie sagen, Sie brauchen den Wagen für ein paar Tage, richtig? Kurzurlaub?«
»Nein, geschäftlich. Könnte schnell erledigt sein, könnte sich aber auch ein bisschen hinziehen.«
»Wir müssten den Wagen nur bis Freitag zurückhaben. Labor-Day-Wochenende, wissen Sie. Alles ausgebucht. Bis zur letzten Nuckelpinne.«
»Kein Problem«, log Jeffers.
»Haben Sie für die Unterlagen eine Anschrift auf der Insel?«
Er zögerte. »Sicher. Chilmark. Draußen am Quansoo. Tut mir leid, kein Telefon.«
»Aber der beste Strand.«
»Kann man wohl sagen.«
»Ich bin nicht allzu oft da unten«, erzählte der Mann, während er das Formular ausfüllte. »Bin kein großer Schwimmer, deshalb machen mir die Wellen und die Unterströmung eine Heidenangst. Die Surfer lieben es da natürlich. Sie sind aber kein Surfer, oder?«

»Nein.«
»Gut. Die Jungs mieten ständig unsere Autos und versuchen, damit auf den Strand rauszufahren, dann bleiben sie stecken, und am Ende ist das Getriebe und sonst was im Eimer.«
Der Mann nahm ein Schlüsselbund, das hinter ihm an der Wand hing. »Brauchen Sie eine Karte?«, fragte er.
»Nein, es sei denn, es hätte sich in den letzten Jahren stark verändert.«
»Tut es doch immer. So ist das Leben nun mal. Die Straßen aber nicht, falls Sie das meinen.« Damit schob der Angestellte Martin Jeffers ein Formular zur Unterschrift hin. »Alles klar. Es ist der weiße Chevy direkt vor der Tür. Bringen Sie ihn bitte vollgetankt zurück, okay? Vor Freitag.«
»Also, bis dann.«
Martin Jeffers fuhr los und kämpfte sich durch den immer dichter werdenden morgendlichen Verkehr. Ihm wurde bewusst, dass seine Pläne lediglich bis zu dem Punkt führten, an dem er vor dem Haus vorfuhr und klingelte. Was willst du den Feriengästen sagen?, fragte er sich. Was willst du ihnen erzählen? Entschuldigen Sie, Madam oder Sir, aber Sie haben wohl nicht zufällig einen Mann gesehen, der meiner Wenigkeit ähnlich sieht und eine Blutspur hinter sich herzieht?
Was kannst du anderes sagen als die Wahrheit?
Das war ein Ding der Unmöglichkeit, wurde ihm klar. Diese Wahrheit war so weit von der Normalität entrückt, dass sie an einem spätsommerlichen Tag, morgens um acht, zwischen einem gemütlichen Frühstück und dem Aufbruch zum Strand, niemand begreifen würde.
Dann sag ihnen doch einfach, er ist verschwunden und du versuchst, ihn zu finden. Sag ihnen, er litte an Bewusstseinsspaltung und schwanke zwischen zwei Erinnerungspolen hin und her, nicht ganz klar im Kopf. Versichere ihnen, er sei

harmlos. Behaupte, du machst dir Sorgen. Erzähl ihnen irgendwas.
Jede Version, die er sich zurechtlegte, klang gleichermaßen weit hergeholt.
Sag ihnen einfach, du suchst deinen Bruder und ihr hättet mal in diesem Haus gewohnt, deshalb hättest du gedacht, er könnte vielleicht dort sein.
Sag ihnen, was sie hören wollen.
Das wird schlechterdings nicht möglich sein, räumte er ein.
Dabei wurde ihm bewusst, dass eine peinliche Situation wohl bei weitem das geringste Übel war, mit dem er rechnen musste.
Die Sonne stand höher, und er fuhr im lichtgesprenkelten Schatten der Bäume über Land. Er ließ sich von seinem Unterbewusstsein leiten. Die Entfernungen schienen seltsam verändert, zuerst größer, dann kleiner. Er sah Häuser, an die er sich erinnern konnte, und andere, die neu für ihn waren. Es freute ihn, dass der Gebrauchtwarenladen in dem winzigen Nest West Tisbury unverändert war. Er ließ ihn hinter sich und bog in die nächste Abzweigung ein.
Er fuhr weiter auf altvertrauten Pfaden. Das Krankenhaus liegt irgendwo in dieser Richtung, dachte er. Aber wir hatten es nicht eilig, weil es keine Hoffnung mehr gab.
Er erkannte die große sandige Einfahrt zu der Straße, die er suchte, auf der rechten Seite und fuhr langsamer. Er war überrascht, dass er sie gefunden hatte, und ebenso erstaunt, dass sie noch so aussah wie damals.
Er zögerte nur einen kurzen Moment, bevor er die Abzweigung nahm und weiterfuhr. Auf dem unbefestigten Weg wurde der Mietwagen durchgeschüttelt, und er hörte, wie die Brombeerbüsche an der einen Seite den Lack zerkratzten. Er erinnerte sich daran, wieso man den Weg in diesem Zustand

beließ: Die Leute, die dort unten wohnten, wollten sich neugierige Touristen vom Halse halten. Er stieß auf eine Unebenheit und hörte, wie er mit dem Unterboden heftig auf Gesteinsbrocken aufschlug. Vor denen musste man sich schon immer in Acht nehmen, dachte er.
Er war mehrere Meilen weit gefahren, als er die farbigen Wegweiser erreichte. Er beachtete sie kaum; selbst nach so vielen Jahren wusste er, welchen Pfad er nehmen musste. Er fühlte, wie sich sein Herzschlag beschleunigte, während er zwischen den überhängenden Ästen weiterfuhr.
Ich hätte nie gedacht, dass ich noch mal herkommen würde, dachte er zum tausendsten Mal.
Er ließ die Bäume hinter sich und sah den Teich links von der Straße. Am Horizont konnte er gerade noch das Glitzern der Sonne auf dem Ozean erkennen. Auf dem Teich glitt bereits ein halbes Dutzend leuchtende, dreieckige Segel Richtung Strand. Er spähte zu einem Farmhaus ein paar hundert Meter hinter dem Teich hinüber. Der alte Johnson, dachte er schmunzelnd. Der alte Bastard. Ob er immer noch auf Jugendliche schießt, die über die Sanddünen fahren? Er hielt an und kurbelte das Fenster herunter. In der Ferne hörte er die Brandung, und er fragte sich, wie ein so heftiges, unablässiges Geräusch so besänftigend sein konnte.
Er blickte geradeaus und entdeckte das Haus am Weg.
Der beste schlimmste Ort.
Er schloss die Augen und versuchte, sich eine Erklärung zurechtzulegen, kam aber zu dem Schluss, dass er sich einfach auf die Inspiration des Augenblicks verlassen musste. Am wichtigsten ist es, dachte er, offen und freundlich und nicht bedrohlich zu wirken. Sorg einfach dafür, dass du einen Fuß in die Tür bekommst, und dann sehen wir weiter.
Er fuhr die letzten hundert Meter und bog in eine kleine Ein-

fahrt ab. Er stieg aus und starrte auf das Haus. Er registrierte, dass es neue graue Schindeln hatte, ein paar Fenster schienen ausgetauscht worden zu sein. Es war ein niedriges, eingeschossiges Gebäude im alten Cape-Stil, mit dem Eingang zur Straße und der Rückseite zum Teich und zum Meer.
Finger Point, dachte er. Die Landzunge ragt in den Teich hinein und weist Richtung Meer. Nicht gerade eine phantasievolle Bezeichnung für das Anwesen, aber eine treffende. Er blickte über das Seegras, das die Fläche bis zum Grundstück des alten Johnson überzog und sich nun in einer Brise wiegte, und erinnerte sich, wie er durch das Gras gerannt war, so dass ihm die scharfen Ränder der Halme in die Haut schnitten. Er hatte es ignoriert und alles darangesetzt, mit seinem Bruder Schritt zu halten. Er schloss die Augen und spürte die heiße Sonne auf Kopf und Schultern. Einen Moment lang kam er sich vollkommen töricht vor, dann geriet er für Sekunden in Panik. Er wäre am liebsten wieder ins Auto gestiegen und weggefahren. Er ist nicht da, dachte er. Er ist unauffindbar, irgendwo in Amerika, und tut schreckliche Dinge. Er ist für immer verschwunden. Dreh dich einfach um und denk nie wieder an ihn.
Er wusste, dass das unmöglich war, und öffnete die Augen.
Du hast es bis hierher geschafft, ohne umzukehren, dann kannst du dich ebenso gut vollends zum Deppen machen.
Er ging zur Haustür und klopfte laut an.
Tut mir leid, probte er schon mal in Gedanken, hoffentlich habe ich niemanden aus dem Bett geholt. Drinnen hörte er Schritte, dann öffnete sich die Tür.
Es war eine junge Frau, hübsch, Anfang zwanzig, schätzte Jeffers, mit blondem Haar, das sich von ihrem schwarzen Arbeitsoverall abhob.
»Entschuldigen Sie«, fing Martin Jeffers an. Er fand ihre Klei-

dung für einen Sommermorgen ungewöhnlich, doch ihm blieb keine Zeit, darüber nachzudenken. »Ich weiß, es ist früh, und es tut mir furchtbar leid, Sie zu belästigen, aber …«

Weiter kam er nicht.

Die junge Frau starrte ihn mit aufgerissenen Augen an, als sei sie von seiner Erscheinung schockiert. Er sah, wie sie sein Gesicht genau studierte.

»Es tut mir leid …«, setzte er wieder an.

»Aber wieso denn?«, erhob sich eine schreckliche, spöttische, durch und durch vertraute Stimme hinter ihm.

Die Lost Boys versammelten sich nach und nach im sonnendurchfluteten Tagesraum und nahmen ihre gewohnten Plätze ein. Das taten sie, ohne nachzudenken und um den Zeitplan der Anstalt einzuhalten, der ihnen sagte, dass sie zu ihrer Therapiesitzung in diesem Moment in diesem Raum zusammenkommen mussten. Abweichungen von der täglichen Routine wurden nicht geduldet. Also gingen sie hinein, auch wenn sie wussten, dass heute an Routine von vornherein nicht zu denken war. Sie waren alle genügend mit der Bürokratie vertraut, um zu begreifen, dass es zwar keine Sitzung geben würde, dass sie aber trotzdem zu erscheinen hatten, bis sie ausdrücklich weggeschickt wurden. Sie wussten, dass Martin Jeffers nicht da sein würde, denn das hatte er ihnen selbst gesagt. Sie wussten, dass ihre Zusammenkunft darin bestehen würde, nebeneinanderzusitzen, während ein anderer Arzt die Gruppe als Vertretung übernahm. Ebenso wussten sie, dass sie dem neuen Arzt nichts erzählen würden.

Sie warteten, rauchten und redeten leise miteinander, während sie mit einiger Neugier darauf warteten, was passierte.

Sie waren bis auf den letzten Mann schockiert, als Detective Barren hereinspazierte.

Kaum hatte sie den Raum betreten und die Männer zum Verstummen gebracht, ließ sie den Blick mit steinerner Miene über die Runde schweifen. Das sind meine natürlichen Feinde, dachte sie. Sie spürte, wie sie eine Gänsehaut bekam.
Absolut kein Laut war zu hören.
Sie wartete einen Moment, dann ging sie zu einem Stuhl vor der Gruppe. Sie fühlte aller Blicke auf sich gerichtet. Die Männer wussten zwar nicht, wer sie war, doch Detective Barren spürte sofort, dass die Lost Boys ihr vom ersten Augenblick an einen abgrundtiefen Hass entgegenbrachten.
Und sie ihnen.
Sie drehte sich zu der Gruppe um.
Langsam und mit einer übertriebenen Geste griff sie in ihre Tasche und zog ihre goldene Dienstmarke heraus. Sie hielt sie in die Höhe, so dass alle sie sehen konnten. Sie blitzte in der Sonne auf.
»Ich heiße Mercedes Barren«, stellte sie sich in festem Ton vor. »Detective. Kripo Miami.«
Sie legte eine Pause ein.
»Hätte ich in Ihren Fällen ermittelt, wären Sie für lange Zeit hinter Gitter gekommen.«
Sie sagte das in sachlich kühlem Ton.
Die Männer im Raum blieben still.
Sie hegte kaum Zweifel daran, dass sie ihre Worte auf sich wirken ließen. Und jetzt, dachte sie, verpass ihnen einen Tritt vors Schienbein.
»Ihr regulärer Gruppenleiter ist Dr. Martin Jeffers. Er hat die Anstalt gestern Nachmittag plötzlich verlassen, kurz nach dem Treffen mit Ihnen …«
Sie schwieg.
»Wo ist er?«
Der Raum brach in ein vieltöniges Stimmengewirr aus; die

Männer steckten die Köpfe zusammen, und alle redeten auf einmal.
Sie hob die Hand, und die zwölf Augenpaare wandten sich ihr wieder zu.
»Wo wollte er hin?«
Erneut flackerte das Gemurmel auf, doch wenig später herrschte angriffslustiges Schweigen. Schließlich machte ein Mann, ein pockennarbiger, stämmiger Mann mit verächtlichem Grinsen, den Mund auf und versetzte: »Sie können uns mal, Lady.«
»Wie heißen Sie?«
»Miller.«
»Haben Sie nicht, wenn diese kleine Sommerfrische hier vorbei ist, noch einiges abzusitzen, Miller? Wie würde es Ihnen im Hochsicherheitstrakt gefallen?«
»Das krieg ich schon geregelt«, erwiderte Miller.
»Will ich für Sie hoffen.«
Wieder trat Stille ein, bis ein kleiner rundlicher Mann Detective Barren zuwinkte. Sie nickte in seine Richtung, und er fragte in sarkastisch weibischem Ton: »Wieso sollten wir Ihnen helfen, Detective?«
»Wie heißen Sie?«
»Steele«, antwortete er. »Für meine Freunde Petey.«
»Wenn du welche hättest«, warf eine andere Stimme ein. Sie konnte nicht sehen, wer, doch sie musste sich zwingen, nicht zu grinsen. Es erhob sich verhaltenes Lachen im Raum.
»Na schön, Steele, ich will Ihnen sagen, weshalb Sie mir helfen sollten. Weil Sie alle Kriminelle sind. Und was glauben Sie wohl, wer zum Teufel der Polizei hilft? So läuft das nun mal, wissen Sie. Böse Jungs wissen, wo andere böse Jungs stecken.«
»Woll'n Sie damit etwa sagen, der Doktor wär'n böser Junge?« Die Frage kam von Bryan.

»Nein, das will ich durchaus nicht. Aber er ist auf der Suche nach jemandem, der richtig böse ist.«

»Nach wem?« Das waren Senderling und Knight gleichzeitig.

Sie zögerte. Nun ja, wieso eigentlich nicht?

»Wenn Sie mir helfen, dann sag ich es Ihnen. Wir müssen uns nur darauf verständigen.«

Sie schaute sich im Zimmer um. Sie sah, wie die Männer die Köpfe zusammensteckten. »In Ordnung«, verkündeten Knight und Senderling im Chor. »Wir werden Ihnen helfen.« Sie lachten. »Haben ja nichts zu verlieren.«

»Außer vielleicht das Vertrauen des D-D-Doktors«, stammelte Wasserman.

Die Männer schienen nachdenklich.

»Was springt für uns dabei raus?«, wollte Miller wissen.

»Nichts Handfestes. Sie erfahren nur ein bisschen. Informationen sind immer was wert.«

Miller schnaubte. »Sie sind wie jeder andere Cop, auch wenn Sie nicht so aussehen. Sie wollen es zum Nulltarif.«

Sie antwortete nicht.

»Hören Sie«, meinte Parker, »wenn wir Ihnen ein bisschen helfen, können Sie uns dann versprechen, dass dem Doc nix passiert, ich meine, auch rechtlich, nicht nur körperlich.«

»Meine Ermittlungen richten sich nicht gegen Dr. Jeffers«, antwortete Detective Barren. »Aber er kennt denjenigen, hinter dem ich her bin. Ich möchte dafür sorgen, dass er sich nicht in noch mehr Schwierigkeiten bringt. Wie finden Sie das?«

»Ich traue keinem Cop über den Weg«, knurrte Miller.

»Ist der Doktor denn in Gefahr?«, fragte Bryan.

Vielleicht. Vielleicht auch nicht. Sie wusste es nicht. Also log sie.

»Ja, äußerst. Aber er weiß es nicht.«
An dieser Stelle ging das Gemurmel wieder los.
»Wissen Sie was?«, meldete sich Knight. »Sie sagen uns, worin der Deal besteht, wer dieser schlimme Finger ist, und wir schauen, ob wir helfen können.«
Detective Barren zuckte die Achseln. Wenn sie sich von der Gruppe irgendwelche Informationen erhoffte, musste sie das Gespräch in Gang halten. Wenn sie mauerte, würden die Jungs es auch.
Sie holte tief Luft und sagte:
»Sein Bruder.«
Einen Moment herrschte Schweigen, dann brach Steele in Jubel aus und klatschte in die Hände. Er sprang vom Stuhl und tanzte im Tagesraum umher. »Ich hab's gewusst, ich hab's gewusst. Ihr müsst bezahlen! Ihr müsst bezahlen! Du, Bryan, zwei Schachteln Zigaretten. Du, Miller, drei. Alle verdammten Arschlöcher, die gegen mich gewettet haben – ich hab euch gesagt, dass es ein Angehöriger ist! War doch klar! Ihr müsst bezahlen!«
Sie sah, wie die Männer murrten.
»Also«, warf sie ein, »wo wollte er hin?«
»H-h-h-hat er nicht gesagt«, antwortete Wasserman.
»Er hat sich nicht klar ausgedrückt«, fiel Weingarten ein. »Er hat nur gesagt, dieser Kerl, er hat nicht verraten, wer, also, der wär schlimmer als wir. Er hat gesagt, der Kerl wäre auf Erinnerungsreise. Ich glaube nicht, dass wir allzu viel gesagt haben, was ihm weiterhelfen konnte.«
»Ja, eben, nur dass er plötzlich aufspringt und abhaut.« Das war Parker.
»Er hat sowieso alles komplett verdreht«, brummte Miller. »Er war sich nicht sicher, nach was für einer Art Erinnerungen er sucht. Wir mussten ihm klarmachen, wie unsereins tickt.

Also haben wir ihm gesagt, er soll nach der schlimmsten Erinnerung suchen, weil das für jemanden wie uns die beste ist.«
»Was genau haben Sie gesagt?« Detective Barren lehnte sich vor.
»Verflucht, woher sollen wir das jetzt noch wissen? Wir haben 'ne Menge erzählt.«
»Schon, aber eine bestimmte Sache, die Sie erwähnt haben, hat ihn auf etwas gebracht.«
Die Männer fingen wieder alle gleichzeitig zu reden an.
»Wir haben viel gesagt«, beharrte Miller.
»Ach, kommen Sie schon, verdammt! Was wurde gesagt?«
»Er wollte wissen, was passiert ist, damit wir uns frei gefühlt haben, Sie wissen schon, um zu tun, was wir eben tun.«
»Was?«
»Er hat uns gefragt, wodurch wir angefangen haben. Sie wissen schon. Wie es kam, dass wir es zum ersten Mal tun konnten.«
Sie holte tief Luft und stellte fest, dass das ganz und gar logisch klang. Er hatte nach dem Schlüssel, dem Auslöser gefragt. Und er hatte ihn bekommen.
»Also, was genau haben Sie geantwortet? Was?«
Die Männer starrten sie wütend an. Sie spürte die Intensität, mit der sie sie hassten, nicht nur als Polizistin, sondern auch als Frau. Sie erwiderte ihre Blicke und legte alle Kraft hinein, die sie aufbieten konnte.
Die Stille war wie ein Ölfilm, der sich über alles legte.
Sie hätte schreien können.
Sagt es mir endlich, kommt schon!, brüllte sie innerlich.
»Ich weiß es«, erklang eine tiefe Stimme von ganz hinten. Es war Pope.
Sie beugte sich vor und sah ihn an. Da haben wir einen wahr-

lich beängstigenden Menschen, dachte sie. Sie sah den Mann plötzlich vor sich, wie er sie packte und ihre Kleider zerriss. Sie fragte sich, für wie viele Frauen dieser Alptraum Wirklichkeit geworden war.

»Ich weiß, was ich gesagt habe. Und ich weiß, dass es ihn auf etwas gebracht hat.«

»Was?«

Pope zögerte. Dann zuckte er die Achseln.

»Sollen doch alle zur Hölle gehen«, knurrte er im Flüsterton. Er sah Detective Barren an. »Ich hab gesagt: ›Suchen Sie nach einem Tod oder einer Trennung.‹ Es fängt immer mit einem von beidem an. Manchmal ist es ein und dasselbe.«

Sie lehnte sich zurück. Eine Trennung, dachte sie. Wir sind hingefahren. New Hampshire.

»Das war alles?« Sie war verzweifelt bemüht, sich die Enttäuschung nicht anmerken zu lassen.

»Das war alles. Dann ist er aufgestanden und abgehauen.«

»T-t-t-tut mir leid, D-D-D-Detective ...«

Sie starrte die Männer an und fragte sich, wie viele Tode sich über diesen Raum verteilten. Wie viele zerstörte Leben. Es fröstelte sie.

Dann dachte sie: Ein Tod, ein zerstörtes Leben.

Der Gedanke nahm Gestalt an, so langsam wie ein Zyklon in weiter Ferne, der aber mit jeder Sekunde, die vergeht, an Kraft und Stärke gewinnt. Sie merkte, wie ihr das Blut in die Wangen schoss, als sei die Temperatur im Raum sprunghaft angestiegen, und sie dachte an etwas, das Martin Jeffers vor wenigen Tagen erwähnt hatte: Der Mistkerl hat uns nicht mal seinen Namen gegeben. Und dann ist er gestorben. Bei einem Unfall.

Sie legte die Hand an die Stirn, als wollte sie Fieber messen. Sie blickte in die glühenden Augen der Männer. Dann stand

sie auf, ohne zu wissen, dass sie genau dasselbe tat wie Martin Jeffers kurz zuvor.
»Danke«, sagte sie. »Sie waren überaus hilfreich.«
Ich weiß es, dachte sie. Ich weiß es.
Vielleicht, vielleicht, vielleicht. Zumindest ist es ein Anfang.
Sie dachte an die vergilbte Zeitung in Martin Jeffers' Kästchen unter dem Bett. Geh hin!, schrie eine Stimme tief in ihrem Innern. Mach schon! Sie verrät dir, wo du ihn findest. Ihr blieb nur ein kurzer Moment, um sich innerlich dafür zu ohrfeigen, dass sie bei ihrem ersten Einbruch in Martin Jeffers' Wohnung nicht draufgekommen war. Diesmal, dachte sie, weißt du, wonach du zu suchen hast. Geh schon! Los! Los!
Sie drehte sich abrupt um und ließ die Männer murmelnd zurück.
Ihre Absätze hallten im Stakkato eines Maschinengewehrs durch die Flure, als sie aus der Klinik eilte.

14. Kapitel

Niemandsland

19.

Holt Overholser, dreiundsechzig Jahre alt, Chef der Polizei West Tisbury und der einzige ganzjährige Beamte dieser Dienststelle, wühlte in den Papieren auf seinem Schreibtisch und grollte innerlich über den alljährlichen Zustrom an Sommergästen, denen er zwar sein Gehalt verdankte, die sich aber nicht an die Geschwindigkeitsbegrenzungen hielten und ständig versuchten, ihre Abfälle auf die städtische Müllkippe zu werfen, und das auch noch an Tagen, an denen sie offiziell geschlossen war. Er hatte einen beträchtlichen Teil des Nachmittags damit zugebracht, mit Hilfe seines Radardetektors Strafzettel auszustellen. Der Stadtrat hatte eine halbe Meile vom Zentrum entfernt ein Schild mit einem Tempolimit dreißig aufgestellt, obwohl die Herren wussten, dass niemand den Fuß vom Gaspedal nehmen würde, bis er an der presbyterianischen Kirche vorbei war. Dort parkte Holt, um jeden zweiten Wagen herauszuwinken und dem Halter ein Knöllchen für zu schnelles Fahren in die Hand zu drücken und ein Bußgeld von fünfundzwanzig Dollar zu kassieren. Er war so umsichtig, die Formulare bereits vorher auszufüllen.

Dies war für die Stadt zu einer der wichtigsten Einnahmequellen geworden; der Stadtrat war's zufrieden und Holt auch. Letztes Jahr hatte es sogar für einen neuen Ford Bronco mit Allradantrieb und Polizeiausrüstung gereicht. Dieses Jahr, so hoffte er, würden sie diese neuen Walkie-Talkies bekommen, die man sich an den Gürtel schnallte, mit einem Mikro auf der Schulter, so wie er es in *Polizeirevier Hill Street* gesehen hatte. Das war Holts Lieblingsserie, und er verdankte ein Gutteil seiner Ausbildung als Polizist dieser und weiteren Krimiserien, von denen er keine Folge ausließ. Sie reichten bis zu *Polizeibericht* zurück. Jedes Mal, wenn er eine Funkverbindung beendete, sagte er in genau dem mürrischen Ton, den Broderick Crawford berühmt gemacht hatte: »Roger.« Er fragte sich, ob es in der kommenden Fernsehsaison neue gute Polizeiserien geben würde. Er wagte, es zu bezweifeln. Cops schienen einmal wieder aus der Mode gekommen zu sein, und wahrscheinlich würde es ein paar Jahre dauern, bis das Fernsehen einmal wieder etwas Neues ausprobierte. *Miami Vice* ging für ihn nicht als Polizeiserie durch.

Holt blätterte seinen Strafzettelblock durch, um sicherzugehen, dass alles leserlich war, bevor er ihn ans Sekretariat der Stadtverwaltung schickte. Er hatte in vier Stunden siebenundvierzig Knöllchen ausgestellt und lag damit um drei unter seinem Rekord, dachte er enttäuscht. Bald war Labor Day, und er war zuversichtlich, seine Höchstleistung nicht nur zu wiederholen, sondern weit zu übertreffen.

Er räkelte sich und sah aus dem Fenster des kleinen Büros. Es war dunkel geworden an diesem warmen Spätsommerabend. Vom Tag blieb nur noch ein schnell verblassender roter Schimmer im Westen. Holt war in dieser Richtung nie weiter gereist als zu Thanksgiving nach Albany, wo seine Schwester wohnte, doch er war ein eifriger Leser, vor allem von Romanen und Reiseberichten, und er sehnte sich nach Tapetenwechsel. Er sah sich gerne als jemand, der eine Zeitreise in eine frühere

Epoche unternimmt, am liebsten in den Wilden Westen. Zum Beispiel als Friedenswächter einer Kleinstadt – hart, aber herzlich, fair, aber jemand, dem man nicht auf die Füße treten sollte, ein Mann, den man im Ernstfall gern an seiner Seite hat. Zugegeben, in seinen dreiunddreißig Dienstjahren auf Martha's Vineyard war es nie zum Ernstfall gekommen. Gelegentlich ein angriffslustiger Betrunkener – das war das Schlimmste gewesen, das ihm je untergekommen war.
Er schloss die Augen und lehnte sich auf seinem Schreibtischstuhl zurück. Zum Abendessen würde es frischen Blaubarsch geben, mit Gemüse aus seinem eigenen Garten. Holt beglückwünschte sich zu der guten Küche, die er genoss, was er der Passion seiner Frau verdankte.
Er schlug sich ans Herz. Dreiundsechzig und bei guter Gesundheit, dachte er. Der Stadtrat hatte vor drei Jahren versucht, ihn in Pension zu schicken, doch Holt hatte die amtsärztliche Untersuchung besser bestanden als ein halbes Dutzend Männer, die dreimal so jung waren wie er, und so hatten die Stadtväter beschlossen, ihn zu behalten. Außerdem fanden sie es amüsant, wie Holt zur Entlastung des Staatssäckels im Sommer für wenig Geld Jugendliche als Hilfspolizisten rekrutierte. Holt konnte sie beim Armdrücken alle mühelos niederringen, und zwar mit der linken Hand; vor vierzig Jahren hatte er vor Menemsha auf einem Hummerboot gearbeitet und beträchtliche Oberkörpermuskeln entwickelt, indem er die vollen Körbe Hand über Hand an Bord gehievt hatte. Als junger Mann hatte er außerdem Pokerspielen gelernt, womit er jetzt sein Einkommen um ein erkleckliches Sümmchen aufbesserte. Die Collegekids, dachte er, bilden sich immer ein, sie beherrschten das Spiel, dabei müssen sie es erst noch richtig lernen.
Er betrachtete das Bündel Strafmandate und kam zu dem

Schluss, dass morgen auch noch ein Tag sei. Die meisten Dinge konnten warten, selbst in der Hochsaison. Er gähnte und nahm träge das Polizeifunkgerät auf der Ecke seines Schreibtischs zur Hand.

»Leitstelle, hier Eins-Alpha-Eins, West Tisbury, ich bin zehnsechsunddreißig von der Zentrale entfernt. Bitte stellen Sie mich auf Notfunkfrequenz durch, roger!«

»Hallo, Holt, wie geht's, wie steht's heute Abend?«

»Äh, gut, Leitstelle.«

»Hat Sylvia das Rezept bekommen, das ich ihr geschickt habe?«

»Ähm, roger, Leitstelle.«

Er hasste es, wenn Lizzie Barry die Spätschicht beim Notruf schob. Sie war älter als er und schon ein bisschen senil. Sie hielt sich nie an die korrekte Terminologie.

»Eins-Alpha-Eins, verstanden, roger.«

»Gute Nacht.«

Er hängte das Mikro ein und fing an, seine Sachen zusammenzusuchen, als er die Frau zur Tür hereinkommen sah. Er lächelte.

»Gerade dabei, dichtzumachen, Ma'am. Was kann ich für Sie tun?«

»Ich bräuchte eine Wegbeschreibung«, sagte Mercedes Barren.

»Ach so, sicher«, antwortete Holt und musterte die Frau. Trotz Jeans und Sportshirt wirkte sie nicht wie ein Feriengast. Sie verströmte Großstadtflair, und Holt hatte das dumpfe Gefühl, dass es um etwas Geschäftliches ging. Wahrscheinlich mal wieder ein Bauunternehmen, schätzte er.

»Ich bin auf der Suche nach einer Stelle, an der vor zwanzig Jahren ein Unfall passiert ist.«

»Ein Unfall?« Holt setzte sich und wies auf den Stuhl ihm gegenüber. Seine Neugier war entfacht.

»Vor ungefähr zwanzig Jahren ist ein Geschäftsmann aus New

Jersey, ein Drogeriebesitzer, vor South Beach ertrunken. Ich muss wissen, wo dieser Unfall passiert ist.«

»Oh, hah, South Beach ist fast dreißig Kilometer lang, und zwanzig Jahre sind eine Ewigkeit. Da bräuchte ich es schon ein bisschen genauer.«

»Erinnern Sie sich an den Unfall?«

»Ma'am, ich will ja nicht unhöflich sein, aber hier ertrinken jeden Sommer ein, zwei Leute. Nach einer Weile nivelliert sich das. Gehört sowieso in die Zuständigkeit der Küstenwache, ich hab nur ein bisschen mit dem Papierkram zu tun.«

»Ich habe den Zeitungsartikel dabei. Würde Ihnen das weiterhelfen?«

»Kann zumindest nicht schaden.«

Er beugte sich vor, während Mercedes Barren die alte Ausgabe der *Vineyard Gazette* aus ihrer Tasche zog. Holt erhaschte einen flüchtigen Blick auf den Lauf der Automatik und platzte, ohne sich eine gescheite Frage zu überlegen, heraus: »Sie tragen eine Waffe bei sich, Ma'am?«

»Ja«, bestätigte sie und zog ihre Dienstmarke heraus. »Ich hätte mich vorstellen sollen. Ich bin Detective Mercedes Barren, Kripo Miami.«

Holt war hocherfreut.

»Wir haben hier oben selten das Vergnügen mit Kollegen, ähm, Leuten aus der Großstadt. Arbeiten Sie hier an einem Fall?«

»Nein, nein, nur zu Besuch bei Freunden.«

»Ach so«, meinte er enttäuscht. »Wozu dann die Waffe?«

»Reine Gewohnheit, tut mir leid.«

»Hm, hm. Dann wollen Sie sie vielleicht bei mir lassen?«

»Chief, ich reise morgen früh ab, und wenn Sie nichts dagegen haben, würde ich sie lieber behalten. Können Sie nicht für eine Kollegin ein Auge zudrücken?«

Er beantwortete die Frage mit einem Lächeln und einer zustimmenden Handbewegung. »Bin nur nicht sonderlich scharf drauf, Handfeuerwaffen auf der Insel zu haben. Ist noch nie was Gutes dabei rausgekommen.«

»Chief, das ist in der Großstadt nicht anders.«

Sie schob ihm die Zeitung hin. Er überflog die Seite. »Ja, kann mich dunkel erinnern. Der Kerl ist, glaube ich, in eine Unterströmung geraten. Hatte keine Chance.« Er sah Mercedes Barren an. »In Miami Beach haben Sie bestimmt keine Brandungsrückströme, möchte ich wetten.«

»Nein, Chief.«

»Also, eine solche Strömung bildet sich, wenn die Wellenbewegung den Sand am Grund aufwühlt, so dass praktisch ein Loch entsteht. Das Wasser fließt rein, und plötzlich muss es wieder raus. Wie in einem Kanal wird es komprimiert und fließt unter der Oberfläche ein paar hundert Meter ins Meer hinaus. Das Dumme ist, dass die meisten Menschen wie wahnsinnig strampeln, wenn sie merken, dass diese Strömung sie nach draußen zieht. Sie wissen nicht, dass sie nichts weiter zu tun brauchen, als sich treiben zu lassen und danach zum Strand zurückzuschwimmen. Oder, wenn sie schon meinen, sie müssten was tun, dann sollten sie parallel zum Strand schwimmen. So'ne Strömung ist meist nur zwanzig, dreißig Meter breit. Aber nein, die Leute strampeln wie verrückt. Sie verausgaben sich, sind erschöpft – aus und vorbei! Ich hab den Papierkram am Hals, und die Jungs von der Küstenwache müssen nach der Leiche suchen. Passiert am South Beach ein-, zweimal pro Jahr.«

»In dem Artikel steht nur South Beach.«

Holt las weiter. »Da wird erwähnt, die Familie hätte in West Tisbury gewohnt, aber er verrät nicht, wo.«

»Ich weiß. Ich dachte, Sie erinnern sich vielleicht.«

Er schüttelte den Kopf. Er sah auf die Zeitung.

»Sagen Sie, was hat das mit einem Besuch bei Freunden zu tun?«

Mercedes Barren lachte. »Also, Chief, das ist wirklich eine lange Geschichte, aber ich will versuchen, es kurz zu machen. Meine Freunde haben das Haus gemietet, und dort sind sie auf diese alte Zeitung gestoßen. Sie wussten, dass ich zu Besuch raufkommen wollte, und dachten, das könnte mich interessieren, also haben sie sie mir nach Miami runtergeschickt, zusammen mit einer Wegbeschreibung. Das Blöde ist nun, ich hab den Zettel mit der Wegbeschreibung und der Telefonnummer verlegt und die Zeitung behalten. Und jetzt versuche ich, sie zu finden.«

»Hmmh.«

»Möchte wetten, dass Sie es hier draußen im Sommer mit einer Menge Verrückter zu tun bekommen.«

»Hmmh.«

»Na ja, dann packen Sie mich am besten in Ihren Ordner ›Ferientrottel‹ und helfen mir, dieses Haus zu finden.«

Holt brach in ein Grinsen aus.

»Würde ein ganzes Regal füllen, nicht nur einen Ordner.«

Er sah sich den Bericht noch einmal an. »Wir könnten vermutlich bei den Maklern ein bisschen rumtelefonieren und gucken, ob einer von denen die Hütte vermietet hat. Aber das kann dauern. Haben Sie es schon bei der *Gazette* versucht?«

»Ja, aber die haben schon Feierabend.«

Holt überlegte einen Moment.

»Also, ich hätte da eine Idee. Wär zumindest einen Versuch wert.«

Er griff nach dem Funkgerät und sagte: »Leitstelle, hier spricht Eins-Alpha-Eins, bitte kommen.«

»Hallo, Holt«, begrüßte ihn Lizzy Barry. »Du müsstest doch längst zu Hause sein. Da wird dein Essen kalt.«

»Leitstelle, ich hab hier eine Frau, die ihre Freunde sucht. Ist 'ne lange Geschichte, jedenfalls wohnen die in demselben Haus wie ein Kerl namens Allen in dem Sommer, als er ertrunken ist. Vor zwanzig Jahren. Erinnerst du dich an den Fall? Over.«

Einen Moment lang knisterte es im Funkgerät.

»Klar kann ich mich erinnern, Holt. Der ist am Abend noch mal schwimmen gegangen. Das war in dem Sommer, wo wir die Hitzewelle hatten, als es das eine Mal über vierzig Grad ging, weißt du noch? Ich weiß es so genau, weil an dem Tag mein Hund gestorben ist. Hitzschlag. War'n braver alter Hund, Holt, weißt du noch?«

Holt erinnerte sich nicht mehr. »Sicher, sicher, ein Setter, nicht wahr?«

»Nein, ein Golden Retriever.«

»Ach so.« Holt wartete darauf, dass die Stimme weiterredete, doch am anderen Ende blieb es still. »Also, Leitzentrale … Lizzie, kannst du dich noch entsinnen, wo der Mann, der ertrunken ist, gewohnt hat? Over.«

»Glaub schon. Ich bin mir nicht ganz sicher, aber ich meine, er wohnte am Great Pond in Tisbury. Am Finger Point. Könnte mich allerdings auch irren.«

»Danke, Lizzie, roger!«

»Gern geschehen, Holt. Over and out.«

Holt hängte das Mikrophon ein. »Na, wie finden Sie das?«, wandte er sich an Detective Barren. »Die alte Lizzie ist wie eine Enzyklopädie. Sie kann sich so ziemlich an alles erinnern, was hier in der Gegend mal passiert ist. Zumindest alles, was irgendwie aufregend ist. Hören Sie, es wird wohl trotzdem nicht leicht für Sie, bei Nacht da runterzufinden. Sie

sollten sich für heute ein Hotel suchen und morgen früh hinfahren.«
»Klingt vernünftig. Könnten Sie es mir trotzdem kurz auf der Karte zeigen?«
Holt zuckte die Achseln. Er trat an die Wand und zeigte ihr die tiefsandige Einfahrt, nach der sich der holprige Feldweg erstreckte. Er wies sie auf die Weggabelung hin und erklärte ihr, welcher Pfad zum Finger Point hinunterführte. Er konnte sich nicht erinnern, wann er selbst das letzte Mal dort gewesen war. Vermutlich in den ganzen zwanzig Jahren seit dem Badeunfall kein einziges Mal. Er schüttelte den Kopf.
»Denken Sie dran, da gibt es keine Lampen. Sieht alles gleich aus. Man kann sich ziemlich leicht verirren. Warten Sie bis morgen früh.«
»Ein guter Rat, Chief. Weiß ich zu schätzen. Wahrscheinlich fahr ich einfach nach Vineyard Haven rein und such mir ein Zimmer. War trotzdem nett, dass Sie es mir gezeigt haben.«
»Kein Problem.«
Holt Overholser begleitete Mercedes Barren in die Dunkelheit hinaus. »Ist richtig warm heute Abend«, meinte er. »Vor drei Nächten ist es auf sieben Grad runtergegangen, und außerdem sagen mir meine alten Knochen, dass wir trotzdem einen frühen Herbst und einen harten Winter bekommen. Wenn Sie erst mal mein Alter erreicht haben, sind natürlich alle Winter hart.«
Mercedes Barren lachte. »Chief, so wie Sie aussehen, kommen Sie spielend mit allem klar, was der Winter mit sich bringt.«
»Na, jedenfalls brauchen Sie sich da unten in Miami keine großen Gedanken über Kälte zu machen.«
»Da haben Sie recht.« Sie lächelte. »Wollen Sie mir ein Hotel empfehlen?«
»Die sind alle ziemlich gut.«

»Nochmals, danke.«
»Gern geschehen. Schauen Sie mal rein, und wir können ein bisschen fachsimpeln.«
»Das mach ich vielleicht«, sagte Mercedes Barren.
Er sah zu, wie sie in ihren Wagen stieg. Was er nicht sehen konnte, war ihr Gesicht, auf dem der umgängliche Ausdruck augenblicklich einer strengen, konzentrierten Miene wich. Sie fuhr aus der Einfahrt der kleinen Polizeistation. Holt dachte an den Blaubarsch, der auf ihn wartete, aber dennoch entging ihm nicht, dass Detective Barren die Straße genommen hatte, die keineswegs zum Stadtzentrum führte, sondern ins dunkle Herz der Insel. Er blieb einen Moment stehen und hatte ein unbehagliches Gefühl, bevor er sich auf den Heimweg machte.

Detective Barren fuhr langsam durch die schwarze Nacht und dachte: Das macht es zwar schwerer, das Haus zu finden, dafür ist es leichter, mich Douglas Jeffers unbemerkt zu nähern, was mir einen Vorteil verschafft.
Ihr Plan beschränkte sich darauf, ihm keine Chance zu geben. Wenn nötig, schieße ich ihm in den Rücken. Ich drücke ab, sobald ich die Gelegenheit habe. Nicht warten! Schieß, sobald du kannst. Ein Schuss, das muss reichen. Zu mehr wird's vielleicht nicht kommen. Mehr wird auch nicht nötig sein.
Sie blickte angestrengt auf die Straße, in die Dunkelheit jenseits des kleinen Lichtkegels ihrer Scheinwerfer und suchte nach der Abzweigung Richtung Finger Point.
Die Bilder vom Tage schienen zwar fern, drängten sich ihr aber dennoch immer wieder auf und beeinträchtigten ihre Konzentration: Sie sah die Lost Boys, die einen Kreis um sie bildeten und sie scharf beobachteten, während sich das Ge-

spräch im Grenzbereich ihrer Perversionen bewegte. Sie fand, dass sie gut mit den Kerlen fertiggeworden war. Für einen Moment staunte sie über die Macht der Intuition – wie die richtigen Worte, die im richtigen Kontext fielen, zu den entlegensten Schlüssen führen können! Als sie die Sitzung verlassen hatte, war sie vollkommen davon überzeugt gewesen, dass Martin Jeffers sich aufgemacht hatte, um seinen Bruder an der Stelle zu finden, an der ihr Adoptivvater gestorben war. Diese Überzeugung war auch nicht ins Wanken geraten, als sie mit einem Montierhebel an Martin Jeffers' Fenster getreten und zum zweiten Mal in seine Wohnung gehechtet war, nur dass sie sich diesmal gar nicht erst die Mühe gab, leise und vorsichtig zu sein.

Sie war sofort ins Schlafzimmer gegangen und hatte die Zeitung hervorgesucht. Als sie den Artikel nach Einzelheiten überflog, hatte sie enttäuscht festgestellt, dass er weniger präzise war als gehofft.

Dafür war der alte Provinzpolizist perfekt gewesen.

Sie dachte daran, wie sie mit Vollgas New Jersey hinter sich gelassen hatte, wie sie sich durch den Nachmittagsverkehr in Manhattan gequält und aus Frust über all die Verzögerungen im Verkehr hätte schreien können.

Dann hatte sie eine Ewigkeit in Woods Hole warten müssen und war im Gebäude der Fährverwaltung hin und her marschiert, während sie die Hände geknetet hatte. Die Überfahrt selbst war ebenfalls mühsam gewesen, und für den Bilderbuchanblick der untergehenden Sonne mit den Segelbooten im grünen Wasser fehlte ihr jeder Sinn.

Dafür hatte sie ausgesprochenes Glück gehabt, als sie zum Autoverleih in der Nähe der Anlegestelle gegangen war. Sie dachte an den kleinen Mann, der ihre Kreditkarte entgegengenommen, ihr die Schlüssel ausgehändigt und ihr die Auskunft erteilt hatte, sie läge absolut richtig, ein Martin Jeffers sei mit der ersten Fähre am Morgen eingetroffen.

»Sagte, hätte geschäftlich auf der Insel zu tun. Freund von Ihnen?«

»Na ja, Konkurrenz, trifft es wohl besser.«

»Dann geht's vermutlich um Immobilien. Ständig auf der Jagd, ständig dabei, euch gegenseitig auszustechen.«

Sie hatte ihn nicht korrigiert. »Na ja, ist ein hartes Geschäft.«

»Hier nicht. Hier verdienen sich alle eine goldene Nase.«

Er hatte sich ihren Führerschein angesehen. »Kommt nicht alle Tage jemand aus Florida her. Vor allem New York, Washington, Boston. Nicht Miami.«

»Ich arbeite für eine große Firma«, hatte sie gelogen. »Überall Zweigstellen.«

»Na ja«, hatte der Angestellte gesagt, »ich finde, hier wird sowieso viel zu viel gebaut.«

Sie hatte eine Spur Verärgerung herausgehört.

»Tatsächlich?«, hatte sie erwidert. »Ich arbeite bei einer Firma, die sich auf die Renovierung von alten Anwesen spezialisiert. Nicht wie mein Kumpel Jeffers. Er macht in Motels und Eigentumswohnungen.«

»Verdammt«, hatte der Mann geflucht. »Ich wünschte, ich hätte ihm den Wagen nicht gegeben.«

»Was war es denn für einer?«

»Ein weißer Chevy Celebrity. Kennzeichen acht-eins-sieben, dreimal J. Halten Sie die Augen offen.«

»Danke«, hatte sie gemeint. »Mach ich. Hat er gesagt, wohin genau er wollte?«

»Nee.«

»Na ja, ich werde ihn jagen, bis ich ihn hab.«

»Viel Glück. Und bringen Sie diesen Wagen bis morgen Abend um acht zurück, sonst kostet es extra.«

Sie schaltete das Fernlicht ein und durchfuhr eine kleine Senke. Alle hundert Meter zweigte rechts eine unbefestigte Straße ab, und sie fluchte wütend vor sich hin, weil sie alle gleich aussahen. Nur weiter. Immer weiter. Such nach der Sandsenke, wie der Chief gesagt hat. Ein entgegenkommendes Fahrzeug blinkte, damit sie ihr Fernlicht ausschaltete. Schließlich gab sie nach, und der andere Wagen rauschte auf der schmalen Straße mit einem leisen Zischen vorbei. Sie hatte für einen Moment das Gefühl gehabt, als würden sie sich streifen, und war kurz in Panik geraten. Sie sah den roten Rücklichtern hinterher und war plötzlich wieder in Dunkel gehüllt.
Sie starrte in die Nacht.
»Es ist hier irgendwo«, sagte sie laut vor sich hin und fand den Klang ihrer Stimme tröstlich. »Ich weiß es.«
Sie fuhr im Kriechtempo weiter.
»Kommt schon, kommt schon, wo seid ihr?«
Sie war allein und fühlte sich auf der pechschwarzen Insel wie auf hoher See. Sie starrte nach vorn und konnte kaum die Grenze zwischen Bäumen und Himmel erkennen. Es war, als baumelte sie hoch über dem Wasser und klammerte sich an die letzten Fasern eines reißenden Stricks. Sie merkte, wie sich ihr ganzer Körper anspannte, und war machtlos dagegen. Ich bin nah dran, dachte sie, ich bin ganz nah dran. Sie bekam schwer Luft, als sei plötzlich nicht genügend Sauerstoff im Wagen. Er ist hier, ich weiß es. Aber wo? Wo? Sie knirschte mit den Zähnen. Sie umklammerte das Lenkrad so fest, dass die Knöchel weiß hervortraten. Sie erhob die Stimme und schrie gegen die Einsamkeit der Nacht an: »Komm schon, komm schon!«
Und dann sah sie die Abzweigung.

Anne Hampton saß am Tisch und starrte auf das vor ihr aufgeschlagene Notizbuch. Sie las die Worte: Ich tue diese Dinge, weil ich nicht anders kann, weil ich es will. Weil wir alle etwas in uns haben, das uns sagt, was wir tun müssen. Wenn wir es nicht tun, bringt der Wunsch danach uns um den Verstand.
Die Antwort des jüngeren Bruders hatte sie daruntergeschrieben: *Du kannst dir helfen lassen. Es muss nicht sein.*
Sie schüttelte den Kopf.
So konnte er Douglas Jeffers nicht kommen, da tappte er völlig daneben. Sie betrachtete noch einmal ihre Notizen. Dieser Teil der Unterhaltung lag ein paar Stunden zurück. Vielleicht hat er sich ja inzwischen etwas Besseres einfallen lassen. Doch sie bezweifelte es.
In ihren Augen schien der Bruder ganz und gar hilflos zu sein, unfähig, etwas zu begreifen, auf Konfrontationskurs und kaum in der Lage, einen vernünftigen Satz zu artikulieren, geschweige denn, den älteren Bruder dazu zu bewegen, die Waffe wegzulegen.
Sie schloss die Augen. Das hätte ich ihm gleich sagen können, dachte sie. Ich hätte ihm sagen können, dass alles längst feststand, dass es keinen Ausweg gab, dass alles so ablaufen musste, wie Douglas Jeffers es schon vor geraumer Zeit ins Drehbuch geschrieben hatte, damals, in grauer Vorzeit, als sie noch Studentin war, die Tochter von ganz normalen Leuten, und nicht die Biographin eines Mörders.
Anne Hampton überlegte ohne Angst und Panik, was jetzt mit ihnen allen geschehen würde. Sie war innerlich losgelöst, fast so, als wäre sie gar nicht sie selbst, sondern stünde neben sich, für andere unsichtbar, und verfolgte von einer Loge aus das Geschehen auf der Bühne. Sie erinnerte sich, dass sie sich schon einmal so gefühlt hatte, und zwar während dieser Mor-

de und in den ersten Augenblicken im Motel. Wie lange war das her? Sie hätte es nicht sagen können. Sie glaubte, dass das Gedächtnis immer so funktionierte – wie eine Aneinanderreihung unendlich vieler Momentaufnahmen, Filmausschnitte, die an den Rändern verschwammen und in ruckartigen Bewegungen an einem vorüberflimmerten.

Ich sehe noch vor mir, wie ich durch den Schnee renne. Ich sehe, wie mir vor Kälte das Gesicht brennt, aber ich weiß nicht mehr, wie es sich angefühlt hat. Ich hätte ihn nicht retten können, dachte sie. Sie sah den Obdachlosen und den Mann, der allein die Straße entlangging, und die beiden Frauen, die davongekommen waren – wie hießen sie noch gleich? –, und dann die Teenager im Wagen.

Ich kann überhaupt niemanden retten. Ich kann nicht, ich kann einfach nicht. Ich durfte es nicht. Ich wollte es, o mein Gott, ich wollte ihn retten, er war mein Bruder, aber ich konnte es nicht, ich konnte es nicht, ich konnte es nicht. Ich kann nicht.

Sie hätte am liebsten geweint, wusste aber, dass es nicht erlaubt war.

Beim Klang von Douglas Jeffers' Stimme fuhr ihr Kopf hoch, und sie sprang vom Stuhl.

»Bring unseren Gästen Wasser.«

Sie nickte und rannte in die Küche. Im Wandschrank über dem Herd fand sie einen Krug, den sie mit Wasser füllte. Zügig, aber darauf bedacht, nichts zu verschütten, durchquerte sie das Wohnzimmer, wo die beiden Brüder einander gegenübersaßen und, nachdem sie den ganzen Tag geredet hatten, in Schweigen verfallen waren.

Sie öffnete die Tür zum Schlafzimmer im Erdgeschoss und trat leise ein. Sie nahm an, dass sie vielleicht schliefen, und wollte niemanden wecken, doch beim Geräusch ihrer Schritte auf dem Holzboden sah sie, wie vier Augenbrauenpaare ängstlich in die Höhe schnellten.

Sie fühlte sich erbärmlich.

»Schon gut, schon gut«, versicherte sie und wusste, wie dumm das klang, wie albern es war, sie trösten zu wollen. Es war klar, dass sie sterben würden, und zwar bald. Das war von Anfang an der Plan gewesen.

Dass sie x-beliebige Leute waren, hatte für ihn nichts zu sagen. Das Entscheidende war, dass sie sich in diesem Moment an diesem Ort befanden, der offensichtlich für ihn von Bedeutung war.

Kurz bevor sie durch eine Schiebetür auf der Veranda, die praktischerweise offengestanden hatte, um die frische Sommerbrise hereinzulassen, in das Haus einbrachen, hatte er ihr zugeflüstert: »Ich muss dieses Haus mit Gespenstern füllen.«

Sie legte der Frau sanft die Hand auf den Arm, um sie zu beruhigen.

»Ich hab Ihnen Wasser gebracht«, sagte sie. »Nicken Sie einfach, wenn Sie etwas trinken wollen. Sie zuerst, Mrs. Simmons?«

Die Frau nickte, und Anne Hampton lockerte den Knebel. Sie hielt ihr den Krug an die Lippen. »Trinken Sie nicht zu viel«, mahnte sie. »Ich weiß nicht, ob er mir erlaubt, mit Ihnen zur Toilette zu gehen.«

Die Frau hielt mitten in einem großen Schluck inne und nickte wieder.

»Ich habe Angst«, flüsterte die Frau, die das Wasser hinuntergeschluckt hatte. »Können Sie uns nicht helfen? Sie scheinen ein so nettes Mädchen zu sein. Sie sind offenbar nicht viel älter als die Zwillinge, bitte, bitte …«

Anne Hampton wollte gerade etwas erwidern, als sie aus dem

Wohnzimmer eine Stimme hörte. »Nicht reden. Nur einen Schluck Wasser. Ich muss mich an die Regeln halten.«
»Bitte«, flehte die Frau.
»Es tut mir leid«, wisperte Anne Hampton zurück. Sie band ihr den Knebel wieder um, zog ihn aber diesmal nicht so fest. Die Frau nickte dankbar.
Anne Hampton ging zuerst zu einer der Zwillingsschwestern weiter, dann zu der anderen. »Nicht reden«, bat sie die beiden im Flüsterton. Als sie zum Vater kam, zögerte sie. »Bitte«, beschwor sie ihn, »riskieren Sie nichts, fordern Sie ihn nicht heraus.« Der Mann nickte, und sie löste seinen Knebel. Er trank, und sie knebelte ihn erneut. Einen Moment lang versuchte er, sich aus dem Strick zu winden, mit dem sie alle zusammengebunden waren. Sie hörte, wie der Mann durch den Knebel flehte: »Bitte helfen Sie uns«, doch was sollte sie sagen?
»Es tut mir leid«, erwiderte sie nur.
Sie schloss die Tür und kehrte ins Wohnzimmer zurück.
»Wie geht's ihnen?«, fragte Douglas Jeffers.
»Sie haben Angst.«
»Dazu haben sie auch allen Grund.«
»Doug, bitte«, drängte Martin Jeffers. »Lass wenigstens die Familie gehen. Was haben sie denn getan …«
Der ältere Bruder fiel ihm abrupt ins Wort.
»Hast du denn den ganzen Tag nichts dazugelernt? Verdammt noch mal, Marty, ich hab es dir doch hundertmal erklärt. Es ist ja gerade wichtig, dass sie nichts getan haben. Das ist entscheidend. Siehst du das denn nicht? Die Schuldigen werden nie bestraft, nur die Unschuldigen. So läuft es nun mal auf der Welt. Die Unschuldigen und die Ohnmächtigen. Das sind die Opfer.«
Douglas Jeffers schüttelte den Kopf.

»Das kann doch nicht so schwer zu begreifen sein.«
»Ich versuch's ja, Doug, glaub mir, ich versuch's.«
Douglas Jeffers sah seinen Bruder unversöhnlich an.
»Dann streng dich noch mehr an.«
Sie verfielen in Schweigen. Douglas Jeffers spielte mit der Automatik herum, während Martin Jeffers ruhig dasaß. Anne Hampton nahm ihren Platz wieder ein und schlug ein neues Notizbuch auf.
»Schreib das alles auf, Boswell.«
Sie nickte und wartete. Es ist alles Wahnsinn, dachte sie. Es gibt keine Normalität mehr auf der Welt, nur Gewalt und Tod und Wahnsinn. Und ich bin ein Teil davon. Mit Haut und Haaren.
Sie nahm den Stift und schrieb: Niemand kommt hier lebendig raus.
Sie überraschte sich selbst. Es war das erste Mal, dass sie einen eigenen Gedanken in eines der Notizbücher geschrieben hatte.
Sie starrte den Satz an. Er machte ihr Angst. Die Worte auf den Seiten flirrten und waberten wie die Hitze über dem schwarzen Asphalt der Highways. Sie kämpfte gegen die Erschöpfung und den vernichtenden Gedanken an und ließ den Tag noch einmal Revue passieren, um die Angst mit Erinnerungen zu verdrängen.
Sie wusste nicht, wieso Douglas Jeffers die Ermordung der Simmons aufgeschoben hatte. Sie wusste nur, dass sie die Familie aus den Betten geholt, gefesselt, geknebelt, ihnen die Augen verbunden und sie anschließend ins Nebenzimmer gepfercht hatten. Dort hatte er sie zurückgelassen, während er selbst die Füße aufs Sofa gelegt und entspannt auf den Sonnenaufgang gewartet hatte. Danach hatte er ein ausgiebiges Frühstück gerichtet. Er hatte lediglich gesagt, das Spiel wäre

umso spannender, wenn er sie einen Tag am Leben ließe. Das hatte sie erstaunt. Fast schien es ihr so, als nähme er sich absichtlich Zeit, um die Situation vollends auszukosten, statt zum nächsten Schritt überzugehen. Dass ihre Situation heikel war, schien ihn nicht anzufechten. Sie hatte keine Ahnung, was ihn dazu brachte, die Dinge in die Länge zu ziehen, doch es machte ihr Angst.

Wir haben das Ende erreicht, dachte sie.

Es ist die letzte Szene, und er will alles aus ihr herausholen.

In das Dickicht ihrer Angst waren zwei Gedanken eingedrungen:

Was wird er mit ihnen machen?

Was wird er mit mir machen?

Douglas Jeffers hatte Rührei und Schinken zum Frühstück zubereitet, doch sie hatte kaum einen Bissen herunterbekommen. Sie waren fast fertig gewesen, als der Wagen die Einfahrt herunterkam.

Die Vorstellung, dass jemand hier hereinstolperte und Douglas Jeffers in die Quere kam, hatte sie entsetzt. Als sie den Bruder sah, hatte sie sich kaum fassen können. Sie hatte augenblicklich angenommen, er sei genauso wie Douglas Jeffers. Als sie festgestellt hatte, dass sie sich irrte, verwirrte und beunruhigte sie das noch mehr.

Sie betrachtete erneut die beiden Männer.

Sie saßen nur über einen knappen Meter auseinander, doch Anne Hampton fragte sich, wie groß die innere Distanz zwischen ihnen sein mochte. Ihr drängte sich der Gedanke auf, das könnte wichtig für sie sein, doch sie wusste nicht, wieso.

Am liebsten hätte sie ihnen ins Gesicht geschrien: Ich will am Leben bleiben!

Doch stattdessen saß sie geduldig da und wartete stumm auf Anweisungen.

Bis jetzt hatten sie den Tag so verbracht, wie man es von einem Geschwisterpaar erwarten würde. Sie hatten von früher geredet, Erinnerungen ausgetauscht. Sie hatten ab und zu gelacht. Doch am frühen Nachmittag war die Unterhaltung ins Stocken geraten und unter dem unerbittlichen Druck der Situation allmählich versiegt, bis sie nur noch dasaßen und schwiegen.

Sie blätterte ein halbes Dutzend Seiten zurück und sah sich an, was sie geschrieben hatte. Martin Jeffers hatte gesagt: »Doug, ich kann einfach nicht glauben, wieso wir hier sind. Können wir darüber reden?«

Und Douglas Jeffers' Antwort: »Glaub's ruhig.«

Sie sah zu dem Geschwisterpaar auf und registrierte, dass Martin Jeffers unruhig wurde. Sie wusste nicht, was sie von ihm halten sollte. Wird er mich retten? Das schien ihr plötzlich mehr als fraglich.

»Doug, wieso tust du das?«

»Keine weiteren Fragen. Das sagen die Anwälte immer vor Gericht, wenn sie ihren Zeugen vor dem Kreuzverhör schützen wollen. Keine weiteren Fragen, Euer Ehren. Die nächste Frage bitte.«

»Es gibt nur eine.«

»Das stimmt nicht, Marty. Natürlich stellt sich die Frage nach dem Warum, aber auch noch die nach dem Wie und Wann, und dann auch noch, was ich als Nächstes vorhabe. Das scheint mir das Entscheidende zu sein.«

»Meinetwegen«, räumte Martin Jeffers ein. »Was willst du jetzt machen?«

»Frag mich nicht.«

Douglas Jeffers brach in schallendes Gelächter aus. Der Laut wirkte in dem kleinen Zimmer fremd und deplaziert. Anne Hampton kannte dieses Lachen aus den schlimmsten Mo-

menten. Sie hoffte, dass der jüngere Bruder so einsichtig war, einen Rückzieher zu machen.
War er. Er saß schweigend da. Nach einer Weile wedelte der Ältere mit der Hand durch die Luft, als müsse er zwischen ihnen Rauch oder Nebelschleier verscheuchen.
»Hör mal«, setzte Douglas Jeffers an. »Wie viel weißt du?«
»Ich weiß alles.«
Der Ältere schwieg einen Moment.
»Also, das ist nicht gut. Überhaupt nicht gut.«
Er überlegte, bevor er weitersprach.
»Demnach warst du in meiner Wohnung. Ich hatte gedacht, du würdest warten, bis es vorbei ist. Du solltest damit warten.«
»Nein, genauer gesagt, war jemand anders da.«
»Wer?«
Martin Jeffers verstummte. Er wusste plötzlich nicht, was er sagen sollte. Er dachte an all die intensiven Gespräche mit dem einen oder anderen Kriminellen. Er hatte stets gewusst, wie er sich verhalten sollte. Diesmal war er vollkommen ratlos. Er starrte seinen Bruder an, dann die Pistole in dessen Händen. Doch er sah das Kind hinter dem Mann und begriff: Ich bin auch nichts weiter als ein Kind, ich bin der kleine Bruder. Ihn packte eine gewaltige, brennende Woge des Grolls, die mit jeder Sekunde weiter anschwoll. Ich bin immer der Letzte, der etwas erfährt. Der Letzte, der etwas bekommt. Er hat immer getan und gelassen, was er wollte, ganz egal, wie ich darüber dachte. Er hat nie auf mich gehört. Er hat mich immer wie ein lästiges Anhängsel behandelt. Er war immer der Boss. Er war immer wichtig. Ich zählte grundsätzlich nicht. Ich hatte das Nachsehen. Immer, immer. Plötzlich war ihm alles verhasst, und er wollte seinem Bruder schaden.
»Jemand von der Kripo.«

Kaum war das Wort heraus, bereute er es.

»Und der weiß es auch?«

Martin Jeffers sah, wie sein Bruder sich verspannte und um Fassung rang. Im selben Moment nahm sein einigermaßen entspannter Ton einen klirrend harten Klang an. Es war ein Tonfall, den Martin Jeffers von ihm noch nie gehört hatte, aber aus langjähriger Berufserfahrung nur allzu gut kannte. Er dachte: Ein mörderischer Ton.

»Ja«, bestätigte er. »Genauer gesagt, ist es eine Sie.«

Douglas Jeffers wartete, dann sagte er: »Nun, dann geht es ein bisschen früher ans Sterben.«

Detective Mercedes Barren hatte Mühe damit, den großen amerikanischen Wagen zu bändigen, der mit seiner weichen Federung auf dem holprigen Gelände auf und nieder hüpfte, sosehr sie sich auch bemühte, die Unebenheiten zu umschiffen. Als ein Zweig an der Seite den Lack der Karosserie ankratzte, gab es ein kreischendes Geräusch. Dann hörte sie, wie das Auspuffrohr aufschlug, doch sie fuhr unbeeindruckt weiter.

Sie wollte sich nicht eingestehen, dass sie sich verfahren hatte, auch wenn das Pechschwarz der Nacht und des Waldes, das sie von allen Seiten bedrängte, in ihr ein Gefühl der Verzweiflung auslöste, als ob Vernunft und verantwortungsvolles Handeln irgendwo auf der Strecke geblieben seien und sie langsam, aber sicher in eine Art Unterwelt hinabstieg, wo der Tod die Regeln diktierte. Schattengestalten schienen vor den Lichtkegeln wegzuspringen, und jede davon trug die Fratze eines gespenstischen Todesboten: die unverkennbaren Züge von Douglas Jeffers. Vor Angst schnappte sie nach Luft, fuhr jedoch weiter, die schwere Pistole nunmehr in der Rechten, aufs Lenkrad gestützt.

Als sie die Stelle erreichte, an der sich der Weg mehrfach gabelte, hielt sie an und stieg aus.
Sie stand da und betrachtete die vier Pfade.
Sie lehnte sich gegen die Ratlosigkeit auf. Sie erinnerte sich zwar an die Beschreibung des Polizeichefs und führte sich die Karte vor Augen, die sie in seinem Büro gesehen hatte. Doch die ließ sich auf die düstere Wahl, vor der sie jetzt stand, nicht übertragen. Sie dachte an das berühmte Rätsel um die Dame und den Tiger und wusste nur, dass sie die Tür zur Bestie öffnen wollte.
»Der muss es sein«, sagte sie und zeigte mit dem Finger auf einen der schwarzen Wege. »Mit Sicherheit«, fügte sie hinzu, um ihrer Angst und tatsächlichen Unsicherheit zu trotzen. Der diffuse Gedanke, sie könnte, die Schusswaffe in der Hand, vor einem anderen Ferienhaus landen, geisterte ihr für Sekunden durch den Kopf. Dann schob sie ihn beiseite.
»Auf geht's«, versuchte sie sich zu ermuntern, und ihre Stimme klang mitten im Wald kümmerlich und dünn. Sie stieg wieder in den Wagen und fuhr los.
Zweihundert Meter weiter gabelte sich die Straße erneut, und sie folgte ihrem Instinkt nach links. Sie wusste, dass sie nach dem Teich Ausschau halten musste und dass die Stelle, an der sie den Gesuchten finden würde, eine lange, schmale Landzunge war. Sie kurbelte die Scheibe herunter und versuchte, ein Gefühl dafür zu bekommen, wo das Wasser war, doch es drang nur Nacht in den Wagen. Sie fuhr immer weiter, rollte durch einen offenen Holzzaun und passierte ein Schild mit der Aufschrift: ZUTRITT VERBOTEN! DAS GILT AUCH FÜR SIE. Sie ignorierte es und drang immer tiefer in Gestrüpp und Kiefern ein, bis der Wald sie zu verschlingen drohte. Panik kroch ihr den Nacken empor, und sie hyperventilierte.

Den Gedanken, dass sie vielleicht in eine völlig falsche Richtung fuhr, ließ sie nicht zu.

»Weiter«, trieb sie sich an.

Sie sah, dass sich vor ihr die Bäume lichteten, und trat dankbar aufs Gas. Der Wagen machte einen Satz nach vorn und sackte wie ein erschöpfter Athlet vor der Ziellinie knirschend zu Boden. Sie stieß einen kurzen Schrei aus. Sie hörte ein Knacken, dann ein ratschendes Geräusch.

Sie hielt an, um nachzusehen.

Beide Vorderräder steckten in einer kleinen, doch verhängnisvollen Mulde. Die Vorderachse hatte sich in den Sand gegraben.

Sie seufzte und schloss die Augen. Vorwärts, hämmerte sie sich ein. Sie öffnete die Augen und stieg wieder ein. Als sie versuchte, aus der Vertiefung herauszufahren, drehten lediglich die Hinterräder durch. Hilflos schlug sie mit der Faust aufs Lenkrad, dann schluckte sie einmal schwer und sah sich um. Sie machte den Motor und die Scheinwerfer aus. Na schön. Dann gehst du das übrige Stück eben zu Fuß. Ist kein Drama; du wolltest das Auto sowieso bald stehenlassen. Lauf einfach immer weiter.

Sie orientierte sich an der Lichtung vor sich und merkte, dass sich ihre Augen schnell an die Dunkelheit gewöhnten. Sie behielt die Pistole in der Hand und ging in Laufschritt über, wenn auch nicht zu schnell, um nicht ihren Knöcheln dasselbe wie der Achse des Leihwagens anzutun. Die zielstrebige Bewegung machte ihr immerhin Mut; sie drängte weiter voran und lauschte auf das dumpfe Geräusch ihrer Füße auf dem sandigen Boden.

Die Straße erschien ihr wie ein Tunnel, dessen Ende abzusehen war. Sie lief schneller und hatte plötzlich die überhängenden Zweige hinter sich gelassen, während sich vor ihr eine weite Grasfläche im Mondlicht öffnete. Wie benommen starrte sie in den Himmel und war überwältigt von den Tausenden von glitzernden Lichtern, die sich endlos über das Dunkel breiteten. Sie kam sich winzig vor und allein, doch zugleich war sie auch erleichtert, den Wald hinter sich gelassen zu haben. Einen Moment lang war ihr das Mondlicht zu hell, und sie blieb keuchend stehen, um sich zu orientieren.

Zu ihrer Linken sah sie einen schimmernden Widerschein. Sie starrte hinüber und entdeckte den Teich. Sie hielt die Luft an und hörte die rhythmischen Wellenschläge. Sie blickte über den Teich hinweg und konnte mühelos die schwarze Linie des South Beach in etwa einem Kilometer Entfernung erkennen.

Ich hab's gefunden, dachte sie.

Ich bin da.

Sie hielt nach einem Haus Ausschau, konnte jedoch keines entdecken.

Sie drehte sich um und schaute nach rechts, wo sie auch Wasser erwartete, sah jedoch nur Wald, der sich zur Mitte der Insel erstreckte.

»Da stimmt was nicht«, erkannte sie, plötzlich beunruhigt. »Da ist entschieden was faul. Finger Point müsste schmal sein, beidseitig von Wasser umgeben.«

Sie ging drei, vier Meter weiter, als könne der Blickwinkel etwas an der Umgebung ändern.

»Da stimmt so ziemlich gar nichts«, murmelte sie.

Ein Dutzend widerstreitender Gefühle verwirrten ihren Kopf.

»Bitte«, flüsterte sie, »das darf nicht wahr sein.«

Sie ging zur Uferböschung hinunter und starrte über den Teich. Auf den Wellenkräuseln spiegelte sich der Mond. Sie starrte in das Dunkel am anderen Ufer.

Dann sank sie im Sand auf die Knie.

»Nein«, bat sie leise. »Nein, bitte, bloß das nicht.«

Vor ihr lag der kleine See, der sich bis zu der gewellten Dünenkette des South Beach erstreckte. Am anderen Ufer, direkt ihr gegenüber, konnte sie eine einzige, langgestreckte Landzunge ausmachen, mit der Spitze zur Mitte des Sees.
»Nein«, wiederholte sie im Flüsterton. »Das ist nicht fair.«
Sie sah das Haus am Ende der Spitze und wusste in diesem Moment, dass sie den Ort vor Augen hatte, an dem die Jeffers-Brüder warteten. Sie strengte die Augen an und sah, wie sich das Mondlicht in einem weißen Gegenstand fing, in dem sie den Leihwagen von Martin Jeffers vermutete.
Sie beugte sich nach vorn und hämmerte mit den Fäusten im Sand. »Nein, nein, nein, nein, nein«, stöhnte sie. Immer noch auf Knien, drehte sie sich um und blickte auf den Wald zurück. Der falsche Weg, dachte sie, verdammt noch mal der falsche Weg. Ich bin auf der falschen Seite des Teichs angekommen. Der ganze weite Weg und am Ende die falsche Abzweigung. Sie stürzte in ein tiefes Loch. Sie raste vor Wut auf sich selbst.
Immer noch keuchend, als hätte sie einen Wettlauf hinter sich statt vor sich, gewann sie irgendwann die Kontrolle wieder. Sie rappelte sich hoch.
»So schnell gebe ich nicht auf«, sagte sie laut. Sie schüttelte die Faust in Richtung Haus. »Ich komme.«

Holt Overholser schob den Stuhl vom Tisch zurück und starrte auf die wenigen Reste seiner zweiten Portion Blaubarsch auf seinem Teller. »Verdammt, verdammt«, murmelte er.
»Was hast du, Schatz?«, erkundigte sich seine Frau. »Stimmt was nicht mit dem Fisch?«
Er schüttelte den Kopf. »Da ist nur was, das mir keine Ruhe lässt«, antwortete er.

»Dann behalte es nicht für dich«, riet seine Frau, während sie den Tisch abräumte. »Was macht dir denn zu schaffen? Sorgen schaden der Verdauung, weißt du.«
Einen Moment musste er denken, dass seine Frau die Welt ziemlich gut erfasst hatte: Alles war eine Sache der Verdauung. Wenn die Araber und die Juden mehr Getreide essen würden, dann lägen sie sich nicht dauernd in den Haaren. Wenn die Russen sich ausgewogener und weniger fett ernährten, dann würden sie nicht so auftrumpfen und den Weltfrieden bedrohen. Wenn Terroristen weniger rotes Fleisch und dafür mehr Fisch essen würden, dann bräuchten sie keine Flugzeuge zu entführen. Die Republikaner aßen zu viel Fett, was zu Herzschwäche und einer konservativen Weltanschauung führte, deshalb wählte sie grundsätzlich die Demokraten. Einmal hatte er sie gefragt, was denn mit den kräftig gebauten Kongressabgeordneten von Massachusetts wäre, wie etwa Tip und Teddy, aber sie wollte nichts davon hören.
»Na ja, als ich gerade gehen wollte, bekam ich Besuch von einer Frau von der Kripo, aus Miami.«
»Hat sie an einem Fall gearbeitet, Liebling? Das muss aufregend sein.«
»Sie sagt, nein.«
»Wieso hast du sie nicht zum Essen mitgebracht?«
»Aber sie war bewaffnet. Und sie hat mir eine seltsame Geschichte aufgetischt, die, je mehr ich drüber nachdenke, immer unglaubwürdiger klingt.«
»Und was willst du nun tun?«
Holt Overholser überlegte angestrengt. Er war vielleicht kein Sherlock Holmes, aber Mike Hammer konnte er allemal das Wasser reichen.
»Ich denke, eine kleine Spritztour kann nicht schaden«, meinte er. »Keine Sorge, zu *Magnum* bin ich wieder da.«

Er schlang sich den Sam-Browne-Gürtel über die Schulter und lief zu seinem Polizeiwagen hinaus.

Martin Jeffers saß reglos auf seinem Sessel und sah zu, wie sein Bruder wütend hin und her marschierte. Einmal versuchte er, einen Blick von Anne Hampton zu erhaschen, doch sie saß, den Stift in der Hand, am Tisch und rührte sich nicht. Er fragte sich, was sie durchgemacht haben musste; er konnte es sich kaum vorstellen und wusste nur, dass es schlimm gewesen sein musste, wenn es sie in diesen nahezu katatonischen Zustand versetzt hatte, in dem sie sich befand.

Seine Überlegungen erstaunten ihn. Es waren die ersten Gedanken seit seinem Eintreffen am Finger Point, die wenigstens von rudimentären psychologischen Kenntnissen zeugten. Er versuchte, sich Befehle zu erteilen. Greif auf dein Wissen zurück.

Doch dann schüttelte er kaum merklich den Kopf und gestand sich ein, dass es hoffnungslos war. In diesem Moment, dachte er, bin ich nichts weiter als der kleine Bruder.

Er schaute zu Douglas Jeffers auf und dachte: Für ihn werde ich nie etwas anderes sein.

Er richtete den Blick auf seinen Bruder, der erregt zu sein schien und offenbar bei jedem Schritt durchs Zimmer die Situation abschätzte.

»Ist es nicht komisch«, sagte Douglas Jeffers in einem Ton, der nicht den leisesten Anflug von Humor erkennen ließ, »wie man in eine derart komplexe emotionale Situation geraten kann und sich trotzdem wenig, wenn überhaupt etwas zu sagen hat? Was willst du machen? Willst du mir erzählen, ich dürfte nicht so sein, wie ich bin?«

Die Bemerkung zog ein kurzes, trockenes Lachen nach sich.

»Also«, fuhr der ältere Bruder fort, »dann sprich mit mir über was Bedeutsames, Wichtiges. Berichte mir von dieser Polizistin.«

»Was willst du denn wissen?«

Sein Bruder blieb stehen und richtete die Waffe auf ihn.

»Glaubst du, ich würde auch nur einen Moment zögern? Meinst du, nur weil du mein Bruder bist, würde ich bei dir eine Ausnahme machen? Du bist hergekommen! Du hast es gewusst! Folglich hast du auch das Risiko gekannt …«

Er schwieg.

»Also komm mir bloß nicht dumm.«

Martin Jeffers nickte.

»Sie ist aus Miami. Sie glaubt, dass du ihre Nichte ermordet hast …« Er brachte es nicht über sich zu sagen, woran er nicht im Geringsten mehr zweifelte: Du *hast* ihre Nichte ermordet! Du hast sie alle ermordet! »Sie ist in deine Wohnung eingebrochen und hat die Fotos gefunden.«

»Wo ist sie jetzt?«

»Ich hab sie in New Jersey zurückgelassen.«

»Und wieso?«

»Weil sie dich umbringen will.«

Douglas Jeffers lachte.

»Na ja, aus ihrer Sicht klingt das plausibel.«

»Doug, bitte, können wir nicht …«

»Können wir was? Marty, du warst schon immer ein Traumtänzer. Erinnerst du dich nicht? All die Bücher, die ich dir vorgelesen habe, als wir klein waren. Immer Fantasy-Geschichten, Abenteuerromane, voller Helden, die für die gute Sache mit unüberwindlichen Hindernissen zu kämpfen hatten. Du konntest nie genug kriegen von Soldaten, die einen verzweifelten Kampf ausfochten, von Rittern, die es mit Drachen aufnahmen. Du hast immer die Bücher geliebt, in denen das Gute siegte …

Und soll ich dir was sagen? Das tut es nie. Niemals. Denn selbst wenn es einmal siegen sollte, dann macht es sich die Hände schmutzig, um das Böse mit seinen eigenen Waffen zu schlagen. Und das, mein lieber Bruder, ist eine viel schlimmere Niederlage.«

»Das stimmt nicht.«

Douglas Jeffers zuckte die Achseln. »Glaub, was du willst, Marty. Ist auch egal.« Er schwieg einen Moment, bevor er hinzufügte: »Erzähl mir mehr von ihr. Ist sie eine gute Polizistin? Wie heißt sie?«

»Mercedes Barren. Ich denke schon, dass sie gut ist. Sie hat mich gefunden …«

»Und du glaubst, sie findet mich auch?«, fauchte Douglas Jeffers.

Martin Jeffers nickte.

Sein Bruder lachte heiser und wütend.

»Keine Chance, nicht die geringste. Es sei denn, du hättest ihr verraten, wo sie hinkommen soll. Hast du doch nicht, oder, Bruderherz?«

Martin Jeffers schüttelte den Kopf.

Douglas Jeffers machte eine finstere Miene. »Ich glaub dir nicht, verflucht.« Er überlegte. »Wahrscheinlich ist dir nur nicht klar, dass du es ihr verraten hast, aber du hast es trotzdem. Ich kenne dich, Marty. Ich kenne dich so gut wie mich selbst. Das ist nun mal so, wenn man der Ältere ist: Der Ältere ist dazu verdammt, mehr zu verstehen, der Jüngere ist nur zu gleichen Teilen Ehrfurcht und Eifersucht verdammt. Deshalb sage ich dir auf den Kopf zu, dass du vielleicht denkst, du hättest sie abgehängt, aber in Wirklichkeit hast du es wahrscheinlich nicht. Du hast irgendetwas gesagt, weißt wahrscheinlich selbst nicht mal, was. Aber du hast es gesagt, und jetzt ist sie auf dem Weg hierher. Besonders, wenn sie clever

genug war, es bis zu dir zu schaffen. Aber wie weit ist sie schon gekommen? Da, Bruderherz, das ist die eigentliche Frage. Steht sie schon vor der Tür?«
Unwillkürlich huschte Martin Jeffers' Blick zu der Glasschiebetür. Sein Bruder lachte wieder bedrohlich.
»Oder ist sie noch ein bisschen entfernt? Vielleicht ein paar Stunden.«
Er lächelte, aber ohne die Spur von Freude.
»Weißt du«, fuhr Douglas Jeffers fort, »nach dem heutigen Abend verschwinde ich. Ich fand, dass Finger Point perfekt dazu geeignet ist, wiedergeboren zu werden. Und das nicht etwa in irgendeinem albernen fundamentalistisch religiösen Sinne. Uns verbinden, wenn ich mal so sagen darf, eine Menge Erinnerungen mit diesem Ort, nicht wahr? Das war ein Witz. Na, jedenfalls mache ich hier einen neuen Anfang. Und zwar ganz radikal. Zurück zum Ausgangspunkt, vogelfrei, wie man so sagt.«
»Wie willst du das machen?«
Douglas Jeffers deutete auf die Fotografentasche. »Halten wir uns nicht mit den Details auf. Sagen wir einfach, in dieser Tasche steckt mein neues Ich.«
»Verstehe ich immer noch nicht«, sagte Martin Jeffers.
»Du brauchst nur eins zu verstehen«, fuhr ihm Douglas Jeffers schroff über den Mund. »Mein neues Ich hat keinen Bruder.«
Die Worte trafen Martin Jeffers bis ins Mark. Er hatte Angst, dass er sich übergeben müsste, und versuchte, an den Armlehnen Halt zu finden.
»Das kannst du nicht«, widersprach er. »Das könntest du nie.«
»Mach dich nicht lächerlich«, gab Douglas Jeffers gereizt zurück. »Boswell kann dir bestätigen, dass ich noch nie die

geringsten Skrupel hatte, jemanden zu töten, stimmt's, Boswell?«
Sie drehten sich beide zu Anne Hampton um. Sie schüttelte den Kopf.
»Wieso sollte ich also zögern, meinen Bruder zu töten? Komm schon! Kain erschlug Abel, nicht wahr? Ist das nicht das abgründigste Geheimnis, das alle Brüder teilen? Wir wollen uns doch alle an die Gurgel. Das solltest du doch am besten wissen. Du bist der Seelenklempner. Jedenfalls, gibt es einen idealeren Weg zu vollkommener Freiheit? Solange du am Leben wärst, wüsste ich immer, dass du irgendwo da draußen rumläufst, ein handfestes, unabweisliches Verbindungsglied zur Vergangenheit. Stell dir vor, wir würden uns eines Tages auf der Straße über den Weg laufen! Oder du würdest mein Foto irgendwo entdecken. Ich könnte mir nie sicher sein, weißt du, nie wirklich sicher. Und soll ich dir sagen, was daran so komisch ist? Ich war bereit, dieses Risiko auf mich zu nehmen. Bis zu dem Moment, als du hier aufgekreuzt bist. Aber in dem Augenblick, als ich dich sah, wusste ich, wie falsch ich damit lag. Wenn ich weiterleben will, nun ja … ich glaube, du verstehst mich, oder? Wenn du aber nicht mehr bist, na ja …« Er zuckte die Achseln. »Erscheint mir nur logisch.«
»Doug, du wirst doch nicht … sei kein … was willst du …« Martin Jeffers fand keine Worte. Er war verwirrt und erstaunt. Er musste nur immer wieder denken: Aber ich bin doch hergekommen, um ihn zu retten!
Mit einem einzigen, furchterregenden Satz durchquerte Douglas Jeffers den Raum und hielt seinem Bruder den Lauf der Automatik an die Kehle. »Kannst du den Tod spüren? Kannst du ihn riechen? Kannst du ihn auf den Lippen schmecken? Konnten sie alle, ausnahmslos, vielleicht nur für einen Augenblick, aber trotzdem.«

»Doug, bitte. Bitte …«

Douglas Jeffers trat zurück. »Schwäche ist widerwärtig.« Er sah seinen Bruder an. »Ich hätte dich nicht zurückhalten sollen, dann wärst du auch gestorben.«

Martin Jeffers schüttelte den Kopf. Er wusste sofort, wovon die Rede war. »Ich war ein guter Schwimmer. So gut wie du. Viel besser als er. Ich hätte ihn gerettet.«

»Er hatte es nicht verdient, dass ihn jemand rettete.«

Sie starrten einander an, während sie denselben Erinnerungen nachhingen.

»Es war so wie heute Abend«, entsann sich Martin Jeffers.

»Ich weiß«, stimmte sein Bruder ein, und unter dem Eindruck der Erinnerung verlor seine Stimme etwas von ihrer Bedrohlichkeit.

»Es war heiß, und er wollte schwimmen. Er hat uns mit an den Strand genommen, aber du hast gesagt, es wäre besser, nicht ins Wasser zu gehen. Du hast diese unruhigen Kräusel gesehen. Ich entsinne mich.«

»Ein paar Tage davor hatten wir ein Gewitter, weißt du noch? Gewitter bringen den Strand immer völlig durcheinander. Deshalb. Ich dachte, es könnte eine Unterströmung geben, und abends konnte man so was nicht sehen …«

»Deshalb wolltest du mich nicht ins Wasser lassen.«

Douglas Jeffers nickte. »Aber der alte Mistkerl hat gesagt, wir wären Memmen. Er hat bekommen, was er verdiente.«

Martin Jeffers zögerte.

»Wir hätten ihn retten können, Doug. Die Unterströmung war nicht schlimm, aber er hat dagegen angekämpft. Wir waren viel stärker als er. Viel stärker. Wir hätten ihn gerettet, aber du wolltest es nicht. Du hast mich am Strand festgehalten und gesagt, er ist selbst schuld, lass ihn verrecken, ich erinnere mich genau. Du hast mich festgehalten, und ich hab gehört, wie er um Hilfe geschrien hat. Du hast mich so lange festgehalten, bis wir nichts mehr von ihm hörten.«

Douglas Jeffers lächelte.

»Das war wohl mein erster Mord. Gott, war das einfach.«

Er sah seinen Bruder an.

»Im Grunde war es jedes Mal leicht.«

»Hat dich das dazu gebracht?«, wollte Martin Jeffers wissen.

Douglas Jeffers zuckte die Achseln. »Frag Boswell. Steht alles in ihren Notizen.«

»Sag du's mir!«

»Wieso?«

»Weil ich es wissen muss.«

»Musst du nicht.«

Martin Jeffers schwieg. Das stimmte.

Nach einer Weile fragte er: »Was hast du also vor?«

Douglas Jeffers trat zurück und richtete sich auf. »Hab ich dir doch gesagt, Marty. Ich hätte dich an dem Abend loslassen sollen. Dann wärt ihr beide ertrunken. So wäre es am besten gewesen. Das war das letzte Mal, dass ich Mitleid mit jemandem hatte, weißt du das? Nein, das weißt du natürlich nicht. An dem Abend hab ich mich um dich gekümmert. Es war egal, wie sehr du gestrampelt hast und wie sehr er geschrien hat. Ich hab dich nicht ins Wasser gelassen, um den Mistkerl zu retten. Ich hab dir an dem Abend das Leben gerettet. Ich hab dir all diese guten, schlechten, traurigen Jahre beschert. Du bist abgeschlagen, die Zeit ist um. Alles wird rauskommen, das Versteckspiel ist vorbei. Ich tue im Grunde nur, was ich vor Jahren hätte tun sollen: Ich lass dich in dein eigenes Verderben rennen.« Er schwieg. »Mag sein, dass du ihn gerettet hättest. Er hatte es nicht verdient. Du vielleicht schon. Es wäre schön für dich gewesen, etwas Tapferes zu tun … Aber du hattest keine Chance.« Douglas Jeffers holte tief Luft.

»Du wirst auch keine mehr bekommen.«
Er hob die Waffe und zielte auf seinen Bruder.
»Wahrscheinlich hegst du die irrige romantische Vorstellung, das wäre schwierig«, sagte Douglas Jeffers trocken. »Ist es nicht.«
Er drückte ab.

Das Echo des Schusses breitete sich über das schwarze Wasser aus und erhob sich in den Sternenhimmel. Detective Mercedes Barren rannte zum Ufer zurück und starrte in die tintenschwarze Nacht, zu dem Haus direkt ihr gegenüber, aus dem der Schuss gekommen war. Sie spürte, wie die kleinen Wellen ihr durch die Turnschuhe hindurch an den Zehen leckten. Ihr drehten sich sämtliche Eingeweide um, und es schrie in ihrem Kopf: Keine Zeit! Keine Zeit! Es passiert in diesem Moment! Ich weiß es!
Beim Anblick des Wassers stieg ohnmächtige Wut in ihr auf. Ich kann nicht schwimmen! O mein Gott, ich kann nicht schwimmen.
Vielleicht ist es ja nicht tief, versuchte sie sich einzureden.
Sie wusste, dass es gelogen war.
Sie machte einen zögerlichen Schritt ins Wasser. Augenblicklich wurde ihr eiskalt in der Brust; sie fühlte, wie sich eine schwarze Zentnerlast über sie legte und ihr die Luft wegblieb. Sie drehte sich um und blickte auf den langen Weg durch den Wald.
Keine Zeit.
Ich bin hundert Meter vom Ziel entfernt, dachte sie. Es hätten ebenso gut Millionen Meilen sein können.
Die Mischung aus Entschlossenheit und Panik erfüllte sie mit Verzweiflung und dem glühenden Wunsch, es doch noch zu Ende zu bringen.

Ich komme da rüber, beschwor sie sich zwischen zusammengebissenen Zähnen. Koste es, was es wolle.

Aber sie wusste nicht, wie.

Sie drehte sich erneut um und suchte das Ufer ab. Der Mond spiegelte sich in der sich kräuselnden Fläche und strich mit seinem fahlen Licht über bizarre Formen und Gestalten. Sie entdeckte etwa fünfzig Meter von ihr entfernt unmittelbar am Wasser etwas Langes, Schmales. Sie machte einen zögerlichen Schritt, dann einen zweiten. Sie wagte nicht, der Hoffnung einen Namen zu geben: ein Boot. Gleichzeitig feuerte sie bereits Befehle ab und ehe sie wusste, was sie tat, rannte sie schon hinüber. Mit jedem Schritt wurde dieses Etwas größer, bis sie ganz sicher war, dass sie eine Jolle vor Augen hatte.

Ich komme, dachte sie. Danke! Danke!

Sie hastete hinüber und packte das Boot an der Seite.

Dann hielt sie jäh inne.

Es gab keinen Motor. Keine Ruder. Nur einen einzigen Mast ohne Segel.

Sie weigerte sich, der Enttäuschung, die in ihr aufschoss, Raum zu geben, und huschte an die Spitze des Bootes. Es war mit einer Kette an einem Pfosten im Sand festgemacht. An der Kette befand sich ein Vorhängeschloss.

Sie sackte auf den Sand und konnte die Tränen nicht länger unterdrücken. Sie glaubte nicht, dass sie mit den Launen des Schicksals noch länger fertigwurde. Alles geht schief, stellte sie fest. Alles. Von Anfang an ist alles gründlich schiefgegangen.

Es tut mir leid, es tut mir so leid. Gott, ich hab's wirklich versucht. Ich hab alles darangesetzt.

Sie starrte erneut auf die Lichter jenseits des Wassers.

Er wird entwischen. Noch nie bin ich so nah an ihn herangekommen wie heute. Aber auch diesmal habe ich verloren.

Ich hab verloren.

Sie legte den Kopf auf die Arme und lehnte sich gegen das Dollbord des Bootes.

Es tut mir leid, sagte sie erneut. Das Boot schimmerte im weißen Licht, und sie sah, wie in der Ecke des Rumpfs die Kante von etwas Weißem leuchtete.

Neugierig richtete sie sich auf. Mit einem leisen Hoffnungsschimmer griff sie nach dem Gegenstand und sah, dass es sich um ein Plastikkissen handelte. Es hatte beidseitig eine Schlaufe. Ihre Hände zuckten: ein Schwimmkissen!

Sie blickte zum Haus hinüber, wo Douglas Jeffers zweifellos im Aufbruch begriffen war, um sich für immer ihrem Zugriff zu entziehen. Und das wäre es dann, stellte sie fest. Das hier ist deine letzte Chance. Sie starrte auf das Wasser, das sich bodenlos und in kleinen Wellenkräuseln vor ihr erstreckte. Sie dachte an ihre Nichte und daran, wie anmutig und furchtlos sie sich im blauen Wasser ihres Pools bewegt hatte. »O Gott«, stöhnte sie. Sie dachte an die grünen, aufgewühlten Massen, die rings um sie tobten, sie niederdrückten und die Luft aus ihrer Kinderlunge drückten. Sie dachte an den Schwur des kleinen Mädchens, den die Erwachsene bis jetzt gehalten hatte. Jeder Alptraum ihres Lebens stürzte über sie herein. Ihr ganzer Körper wehrte sich und brach in heftiges Zittern aus.

»Ich kann nicht.«

Sie erinnerte sich, wie ihr Vater durch das dunkle Haus an ihr Bett getappt war, um sie zu trösten, wenn sie von einem Alptraum aufgeschreckt worden war. Er hatte ihr mit seinen großen Händen die Schläfen massiert und versichert, er würde die bösen Träume schon aus ihrem Kopf vertreiben. Nach einer Weile hatte er dann mit einer Hand hoch über ihren Kopf gegriffen, als hätte er den Übeltäter fest gepackt. Auf

Nimmerwiedersehen, schlechte Träume; weg mit euch, hatte er leise gerufen, tief Luft geholt und die beängstigenden Kindergedanken fortgeblasen. Sie erinnerte sich, wie sie ihrer Nichte genau auf die gleiche Art die Stirn gestreichelt hatte, damit sie unbeschwert schlafen konnte. Sie holte tief Luft und atmete langsam aus. Weg mit dir, Alptraum!, befahl sie.

Sie trat näher ans Wasser.

»Ich kann nicht«, wiederholte sie.

Trotzdem steckte sie die Arme in die Schlaufen des Kissens und schob die Pistole in den Gürtel.

»Ich kann nicht schwimmen.«

Sie spürte, wie das Wasser um ihre Knöchel schwappte.

Während der ersten zwanzig Meter berührten ihre Zehen den Grund, und sie fasste Vertrauen. Beim einundzwanzigsten Meter stießen ihre Beine plötzlich ins Leere, und Panik erfasste sie. Weiter, brüllte sie sich an, immer weiter.

Sie paddelte sacht mit den Armen und trat gleichmäßig mit den Beinen.

Du kannst es schaffen, versicherte sie sich.

Eine Welle schlug ihr ins Gesicht.

Sie verlor das Gleichgewicht und schwankte heftig. Sie zuckte, schlug wild mit den Armen um sich und versuchte die Kontrolle wiederzuerlangen. Erneut traf sie eine Welle. Sie kam ins Rutschen und hatte das Gefühl, von ihrem Kissen zu gleiten. Blanke Panik wollte sie ergreifen, und sie setzte alles daran, die Oberhand zu gewinnen, doch jede noch so kleine Bewegung machte es nur noch schlimmer, und sie tanzte haltlos auf dem schwarzen Wasser. Sie krampfte sich in das Kissen, doch es bäumte sich auf und drohte, sie abzuwerfen.

Sie wollte schreien und brachte keinen Laut hervor.

Eine kleine Welle schwappte über sie hinweg, und sie hatte das Gefühl, als ob ihr alles entglitte.

Nein! Nein! Nein!, schrie es in ihr.
In diesem Moment drehte sie sich wie eine Schildkröte auf den Rücken und sank unter Wasser.
O mein Gott, ich sterbe!
Es war, als zerrten die Massen sie nach unten, und sie kämpfte dagegen an.
Wie ein heimtückischer Liebhaber schloss das Wasser sie in die Arme, presste ihr die Luft aus der Brust, drehte und wendete sie, bis sie nicht mehr wusste, wo oben und unten war.
Wo ist Luft?
Hilfe! Hilfe! O Gott, Bitte! Lass mich nicht ertrinken!
Allein in der Dunkelheit schlug sie um sich und kämpfte wie eine Löwin gegen den drohenden Tod.
Nein, ich lass es nicht dazu kommen, nicht so! Susan! Gott! Hilf mir! Susan, nein!
Plötzlich kam ihr der seltsame Gedanke, dass es vollkommen absurd wäre, so kurz vor dem Sieg zu sterben, und in dem Bruchteil einer Sekunde, in dem ihr Verstand über die Panik siegte, dachte sie: Gib nicht auf!
Und sie gab nicht auf.
Im Vakuum der Angst schaffte sie es, sich an das Schwimmkissen zu klammern. Mit letzter Kraft und dem verzweifelten Wunsch zu leben, stemmte sie sich darauf. Sie kämpfte damit und merkte, wie es unter ihrer Brust festen Halt fand. Das Kissen drückte sie hoch, und im nächsten Moment stieß ihr Kopf durch die Wasseroberfläche.
Sie begriff nicht recht, wie es passiert war, schnappte nur dankbar nach Luft und ruhte sich kurz aus.
Ihr Blick war auf das Haus gerichtet. Es war näher als zuvor.
»Ich komme nach wie vor«, drohte sie mit zusammengebissenen Zähnen. Während sie sich voranarbeitete, bot sich ihr ein außergewöhnlicher Anblick: Sechs gespenstisch weiße

Schwäne flogen kaum mehr als einen Meter über dem Wasser, direkt über ihren Kopf hinweg, als wollten sie ihr die Richtung weisen. Sie beobachtete, wie die Vögel in die Höhe stiegen und mit schimmernden Flügeln über dem Haus abdrehten, um im nächtlichen Himmel zu verschwinden. »Susan«, murmelte sie wie von Sinnen. »Ich komme.«

In diesem Moment wurde ihr bewusst, dass sie dabei war, den Verstand zu verlieren.

Vielleicht bin ich ja schon tot, dachte sie. Vielleicht träume ich das alles bloß. In Wahrheit bin ich tot, irgendwo unter Wasser, und das hier ist die letzte Wahnvorstellung vor dem Eintritt ins Nichts.

Sie paddelte weiter und reckte sich mit jeder Muskelfaser dem rettenden, gefahrvollen Ufer entgegen.

»Nun«, knurrte Douglas Jeffers schroff, »das ist dir wohl eine Lehre.«

Martin Jeffers starrte in höchster Panik mit aufgerissenen Augen geradeaus. Es roch nach Kordit und Pulver, und der Schuss hallte ihm noch in den Ohren. Er wagte nicht, sich umzudrehen und die Wand zu inspizieren, in die vielleicht dreißig, vierzig Zentimeter über seinem Kopf das Geschoss eingeschlagen war.

»Jetzt weißt du es«, sagte Douglas Jeffers. »Jetzt weißt du es.«

Weiß ich was?, dachte Martin Jeffers. Er erwiderte nichts.

Douglas Jeffers drehte sich um und trat an die Schiebeglastür, von wo aus er übers Wasser blickte. Er rührte sich nicht und schien die Nacht mit allen Sinnen aufzusaugen.

Martin Jeffers blinzelte und holte tief Luft, als wollte er jeden Zweifel ausräumen, dass er noch am Leben war. Er betrachtete seinen Bruder. Er hat recht. Er hat keine Wahl.

»Ich würde dich nie verraten«, beteuerte Martin Jeffers.
»Doch, würdest du.« Douglas Jeffers gab ein trockenes, schnaubendes Lachen von sich. »Dir bliebe gar nichts anderes übrig, Marty. Sie würden dich zwingen. Du würdest dich zwingen.«
»Ich kann etwas für mich behalten. In meinem Beruf …«
Der ältere Bruder fiel ihm ins Wort. »Das hier ist nicht beruflich.«
»Aber es gibt eine Menge Familien mit einem großen, dunklen Geheimnis, das sie streng hüten. Die Literatur ist voll davon. In Dutzenden Romanen und Theaterstücken. Wieso sollte ich …«
Douglas Jeffers ließ ihn den Satz nicht zu Ende bringen. »Ich bitte dich, Marty«, seufzte er mit einem gequälten Lächeln.
Er schwieg einen Moment, bevor er weitersprach.
»Außerdem würde es sowieso dein Leben ruinieren. Denk drüber nach. Niemand könnte ein solches Wissen über den eigenen Bruder ewig mit sich herumschleppen. Es würde dir wie eine fiese Ratte an den Eingeweiden nagen. Nein, du würdest es jemandem sagen. Und dann würde sie mich finden.«
»Wie denn?«
»Das fiele ihr ziemlich leicht. Man sollte nie unterschätzen, wozu Wahnsinn und Rache einen Menschen treiben können.«
Martin Jeffers sagte nichts. Er wusste, dass es stimmte.
Schweigen legte sich über den Raum.
»Und?«, fragte Martin Jeffers nach einer Weile. Er war vollkommen verwirrt. Er hörte seine eigene Stimme, doch es kam ihm so vor, als hätte jemand anders den Befehl erteilt zu sprechen. Was redest du da?, fragte er sich. Was soll das eigentlich? Verflucht noch mal, Schluss damit! Doch seine Stimme fuhr ungerührt fort: »Dann wirst du mich wohl oder übel töten müssen.«

Douglas Jeffers wandte den Blick nicht von der Tür. Sein Schweigen war seine Antwort.
»Was ist mit Boswell?«, wollte Martin Jeffers wissen.
Wieder reagierte sein Bruder nicht.
Anne Hampton starrte die beiden Brüder an und dachte: Das ist das Ende. Er braucht keinen mehr. Er hat die Notizbücher. Er hat ein neues Leben.
Sie versuchte, ihren Körper mit aller Willenskraft in Bewegung zu setzen.
Lauf weg!, dachte sie. Versuch zu fliehen! Doch sie konnte es nicht. Ich weiß, dass ich es kann, beschwor sie sich in Gedanken. Sie biss die Zähne zusammen und ballte die Hände zu Fäusten. Sie senkte den Blick und sah, dass sich ihre Knöchel über dem Stift weiß verfärbten. Sie stieß ihn in die andere Hand. Eine Woge der Qual spülte über sie hinweg. Noch bist du am Leben!, schrie sie sich an. Es tut weh, und du lebst. Sie warf einen Blick zu jedem der Brüder, und langsam sagte sie in Gedanken: Ich heiße Anne Hampton. Anne mit einem E am Ende. Ich bin zwanzig Jahre alt und besuche die Florida State University. Ich habe meinen ersten Wohnsitz in Colorado und studiere Anglistik im Hauptfach, weil ich Bücher liebe. Ich bin ich.
Sie wiederholte das ein ums andere Mal.
Ich bin ich. Du bist du. Wir sind wir. Ich bin ich.
Martin Jeffers betrachtete seinen Bruder und merkte, wie in ihm bei dem Gedanken an das, was er möglicherweise gleich tun würde, die blanke Angst aufstieg, und bei dem Gedanken an das, was aus ihm geworden war, die blanke Verzweiflung.
»Doug, wieso bist du so geworden? Und wieso ich nicht?«
Douglas Jeffers zuckte die Achseln.
»Woher soll ich das wissen? Vielleicht war es der Altersun-

terschied. Ein paar Monate können bedeuten, dass man die Dinge anders sieht. Es ist, als wenn du zehn Leute auffordern würdest, dieselben Ereignisse wiederzugeben, die sie alle miterlebt haben. Jeder wartet mit einer leicht verzerrten Fassung auf. Wieso sollte das bei Brüdern anders sein?« Er lachte. »Ich bin eben eine leicht verzerrte Fassung.«

»Das tut mir leid«, sagte Martin Jeffers.

»Du kannst mich mal, kleiner Bruder«, entgegnete Douglas Jeffers. »Meinst du denn, ich wollte nicht so sein, wie ich bin?«

Er drehte sich um und blickte seinen Bruder an.

»Ich gehöre zu den Größten aller Zeiten.« Er deutete auf Anne Hampton. »Sie kann es dir bestätigen.«

Douglas Jeffers wandte sich wieder seinem Bruder zu.

»Dich wird man vergessen. Mich? Niemals.«

In Douglas Jeffers tobte es. Sein Bruder sollte nicht sehen, dass er hin und her gerissen war, und deshalb kaschierte er den inneren Widerstreit mit den gemeinsten Worten, die er sich denken konnte.

Es ist alles verdorben, dachte er, dabei lief bis zu dem Moment, als er vor der Tür stand, alles so gut. Er sollte es erst erfahren, nachdem ich verschwunden wäre! Verdammt! Diese verdammte Polizistin! Er kehrte seinem Bruder den Rücken, damit der Jüngere nicht die Unsicherheit in seinen Augen sah.

Ihn bestürmten plötzlich Hunderte von Bildern aus ihrer Kindheit. Er dachte an die Nacht in New Hampshire. Er dachte an all die Nächte, in denen er zu seinem Bruder ins Bett gekrochen war, um den weinenden Jungen so gut wie möglich zu trösten. Ob er es noch weiß?, fragte sich Douglas Jeffers. Erinnert er sich an all die Wiegenlieder und Gutenachtgeschichten und daran, wie ich ihn in den Schlaf geschaukelt habe? Weiß er nicht, dass ich ihn im Sand festgehalten habe, damit er nicht ins Wasser läuft und stirbt? Der Mann hätte uns beide umgebracht, wenn es nach ihm gegangen wäre. Aber ich habe ihn beschützt. Ich habe ihn immer beschützt. Selbst wenn ich ihn aufgezogen oder mich lustig gemacht habe. Auch dann noch, als ich wusste, was für ein Mensch aus mir wird. Ich hab mich immer um ihn gekümmert, weil er immer der gute Teil von mir gewesen ist. Er musste innerlich lachen: Da irren die Gelehrten, dachte er. Selbst Psychopathen haben noch ein paar Gefühle übrig, wenn man nur tief genug gräbt.

Sein nächster Gedanke war: Oder auch nicht.

Er legte für einen Moment das Leben seines Bruders und sein eigenes auf eine innere Waage.

Einer von uns fängt heute Nacht neu an.

Einer von uns stirbt.

Eine andere Möglichkeit sah er nicht.

Er starrte wieder hinaus über den dunklen Teich.

»Weißt du, immer wenn wir im Sommer hier draußen waren, hab ich es geliebt«, erzählte er. »Es war immer so verdammt wild und schön.«

Er sah plötzlich etwas Weißes aufblitzen und einen Schwarm Schwäne über die Wasserfläche huschen.

»Ist dir das auch aufgefallen?«, fragte er. »Alles ist wie damals. Sogar die Schwanenfamilie auf dem Teich.«

»Nichts ist so wie damals«, widersprach Martin Jeffers.

Doch sein Bruder hörte ihn nicht, da seine Aufmerksamkeit plötzlich von etwas anderem in Anspruch genommen war.

Es fühlte sich an, als hätte ihm jemand einen glühend heißen Pflock durch den Leib gejagt.

Douglas Jeffers erstarrte, als sein Blick sich in die Gestalt einbrannte, die sich dort in der Dunkelheit aus dem Wasser kämpfte. Eine Sekunde lang war er verwirrt. Was zum Teufel ist das?, fragte er sich.

Im nächsten Moment wusste er es.

Sie ist da!

Er wirbelte herum und richtete die Automatik auf seinen Bruder.

»Boswell! Den Strick und das Klebeband!«

Anne Hampton war nicht in der Lage, sich dem Befehl zu widersetzen. Sie packte die Tasche mit der Ausrüstung und brachte sie so schnell sie konnte zu Douglas Jeffers.

»Marty, jetzt mach keine Dummheiten. Strecke deine Hände aus, damit ich sie fesseln kann.«

Martin Jeffers ahnte Schlimmes und fügte sich unwillkürlich wie jeder andere jüngere Bruder. Er spürte, wie ihm die Stricke in die Gelenke schnitten. Er wollte sich beschweren, doch bevor er ein Wort herausbekam, hatte ihm sein Bruder mit Klebeband den Mund verschlossen. Er sah auf und wollte ihm sagen, ich will nicht wie ein Tier in Fesseln sterben, doch sein Bruder war zu schnell, und er konnte keinen Blickkontakt herstellen.

»Boswell! Bleib da stehen. Rühr dich nicht vom Fleck. Egal, was passiert, rühr dich nicht vom Fleck.«

Anne Hampton erstarrte und wartete.

Douglas Jeffers sah sich noch einmal kurz um und schlüpfte zur Gartentür hinaus in die Dunkelheit, die in das Licht des Wohnzimmers drängte.

Eine Sekunde lang blieb er auf der Veranda stehen und blickte zum Wasser hinunter, wo er die Gestalt gesehen hatte. Dann schaute er blitzschnell in alle Richtungen. Ihm kam eine Idee, und er brachte sich in Position.

Als sie mit den Zehen wieder Boden berührte, schoss eine Woge der Erleichterung durch ihren ganzen Körper.
Sobald Detective Mercedes Barren begriff, dass sie das seichte Ufer erreicht hatte, drängte sie voran. Sie richtete sich auf und verweilte einen Moment, den Blick dankbar nach oben gerichtet, während die Tropfen wie nach einer Tränenflut von ihrem Körper perlten. Sie watete durchs Wasser und versuchte, so wenig Lärm zu machen wie möglich, dann warf sie sich in den Sand. Sie grub die Hände hinein und genoss es, dass die feste Materie ihr wie ein kostbares Gut durch die Finger rieselte. Sie gönnte sich einen kurzen Moment der ungezügelten Freude und Erleichterung.
Dann holte sie einmal Luft und flüsterte: »Das war der leichte Teil.«
Sie kniete sich hin und orientierte sich.
Dann stand sie auf und lief geduckt bis an den Rand des Gebüschs, wo sie sich hinter dem dichten, knorrigen Geäst des Ufergestrüpps versteckte. Sie sah zwar Lichter im Haus, konnte aber von ihrer Position aus niemanden erkennen. Sie zog die Waffe aus dem Gürtel und machte sich auf den Weg.
Sie kroch durchs Gebüsch.
Die Nacht ringsum schien voller Leben. Sie hörte ein kleines Tier weghuschen, vielleicht ein Stinktier oder eine Bisamratte, übertönt vom unablässigen, ohrenbetäubenden Zirpen der Zikaden. Trotzdem musste sie leise sein, um unbemerkt zu bleiben.
Sie pirschte sich langsam und weiterhin halb geduckt an das Haus heran. Sie blieb einmal stehen, um zu überprüfen, ob ihre Pistole einsatzbereit, also entsichert und voll geladen war. Nicht zögern, befahl sie sich zum abertausendsten Mal. Schieß, wenn sich die Gelegenheit bietet.
Sie sehnte sich nach irgendeinem Geräusch vom Haus, doch

es blieb still. Sie schlich geduldig und stetig weiter. Der Tod hat keine Eile. Er bewegt sich im eigenen Takt.

Sie erreichte den äußeren Rand der Holzveranda und hob den Blick langsam über die Kante. An den Gartenstühlen vorbei konnte sie ins Wohnzimmer blicken. Sie sah, dass die Schiebetür einladend weit geöffnet war. Also gut, sagte sie sich, dann wollen wir mal.

Sie hievte sich auf die Veranda hoch und hatte dabei das Gefühl, als müsste jedes noch so kleine Knarren wie Alarmglocken durch die Dunkelheit schrillen. Immer noch in der Hocke, kam sie behutsam auf die Füße. Jetzt allerdings legte sie die Hände auf die Pistole und konzentrierte sich. Sie staunte selbst darüber, dass sie so wenig Angst empfand. Ich bin ruhig. Ich bin totenstill.

Sie huschte neben die Gartentür.

Sie holte tief Luft.

Dann spähte sie langsam um die Ecke.

Sie war augenblicklich verwirrt. Sie sah Martin Jeffers, gefesselt und geknebelt, direkt gegenüber der Tür sitzen. Sie sah eine junge Frau, die nicht weit von ihm dastand und sich nicht rührte. Den Bruder sah sie nirgends. Sie machte einen zögerlichen Schritt auf die Öffnung zu.

Und dann hörte sie die Stimme.

»Hinter Ihnen, Detective.«

Ihr blieb nicht einmal mehr die Zeit, in Panik zu geraten.

Ich bin tot, dachte sie.

Dennoch wirbelte sie herum und zielte mit der Waffe in die Richtung, aus der die Stimme gekommen war. Sie erhaschte einen kurzen Blick auf eine Gestalt, die auf einer der Liegen im Garten ausgestreckt war. Dann explodierte alles vor ihren Augen, als Douglas Jeffers schoss.

Der Schmerz durchfuhr ihren ganzen Körper.

Die Wucht, mit der der Schuss sie ins rechte Knie traf, ließ sie wie einen Kinderkreisel herumwirbeln und schleuderte sie rücklings ins Wohnzimmer, wo sie sich verzweifelt voller Qual am Boden wälzte. Ihre eigene Waffe war ihr aus den Fingern gerutscht und quer durch den Raum über den Boden geschlittert, während sie sich hilflos krümmte.
Sie kniff die Augen zu und dachte: Ich habe versagt.
Sie öffnete sie wieder, als sie die Stimme über sich hörte.
»Ist sie das, Marty? Boswell, nimm meinem Bruderherz das Klebeband vom Mund, damit er antworten kann.«
Douglas Jeffers stand über Mercedes Barren.
»Ich ziehe den Hut vor Ihnen, Detective. Würde ich zumindest, wenn ich einen besäße.«

Holt Overholser fluchte, als der große Ford den Feldweg hinunterholperte. Als er die Weggabelung erreichte, blieb er stehen und war drauf und dran, aufzugeben.
Verdammt, dachte er. Welcher ist noch gleich dieser verfluchte Weg? Muss der blaue Pfeil sein. Er nahm sich vor, alle Hausbesitzer am Great Pond von Tisbury davon in Kenntnis zu setzen, dass sie sämtliche Zufahrtswege klar und deutlich mit Namen und Adressen markieren müssten. Verdammt!, fluchte er wieder.
Alle zehn Meter änderte er seine Meinung.
»Was zum Teufel soll das werden, Holt?«, knurrte er. »Nenne mir einen vernünftigen Grund, wieso du mitten in der Nacht hier draußen im Paradies der Reichen herumkutschierst? Jesses, Maria und Josef, kann nur hoffen, dass der Stadtrat nichts von diesem kleinen Ausflug erfährt. Du solltest schleunigst umkehren und nichts wie nach Hause, bevor du dich vollends zum Narren machst.«
Seine kleine Standpauke tat ihm gut. Er fuhr weiter.

Als er den Wald hinter sich gelassen hatte und ins Freie kam, fühlte er sich noch ein bisschen besser.
»Na ja, so spät ist es ja auch wieder nicht, und selbst wenn nichts ist, wird sie deine Sorge wahrscheinlich zu schätzen wissen. Verdammt, schließlich ist sie Polizistin, sie wird es verstehen.«
Er lachte. »Vielleicht.«
Er blieb stehen, stieg aus und blickte in die sternenübersäte Nacht.
»Hoffen wir mal, dass du hier richtig bist, Holt, alter Knabe, sonst siehst du ganz schön alt aus.«
Er wollte gerade wieder in den Wagen steigen, da hörte er einen Schuss.
»Was war das denn?«, fragte er sich. »Was zum Teufel war das?«
Er beantwortete seine Frage selbst: »Das klang mir nach einer Handfeuerwaffe. Verdammt. Verdammt. Was zum Teufel geht hier vor?«
Er stieg wieder ein und fuhr so schnell wie möglich weiter.

Martin Jeffers fragte nicht, wie sie sie gefunden hatte. Er sagte nur: »Es tut mir leid, Merce.« Er merkte, dass er sie zum ersten Mal beim Vornamen nannte. »Es tut mir leid, dass Sie uns gefunden haben …«
»Aber schlau, sehr schlau. Verraten Sie mir doch, wie. Was war es? Wie sind Sie draufgekommen?«, warf Douglas Jeffers ein.
»Es war etwas, das einer von ihnen gesagt hat«, stöhnte sie.
»Einer von wem?«
Martin Jeffers beantwortete die Frage für sie. »Sie muss mit meiner Gruppe gesprochen haben. Denen verdanke ich selbst die Idee, hierherzukommen.«

Douglas Jeffers sah seinen Bruder an. »Wir sind alle Lost Boys«, meinte er. Dann wandte er sich der Polizistin zu. »Schlau, wirklich schlau.«

Vor Schmerz wand sie sich auf dem Boden. Sie wünschte sich, sie könnte ihn trotzig ansehen, doch die Schmerzen, die ihr wie eine endlose Reihe von Stromschlägen durch den Körper fuhren, ließen tapfere Blicke nicht zu. Sie merkte, dass ihr Tränen in den Augen standen, und sie dachte wieder: Ich hab's versucht. Es tut mir leid. Ich hab mein Bestes gegeben.

Douglas Jeffers richtete seine Automatik auf ihren Kopf.

»Das ist, als ob man ein Pferd mit einem gebrochenen Bein erschießt.«

Er zögerte.

»Ich geb Ihnen noch ein paar Sekunden, Detective. Heißen Sie den Tod willkommen.«

Sie schloss die Augen und dachte an Susan, an ihren Vater, an John Barren. Es tut mir leid, sagte sie, es tut mir so unendlich leid. Ich würde mich gerne von euch allen verabschieden, aber mir bleibt nicht genügend Zeit. Sie hoffte plötzlich, dass es einen Himmel gab und dass die Schmerzen sie direkt hinaufkatapultierten. Sie spannte die Muskeln an und sagte stumm: Ich bin bereit.

Der Knall erfüllte sie ganz.

Ihr kreiste es rot und schwarz im Kopf, und sie verlor jede Kontrolle. Ich sterbe, dachte sie.

Dann merkte sie, dass sie sich irrte.

Sie öffnete die Augen und sah, dass Douglas Jeffers, die Pistole im Anschlag, aber nicht abgefeuert, immer noch über sie gebeugt stand.

Während sie zu ihm hinaufstarrte, schien er in Zeitlupe zurückzutreten.

Wie im Fieberwahn ließ sie den Blick durchs Zimmer rasen.

Die junge Frau stand nur wenige Meter entfernt. In den hochgestreckten Händen hielt sie Detective Barrens große Pistole.

»Boswell.« Douglas Jeffers' Stimme klang aufrichtig erstaunt. »Ich fass es nicht.«

Er sah an sich herunter und entdeckte den roten Streifen an seinem Hemd.

Der Schuss hatte ihn in der Seite getroffen und an seiner Taille das Fleisch zerfetzt, bevor die Kugel irgendwo draußen in der Nacht ins Leere flog. Er wusste sofort, dass es keine tödliche Wunde war, schmerzhaft, ja, aber nicht lebensbedrohlich.

Und im selben Moment wusste er, dass er ihn getötet hatte.

Er wurde von einer Woge widerstreitender Gefühle erfasst. Ich kann nicht ins Krankenhaus, dachte er. Ich kann wohl kaum in die nächstbeste Notaufnahme hineinspazieren und sagen: Hört mal, flickt mir mal eben diese Schusswunde, aber stellt keine Fragen.

Wie der Blitz traf ihn die schlichte, beinahe lächerliche Erkenntnis: Es ist vorbei. Durch einen schlecht gezielten Schuss von einem verwirrten Kind.

»Boswell«, sagte er freundlich. »Du hast mich umgebracht.«

Er hob die eigene Waffe und zielte auf Anne Hampton.

Sie schnappte nach Luft und ließ Detective Barrens Waffe aus den Fingern gleiten, so dass sie scheppernd zu Boden fiel.

Ich hab's versucht, dachte sie. Ich hab's versucht.

Detective Barren sah, wie die junge Frau die Hände sinken ließ und sich wie gelähmt in ihr Schicksal fügte. Sie sah, wie Douglas Jeffers zielte und jeden Moment abdrücken würde. Es war, als braute sich alles, was ihr widerfahren war, in dieser einen Sekunde zusammen und verbündete sich mit ihren letzten Kräften, um die Schmerzen zu überwinden.

»Nein! Nein! Nein! Susan! Lauf weg! Ich rette dich!« Und sie wusste, dass sie es diesmal konnte.

Sie konnte es, sie konnte es.

Sie robbte so schnell wie möglich und mit jeder Spur von Muskelkraft, die ihr geblieben war, über den Boden. Sie griff nach dem Bein des Mörders, um ihn zu Fall zu bringen. »Lauf weg!«, schrie sie wieder und war jetzt für alles unempfindlich, sie spürte nur noch die Qualen, die ihr monatelang keine Ruhe gelassen hatten. »Susan«, stöhnte sie, als sie die Hände nach vorne warf und mit den Fingernägeln auf den Mann losging, dem sie so lange auf den Fersen gewesen war.

Martin Jeffers warf sich, obwohl immer noch gefesselt, aus dem Sessel. Er schrie: »Nein, nein, nein!«, während er vorwärtstaumelte, auf die Knie fiel, sich aufrappelte und wieder nach vorne stürzte, als sein Bruder mitten in seiner tödlichen Handlung so seltsam innehielt. Martin Jeffers warf sich vor die junge Frau.

Dann drehte er sich zu seinem Bruder um.

»Nein, Doug«, sagte er. »Es ist genug.«

Die beiden Brüder blickten sich an. Martin Jeffers sah, wie die Augen seines Bruders vor Zorn aufflackerten und dann plötzlich erloschen.

»Bitte.«

Douglas Jeffers trat, die Waffe immer noch auf Anne Hampton und damit ebenso auf seinen Bruder gerichtet, zurück. Er sah zu der Polizistin hinunter, die am Boden lag.

»Bitte.«

Er hörte die Stimme und dachte an all die hilflosen Momente in ihrer Kindheit, wenn Marty ihn rief und ihn neben sich brauchte.

Douglas Jeffers zögerte wieder.

Er legte die Hand an seine Seite und hielt sie sich blutverschmiert vor die Augen. Er hörte das Wort »Bitte« noch ein letztes Mal.

Dann drehte er sich um und verschwand durch die Tür.

Holt Overholser kam die Einfahrt zum Haus am Finger Point heruntergeschossen und sah den Mann, der aus der Eingangstür stürmte. Er schaltete das Signallicht auf dem Wagendach an. Als Holt heftig auf die Bremse trat, sah er, wie der Mann sich umdrehte und gezielt in Schusshaltung überging.

»Jesses, Maria!«, brüllte Holt und duckte sich, als die Windschutzscheibe explodierte. »Heilige Mutter Gottes!«

Er kramte nach dem eigenen Dienstrevolver, als ihm der schreckliche Gedanke kam, dass er dieses Jahr vergessen haben könnte, das verdammte Ding zu laden.

Er hielt sich nicht damit auf, nachzusehen, sondern sprang, die Waffe bedrohlich in der Hand, aus dem Wagen und gab vier Schuss auf den Flüchtigen ab. Der erste streifte die Motorhaube des alten Ford und machte dabei ein Geräusch wie eine rollige Katze. Der zweite schlug drei Meter vor dem Wagen in den Boden ein. Der dritte krachte in das Haus mit den Menschen, die er, ohne es zu wissen, zu schützen versuchte, und der vierte flog in die Leere der Nacht.

»Du lieber Himmel«, fluchte Holt. Er versuchte mit aller Macht, sich ins Gedächtnis zu rufen, was man ihm in der Ausbildung beigebracht hatte, und endlich fiel es ihm ein. Er grätschte die Beine, ging ein wenig in die Knie, fasste die Waffe mit beiden Händen, bereit, in Aktion zu treten.

Doch dafür gab es keine Notwendigkeit mehr.

Vor ihm lag nur endlose Nacht.

»Gütiger Himmel«, rief Holt. Er rannte zum Haus. Falls die Polizei Tisbury für derartige Vorkommnisse irgendwelche Verfahrensregeln kannte, so stammten sie mit Sicherheit aus

Holts eigener Feder. Doch sie hatte keine, und so stürmte er, die Waffe schussbereit, beherzt ins Haus.
Was ihn dort erwartete, verwirrte ihn noch mehr.
Anne Hampton hatte Martin Jeffers Hände befreit, und zusammen halfen sie Detective Barren auf die Couch.
»Pimmel, Arsch und Zwirn«, entfuhr es Holt laut.
Anne Hampton deutete auf das Zimmer hinter ihnen: »Da drinnen ist die Familie Simmons. Helfen Sie denen.«
Holt stürzte zur Tür und sah die Familie gefesselt und geknebelt. Er beugte sich zu Mrs. Simmons herunter und band sie los. »Befreien Sie Ihre Familie«, befahl er. Dann lief er wieder ins Wohnzimmer zurück. Anne Hampton und Martin Jeffers versuchten, Detective Barrens blutendes Bein zu verarzten.
Holt sah das Telefon und griff hastig danach. Er wählte den Notruf und wartete, bis er Lizzie Barrys Stimme hörte. Sie erschien ihm nervtötend ruhig.
»Polizei, Feuerwehr, Rettungsdienst«, sagte sie.
»Jesses, Lizzie, Holt am Apparat. Hier ist was los, ich sag dir, Gott, ich meine, er hat auf mich geschossen!«
»Holt«, erwiderte Lizzie äußerst beherrscht, »wo genau befindest du dich?«
»Gott! Ich meine, richtige Schüsse! Ich könnte tot sein. Ich bin unten am Finger Point, verdammt!«
»In Ordnung, Holt, ganz ruhig. Ist das ein Notfall?«
»Pimmel, Arsch und Zwirn«, verhaspelte sich Holt erneut. »Das kann man wohl sagen!«
»In Ordnung«, meinte sie. »Die Staatspolizei ist in wenigen Minuten da. Brauchst du einen Krankenwagen?«
»Gott, im Himmel, natürlich brauchen wir einen Krankenwagen, wir brauchen alles! Die Küstenwache, die Staats-Cops, Gott, wir brauchen die Marines!«
»In Ordnung, Holt, die sind gleich unterwegs.«

Lizzie Barry machte sich an die nötigen Telefonate, und bald heulten Sirenen durch die Nacht.

Martin Jeffers und Anne Hampton saßen links und rechts von Detective Barren. »Halten Sie's noch aus?«, fragte Anne Hampton. »Hilfe ist unterwegs.«

Detective Mercedes Barren lehnte den Kopf an die Schulter der jungen Frau. Sie nickte. Martin Jeffers wirkte einen Moment verwirrt. »Haben Sie das gehört, Boswell?«, wollte er wissen. »Haben Sie gehört, was er gesagt hat? Er hat gesagt: ›Pimmel, Arsch …‹«

Anne Hampton lächelte. »Ja, hab ich gehört«, antwortete sie.

Martin Jeffers lachte und legte den Arm um beide Frauen.

Sie sahen sich alle drei an. »Ich nehme an, es ist vorbei«, sagte Anne Hampton. Die anderen beiden nickten, und alle drei rückten die Köpfe zusammen. Martin Jeffers liefen Tränen über das Gesicht; und im nächsten Moment weinten auch Detective Barren und Anne Hampton, und keine von beiden vor Schmerz, sondern vor unendlicher Erleichterung, die sie alle zugleich erfasste.

Als Holt Overholser die drei Menschen auf dem Sofa sah, war sein erster Verdacht, sie seien übergeschnappt; sein zweiter Gedanke war, dass die Kollegin von der Kripo mit einer solchen Wunde für den Rest ihres Lebens ein Krüppel sein würde. Dass dies auf alle drei zutraf, entging dem Chief.

Douglas Jeffers ignorierte die Schüsse des Polizisten, der ihm den Weg zum Wagen abschnitt, und rannte über die Landzunge zu der Stelle, an der ein zum Haus gehöriges Boot liegen musste. Er entdeckte zwei Sailfish-Boote, die auf den Sand heraufgezogen waren, und ein dunkles Schlauchboot mit einem kleinen Außenbordmotor daneben. Er packte die Ankerleine, und binnen Sekunden zeigte das Boot mit dem

Bug Richtung Meer. Er bediente die kleine Handpumpe an der Spritleitung und zog dann am Startkabel. Der kleine Motor stotterte zweimal und sprang an, so dass er den Gang einlegen konnte.
Ihm war bewusst, dass der Motorenlärm die Stille der Nacht empfindlich störte, doch das war nicht zu ändern.
Er steuerte das Boot blind aus dem Gedächtnis zu der Stelle, an der nur etwa fünfzig Meter flacher Sandstrand das stille Gewässer des Teichs von der tosenden Meeresbrandung trennten.
Ich hätte sie alle töten können.
Er lächelte. Das ist ihnen klar.
Unterwegs überprüfte er den Ladestreifen in seiner Pistole. Er hatte noch sieben Schuss in der Neunmillimeter. Sie hatte dieselbe Waffe, dachte er für einen Moment. Vermutlich kein Zufall.
Vor sich sah er einen matthell schimmernden Streifen, der sich quer durch die endlose Nacht zog. Das Brausen der Wellen auf der Meeresseite war jetzt doppelt so laut. Er ließ das Schlauchboot auf den Strand auflaufen und spürte, wie der Sandboden an der Unterseite des dicken Gummis kratzte.
Er stellte den Motor aus, damit die Schraube sich nicht in den Sand wühlte. Er stand auf und kletterte aus dem Boot an den Strand.
Es ist so, wie es immer war.
Vom unablässigen Krachen der Wellen am sandigen Ufer wie in Trance versetzt, stand er eine Weile reglos da. Es ist so stetig, so mächtig, dachte er. Wir sind dagegen so klein.
Er bückte sich und packte das Schlauchboot am Bug, um es aus dem Wasser zu ziehen. Von der Anstrengung tat ihm plötzlich die Schusswunde in der Seite weh, die er Anne Hampton verdankte.
Er nahm es gleichmütig hin.

Mit Mühe zog er das Boot etwa drei Meter über den Sand.
Ich hätte nie gedacht, dass sie dazu fähig ist. Absurderweise war er irgendwie stolz auf sie. Ich hab immer gewusst, dass sie eine Menge Kraft besitzt. Sie musste nur noch lernen, sie zu gebrauchen.
Er zerrte das Boot über den Strand. Es machte ein schabendes Geräusch.
Ihn bestürmten Bilder von all den Orten, an denen er gewesen war, und von seinen Fotos. Keiner konnte mir das Wasser reichen, dachte er.
Weit zurückgelehnt, zog er das Schlauchboot unerbittlich auf die Brandung zu.
Meine Bilder waren immer die besten. Ob in Farbe oder in Schwarzweiß. Machte keinen Unterschied.
Ich hab immer den entscheidenden Moment getroffen. Sie sagten einem etwas. Sie schrien einem ins Gesicht. Sie erzählten Geschichten.
Als er das Meer erreicht hatte, sank er im seichten Wasser auf die Knie und hielt sich die Seite, während sich ihm im Kopf alles drehte.
Es tut weh, Marty, es tut weh.
Er riss sich zusammen und stand auf. Weiter.
Dann begann er zu singen: »Row, row, row your boat, gently down the stream …«
Mit jedem Wort wuchtete er sich vorwärts und zog das Boot weiter in den schwachen Sog vom Strand weg in den Ozean. Sobald das Boot auf dem flachen Wasser schwamm, ließ er den Bug los und hielt sich nur noch an der Seite fest. Er sah einen großen Brecher langsam, aber sicher auf den Strand zurollen und eilte voran, um seine Schubkraft zu nutzen.
Weißgrünes Wasser wirbelte ihm schäumend um die Hüfte, als er das Boot in die Wellen stieß.

Er packte die Seite und schwang ein Bein hinüber. Mit dem anderen verschaffte er sich Halt, während er den Bug nach vorne richtete; dann stieß er sich vom weichen Sand ab und sprang bei der nächsten Woge hinein.
Bei seinem Ritt den Wellenkamm hinauf erhaschte er einen Blick auf den Mond, der so tief über dem Wasser hing, dass er zum Greifen nah schien. Im nächsten Moment tauchte er ins Wellental hinunter und merkte, wie das schäumende Wasser ins Schlauchboot schwappte. Er wirbelte herum und warf den Motor an, indem er am Startkabel zog. Er sprang augenblicklich an, und Douglas Jeffers gab Gas, so dass er im richtigen Moment die nächste Welle erwischte, die sich vor ihm erhob und ihn an den Strand zurückzuwerfen drohte. Das Schlauchboot machte einen Satz nach vorn und ließ die brodelnd weiße Masse hinter sich.
Er stellte den Handgashebel fest, und das Schlauchboot schoss unaufhaltsam voran.
Wie von Geisterhand glitt er von einer Sekunde zur anderen jenseits der Brandung über das tiefe, schwarze Wasser und entfernte sich unaufhaltsam immer weiter vom Strand.
No Man's Land. Niemandsland, dachte er.
Ich wollte schon immer mal nach No Man's Land hinüber.
Er ließ den dunklen Streifen der Insel hinter sich und lenkte das Boot hinaus ins offene Meer. Er taxierte das ungefähre Zielgebiet und hielt den Bug in diese Richtung.
Er blickte wieder in den Mond und fühlte sich getröstet.
»Die Eule und das Kätzchen, juchhe, fuhren zusammen auf hoher See …«
Mit einem seligen Lächeln übersprang er ein paar Zeilen und sang weiter: »Und so tanzten sie Hand in Hand auf dem strahlend weißen Sand und la-li-lu schien der gute Mond dazu …«

Er dachte an seinen Bruder. Marty hatte Reime geliebt. Er dachte an seine Mutter und fragte sich, was aus ihr geworden war. Ihm wurde bewusst, dass sie damals, als sie wegfuhr, in die Nacht hinausgeblickt hatte wie er jetzt. Und die Nacht hatte sie für immer verschluckt.

Auf einmal hatte er seinen Adoptivvater vor Augen. »Ich komme, du Bastard!«, brüllte er. »Ich komme!« Die Worte hallten über die Wellen und wurden von der Nacht geschluckt. Er dachte an das Ende von dessen Kampf mit der Unterströmung, die so beängstigend an ihm gezogen haben musste. Er muss vor Erschöpfung aufgegeben haben. Es war vermutlich so, als fiele er in einen tiefen, schmerzlosen Schlaf.

Douglas Jeffers fühlte wieder das Blut und das zerfetzte Fleisch.

»Es tut weh«, sagte er.

Dann tröstete er sich. »Ist bald vorbei.«

Er hatte den Küstenstreifen weit hinter sich gelassen und schloss die Augen. Das Motorengeräusch lullte ihn ein, und das Schaukeln auf den Wellen erinnerte ihn daran, wie man ein Baby wiegt, damit es schlafen kann. Ich bin müde, dachte er. Furchtbar müde.

Es war überaus friedlich, und ihm kam eine Zeile aus einem anderen Kinderreim in den Sinn: »Du bist ja schon müd', deine Flossen tun weh …« Er ließ den Kopf nach hinten sinken und merkte, wie ihn eine große, letzte Erschöpfung übermannte. »… Schlaf ein in den schützenden Armen der See«, summte er leise .

Ihm kam ein Gedanke, der ihn mit trotziger Befriedigung erfüllte.

»Sie haben mich nie geschnappt«, stellte er fest. »Konnten sie nicht.«

So sollte es sein.

Er schaltete den Motor aus und lauschte dem Rauschen des Ozeans. Dann nahm er seine Pistole und zielte zwischen seine Füße. Er feuerte siebenmal.
Das Schlauchboot erzitterte.
Schwarzes Wasser sprudelte hoch.
Es ist warm, dachte er in kindlicher Freude. Es ist warm.
Er breitete die Arme aus und hieß die kohlschwarze Nacht willkommen.